UN CONTE PARFAIT

DE LA MÊME AUTRICE

Dans les pas de Valeria, L'Archipel, 2019 ; Archipoche, 2020.
Dans le miroir de Valeria, L'Archipel, 2019 ; Archipoche, 2020.
Les Hauts et les Bas de Valeria, L'Archipel, 2019 ; Archipoche, 2020.
Passionnément Valeria, L'Archipel, 2019 ; Archipoche, 2020.

ELÍSABET BENAVENT

UN CONTE PARFAIT

traduit de l'espagnol
par Lorena Lamin

l'Archipel

Ce roman a été publié sous le titre
Un cuento perfecto
par Penguin Random House, Barcelone, Espagne.

Notre catalogue est consultable à l'adresse suivante :
www.editionsarchipel.com

Éditions de l'Archipel
92, avenue de France
75013 Paris

ISBN 978-2-8098-4760-4

À mon ami Holden,
pour cette conversation sur la place du Dos de Mayo ;
pour m'avoir rappelé pourquoi j'aime
écrire et quel est le sens de tout ceci ;
pour m'avoir offert son amitié la plus sincère.

1

Il était une fois…

Tu as rompu avec ton mec. Et, si ça se trouve, tu détestes ton boulot. Tu passes probablement tes journées à convoiter des chimères que tu ne pourras jamais t'offrir. Les kilos pris à Noël sont venus s'ajouter à ceux que tu n'as pas perdus cet été ? Il ne faut pas s'en faire. Pareil si tu ne remplis pas ton soutien-gorge ou si tes hanches sont trop larges. Ou si ta mère désapprouve tout ce que tu fais… et tout ce que tu ne fais pas, cela va de soi. Si tu as donné ton cœur à un crétin. Si tu as l'impression d'être liée à ton emprunt immobilier jusqu'à ce que la mort vous sépare. Si ton patron est un satané psychopathe. Si tu crois qu'on te trompe, qu'on va te virer, que tu as fait une connerie… Rien de bien grave ! C'est vrai, je te le jure. Et j'irai même plus loin. Ça te frustre, ça t'aigrit de voir à la télé, dans les magazines ou sur les réseaux sociaux que d'autres ont une vie facile, merveilleuse ? Je vais te dévoiler un secret : tout ça, on s'en fout.

Quand on y regarde de près, c'est bien plus compliqué que ça.

Moi, par exemple. J'avais tout ce dont je pouvais rêver et j'ai tout gâché, d'un geste aussi banal que celui d'enfiler une paire de baskets pour m'enfuir. En fait, j'étais loin d'avoir tout ce dont j'avais besoin et je n'ai pas vraiment tout fichu en l'air. Mais écoute-moi bien. Ça vient du cœur. La vie ne s'arrête pas pour autant. Disons plutôt que de nouvelles possibilités s'offrent à toi.

Je vais te raconter une histoire, *a priori* idyllique. Il était une fois une princesse des temps modernes. Elle n'avait ni château ni donjon et ne passait pas son temps à soupirer à sa fenêtre. Elle ne coiffait pas sa longue chevelure à l'aide d'un peigne fait d'émail, d'or et de crins de cheval. Elle n'attendait pas que son prince charmant vienne la sauver d'une sorcière maléfique. Encore que... En fait si, il est fort probable que ma mère compte parmi les sorcières de ce monde.

En un sens, les contes de fées sont toujours présents dans un coin de notre esprit. Il n'y a plus ni princes charmants, ni fiers destriers, ni petits oiseaux qui nous aident à nous faire belles pour le jour où il tombera follement amoureux de nous et nous rendra enfin heureuses. Mais nous continuons à croire à toutes ces sottises. À tel point que nous sommes persuadées d'être des princesses.

Jette un œil sur Instagram. Regarde ces vies de rêve. Luxe et opulence. Mais les réseaux sociaux vendent une perfection irréelle qui nous pousse à chercher ce qui n'existe pas. Aujourd'hui, les filles veulent devenir la version 3.0 de la princesse du conte, le sac griffé en bandoulière, savourant au bord d'une piscine à débordement à Tahiti un café qui, Dieu sait pourquoi, est rose. Plutôt sympa, non ? Moi aussi, ça me donne envie, mais il faut savoir que derrière cette photo ne se cache pas une existence parfaite. Juste une vie.

Je l'affirme en connaissance de cause. Non, je ne suis ni influenceuse, ni youtubeuse, ni mannequin, mais je me suis toujours sentie observée, scrutée, jugée. Disons que je vivais – malgré moi – un autre conte de fées, plus traditionnel, et pas aussi enviable que ça. J'ai vu le jour au sein d'une famille illustre. Je suis née avec un nom de famille prestigieux synonyme d'empire hôtelier. Des membres de la famille royale ont même assisté à mon baptême. Dès le début j'étais condamnée à être une princesse dans un conte auquel je ne croyais pas, mais personne ne s'est jamais soucié de demander à Margot en quoi elle croyait, au juste.

Alors j'ai choisi de te raconter cette histoire à ma façon.

Il était une fois une femme qui avait tout et un homme qui n'avait rien.

Il était une fois une histoire d'amour qui finira bien, ou mal.

Il était une fois un conte parfait…

À toi de décider comment il s'achèvera.

2

Veinarde et anodine

« Où partez-vous en vacances ? »

C'était la question préférée de maman. Elle la posait à Noël et à Pâques. Et aussi à chaque anniversaire de la mort de papa, lorsque nous nous rendions au château des grands-parents pour déposer des fleurs sur sa tombe et assister à une messe.

— Où partez-vous en vacances, mes filles ?

La raison qui la poussait à nous poser sans cesse la même question ? Son snobisme désuet. Elle tenait par-dessus tout à ce que le gratin sache que ses filles skiaient en Suisse, naviguaient en Méditerranée ou se doraient la pilule en Polynésie française. Ça et avoir des hanches fines aux os saillants étaient ses principes de vie. Sans oublier « faire un bon mariage » – évidemment.

La première fois que j'avais entendu parler de succès, j'étais trop jeune pour comprendre ou pour remettre en cause les caractéristiques qu'on lui attribuait. Le succès était pour ma famille la seule aspiration respectable, le but de l'existence. Quelle plaie ! Ce concept semblait suivre la même logique que le harcèlement à l'école : on était soit bourreau, soit victime. D'où la sempiternelle question :

— Où pars-tu en vacances, Patricia ?

J'échangeai un regard amusé avec mes sœurs, dissimulant mon sourire les yeux fixés sur l'assiette devant moi. C'était la première phrase que prononçait ma mère depuis le début de ce dîner donné en l'honneur de ma sœur Candelaria, rentrée en Espagne pour mon mariage.

Oui. Mon mariage. Bienvenue dans ce conte qui commence là où les autres s'achèvent.

— Toi, je ne te pose pas la question, tu vas avoir une lune de miel de rêve.

Ma mère leva les yeux puis saisit son verre et me sourit.

— De rêve, murmura Candela en imitant l'accent ampoulé de ma mère.

— Alberto veut passer la première quinzaine d'août en voyage, avec les enfants...

Patricia, l'aînée, lança un regard vif à Candela, non sans refouler un sourire.

— Je voulais aller en Grèce, expliqua mon beau-frère tout en jetant un œil au salon attenant, où mes terribles neveux étaient étrangement calmes.

— Voyager avec eux est épuisant, insista ma sœur. Je crois que nous allons louer une maison à Formentera pour le mois.

— Formentera ? s'écria maman en jetant un regard inquiet à Lord Champignon – le surnom que nous donnions à son second mari – puis à Patricia et Alberto. Mais n'y a-t-il pas plein de... ?

— De touristes ? la coupai-je avant qu'elle ne balance une insanité.

— Oui, des touristes, en effet mais... Je voulais parler de... Vous savez...

Elle agita la main avec mollesse. Il lui arrivait souvent de ne pas trouver ses mots. Maman est paresseuse comme seules peuvent l'être les personnes qui n'ont jamais compris l'adage « le travail rend digne ». Elle est la version moderne des compagnes de traversée de Kate Winslet dans *Titanic*, chirurgies esthétiques à répétition en prime, grâce auxquelles elle avait désormais un long et majestueux visage de chat. Après chaque intervention, elle consommait en quantité des petites pilules censées soulager la douleur, qui, prises avec de l'alcool (comme elle en avait l'habitude), éliminent le sens même de l'existence humaine.

— Et pourquoi pas Saint-Tropez ? lança maman.

— Parce que... c'est plutôt démodé, non ?

— Oui, tu as raison, convint-elle. Mais Minorque, c'est tout de même mieux que Formentera, tu ne trouves pas, mon chéri ?

Lord Champignon acquiesça. Malgré son titre de noblesse, il ressemblait quand même à un champignon. Princier, soit, mais activité cérébrale proche du néant.

— Et toi, Candela ? Où vas-tu partir en vacances ? Trouve-toi un endroit bien chaud pour compenser ta vie au Groenland...

— Je vis à Stockholm, maman, la capitale de la Suède et... j'ai seulement pris quelques jours pour venir ici. Je vais donc passer mes vacances dans ta chambre d'amis, rétorqua ma sœur en faisant la moue.

— Tu passes ton temps à travailler, cracha ma mère avec dédain. Les gens vont croire que tu n'as pas un sou en poche.

— Si je prends quelques selfies dans la chambre que tu m'as assignée, je pourrai sans doute convaincre mes amis que j'ai visité Versailles. Le rococo est tellement démodé, maman, depuis la fin du XVIIIe pour être précise.

Patricia et moi fîmes mine de nous essuyer la bouche avec nos serviettes pour dissimuler nos rictus. Quand les domestiques apportèrent le deuxième plat, je contemplai mon assiette, dépitée. Dans celles des autres convives, un aloyau fumant. Dans la mienne, un ramequin de bettes. Je regardai mes sœurs. Mon beau-frère. Ma mère.

— Ah, ma chérie, dit-elle en me souriant. Des bettes braisées. Délicieux. Très sain. Hypocalorique.

— Mais..., tenta Cande.

— Tu vas voir, la robe va t'aller comme un gant, objecta ma mère.

J'inspirai, souris faussement et interrompis ma sœur.

— Merci, maman. Ne t'en fais pas, Cande.

— Vous avez de si jolis prénoms, je ne comprends pas pourquoi vous vous entêtez à utiliser ces diminutifs ridicules. Comme toi. « Margot. » C'est quoi ça, un prénom ? Margarita a quand même bien plus de tenue. Ana Margarita Ortega Ortiz de Zarate.

Présente.

Ça en jette, hein ? Grand-mère aristocrate. Mère à face de chat. Un champignon avec titre de noblesse pour beau-père. Ana Margarita Ortega Ortiz de Zarate, c'est la façade, la personne que connaissent les membres du conseil d'administration de l'empire familial, ou ceux qui s'intéressent aux potins de la haute. Le nom qui figure sur les documents officiels. Pour le reste, cette personne n'existe pas. Et c'est tant mieux, parce qu'elle n'est guère intéressante. Pour être honnête, Margot n'éprouvait aucune sympathie envers Margarita, l'image que je projetais vers l'extérieur. L'idée que se faisaient les gens de moi ne coïncidait absolument pas avec mon vrai moi. On avait l'habitude de me jauger à l'aune de mes origines. Mais cela ne disait pas grand-chose sur qui j'étais réellement.

En réalité, moi, c'est Margot. Un prénom associé tantôt aux diminutifs que me donnent mes sœurs et mes amies, tantôt à de petits mots tendres de l'homme qui m'aime, sans oublier les surnoms dont m'affublait en cachette mon équipe : la Marquise, l'Automate ou, mon préféré, Miss Heures Sup.

J'avais cependant fini par apprendre à distribuer des sourires courtois et à m'éclipser des soirées mondaines auxquelles je ne pouvais échapper. Candela, quant à elle, avait toujours été allergique à tout ce que maman affectionnait. Tout le monde en revanche adorait Patricia, notre aînée, ce qui lui rendait la vie plus facile. En plus d'être d'une beauté éblouissante, elle éveillait naturellement la sympathie.

La conversation tourna court. Nous n'avions plus rien à nous dire, du moins pas en présence de notre mère.

Candela nous raccompagna à la porte et se mit à nous supplier.

— Ne me laissez pas seule ici, pétasses. Cette dame me fait peur.

— Cette dame, c'est ta mère, lui répliquai-je en riant.

— Emmenez-moi avec vous. Je partagerai le lit de n'importe lequel de tes gamins, Patricia. Même celui qui fait encore pipi au lit, je m'en fiche.

— Je ne pige pas pourquoi tu préfères rester ici plutôt que chez moi !

— Parce que tu te maries, enfin ! Et je déteste tenir la chandelle.

— Va à l'hôtel alors, lui suggéra Patricia en fouillant dans son sac. Chez moi, il n'y a pas de place.

— Ta maison est immense, comment ça, pas de place ?

— T'es bordélique et je te signale qu'en deux jours tu réussis toujours à faire disparaître mon canapé sous une montagne de culottes sales.

— Déconne pas, insistai-je. Viens à la maison. Ça ne l'embêtera pas du tout.

— Au fait, pourquoi il n'est pas venu ce soir ?

— Il devait finir des trucs pour le boulot avant les vacances.

— Faux, dit Patricia en faisant signe à son mari de ne pas l'attendre, avant de sortir son téléphone de son sac.

— Pourquoi tu dis que c'est faux ? s'enquit Candela.

— Il n'est pas venu parce qu'il ne supporte pas maman. Attention, je le comprends !

Un sourire complice se dessina sur nos lèvres.

— Bonne nuit.

— On se voit demain.

— Je passe te prendre au bureau, me dit Candela.

— Hors de question. Je veux qu'on continue à me respecter.

— Qu'est-ce que t'insinues ?

— Regarde comme t'es fringuée !

Patricia et moi éclatâmes de rire tandis que Candela nous adressait un doigt d'honneur.

— Vous n'êtes que des dindes prétentieuses !

— Bonne nuit, Maria Candelaria Ortega Ortiz de Zarate.

Comme je n'habitais qu'à une quinzaine de minutes et qu'il faisait doux en cette nuit de juin, je décidai de rentrer à pied. Même à cette heure tardive, les rues de ce Madrid qui m'avaient vue grandir débordaient de vie.

Je marchai en pensant à Candela. Avait-elle un jour eu l'espoir que maman finisse par comprendre qu'elle avait trois filles géniales ? En ce qui me concernait, j'avais abandonné depuis longtemps l'idée qu'elle puisse nous prendre dans ses bras, se soucier de nos rêves ou nous pardonner de ne pas être à la hauteur de ses attentes. Candela était pourtant celle que cela affectait le moins au quotidien. Elle vivait à Stockholm depuis des années, y exerçait la médecine et menait la vie qu'elle voulait. Mon héroïne. Que Patricia me pardonne.

Ne pas se laisser affecter par le jugement familial était plus compliqué pour moi : j'avais été en quelque sorte forcée de perpétuer les traditions familiales, de participer à la vie de l'entreprise, aux événements sociaux, sans jamais y trouver ma place. Dans un monde où seul semblait importer ce qui brille (le succès, la beauté, l'argent), une fille comme moi, malgré mon nom de famille, n'était qu'une imposture.

Une parmi tant d'autres. Je n'étais ni assez belle, comme ma sœur Patricia, ni assez intelligente, comme Candela. J'avais grandi en sachant que j'étais la benjamine anodine d'une famille qui aspirait toujours à l'excellence. Ma mère était persuadée que le succès était inscrit dans notre ADN... Imaginez sa déception lorsqu'elle comprit que son plus jeune rejeton ne se distinguait en rien. On m'obligea à prendre des cours de violon : je ne parvins à arracher à l'instrument qu'un gémissement de chatte en chaleur. On m'inscrivit à des cours d'équitation, mais les chevaux me détestaient et préféraient mâchouiller mes cheveux ou me donner des coups de sabot. Ils s'acharnèrent, en vain. Je n'allais devenir ni championne olympique, ni *it-girl*, ni gourou des *people*. Ne vous y trompez pas, je dis cela avec beaucoup de respect et une pointe de jalousie, moi qui suis tout bonnement médiocre. Invisible.

Selon maman : ni grande ni petite, ni grosse ni suffisamment mince, ni belle ni laide, ni intelligente ni bête, ni littéraire ni scientifique. Toujours entre les deux, sans jamais rien de véritablement remarquable. Un défaut selon Lady Miaou, surnom dont Candela avait affublé notre mère, car mieux valait être critiquée qu'ignorée.

Le seul domaine dans lequel je semblais exceller ? Ne jamais contrarier personne. Sans vocation claire, j'avaisfini par suivre le conseil familial et assumé un poste à responsabilité au sein de la société. LA SOCIÉTÉ. L'empire familial, qui avait besoin que quelqu'un s'y colle puisque ni Patricia ni Candela n'avaient montré le moindre intérêt.

Je sais que ma mère regrettait de ne pas avoir eu un garçon à ma place, elle qui nous avait seriné que le monde des affaires était destiné aux hommes courageux et talentueux.

Il m'avait bien fallu cinq ans pour piger que ma vocation était de rajeunir la marque, la rendre plus compétitive et plus moderne en pleine ère digitale. Ce n'est pas donné à tout le monde d'avoir les idées claires dès la maternelle. J'avais toujours été « la fille de ». Dans notre monde, les femmes n'avaient aucune visibilité sans ce préfixe, ou celui d'« épouse d'untel », et je l'acceptais. Les « hommes courageux et talentueux » n'appréciaient guère qu'une femme de trente-deux ans fasse partie du conseil d'administration et ait voix au chapitre. Leçon vitale : inutile d'essayer d'éliminer le préjugé du regard de l'autre parce qu'il ne voit sans doute que ce qu'il veut voir. J'avais mis du temps à le comprendre, et il a fallu que quelqu'un me le démontre.

Une fois arrivée chez moi, je fus accueillie par un silence de mort. Les lumières de Madrid filtraient par les grandes fenêtres du salon, que je traversai pour aller dans la chambre, vide et silencieuse elle aussi.

Étonnée, je consultai mon portable. Un appel en absence et un message :

Je vais boire un verre avec des amis.
Je ne rentre pas tard.

Je répondis par un :

Je t'aime, je suis rentrée.

Plus que deux jours avant mon mariage. J'allais épouser l'homme parfait. J'avais un immense appart au cœur de Madrid et un dressing bien garni. Je portais une énorme bague de fiançailles et je savais que, pas plus tard que demain, mes beaux-parents comptaient m'offrir un collier d'émeraudes appartenant à leur famille depuis des générations. J'avais un très bon boulot et un chauffeur. Un portefeuille d'actions et une bouteille de champagne toujours au frigo.

Et malgré tout… En permanence, cette sensation atroce de manquer quelque chose.

3

De mal en pis

Elle parlait mais je ne l'entendais pas. Ou plutôt, je ne saisissais au vol qu'un ou deux mots. J'avais compris où elle voulait en venir dès les premières phrases et, comme à mon habitude, les nuances du reste de son discours m'avaient alors échappé, perdu que j'étais dans sa contemplation. Putain ce qu'elle était belle. Superbe même. Elle dégageait un magnétisme singulier, un halo de femme fatale qui poussait au suicide émotionnel. À mes yeux, c'était la femme la plus incroyable au monde.

J'avais toujours aimé la forme allongée de sa bouche parce qu'elle collait bien avec le reste. Acérée comme son caractère ; un seul mot de sa part pouvait transformer le calme en tourmente. C'était elle, la tempête. Une blonde platine à la coupe déstructurée mi-longue, à cheval entre le cinéma français en noir et blanc et le modernisme de certains festivals musicaux. Une vraie bombe, au physique explosif. Lorsque je l'avais rencontrée, je n'avais pas été séduit par ses yeux ou son style. J'étais tombé amoureux de ses seins parfaits qui pointaient sous son T-shirt.

Cette nana savait parfaitement comment rendre fous les hommes. Sa tenue n'était jamais l'option la plus logique. Elle se mettait sur son trente-et-un pour aller boire un verre dans une gargote quelconque mais enfilait un jean large et troué pour les réunions de travail. Il en allait ainsi pour tout. Elle était déconcertante, et c'est ce qui m'avait séduit.

Combien de tangos avaient été composés pour des femmes comme elle ? Combien de types comme moi étaient tombés à ses pieds ?

— David, tu m'écoutes ?

Je me mordis la lèvre et acquiesçai, contrarié. J'aurais préféré poursuivre ma rêverie plutôt que lui répondre.

— Bien sûr que je t'écoute, Idoia, mais tu sais bien que ça fait un moment que je n'ai plus de réponses à te donner.

Un sourire se dessina sur ses lèvres rouge carmin. Un sourire qui se voulait plus mordant qu'apaisant. Peu de choses m'agaçaient autant que la condescendance, surtout quand c'était Idoia qui me prenait de haut. Venant d'elle, les « que tu es jeune, David » et les « ça viendra avec l'âge, David » m'étaient encore plus intolérables. Elle n'avait que treize mois de plus que moi. Elle n'avait pas pu accumuler tellement plus de sagesse que moi en seulement un an et trente jours.

— On est d'accord, alors ? finit-elle par dire.

Nous étions debout, en pleine rue, et je n'avais aucune envie de déballer notre linge sale en public. Ce n'était ni le lieu ni le moment. Je n'avais jamais aimé ramper, mais c'était pourtant ce que je faisais depuis le début de notre relation. Et puis, après ce qu'elle venait de me balancer, je préférais éviter de lui rétorquer que sa décision était unilatérale. Je me contentai d'un « tout à fait d'accord ».

Je fis un pas en arrière, décidé à m'en aller sans la supplier. Une image de moi, accroché à ses jambes, pleurnichant et lui léchant les pieds, me traversa l'esprit. Consternant. J'avais tout de même un semblant d'amour-propre mais j'étais si dingue de cette nana que rien n'était impensable.

Je voulais partir en gardant le peu de dignité que cette conversation m'avait laissé. Idoia me saisit le poignet et m'attira vers elle. Elle scruta ma bouche. Ses seins, fermes sous son top noir, s'écrasèrent contre mon torse. Je fermai les yeux l'espace d'une seconde : pas de soutien-gorge. Elle n'en avait d'ailleurs pas besoin, grâce au travail remarquable de son chirurgien.

— Mais qu'est-ce que tu fous ?

Je souris, les sourcils froncés.

— Je voulais juste te donner un baiser d'adieu.

J'aurais dû dire non, je sais, mais je ne pouvais rien lui refuser. J'étais incapable d'accepter la vérité : pour elle, pour la garder à mes côtés cinq secondes de plus, je me serais laissé piétiner. On a beau être un con orgueilleux, lorsque l'heure de vérité a sonné, on s'agenouille et on s'aplatit aux pieds de la première salope qui nous a calciné le cœur.

Nous nous étions embrassés. Avec la fougue d'un adieu sur un quai de gare. Comme dans les chansons d'un vieux jukebox. Comme les protagonistes d'un drame oscarisé qui tombent amoureux hors écran.

Maudite Idoia. Elle avait attendu neuf mois pour me donner le plus incroyable des baisers. De courte durée, comme tous les bons moments à ses côtés. C'était sans doute ça qui m'avait plu dans notre relation : le va-et-vient, l'intensité, la sensation de chute libre.

Je ne la sentis même pas s'éloigner de moi. En rouvrant les yeux quelques secondes plus tard, elle était déjà occupée à retoucher son rouge à lèvres.

— Je file.

— Salut, murmurai-je d'un filet de voix lamentable.

— Je t'appelle pour te rendre les affaires que tu as laissées chez moi.

— Tu peux les garder.

Elle ne répondit pas.

— Bonne chance, Idoia.

— Toi aussi.

Elle sourit, rejeta sa chevelure en arrière et tourna les talons sans un mot de plus. Dans le seul espoir de la voir se retourner une dernière fois, je m'entendis dire :

— Tu sais où me trouver si tu as besoin de quelque chose.

« Allez, allez, retourne-toi. Retourne-toi et je rampe si c'est ce que tu veux. Et je m'achète un collier et une laisse pour que tu puisses me promener. Retourne-toi et regarde-moi ! »

Mais elle n'en fit rien. Sa chevelure platine se perdit dans la foule de la rue Hortaleza, en ce vendredi de juin. Comme un con, j'attendis encore quelques minutes, m'évertuant à distinguer sa silhouette au loin, dans l'espoir qu'elle revienne en courant, se jette dans mes bras et m'enlace de ses jambes avant de fourrer sa langue dans ma bouche. Plus con que moi, tu meurs. Ou plus romantique, c'est selon.

Dans les films, le pauvre type noie son chagrin dans l'alcool, tandis qu'un barman d'âge moyen se tient prêt à lui balancer ses conseils.

Dans la vie de tous les jours, pas de cuite au menu. Le barman, c'était moi, et je n'avais aucune envie qu'un ivrogne me raconte sa vie.

Je soupirai et regardai l'heure sur mon antique portable. C'était jour d'inventaire et Ivan devait déjà être sur place.

J'entrai dans le bar où nous travaillions tous les week-ends, Ivan et moi, en me glissant sous le rideau de fer à moitié baissé.

— Content de te voir, mec ! me lança-t-il.

— Pardon pour le retard. J'étais avec Idoia. Il fallait qu'on parle.

— Ah, Idoia ! Celle qui a transformé le primate en homme.

En temps normal, j'aurais accueilli la boutade d'un éclat de rire, mais pas cette fois. Je me contentai de vider mes poches près de la caisse et m'emparai d'un cahier sans broncher. J'avais passé tout le trajet à ressasser les fragments de conversation dont je me souvenais, ce qui n'était pas facile vu que j'avais déconnecté mentalement au premier reproche.

Immature. Médiocre. La tête pleine d'illusions. Un romantique attardé. Zéro vision de l'avenir. Court-termisme maladif. Dépendance émotionnelle. Tendance à confondre « liberté » avec le mécanisme grâce auquel je justifiais ma médiocrité. Conformisme et résignation à ne rien trouver de mieux que mes trois petits boulots. Mon look. Vivre

« en coloc » avec mon meilleur ami, sa copine et leur bébé de sept mois (ou plutôt en squattant leur canapé). Ne pas avoir un sou en poche pour faire des plans ou voyager. Roter après la première gorgée de bière…

Elle m'avait taillé un de ces costards. Mais elle ne s'était pas plainte des repas à la con que je lui préparais un jour sur deux…

— Tu m'écoutes ? demanda Ivan.

Je me retournai et le regardai, ahuri. Accoudé au bar, un torchon sur l'épaule, vêtu de sa chemise à carreaux préférée, il m'adressa un sourire puis claqua des doigts. Je me sentis agacé par ce geste, aussi humiliant que les rires de tes camarades de classe quand tu viens de te faire réprimander devant tout le monde.

— David, tu rêvasses.

— Non, Ivan, je ne rêvasse pas, lui rétorquai-je grossièrement tout en faisant semblant de compter les bouteilles de soda dans l'un des frigos derrière le comptoir.

— J'étais juste en train de te dire, pour la énième fois, que tu peux l'inviter à la maison quand tu veux. Dominique a envie de faire sa connaissance et moi aussi. La voir en photo c'est bien mais, je ne sais pas, on va finir par croire qu'on te fait honte.

— Dis pas de conneries.

C'était elle qui avait refusé de les rencontrer. Elle ne voyait « aucun intérêt » à fréquenter mes amis. Ni Ivan, ni Dominique, ni les copains du village où j'avais grandi.

— Tu m'as déjà dit qu'elle est classe et sophistiquée, en plus d'avoir un boulot super moderne, mais… nous aussi, on est des gens bien.

— Hmm. Bon, je commence plutôt par la réserve ?

Je fronçai un peu plus les sourcils. Ivan s'approcha et étudia l'expression de mon visage.

— Que se passe-t-il ? me demanda-t-il, l'air sérieux.

— Rien.

— C'est parce que la petite ne nous a pas laissés dormir cette nuit ? Je suis désolé, elle fait ses dents…

— Rien à voir, Ivan. Je squatte chez vous et je ne paye pas de loyer. Je ne vais pas commencer à me plaindre parce que ta fille pleure la nuit.

Je m'appuyai au bar et sentis un frisson de mauvaise humeur, tristesse et frustration, me parcourir le dos.

— Alors ?

Je soupirai, rechignant à parler de ce qui me troublait.

— Rien. C'est juste... Ce boulot. J'en ai ma claque de ces merdeux qui braillent pour exiger leurs consommations.

— Ah bon..., lança Ivan en haussant les épaules. C'est comme ça. On est barmen.

— Barmen, livreurs occasionnels, fleuristes, promeneurs de chiens...

— Si seulement on avait fait des études, comme dit ma mère.

— Comme si ça garantissait quoi que ce soit, bredouillai-je en me dirigeant vers la réserve.

— Eh ! Sérieux, mec, qu'est-ce qui t'arrive ? Tu vas foutre en l'air le feng shui du bar avec toutes ces ondes négatives.

Je m'adossai au mur en grognant. Ivan n'allait pas me ficher la paix tant qu'il ne m'aurait pas tiré les vers du nez, mieux valait cracher le morceau tout de suite.

— Elle m'a largué.

— Quoi ?

— Idoia m'a largué.

— Mais... pourquoi ?

Je repris le bloc-notes et continuai à me diriger vers la réserve en parlant :

— Elle n'a pas de temps pour moi parce qu'elle veut se consacrer à ses projets. Si j'étais plus mûr, plus fiable, si j'avais autre chose à lui offrir... elle ferait un effort. Mais vu ma situation elle préfère en rester là car notre histoire n'a aucun avenir. En fait, c'est apparemment moi qui n'en ai pas, d'avenir, selon elle.

— Comment ça, tu n'as pas d'avenir ? Et pourquoi donc ?

— Ne m'oblige pas à te répéter ses arguments. C'est pas reluisant.

— Putain, quelle conne ! Pour qui elle se prend ? Elle ne te mérite pas, mec, elle ne te mérite pas ! Tu sais quoi ? C'est juste que...

La voix d'Ivan se fit plus douce, jusqu'à s'évanouir complètement tandis que je m'enfonçais dans le chaos de la réserve qui, comme d'habitude, sentait l'humidité et la moisissure. La face cachée de la lune, le côté obscur d'une boîte où des centaines de jeunes venaient se galocher tous les week-ends.

Je suppose que les paroles d'Ivan auraient dû me réconforter. Mais rien de ce qu'il me disait ne parvenait à étouffer la petite voix dans ma tête qui corroborait les dires d'Idoia. Tout était vrai. Hormis bon nombre de projets qui restaient en devenir, je n'avais pas grand-chose à offrir, y compris à moi-même.

J'étais un type de vingt-sept ans sans un sou en poche. Un mec sans avenir garanti. Un gamin qui n'avait pas la moindre idée de ce que lui réservaient les cinq prochaines années. Pas d'études supérieures, donc pas de master. Pas de contacts. Pas d'oncle fortuné dont je deviendrais l'héritier. J'étais l'exemple type de ce à quoi un gosse de la classe moyenne ne devrait pas aspirer : la liberté, la vraie, qui coûte très cher.

Je m'assis sur une caisse remplie de petites bouteilles de Coca, la tête dans les mains. Ma vie était un désastre. J'enviais ces gens qui ont le temps de panser leurs plaies. J'enviais le type du film, verre de whisky à la main, et le barman qui ne me ressemblait pas du tout. J'enviais tous ceux qui n'étaient pas moi, ce fiasco ambulant à qui rien ne réussissait.

Je pris une profonde inspiration et levai les yeux au plafond. Malgré tout cela, je me sentais plein. Je débordais de désirs.

Putain, j'allais finir par me noyer dans ma soif d'être aimé.

4

Le vertige et le prince charmant

Patricia lissa les plis de ma robe Dior en taffetas bleu marine et me murmura que j'étais resplendissante, tout en m'invitant à avancer rapidement vers l'entrée de l'hôtel.

La terrasse et le jardin du Relais & Châteaux Orfila de Madrid étaient bondés d'invités aux tenues haute couture, sacs de marque et bijoux hors de prix. Tous étaient venus fêter mon mariage imminent. Près de quatre-vingts pour cent des convives étaient des relations professionnelles et familiales. Mes sœurs étaient les seules personnes que je connaissais aussi bien que cette copine qui te tient les cheveux pendant que tu gerbes après un verre de trop. J'avais des amies, certes, mais jamais je n'avais eu l'impression d'être Margot en leur présence. Qui invitaient-elles à leurs soirées et à leurs vacances en yacht ? Margot ou Margarita ? J'avais toujours rêvé d'un énorme groupe d'amies avec qui sortir, faire la fête et échanger des confidences, mais je ne m'étais jamais sentie à l'aise avec les filles que je fréquentais, des amitiés qui dataient de la fac.

À mon arrivée, je fus reçue par des applaudissements timorés et des centaines d'yeux me dévisagèrent de la tête aux pieds. Je m'étais préparée mais, après l'après-midi que je venais de passer avec ma mère, ce fut la goutte qui fit déborder le vase. Je souris tout en calmant cette sensation si familière d'étouffement, comme si l'air entrait dans mes poumons par une membrane qui n'en laissait passer que la moitié. La même sensation qu'à chaque réunion du conseil d'administration ou à chaque événement mondain.

Je n'avais pas encore réussi à digérer les vacheries que m'avait balancées ma mère pendant que je m'habillais pour le cocktail, et voilà que maintenant je devais faire semblant d'être ravie de papoter avec ces quasi-inconnus.

Je tirai sur la manche de Candela et me penchai discrètement vers elle.

— Va chercher Filippo, s'il te plaît. Et tu vois qui est Sonia ?

— Oui, petite, cheveux mi-longs et des grands yeux de chien battu.

— C'est ça. Si tu la vois, tu me préviens.

— Tu as invité ta secrétaire ? cracha ma mère.

— C'est mon assistante personnelle et, oui, je l'ai invitée.

— En quel honneur ?

Je levai les yeux au ciel et l'encourageai à aller boire un verre. Le regard fulminant qu'elle me jeta traduisait sa conviction que j'allais finir par tout gâcher en m'entêtant à ne rien faire comme les autres. Je l'ignorai. Patricia sortit son portable et se mit à pianoter furieusement tandis que Lady Miaou s'éloignait au bras de son flamboyant bolet.

— Tu ne déconnectes jamais ? Comment vont les ventes ?

Patricia était créatrice de bijoux. Impossible d'envisager pour elle une occupation moins glamour. Je faisais sans doute preuve de mauvaise foi, doublée d'une pointe de jalousie. Patricia avait beaucoup de talent et, après avoir été forcée à faire du droit, j'étais ravie qu'elle ait aujourd'hui tant de succès.

— Le site se porte bien. Jette un œil à la nouvelle collection et je t'enverrai ce qui te plaît. Comme ça tu l'emportes en lune de miel.

Elle leva les yeux de son téléphone, me fit un clin d'œil et soupira rêveusement.

— Je vais chercher Alberto et les enfants. Profite de ta soirée.

— Ne me laisse pas toute seule, susurrai-je.

— Je ne te laisse pas seule. Je te laisse avec ton prince.

Patricia fit un grand geste élégant dans sa direction. Candela m'adressa un clin d'œil à son tour, le pouce levé, geste que je lui rendis. Lorsque mon regard croisa celui de Filippo, je sentis mon estomac se détendre et le calme revint. Lui. Mon prince. J'avais encore du mal à croire que j'allais l'épouser.

Filippo était grand, immense même, avec des cheveux d'un blond qui aurait aveuglé le soleil. Il était beau. Non, sublime. Il avait de l'allure et les costars qu'il portait semblaient taillés sur mesure. Épaules larges et galbées, un sourire à se damner et des yeux d'un bleu profond. Physiquement extraordinaire, il était l'homme dont toutes les femmes rêvaient, et pas seulement pour son corps d'athlète. J'avais craqué pour son sourire (quel cliché !), son attention pour les détails et parce qu'il me traitait depuis le premier jour comme si j'étais la seule femme au monde.

Figurez-vous que la première fois que nous nous étions croisés, lors d'une soirée soporifique de l'ambassade d'Espagne à Rome (à laquelle j'assistais pour des raisons professionnelles liées à la construction de l'un de nos hôtels-boutiques dans la capitale italienne), je l'avais cru norvégien. Ou islandais. Peut-être suédois. Jamais je n'aurais imaginé qu'il était né dans cette même ville et qu'il avait passé les étés de son enfance à gambader, tout bronzé, dans les jardins de la maison de ses parents en Toscane.

Il s'était adressé à moi en anglais. Ayant remarqué son accent marqué, je lui avais répondu en italien (que je massacre plus que je ne le parle). Filippo s'était alors lancé dans un monologue rapide et brutal dont je n'avais pas compris un mot. À la fin, il avait souri. Moi aussi.

— Je t'offre un verre.

À l'époque, je n'étais pas en couple mais je couchais avec un type que j'avais rencontré des années auparavant, pendant mon master. Je n'étais pas convaincue qu'il me plaise, mais l'être humain est ainsi fait qu'il confond parfois attirance et anxiété. Peu de temps avant, ma mère avait eu la gentillesse de me rappeler que je ne pouvais pas me montrer trop exigeante en matière d'hommes si je ne voulais pas finir seule.

Ça ne s'était pas passé comme ça avec Filippo. Comme dans un conte de fées, j'avais eu l'impression de recevoir une flèche en plein cœur. J'en gardais un souvenir incroyable, naïf, magique, un peu fou même. C'est vrai qu'au début j'avais eu du mal à croire qu'il me draguait. J'étais persuadée que ce type tellement séduisant cherchait simplement quelqu'un à qui parler pour tromper son ennui. Et plus ses intentions devenaient évidentes, plus mon esprit s'était mis à croire à un complot sordide du conseil d'administration, qui aurait payé Filippo pour me séduire et prouver que je n'étais pas à la hauteur de mon rôle au sein du Groupe Ortega.

Il m'avait ensuite raccompagnée jusqu'à l'hôtel et demandé mon numéro. Juste après, j'avais envoyé un texto à Candela lui exposant mes doutes et sa réponse, composée uniquement d'insultes, m'avait rappelée à l'ordre. Je ne devais me soucier que d'une chose: ne pas me faire d'illusions et/ou ne pas me faire mal.

Le lendemain, après une réunion de travail, il m'avait emmenée déjeuner à Florence. Lorsque Filippo m'avait envoyé un texto pour m'informer qu'il passerait me prendre à l'hôtel à 11 heures, je m'étais sentie agacée. J'étais persuadée qu'il essayait de m'impressionner en étalant ses richesses. J'avais déjà eu affaire à ce genre de prétendants dénichés par Lady Miaou en personne. Absolument pas. Il était arrivé dans un taxi tout ce qu'il y a de plus ordinaire, qui nous conduisit à la gare, d'où nous avions embarqué pour Florence. Nous avions mangé dans un resto minuscule, quatre tables et un bar improvisé collé au mur. Il m'avait eue par la gourmandise. Moi, une femme habituée à crever de faim. Depuis notre rencontre, fini les régimes bizarres. Ce qu'aime Filippo, c'est me voir profiter des bonnes choses.

À la nuit tombée, nous nous étions embrassés sur le Ponte Vecchio.

J'étais tellement convaincue qu'il ne s'agissait que d'une aventure, certes romantique mais sans lendemain, que je n'avais élaboré aucune stratégie particulière. Je ne m'étais même pas posé la question de savoir si coucher avec lui le premier soir était une bonne idée. Moi qui analyse tous les détails pendant des jours avant de prendre une décision, qui dresse des listes d'arguments pour ou contre, qui rassemble des infos pendant des semaines, je lui avais juste demandé s'il voulait monter. Il avait dit oui.

Nos adieux avaient été inoubliables. Après un petit déjeuner au lit, nous avions réitéré, avec plus de rythme et de coordination, les actes de la nuit précédente avant de nous glisser sous la douche et de nous embrasser comme seuls deux êtres qui savent qu'ils ne se reverront jamais le feraient. Je lui avais dit au revoir sans tristesse, persuadée que cette histoire s'achevait à son point culminant et que rien ne viendrait entacher son souvenir quand, des années plus tard, je la raconterais à mes nièces après quelques verres d'anisette.

Pourtant, surprise, surprise, Filippo m'avait appelée le lundi suivant.

— *Dolcezza*, tu es libre ce soir ?

Ne jamais, jamais sous-estimer un Italien. Il garde toujours un atout dans sa manche, comme t'annoncer qu'il vit dans la même ville que toi.

Filippo travaillait pour l'ambassade italienne en Espagne. Il avait trente-trois ans. Quatre relations plus ou moins sérieuses derrière lui, dont une, avec sa dernière ex, qui avait presque fini en mariage. Elle était désormais mariée à un pilote, un ami d'enfance avec qui elle avait une fille, dont Filippo était le parrain. Parfait même en cela : il était resté en bons termes avec toutes les femmes qui avaient partagé sa vie. Il aimait la bonne musique, il dansait merveilleusement bien, il avait un rire caverneux incroyablement sexy, il adorait déguster un verre de vin rouge avant de passer à table et possédait les mains les plus douces qui m'aient jamais touchée... Et il était tombé amoureux de moi. J'étais devenue, avec son orgueil, sa plus grande faiblesse.

Je n'avais compris ni comment ni pourquoi il avait mis un genou à terre à l'automne dernier, à Nara au Japon, après deux ans de relation. Et voilà que nous étions sur le point de nous marier.

— *Dolcezza.* Tu es sublime.

Filippo posa un baiser sur mes lèvres, sous les sifflets et les applaudissements des convives.

Je lui lançai un regard voluptueux et lui caressai le torse.

— Demain, je te le prouverai, me murmura-t-il à l'oreille.

— Demain ? Pourquoi attendre ?

— Ta mère m'a dit que tu restais dormir ici cette nuit.

Comme j'aimais cet accent que les années en Espagne n'étaient pas parvenues à effacer. Je fronçai les sourcils.

— Je n'aime pas ça.

— Tes sœurs ont supervisé le déroulement des opérations. Tout va bien se passer. Et puis, je suis certain que ta mère cessera de tout régenter quand tu seras une femme mariée.

— Ça fait sept ans que Patricia est mariée et maman la critique encore sur la façon dont elle demande à la femme de ménage de repasser l'uniforme des enfants.

— Nos enfants ne porteront pas d'uniforme. Ce seront des gosses normaux, presque toujours sales, et qui détesteront leur grand-mère.

Nous échangeâmes un sourire.

— Comme leur mère. Mais arrêtons de parler de maman, elle a de quoi s'occuper vu que c'est open bar ce soir. Viens, il faut que j'aille embrasser tes parents et qu'on commence à dire bonjour aux invités. On ne peut pas déroger au protocole.

Il déposa un baiser sur ma main, où trônait l'énorme bague de fiançailles et, les doigts entrelacés, nous nous mîmes en marche. Je serrai sa main en comprenant que cette soirée n'était que la première d'une longue liste de mondanités auxquelles j'allais devoir assister à ses côtés sans en avoir vraiment envie.

5

Bref préambule à la paranoïa

Ma mère me réveilla aux aurores. Ma chambre, située au rez-de-chaussée, était éclairée par la lumière blafarde de l'aube. Elle se fichait bien que le dîner se soit achevé tard et que, à cause de son petit kidnapping, il m'ait fallu plus d'une heure avant de rejoindre mon lit. Apparemment, rentrer chez moi en compagnie de mon futur mari, la nuit avant le mariage, était une mauvaise idée. Mieux valait dormir dans l'une des chambres de l'hôtel où l'union allait être célébrée… à quatre-vingts bornes de Madrid. Un hôtel doté de somptueux jardins, célèbre pour sa cuisine et ses éblouissants couchers de soleil, mais qui laissait à désirer en matière de literie.

Lady Miaou m'apporta le petit déjeuner au lit. Entrant dans la chambre vêtue d'un peignoir en soie et de chaussons fourrés assortis, les cheveux enturbannés, resplendissante et tout sourire, elle me murmura : « Bienvenue au jour le plus heureux de ta vie », visiblement soulagée de se voir enfin libérée du poids de mon célibat. Au menu, un thé vert, ni plus ni moins. Rien de tel pour épouvanter une personne qui émerge à peine et montre déjà les symptômes d'une névrose latente.

L'anxiété de la veille s'était installée en moi, comme une brique logée dans mes entrailles. Qui commençait à faire pression sur mes poumons.

En voyant Candela débarquer, je me crus sauvée. Si quelqu'un pouvait me rassurer, c'était bien elle. Comme la veille, lorsque maman avait craché au visage de la maquilleuse que l'ombre à paupières qu'elle avait choisie me donnait des airs de catin, et que ma sœur l'avait expulsée de la chambre en la menaçant de se raser un sourcil. Candela, une superhéroïne déguisée en greluche sans style. Elle portait, en mode décontracté, un chignon sur le haut de la tête qui laissait entrevoir une partie de son crâne rasé et tenait dans sa main une brioche qu'elle avait réussi à dérober au buffet de l'hôtel.

Je fis non de la tête.

Candela me regarda d'un air offensé.

— Mais qu'est-ce qui t'arrive ? C'est du beurre !

— J'allais justement t'appeler. Je ne me sens pas bien.

Candela me poussa sans ménagement sur le matelas et souleva ma chemise jusqu'à ce que celle-ci me recouvre le visage.

— Faut vraiment que tu sois aussi brutale ? C'est pas là que j'ai mal !

Elle ne daigna pas me répondre, prit son air « je sais ce que je fais » et se mit à me palper le ventre.

— Puisque je te dis que je n'ai pas mal au ventre !

— Ce serait pas une diarrhée nerveuse ?

— Je hais ce mot, sifflai-je entre mes dents.

— Quel mot ? « Diarrhée » ? Ouais, c'est hyper évocateur.

Je lui donnai quelques petits coups pour la repousser.

— Dis-moi à quoi ressemble ta douleur ?

— Je ne sais pas. Comme une pression là, entre le creux de l'estomac et la poitrine.

— La poitrine ? Douleur ou pression ?

— Ben, je ne sais pas. Pression, je crois. Qu'est-ce qui m'arrive ?

— Asthme, crise d'angoisse, courbatures ou infarctus, tu as le choix.

Alors que le mot « infarctus » flottait encore dans l'air, Patricia entra dans la chambre et nous jeta un regard interloqué.

— Mais que se passe-t-il ici ?

Elle se pencha sur le lit, comme pour faire ses adieux à une mourante. Moi, en l'occurrence. Elle portait un legging et un sweat-shirt Balenciaga si large qu'on aurait pu y faire entrer quatre comme elle.

— C'est le jour de ton mariage, tu ne peux pas tomber malade.

— Tu l'as payé combien, ce pull ?

— Neuf cents euros.

— Tu déconnes ? T'es barjo !

— Mais il me rajeunit tellement.

— Il te donne aussi l'air débile. J'ai eu exactement le même chez H&M, ajouta Candela. Tu me laisses bosser maintenant ?

— Elle n'a rien. Ce sont juste les nerfs, peu importe où elle a mal, affirma Patricia en s'asseyant sur mon lit pour me secouer. C'est le jour de ton mariage, enfin ! Détends-toi et profite ! Si tout se passe comme prévu, tu ne te marieras qu'une seule fois. Filippo est dingue de toi, la *wedding planner* que vous avez engagée est une psychopathe du contrôle, pas un nuage à l'horizon… Le seul truc qui pourrait clocher, c'est que Lord Champignon soit torché plus tôt que prévu. Mais faut pas t'en faire. J'ai toujours eu envie de lui donner une gifle.

Ses paroles m'arrachèrent un sourire réconfortant, mais ne semblèrent pas avoir le même effet sur mon autre sœur.

— Je vais chercher mon stéthoscope.

— Tu voyages avec ?

Candela haussa les épaules.

— Il ne quitte jamais mon sac à dos. J'ai la médecine dans le sang.

Dix minutes plus tard, assise dans le canapé, je laissai Candela m'ausculter.

— Grouille-toi, j'ai plein de trucs à faire.

— Pas tant que ça, madame la marquise, tu as même payé pour qu'on te torche le derrière, s'indigna Patricia en levant les yeux au ciel.

— Chuuut, arrêtez de piailler. Inspire profondément. Encore une fois.

Patricia et moi échangeâmes un regard de connivence. Qu'est-ce que Candela pouvait être pénible, parfois !

— C'est bon ? lui demandai-je quand elle écarta enfin le bout de métal de ma poitrine.

— Non, je vais prendre ta tension.

— Tu plaisantes !

— Tu vas mal.

— Je ne vais pas mal, je suis juste, je ne sais pas, nerveuse. Tu ne peux pas me refiler un médoc et on n'en parle plus ?

— Je veux bien, mais un médoc pour quoi ? Tu crois que je me balade avec des pilules magiques sorties du postérieur des licornes du Pays des merveilles, pour des occasions comme celle-ci ?

— Nom d'un chien, quel sale caractère !

Elle resserra le brassard du tensiomètre et m'ordonna de me tenir tranquille. Après quelques minutes de silence, Candela ôta le stéthoscope de son cou et me regarda d'un air grave.

— Ta tension est hyper élevée.

— Définis « hyper ».

— Hyper pour une femme de ton âge en bonne santé qui n'est pas poursuivie par un fauve. Et si tu veux que je te dise, Margui... Tu n'es pas obligée de te marier si tu n'en as pas envie.

Elle avait prononcé mon petit surnom d'enfance d'une voix chevrotante.

— Mais qu'est-ce que tu racontes ? Tu veux que j'aie une crise cardiaque ou quoi ?

— Cette petite ne va pas bien, fit Candela en secouant la tête. Je peux vous l'affirmer, c'est mort. Elle ne veut pas se marier.

Candela avait soudain l'air d'avoir soixante-dix-sept ans.

Patricia l'éloigna et me décocha un sourire digne d'une star de cinéma posant pour les paparazzis sur le tapis rouge.

— T'as juste le trac, Margot. Tu as toujours été super perfectionniste.

— Je suis peut-être en train de faire une crise cardiaque et la seule chose que vous faites, vous, c'est essayer de me convaincre que je ne veux pas me marier.

— Ça, c'est ce que dit Candela, rétorqua Patricia en jetant un regard dédaigneux à notre sœur. Ce qu'elle veut, c'est semer le chaos. Comme le Joker.

— Margot.

Candela me força à la regarder et me lança un regard assassin, avant de poursuivre :

— Si tu aimes Filippo, si tu es sûre de ce que tu fais, alors je t'en supplie, en tant que sœur, arrête. Ça suffit ! Tout va bien ! Arrête de chercher des problèmes là où il n'y en a pas ! Cesse de te dire que quelque chose de terrible va arriver. C'est ton conte de fées et, peu importe ce qu'a voulu te faire croire maman, tu le mérites.

Je reçus ces paroles comme une gifle en pleine tronche. La famille sert à ça, parfois. À mettre les points sur les i, à faire preuve de franchise, dire les choses telles qu'elles sont, sans tourner autour du pot. Sans ajouter, un peu comme une barbe à papa, couche sur couche de sucre pour rendre la vérité plus facile à digérer.

Une gifle, oui, parce qu'elle disait tout haut ce que je pensais tout bas : depuis le jour de mes fiançailles, je ne pouvais m'empêcher de penser que quelque chose allait mal tourner. C'était trop beau pour être vrai. Ce genre de truc ne pouvait pas m'arriver, pas à moi. Les gens anodins vivent des choses anodines, non ? Un amour qui se pointe discrètement, par exemple, mais pas Filippo.

Oui, je sais... Ce qui s'est passé ensuite était tellement prévisible. Il faut pourtant que je te le raconte, sinon tu ne comprendrais pas les événements des semaines à venir.

6

La paranoïa

La robe me serrait à mort. Non qu'elle ne soit pas parfaitement ajustée ou que j'aie pris du poids. Il fallait qu'il en soit ainsi, au millimètre près. Sans cela, elle blousait au bas du dos et glissait de mes épaules.

J'avais mis un temps fou à trouver cette robe. Au départ, tout le monde, y compris la *wedding planner* et une *personal shopper*, m'avait conseillé de choisir une robe haute couture. Et j'en avais essayé... Combien ? Des centaines. Valentino. Chanel... Rien. Rien ne me plaisait : j'avais la sensation d'enfiler un déguisement.

Je n'avais donc pas eu d'autre choix que de confier à quelqu'un la tâche de transformer en réalité l'image mentale que j'avais de la robe parfaite. C'était chose faite. Une robe que From Lista With Love avait cousue selon mes désirs, mes rêves, ma personnalité... la vraie, pas celle d'Ana Margarita Ortega Ortiz de Zarate. Décolleté bateau, manche mi-longue, dos nu jusqu'à la taille, une petite ceinture ornée de deux boutons recouverts et une jupe tombante. Simple. Sans les excentricités et les touches *fashion* que recherchent certaines mariées dans le seul but de faire la couverture des magazines. Un chignon bas, entouré d'un nœud en plumetis du même blanc que la robe et des souliers rose poudré qui disparaissaient presque dessous. Les boucles d'oreilles de grand-mère. La bague de fiançailles. Tout était nickel. Comme prévu.

Je me contemplai dans le miroir. Je pris une profonde inspiration et sentis les coutures de la robe protester et pincer ma peau.

— Ça ne te plaît pas ? me demanda la coiffeuse tout en laissant échapper quelques mèches courtes du chignon pour lui donner un air plus naturel.

— Quoi ? Euh... Si, si. Ça me plaît beaucoup.

La robe était parfaite. Incroyable. La plus belle que j'aie jamais vue. La coiffure élégante et naturelle, comme le maquillage, très léger. Tout, même la manucure, était parfait. Et pourtant, la seule chose que je voyais en me regardant dans le miroir, c'était la veine de mon cou qui battait la chamade.

— Ç'aurait été bien plus élégant si tu étais moins rondelette, mais il n'y a plus rien à faire maintenant, lança ma mère en soupirant.

— Tu es sublime.

À côté de moi, Patricia retenait sa respiration, dans un effort pour ne pas pleurer.

— Allez, dites à votre tante qu'elle est belle.

Mes neveux et ma nièce, affublés d'une culotte courte avec chemise, bretelles et nœud papillon pour les garçons, et d'une robe assortie pour elle, se mirent à crier en chœur que j'étais très belle, plus pour avoir la paix que parce qu'ils le pensaient vraiment.

Tout tournait et se parait de couleurs. La chambre, ma robe, le miroir, ceux qui m'entouraient. Eux, j'avais l'impression de les voir dans un kaléidoscope. Ma respiration était saccadée. Je n'entendais que mes halètements.

J'avais chaud. Mais les mains froides.

— Grumph, parvins-je à articuler.

— Prends ça, me dit Candela en s'approchant avec un verre d'eau et le demi-comprimé que je n'avais pas pris plus tôt, lorsque j'avais avalé deux gorgées de gaspacho au déjeuner. Un léger benzo.

— Je vais bien, mentis-je.

— Surtout, évite de boire quoi que ce soit pendant quelques heures, murmura-t-elle. Sinon tu risques de ressembler à maman.

J'eus la sensation fugace d'être seule avec Candela, mais constatai en tournant le dos au miroir que la chambre était bondée. Que faisaient toutes ces femmes ici ? Chacune, en m'observant, arborait une expression particulière. Elles distillaient dans l'air leurs émotions, comme des gouttes de salive projetées lors d'un éternuement. On y décelait jalousie, moquerie, admiration, tendresse, bonheur, incrédulité. Un peu de tout.

J'attrapai Candela par le poignet. Je voulais rester seule avec mes sœurs mais les mots me faisaient défaut.

— Mon enfant ! s'écria une amie de ma mère en accourant. Tu as mal au cœur ?

Je fis non de la tête. Une autre poussa une chaise dans ma direction. Ma belle-mère n'arrêtait pas de me palper le front pour s'assurer que je n'avais pas de fièvre. Je ne l'avais même pas vue entrer. Chuchotements. Le mot « enceinte » flotta dans l'air, mais j'ignorais de quelle bouche il était sorti. Les nœuds dans ma gorge, ma poitrine et mon estomac se resserrèrent. Je ne savais pas si je voulais crier, m'évanouir ou éructer. Ou peut-être lâcher un pet. Les voix continuaient à tourbillonner autour de moi, telles des volutes de fumée qui, peu à peu, m'aveuglaient, m'assourdissaient et asséchaient ma gorge en feu. Et si j'étais en train de mourir ? Mon cœur cognait contre mes côtes.

Avec beaucoup de douceur, une voix familière demanda à tout le monde de sortir, à l'exception de Candela et Patricia.

— Ce sont des moments d'émotion. Laissons-les en profiter dans l'intimité.

Sonia. Bénie soit-elle. Un ange dénué d'ailes.

Patricia me fit de l'air avec un éventail. J'entendis la porte se refermer et ma mère inviter tout le monde à rejoindre la chapelle et à y prendre place.

— Tous les sièges ont été attribués, très chères. Vous y trouverez vos noms.

J'espérais que ma mère aille, elle aussi, attendre dans la chapelle avec le reste des invités, mais elle revint. Je sentis sa présence les yeux fermés. Malgré le bruissement de l'éventail, l'air en était presque devenu plus dense.

La cérémonie commençait dans vingt minutes.

— On peut savoir ce qui t'arrive ? me réprimanda-t-elle à voix basse. De quoi s'agit-il ? Tu veux attirer l'attention ? Tu es la mariée ! Ça ne te suffit pas, tu te sens obligée de m'humilier devant toutes mes amies ?

Personne ne répondit. Je lui fis signe de s'en aller d'un geste de la main, qu'elle ignora.

— Alors, que veux-tu ?

— De l'air, parvins-je à articuler.

Patricia courut ouvrir les fenêtres. Le parfum de l'herbe fraîchement coupée pénétra lentement dans la pièce, qui donnait sur le jardin de l'hôtel.

— Margot, tu nous fais une crise de panique, c'est clair, murmura Candela.

— Non. Non, pas du tout, fis-je en gémissant.

Je déglutis. J'avais la sensation que la robe m'empêchait de respirer. Même ma gorge me semblait comprimée.

— Quelqu'un peut m'aider à déboutonner ma robe ?

— La cérémonie commence dans quinze minutes, déclara ma mère.

— La robe. S'il vous plaît.

— Si seulement tu m'avais écoutée, tu aurais fait un régime. Dix secondes de plaisir, dix ans sur les hanches…

— Maman, tu veux bien te taire, s'il te plaît ? lui demanda Candela. Tu ne vois pas qu'elle est toute pâle et qu'elle ne peut pas respirer ?

— Eh bien, aide-la ! Que ton diplôme de médecine serve à quelque chose !

— Il ne manquait plus que ça.

— Je n'ai plus le droit de parler ? rétorqua ma mère.

J'attrapai la main de mon autre sœur.

— Patri... Dis à Filippo de venir, s'il te plaît.
— Margot... ça porte malheur.
— Je t'en prie. Dis à Filippo de venir.
Patricia hésita un instant avant de se diriger vers la porte. Candela et ma mère s'étaient lancées dans une altercation passive-agressive. Telles des flèches empoisonnées, les accusations fusaient de part et d'autre, de plus en plus sournoises malgré le ton faussement affable de la discussion.
— Arrêtez, je vous en prie.
Candela se tut et commença à déboutonner ma robe.
— Ce n'est pas bien grave s'il y a un peu de retard. Les mariées se font toujours désirer. On ne pourra pas dire que tu es pressée ou désespérée.
Un sourire de hyène se dessina sur les lèvres de ma mère, gonflées par des injections ponctuelles de Botox.
Candela retint sa respiration et ravala sa riposte. Elle me frotta le dos avec un sourire empreint de tendresse maternelle.
— Ça va mieux ?
— Ça ira mieux dès que j'aurai vu Filippo.
— Ce n'est pas de bon augure.
— Ce ne sont que des superstitions, mère, lui rétorqua sèchement Candela. La vie suit son cours, parfois bien, parfois mal.
La porte s'ouvrit et ma sœur Patricia apparut, souriante.
— Ferme les yeux. Il est trop beau pour que je te gâche la surprise.
— Il est toujours beau, répliquai-je.
Filippo emplit la pièce d'un halo spécial. Nous sourîmes toutes avec soulagement, y compris ma mère. Il faisait toujours cet effet.
— *Dolcezza*, murmura-t-il en s'asseyant à mes côtés, le sourire aux lèvres. Que se passe-t-il ?
— Je ne sais pas, dis-je d'une voix étranglée.
— Pouvez-vous nous laisser seuls, demanda Filippo à mes sœurs et ma mère.
— Pas besoin, répliquai-je.

— Tu as quelque chose à me dire ?
— Non. Non. Je voulais juste te voir. Je suis... Je ne peux pas respirer.
— *Amore*..., susurra-t-il dans mon cou. Tu es nerveuse. Mais ça fait plus d'un an que nous vivons ensemble et... tout se passe à merveille. Ce n'est qu'une formalité. Devant pas mal de monde, d'accord, mais ce n'est qu'une formalité.
— Je ne peux pas, m'entendis-je dire.
— Comment ça, tu ne peux pas ?
— Il y a trop de monde.
Filippo sourit.
— Enfin, Margot... tu as donné une conférence à Los Angeles devant mille personnes, et en anglais. À côté de ça, c'est de la rigolade, aujourd'hui.
— Et si je n'y arrive pas ?
— Bien sûr que tu vas y arriver.
— Mais, si je n'y arrive pas ?
Il fronça les sourcils.
— Margot...
Je fermai les yeux, haletante. Comme si l'air se dissolvait dans ma poitrine avant d'atteindre mes poumons.
— Filippo, balbutiai-je, au bord des larmes. J'ai l'impression que j'étouffe.
— Tu n'étouffes pas. Tout ceci n'est rien.
— Au contraire, c'est énorme.
— Eh bien, il aurait fallu y penser avant. Là maintenant, ce n'est plus possible. On se lance et c'est tout.
— Mais il y a des centaines de personnes.
— Où est le problème ?
Je fermai les yeux. Des centaines d'yeux rivés sur moi. Des regards rampants qui, comme des limaces, laissaient sur la peau une traînée brillante et gluante de critiques, de jugements. Qui donnaient la nausée.
Je perdais la tête. Je pris une bouffée d'air, me massai les tempes et me recroquevillai sur moi-même.
J'entendis Candela s'adresser à Filippo.
— Peut-être que tu devrais retarder la cérémonie.

— Pardon ?

Son ton était implacable. Le colosse laissait poindre son côté obscur.

— Il est évident qu'elle nous fait une crise de panique et… bon, je la comprends. Il y a plus de cinq cents personnes entassées dans une église…

— On savait à quoi s'attendre, proféra Filippo.

— La panique ne se contrôle pas. Si la raison prenait le dessus, on n'appellerait pas ça de la panique.

Filippo se tourna à nouveau vers moi.

— Margot, respire profondément. Du calme. Je suis avec toi, OK ?

Je ne bougeai pas, malgré son haleine chaude près de moi. Un peu comme quand tu dis à quelqu'un qui va mal que « Ça va passer, tu verras ». Ah, eh bien, merci, je vais beaucoup mieux du coup, merci pour ton aide.

— Je ne peux pas.

— Tu n'as pas le choix, *amore*.

Je levai la tête, dans un espoir désespéré de reprendre mon souffle.

— Il y a plein de monde de l'ambassade et du… comment on dit… du gouvernement italien. Il y a… des hauts fonctionnaires. Des gens importants qui me respectent. Je ne peux pas permettre que…

Candela vint à mon secours.

— Filippo, tu n'aides pas.

— Je le sais, mais c'est comme ça. C'est la vie.

— Et si on la laissait seule quelques instants ? proposa Patricia, adossée à l'armoire, la mine sérieuse et les bras croisés. On lui donne quelques minutes, et elle y verra certainement plus clair.

Filippo prit doucement mon visage dans ses grandes mains et m'obligea à le regarder.

— *Dolcezza*, j'ai besoin que tu me regardes. C'est moi. L'amour de ta vie. Tu n'as qu'à faire exactement la même chose que lors des répétitions. Dire oui, oui, et signer un papier. Tu auras le dos tourné et tu ne verras que moi.

L'haleine de cinq cents personnes humidifiant ma nuque. Quelle horreur. J'eus un frisson.

— Tout ceci est absurde, Margot. Absurde.

— Il y a trop de monde.

— Et alors ? Je n'y comprends rien. Je ne comprends pas que tu…

— Il y a trop de monde, répétai-je.

— Ne me fais pas ça, Margot ! Ce serait une honte pour ma famille.

— OK, c'est bon, on se calme, intervint Patricia en prenant Filippo par le bras. On va tous sortir. On va donner un moment à la mariée pour qu'elle respire. Et s'il faut retarder la cérémonie d'une demi-heure, eh bien, on la retardera, il n'y a pas mort d'homme !

— Et voilà « miss dictons » qui la ramène, se moqua Candela tout en montrant la porte à ma mère.

— Il y en a pour tous les goûts, riposta Patricia en souriant. Margot, ma chérie, on va te laisser tranquille, d'accord ? Tu nous appelles quand tu es prête. On t'attend dans le couloir. Toi, tu prends ton temps. Tu t'assieds, tu te détends, tu fumes une clope…

— Elle ne fume pas, dit Candela.

— Eh bien, il serait peut-être temps de s'y mettre. Allez, ma chérie. Respire profondément et oublie tout. Les gens dans la chapelle, ils font leurs besoins comme toi et moi. Ne l'oublie pas. Allez, allez, tout le monde dehors.

Debout devant moi, l'air sérieux, Filippo prit une profonde inspiration.

— Je t'attends dehors, Margot.

La porte se referma et la chambre fut plongée dans un silence relatif. L'écho de conversations très lointaines me parvenait par la fenêtre ouverte, une faible rumeur semblable à un filet d'eau. Les oiseaux chantaient. Les feuilles bruissaient sous la douce brise de juin. Les pas de mes sœurs, de ma mère et de Filippo s'éloignèrent progressivement, étouffés par la moquette, et lorsque je n'entendis plus que le souffle du vieil hôtel, je pus enfin respirer.

J'ignore combien de minutes s'écoulèrent avant que je ne me lève du canapé. Je sais juste que tout avait l'air différent. Comme quand tu retournes à l'école après les vacances d'été, tu as changé de classe et, même si rien n'est vraiment différent, rien n'est comme avant.

Il est difficile d'expliquer le mécanisme de l'esprit qui croit certaines peurs réelles. Il est difficile de faire comprendre à quelqu'un qui ne l'a pas vécu la façon dont le corps frémit quand on a le sentiment de ne pas être « assez » parce que, quoi que l'on accomplisse, on ne sera jamais... ajouter le mot qui convient le mieux. Dans mon cas, j'aurais dit « magnétique », ou « spéciale ». Syndrome de l'imposteur. Ma vie de rêve... en fait, c'était une autre qui la méritait.

Mon cœur se mit à battre très vite, les images traversèrent mon esprit tandis qu'un bourdonnement incessant accablait mes oreilles. Je sentis la panique m'envahir. J'ignore ce qui me passa par la tête. Je suis incapable d'expliquer d'où étaient sortis cette angoisse soudaine et ce besoin vital de prendre mes jambes à mon cou.

Mes dents se mirent à grincer et ma respiration se fit plus saccadée. La chambre et ses murs de pierre. Le sac de voyage sur le lit. La lumière allumée de la salle de bains. La moquette. L'ombre de l'affreuse lampe sur le mur beige. Tout tournoyait, comme un manège. Et au centre, moi. Encore et toujours moi.

Black-out.

Puis, tout s'apaisa soudain.

J'entrai alors pour ainsi dire en mode pilotage automatique.

La personne qui avait chaussé ses baskets sous sa robe de mariée ? Ce n'était pas moi.

Celle qui avait ouvert la fenêtre et sauté ? Non plus. Pas moi.

Celle qui s'était mise à courir sur la pelouse ? Même pas en rêve. Pas moi.

Celle que tout le monde, à l'entrée de la chapelle, avait vue s'enfuir ? Nan, nan. Pas moi.

Celle qu'avaient poursuivie Candela, Patricia, mes neveux morts de rire, Lord Champignon, Filippo et quelques invités. Que dites-vous ? Pas moi.

C'était et ce n'était pas moi. Et pourtant… quel bordel elle a fichu, celle qui n'était pas moi.

7

Dépression

Dominique avait passé en Espagne vingt ans de sa vie, qui n'en comptait que vingt-deux, mais elle demeurait une étrangère pour certains. Ou plutôt une citoyenne du monde, futée comme pas deux et belle comme personne. Lorsque Ivan me l'avait présentée, j'avais été scotché, comme il avait dû l'être quand elle lui avait souri dans le métro, le soir de leur première rencontre. Ils avaient eu le coup de foudre, comme dans ces histoires d'amour qui n'arrivent jamais aux types comme moi. Beaux et sains, ils cherchaient chez l'autre quelqu'un avec qui partager de belles choses. Mon erreur à moi ? Je tombais toujours amoureux de femmes qui faisaient ressortir le pire en moi, qui me faisaient sentir aussi vulnérable qu'un gosse, et qui me rendaient la vie impossible. J'aimais l'anti-héroïne parce que le type Wonderwoman me barbait. Même dans les bandes dessinées de mon adolescence, j'avais toujours eu un faible pour les méchantes.

Le délire, quoi. Depuis qu'Idoia m'avait quitté, je vivais dans un délire constant. Je ressassais ces pensées, tantôt en m'apitoyant sur mon sort, tantôt persuadé qu'aucune autre femme n'éveillerait en moi les sentiments que je nourrissais à son égard. En observant la sublime moitié de mon meilleur ami border son bébé, j'eus la soudaine conviction de m'être trop souvent planté dans la vie.

— Quand est-ce que j'ai commencé à merder ?

— Tiens, on dirait que la grosse larve dans le canapé s'est mise à parler. Regarde, mon amour, un mort vivant.

Elle me montra à sa fille, Ada, qui esquissa un sourire, le visage encore marqué par les pleurs à son réveil.

— Sérieux, Domi, quand est-ce que ma vie a commencé à devenir une putain de galère ?

Elle s'assit à côté de moi, sa fille sur les genoux, et me sourit.

— Ah non ! T'as pas le droit de me sourire comme ça avant de m'engueuler.

— Mais qu'est-ce que tu racontes ? fit-elle en riant, comme si j'avais perdu la tête.

— Ton homme fait pareil. Vous êtes si beaux tous les deux... D'abord vous souriez, pour mieux m'étourdir, puis vous m'achevez d'une estocade. Allez, balance.

— David... Ça fait une semaine que t'as pas bougé du canapé.

— Pas vrai, je suis allé bosser.

— Avec le même T-shirt.

— Mais je me suis lavé.

— J'ai des doutes...

Je m'enfonçai dans le canapé en pleurnichant.

— Tu aimais beaucoup Idoia, je sais.

— Je l'aimais tout court.

— OK, tu l'aimais beaucoup.

Je fis claquer ma langue. Impossible de la convaincre qu'Idoia et moi, c'était de l'amour avec un grand A.

— Tu crois que tu l'aimes, mais ce n'est pas ça l'amour, mon chou, m'assura-t-elle.

— Ce n'est pas se sentir vivant, palpiter, être envahi de sentiments ?

Elle appuya sa main sur mon avant-bras pour interrompre mon petit discours.

— L'amour, ce n'est pas attendre désespérément qu'elle réponde à un message, ni mesurer ce que tu vaux à l'aune de l'attention qu'elle te porte un jour, tout en sachant que le vent tournera et qu'elle changera d'idée le lendemain.

— Mais c'est ça, le sentiment de...

— Non. Ça, c'est de l'amour incompris. Si ça te fait souffrir, ce n'est pas de l'amour. Aimer, c'est amusant. Très, même.

Elle me décocha un sourire resplendissant, de ceux qui vous donnent l'envie d'y croire, avant de poursuivre :

— Tu te sens tellement à l'aise, tellement toi, en compagnie de l'autre, que tu te sens capable de faire n'importe quoi. Tu ris à gorge déployée, que ce soit en te disputant, en cuisinant ou au pieu. David, je te le jure... L'amour est bien plus léger que tout ce que tu as ressenti jusqu'à présent. Il te donne des ailes, il ne t'écrase pas au fond d'un fauteuil agrippé à... euh, c'est quoi au juste, ce truc ?

Elle montra le vêtement que je serrais dans mes bras, vautré dans le canapé.

— Un T-shirt à elle.

Domi le prit du bout des doigts, comme on le ferait avec une éprouvette contenant un virus mortel.

— Un : ce truc est vraiment ringard. Deux : il pue le rat mort. Trois : tu es ridicule.

Elle abandonna Ada sur mes genoux et jeta le T-shirt à la poubelle, sans pitié. J'avais la ferme intention de le récupérer dès qu'elle aurait le dos tourné. Un petit coup de savon et il m'appartiendrait à jamais.

— Ta mère est une garce cruelle, murmurai-je à l'oreille de la gamine.

— Je ne suis pas une garce. Rends-moi service.

— Ce que tu veux. Je vis sur votre canapé, après tout. Parce que je suis un type médiocre et sans ambition, blablabla.

— David, on finirait pas le mois sans toi, tu fais les courses, tu aides à la maison et avec la petite. On est tous gagnants...

— Si tu le dis...

Elle fit claquer ses doigts devant moi, l'air sérieuse, pendant que sa fille me suçotait le menton.

— Prends une douche. Bien longue. Écoute « All By Myself » et chiale un bon coup parce que l'amour de ta vie t'a largué, mais après, arrête tes conneries. On est vendredi et tu bosses. Je sais aussi que t'es barman, jeune, plutôt beau gosse et sans attaches. Si tu découches ce soir, on n'appellera pas les flics.

— Il faut que je me trouve un appart, marmonnai-je.

— Va donc prendre une douche et t'envoyer en l'air, juste pour t'amuser, nom d'un chien!

Elle reprit sa fille en me montrant du menton la salle de bains que nous partagions tous les quatre.

Je traînai les pieds jusque-là et l'entendis marmonner que je finirais par la remercier. L'envie me prit de lui dire une vacherie. J'étais furax. J'avais quand même le droit de me sentir comme une merde, envahi de regrets et de tristesse. J'allais bosser avec une sale tête, et alors? Du lundi au jeudi j'alternais entre mon boulot d'assistant fleuriste et celui de promeneur de chiens, et ni les fleurs ni les chiens ne s'étaient plaints de mon côté négligé. Mais Domi avait raison. On était vendredi et on m'attendait au bar. Si je m'y pointais puant et les cheveux sales, je risquais d'avoir des ennuis.

Je n'avais pas le choix. J'avais besoin de cet argent.

Le pub était bondé, on y étouffait.

Le discours de Domi m'avait tout de même fait réfléchir. Son concept de l'amour m'obsédait inconsciemment.

J'avais d'abord commis l'erreur, plus cliché qu'un *sombrero* sur la tête d'un Mexicain, de chercher quelqu'un avec qui oublier mon chagrin. Je sais, je sais. Pas hyper classe, mais nous le faisions tous. Nous avons grandi avec l'idée que le mal se guérissait par le mal. M'envoyer en l'air avec une fille qui se trouvait probablement dans le même était d'esprit que moi était donc devenu mon objectif. Je scrutai l'horizon en quête d'une candidate (si possible blonde, cheveux courts, regard froid et lèvres pincées) avec qui tenter ma chance. Mais peine perdue. Aucune de ces filles n'était Idoia.

J'observai les couples s'embrasser fougueusement dans les coins et je me surpris à me demander s'ils s'amusaient en s'aimant. Quel con ! Ils s'étaient sans doute rencontrés le jour même et, pour la plupart, l'amour n'y était pas pour grand-chose. À chacun son truc.

L'idée me semblait absurde, mais elle m'obsédait. S'amuser en amour ? Soit. Peut-être au début. Même si, comme pour tout d'ailleurs, celui qui s'amusait le plus était celui qui menait la danse car, en toute sincérité, l'amour n'a jamais été qu'un jeu de pouvoir.

— À quoi tu penses ? me demanda Ivan tout en remplissant le frigo de sodas et les verres de glaçons.

« À Idoia. Au fait que j'ai envie de lui envoyer un message. Que j'aimerais la voir passer cette porte. Que personne ne lui ressemble. Que j'ai envie de l'embrasser et d'écouter nos chansons en dessinant des cœurs sur son dos et que ma propre lâcheté m'écœure. Plutôt crever ! »

— Au fait que je hais ce boulot, lui répondis-je en lui adressant un sourire dément.

Malgré la musique assourdissante, les filles que j'étais en train de servir m'entendirent et éclatèrent de rire. Je m'efforçai d'avoir l'air aimable et les interpellai :

— Il n'y a rien de perso là-dedans, les filles. Vous saviez que les barmen récurent aussi les toilettes ?

— Nooooon ! s'écrièrent les trois avec effroi.

— Ne faites pas attention à lui. On l'a peut-être fait une ou deux fois, pas plus. On a une équipe de nettoyage pour ça.

J'esquissai une grimace, comme pour signifier que mon collègue mentait, et m'emparai des bouteilles sur l'étagère derrière moi.

— Ce n'est quand même pas si terrible que ça, de travailler ici, non ? Tu dois rencontrer plein de gens, me dit l'une des filles.

Cheveux châtains, des lèvres pulpeuses et des yeux énormes.

« J'ai pas envie de rencontrer des tas de gens. Je veux me glisser dans le lit d'Idoia et la réveiller à coups de langue. »

— Ouais, c'est pas mal.

— Tu viens d'où ? T'as pas l'accent de Madrid.
— À Madrid, personne n'est de Madrid.
Je lui adressai un sourire en coin et remis les bouteilles en place.
— Ça ne répond pas à ma question, insista la brunette d'un air moqueur.
Je leur tendis les verres et ouvris les sodas avec le décapsuleur d'un coup de poignet.
— Gin tonic, vodka orange et rhum Coca Zero. Ça fera trente-six, mesdemoiselles.
Celle qui offrait la tournée agita sa carte bleue et régla la note.
— Au revoir, monsieur le barman qui veut se la jouer mystérieux.
— Je doute que ce soit ton dernier verre, on se reverra.
Je souris, mais dès qu'elles eurent disparu de ma vue, mon sourire partit en fumée. Voilà ce que j'aimais le moins dans ce métier : il fallait toujours donner l'impression de n'avoir aucun problème.
Ivan me donna un coup de coude.
— T'as un ticket, on dirait.
— T'es encore là, toi ? répondis-je en riant.
— Profite, David. T'es célibataire.
— Pas faux.
Il m'adressa un clin d'œil, auquel je répondis par le sourire le plus *fake* de mon répertoire.
— Tu vas mieux ?
— Oui, mentis-je.
Il me donna une tape dans le dos et se dirigea vers un groupe de types qui agitaient les bras dans notre direction, avides d'un autre verre ou d'une tournée de shoots.
« Profite, t'es célibataire. »
Immature. Médiocre. La tête pleine d'illusions. Un romantique attardé. Zéro vision de l'avenir. Court-termisme maladif. Dépendance émotionnelle. Tendance à confondre « liberté » avec le mécanisme grâce auquel je justifiais ma médiocrité. Conformisme et résignation à ne rien trouver

de mieux que mes trois petits boulots. Mon look. Vivre « en coloc » (ou plutôt en squattant le canapé) avec mon meilleur ami, sa copine et leur bébé de sept mois. Ne pas avoir un sou en poche pour faire des plans ou voyager. Roter après la première gorgée de bière…

Au diable tout ça. Elle ne s'était peut-être pas retournée quand j'avais attendu comme un con qu'elle me jette un regard, mais c'était bien ELLE. J'en étais sûr. Allais-je la laisser partir en pensant ça de moi ? Comment pouvais-je le permettre ? Ma putain de poitrine débordait de sentiments et d'émotions que je voulais partager avec elle. Je voulais l'épouser, lui faire des enfants, adopter un chien, un mouton, quinze chats, que sais-je ! J'étais persuadé de pouvoir encore faire quelque chose pour notre relation.

Je n'avais pas envie d'une partie de jambes en l'air. Il n'y avait qu'elle à pouvoir estomper ma souffrance. Elle seule méritait mon attention et mes efforts.

Je ne comptais pas m'effondrer. Bien sûr que non. Je n'allais pas laisser cette rupture me démotiver. Au contraire. Elle allait servir à quelque chose. Elle ferait de moi un homme.

Si tu penses que j'avais pigé que le seul à pouvoir abréger mes souffrances, celui sur qui je devais me concentrer et qui méritait mes efforts n'était autre que moi… tu me crois plus malin que je ne le suis. J'avais l'impression que mon gilet de sauvetage allait bientôt se gonfler et me ramener à la surface, alors que je remplissais en fait mes poches de pierres, comme Virginia Woolf. En fait, mon cerveau avait décidé que… j'allais reconquérir mon ex.

Je suppose que c'est cette décision qui m'a mené jusqu'à *elle*. Et ce n'est plus d'Idoia que je parle.

8

Conséquences

Les cris de ma mère et son vertigineux postérieur digne de l'ère victorienne m'avaient laissée indifférente. Le silence de mort de mes sœurs ne me dérangeait pas autant qu'il m'effrayait. Je craignais qu'elles me jugent, comme tout le monde, et qu'une fois la tempête passée Candela me lance un de ses « Tu vois, je te l'avais dit » si agaçants. J'étais persuadée qu'elle avait tort, mais il fallait bien avouer que mes agissements lui donnaient raison. J'étais à court d'arguments.

Mon tic à l'œil, lui, en fut grandement affecté et se mit à faire danser le twerk à ma paupière. Mais de la longue liste de problèmes causés par ma course effrénée en pleine campagne, le seul qui m'importait réellement se tenait seul devant moi à cet instant : Filippo.

Les coudes sur les genoux, il évitait mon regard, la tête penchée vers le bas. J'aurais aimé qu'il me regarde, mais je n'étais pas en position de demander quoi que ce soit. Je m'étais enfuie le jour de notre mariage et je l'avais laissé planté là, à devoir fournir des explications aux cinq cents invités. J'avais détalé sans demander mon reste, courant dans les jardins du domaine jusqu'à trouver un trou dans la clôture par où me faufiler. Sans parler de l'état dans lequel j'avais mis ma robe de mariée.

— Dis quelque chose, suppliai-je d'un filet de voix.

Depuis son arrivée chez ma mère, où l'on m'avait planquée « pour mon bien » après m'avoir « attrapée » à la cafétéria d'une station-service à un kilomètre et demi de l'hôtel où devait avoir lieu mon mariage, il n'avait pas ouvert la bouche. Il s'était assis en face de moi, et avait adopté la pose dans laquelle il se tenait toujours.

Au son de ma voix, il leva la tête mais ne prononça pas un mot pendant deux bonnes minutes, qui me semblèrent une éternité.

— S'il te plaît…

Il leva le menton et me regarda enfin. Ce que je lus dans son regard me déplut. Je n'y retrouvais rien de familier. J'avais devant moi un Filippo méconnaissable et je n'avais pas du tout envie de lui parler. Mais à chaque acte sa conséquence.

— Tu as quitté. Notre mariage. En courant.

Les pauses entre les mots étaient lourdes de sens, comme si chaque petit bout de phrase qu'il hissait des tréfonds du puits de sa déception était enchaîné à un boulet. Je ravalai ma salive. Cette fois, ce fut à mon tour de baisser la tête.

— Sans aucune explication, sans me parler, sans rien me dire, insista Filippo.

— Je t'ai parlé.

— Tu m'as dit qu'il y avait trop de monde et que tu ne pouvais pas. Que tu ne pouvais pas quoi ? Ça ou ne rien dire…

— J'ai été, euh, je ne sais pas. Prise de panique.

— Parce que tu allais m'épouser ?

— Non ! Bien sûr que non. Je veux me marier avec toi.

— Tu voulais te marier avec moi. Ne parle pas au présent.

— Je VEUX me marier avec toi, Filippo.

— N'insulte pas mon intelligence. Ne t'entête pas à me faire du mal, Margarita.

— Je n'essaye pas de te faire du mal et… ne… ne… ne m'appelle pas Margarita. Pour toi, je suis Margot. Juste Margot.

— Pour moi, tu es la femme qui s'est enfuie en courant de notre mariage. Tu es la femme que j'aimais et qui m'a brisé le cœur, Margarita. Laisse-moi t'appeler comme ça me chante.

Je soufflai et regardai le plafond. Je sentis les épingles de mon chignon s'enfoncer dans mon crâne.

— Je ne comprends pas ce qui m'est arrivé. Je crois que j'ai besoin d'aide.

— Et comment! Tu m'as laissé croire que notre histoire était réelle.

— Arrête, Filippo, crachai-je d'un ton hostile. J'ai bien compris que tu crois que je t'ai menti parce que je suis la pire personne de la terre, mais tu as tort.

— Alors quoi?

— Alors j'ignore ce que j'ai fait, pourquoi et comment. Je ne sais même pas comment j'ai atterri dans cette satanée station-service.

Je fermai les yeux. J'avais passé ma vie à éviter de défrayer la chronique mondaine, j'allais désormais y faire une entrée fracassante: «On retrouve l'héritière de l'empire Ortega dans une station-service à boire un Coca après s'être enfuie de son mariage.» J'allais devoir mettre le paquet pour empêcher cette une-là de sortir.

— Qu'est-ce que tu cherches à me faire croire? Que tu as des problèmes mentaux? Je vis avec toi, Margot.

Quel soulagement de l'entendre prononcer mon vrai prénom. Il poursuivit:

— Je sais que tu n'en as pas. Tu es une femme parfaitement raisonnable.

— Je ne suis pas dans mon assiette ces derniers temps, Filippo. Je me sens bizarre. Je dors mal, je suis distraite, angoissée. Il m'arrive de ranger les chaussettes dans le congélo et de jeter un pot de yaourt vide dans le bac à linge.

— Bon sang!

Filippo se leva et se mit à arpenter le salon. Il ne portait plus son costume de marié, ni moi ma belle robe blanche en lambeaux. Ses jambes, moulées dans un jean foncé, sillonnaient la pièce saturée d'objets de décoration. Le minimalisme n'était pas le fort de maman.

— Tu n'es pas folle, Margot.
— Ben, j'ai laissé l'homme que j'aime planté à l'autel, t'as une autre explication ?
— Oui, répondit-il aussi sec en se retournant pour me faire face. Tu ne m'aimes pas autant que tu le dis. Ou du moins pas autant que tu le crois.
— Filippo, je t'en prie.
— Margot, tu m'as largué devant l'autel. Devant l'autel !
— Nom d'un chien.
Je me recroquevillai dans la bergère de Lord Champignon.
— Non. Ce n'était pas le moment de fuir. Tu m'as planté devant ma famille, ma mère, mon père, ma sœur, ma *nonna*... Elle a cent ans, Margot.
— N'en rajoute pas une couche.
— Mon supérieur à l'ambassade était là. Et son supérieur à lui. Sans oublier huit de mes collègues. Un ministre de mon pays et... attends, mon oncle aussi était là. Tu sais, celui qui est évêque.
— Génial. Je vais avoir des emmerdes avec l'État italien, leur ambassade en Espagne et le Vatican. Qui d'autre ?
Filippo s'appuya sur la cheminée décorative et croisa les pieds. Le coude sur le rebord, les doigts dans son épaisse chevelure blonde. Le regard froid. Glacial.
— Qu'est-ce que j'ai fait de mal ? Je t'ai toujours traitée avec respect, comme mon égale. J'ai respecté tes ambitions professionnelles, tes croyances, ton timing.
— C'est normal, dans un couple, Filippo.
Il me foudroya du regard.
— Je t'ai aimée plus que la normale !
Oh non, pas les violons, par pitié. Je pinçai le haut de mon nez en attendant le round suivant.
— Je suis devenu fou de toi. J'ai quitté mon appart pour emménager chez toi. J'ai mis mes projets en sourdine. J'ai donné la priorité à notre relation. J'ai supporté ta mère, bon sang !! Ça vaut bien quelque chose, ça, non ?
Sur ce dernier point, il fallait bien que je lui donne raison. Je hochai la tête.

— Tu sais quoi, Margot ? Tu as raison. Tu as besoin d'aide. Pardonne-moi si je suis dur, mais tu m'as ridiculisé devant cinq cents personnes ! Tu sais quoi ? À trente-deux balais, tu ne sais ni qui tu es, ni ce que tu veux ! Tu t'entêtes à faire les choses parce que tu crois que c'est ce qu'on attend de toi, hein ? Ouais, tu as besoin d'aide, mais pas de celle d'un psy ! Ce dont tu as besoin, c'est qu'on t'aide à apprendre à vivre librement, putain !

Je baissai la tête et me roulai en boule, les genoux contre la poitrine.

— Cette inertie dans laquelle tu vis, elle envahit tout. Même moi. Parce que toi, tu te fiches de savoir qui tu es, Margot. Ce qui t'obsède, c'est justement tout ce que tu n'es pas. Voilà ce qui s'est passé aujourd'hui. Ta putain d'obsession a pris le dessus sur l'amour.

J'entendis sa voix se briser et enfonçai la tête entre les genoux. Je voulus disparaître.

— Tu as peur de quoi ? Qu'on dise que tu n'étais pas élégante, que tu as mal choisi ta robe, que la bouffe était froide ? Tu as tout fichu en l'air pour l'opinion de gens dont tu te moques !!

Je le regardai et fis non de la tête. Deux larmes coulèrent sur mon visage démaquillé.

— Non, quoi ?

— Je vais tout arranger.

— Impossible.

— Bien sûr que si. Notre histoire, c'est un conte de fées, Filippo.

— Je ne crois pas aux contes de fées, Margot, et tu ne devrais pas y croire non plus. Vis ta vie selon ce que toi tu veux, pas ce que les autres attendent. Ce serait déjà un bon début.

Il essuya son nez d'un geste de la main puis sécha quelques larmes. Avec une détermination dont j'étais incapable, Filippo se dirigea vers la porte du salon et prononça un verdict en sa faveur.

— Je vais quitter l'Espagne pour un temps. Mes chefs m'ont dit de prendre le mois et demi de congé comme prévu, même si le mariage n'a pas eu lieu. Et c'est exactement ce que je vais faire. De la voile avec mes amis et peut-être même lire sur la plage. Et jusqu'à mon retour, je ne veux ni que tu m'appelles, ni que tu m'écrives. J'ai besoin de découvrir si je suis capable de te pardonner, si notre amour pèse plus que tout le reste.

— Tu me quittes ? Ça veut dire que tu vas vivre... en mode célibataire tout l'été et que tu prendras une décision après ? Je n'aime pas ça, Filippo. Je n'ai pas envie que tu passes l'été à coucher à gauche et à droite pour te venger de moi.

— Non, je ne te quitte pas, même si tu n'as pas le droit d'exiger ma fidélité, en ce moment. Je veux juste comprendre si tu me manques pendant ces quelques semaines, si je parviens à pardonner l'affront que tu m'as fait. Après on parlera.

— Quand ? demandai-je en pleurant.

— Ne m'appelle pas, ne m'écris pas. On discutera en septembre.

— On est en juin ! Ça fait plus de deux mois !

— C'est le temps que je juge nécessaire pour y voir plus clair. Si ça te déplaît, alors mieux vaut qu'on laisse tomber ce qui reste de notre couple et qu'on se dise adieu.

Je restai silencieuse. Il acquiesça, estimant que j'acceptais ses conditions.

— Au revoir, Margot. Profite de l'été.

Toujours blottie dans le fauteuil, je l'entendis refermer la porte du salon derrière lui.

Lady Miaou entra alors. Le claquement étouffé de ses talons sur la moquette hors de prix se répandit dans la pièce.

— Margarita... Tu ferais bien de prendre des vacances. Que personne à Madrid ne te voie pendant quelques jours, disons plusieurs semaines. N'aggravons pas les choses. Tu n'as qu'à bien te tenir. Prouve-lui que tu regrettes ce que tu as fait et il te pardonnera.

Elle me tapota le bras.

— Et enlève tes pieds de mon fauteuil, c'est un Louis XVI hors de prix.

9

Combien de temps la rumeur persiste-t-elle ?

— Avant de décider quoi que ce soit, tu devrais sortir et t'amuser un peu.

Candela jeta un regard surpris à Patricia. Pour une fois qu'elles étaient d'accord sur quelque chose !

— Amen !

Patricia posa son portable sur la table, écran vers le bas, et secoua sa chevelure.

— Mais oui ! On pourrait dîner et boire un verre toutes les trois. Se raconter nos problèmes en se bourrant la gueule. Danser toute la nuit pour oublier nos problèmes.

— T'as des problèmes, toi ? se moqua Candela.

— Mais ma chérie, quand on n'a pas de problèmes, on se les invente. Et sinon, ben, on se les imagine.

Les deux me lorgnèrent. Je clignai des yeux, comme si j'étais incapable de communiquer autrement depuis ce que l'on avait baptisé « l'incident ».

— Faut te secouer. T'as pas bougé depuis hier.

— Pas bougé et communication verbale zéro.

— C'est faux, fis-je remarquer. Hier, maman m'a expulsée de chez elle par crainte du qu'en-dira-t-on. Et avant j'avais fait plein de trucs : je me suis enfuie de mon mariage à travers champs, j'ai bu un Coca dans une station-service, j'ai rompu mes fiançailles, j'ai commandé un Uber, je suis rentrée chez moi, je vous ai envoyé un texto, j'ai dîné de deux Xanax et, puisque même l'industrie pharmaceutique semble me haïr vu qu'ils ont eu zéro effet, je me suis levée à 9 heures du mat' pour en reprendre deux mais vous m'en avez empêchée. Comme vous voyez, j'ai pas arrêté depuis hier.

— Tu te souvenais, toi, qu'elle était si casse-couilles ? gloussa Candela en regardant Patricia.

— Oui.

— Ah, je suppose qu'à force d'être loin j'ai fini par vous idéaliser toutes les deux. Tu n'es pas aussi jolie que ça, toi, d'ailleurs.

Patricia leva les yeux au ciel. C'était la plus belle d'entre nous.

Candela s'approcha de mon dressing et parcourut les vêtements du regard, décidée à suivre le plan. Patricia s'assit à mes côtés et me berça dans ses bras.

— Tu as des nouvelles de Filippo ?

— J'ai l'air d'en avoir ?

— Allez, Margot, qu'est-ce qui te tracasse ? Combien de temps persistera la rumeur ? On est à l'ère de l'information. Ces trucs font le buzz pendant quelques heures puis disparaissent. Il y a des photos de toi en train de te glisser par le trou d'une clôture pour échapper à ton mariage ? Ouais, c'est possible, mais on est sûres de rien. Cela dit… T'as pas froid aux yeux, toi ! Jamais je ne t'aurais cru assez intrépide pour foutre un tel bordel !

— Allez, viens, pressa Candela. Je t'ai préparé une petite tenue. Tu n'as qu'à filer sous la douche et t'habiller. Je vais réserver une table chez… c'est toujours à la mode, le Perra Chica ?

— On sort, alors ?

— Fermez la porte en partant, lançai-je en leur tournant le dos.

Après vingt minutes à agiter des cintres et essayer mes chaussures, Patricia et Candela finirent par comprendre que je n'avais aucune intention de sortir faire la bringue. Même si leur intention était bonne, mes sœurs n'avaient pas vraiment réfléchi. Être aperçue ivre morte dans un endroit à la mode le lendemain de mon mariage raté serait de très mauvais goût. Et cela n'avait aucun sens.

Je voulais récupérer Filippo, pas l'oublier. Je voulais retrouver nos dimanches matin, à lire assis sur les chaises de bar de cet appart que je haïssais sans lui, au son d'une aria italienne que je ne connaissais pas. Je voulais nos soirées, passées dans les bras l'un de l'autre à nous raconter nos journées. Nos repas vietnamiens du jeudi, bon sang. Et j'avais faim.

« J'ai envie de manger vietnamien » fut tout ce que j'ajoutai face à leur insistance. Elles finirent par se rendre à l'évidence que le « manuel » de la rupture parfaite n'a pas toujours réponse à tout.

Je passai donc mon samedi dans un vieux T-shirt de Filippo, enroulée dans un plaid (même s'il ne faisait pas froid), à manger des nems, comme si la fin du monde avait été imminente. Mes sœurs étaient restées, mais j'ignorais ce qu'elles avaient fait de leur soirée. Je ne daignai même pas répondre aux messages réconfortants de mon parrain, membre du conseil d'administration. Ils pouvaient tous aller se faire voir !

Je sais à présent que tout ce que je voulais, c'était rester tranquillement dans mon coin et laisser le temps s'écouler sans avoir à prendre la moindre décision. J'étais persuadée que, si j'osais reprendre les commandes, quelle que soit la direction choisie, je serais incapable de faire marche arrière et d'apaiser le chaos. Toute décision me semblait une connerie monumentale en puissance. Quoique... Difficile de faire pire que « l'incident ».

Je suppose que j'aurais dû m'écouter. On ne s'enfuit pas en courant de son mariage comme ça, sans raison. La panique ne vient jamais seule. Un ami invisible, qui lui murmure des trucs à l'oreille, l'accompagne toujours. Si j'avais connu l'identité de cet acolyte mystérieux, j'y aurais sans doute vu plus clair. Mais ça ne s'arrêtait pas là. À un niveau plus superficiel, j'ignorais même si je préférais m'enfermer dans mon trou ou, au contraire, me lancer seule à la recherche du sens de l'existence, dans le genre *Mange, Prie, Aime.* Bon sang, déjà que j'avais du mal à décider si je préférais mon Nesquik chaud ou froid le matin !

Le dimanche, alors que, la bouche pleine de friandises, Candela nous expliquait pourquoi Khloé était sa Kardashian préférée, je pris cependant une décision majeure : je ne voulais rien de ce qui était censé me réconforter en ce moment. Je n'avais envie ni de câlins, ni de faire semblant de regarder la télé en me gavant de cochonneries, pour après culpabiliser parce que j'allais grossir, puis déculpabiliser parce qu'on a tous le droit de prendre plaisir à se lamenter sur son sort au moins une fois dans sa vie. Ce que je voulais à tout prix, c'était ma vie d'avant, oublier que j'avais été victime d'une crise passagère qui avait ravagé ma vie. Je regrettais cette sensation d'être maître de moi. Je ne connaissais qu'un seul endroit capable de me procurer un tel sentiment : mon boulot. Là, paradoxalement, je pouvais répondre à toutes les attentes en y mettant temps et effort. Entre les quatre murs de mon bureau, le monde devenait gérable... tant que mon planning n'incluait ni meetings ni réunions du conseil d'administration.

Mon bureau avait toujours été ma zone de confort. J'y étais plus à l'aise que chez moi. Dans mon vaste appartement du Paseo de la Castellana[1], j'avais toujours le sentiment de vivre sur le plateau d'un tournage ou dans le hall d'un hôtel. Faussement accueillant, trop propret. Je ne pouvais m'empêcher de penser que je risquais d'endommager le canapé en m'asseyant dessus. Alors que dire d'y convier un invité... Franchement répugnant. Mon refuge au bureau était, lui, bien plus chaleureux. Peu importait la paperasse qui l'envahissait, ou les tasses de café sales qui

1. Le Paseo de la Castellana est l'une des plus grandes et célèbres artères de Madrid. (*Toutes les notes sont de la traductrice.*)

jonchaient la table après une réunion, ou la poubelle pleine à craquer. Travailler dur rime avec pagaille.

Même après que Filippo était entré dans ma vie, c'était là où je me sentais le mieux. La personne que l'on est en amour et celle que l'on est seule face à ce qui nous offre un véritable sentiment d'accomplissement sont très différentes.

En pénétrant dans le hall, je humai son odeur et me sentis tout de suite plus sereine. Là, dans mon palais de cristal, j'en aurais oublié les raisons de tant d'agitation. Tout était calme, Patricia avait raison. Combien de temps faudrait-il, à l'ère du buzz, pour que cette mésaventure soit oubliée ? La vie allait suivre son train. Tout finirait par rentrer dans l'ordre d'un instant à l'autre.

J'entrai dans l'ascenseur. Je saluai d'un sourire le livreur habituel. Je bus une gorgée de café au lait. Je pris une profonde inspiration. OK. Le calme. La tranquillité. La vie réelle…

Les portes de l'ascenseur s'ouvrirent en face de la réception, où aurait dû se trouver Sonia. Il n'y avait personne, juste un brouhaha au loin. Des éclats de rire me parvinrent, quelques applaudissements, et même un acquiescement distrait au milieu des voix. Rien de normal dans tout ça.

Je me dirigeai vers la pièce où bossait mon équipe et jetai un coup d'œil à l'intérieur. Dans le couloir, j'aperçus Sonia rappelant mes collègues à l'ordre. En l'entendant dire « On ne mord pas la main qui vous nourrit », je compris immédiatement de quoi il s'agissait.

Les rires résonnaient toujours lorsque je me plantai derrière l'écran qu'ils contemplaient.

— Que se passe-t-il ? demandai-je d'un air sérieux.

Un silence écrasant s'installa dans la pièce. Je fus envahie par une telle honte que je pouvais sentir chaque fibre de mon tailleur sur ma peau.

Mon équipe au complet me regardait avec un mélange de surprise et de terreur. Sonia poussa un cri, la main sur le cœur.

— Argh ! Marg… Margarita.

Son regard balaya la pièce puis se fixa sur moi, une expression d'horreur sur le visage.

— Va dans ton bureau. Ne t'inquiète pas, je m'occupe de régler ça.

D'un geste de la main, je fis signe au propriétaire de l'ordinateur en question de bien vouloir le tourner vers moi, mais il ne broncha pas. Je fis tourner une fois de plus mon index vers le bas, tout en priant intérieurement que personne ne s'aperçoive de mon état émotionnel. Un chef, y compris celui qui aspire à être un bon dirigeant, ne doit pas montrer son désarroi, au risque que son équipe se sente égarée.

— Margarita..., supplia un de mes managers, jusque-là un type en qui j'avais confiance.

— Tourne l'écran, parvins-je à articuler. Et ne songe même pas à fermer la fenêtre que vous étiez en train de regarder parce que si je dois appeler le département informatique pour extraire tout ton linge sale de l'ordi, ce sera pire.

Il soupira et fit tourner l'écran si lentement que je faillis me mettre à hurler.

Deux mèmes. Voilà ce qui les faisait tant rire. Sur le premier, une photo de moi courant en robe de mariée, où l'on pouvait voir la marque de mes baskets, des Nike. En dessous, on avait ajouté le célèbre slogan de la marque, « Just Do It ». Bon. Il me semblait évident que la photo avait été prise par un invité, qui avait fait circuler le cliché. Comme si cela ne suffisait pas, le deuxième était une réplique de l'affiche du film *Just Married (ou presque)* où le visage de Julia Roberts avait été remplacé par le mien et celui de Richard Gere par celui de Luigi, le frère de Mario, le célèbre plombier des jeux vidéo.

Je dus fournir un effort surhumain pour ne pas oublier de respirer.

Je ne criai pas. Je ne les envoyai pas voir le DRH. Je ne leur jetai pas un regard qui disait « vous êtes tous virés, bande d'enculés ». Je hochai la tête, tournai le dos et marchai jusqu'à mon bureau en regardant droit devant moi. Impossible d'effacer de ma mémoire cette image de moi, piquant un 100 mètres en robe de mariée, dans un sillage de soie sauvage.

Je n'eus pas le temps d'allumer mon ordinateur que mon téléphone se mit à sonner et le nom du PDG apparut sur l'écran. C'était donc à ce pauvre homme qu'avait incombé cette corvée.

— Oui ? articulai-je en ravalant ma salive.

— Margarita, comment vas-tu ?

— Merveilleusement bien.

Pas question de concéder quoi que ce soit à l'ennemi, Margot, tu es en terrain hostile.

— Hum... tu pourrais te libérer pour une réunion de dernière minute ?

— Mon emploi du temps n'est pas très chargé. Je suis censée être en vacances, tu te souviens ?

— Euh, oui. Je ne voulais pas aborder le sujet.

— Eh bien c'est moi qui le fais, comme ça on crève l'abcès.

— OK. On se voit dans une demi-heure dans la salle de réunion, ça te va ? Le CA aimerait s'entretenir avec toi.

Sonia me prépara une tisane corsée et frotta mon dos pendant cinq bonnes minutes pour calmer mes nerfs.

Tu as déjà vu le film *300*? Non ? Bon, je vais essayer de te raconter ça sans trop de *spoilers*, au cas où. Le héros, Léonidas, est forcé de rendre visite à l'Oracle de Delphes, où il fait une demande, que je ne dévoilerai pas, aux éphores. Les éphores sont une bande de types à capuche qui envoient de très mauvaises ondes et sont laids à faire peur. À mi-chemin entre quelque chose de purulent et un zombie. C'est exactement comme ça que j'imaginais les membres du conseil d'administration, capuches comprises. Le genre de types qui vous hérissent le poil. Lorsque j'avais intégré l'organe dirigeant de la société, j'avais dû leur expliquer que les blagues sur les nichons, les prostituées, les viols et les bordels ne me faisaient pas rire. Vraiment pas. Et pourtant, je les craignais.

Tu comprends mieux pourquoi je ne mourais pas d'envie de les voir.

— Bonjour, comment allez-vous ? demandai-je en entrant dans la pièce, feignant l'indifférence devant tous ces types assis autour de l'énorme table de réunion.

— Bien. Assieds-toi, Margarita. Nous aimerions te parler.

Au lieu d'une tisane bien corsée, j'aurais dû avaler un calmant. Ou un shot de whisky. N'importe quoi pour supporter ce petit ton paternaliste. Je m'assis à mon tour.

— On est sur un pied d'égalité ici, n'est-ce pas ?

— Bien sûr, Margarita. Nous sommes des collègues de travail.

— Mais j'ai 37 % des actions du groupe.

Tous acquiescèrent.

— Je vous pose la question parce que, entre *collègues*, j'aimerais qu'une chose soit claire : je n'ai pas eu la chance de connaître mon père, dont on dit que c'était un homme bon, mais ce n'est pas pour autant que j'ai besoin que quiconque endosse ce rôle, vous me suivez ?

— Parfaitement.

Le président donna le ton. Bordel de merde. Jamais je n'aurais dû approuver sa nomination.

— Tu vois, Margarita, ce qui s'est passé vendredi est…

Je complétai sa phrase :

— Éprouvant.

— Cela a dû être très dur pour toi. Une expérience traumatisante. Nous comprenons parfaitement que tu espères trouver du réconfort dans ton travail.

Il a dit « réconfort », le salaud.

— Mais ?

— Mais nous pensons que tu ferais mieux de prendre des vacances. Tous tes congés. La boîte te doit soixante-dix-sept jours.

— Ces dernières années n'ont pas été de tout repos, c'est vrai.

— Oui, et nous pensons que cela n'est pas sans conséquences. C'est pour cela que...

— J'apprécie vos intentions, mais je préférerais continuer à travailler, pour être honnête. J'ai besoin de garder mon esprit occupé.

Mon parrain, l'un des hommes de confiance de mon père, s'adressa alors à moi. C'était le seul membre du CA que j'aurais sauvé du bûcher. Et qui ne ressemblait pas à un éphore.

— Margot... Tu sais bien que jamais je ne soutiendrais une mesure qui soit injuste envers toi mais... il faut que tu prennes ces vacances. Tu as trente-deux ans et tu dois prendre soin de toi.

— Je n'ai pas besoin de vacances, mentis-je.

— Nous pensons que si.

— Il y a eu un petit incident avec ton staff, non? renchérit un autre.

— Je ne suis pas sûre de comprendre... C'est pour prendre soin de moi et me reposer, ou pour tenir le scandale le plus loin possible de l'entreprise, que je suis censée prendre des vacances?

— Margot, je t'en prie... prends tes congés, supplia une fois de plus mon parrain.

— J'ai le choix?

— Non.

— Ne me faites pas ça.

— La société met évidemment à disposition tous ses hôtels pour t'offrir un temps de détente, pour que tu te relaxes, que tu t'éloignes de tout ça...

— Je ne veux pas m'éloigner.

— Eh bien, tu dois t'y résoudre.

Je me levai en pestant. J'avais l'impression d'être un enfant grondé pour ses mauvaises notes.

— Bon, d'accord. À dans soixante-dix jours.

— Ma chérie..., intervint mon parrain avant que je ne me précipite hors de la pièce. Profite au moins de quelques jours. Un mois, si tu veux. Reviens quand tu veux mais il faut vraiment que tu réfléchisses à ce qui compte le plus, et ce n'est pas le travail en ce moment.

De retour à mon bureau, j'esquissai un geste pour appeler Sonia. Jamais je n'avais été aussi avare en paroles. Une voiture de la société me ramena chez moi. J'ôtai mon tailleur, me glissai sous la couette et ignorai Candela, qui finit par se lasser et me laissa tranquille.

10

Tête de mule

Combien de temps dure un buzz ? En théorie, pas longtemps… à moins de l'entretenir, avec des mèmes par exemple. Alors, ça se prolonge un peu. Quelques semaines tout au plus, m'avaient assuré mes sœurs. Il fallait juste que je prenne mon mal en patience. Et ça, j'en avais à revendre.

Selon mes calculs, Candela aurait déjà dû reprendre le boulot. Lorsque je lui demandai à quand était fixé son retour, elle m'expliqua qu'elle avait accumulé beaucoup de jours de congé, tout en restant vague sur le nombre exact. J'aurais dû m'en inquiéter mais… j'avais la tête ailleurs. Elle n'avait qu'à rentrer quand ça lui chantait. Je devais, moi, gérer l'effondrement de ma vie. Je n'avais pas le temps de penser à elle.

Je suis la reine des têtes de mule. Je m'entêtai donc à mener une vie normale, pour que Filippo finisse par comprendre que j'avais juste eu une crise passagère. Un déséquilibre chimique au niveau cérébral, sans doute. J'exposai mon hypothèse à Candela. Je choisis d'ignorer son geste de stupeur et interprétai son silence comme un consentement, qui me conforta dans mon idée.

« Il faut revenir à la raison. » Il fallait que je me sente maîtresse de moi et de mon destin.

Pourquoi ne pas brûler quelques calories au club de fitness ?

— Tu as des nouvelles de Filippo ? me demanda Patricia quand je lui fis part de ma brillante idée.

— Quel rapport avec le club de fitness ?
— Rien, mais… tu as des nouvelles ?
— Non, grognai-je.
Elle soupira.
— Bon. Je ne pense pas que la salle de sport soit une bonne idée. Les commérages y vont bon train, tu sais. Je n'y vais plus parce que j'ai l'impression de passer au scanner à chaque fois que j'entre dans les vestiaires.
— Il faut que je libère des endorphines, lui rétorquai-je.
Et j'y croyais vraiment.
Le premier jour, j'avais essayé quelques machines, salué quelques connaissances, acheté une boisson isotonique sans sucres ajoutés, avant de rentrer à pied.
Le deuxième jour, j'avais participé à un cours de boxe et frappé le sac avec plus de force que de technique. Le troisième jour, par contre… ce qui avait commencé par quelques regards discrets avait pris une autre tournure. Je faisais claquer deux énormes cordes sur le sol, haletante, quand ma coach me demanda si j'avais quitté Filippo parce que son pénis était trop petit ou parce que j'étais lesbienne. La deuxième hypothèse semblait être la plus populaire parmi les membres féminins du club. Ces maudites girafes voulaient à tout prix que la rumeur de mon homosexualité soit vraie, car elles avaient vu dans un épisode de *Sex and the City* qu'avoir une amie *gay* était hyper tendance.
Fin de l'expérience. Conclusion : le sport n'est pas la solution à tes problèmes, ce n'est qu'une torture médiévale vendue comme une habitude saine. Et puis, les gens sont cons.
J'abandonnai le sport pour gagner mon lit, où je restai allongée pendant des heures, comme un lézard au soleil, à regarder des photos de Filippo et moi.
— Pourquoi ne pas prendre le temps de faire toutes ces choses auxquelles tu n'accordes généralement pas une seconde ? suggéra Candela le jour où elle me trouva chez moi, des bouts de spaghettis séchés autour de la bouche.

Il faut que tu prennes soin de toi, ma chérie. Ce n'est pas la fin du monde, juste... une impasse.

Soit. Pas une mauvaise idée. J'allais rendre mon chez-moi plus chaleureux. Changer les rideaux de la chambre et les coussins du canapé, par exemple. Et pourquoi ne pas remplir le frigo de nourriture qui me donnerait la pêche. La chronique d'une mort annoncée, bien entendu.

Le lendemain, ce fut au tour de Patricia de revenir à la charge :

— Et si on allait faire un peu de marche ? Sérieux, Margot. Fais comme les gens normaux après une rupture. Mange du chocolat, pleure, bois du vin, danse et porte des jupes hyper courtes.

— On n'est pas dans une comédie romantique, Patricia.

— Ouais, ben, ce ne serait pas si mal. Après tout, ça finit toujours bien, non ? Et si on organisait une sortie toutes les trois ? Profitons que Candela reste encore quelques jours. Je crois qu'elle ne va pas tarder à rentrer chez les Esquimaux.

— En Suède !

— J'ai toujours été nulle en géographie. Je dois tenir ça de maman.

Elles prenaient le relais pour s'occuper de moi. Candela semblait enchantée de passer du temps avec moi, mais Patricia... Entre son boulot et le quotidien d'une famille de trois enfants en bas âge, elle était encore plus stressée que d'habitude.

J'aurais peut-être dû jeter l'éponge et cesser de résister. Il leur fallut deux jours pour me convaincre. Le premier, Candela m'avait emmenée boire un *kombucha* dans un bistrot branché. Nous y avions dégusté un plat végane absolument délicieux et... Tu as déjà bu du *kombucha* ? Non ? Pas la peine d'essayer, crois-moi. C'est vraiment immonde. Un peu comme si tu buvais de la pisse fermentée avec un soupçon de vinaigre.

Censée prendre la relève le lendemain, Patricia croulait sous le travail. Candela proposa de m'emmener manger dans un resto tibétain ouvert récemment quelque part en ville, mais après l'épisode du *kombucha*, je préférai attendre que Patricia soit dispo. Je n'avais envie que d'une chose : enfiler mon pyjama et regarder des séries policières, mais aucune de mes sœurs ne jugeait bon de me laisser seule devant des histoires mêlant crimes et assassins. Je m'étais donc retrouvée à demander au chauffeur de l'entreprise de me conduire chez ma sœur, vu qu'elle habitait à perpète et que je n'avais pas de voiture.

Comme toujours, Patricia était resplendissante, mais débordée. Elle m'embrassa et me demanda de servir deux verres de vin dans la cuisine ouverte de sa sublime villa, pendant qu'elle bouclait quelques dossiers dans son bureau.

— Je dois juste passer un coup de fil, je te rejoins dans un instant.

Quand ma sœur refit enfin son apparition, j'avais déjà vidé mon verre, le sien et ce qui restait dans la bouteille.

— Eh bien !

— Ça va, Patricia, c'est bon. Vous avez gagné. Sortez-moi. Emmenez-moi faire la fête, je vous en supplie. Mais ne me laisse pas une demi-heure de plus avec tes mômes. Ils viennent de découvrir les Moffatts et disent que c'est le meilleur groupe de l'histoire.

Nous nous étions mises d'accord : le jour du crime fut fixé à vendredi. Même le braquage de *La Casa de papel* ne fut pas aussi méticuleusement organisé que notre petite virée. Parce qu'il s'agissait d'une sortie d'après-rupture, certes, mais pas uniquement. Nous ne pouvions pas nous rendre dans un club huppé de Madrid, où je risquais de croiser du monde. Ni dans l'un des bars à la mode que m'avait recommandés la sœur cadette de Filippo. Hors de question de tomber sur quelqu'un que je connaissais et encore moins s'il ou elle travaillait pour le Groupe Ortega. Il nous fallait un tripot où l'on passait de la musique sur laquelle danser et où l'alcool coulait à flots, un endroit de préférence sombre, où je ne risquais pas de croiser l'épicière du coin.

Et c'est un fait. Si je n'ai effectivement pas croisé mon épicière, je me suis néanmoins heurtée à la plus belle complication de ma vie.

11

Le désespoir de Margot

Candela avait surfé sur Internet pendant des heures avant de trouver l'endroit idéal pour notre soirée. Le guide de la rupture parfaite stipule qu'il faut sortir et se prendre une cuite. Vu que j'avais largué mon fiancé devant l'autel et qu'il s'était barré après m'avoir demandé de ne pas le contacter jusqu'à la fin de l'été, je cumulais deux ruptures en une. Et moi, je me fichais de tout. Après avoir écouté en boucle « Miss You Like Crazy » des Moffatts, le monde avait perdu ses nuances et était devenu de plus en plus flou.

Trouver cet improbable lieu idéal : du Candela tout craché. Incapable d'assortir deux vêtements sans qu'Agatha Ruiz de la Prada la félicite, elle avait néanmoins l'art de dénicher à peu près tout.

Il ne nous restait donc qu'à réserver une table dans un bistrot pour touristes où l'on servait des pichets de sangria.

Alberto s'occupait des enfants, ravis à l'idée de manger du pop-corn et des bonbons devant un film de superhéros.

Candela, quant à elle, semblait avoir fait de mon appart son repaire. Elle prétendait toujours séjourner chez notre mère, mais le sac à dos et la pile de vêtements qui jonchaient ma chambre d'amis prouvaient le contraire.

— Je rêve ! On se croirait dans une boutique Desigual, lança Patricia en passant la tête par l'embrasure de la porte.

— Qu'est-ce que je mets ? demanda Candela.

— Rien de ce qui se trouve derrière cette porte. On va jeter un œil dans le dressing de Margot, elle a des tonnes de fringues sympas.

Patricia avait apporté ses affaires. Comme je lui avais demandé de ne pas en faire trop côté vestimentaire (elle était si belle qu'elle aurait attiré l'attention en blouse d'hôpital, et je n'avais pas du tout envie qu'elle ressemble à une supernova et attire trop de regards sur nous), elle enfila un jean et un top caraco. Cela n'avait l'air de rien, mais elle était tout simplement sublime. Cheveux blonds ondulés, un peu de gloss sur les lèvres et un trait parfait d'eyeliner sur ses paupières, il n'en fallait pas plus.

Candela choisit une salopette couleur camel, ornée d'une ceinture brune. Je ne pus m'empêcher de me dire : « J'ai acheté ça pour notre lune de miel. » Avant de me corriger : « Ce n'est pas moi qui l'ai achetée, c'est cette satanée *personal shopper*. Ça n'a plus d'importance de toute façon, plus de voyage ni de fiancé. »

— Il ne m'a pas écrit, bredouillai-je en la regardant fouiller mon armoire à chaussures, à la recherche d'une paire de sandales respectant les critères que lui avait donnés Patricia.

— C'était le marché, non ?

— Tu crois qu'il drague d'autres femmes ?

— Non, répondirent Candela et Patricia à l'unisson.

Tu te souviens de cette histoire de vérités auxquelles on ajoute un peu de poésie, comme les couches de sucre dans une barbe à papa ? Même chose pour les mensonges. Ils sont parfois plus faciles à digérer.

Je refusai systématiquement toutes les tenues que me proposa Candela qui, s'étant trouvée belle dans le miroir, s'était soudain découvert un talent de styliste. Je rejetai aussi les propositions de Patricia : les fringues de mon dressing respectaient un ordre que mes sœurs ne semblaient pas comprendre. Je portai mon choix sur deux cintres et j'enfilai les pièces qui y pendaient : un haut noir à plumetis, manches courtes et décolleté croisé, sur un jean de la même couleur, resserré aux chevilles.

— Il se passe quelque chose avec Patricia, murmura Candela pendant que nous attendions le taxi en bas de mon immeuble.

— Quoi ?

— Je te le dis. Elle est hyper bizarre.

— Elle n'est pas bizarre, juste stressée. Elle a trente-six balais, trois gosses et un business qui marche. Tu te sentirais comment, toi ?

— Épuisée. Mais ce n'est pas de ça que je parle. Je te jure, observe.

Nous nous retournâmes discrètement vers Patricia, le regard perdu dans son téléphone.

— Elle remet ça, remarqua Candela.

— De quoi tu causes ? Du fait qu'elle est sublime ?

— Mais, non, imbécile. Elle est de nouveau sur son portable.

Je levai les yeux au ciel.

— Cande, c'est normal. C'est toi qui ne l'es pas, avec ton vieil Alcatel à antenne. Sur les smartphones modernes, tu peux lire le journal, gérer ton emploi du temps…

— Je sais, idiote ! C'est peut-être ce que tu fais sur ton portable, mais pas Patricia. Elle passe tout son temps à tchater…

— On dit *whatsapper* de nos jours.

— M'en fiche. Le fait est qu'elle passe son temps à papoter avec quelqu'un.

— Cande, Alberto et elle ont trois enfants. Tu imagines l'organisation que ça demande à deux personnes qui bossent ?

— Absolument pas, mais vu que je passe mon temps à essayer de sauver des gens qui sont parfois aux portes de la mort, je conçois qu'elle n'a pas la vie facile.

— Arrête. Ne déforme pas mes propos.

— Je te dis que ce n'est pas normal. Il se passe quelque chose.

— Comme quoi, d'après toi ?

— Et si elle voulait divorcer ?

Je lui jetai un regard halluciné.

— Ça ne tourne pas rond, dans ta tête.

— Ou peut-être qu'elle veut déménager dans un autre pays. Ils ont tous les deux une renommée internationale.

Plus elle développait cette théorie, plus elle semblait s'en convaincre.

— Peut-être qu'elle veut se débarrasser de nous et s'emparer de notre héritage, plaisantai-je.

— Bonne chance, j'ai fait don du mien.

Je ris.

— Cherche pas midi à 14 heures. Elle est comme ça, y'a rien d'anormal.

Candela ne parut pas convaincue. Je haussai les épaules sans y accorder plus d'importance. J'ignore si je préférais ne pas m'en faire, ou si je n'avais tout simplement pas envie de partager mon instant dramatique perso.

Cependant, comme je l'ai si souvent répété, Candela est la plus maligne de nous trois. Je n'aurais pas dû faire la sourde oreille, cela m'aurait au moins évité son regard de supériorité lorsque Patricia annonça, après avoir avalé son premier verre de sangria :

— J'ai quelque chose à vous raconter.

Les yeux de Cande brillèrent de fierté. Ils semblaient dire : « Tu vois ? »

— Je le savais, murmura-t-elle. Il se passe quelque chose.

— Bien sûr que non, hein ? Dis-lui que c'est juste le stress à cause du boulot et des enfants et… ?

— Non. Il y a quelque chose que…

Je les regardai craintivement.

— OK, j'ai pigé. Vous êtes de mèche. Vous voulez me réconforter en inventant des situations comme « ma vie n'est pas si rose que ça ».

— Aucune vie n'est aussi rose que ça.

— N'importe quoi. La tienne, si.

— Tu vas la laisser parler ? me lança Candela.

— Ouais, ouais. Elle va me sortir un truc du style « il y a des mois que les poils de ma foune poussent à une vitesse surhumaine et on dirait que je porte des pantalons rembourrés ».

— Elle est bonne, celle-là.

— Vous pouvez la fermer ? demanda Patricia en se reversant à boire. J'essaie de vous dire quelque chose. Et Dieu sait que c'est difficile.

— Tu as découvert un troisième téton que tu croyais être un grain de beauté ?

— Dis donc, t'es vraiment payée pour améliorer l'expérience clientèle et la réputation de l'entreprise ? Parce que j'ai l'impression que t'aurais plutôt dû écrire des scénarios de série B.

Je croisai les bras. Candela fit un geste de la tête en direction de Patricia, avec ce dédain que seule une sœur qui t'aime de tout son cœur peut ressentir.

— Je ne suis pas de mèche avec celle-là. Tu sais bien qu'on n'arrive jamais à se mettre d'accord sur rien.

— Bon, vous allez me laisser parler, oui ou non ?

— C'est vraiment dégueulasse ce que vous êtes en train de faire. Vous ne pouviez pas faire comme tout le monde, me soûler pour essayer de me faire oublier Filippo, le temps d'une soirée ? Non, vous deviez élaborer un plan...

— Puisque je te dis qu'on n'a rien élaboré du tout, bordel ! s'écria Candela.

— Quelle vulgarité !

— Je suis peut-être vulgaire, mais toi, tu es déjà bourrée !

— Je crois qu'Alberto me trompe.

Le pain qui était sur le point de nous servir de projectile, à Candela et moi, nous tomba des mains.

— Répète un peu.

Patricia prit une profonde inspiration et hocha la tête. Elle semblait contenir ses larmes, comme le jour de mon mariage. Ex-mariage. Supposé mariage. Enfin, celui dont je me suis enfuie en courant.

— Je crois qu'il me trompe, bordel !

— Impossible, assena Candela. Ce mec est fou de toi depuis la fac. Enfin, Patricia, il orbite autour de toi !

— Je suis aussi sûre de ce que j'avance que du fait que maman m'a baptisée Patricia en référence aux patriciens romains. Il rentre super tard le soir et quand il est là, il est toujours occupé, appels, e-mails… sans parler des congrès auxquels il assiste tout le temps.

— C'est tordu, ce que tu imagines, là. T'es parano.

Elle remplit pour la énième fois son verre et le vida quasi cul sec, tout comme elle avait fait pendant que Candela et moi nous nous disputions.

— Je te dis que si, j'en suis sûre. Ce genre de trucs vient toujours de ceux dont on l'attend le moins.

— Mais…

Je me rapprochai de Patricia pour essayer de créer une ambiance un peu plus intime au cœur de ce bar graisseux où retentissait de temps en temps un « olé » au fort accent de Navarre.

— Patricia, comment veux-tu qu'il te trompe ? Toi ? Tu es intelligente, intéressante, ta journée compte plus d'heures que celle du commun des mortels, ton business est florissant, et t'arrives même à assortir les vêtements de tes enfants ! Et en plus de ça, t'es canon !

— Écoute ce que m'a dit maman. Peu importe que tu prennes soin de toi, il y a toujours quelque chose qui cloche, et une autre femme qui n'en souffre pas.

— Elle parle quelle langue, là ? m'interrogea Candela.

— Je te dis que je me suis laissée aller et…

Nous lui jetâmes un regard ahuri.

— Elle est sérieuse ?

— C'est pas à moi qu'il faut demander, Candela ! Je n'en sais pas plus que toi !

Patricia sanglotait tout en cherchant sur la table le pichet de sangria déjà presque vide.

— Je vous dis qu'il me trompe, je le sais.

— T'es vraiment sérieuse ?

— Mais puisque je vous le dis, nom d'un chien !

— Bon, OK.

Candela se redressa, je continuai à caresser le bras de Patricia.

— Alors, il va falloir mener l'enquête pour s'en assurer. Et une fois que tu connaîtras la vérité, tu pourras décider de la marche à suivre.

Je la regardai, les sourcils froncés, tandis qu'un serveur déposait sur la table les croquettes les plus pourries que j'aie jamais vues.

— Un autre pichet de sangria, s'il vous plaît, commanda Patricia avant de tourner son attention vers Candela.

— T'as fouillé dans son téléphone ?

Elle acquiesça.

— Merde, c'est horrible. Quel manque de respect. C'est ton mari, putain, pas un terroriste en puissance ! Elle est où, la confiance, dans le couple ? m'indignai-je.

— Engage un détective privé, suggéra Candela.

Je sentis le rire monter et je m'emparai de mon verre pour ne pas m'esclaffer.

— Un détective ?

— Ouais. S'il a une maîtresse, en moins de deux semaines tu seras fixée.

— Ça fonctionne comment, cette histoire ?

— Bon sang, Patri, t'as jamais vu de films policiers ? lui lança Candela, enchantée par l'idée qu'elle venait d'avoir.

— T'enfiles une paire de bas sexy, une jupe moulante et des talons aiguilles et tu vas trouver le détective en question, qui sera sûrement en train de boire un whisky et puera la clope. Il y a quelques années, il était encore au top, mais depuis que sa femme l'a quitté pour son meilleur ami, il ne lui reste que la chaleur de l'alcool pour égayer ses nuits. Tu le reconnaîtras à son long imper troué et à son chapeau…

Candela serra rageusement les lèvres et me lança le bout de pain avec lequel elle m'avait menacée quelques minutes auparavant.

— T'es vraiment conne.

— Tu veux vraiment qu'elle engage un détective ?

Je n'en croyais pas mes oreilles. La larme à l'œil, Patricia prit la main de Candela et la regarda de ses énormes yeux bleus.

— Tu m'accompagnerais ?
— Évidemment !
Jalouse, je ne pus m'empêcher d'ajouter :
— Merde, moi aussi je veux y aller, maintenant.
Nous partîmes toutes trois d'un petit rire nunuche, au bord des larmes. Ces derniers jours avaient été intenses.
— Ça me manque, d'avoir une mère.
— On en a une, lui rappelai-je.
— Ouais, ben, ça me manque, une mère qui ne miaule pas.
Cette fois, les éclats de rire retentirent autour de la table où venait d'atterrir un autre pichet de sangria.
— Allez, un dernier et on bouge de là !

— Et tu l'as déniché comment, cet endroit ? demandai-je à Candela en attendant que les nanas devant nous puissent produire un document permettant d'attester qu'elles étaient majeures.
Le videur du bar était balèze à faire peur. À se demander pourquoi un type aussi costaud, qui semblait avoir été entraîné à Guantánamo, surveillait la porte d'un simple pub.
— Ben, sur Google. Il est bien noté. Ambiance agréable, musique cool et alcool pas trop mauvais. En plus, il paraît que l'une des serveuses a gagné un concours de beauté récemment.
— Intéressant, approuva Patricia. Excuse-moi, t'aurais pas une clope ?
Un des types qui faisaient la queue derrière nous lui tendit une cigarette et un briquet en moins de dix secondes.
— Depuis quand tu fumes ?
— Elle a arrêté quand elle est tombée enceinte la première fois, avouai-je à Candela. Elle a commencé à fumer à seize ans mais je n'ai jamais pu en parler.
Les yeux fermés, elle tira une bouffée.
— Quelle bonne idée, cette soirée entre frangines, dit-elle à mi-voix.

— Ouais, répondis-je avec une pointe d'ironie. Maintenant, en plus de ma vie, je me fais du souci pour la tienne. Bonté divine.

— Détends-toi ! C'est quoi le pire qui peut arriver ? Ce n'est pas la fin du monde ! Allons danser et chercher deux beaux mâles avec qui oublier nos peines.

— Des mâles ? Patricia, on vient de demander leur carte d'identité aux gamines devant nous, tu crois que tu vas trouver quoi, à l'intérieur ?

— Moi, je danse très bien et je suis majeur.

C'était le type qui lui avait filé la cigarette qui venait de parler. Je regardai Candela avec consternation, mais celle-ci semblait beaucoup s'amuser.

À l'intérieur, il faisait sombre et la musique assourdissante vibrait dans ma poitrine. La foule qui remplissait le bar s'agitait de façon presque rythmée, proche des préliminaires. Adossé au distributeur de cigarettes, un couple se roulait une pelle. Deux filles dansaient sensuellement. Dans le fond, deux types et une brunette formaient une espèce de sandwich qui me parut excitant, malgré mon état de lassitude.

— Allez, on y va !

Mes sœurs me tirèrent le bras tandis que j'ajustais mon sac en bandoulière. Je trouvai l'ambiance hostile. Comme si je m'étais aventurée dans une jungle sans machette à brandir en cas de pépin.

Nous atteignîmes tant bien que mal le premier comptoir. Deux jolies serveuses s'efforçaient de servir les verres aux dizaines de personnes qui réclamaient leur attention.

— C'est blindé ici, déclara Candela. On essaie le bar du fond ?

— On risque d'avoir besoin d'un équipement de spéléo pour y arriver, lui répondis-je en criant.

Patricia ne nous avait pas attendues pour se frayer un passage.

— Hé !! hurla-t-elle en arrivant au comptoir du fond.

Un jeune blond lui jeta un regard et l'invita à parler d'un simple mouvement de sourcils.

— Trois shots et trois cocktails, s'il te plaît ?

— Donne-moi une seconde, s'il te plaît. Mon collègue est parti chercher des glaçons, je suis tout seul.

— T'inquiète, mon cœur, je t'attends.

— Patri, je t'en prie. Quel pot de colle !

— Tu l'as bien regardé ? *Mamma mia !*

— Il a l'âge d'être ton fils.

— Hé, nous sommes des trentenaires intéressantes, et je t'assure que c'est tout sauf un gamin. J'ai le droit de flirter, mon mari me trompe !

Lorsqu'elle se retourna à nouveau, un mec sorti de nulle part la regardait en souriant à moitié, tout en vidant des sacs de glace dans le congélateur. D'un geste, il en ouvrit un et remplit un seau. Tignasse brune, yeux sombres, nez aquilin et bouille enfantine... avec un côté mauvais garçon, comme ceux qui te séduisent à la sortie de l'école, te volent ton premier baiser puis te brisent le cœur. Et une barbe irrégulière au menton.

— Qu'est-ce que t'en dis ? Mon mari me trompe ! répéta Patricia en criant.

Celui-ci aussi semblait lui plaire.

— Un beau salaud ! s'exclama le serveur en jouant le jeu. Tu devrais le quitter. Tu n'as qu'à mettre ses affaires dehors !

Je m'appuyai à mon tour au comptoir, me glissant entre eux pour couper court à la conversation.

— Trois gin tonics. Et toi, Patri, arrête de lui raconter ta vie, nom d'un chien !

— Demande-lui trois shots et son numéro.

— Ferme-la ! T'as les dents qui brillent sous cette lumière, ça fout les jetons.

— Voyons voir...

Le barman s'approcha un peu plus, cherchant à attirer mon attention.

— C'est donc toi la chef, on dirait. Raconte-moi tout. Tu veux des shots de quoi ?

Avait-il aussi entendu l'histoire du numéro ?

— À la liqueur de sucette ?

— Et pourquoi pas un shot arc-en-ciel ?

Certains auraient été offensés. Moi aussi, dans d'autres circonstances. Mais là, je trouvai ça drôle. Je baissai la tête pour qu'il ne puisse pas me voir sourire.

— De tequila ! Trois shots de tequila ! crièrent à l'unisson mes sœurs.

— Mais c'est pas vrai, bon sang !

— Allez, Margot, lâche-toi un peu !

Je poussai un soupir et regardai le barman avec embarras.

— Bon, trois gin tonics de, hum... Tu mets le gin que tu veux, et trois shots de tequila.

Le garçon me jeta un regard où pointait une certaine suffisance.

— Qu'est-ce qu'il y a ?

— Tu ne sors pas souvent, hein ?

Je fis non de la tête.

— T'inquiète ! Amuse-toi un peu.

— Mais c'est ce que je fais !

Il n'entendit pas ma dernière affirmation. Il était parti à la vitesse de l'éclair pêcher un gin qui se trouvait sur l'étagère la plus haute.

— Il est ca-non ! cria Patricia.

— Mais non !

Candela et moi avions répondu en même temps. Si j'admettais que le mec en question était plutôt mignon, je n'avais aucune intention de laisser la voie libre à une femme dépitée, adultère en puissance.

— Oh ! La Rosalia ! s'écria Patricia en entendant les premières notes de la chanson suivante.

— On dirait que tu t'y connais !

— Toujours moderne, jamais démodée, ma chère.

Trois grands verres à soda remplis de glaçons firent leur apparition sur le bar devant moi. Une moue de dégoût se dessina sur mon visage.

— Sérieux ? Dans des verres comme ça ?

— Eh bien, pour quelqu'un qui ne sort pas beaucoup, tu es plutôt fine bouche, hein ?

Je l'observai un instant. Cheveux bruns qui avaient grand besoin d'une coupe, yeux noisette, regard profond, lèvres pulpeuses. Vingt ans… et des poussières ? Ou la vingtaine bien sonnée. Un de ces mecs sans âge qui peuvent tout aussi bien sortir du lycée que de la fac. Il portait un T-shirt noir où l'on pouvait lire le nom du bar en lettres blanches brodées sur la poitrine, qui lui allait plutôt bien mais… rien de très… exceptionnel. Je ne sais pas si je me fais comprendre. Mon fiancé (ex-fiancé ? ex ? futur époux ? petit ami ?) est un de ces types qui font tourner toutes les têtes. Au resto, notre table finissait toujours par être la cible de regards dissimulés et de chuchotements entre copines. « Regarde le mec canon », « Il y en a qui ont de la chance »… Il ne manquait qu'un chœur de trompettes pour annoncer son entrée. Un prince de conte de fées et ma référence en termes de beauté masculine. Je ne voyais donc pas ce que Patricia trouvait de si extraordinaire à ce type derrière le comptoir.

Que faisait Filippo à cet instant précis ? Était-il de sortie avec ses amis ? Appuyé au comptoir d'un bar ? Sans doute, mais certainement dans un endroit plus glamour, plus élégant, et truffé de jolies filles, de celles dont tombent amoureux les chanteurs et les sportifs et qui…

Le barman interrompit le fil de mes pensées :

— Pour les shots, c'est de la tequila, n'est-ce pas ?

— Ce que tu veux, mec ! cria ma sœur aînée dans mon dos.

— Tequila, oui.

Il me sourit et fit glisser trois petits verres sur le bar et une petite assiette de rondelles de citron. Il prit la bouteille et remplit les verres d'un seul mouvement.

— Quarante-huit.

— Pardon ?

— Ça fera quarante-huit euros !

— Ah, euh, je peux payer par carte ?

Il me tendit le lecteur de cartes. Prise au dépourvu, j'eus un petit sursaut puis me mis à fouiller nerveusement mon sac. Je jetai un œil au barman, qui m'observait d'un air amusé tout en remuant inconsciemment ses épaules au rythme de la chanson qui passait. Je dénichai mon smartphone et confirmai la transaction.

— Tu veux le ticket ?

— Pas besoin.

Il se passa la main dans les cheveux, fit craquer son cou et me rendit mon regard. Des yeux bruns ordinaires, mais… tristes.

— Et si je te faisais payer le double ?

Je fronçai les sourcils.

— Je plaisante.

Je souris.

— Ouais. Merci.

Je lui tournai le dos pour faire passer les shots et les rondelles de citron à mes sœurs.

— Hé !

Il se tenait toujours derrière moi. Nous échangeâmes un long regard étrange, puis il finit par lever un petit verre comme les nôtres.

— À la vôtre !

Patricia lâcha un petit cri de joie avant et après avoir ingurgité cul sec la tequila, Candela éclata de rire et moi… je restai le verre levé, persuadée que le barman m'avait reconnue au milieu de la foule. Pas la nana qui s'était enfuie de son propre mariage, mais celle aux yeux aussi tristes que les siens.

12

Yeux tristes

Quand tu es barman, tu finis par en connaître un rayon en matière de psychologie. Je suppose que ce rôle de confident qu'on nous attribue dans les films n'est pas fortuit. On entend beaucoup d'histoires, même quand on n'en a pas envie. Voilà la sensation que provoqua en moi cette fille. Elle était totalement perdue, jusque dans son propre corps, à l'image du poulain qui ne sait pas encore se servir de ses jambes. Maladroite. Apeurée. Seule.

À en juger sa manucure, ses cheveux et ses vêtements de luxe, elle ne devait certainement pas avoir les mêmes problèmes que moi : elle bouclait largement ses fins de mois, avait certainement une belle maison et un bon boulot. Elle était discrète, mais *fashion*. Son armoire devait regorger de tenues pour des occasions que je ne m'imaginais même pas. Et pourtant, elle était seule. Très seule. Comme seul peut l'être quelqu'un qui ne s'appartient même pas. Comme moi.

Tandis que le DJ continuait à passer un tube après l'autre, avec une prédilection évidente pour les rythmes saccadés, dans ma tête, j'entendais « Seule comme la Lune », d'Anni B Sweet. Idoia m'avait un jour dit que la chanson lui plaisait et j'avais pris goût à l'écouter. Un après-midi, allongés sur son lit, elle m'avait demandé de changer de musique.

— J'en ai marre de cette litanie.

— Je pensais que tu aimais ça ?

— Avant, oui.

Du Idoia tout craché. Ce qu'elle appréciait aujourd'hui pouvait vite devenir la source de toutes ses railleries. C'était mon tour, cette fois. Peut-être était-elle au lit avec un autre, un type avec un bon boulot, une bagnole, un appart et des projets d'avenir, et lui expliquait-elle que son ex était un pauvre mec qui servait des verres dans une boîte miteuse de Huertas.

Aux alentours de 2 heures du mat, alors que je servais deux Jägerbombs (cette merde va finir par tuer quelqu'un), je les vis de nouveau. Les deux blondes dansaient plus ou moins en rythme, visiblement ivres, tandis que la fille aux yeux tristes se balançait avec discrétion en regardant autour d'elle, comme si elle craignait que quelqu'un puisse penser qu'elle ne dansait pas comme il fallait et lui colle une amende. Cela me fit repenser à ma façon d'aimer Idoia. J'encaissai, ôtai le portable de ma poche et y jetai un coup d'œil : aucun message.

Je serrai les dents. Si je voulais la récupérer, il fallait que j'agisse. Attendre qu'elle ait des regrets ne marcherait clairement pas.

— Qu'est-ce qu'il y a ? me demanda Ivan.

— Rien, pourquoi ?

— Tu fais une drôle de tête.

— On n'a plus de pièces de cinquante centimes et d'un euro.

— Tu veux que j'aille en chercher ?

— Vas-y.

Pour me débarrasser de lui, j'aurais été capable de lui dire qu'il n'y avait plus de verres. J'adore Ivan, mais il a parfois du mal à piger la façon dont j'affronte le monde. Je ne trouvais jamais les mots, j'étais incapable d'exprimer ce que je ressentais ou désirais. Je suppose que c'est, en grande partie, parce que je n'avais pas les idées claires à ce sujet. Comme quand j'avais annoncé à mes parents par un simple « ce n'est pas mon truc » que j'abandonnais mes études en dernière année. Se cachaient derrière cette décision bien d'autres raisons, telles que l'effroi de me laisser engloutir par la routine, celui de ne jamais trouver le boulot pour lequel je me préparais…

J'avais vu les trois filles commander d'autres cocktails à un autre comptoir, et eu le sentiment que la nana aux yeux tristes m'évitait. Mais dans le sillage de la plus jolie des deux blondes elle revint au mien. Situé au fond de l'établissement, il était beaucoup moins fréquenté à cette heure.

Je leur adressai un sourire.

— Trois gin tonics et trois shots de tequila ?

La fille triste se retourna, comme mue par un ressort. Ses cheveux bruns mi-longs, lisses et brillants, s'envolèrent autour de son visage.

— Non ! Je n'en peux plus.

— Un seul, le dernier ! supplia la plus jolie des trois.

Je me baissai pour chercher quelque chose derrière le bar. En me relevant, je la découvris penchée au-dessus du comptoir, les sourcils froncés, comme si elle me cherchait.

— Ah, tu es là.

— Ben oui, où me croyais-tu parti ?

— Je ne sais pas. À Narnia ? Ma sœur est vraiment pénible, j'ai cru que tu t'étais échappé par une trappe.

— Ta sœur ?

— Mes sœurs.

Elle me montra les deux blondes, qui me firent de grands signes.

— Je sais qu'on ne se ressemble pas du tout. On m'a sans doute trouvée dans un chou-fleur.

— Une belle histoire, ça. La fille sortie d'un chou-fleur.

— Ça ne me parle pas. Dis…

Elle glissa une mèche de cheveux derrière son oreille.

— Plus de tequila pour moi.

— Pourquoi ? Tu m'as l'air encore très sobre.

— Ce soir, ça me donne juste la nausée.

— Mets-en trois, hein ? insista sa sœur comme si elle l'avait entendue.

— Allez, j'offre cette tournée. Et le sien, c'est moi qui le bois, ça te va ? Ta sœur n'a pas l'air de tenir la tequila et faudrait surtout pas qu'elle vomisse sur le comptoir. Ça serait pas joli joli.

Les deux blondes éclatèrent de rire pendant que je guettai du coin de l'œil un geste de reconnaissance. La fille aux yeux tristes serra les lèvres et, la bouche nouée, me sourit.

— Hé ! Tu finis à quelle heure ? Tu pourrais venir faire la fête avec nous ! me lança celle qui me semblait être l'aînée.

— Moi ? Impossible ! Je suis crevé. En sortant d'ici, la seule chose à laquelle j'aspire c'est une bonne douche et me mettre au lit.

« Canapé », rectifiai-je en silence.

— Ne fais pas attention à elle.

La fille aux yeux tristes, visiblement gênée, semblait se trouver à des milliers de kilomètres de la musique qui retentissait dans le bar. Même si sa voix me parvenait plus clairement que les autres, j'avais l'impression que je n'avais devant moi qu'une infime partie de son être.

— Ce sont des gin tonics que t'as demandé, non ?

— Oui, mais...

Je lui tendis trois verres à cidre et levai les sourcils pour lui faire remarquer le changement de vaisselle.

— Tu n'aimais pas les autres, alors je suis allé chercher ceux-ci. Ce ne sont pas des verres ballon, mais c'est déjà mieux.

Elle me jeta un regard incrédule, drôle et tendre à la fois, qui me plut. J'ouvris les trois canettes de Schweppes et en versai un peu dans chaque verre.

— Ça fera trente-six.

— C'est moi qui paye.

— Non, non, c'est pour moi.

— C'est moi qui paye ! cria l'aînée.

— Pousse-toi.

— Ne sors pas ton portefeuille, tu risques de perdre quelque chose, insista celle aux yeux tristes.

— Tu veux bien me laisser tranquille ?

— T'es complètement bourrée ! Tu dors chez moi, pas vrai ?

— Non, non. Je rentre chez moi.

— Je suis sûre que tes enfants vont adorer t'entendre dégobiller dans le jardin.

— T'es obsédée par le vomi, toi ! ajouta l'autre blonde, celle aux yeux globuleux.

— Tu ne préfères pas une bouteille d'eau ?

— Je veux juste trouver ce pu-tain-de-té-lé-phone pour payer !

Elles commencèrent à se crêper le chignon. C'est toujours amusant d'assister à une querelle entre sœurs, ou entre copines de toujours.

Je souris. Mes potes me manquaient. Peut-être l'anniversaire de Cris, une de mes plus vieilles amies, m'offrirait-il l'excuse parfaite pour demander un jour de congé et prendre l'air au village.

L'agitation provoquée par l'engueulade des trois sœurs me sortit de ma rêverie. Salement éméchées, elles en vinrent aux mains. Comme il était à prévoir, la bagarre s'acheva avec le sac de l'aînée survolant le comptoir pour venir s'écraser sur l'étagère à bouteilles, dont le contenu se répandit sur le sol.

Je m'abaissai pour ramasser ses affaires juste à temps pour qu'elles ne me voient pas rire. Quels personnages !

— Hé, machin..., m'appela l'aînée.

— Ne l'appelle pas machin ! La honte ! Je suis vraiment désolée, OK ?

— Pas de souci.

Je m'accoudai au comptoir et lui tendis un sac de marque, un portefeuille, un rouge à lèvres et deux tampons.

— Il manque quelque chose ?

— Mes clés ?

J'éclatai de rire. L'une des sœurs se mit à rire sous les réprimandes de la cadette.

— La honte que je suis en train de me taper à cause de vous !

J'extirpai de mon jean une petite lampe de poche que l'on utilisait dans ce genre de situations et cherchai par terre. Je dénichai quelques billets froissés, une carte de visite et les clés qui lui appartenaient vraisemblablement. Je les posai sur le comptoir mais elles s'étaient déjà éloignées.

— Je le savais, je te dis, je le savais ! « Allez, Margot on va sortir s'amuser un peu, c'est exactement ce qu'il te faut ! » Quelle connerie ! Grosse comme une maison, la connerie ! se plaignait la fille aux yeux tristes.

— Hé !

Elles continuaient à se diriger vers la sortie. Je n'entendais plus ce qu'elles disaient, mais la discussion avait tout l'air de se poursuivre. Je dus écarter quelques couples qui dansaient langoureusement pour les rattraper.

— Hé ! Les filles !

Je leur montrai ce que j'avais en main.

L'aînée ouvrit son sac pour que je laisse tomber mon butin dedans et m'embrassa sur la joue. L'autre blonde ne pouvait plus s'arrêter de rire et la cadette fulminait.

Elle posa une main froide sur mon bras, je la regardai. Elle était étrangement petite sans vraiment l'être. De stature moyenne, elle avait cependant l'air si démunie. Elle s'inclina afin que je puisse l'entendre sans avoir à crier.

— Je suis vraiment désolée pour tout ce cinéma, OK ?

Je fis non de la tête, reculant d'un pas. Elle sourit et attrapa le bras de sa sœur, qu'elle traîna dehors, verre à la main, prétextant une envie de prendre l'air. Simple prétexte, puisqu'elles ne revinrent pas.

Non. Si je ne parvenais pas à me sortir la fille aux yeux tristes de la tête, ce n'était pas parce que j'avais eu le coup de foudre. Rien à voir. J'avais plutôt eu l'impression d'un flash. De quoi ? Je l'ignore. Un éclair, la promesse que cette vie qui tournait dans un sens allait soudainement se mettre à tourner en sens inverse ?

À 6 heures du mat, quand les lumières s'allumèrent et les quelques ouailles qui résistaient encore se dirigèrent vers la sortie, Ivan fit glisser sur le comptoir un portable à l'écran fissuré.

— C'est le tien ?

— Non.

— Je vais le mettre aux objets trouvés alors.

— Non, non. Donne-le-moi. Je crois savoir à qui il appartient.

13

Dignes filles

Au réveil, ma première pensée fut pour ma mère. Pas en mode « Ô être maternel, viens prendre soin de moi ». Maman avait eu des enfants par respect des convenances, pas parce qu'un instinct maternel l'habitait. Non, je pensais plutôt à elle en suivant ce raisonnement alambiqué : « Si je me réveille dans cet état après quelques verres, j'ose pas imaginer les gueules de bois que doit se taper la vieille ! » Elle carburait au vin, à l'anisette, à la grappa et à l'eau-de-vie, qu'elle mélangeait copieusement avec de petites pilules... Comment tenait-elle encore debout ?

Le rayon de lumière qui pénétrait par les grandes fenêtres de ma chambre m'aveuglait, mais je n'avais pas la force nécessaire pour appuyer sur le bouton qui activait les volets, près de la table de nuit. 11 h 15. Cela faisait bien deux heures que je somnolais, à ressasser que je n'avais eu besoin de personne pour transformer ma vie en enfer.

À côté de moi, une masse informe sous les draps se mit à gémir.

— Mais pourquoi il y a tant de lumière ici ? On se croirait dans le Sahara, bon sang !

Candela portait encore ma salopette, celle dont elle avait arraché sans remords l'étiquette pour l'inaugurer la veille. Je l'avais achetée pour la première partie de mon voyage de noces avec Filippo, un safari-photo.

En sortant du lit, je remerciai le ciel d'avoir avalé deux verres d'eau et un ibuprofène avant de me coucher. Sans cela, j'aurais sans doute eu droit à une gueule de bois monumentale. Un dicton affirme qu'« il faut commencer jeune pour devenir centenaire ». Autant dire que si tu n'as pas l'habitude de faire la fête, quatre verres suffisent à déclencher l'apocalypse.

— Tu veux quoi pour le petit dèj ?

— Ferme les volets et laisse-moi dormir.

Déjà qu'elle avait colonisé ma chambre d'amis et ma chambre, voilà que Candela se mettait à dicter ses propres règles. Un comble.

Je pris une douche, enfilai un jean et un chemisier et sortis dans la rue. Je m'étais réveillée avec une féroce envie de manger un croissant fourré à la framboise, et une petite promenade me ferait du bien.

Je songeai à appeler Patricia pour savoir dans quel état elle se trouvait, mais je craignais de la réveiller et de tomber sur son mari. Ironie du sort, à peine assise à ma table au fond du café, alors que j'étais sur le point de prendre une bouchée de mon croissant, mon téléphone se mit à sonner et le nom de mon beau-frère s'afficha.

— Et merde.

Je posai le croissant, m'essuyai les mains et pris une profonde inspiration avant de répondre.

— Salut, Alberto. Tout va bien ?

— Ce n'est pas Alberto, c'est moi.

Ma sœur chuchotait à l'autre bout du fil.

— Qu'est-ce qui se passe ?

— Comment ça, qu'est-ce qui se passe ? Ma vie est un enfer... Depuis mon réveil... à 8 heures. Santiago s'est assis sur ma poitrine et j'ai cru que j'étais en train d'étouffer en dormant.

— Quel numéro, ton fils !

— Il n'a pas fait que s'asseoir ! Il a pris son élan. Il m'a sauté dessus. Enfin. Je vais devoir parler à son conseiller pédagogique pour voir s'il souffre de troubles psychopathiques. Je crois qu'il voulait me tuer pendant mon sommeil.

— T'exagères !

J'éclatai de rire.

— Et Candela ?

— Elle dort. Je suis descendue prendre le petit déjeuner parce qu'elle s'est barricadée dans ma chambre.

— OK. Tant mieux. Moins il y a de gens au courant, mieux c'est. Margot, j'ai perdu mon téléphone hier soir.

— Quoi ? Comment ?

— Il a dû tomber quand on s'est disputées pour voir qui allait payer. Je te jure, Margot, plus con tu meurs. C'est le barman qui l'a récupéré.

Je fronçai les sourcils et fixai le plafond. De petits éclats de lumière y jouaient à se pourchasser chaque fois qu'une voiture passait dans la rue.

— Le barman ? Celui que tu draguais hier soir ?

— T'exagères. Si mes souvenirs sont bons, c'était réciproque.

— T'es complètement folle. Il ne flirtait pas avec toi, il voulait juste qu'on se casse.

— Eh bien, il a mon portable.

— Comment tu le sais ?

— Ce n'est pas compliqué, j'ai appelé mon téléphone pour voir si quelqu'un répondait. Il m'a dit qu'il l'avait rechargé dans l'espoir que son propriétaire appelle.

— C'est sympa.

— Oui, hyper sympa, mais je ne peux pas aller le récupérer.

Je levai les sourcils.

— Et tu veux que j'y aille à ta place.

— Oui.

— Hors de question ! Je ne veux plus jamais le voir, je mourrais de honte !

— Margot, je suis sûre que ce mec en a vu des bien pires que nous. Il ne va pas faire un drame parce qu'une femme désabusée lui a murmuré des mots doux. Rends-moi ce service.

N'obtenant pas de réponse de ma part, sa voix s'adoucit :

— Margot, je veux passer la journée avec les enfants. Je n'ai que les week-ends pour profiter de moments en famille.

Je fis claquer ma langue en râlant.

— Et si Santiago finissait par développer une personnalité narcissique et déséquilibrée parce que sa mère ne prenait pas soin de lui le week-end ?

— Parce que tu t'absentes deux heures un samedi matin ? Mais laisse-le vivre en paix, bon sang ! Tout ce que veut ce gosse, c'est manger des céréales multicolores et regarder des dessins animés.

— Il ne manquait plus que ça ! Qu'on m'accuse de gaver mes enfants de produits ultra-transformés. Je leur ai promis de préparer des brownies de caroube aujourd'hui.

— Tu te fous de moi, là ?

— Le sucre, c'est la nouvelle cocaïne, Margot !

— Nom d'un chien. T'es dérangée.

Patricia se mit à pleurnicher.

— Mon portable, s'il te plaît. Je ne peux pas être entrepreneuse, mère, femme trompée et sœur délaissée, c'est trop pour moi.

— Sans oublier progéniture favorite.

— Quelle pression…

— D'accord. Quand veux-tu que j'y aille ?

— Aujourd'hui. Je n'ai pas envie qu'Alberto s'en rende compte et me demande des explications.

— Tu ne lui as pas dit que t'avais perdu ton téléphone ?

— Non, parce qu'il n'est pas perdu. Et il ne sait pas non plus que je t'appelle de son portable, donc tu la boucles, OK ?

— Et je ne peux pas plutôt envoyer un Uber ?

— Je m'en fiche, du moment que tu récupères mon téléphone. C'est hyper urgent. Indispensable. Vital. Il-me-faut-mon-téléphone.

En fin d'après-midi, j'envisageai d'envoyer un Uber, mais cela ne semblait pas très correct vis-à-vis de ce garçon.

J'avais été éduquée pour plaire à tout le monde, et à cela s'ajoutait mon aversion pour tout ce qui aurait pu me faire ressembler à ma mère.

Et puis, ça me ferait sans doute du bien de prendre l'air, quitter ce canapé où je feignais de m'intéresser à une téléréalité américaine avec ma sœur tout en repensant aux occasions où j'avais merdé avec Filippo. Non. Rester cloîtrée ne résoudrait rien, une promenade comme celle de ce matin était juste ce qu'il me fallait. Sans oublier que ça me permettrait de brûler quelques-unes des millions de calories que j'avais ingérées ces trois derniers jours. Comme quoi, maman rôdait toujours dans un coin de mon esprit.

Patricia avait été claire : moins il y avait de gens au courant, mieux elle se porterait. J'inventai donc un stratagème pour que Candela n'insiste pas pour m'accompagner.

— Maman a appelé. Elle veut que j'aille dîner chez elle. Tu m'accompagnes ?

Je n'eus pas besoin d'attendre sa réponse pour savoir que mon plan avait marché.

Je me souvenais de la rue où se trouvait l'établissement où nous avions passé la fin de la soirée, mais pas de son nom. J'errai dans le quartier jusqu'à reconnaître le videur de la veille.

Je marchai d'un pas assuré vers la porte, jusqu'à ce que le videur jette par terre la clope qu'il fumait tranquillement pour m'arrêter dans mon élan.

— Où tu vas comme ça ?

— Je dois voir quelqu'un à l'intérieur.

— Soit tu es sacrément en avance pour ton rencard, soit tu t'es plantée d'endroit. On n'ouvre pas au public avant 23 h 30.

— J'ai rendez-vous avec un des serveurs.

— Qui ça ?

— Euh... Un type avec des cheveux bruns...

J'esquissai un geste de la main sur le haut de ma tête, dans le but de mimer le geste que ce type devait faire tous les matins pour « se coiffer », à en juger le résultat.

— Le petit brun, il a un nom. C'est bizarre que tu aies rendez-vous avec lui et que tu ne saches même pas comment il s'appelle.

— Ma sœur a perdu son portable ici hier soir. On lui a parlé et c'est lui qui nous a dit de passer le récupérer ici.

— Ah !! Les deux grandes blondes.

— C'est ça.

Je hochai la tête avec dépit. De mes sœurs, tout le monde se souvenait. En revanche la benjamine, qui n'était ni blonde ni grande…

Il me fit signe d'entrer d'un geste de la main et je franchis la porte. Bon sang, l'endroit était encore pire avec les lumières allumées. La clarté ne le mettait pas en valeur, comme moi le velours.

Je le repérai immédiatement. Il était appuyé au bar et discutait avec son collègue, le blond. Il était en train de lui parler d'un message qu'il avait envoyé juste avant de s'endormir et qui aurait certainement l'effet attendu. L'identité du destinataire et l'effet voulu restèrent en suspens dans les airs quand les deux hommes se tournèrent vers moi en souriant.

— C'est toi qu'elle a envoyée ?

— Oui, c'est moi. Voilà ce que c'est d'être la plus jeune.

— Ça et hériter des vieux uniformes d'école chaque année.

Par pure politesse, je lui adressai un sourire. Il se glissa derrière le comptoir.

— Tiens, il est là.

— Merci beaucoup. C'est vraiment gentil.

— Au fait, je suis David. Enchanté.

J'ignore pourquoi ma réaction fut de lui tendre la main, ce qui n'avait rien de normal dans notre pays. Cela n'eut pas l'air de le gêner, puisqu'il me tendit la sienne sans cesser de sourire. Quelqu'un devrait lui dire que ses efforts pour ne pas avoir l'air triste étaient vains, malgré son beau sourire empreint de naïveté et de douceur.

— Moi c'est Margot. Enchantée.

— T'es pas du coin, hein ?

— Euh... En fait, si. Enfin, ma famille vient de Galice mais je suis née ici.

— Ton prénom n'a pourtant pas l'air galicien.

— Non. C'est un diminutif. En réalité, je m'appelle Margarita.

— Margarita. Un prénom classique. Daisy en anglais.

— Oui, Daisy. Comme la copine de Donald.

— Tu veux boire quelque chose? me proposa son collègue.

— Non, non. Merci.

— Allez, juste une bière, insista le blond. C'est un peu tôt pour autre chose et le vin qu'on sert ici... franchement je ne te le conseille pas.

— Non, ça c'est certain. Illico la colique, plaisanta David.

— Il faut vraiment que je rentre...

— Même pas un Coca?

— Bon, d'accord.

Je passai en revue différents sujets de conversation possibles : « Il fait doux ce soir, non ? », « Plutôt chaud pour un mois de juin, n'est-ce pas ? », « Il vous plaît, votre boulot ? », « Vous saviez que je suis en vacances forcées parce que j'ai planté mon fiancé devant l'autel ? ».

— David..., cria le videur, me sauvant de ce silence inconfortable. Tu as une visite, je la laisse entrer?

La tension qui parcourut David de la tête aux pieds serait sans doute passée inaperçue à une autre, mais être attentive aux signes faisait partie de mon boulot. Il se redressa, respira profondément, jeta un regard fugace à son ami et lissa son T-shirt de la main.

— Je n'attends personne.

— Elle dit s'appeler Idoia, tu lui aurais envoyé un texto lui demandant de venir.

Il tapa dans la main de son ami puis se mit à gesticuler en silence, visiblement nerveux. Au bout de quelques secondes, il agrippa son T-shirt pour essayer de se calmer.

— Ah, oui. Dis-lui d'entrer.

Le blond échangea un regard complice avec David et ils se tapèrent discrètement dans la main avant que ce dernier ne disparaisse derrière une porte sur laquelle était écrit « Privé ». Puis elle entra.

Et tout changea.

Je me demande parfois, aujourd'hui encore, ce que serait devenue ma vie si cette fille n'était pas entrée dans le bar alors que je m'y trouvais. Si j'avais refusé le Coca, ou envoyé un Uber... que serais-je devenue, où en seraient ma vie, mes rêves, si Patricia n'avait pas perdu son portable ? La vie est capricieuse. Il n'y a pas de destin, seulement des instants.

T'es-tu déjà demandé à quoi tu ressemblerais si tu avais pu te dessiner toi-même ? Moi oui. J'y ai beaucoup pensé, surtout adolescente. Être anodine était pratique pour passer inaperçue, mais en réalité je rêvais du contraire. Je suppose qu'on est toutes passées par là. Blonde, tu veux être brune. Si tu as les cheveux bouclés, tu les voudrais lisses ; si tu es maigre, tu aimerais avoir des formes. Si tel n'était pas le cas, combien d'entreprises qui se vouent à alimenter nos complexes pour nous vendre une solution miraculeuse auraient déjà fait faillite ? Eh bien moi, je voulais être une bombe. Une blonde platine avec des jambes interminables, de gros seins ronds et fermes, une taille et des hanches aux mesures standard. Le regard de Marlène Dietrich et la bouche d'Ava Gardner. Le charme d'un film en noir et blanc mélangé à la vulgarité du plus cru des films de cul. Sexy, mystérieuse, belle, attirante, et un charme fou. On peut toujours rêver, non ?

Voilà. Si j'avais pu me dessiner moi-même, j'aurais été à l'image de cette fille en jupe écossaise plissée qui roulait des hanches comme si le diable en personne y était accroché. Je me contemplai, avec mon jean et mon chemisier blanc aux manches retroussées, et me sentis soudain invisible. Elle me dévisagea d'une façon qui renforça mon sentiment d'insignifiance.

— Salut, lança-t-elle avec une certaine condescendance.

— Salut.

Elle posa sur le comptoir un sac que je n'avais pas remarqué. Malgré la quantité d'affaires qui en débordaient, y compris des sous-vêtements masculins et une boîte de capotes, je ne voyais que ses lèvres d'un rouge vif.

— Salut, Ivan. C'est bien toi, Ivan, non ? demanda-t-elle avec nonchalance.

— Ivan. Moi.

Elle cligna des yeux, pleine d'assurance et consciente de l'effet qu'elle faisait aux hommes.

— David n'est pas là ?

Ivan jeta un œil vers la porte derrière laquelle son ami avait disparu, sans rien ajouter. Ce silence me tuait.

— Il arrive, m'entendis-je dire.

Elle me regarda comme on regarde un tabouret qui se serait soudainement mis à parler.

— Pardon, euh, t'es qui, toi ?

— Margot.

— Margot ? répéta-t-elle d'un ton moqueur.

— Oui, et toi ?

— Idoia.

— Enchantée. David arrive tout de suite.

Non seulement je me répétais comme un perroquet, mais toute cette scène semblait tout droit sortie d'un film de Tarantino. Dans quelques secondes, quelqu'un allait certainement brandir un katana.

David apparut avec un vêtement dans les mains et, sans l'embrasser ni même lui dire bonjour, le lui tendit avec un sourire glacial.

— Ton T-shirt.

— Je n'étais pas pressée de le récupérer.

— Oui, je sais. Mais moi j'étais pressé de récupérer mes affaires.

Elle regarda le sac d'un air moqueur, consciente qu'il s'agissait d'une excuse pitoyable pour voir son ex. Car je n'avais aucun doute sur ce qui était en train de se passer. David avait texté Idoia en prétextant vouloir récupérer les affaires qu'il avait laissées chez elle avant la rupture, juste pour la voir. Un stratagème si ridicule que j'eus presque pitié de lui. Si jeune. Si amoureux. Si... dévoré d'amour pour une fille qui n'en avait fait qu'une bouchée.

— Eh bien, les voilà.

— Merci beaucoup. Ah...

Sur le coup, David fit preuve de finesse.

— Idoia, tu connais Margot ?

— Oui, on vient de faire connaissance.

— Je m'en vais ? demandai-je sous l'effet de la surprise.

— Bien sûr que non.

Il m'adressa un sourire en apercevant le regard que me jeta son ex.

— Excuse-moi, Idoia, ça me fait plaisir de te voir mais Margot et moi, on allait manger un bout avant que les clients arrivent.

En le voyant faire un geste vers moi, je ne pus m'empêcher de regarder autour de moi pour m'assurer qu'il n'y avait personne d'autre, mais nous étions seuls. Je m'attendais presque à voir débarquer mes sœurs derrière le bar criant « On t'a eue ! », mais non.

— Moi aussi, je suis pressée.

— Parfait, comme ça on ne te fait pas perdre ton temps. On t'accompagne jusqu'à la sortie ?

Idoia acquiesça. Elle me scrutait, essayant sans doute d'analyser toutes les questions en suspens soulevées par cette histoire improvisée. Je me contentai de sourire et de me lever.

— À la prochaine, Ivan, murmurai-je d'un filet de voix tandis que David m'entourait les épaules de son bras.

— Pizza ? me demanda-t-il tout naturellement.

— Euh, oui.

Juste à côté de nous, Idoia avançait lentement, le son de ses talons semblable à des clochettes sonnant le glas pour le semblant de dignité qui s'était évanoui dans un soda à moitié bu. Je comprenais tout mais sans rien piger. Et pourtant, je ne pouvais m'empêcher de trouver la situation très excitante, presque amusante.

— Dis, David..., commença Idoia une fois que nous avions laissé derrière nous le bar.

— Oui.

La blonde me fixa et je compris, dans ce regard ou peut-être par transmission de pensée, qu'elle voulait rester seule avec lui. En un dixième de seconde, j'analysai le choix qui se présentait à moi. En restant, je risquais de compliquer les choses. Mais si je partais, je lui rendais la vie trop facile. C'était évident qu'il voulait la reconquérir, malgré un plan plein de failles.

— Je vous laisse seuls une minute, bredouillai-je en les devançant.

Il attrapa mon poignet pour faire croire que cela n'était pas nécessaire, mais je lui souris et fis quelques pas hésitants pour m'éloigner d'eux.

Et maintenant ? Je restais là à les regarder ? Je faisais semblant de répondre à des messages le dos appuyé au mur ? Je m'en allais ?

Je les vis parler. Elle était visiblement contrariée. Elle ne semblait pas jalouse et flairait probablement le coup monté, mais... Il y avait encore un soupçon de doute et, Dieu sait pourquoi, j'aurais aimé que ce doute devienne si énorme qu'il occupe tout son esprit. Je ne le connaissais pas mais... je compatissais pour lui.

Il avait l'air sûr de lui mais ses gestes le trahissaient. Les mains enfoncées dans les poches du jean, la lèvre inférieure qu'on mordille, le regard hésitant, qui allait d'elle à la rue et de la rue à moi. Je ne réfléchis même pas.

— Eh, Dav, après ne me demande pas de manger en quatrième vitesse, comme d'hab. Tu sais bien que mon estomac ne le supporte pas.

Il leva les sourcils un instant, surpris, puis se laissa entraîner.

— Non, non. Viens, me dit-il en me tendant une main, que je pris. On y va.

Bon sang. Quel acteur.

Idoia croisa les bras sous sa poitrine suggestive, mettant en évidence ses seins haut perchés, et poursuivit comme si je n'étais pas là, main dans la main avec un inconnu.

— Ça fait deux semaines qu'on a rompu et tout à coup tu m'envoies un texto pour me demander de te rendre tes affaires le plus vite possible…

— Pizza, ça te va toujours ? me murmura David d'un air faussement complice. Idoia, c'est juste que j'ai laissé des T-shirts et mon iPod chez toi et j'en ai besoin pour un voyage.

— Un voyage ?

— Ouais, un voyage.

— Avec qui ?

— Avec Margot.

David me serra contre lui.

Mais je rêve. Quelle situation !

— Et vous partez où ?

— Où déjà ? me demanda-t-il.

— En Grèce. Il va adorer Santorin.

Je balançai la première chose qui m'était venue.

— Mais t'es toujours fauché.

Il haussa les épaules.

— Je sais pas, question de priorités, je suppose.

— Bon, ben, super. Et… rien. Je suis contente.

Elle se força à sourire et écarta une mèche de cheveux de son visage.

— Moi aussi je suis content de te voir, Idoia. Bonne chance.

Sans attendre une réponse, David lâcha ma main et entoura mes épaules de son bras avant de m'entraîner dans la direction opposée.

— Nom d'un chien, t'es vraiment douée pour ce genre de trucs, me lança-t-il mort de rire.

Devine ce que j'ai répondu, moi ? Tu crois que je lui ai demandé s'il était devenu fou ? Ou une explication ? Ou que j'ai exigé qu'il me lâche ? Non.

— Sérieux, tu utilises encore un iPod ?

14

Neuf chiffres

— Je suis vraiment désolé, je te le jure, s'esclaffa David.

— T'es cinglé.

— Non, mais t'as vu la tête qu'elle tirait? Si on avait répété, elle serait déjà six pieds sous terre. C'était mortel, bon sang, de la magie pure!

— Le prochain couple comique de la capitale. C'est nous.

Je lui souris et regardai par-dessus mon épaule.

— Elle est toujours là, à nous regarder.

— Nom d'un chien. En voilà une qui va revenir dare-dare. Tu crois qu'elle est jalouse?

— Ce que je crois, c'est que ta stratégie de « rends-moi mes affaires » est la plus pourrie que j'aie jamais vue mais, je ne sais pas pourquoi, il subsiste un doute en elle.

— Tu crois?

— Oui. Mais tu t'en es bien sorti, va savoir pourquoi!

— Mais grâce à toi! Margot, je ne te connais pas, mais tu es la meilleure!

Son regard se mit à briller. Je l'enviai.

— Espérons que ce sera bon pour mon karma.

— Pour le karma, je ne sais pas, mais j'ai dix balles en poche. T'as dîné?

— Non.

— Parfait. Je t'invite.

Je ne me suis rien imaginé. Et c'est sans doute pour ça que le fait qu'on se retrouve en face d'un stand qui vendait des parts de pizza toute la nuit me sembla délirant. Faut dire que ça sentait vraiment bon et j'avais faim. Le dernier truc que j'avais avalé était le croissant de ce matin chez Maman Framboise.

Je choisis une pizza jambon et champignons. Lui, une carbonara. Nous avalâmes quelques bouchées en marchant, sans chichis, avant que je réalise et rougisse.

— Mais qu'est-ce que je fous ?

— Tu manges.

— Je ne te connais absolument pas.

— Tranquille, c'est une pizza sans engagement.

— C'est pas ça... C'est juste que je suis... timide.

— Et une excellente actrice, ajouta-t-il en souriant.

— Tu trouves ?

— J'ignore ce que tu fais dans la vie, mais je dirais que t'as trouvé ta vocation.

— Ma vocation, c'est d'essayer des lits.

David se tourna vers moi, le sourire aux lèvres.

— Pour dormir ou pour... ?

— Stop !

— J'allais dire pour sauter dessus.

— Ah, oui, bien sûr.

Je ris en levant la pizza comme pour trinquer.

— Merci pour la pizza, au fait.

— Deux cinquante. Incroyable, hein ? C'est la meilleure de Madrid.

— Mais non ! La meilleure pizza de Madrid c'est celle de l'Ornella. Y'en a une qui a des morceaux de truffes aussi gros que mon poing.

— Et tu la manges avec quoi, un Moët ?

— Tu sais que ce n'est pas vraiment le meilleur champagne du monde, n'est-ce pas ?

— Non, je ne savais pas. Sur Instagram, il a l'air d'avoir la cote.

— Je ne t'imaginais pas en pro d'Instagram.

— Je ne suis pas un pro, je ne suis même pas parvenu à installer l'appli sur mon téléphone.

— T'as quoi comme téléphone ?

Il le sortit de sa poche et me le montra. Je m'en emparai sans aucun égard pour l'excellente éducation que j'avais, selon les dires de ma mère, reçue. Jamais je n'avais vu d'appareil aussi rudimentaire, pire que celui de Candela. Sans blague, on aurait dit un de ces Nokia du début des années 2000. Pas que je sois snob, mais même les mamies consultent les horaires de la messe sur leur smartphone, aujourd'hui. J'éclatai de rire.

— C'est sérieux ? Ça fait combien de temps que tu as cette relique ?

— Eh ! T'exagères ! De toute façon, je ne m'en sers que pour appeler et aller sur WhatsApp. Il est adapté à mes besoins.

— Ça me paraît très bien, lui dis-je en lui rendant son téléphone.

— Je suis sûr que le tien te prépare même le dîner.

— Le dîner, non, mais je serais perdue sans lui. Au fait…

Je stoppai net au milieu de la rue et le regardai.

— Où est le portable de ma sœur ?

— J'en sais rien. Je te l'ai donné dans le bar.

— Merde, je l'ai laissé sur le comptoir, soupirai-je.

— T'inquiète, Ivan l'a sûrement mis de côté.

Dans ma main, une part de pizza à demi entamée dans un sachet en papier graisseux. Devant moi, ce garçon que je connaissais depuis, quoi ? Un quart d'heure ? La nuit dernière ne comptait pas. Et moi qui abhorrais l'idée de parler avec un inconnu hors de tout contexte professionnel, j'étais là à papoter et rire avec lui en mangeant une pizza. Que m'arrivait-il ? Depuis samedi dernier je n'arrêtais pas de faire des trucs bizarres, que ni Margot ni Margarita n'auraient faits, et cette *autre* ne m'inspirait pas confiance.

— Je… je dois y aller.

— Hum, fit-il en avalant un morceau de pizza. Viens, on y va.

Nous restâmes silencieux jusqu'à la boîte. Aucun mot ne sortait de nos bouches, mais dans ma tête, les reproches fusaient. Je n'avais rien fait de mal, je le savais, mais... Comment se faisait-il que je n'étais jamais aussi détendue avec mon cercle d'amis, en terrain connu ? Oui, je sais, avant de devenir mon fiancé, Filippo était juste un type rencontré à une soirée, mais j'avais l'impression que ça ne comptait pas vraiment. La situation était abracadabrante, et le plus étrange est que je ne me sentais absolument pas mal à l'aise. J'avais passé la journée à ressasser mille trucs, une semaine entière en réalité, et ces quelques minutes avaient été... paisibles, je crois. Agréables. Entre égaux.

Je l'observai. Il marchait en mâchant, lançant de temps en temps des « salut » à droite et à gauche aux gens qui entraient ou sortaient des bars aux alentours. Lui aussi était détendu, ce qui semblait être sa nature : un gars tout-terrain, à son aise ici, avec moi, ou n'importe où ailleurs.

— J'ai oublié le téléphone, dis-je à Ivan avant que David passe derrière le comptoir en se léchant les doigts.

— Tu veux ton Coca ? Je te l'ai gardé au cas où tu reviendrais. Quelle performance sensationnelle, dis donc.

— Ah, oui, oui. Mais je dois y aller.

Je baissai le regard et saisis le téléphone qu'il me tendait.

— Bonne chance. Et encore merci pour le portable de Patricia.

— Merci à toi pour... c'était quoi déjà ? demanda David à son ami. Ah, oui, une performance sensationnelle.

Je ris et reculai.

— Et si elle me pose des questions sur toi, je lui dis quoi ?

— Que tu m'as quittée parce que tu penses encore à elle.

— C'est encore moins sexy que le message pour récupérer tes affaires, lui suggéra son ami.

Je me dirigeai vers la sortie.

— Vous savez que le sol est hyper collant, leur lançai-je sans me retourner.

— Ici, tout est toujours hyper collant, Margot. On n'en attend pas moins de l'enfer.

Il obtint presque un éclat de rire.

— Vous êtes trop bizarres.

C'est comme ça que je leur ai dit au revoir. « Vous êtes trop bizarres », mais avec le sourire. Ce tripot était sans doute l'endroit le plus infect où j'avais jamais passé une nuit de folie à Madrid, mais son patron avait eu l'œil pour les employés.

J'étais presque sortie quand on attrapa mon bras.

— Attends !

David se planta devant moi, dans le doute. Il ne parlait pas et tenait toujours dans une main le sachet graisseux de mes restes de pizza.

— Je n'ai plus faim, tu sais.

Il se frotta le front et fronça le nez.

— Ça va te sembler étrange, murmura David en sortant un stylo de sa poche.

Il s'empara de ma main et je le regardai, stupéfaite, y écrire une série de numéros.

— Qu'est-ce que tu fiches ?

— C'est mon numéro. Je n'aime pas beaucoup parler au téléphone mais envoie-moi un message si jamais t'as besoin de parler… T'as l'air triste.

— Toi aussi, lui répondis-je sans réfléchir.

— J'ai perdu l'amour de ma vie.

— Et tu crois que c'est une raison suffisante pour être triste ? Non, il doit y avoir autre chose.

Je fis un pas sur le côté puis un autre en arrière. Gênée, j'eus envie de prendre mes jambes à mon cou. Au moins, je ne portais pas de longue robe blanche, ce soir-là.

Je sortis mes AirPods de mon sac et les enfonçai dans mes oreilles. Les passants flânaient joyeusement, se racontaient des histoires, riaient, trébuchaient sur les chaises des terrasses, sans jamais perdre le sourire. Tout le monde à Madrid était donc heureux ? Tous sauf moi. Même ce pauvre diable, qui estimait que rendre son ex jalouse avec une fille qu'il venait à peine de rencontrer était une idée brillante, semblait avoir le contrôle de la situation, malgré le mensonge sur lequel reposait son stratagème. J'aurais pu lui expliquer que la jalousie n'éveille jamais rien qui vaille la peine d'être alimenté, mais j'avais préféré me taire. Je n'avais pas pour habitude de prodiguer des conseils à des inconnus, et pourtant...

Tout en marchant, je faisais défiler les chansons les unes après les autres : « Ça fait vingt fois que je l'écoute, celle-ci », « Celle-là est trop nunuche », « Filippo adore celle-là », « On allait jouer ce morceau le jour du mariage »... Je finis par comprendre qu'aucune de mes playlists habituelles ne ferait l'affaire. Chaque chanson contenait des petites bombes sous forme de mots ou de souvenirs. C'est dingue comme une mélodie peut te faire voyager dans l'espace et le temps. C'était trop tentant. Je savais pertinemment que si je me réfugiais dans les souvenirs, je n'en sortirais plus.

Je ne savais rien de Filippo depuis une semaine. Une semaine sans nouvelles, pas un message ou un appel, pas même un petit e-mail. Il s'agissait de mon fiancé, bon sang. Presque mon mari. On ne peut pas disparaître ainsi de la vie de la personne qu'on aime et attendre que le temps règle tout, comme par enchantement. Nom d'un chien. Ça ne se passait pas comme ça.

J'ouvris Spotify et cherchai une playlist au hasard. « Someone You Loved », de Lewis Capaldi, se mit à résonner dans mes oreilles. Si seulement je ne comprenais pas les paroles. Je hâtai le pas et enfonçai le téléphone dans ma poche.

Ça ne coûtait rien d'écrire un message. Un seul. Même laconique. Juste pour dire « Margot, je suis en Italie et je vais bien. Je réussirai à te pardonner ». Une lueur d'espoir, quelque chose à quoi se raccrocher, un soupçon de paix ou un signe que la route ne s'achevait pas là, qu'il existait un sentier menant à notre destinée commune. Et même si ce n'était pas le cas, savoir à quoi m'en tenir aurait été un soulagement.

Je palpai le portable dans ma poche.

J'ai déconné. Bon sang. J'ai déconné grave. N'est-ce pas ça, l'amour ? Ne dit-on pas qu'on n'aime pas vraiment avant d'avoir pardonné l'impardonnable ? Ou s'agit-il simplement de petits mensonges pour se convaincre que l'amour médiocre, celui qui fait souffrir, est acceptable ?

Je m'arrêtai si brusquement que le couple derrière moi me heurta. Je m'excusai en criant à cause de la musique. Je coupai le son. J'avais eu ma dose. Je hélai un taxi, donnai mon adresse au chauffeur et ouvris WhatsApp. Je commençai à écrire puis effaçai tout. Une fois. Deux fois. Je relus le message six fois avant de l'envoyer.

J'ai juste besoin de savoir que tu vas bien.

Je me pelotonnai sur le siège arrière du taxi. Les images de ma fuite défilaient non-stop dans ma tête. Ma mère qui criait. Filippo qui courait sur la pelouse. Mes neveux qui riaient. Patricia la main sur le cœur, incrédule. Candela qui demandait à tout le monde de garder son calme. Mes baskets que j'avais emportées au cas où me prendrait l'envie de courir un peu sur le tapis de course avant que ne débutent les préparatifs, ignorant que l'hôtel n'avait pas de salle de sport. Les Nike souillées de brins d'herbe, tout comme le bas de ma robe.

Le portable vibra. Je m'empressai de lire le message, priant que ce ne soit pas Candela me demandant de rapporter des restes du dîner en rentrant de chez maman.

Septembre, Margot. Je ne peux rien te dire de plus.

J'appuyai ma joue contre la vitre et poussai un soupir.

— Vous voulez plus d'air conditionné ?

— Non, murmurai-je. Je veux juste que septembre arrive.

— Armez-vous de patience. On a encore deux mois de grosse chaleur devant nous.

J'essuyai une larme avant que le chauffeur s'aperçoive que je pleurais et laissai tomber ma main sur mes genoux. C'est à ce moment-là que j'aperçus les gribouillis qui y étaient écrits.

« Les gens tristes ont besoin de gens encore plus tristes pour les comprendre. »

15

Un stratagème

Candela n'avait toujours pas repris son boulot à Stockholm. Ses explications étant encore plus vagues que la première fois où je l'avais interrogée à ce sujet, je supposai qu'elle avait tout bonnement fini par demander des jours de congé supplémentaires, afin de ne pas laisser derrière elle trop d'incendies. Et des brasiers à éteindre, il y en avait bien plus que mon imminente chute en enfer. Patricia aussi semblait avoir perdu la tête.

Le lundi, elle débarqua chez moi de bon matin, sur son trente-et-un, et nous annonça qu'elle avait fouillé le portefeuille, l'agenda, l'ordi et la voiture de son mari et qu'elle avait trouvé des preuves de son infidélité.

Elle les étala sur la table du salon, poussant dans un coin le vase de fleurs fraîches que quelqu'un posait là tous les lundis.

Nous étions encore au lit lorsqu'elle était arrivée, mais elle avait demandé aux « domestiques » de nous réveiller. Je précise juste que je n'ai pas chez moi une horde de majordomes, gouvernantes et femmes de chambre, juste Isabel, une dame d'âge moyen très aimable, qui venait tous les jours pour faire le ménage et la cuisine. Il était 7 h 20 quand Isabel entra dans ma chambre.

— Votre sœur est là, chuchota-t-elle en appuyant sur le bouton qui actionnait les volets. Elle insiste pour que vous vous leviez. Elle affirme que vous avez un stratagème à élaborer.

Je levai les yeux au ciel et priai, non sans ferveur, que le lustre me tombe sur la tête. Je ne voulais pas d'une mort dramatique, mais quelques semaines à l'hosto feraient l'affaire.

— J'arrive.

Je fus tout de même autorisée à prendre une douche. Pendant que j'enfilais un pantalon et un T-shirt, une phrase se mit à trotter dans mon esprit. Comme quand tu te réveilles avec un refrain en tête et que tu passes la journée à le fredonner sans savoir pourquoi. « Tu dois t'éloigner de tout ça. » Cette certitude avait peut-être vu le jour dans le rêve de la nuit précédente. Filippo m'y envoyait un message énumérant les raisons pour lesquelles je devais m'éloigner de la maison et de ce qui avait failli arriver. Je ne me rappelais pas les arguments qu'il avait avancés, mais il était sans doute temps que j'élabore ma propre liste.

— Alors, qu'est-ce qu'il y a ?

Patricia m'attendait, assise sur un tabouret, accoudée à l'îlot central de la cuisine, les jambes croisées et une tasse de café à la main. Isabel s'affairait à me préparer le petit déjeuner. Je m'approchai d'elle et lui demandai gentiment de ne pas s'en soucier.

— Je vais me préparer un café.

— C'est tout ? Même pas un bol de fruits ?

— Une tortilla avec une dizaine de Valium, plutôt.

Isabel sourit. Elle connaissait bien Patricia et la tête qu'elle tirait pour faire croire que tout allait bien.

— Pourrais-tu appeler Sonia et lui demander de passer ici cet après-midi, quand ça l'arrange ?

J'avais besoin de la présence de mon bras droit. J'avais besoin de me distraire et Sonia pourrait peut-être m'apporter un ou deux rapports pour voir comment ça se passait au boulot.

Patricia m'indiqua la table du doigt, en mode statue de Christophe Colomb, le regard perdu dans le vide. Les fameuses preuves du « crime », un tas de tickets de caisse.

— C'est quoi, ça ? Et pourquoi Candela n'est pas encore debout ?

— Parce qu'elle m'a envoyée me faire voir en sept langues, dont une qui n'avait pas de voyelles, alors… Ce que tu as devant toi, c'est…

— Une installation artistique qui démontre que notre vie est rongée par le consumérisme ?

— Non. Ce sont des tickets de caisse.

— De quoi ? Diamants, motels ?

— Restaurants et parkings.

Je mis en route la cafetière et restai là, contre la machine. Chaque goutte de café qui tombait dans la tasse me rendait un peu plus l'envie de vivre.

Patricia avait aussi apporté une copie de l'agenda de son mari. Elle avait recopié à la main les rendez-vous de son calendrier Google pendant qu'Alberto était sous la douche. En plus de croiser les dates des tickets avec l'agenda, voilà qu'il allait falloir aussi déchiffrer des hiéroglyphes.

— Pour l'amour de Pépito, m'exclamai-je, un biscuit nappé de chocolat, t'es sûre que tu sais écrire ?

— Essaye seulement de recopier un mois de rendez-vous pendant que ton mari prend sa douche. Il est chauve ! Il n'utilise ni shampoing ni après-shampoing, Margot ! T'as pas idée de la vitesse à laquelle j'ai dû le faire.

Candela daigna se montrer au moment où la joie de vivre que m'avait procurée le café commençait à s'estomper. Preuve de la nature capricieuse des gènes et des différences qui peuvent exister entre sœurs, elle trouva toute cette histoire palpitante.

— Waouh ! On se croirait dans une partie de Cluedo !

— Ouais, sauf que c'est de mon mariage qu'il s'agit ! S'il me trompe, je vous jure que je me fais refaire les seins.

La logique et ma famille ont toujours eu une relation compliquée. Plus rien ne me surprenait.

— Vous croyez que j'ai fui mon mariage à cause d'un gène récessif chez moi, mais actif chez vous ?

— Non. C'est parce que tu es une handicapée des émotions, voilà pourquoi, mais ça peut s'arranger avec des vacances dans l'un de tes hôtels.

— Nos hôtels, rectifiai-je.

— Tes hôtels. Je te rappelle que je t'ai vendu mes actions et que j'ai fait don de l'argent. La seule chose qui m'appartient dans cette boîte, c'est le nom, trancha Candela avec fierté, avant de se jeter sur les infos que nous avions déjà extraites de ce tas de paperasse.

— Mais ils sont quand même un peu à moi, ajouta Patricia en souriant derrière ses lunettes élégantes et stylées.

Mes sœurs se rendirent vite compte que les papiers ne contenaient rien d'extraordinaire, juste des notes de repas d'affaires qui coïncidaient au millimètre près à ce qu'Alberto avait inscrit dans son agenda. Quand elles se mirent à dire qu'il utilisait peut-être des noms de code pour dissimuler ses aventures, je les abandonnai.

Comme à son habitude, Sonia m'informa bien à l'avance de son arrivée, me donnant ainsi le temps de m'apprêter rapidement, histoire de ne pas ressembler à la nana qui ne sait pas quoi faire de sa vie de rêve.

Je la reçus dans mon bureau avec un Coca Light et une folle envie de lui demander de m'assassiner sur-le-champ.

— Salut, patronne. Tu as bonne mine.

— J'espère, je dois avoir mis sept couches de fond de teint Double Wear d'Estée Lauder.

— Va falloir te démaquiller au décapant.

— Comme les Kardashian, quoi.

Je l'étreignis d'un simple regard. Certaines personnes, il suffit de les regarder pour avoir l'impression de les serrer dans ses bras.

— Je croyais que tu n'avais pas envie de me voir.

Elle s'assit en face de moi et sortit son iPad, qu'elle utilisait pour organiser l'univers. Il faut dire qu'elle assurait !

— Que t'allais te reposer et tout et tout.

— Mes sœurs ne m'en donnent pas l'occasion. Elles jouent au Cluedo dans la vie réelle.

Sonia leva un sourcil.

— Elles ont tué quelqu'un ?

— Laisse tomber, moins tu en sais, mieux c'est, plaisantai-je. Tu me briefes ?

Elle retroussa le nez.

— Quoi ? m'alarmai-je.

— Je ne veux surtout pas que tu penses que je n'ai pas fait mon boulot.

— Impossible, en général tu fais non seulement le tien, mais aussi celui de tes collègues et même le mien, parfois. Que se passe-t-il ?

— Je ne veux pas me mêler de ce qui ne me regarde pas…

— C'est moi qui t'ai demandé de venir.

Sonia poussa un long soupir et se décoiffa légèrement, se grattant le cuir chevelu, un geste qu'elle faisait à chaque coup de stress.

— Je t'ai apporté des dossiers actualisés mais je crois que je ne devrais pas te les donner.

— Ah bon, pourquoi ?

Elle prit une grande inspiration et me jeta un de ces regards qui veulent dire « je te connais mieux que tu ne le penses », « tu ne vas pas aimer ce que je vais te dire » ou « je te connais mieux que tu ne le penses et tu ne vas pas aimer ce que je vais te dire ».

Elle leva la main droite.

— Je jure solennellement que ce que je vais dire n'est ni un jugement ni une critique.

— Allez, vas-y, accouche.

Elle se mordilla la lèvre.

— Le CA a raison. Tu as besoin de vacances.

— C'est le cas de tous les Espagnols, non ?

— J'ignore si tous les Espagnols ont un tic à l'œil, boivent sept canettes de Coca Zéro par jour et passent des cris aux larmes vingt fois par jour.

— T'essayes de me dire que je devrais voir un psy ?
— Non, juste que tu as besoin de repos. Et de parler à quelqu'un, oui.
J'appuyai mon front sur la table.
— Tu es en train de me suggérer de prendre un rendez-vous urgent chez le psy, c'est ça ?
— Non, Margarita...
— Appelle-moi Margot, vraiment.
— Margot... J'ai libéré ton agenda jusqu'à la mi-août et la boîte te doit soixante-dix-sept jours de vacances.
Elle posa une main hésitante sur la mienne.
— Tu es hyper stressée, tu vas finir par tomber malade ou...
— Perdre la tête.
— Je ne sais pas mais... Je crois vraiment qu'il faut que tu te changes les idées, loin d'ici. Que tu t'éloignes de nous pour mieux... te retrouver.
— Et je lui dis quoi, à Margot, quand je l'aurai trouvée ?
Sonia sourit.
— Pardonne-moi de te poser la question mais... tu as parlé à Filippo ?
— Oui. Par message. Ça se présente mal.
Ses doigts se serrèrent sur les miens.
— Je vais être très honnête, OK ? Tu me payes pour ça, et plutôt bien, alors voilà. La rumeur dit que les membres du CA font pression sur ton parrain. Selon eux, ta fuite le jour du mariage prouve que tu n'es pas apte à occuper un poste à responsabilités et que tu es en train de craquer sous la pression. J'ai même entendu dire que ta mère aurait fait des commentaires sur ton état... délicat.
— Un chat qui boit comme un trou, personne ne l'écoute.
— Mais ça les arrange de la croire. Ils espèrent qu'elle a raison. Tu sais mieux que moi qu'ils ne...
— Ne veulent pas de moi, je sais. Tu as encore des infos sur le piteux état de mon avenir ?
— Je n'irais pas jusque-là. Contente-toi de faire ce qu'ils veulent. C'est simple : pars. Mais profite de l'occasion,

fais-le pour ton bien, pas pour le leur. Profites-en pour faire tout ce que tu n'as jamais le temps de faire. Vas-y pour la Margot qui est triste et pour celle qui mérite d'être heureuse. Vas-y pour moi aussi, puisque je ne peux pas. Allez, Margot. Va te la couler douce sur une plage quelque part, je t'en prie. Tu n'as pas besoin de prouver que tu le mérites, OK? Ceux qui n'y croient pas peuvent tous aller se faire voir.

— Mon équipe a créé des mèmes de moi prenant la fuite le jour de mon mariage.

— Ton équipe, elle prendrait bien des vacances aussi, si elle le pouvait. Mais c'est toi la patronne.

— Je ne suis pas seule, ça ne marche pas comme ça. Il y a des investisseurs…

— Tu es Ana Margarita Ortega Ortiz de Zarate, nom d'un chien ! Pars. Et ne reviens pas avant d'avoir oublié le mot de passe de ton ordi !

Nous échangeâmes un regard et un petit sourire se dessina sur ses lèvres.

— Personne… écoute-moi bien parce que je ne te parlerai plus jamais sur ce ton… PERSONNE ne fuit le jour de son mariage s'il est heureux. Et tu mérites d'être heureuse. Comme moi. Comme tes sœurs. Comme le garçon qui nous livre à manger. Pars et essaie de découvrir ce qui cloche.

16

Il y a un mec…

— Merci.

Sonia sourit et fit non de la tête.

— Pas la peine de me remercier. C'est totalement égoïste de ma part. Si tu coules, je sombre avec toi.

Je ris.

— Je devrais sans doute envoyer un e-mail à toute l'équipe au sujet des mèmes, tu ne crois pas?

— Si. Je ne dis pas que des têtes doivent tomber, mais ils doivent comprendre que c'est tolérance zéro pour ce genre de comportement.

J'acquiesçai, abasourdie, le regard perdu dans le paysage gris et scintillant qu'offrait la Castellana en cet après-midi de juin.

— Et je vais où? demandai-je timidement.

— Tu possèdes des hôtels dans le monde entier. Choisis une destination au hasard.

— Je ne saurais même pas par où commencer. Ces dernières années, les seuls voyages de loisir que j'ai effectués étaient pour rendre visite à ma sœur ou en compagnie de Filippo.

— Et maintenant, tu es libre de choisir toi-même ta destination.

Je grimaçai.

— Ça me donne mal au bide, cette histoire de liberté.

— Attends.

Elle prit son iPad, pianota à toute vitesse et, lorsqu'elle eut trouvé ce qu'elle cherchait, elle le tourna vers moi. Sur l'écran, une carte du monde.

— Ferme les yeux et pointe quelque part.

— T'es sérieuse ?

— Allez. Je m'occupe de tout organiser.

— Ce n'est pas ton boulot.

— Mais tu ne peux pas vivre sans moi.

— Tu n'as pas tort.

— Allez !

Je fermai les yeux et posai mon index sur l'écran, avant de le laisser retomber. Un petit rire s'échappa de la bouche de Sonia.

— Quoi ? Quoi ? Dis-moi que je ne suis pas tombée sur la Corée du Nord.

— La Grèce. La magnifique Grèce.

— Tu y es déjà allée ?

— Oui. Dans un des hôtels de la société, grâce à ma réduction pour employés.

Elle me fit un clin d'œil.

— Ça va être parfait.

— Voyager seule ? On dirait que tu ne me connais pas. Ça va partir en sucette dans la première demi-heure.

— Alors pars avec une de tes sœurs.

— Qu'est-ce que tu veux ? Que j'ouvre la porte de l'avion et dépressurise la cabine ? Elles font leur vie et la Grèce n'est pas dans leurs projets. Pourquoi tu ne viens pas, toi ?

— Je ne peux pas.

Elle posa tristement l'iPad sur la table.

— Pourquoi ?

— Parce que je suis ton assistante et que ce serait vraiment étrange que tu partes en vacances avec ta…

— Mon bras droit, interrompis-je en souriant.

— Non, Margot, il ne vaut mieux pas. Pars seule et profite. Je suis sûre que tu vas faire des rencontres et…

— Je ne pars pas pour une croisière de célibataires.

— Continue comme ça et je t'inscris ! Pourquoi tu ne t'arranges pas avec une copine ?

Je songeai à ma dernière escapade entre amies. Ibiza. Leur seule obsession : faire des selfies en bikini sur un bateau, sans oublier les photos de leurs assiettes au resto, les boissons, et celles de groupe, où nous posions toutes comme les finalistes de Miss Espagne. Ça ne me disait vraiment rien.

— Pas sûre d'avoir de vraies amies, clarifiai-je.

— Tu travailles trop.

— Je sais. Je suis pitoyable.

Sonia haussa les épaules d'un air espiègle.

— Non. Parce que quelqu'un de pitoyable n'a pas le cran de s'enfuir en courant d'un mariage avec cinq cents invités. Et puis, tu es sur le point de faire un de ces voyages dont tout le monde rêve. Toi, ta quête et une destination de luxe.

— Tu as peut-être raison.

— Comme toujours. Tu as tout ce qu'il faut en toi, Margot, mais tu le cherches ailleurs.

— Les membres du CA vont profiter de mon absence pour...

— Ils peuvent aller se faire voir, ces cons.

Je la regardai du coin de l'œil et elle éclata de rire.

— Marché conclu.

La Grèce. La vie est drôlement faite. C'était la destination que j'avais proposée pour le voyage avec le barman. Je ris. Et si...

— Qu'est-ce qui te fait rire ?

— Moi ?

Sonia étudiait l'expression de mon visage. Je poursuivis :

— Ben, je ne sais pas. L'autre jour j'ai rencontré un mec et...

Elle se raidit sur sa chaise.

— Comment ça, tu as rencontré un mec ?

— Non, non, attends. L'autre soir, je suis sortie avec mes sœurs dans une boîte infecte de Huertas et Patricia a perdu son portable. Un des barmen l'a récupéré et c'est moi qui ai dû aller le récupérer le lendemain. Je ne sais pas trop comment c'est arrivé, mais je me suis tout à coup retrouvée dans une embrouille pour rendre son ex jalouse, le rôle de ma vie, je te jure, à faire semblant que j'étais sa nouvelle « petite amie », à raconter qu'on allait partir en Grèce et qu'il allait adorer Santorin. Je trouve juste la coïncidence amusante.

Sonia leva les sourcils.

— C'est sérieux, ce que tu me racontes ?

— Très sérieux, fis-je en riant. Moi non plus, je ne me serais jamais imaginée dans une telle situation.

— Comment il s'appelle ?

— David. Il m'a même refilé son numéro.

— Pour que tu puisses continuer à faire semblant d'être sa copine et rendre l'ex jalouse ?

— Non. Euh…

Je ne savais plus si raconter toute l'histoire était vraiment une bonne idée, au cas où ça devenait plus intime… Intime avec un inconnu, pas possible.

— Il m'a dit qu'il pouvait voir dans mes yeux que j'étais triste, comme lui. Il a dit quelque chose sur le fait que les gens tristes ont besoin les uns des autres pour se sentir compris.

— Je n'ai jamais entendu une tentative aussi naze de draguer une fille.

— Ce n'était pas son intention. Il est… jeune, un peu écervelé. Je ne sais pas comment te l'expliquer. Il est dingue de son ex et, pour être honnête, ce n'est pas étonnant. Quand je l'ai vue, je me suis dit que la génétique est profondément injuste. Cette nana et moi, on n'est pas de la même espèce.

— OK, OK.

— Dis, tu crois que les gens tristes devraient rechercher la compagnie d'autres personnes dans le même état d'esprit ?

— Oui et non.

— Explique.

Sonia caressa le verre embué par le soda glacé et traça du bout des doigts quelques lignes dessus. Elle prit un air sérieux.

— C'est une chose d'être triste ou angoissé, c'en est une autre d'être déprimé. Quand on est déprimé, les gens ont tendance à te balancer des trucs du genre « Eh, ne sois pas triste » comme s'il s'agissait d'un choix. Ceux qui sont déjà passés par là peuvent te comprendre plus facilement mais… et si vous vous enfonciez tous les deux mutuellement ?

Elle me regarda et son expression s'adoucit. Elle inspira, se leva et sourit à pleines dents.

— Mais toi, tout comme moi et ce type, on traverse juste une mauvaise passe. Alors…

J'acquiesçai. Il ne fallait jamais cesser de remettre les choses en perspective. Voilà pourquoi j'appréciais tant Sonia.

— Tu lui enverrais un message, toi ?

— Moi oui, fit-elle en riant. Mais je n'ai pas un mec à récupérer, et dans le fond, je ne réfléchis pas trop aux conséquences de mes actes. Mais toi, tu es Margot.

Je lui lançai un regard confus.

— Qu'est-ce que tu veux dire par là ?

— Que jamais tu ne te lancerais dans quelque chose dont tu ne peux pas prévoir l'issue et… cette histoire a autant de fins possibles que, je ne sais pas, il y a de bulles dans ce verre.

Levant le soda, elle simula un toast rituel, fit tchin-tchin dans les airs et but une gorgée. Je ne dis rien, absorbée par les bulles qui batifolaient de haut en bas et dansaient au cœur du liquide sombre et sucré. Elles avaient l'air si… libres.

Si seulement cela ne m'avait pas paru si tentant. Si seulement je ne l'avais pas pris comme un défi.

La porte du bureau s'ouvrit brusquement et mes deux sœurs firent irruption, exaltées, échangeant de petits coups de coude, se chamaillant pour être la première à partager avec moi le résultat de leurs investigations.

— On le tient !

— Quoi ? Vous avez trouvé quelque chose ?

— Pff, c'est que de la paperasse, se plaignit Candela.

— Mais on le tient !
— Une piste à suivre ou le numéro des urgences psychiatriques ?
Sonia faisait des efforts pour ne pas éclater de rire.
— Le détective ! On tient le détective !
— Il a accepté mon affaire !
Patricia s'approcha, surexcitée, et poursuivit :
— Et tu sais la meilleure ?
— Il va te rouler dans la farine ?
— Non ! Il est hyper séduisant.
Sur l'écran cassé de son téléphone apparut la photo d'un homme d'une quarantaine d'années, beau gosse, qui nous souriait sur son site Internet. Le slogan de son agence : « Ta confiance, ton secret : mon travail. »
« Nom d'un chien » fut tout ce que cette horreur m'inspira.

17

Les gens tristes

Je gisais sur mon lit, le téléphone en main. Mes sœurs étaient parties chercher les enfants à l'école et Sonia était retournée au bureau pour régler les derniers détails de mon voyage. J'avais déjà rédigé un e-mail officiel destiné aux autres membres du conseil d'administration, par lequel je les informais que j'avais finalement décidé de m'éloigner quelque temps. J'allais prendre de longues vacances.

J'avais encore la paix avant que Candela ne rentre. L'idée de la voir se jeter sur le lit et l'entendre me demander comment j'allais, si j'avais des nouvelles de Filippo, si je voulais qu'on fasse un truc, ce que je voulais manger ou ce que j'avais fait pendant son absence, suffit à m'éreinter.

J'écoutai un disque qui me rappelait mon séjour aux États-Unis, pour mon master. J'avais essayé de me faire des amis, mais tout le monde était en constante compétition. C'était peut-être ça, le problème. Je n'aimais ni la compétition ni la prise de risques. Maman avait raison sur une chose : qu'une personne *low profile* (comme disent les Américains) comme moi occupe un poste à responsabilités était pour le moins surprenant. Comme elle s'évertue à le dire, on n'a pas tous la chance d'être une Ortega Ortiz de Zarate.

J'avais toujours marché dans l'ombre. J'avais toujours été responsable. J'avais toujours soupesé les possibilités et les éventuels résultats. Je ne m'étais jamais lancée les yeux fermés dans quelque chose. Sauf à deux occasions. Quand j'avais décidé de coucher avec Filippo le premier soir (je ne suis pas de pierre) et lorsque j'étais partie en courant de mon propre mariage.

Et si Sonia avait raison ? Si quelque chose clochait vraiment ? Il y avait bien une raison qui m'avait poussée à le laisser en plan devant l'autel. Peut-être... Peut-être qu'une part de moi craignait de se lancer dans du définitif sans avoir vécu plus. Je n'avais jamais fait de folies, je ne m'étais jamais trompée et je n'avais jamais eu le cœur brisé : avant Filippo, tout n'était que simple simulacre.

À quoi donc me servait ce temps de pause si je ne changeais pas. Un peu du moins. Je ne parle ni de coupe de cheveux radicale, ni d'une voiture neuve avec beaucoup de chevaux et une carrosserie rouge pétant. Et si... je décidais simplement de m'ouvrir au monde ?

Ce ne fut pas facile. Je regrettai deux cents fois de l'avoir fait avant qu'il ne réponde, mais j'étais plutôt fière de ma première question à un presque inconnu qui... était sur le point de changer ma vie.

Margot : Et toi, pourquoi es-tu triste ?

David : De quoi tu parles ? Qui es-tu ?

Margot : La meuf bizarre avec qui ton ex croit que tu sors.

David : Ah ! Margot.

Margot : Et non, ce n'est pas un prénom galicien.

David : Ça te réussit, WhatsApp. T'es plus sympa ici.

Margot : Je suis sympa.

David : Tu es polie. Il y a un océan entre ces deux termes.

Margot : Tu comptes me répondre ? Pourquoi es-tu triste ?

David : L'amour de ma vie m'a quitté. Ça ne te semble pas suffisant ?

Margot : Si.

David : Tu l'as vue ? Elle est parfaite.

Margot : Une déesse.

David : Si tu me lances des vacheries, je te bloque.

Margot : Des vacheries ? Ton ex est une déesse. Elle m'a presque fait douter de mon hétérosexualité !

David : Moi, pour elle, je deviendrais même mormon !

Margot : Mec, avec le portable que t'as, t'es déjà à deux doigts de vivre comme au Moyen Âge !

David : Je crois que tu confonds avec les amish.

Margot : Tu peux m'expliquer pourquoi un parfait inconnu me donne des leçons de religion ?

David : Je dirais plutôt de culture générale, mais si tu te demandes pourquoi tu as fini par m'envoyer un message, c'est parce que c'est plus facile de parler avec quelqu'un qui ne te connaît pas, et donc ne te juge pas.

Margot : Tout le monde juge. C'est inévitable.

David : Et c'est pour ça que tu es triste ? Pas la peine de le nier, hein. Quelqu'un s'est trompé à ton sujet ?

Margot : Non. Moi aussi j'ai perdu l'amour de ma vie.

David : Selon toi, ce n'est pas une raison suffisante pour être triste, donc il y a autre chose.

Margot : *Écris, bon sang… Écris… Écris… Écris… Réponds-lui…* Non.

David : Tu sais ce qui n'a pas beaucoup de sens ? Écrire à un parfait inconnu, avec qui tu peux vider ton sac sans qu'il te juge, même si tu lui racontes que ton père est un ragondin, et finir par lui mentir.

Margot : Éclaire ma lanterne, « ragondin » dans ton argot, ça veut dire quoi ?

David : Je rentre du boulot et les seules choses auxquelles j'aspire, c'est un sandwich au jambon et une douche, et toi tu me mens et tu digresses sur les ragondins. Margot, je ne sais pas quoi faire. Je mérite mieux que ça.

Margot : Je n'avais pas l'intention de t'embêter.

David : Margot ! Arrête ! Je déconne ! Écoute, on va faire un truc. Te parler via WhatsApp avait l'air prometteur mais c'est plus compliqué qu'en personne ! Du coup, tu fais quoi demain entre neuf et dix ?

Margot : Du matin ou du soir ?

David : Ça, c'est déjà mieux. La voilà qui fait style j'ai déjà des plans.

Margot : Je n'ai toujours pas décidé si tu es juste con ou…

David : L'autre option, quelle qu'elle soit. Demain à 9 heures. Du matin. Je t'envoie tout de suite l'adresse. J'attendrai cinq minutes. Si tu me plantes, je me casse et je te bloque, mais sans rancune, OK ?

Margot : OK.

18

Le promeneur de chiens fou

En la voyant arriver, je ne pus réfréner un sourire. Au milieu de ces gens qui couraient dans les rues pour ne pas arriver en retard au travail, je l'avais repérée à son attitude, probablement inconsciente, qui lui donnait un air perdu où qu'elle soit. Vêtue d'un jean, d'un chemisier léger et de chaussures plates, son look était discret tout en donnant une impression de luxe indescriptible. Je suppose qu'il y avait de l'élégance dans sa banalité. Et elle était jolie.

Par une étrange association d'idées, je songeai à ce qu'aurait porté Idoia pour un tel rendez-vous. Elle aurait certainement fait son apparition vêtue d'une robe de soirée couplée à des bottes militaires ou d'une minijupe en latex rouge avec un chemisier blanc pour homme et des baskets blanches.

Elle enjamba deux crottes de chien et se planta devant moi sans trop savoir comment me dire bonjour ni où poser son regard. Au bord du fou rire, je lui tendis la main. Dans le fond, ça me plaisait bien de la sentir si perdue. Ça me libérait, pas comme avec Idoia. J'avais fini par penser que les seules femmes avec qui je me sentais à l'aise étaient Dominique, les filles de la bande au village, ma mère et ma sœur. Ma grand-mère ne compte pas, je me suis toujours senti petit auprès d'elle. Ça n'augurait pas un avenir resplendissant pour ma vie sociale. Ni sexuelle.

— Bonjour, lui dis-je.

— Bonjour.

Je lui donnai une poignée de main courte et ferme, non sans un sourire canaille sur les lèvres.

— Tu te moques de la façon dont je t'ai dit bonjour la dernière fois, c'est ça ?

— Non. Je voulais juste te mettre à l'aise. Je suppose que c'est comme ça qu'on fait, sur ta planète.

— Je regrette déjà d'être venue. D'ailleurs, on peut savoir ce que tu fais avec ces chiens ? Ils sont tous à toi ?

À mes pieds m'attendaient, sagement assis et haletants, un berger allemand, un bouledogue français et un dalmatien.

— Ce sont mes clients.

— Tes clients ?

— Oui.

— Mais tu ne travailles pas dans le bar ?

— Si. Mais j'ai d'autres boulots.

— Boulots ? Au pluriel ?

— Tous les matins, du lundi au vendredi, je vais chercher ces messieurs et cette demoiselle pour les promener et jouer un moment, puis je les reconduis chez eux. Le mardi, le mercredi et le jeudi après-midi, je bosse chez un fleuriste.

Elle leva un sourcil, d'un air dubitatif.

— Tu as trois boulots.

— Je suis aussi baby-sitter à mes heures, mais ça, je me fais payer autrement.

— Du sexe ?

J'éclatai de rire et fis un pas en avant.

— Mais non, bêta ! Ivan, mon collègue du pub, a une fille de sept mois. Je vis avec eux. Enfin, avec Ivan, sa copine et leur bébé. On partage les dépenses et je m'occupe d'Ada quand les horaires de ses parents se superposent.

— Ivan aussi a un autre boulot ?

— Il est serveur dans un café du lundi au vendredi, répondis-je en haussant les épaules. Ça ne paye pas très bien, dans la restauration.

Je ne fus pas surpris de déceler une lueur d'accablement dans son regard.

— Et toi, tu bosses où ?

Réticence. Elle me regarda avec réticence. Elle n'avait pas envie de parler. À l'image de ces filles que je rencontrais parfois sur Tinder (avant Idoia), celles qui ne voulaient pas en savoir plus que le prénom de leur interlocuteur, histoire de ne pas tout compliquer.

— Bon, je te propose un deal. On ne parle que de nos problèmes et de nos blessures secrètes, mais on ne se raconte pas nos trucs du quotidien, ça te va ?

— Je ne sais pas trop pourquoi je suis venue.

— Parce que je suis charmant.

Je lui souris.

— Je paye déjà un type bourré de diplômes d'universités prestigieuses cent euros la séance pour parler de mes secrets et de mes traumatismes.

— C'est vrai ? fis-je en tirant doucement sur Walter, le berger allemand, qui reniflait un tronc d'arbre. Et ça marche bien ?

— Non. Pas vraiment étant donné les circonstances.

— Raconte.

— Je ne vais pas te raconter ça, je ne te connais pas.

— Tu sais ce qu'ont en commun les barmen, les promeneurs de chiens et les fleuristes ?

— Leur salaire de misère ?

— Ouais, c'est pas faux, mais je ne parlais pas de ça. Écouter. Je sais écouter.

— Explique-moi une chose. Pourquoi on a décidé de se voir ?

Elle ajusta son sac sur le côté, sans me regarder.

— Parce que tu m'as filé un coup de main avec mon ex.

— Ton ex.

— Mon ex, cette pauvre conne, plaisantai-je.

Margot me jeta un regard indigné mais je tentai de calmer le jeu d'un éclat de rire.

— C'est pour ça que tu m'as proposé qu'on se voie ?

— Mais non, c'est à cause de tes yeux, bêta.

— Ne m'appelle pas comme ça, bon sang.

— Deux paires d'yeux tristes qui se reconnaissent. Tu te souviens ? Nous sommes tous les deux tristes et de bon conseil. On a apparemment du mal à maintenir notre vie sur les rails, mais on peut peut-être se venir en aide.

— Et pourquoi ça ?

— Ben, parce que nos chemins se sont croisés. Ça doit vouloir dire quelque chose, non ?

— Qu'on vit tous les deux à Madrid et que mes sœurs ont très mauvais goût quand il s'agit de trouver des endroits où sortir.

— Peut-être. Ou peut-être pas. Toi, je ne sais pas, mais moi, je n'aime pas rester sur ma faim, j'aime aller au bout des choses.

Je me faufilai par un trou entre deux buissons et les animaux me suivirent. Margot ne montra pas de réticence non plus. En reconnaissant l'espace où ils couraient et jouaient tous les jours, les chiens commencèrent à s'exciter, du moins jusqu'à ce que je les détache et qu'ils se lancent dans une course effrénée, compagnons de tant de promenades déjà. De là, je pouvais les surveiller sans problème, la seule issue du parc se trouvant derrière moi. Les chiens en sécurité, je me tournai vers Margot. Elle avait le regard perdu dans les formes concentriques que dessinaient les chiens en cavalant sur la pelouse, une expression indéchiffrable sur le visage.

— Quel est le problème ? demandai-je. À part que tu as perdu l'amour de ta vie et tout… Il n'est pas mort, quand même ?

— Non ! Il est bien vivant, à se prélasser tout l'été sur un bateau, au large de la côte amalfitaine.

— Eh ben ! Il a du pognon, non ?

Elle me regarda comme si j'étais totalement givré et je lui fis le geste universel de l'argent, au cas où elle ne m'aurait pas compris. Pas de réponse.

— D'accord, on va faire l'inverse alors : je n'ai jamais été aussi amoureux d'une femme comme je le suis d'Idoia. Jamais je n'ai éprouvé ce que je ressentais quand j'étais avec elle. C'est une sauvage, une sorcière, une magicienne, une grande dame, une déesse… tout à la fois. Je me sentais vivant avec elle. Et libre.

— Libre ? Vous aviez une relation ouverte ?

— Je ne parle pas de ce genre de liberté.

Je m'appuyai à un tronc d'arbre et sifflai en direction des chiens, avant de poursuivre :

— Je pense plutôt au fait que… je n'ai jamais eu l'impression de ne pas être libre parce que j'étais avec elle. Ça ne me dérangeait pas d'être enchaîné.

— Enchaîné ? Ta conception des relations est…

— Quand tu es avec quelqu'un, tu t'enchaînes en quelque sorte à cette personne, non ?

— Soit, mais c'est un choix que tu fais, pas parce que tu es « enchaîné ».

Elle répéta le mot intentionnellement.

— Tu comprends ce que je veux dire.

— Et que s'est-il passé ? Je veux dire, pourquoi elle t'a quitté ?

— Parce que je ne suis pas assez bien pour elle.

Elle haussa un sourcil.

— On parle de ta situation économique ?

— Économique, sociale, et je dirais même existentielle. Apparemment, je ne suis qu'un pauvre type qui s'est habitué à la médiocrité et y a fait son nid, dans la merde, où il fait bien chaud même si ça pue.

— Attends…

Elle se frotta les tempes.

— Je dors sur le canapé de mon meilleur ami, j'ai conscience que…

— Admettons que tu ne gagnes pas beaucoup avec tes trois boulots, mais tu atteins certainement le salaire minimum interprofessionnel, ce qui veut dire que… tu pourrais te permettre de vivre en coloc. Y compris à Malasaña. Un petit appart avec deux autres mecs, dans une rue sympa et moderne.

— Ça m'enchaînerait à une maison et… si je voulais partir demain ?

— Tu voudrais vraiment partir demain ?

— C'est une façon de parler. Une supposition.

Elle me regarda comme si j'étais fou, à un tel point que je me posai moi-même la question.

— C'est un choix personnel, trancha-t-elle. Si tu vis chez ton meilleur ami, je suppose que c'est parce qu'il t'a accueilli en pensant que c'était une affaire de quelques jours, et ça s'est prolongé. Puis ils sont devenus parents et tu t'es rendu compte que l'aide que tu leur apportais à la maison leur convenait. Et à toi aussi, vu que ce sont des gens de confiance, tu es à l'aise, ils t'offrent de la tendresse…

— Tu me psychanalyses, là ?

Je lui adressai un regard négligent.

— On dirait que j'ai mis dans le mille…

— Pas tout à fait, mais… je suis bien avec eux.

— Et tu n'emménagerais pas avec Idoia ?

— C'est à elle qu'il faudrait poser la question. Je crois que mentionner cette éventualité suffirait à lui filer de l'urticaire.

— Vous faisiez quoi, en couple ?

Je lui lançai un coup d'œil, mais elle fit mine de rien.

— Je ne sais pas. Le classique. On passait du temps dans son appart, on sortait de parfois pour aller dîner ou à un concert. On buvait du vin au lit. On baisait.

Son regard me transperça le crâne comme une balle.

— Fascinant. Vous aviez des plans pour l'avenir ?

— Je t'ai déjà dit que non.

— Et dis-moi une chose… Tu t'attendais à ce qu'elle reste avec toi alors que tu ne lui donnes rien en échange ?

— Je lui donnais de l'amour, m'offusquai-je.

— Et qu'est-ce qu'elle avait à t'offrir, elle ?

— De l'amour, dis-je sans conviction.

— Ouais, bien sûr. Et c'est avec amour qu'elle t'a dit : vole, vole, petit oiseau.

Je grognai et elle sourit.

— Si tu veux la récupérer, tu ne peux pas te contenter de la rendre jalouse. Cette fille sait qu'elle est unique au monde à tes yeux. Elle t'aveugle, et je peux le comprendre. Mais ce que tu dois faire, c'est lui démontrer que ta vie n'est pas à la dérive, que tu as des projets, que tu sais où tu vas.

— Et je vais où, au juste ?

Elle haussa les épaules et m'offrit un sourire charmeur. Bien sûr que c'était un bon conseil, même moi je l'admettais. Ce n'était pas facile et ça ne ressemblait en rien à ce que je voulais entendre, mais je suppose qu'il en va ainsi des bons conseils.

— À ton tour, maintenant. Pendant que je réfléchis à la direction que doit prendre ma vie.

— T'as quel âge, au fait ?

— Vingt-sept.

— T'es encore jeune.

— Tu parles comme si t'en avais deux fois plus.

— Non, mais j'ai cinq ans de plus que toi.

— Ouuuuuuah, raillai-je. L'âge, ce n'est qu'un chiffre.

— Pour vous, peut-être. Nous, on mûrit.

La massue se planta au milieu de mon front et je me tournai vers elle, surpris.

— À ton tour maintenant.

Elle jeta un coup d'œil aux chiens et se mordilla la lèvre inférieure.

— Je... je me suis enfuie de notre mariage.

— Quoi ?

Je clignai des yeux.

— Je te dis que je me suis enfuie de notre mariage.

— On dirait un euphémisme pour « je l'ai planté devant l'autel ».

— Tu l'as dit.

— Tu l'as vraiment planté devant l'autel ?

— Eh ! Je n'ai pas fait répéter trois fois tes réponses, moi !

— C'est bon, c'est bon, continue.

— Eh bien, disons que, du coup, il ne m'apprécie pas beaucoup pour le moment.

— Il te hait ?

— Non, mais il m'a demandé quelques mois pour repenser notre relation.

— Mais toi, tu veux te remettre avec lui ? Si tu l'as planté devant l'autel... Au fait, t'as couru en robe de mariée ?

— Avec des Nike aux pieds, oui.

Je partis d'un éclat de rire et elle se cacha le visage dans les mains.

— Ça, ça s'appelle les avoir bien accrochées. Respect, hein.

Je lui donnai une petite tape dans le dos.

— Je ne sais pas ce qui m'a pris, soupira-t-elle. Je l'aime. Je veux vivre avec lui, partir en voyage avec lui, lui raconter tous les soirs ma journée pendant qu'il ouvre une bouteille de vin et qu'on écoute de la musique.

— Tu vis où, dans un film américain ?

Elle haussa les sourcils, comme si elle ne m'avait pas compris, puis poursuivit :

— J'ai paniqué et je me suis enfuie sans penser à rien, en l'humiliant devant un paquet de monde... Je devrais peut-être accepter que quelque chose clochait.

— Et pas qu'un peu ! Au lit, ça allait ?

— Ce n'est pas le genre de question que tu devrais garder pour le jour où tu ne seras plus un fichu inconnu pour moi ?

— Je t'ai déjà dit que je ne reste jamais dans le doute. Ça allait, ou pas ? Fais juste oui ou non de la tête.

Elle acquiesça et je souris.

— Tu hais sa famille ?

— Non, c'est une partie de la mienne que je déteste. La sienne est... merveilleuse.

— Il te traitait bien ?

— Comme une princesse.

— Je ne pige pas.

— Moi non plus, m'assura-t-elle.

— Et à quoi pensais-tu, quand tu courais en robe de mariée, avec tes Nike aux pieds ?

— N'en profite pas, hein ? Je ne pensais pas, David. Je courais...

— Comme Forrest Gump ?

— Quelque chose dans le genre. Comme si toute cette situation était trop pour moi, que je n'étais pas capable de la surmonter.

— Du coup, c'est peut-être toi, le problème dans la relation… Tu avais l'impression de ne pas être à la hauteur…

À en juger par le regard qu'elle me lança, je compris que je ne m'étais pas trompé.

— Et si tu passais l'été à faire des trucs pour toi ? Profite, fais-toi plaisir, fais des folies. Imagine que tu es dans un… Tu sais, dans la chanson d'Izal ? Un « *loop* sauvage ».

— Quelle chanson ?

— Je crois qu'elle s'appelle « Bill Murray ». Elle dit : « Je sais qu'il ne me reste pas longtemps dans ce *loop* sauvage. » Je l'ai toujours interprété comme une espèce d'impasse vitale où l'on évite de trop penser aux conséquences de nos actes.

— Si j'ai bien compris, moi, je dois rentrer dans un *loop* sauvage et toi, tu dois en sortir.

— C'est à peu près ça.

Je regardai les chiens et me dirigeai vers eux, fouillant mes poches à la recherche de quelques friandises pour les convaincre que remettre la laisse était un super plan. Et si c'était ça qu'essayait de me suggérer Margot ? Que je devais trouver une bricole pour faire taire mes craintes pendant que je reprenais les rênes de mon existence.

Walter, Milagros et Aquiles me laissèrent leur remettre les laisses tout en mastiquant. Margot nous observait, absorbée.

Je passai à côté d'elle, lui décochai un sourire et m'éloignai. Dix mètres plus loin, elle m'avait déjà rattrapé.

— Alors, par où vas-tu commencer ? lui demandai-je.

— Par m'en aller.

— C'est de la triche. Fuir n'est pas la solution.

— Je ne fuis pas. C'est presque une obligation. Disons que… tout semble indiquer que je dois m'éloigner quelques semaines. J'ai la chance de pouvoir le concilier avec ma vie professionnelle.

— Et tu comptes aller où ?

— En Grèce.

Je stoppai net et la laisse des chiens se tendit, les freinant dans leur élan. Je me tournai vers elle. Elle me souriait avec une pointe d'audace qui m'inspira. Je la regardai fixement. Elle soutint mon regard.

— En Grèce ?

Elle fit oui de la tête.

— Athènes, Santorin et Mykonos. Je m'y vois déjà, dans un hôtel en bord de mer avec une piscine à débordement et le plus beau coucher de soleil de toutes les Cyclades.

— Chère Margot, mais c'est notre voyage...

— Quel dommage que tu ne puisses pas m'accompagner.

Dire que j'envisageai l'idée serait mentir, car je n'y accordai aucune importance. Ce n'était qu'une boutade de plus, comme le fait qu'on se serre la main. Et pourtant, après avoir ramené les chiens chez eux, je sus. En la voyant au coin de la rue, deux cafés tièdes en main, je compris que ce n'était pas son cas. Margot n'était pas une simple boutade, mais une étape de plus de cette fâcheuse manie de ne jamais vouloir rester dans le doute.

19

Inspiration

Avant même d'arriver à la maison, je reçus le premier d'une longue série de messages :

Qu'est-ce que tu fais cet après-midi ?

Dans d'autres circonstances, j'aurais fui, mais je savais que David n'avait aucune idée louche derrière la tête. Nous voulions tous deux récupérer notre ex et nous avions le pressentiment que l'autre pouvait y contribuer. Dans mon cas, David était une inspiration. Je me sentais comme le jour où je m'étais retrouvée assise à côté d'une élève qui ne connaissait même pas la règle de trois. Il avait fini par améliorer ses notes et j'avais appris à m'amuser un peu plus malgré l'air rigide et princier que l'on respirait à l'internat.

Mais cette fois, ce n'était pas pareil. Ça n'allait pas dans cette direction. C'était… excitant, en quelque sorte. Je dirais même palpitant. David était un type étrange, soit, mais intéressant. Il éveillait ma curiosité, plutôt paresseuse ces derniers temps.

Quand je lui répondis que je n'avais rien de prévu jusqu'à mon départ en Grèce, il me demanda si j'avais envie de boire un verre le lendemain soir. Je compris soudain les raisons qui me poussaient à m'ouvrir à un inconnu : je pouvais enfin parler de ce qui s'était passé et m'exprimer librement. Quelqu'un s'intéressait à moi. À mes émotions, à ce que j'avais vécu, aux motifs qui m'avaient poussée à faire ce que j'avais fait et dire ce que j'avais dit. Pour David, mes paroles semblaient importantes, or nous n'étions pas dans un contexte professionnel. Cela me faisait un bien fou.

J'acceptai de le rejoindre chez le fleuriste, pour aller ensuite boire un verre dans un endroit tranquille, où nous pourrions bavarder. David voulait que je lui donne des conseils pour commencer à mettre de l'ordre dans sa vie. Je ne m'étais pas posé trop de questions. Je n'avais rien de mieux à faire et cela me forçait à sortir de la spirale infernale dans laquelle je m'enfonçais, alternant sanglots et contemplation de vieilles photos.

En entrant dans le magasin, je le repérai immédiatement dans le fond, malgré les deux femmes au comptoir. Il portait un T-shirt, qui avait sans doute été blanc à un moment donné de son existence, et un jean derrière un tablier noir tout taché. Il avait les cheveux en pagaille et les yeux rivés sur les fleurs qu'il manipulait.

— Pouvons-nous vous aider ? me demandèrent les deux femmes.

— Pardon. J'attends David.

Je leur souris. Elles me dévisagèrent. Puis échangèrent un regard. Elles devaient avoir la soixantaine et tout indiquait qu'elles étaient sœurs. Ça crevait les yeux.

À en juger par leur expression, elles semblaient surprises que quelqu'un, ou du moins quelqu'un comme moi, puisse venir le chercher.

— Et la blonde ? les entendis-je murmurer.

— Tais-toi, tais-toi, c'est mieux comme ça !

— David ! Il y a quelqu'un pour toi !

— Je termine le bouquet d'immortelles pour le restaurant. J'arrive dans cinq minutes.

— Non, répliqua avec fermeté l'une d'entre elles. Vas-y tout de suite, on ne fait jamais attendre une demoiselle.

— J'ignorais qu'il y avait une demoiselle dans cette boutique, répondit-il d'un ton blagueur.

Il se pencha, me vit et sourit.

— Tu m'attends une seconde ?

— Bien sûr.

Le temps qu'il termine, les deux sœurs m'avaient déjà expliqué qu'elles tenaient une affaire familiale, vieille de plus de soixante-dix ans. Elles m'offrirent un bouquet pour décorer ma chambre, mais David ne le trouva pas à son goût.

— Pas celles-là ! s'écria-t-il, bravache. Amparito ! Tu lui as donné des fleurs pour les morts, bon sang !

— Les glaïeuls ne sont pas des fleurs funéraires, balourd !

— Donne, elles me fichent le cafard.

David m'arracha les fleurs des mains, les déposa sur le comptoir et sélectionna quelques spécimens dans les cubes de mousse qui débordaient de fleurs en tout genre.

En un clin d'œil, il entoura ce qu'il avait choisi d'un morceau de papier kraft, qu'il fixa avec une cordelette. Il glissa ensuite entre mes doigts le petit bouquet, presque anecdotique, où se mélangeaient le vert sombre et le blanc, le rouge et le violet. Jamais je n'aurais composé un bouquet avec ces couleurs, mais le résultat était joli, vivant, avec une touche d'excentricité passionnée, à l'image de… David ?

— Bon, je vous laisse, vous êtes incorrigibles, leur lança-t-il avec son éternel sourire en coin.

Il se tourna ensuite vers moi et adopta un ton pédagogique.

— Mademoiselle, ce que vous avez là ce sont des feuilles d'eucalyptus, les fleurs blanches sont des statices et celles qui ressemblent à des fraises sont des gomphrenas, à ne pas confondre avec « gonorrhée ».

— Tu étais si bien parti…

— Bah… Et là, le lilas, c'est de la sauge. Quand on en reçoit en rouge, c'est de la folie. En tout cas, elles sèchent toutes hyper bien. Tu dois tailler les tiges de temps en temps, deux doigts, comme ça, de biais…

Je lui coupai la parole :

— David…

— C'est de la magie pure, ce bouquet, ma belle.

Il me montra ses doigts et les remua dans les airs, persuadé que ses mains détenaient un pouvoir énorme.

Je ne lui dis pas que j'avais réservé une table dans un restaurant que j'adorais. D'abord, parce que j'avais honte et puis, parce que… vu le look de David, il était hors de question que l'on m'y voie en sa compagnie. Il n'avait même pas changé de T-shirt.

— T'es toujours accoutré comme un tocard ?

— Et toi, t'as toujours cet air constipé ?

Je me tournai pour le regarder et il me renvoya une expression faussement hautaine. Je ne pus m'empêcher de sourire.

— Je me demandais juste si tu avais l'air aussi négligé quand tu sortais avec Idoia.

— Je sors d'un magasin qui vend des fleurs, comment tu veux que je me trimballe ? En costard ? Je suis toujours fourré dans la terre, l'eau, le pollen… !

— Tu pourrais prendre une chemise de rechange et la mettre avant de sortir.

— Une chemise ? Comme pour un mariage ?

Je m'immobilisai au milieu du trottoir.

— Tu as dit « comme pour un mariage » ?

— Dites-moi donc, mademoiselle, qui porte une chemise tous les jours juste pour le plaisir ?

— Des millions d'hommes ? Sans compter que… il a un trou, ton T-shirt.

— Ils sont tous troués, lança-t-il en haussant les épaules. Les étiquettes me piquent alors je les arrache. Ce n'est qu'une question de temps pour qu'un trou apparaisse.

Je n'en croyais pas mes oreilles. J'ouvris la bouche pour parler, mais il me coupa :

— De toute façon, je ne vois pas l'intérêt de toujours se fringuer comme si tu avais un entretien d'embauche.

— Je mets ma main à couper que c'est exactement la tenue que tu portais pour tous tes entretiens.

— Je suis mignon, je ne dois pas en faire des tonnes.

Nous éclatâmes tous deux de rire.

— Non, sérieux. Je ne comprends rien à la mode. Que dalle. Idoia, en revanche… Elle se consacre à ça. Elle est toujours très… avant-garde, tu comprends ?

Je serrai les lèvres.

— Définis « avant-garde ».

— Avec de la personnalité.

— Comme un éditorial de magazine de mode ?

— Je crois qu'on ne parle pas la même langue, là, se moqua-t-il. Ce que je veux dire, c'est qu'elle porte des trucs que tu n'aurais jamais pensé mettre ensemble, mais sur elle ça marche. Elle marque la tendance.

— Tiens, comme ma sœur.

— Quoi ?

— Rien. C'est… Tu ne crois pas que tu devrais te ressaisir un peu, sur ce coup-là ? Je sais que c'est superficiel, mais si elle aime la mode autant que tu le dis, je parie qu'une des raisons pour lesquelles elle t'a plaqué, ce sont ces T-shirts pourris.

— Aide-moi, alors.

— Je ne suis pas certaine d'être très bonne dans ce domaine.

— Bah, je ne te demande pas de me dire comment toi, tu m'habillerais – parce que je te dis tout de suite que je ne porterai pas de chemise – mais tu as certainement plus d'idées que moi sur le sujet.

— Pas du tout. Filippo, lui, il a du style. Moi, je ne choisis pas mes fringues moi-même.

— Qu'est-ce que tu veux dire, tu ne les choisis pas toi-même ?

— Je paye une fille pour qu'elle m'achète des vêtements selon mes besoins. Qu'elle range ensuite dans mon dressing, qui est divisé en plusieurs zones : travail, loisirs, vacances, maison…

Il éclata de rire.

— Je n'en reviens pas. T'es encore plus inutile que moi. Allez, viens, j'ai faim.

Nous nous enfonçâmes dans le quartier de Malasaña. David marchait avec assurance, bien dans sa peau. Il me parlait d'un endroit où l'on servait de délicieux hot-dogs, mais je l'écoutais d'une oreille distraite. Je repensais à notre conversation. Comment un acte aussi simple que s'acheter des habits pouvait-il nous sembler si complexe à tous les deux ? Faire du shopping m'avait toujours perturbée. Je saturais vite. Je ne savais jamais quoi choisir, ni ce qui m'allait. Il m'arrivait parfois, dans le réfectoire de l'entreprise, de suivre du regard les nanas qui n'avaient pas besoin de grand-chose pour être élégantes, sexy et débordantes de personnalité. Alors que moi, qui allouais un budget considérable à ma garde-robe, j'avais toujours l'air... insipide. Enfin, pas exactement. Disons élégante, mais en mode sans relief, comme un mannequin dans un catalogue, immobile et mal à l'aise dans un pantalon et des talons qu'elle ne porterait jamais pour aller danser.

— Tu aimes le piquant ?

Je levai le menton et croisai le regard espiègle de David. Ça alors ! Il était plus grand que dans mes souvenirs. Perdue dans mes pensées, je ne m'étais pas aperçue que nous étions arrivés au restaurant dont il me parlait : Le Chien Sauvage.

— Bah, oui. Je suppose.

— Comment ça, tu supposes ? Salut, tu me files deux Boxer et deux IPA, s'il te plaît ?

Il sortit de sa poche un billet de vingt et le tendit à la serveuse, qui lui rendit la monnaie. Avec ce billet, nous n'aurions pas fait de miracles dans le restaurant où j'avais réservé. Je pris mon téléphone et envoyai discrètement un message à Sonia :

Annule le resto, s'il te plaît. Les infos sont dans mon agenda Google.

— À quoi tu penses ?

Je l'observai de nouveau, tout en rangeant le portable dans mon sac. Il était appuyé au comptoir, qu'il tambourinait des doigts. De temps en temps, la gamine derrière le bar lui jetait des regards en coin. Soit le bruit la dérangeait, soit David lui avait tapé dans l'œil.

— Je me demandais pourquoi c'est si compliqué pour moi d'acheter des vêtements.

— Moi, je ne trouve pas ça compliqué. C'est juste que je n'ai pas l'habitude de le faire.

— Eh ben, ton T-shirt est dégoûtant.

— Tu devrais voir celui que je porte pour dormir.

Je ris.

— C'est peut-être parce que tu as le complexe des gens beaux, dis-je en soupirant. Ma sœur Patricia était comme ça à ton âge. Vous n'en tirez pas parti. Je dirais même que vous vous enlaidissez un peu.

— Mais qu'est-ce que tu radotes ? Tu vois bien que je suis beau comme un dieu.

— Ouais, c'est pour ça que ta copine t'a largué, ronchonnai-je.

La serveuse se retourna en un éclair.

— Elle te regarde, lui chuchotai-je.

— Idoia, me répondit-il lentement, les sourcils arqués. Il n'y a qu'Idoia qui m'intéresse.

Nous mangeâmes le hot-dog assis sur un banc. La place était bondée. Toutes les terrasses étaient noires de monde. On entendait le brouhaha des conversations et des éclats de rire.

— Et comment je fais pour savoir où je vais dans la vie ? me demanda David, du chili plein la bouche.

— Ben, je ne sais pas.

— Comment tu as fait, toi ? Ça a l'air de marcher pour toi, non ?

— J'ai eu des facilités. Je bosse dans l'entreprise familiale.

— Waouh, je t'envie.

— Tu m'envies ? Faut pas. Pour tout te dire, je ne me suis jamais demandé ce que je voulais faire dans la vie. Je me suis contentée de surfer sur la vague. Sauf avec Filippo, qui a toujours été une force de la nature…

— Montre-moi une photo de Filippo. Je suis sûr qu'il n'est pas si beau que ça.

— Je ne vais pas te mentir : il est canon. Un prince charmant.

— Je vais vomir, plaisanta David.

— Tu ferais mieux de commencer par t'essuyer la bouche.

Je sortis le téléphone de mon sac et ouvris Instagram. Nos profils étant privés, Filippo et moi n'avions pas beaucoup de followers. En constatant qu'il ne m'avait pas encore bloquée, je remerciai l'univers. Avant même de choisir une photo à lui montrer, je me figeai.

Il y avait une nouvelle publication. Sur la photo, Filippo, hyper séduisant dans son T-shirt noir, brandissait deux verres de bière en riant. Deux bières. Se préparait-il à offrir la deuxième à une nana bien plus jolie et sexy que moi, comme l'ex de David ? J'eus du mal à avaler ma salive et me forçai à ingurgiter une gorgée de mon IPA.

— Que se passe-t-il ?

David me donna un petit coup de coude.

— C'est lui. Il vient de publier cette photo.

— Nom d'un chien, siffla-t-il en s'essuyant la bouche à l'aide d'une serviette. Bon sang. OK, tu as raison. C'est un beau mec ! À ses côtés, j'ai plus l'air d'un clébard que d'un être humain.

Je ne répondis pas. Je lus le texte, en italien.

— Ça dit quoi ? s'enquit David.

— « Une bière à Positano est tout ce que la vie peut m'offrir en ce moment. » Tu crois que je lui manque ?

— Non.

Je me tournai vers lui, les yeux écarquillés.

— Merci pour ton aide, fulminai-je.

— Il est en colère, là, Margot. C'est compréhensible, tu l'as planté le jour de votre mariage. Tu te sentirais comment, toi ?

— Comme une merde.

— Tu t'es déjà demandé ce que tu aurais fait à sa place ?

— Je serais en train de le supplier de revenir.

David me lança un regard stupéfait.

— T'es sérieuse ?

— Bien sûr. C'est l'amour de ma vie.

— Et tu ramperais aux pieds d'un mec qui vient de te larguer devant l'autel ?

Son expression me disait clairement que la bonne réponse était « non », mais un « oui » se forma sur mes lèvres. David s'en aperçut mais choisit de l'ignorer.

— Écoute, Margot, tu ne lui manques pas... encore.

— Tu crois que c'est pour une femme, l'autre bière ?

— J'ai bien l'impression que c'est ce qu'il aimerait sous-entendre, mais c'est sans doute celle de celui qui le prend en photo. Ce mec m'a tout l'air d'avoir un portable hors de prix. Je ne l'imagine pas le confiant à la première venue pour qu'elle le prenne en photo pendant qu'il va chercher des bières.

Je le regardai, interloquée.

— Tu es encore plus bizarre que moi, et jamais je n'aurais cru dire ça à quelqu'un.

— Tu vas le finir, ton hot-dog ?

Je le lui tendis en soupirant.

— Hé..., commença-t-il, la bouche pleine. Même s'il avait un truc d'un soir avec une nana quelconque, ça ne signifie pas que vous ne pouvez pas arranger les choses.

— Et s'il tombe amoureux de cette nana quelconque ?

— Alors, c'est qu'il ne t'aimait pas tant que ça.

Je le regardai et il me sourit. Il avait un morceau d'oignon collé à une dent. Je lui rendis son sourire.

20

Facile

À peine rentrée, Candela chercha à savoir d'où je venais. Je n'eus soudain plus aucune envie de revivre nos trois années de cohabitation à l'internat, et encore moins de lui fournir des explications sur quoi que ce soit. Depuis plusieurs jours, je ressentais une fatigue bien au-delà de l'épuisement physique. Tout me harassait : la télé, la nourriture, les conversations dans la rue, la radio, la musique, les livres, les séries, les manigances de mes sœurs, jusqu'au fil de ma pensée. J'étais lasse de tout et, surtout, de tout ce qui pouvait ressembler à un interrogatoire.

— Je suis allée boire un verre avec des copines, mentis-je avec désinvolture.

Elle n'aurait pas compris. Même moi, je n'y parvenais pas vraiment.

Le lendemain, David me proposa une sortie, mais je l'envoyai balader. Devenir inséparable d'un type que je venais juste de rencontrer me semblait excessif à ce stade. Au fond, cette amitié naissante me déconcertait. Cela n'avait rien à voir avec ma position au sein du conseil d'administration d'une multinationale, dont je détenais une part importante d'actions, alors que David jonglait entre trois petits boulots mal payés. Ni avec le fait que j'avais enfilé un pantalon de jogging noir pour aller ramasser des crottes de chien avec lui dans un parc. C'était juste que… David était la première personne, extérieure à ma vie, avec qui je nouais une amitié et je ne voulais ni en abuser, ni en faire une fixette, et encore moins confier mon cœur à un inconnu, aussi bonnes que fussent ses intentions.

Le soir, alors que je tournais en rond en proie au désespoir, je reçus la proposition la plus étrange de ma vie :

On regarde un film et on le commente ?

Il m'avait dit habiter près de Vallecas, à des kilomètres du Paseo de la Castellana mais, ce soir-là, malgré la distance qui nous séparait, nous regardâmes ensemble, bien que chacun chez soi, *Douze hommes en colère* sur une chaîne du câble. Les commentaires fusèrent tout du long.

Patricia proposa qu'on se retrouve le jeudi matin. Comme elle allait jeter un œil sur l'avancée de son nouveau stand de bijouterie en ville, avant de se rendre à une réunion, elle avait décrété qu'un petit déjeuner tardif était l'excuse parfaite pour nous réunir. L'idée enchanta Candela. Elles. Moi, j'avais juste envie de rester à la maison à engloutir des Doritos en matant *Ma vie avec 300 kilos* mais, comme d'habitude, personne ne m'avait demandé mon avis.

— Alors, ça avance, ton stand ? m'enquis-je.

— Oui, plutôt bien. Au fait, je dois aller voir le détective demain. Vous m'accompagnez, n'est-ce pas ?

Excitée comme une puce à l'idée d'engager un détective privé pour filer notre beau-frère, Candela acquiesça avec véhémence. Pour elle, c'était le comble du fun. Feignant d'être distraite, je fixai mon téléphone.

— Et toi, tu ne viens pas ?

— Je ne peux pas, lançai-je sans les regarder. Je suis occupée.

— T'es pas censée être en vacances ?

— Si, mais… je pars en voyage. Et j'ai encore quelques détails à régler.

— Comment ça, tu pars ?

— Ben… J'ai discuté avec Sonia et elle pense que j'ai besoin de partir pour faire ce dont j'ai envie. Me reposer. Prendre le soleil.

— Ah bon, si c'est ce que pense Sonia...

Candela lâcha un morceau de son sandwich et s'essuya les mains.

— Et c'est qui, Sonia ? Celle de ton boulot ?

— Mon assistante personnelle.

— Sa secrétaire, précisa Patricia avec dédain. Celle qui était dans son bureau l'autre jour.

— Tu sais que tu as hérité de la bêtise de ta mère ?

— Et toi, de son cul tout flasque.

— Holà, holà, s'interposa Candela en agitant les mains. Toi, ne sois pas aussi snob, et toi, je t'informe que je suis d'accord avec Sonia. Mais je squatte chez toi jusqu'à ton retour.

Je levai les yeux au ciel.

— Bon sang, Candela. D'accord, mais tu te contentes de la chambre d'amis. Tu mets tout sens dessus dessous et je ne supporte pas le désordre.

— Ça vaaaaaa, marmonna-t-elle en mastiquant. Je reste jusqu'à ce que Patricia découvre le pot aux roses. Tu pars combien de temps ?

— Deux semaines. Ou plus. Je ne sais pas encore. Je verrai.

— Ça me semble parfait.

— Hé ! On est là pour parler de mon détective, rouspéta Patricia.

Qu'on ne s'avise surtout pas de dédier plus de deux minutes à ma terrible situation sentimentale...

— Qu'est-ce que tu dois faire demain ? m'interrogea Candela, le sourcil gauche levé.

— Des préparatifs, mentis-je en touillant mon café au lait. Faire des courses.

— Et tu ne peux pas faire ça un autre jour ?

— Je ne peux pas, m'entendis-je dire. Je suis censée voir Sonia pour boucler les derniers détails du voyage.

— Tant pis, on te racontera demain soir, se résigna Patricia.

— D'accord.

Patricia poussa un soupir et héla le serveur d'un geste de la main.

— Hier soir, Alberto est rentré hyper tard. Il m'a dit qu'il jouait au padel. Vous m'apportez un petit café serré ? Merci. Comme je n'ai pas confiance en lui, j'ai fouillé son sac de sport et… vous savez ce que j'ai trouvé ?

— Un slip de sport ? s'enquit Candela avec émotion.

— Des vêtements trempés de sueur. On aurait dit qu'il les avait portés sous la douche. Vous croyez qu'il les a mouillés exprès ? C'est vrai qu'ils ne sentaient pas bon. Vous croyez qu'il met des vêtements de sport pour baiser avec sa maîtresse ?

— Pardon ?

— Oui, pour ne pas se faire griller. C'est l'alibi parfait.

Candela éclata de rire.

Sans réfléchir, je saisis mon téléphone sur la table, le rangeai dans mon sac et me levai.

— Où vas-tu ?

— Je viens de me souvenir que… je dois filer.

Je repris mes esprits et constatai que je marchais déjà en direction du magasin de fleurs.

David était en train de nouer son tablier autour de sa taille. Derrière le comptoir, je n'aperçus qu'une des deux sœurs, qui me décocha un grand sourire.

— Vous êtes seule aujourd'hui ?

— Ma sœur est chez le médecin. Son genou la fait souffrir.

— Rien de grave, j'espère.

— Tu viens chercher d'autres fleurs ?

— Non, rectifia David en me souriant.

Il acheva de nouer son tablier, se secoua les mains et me tendit la droite, que je serrai avec dérision.

— Elle est venue me filer un coup de main. Elle peut rester ?

Je lançai un regard suppliant à la vieille femme.

— Ah mon enfant. Si tu voyais tes yeux ! Tâche qu'il ne lui arrive rien, elle n'est pas assurée et je n'ai pas envie de finir en prison.

Nous entrâmes dans le magasin.

— David !! cria-t-elle. Ça ne va pas devenir une habitude. Et pas question de passer l'après-midi à bavarder, sinon, le salaire, c'est toi qui vas me le payer.

— Par un massage, lui répondit-il. Tiens.

J'enfilai le tablier qu'il me tendait et suivis David dans l'arrière-boutique, où étaient rangés les cubes de mousse, les pots, les chiffons, les nœuds et le papier de soie.

— On doit faire des compositions florales pour un mariage. On se concentre, Margot, s'il te plaît.

Il pointa du doigt un cliché posé sur le plan de travail, où l'on voyait un exemple du résultat final puis, du même doigt, toutes les fleurs qui nous entouraient.

— Tu m'observes et puis tu essayes, si ça te tente.

— D'accord.

Il s'étira, fit craquer ses doigts et se mit à la besogne.

— David… Tu ne vas même pas me demander ce que je fiche ici ? lui dis-je, intriguée.

Il me jeta un regard en coin et sourit, tout en rassemblant des fleurs avec une délicatesse assez surprenante.

— Tu viens pour être toi-même un moment. Je te comprends. Ça fait du bien et on y prend goût.

L'arrière-boutique se remplit bientôt de petits arrangements floraux ornés de nœuds blancs et organisés par caisses. Il n'en restait plus qu'une poignée à terminer et nous papotions en nous y attelant. C'était… relaxant.

Lui expliquer les raisons qui avaient poussé ma sœur à engager un détective privé, et la façon dont elle avait abordé le sujet ce matin, me prit un certain temps. Je me sentais soudain plus légère. Plus éveillée. Moins responsable. Comme il était facile de parler à ce presque inconnu.

— C'est tout à fait naturel. Ce qui ne serait pas normal, c'est que tu restes là à écouter ses histoires. Ta sœur est parano.

— Je ne la comprends pas. Je te jure. D'où est-ce qu'elle sort ça ? Et juste maintenant. Juste après tout ce qui vient de se passer… Tu sais.

— *Mariagus interruptus.*

Il me sourit.

— Ce n'est pas impossible qu'elle essaie juste de me distraire, mais…

Une fois le dernier petit bouquet achevé, je me tournai vers lui et le lui tendis. Il l'examina d'un œil critique et, une fois mon travail approuvé, m'indiqua de le ranger dans une boîte.

— Je t'ennuie, pas vrai ?

— Hein ? Non, non, pas du tout. Je réfléchissais.

— Au fait que je t'ennuie ?

— Noooon, rit-il. Bon sang, c'est tout le contraire. J'ai l'impression de regarder un feuilleton en direct, en mode « une aventure dont tu es le héros ». Ce que je crois, moi, c'est que ta sœur Patricia ne pense qu'à elle.

— C'est possible. Elle a passé tellement de temps à penser aux autres, à répondre à toutes les attentes, qu'elle a décidé de se concentrer sur elle…

Je tâchai de justifier son comportement, en proie à un sentiment de culpabilité.

— Je ne la critique pas, me précisa David avec un sourire. Et je sais que toi non plus. Rappelle-toi notre règle d'or : on ne se juge pas.

— Et donc ?

— Donc je crois que ta sœur n'est pas heureuse et cherche ailleurs les raisons de son malheur. Vous avez plus en commun que tu ne le penses.

— Là tu juges ! lançai-je en riant.

— Je te donne des explications possibles sans avoir à te dire de choses comme : ta sœur est une péteuse.

Je lâchai un éclat de rire et lui un autre. Il termina son bouquet et le rangea dans une des caisses.

— S'il y a une chose dont je suis certain, c'est que tu as bien fait de te tirer.

Il se planta devant moi, les mains posées sur les hanches puis, après quelques secondes, sur mes épaules.

— Il ne faut pas que tu culpabilises.

— Et pourtant c'est exactement ce que je fais.

— Tu es sur une autre longueur d'onde, Margot. Le *loop* sauvage, tu te souviens ?

— Oui, oui, je n'ai pas oublié, mais on pourrait pas plutôt dire *loop* timide ?

— Non, non, se moqua-t-il. Nom d'un chien, il va falloir dresser une liste de tout ce que tu dois faire pendant ton séjour en Grèce.

— Faire des listes, ça, j'adore.

— Génial. Prends note... Amparito !!! Les fleurs pour le mariage sont prêtes ! Oh merde..., lâcha-t-il en me dévisageant. Je n'ai pas pensé que ça risquait d'éveiller en toi certains sentiments...

— Pourquoi ?

— Ben, des fleurs pour un mariage...

— Ah, non. Je ne sais même pas à quoi ressemblaient les miennes. N'oublie pas que je ne suis même pas entrée dans l'église.

— Tu es abjecte ! Bon, je me mets aux bouquets de fleurs séchées !!

— Super !! cria Amparito de la boutique.

— Comme je te disais, prends note pendant que je m'occupe des bouquets.

Je me hissai sur un tabouret de travail, les jambes pendantes et l'invitai à poursuivre d'un geste de la tête. David s'approcha de mon sac, y fouilla sans aucune gêne et me tendit mon portable.

— Eh ! C'est une propriété privée, ça !

— Mon cerveau aussi, et pourtant tu le déglingues à chaque fois que tu me donnes un de tes conseils, c'est kif-kif bourricot.

— Des conseils que tu me demandes, soit dit en passant.

— Désespérément, oui. Allez, écris. Si j'ai une appli pour prendre des notes sur mon vieux portable pourri, toi aussi. Tu l'intitules « *Loop* sauvage ». Laisse-moi voir.

Il se pencha par-dessus mon épaule pendant que je manipulais mon téléphone des deux mains. Je sentis sa respiration sur ma peau et me détournai sur le côté.

— Tu respires dans mon cou !

— Pardon d'être aussi égoïste, ce n'est pas comme si j'avais besoin d'oxygène !

Il ne bougea pas d'un poil et fit mine de me retenir de force, à quelques centimètres de lui, pendant que j'essayai de lui échapper en riant. L'odeur qui se dégageait de David m'était très familière. Un parfum que je connaissais bien mais qui ne lui correspondait pas.

— Dis, c'est quoi ton parfum ?

— Le mien ? C'est de l'eau de Cologne pour bébé. Je la pique à la petite de mon pote.

Il me dévoila toutes ses dents en un sourire dévorant.

— T'es gonflé ! Toi aussi, tu vas devoir faire une liste.

— D'abord la tienne.

J'intitulai une note « *Loop* sauvage » et appuyai sur *Entrée*. Il hocha la tête et retourna à son poste de travail.

— Manger de la moussaka.

— Quoi ?

— Écris : manger de la moussaka.

— Bon sang, ça va être plus facile que je ne le croyais. C'est noté.

— Faire du topless.

Je ris et le notai, sachant que jamais je n'en serais capable.

— Partir d'un endroit sans payer. Te baigner nue. Prendre une cuite. Conduire une moto. Passer une nuit de folie.

— Ça veut dire quoi, exactement, « une nuit de folie » ?

Je levai les yeux de mon écran et haussai un sourcil.

— Poulette…

Il me lança un regard discret et se mordit la lèvre tout en continuant de couper des tiges.

— Ça veut dire minimum rouler une pelle à quelqu'un. Ah tiens, tu viens de me donner une idée. Rouler un patin à une nana. Obligation morale avant de rentrer.

— Et la nuit de folie ?

— Ça aussi. Tu notes bien tout. Quoi d'autre ? Raconter des bobards. C'est hyper amusant. Tu dois passer une journée entière à dire des conneries. Et... euh, on a dit se baigner nue ?

— Oui.

— Voilà. Si je pense à autre chose on l'ajoutera à la liste.

— T'es conscient que tu n'as aucun moyen de savoir si je le fais ou pas ?

— Margot, tu es une femme de parole, m'assura-t-il en m'adressant un clin d'œil. Promets-moi au moins que tu vas essayer.

— J'essaierai si tu le fais aussi.

Je sautai du tabouret où j'étais assise et m'emparai de mon sac.

— Je file.

— Déjà ?

— Je ne vais pas passer l'après-midi à te regarder travailler.

— Et ma liste ?

— Je te l'envoie par WhatsApp.

Il me lança un baiser effronté que je fis mine d'attraper et de ranger dans ma poche.

— À plus. Au revoir, Amparo.

— Prends soin de toi, petite.

Je sortis de la boutique et marchai à un rythme soutenu, le téléphone en main. Je contournai les passants tout en écrivant, mes yeux sautant de la circulation aux gens et à mon écran. Une fois terminé, j'envoyai le message à David.

To-do list pour récupérer une déesse des temps modernes :

– Arrêter de dire « meuf ». Ça fait ringard.

– Porter des vêtements sans trous. Je t'en prie, les tissus sont conçus spécialement pour qu'on y transpire.

– Te couper les cheveux/les coiffer. Ça urge.

– Mettre une chemise. Soyons fous !

– Changer de parfum. Ton âge ne se compte plus en mois.

– Découvrir l'art noble qui consiste à inviter à dîner dans des restos qui ne servent pas les plats dans des assiettes jetables. Pense à l'environnement.

– Chercher une coloc. Cette histoire de canapé ne donne pas très envie d'accepter un rencard avec toi.

– Publier des photos de toi, là où elle peut te voir.

– Passer un bon moment.

– Faire des trucs que tu n'as jamais faits avec des filles qui ne sont pas elle.

– Ne plus avoir l'air d'un clochard qui boit de la bière au litre dans un parc en grignotant des graines de tournesol (fini le survêt).

– En train de travailler. Les fleurs, ça en jette.

PS : On va faire de toi un prince.

PS2 : Oublie ça.

PS3 : On va faire de toi un dieu.

Sa réponse ne mit pas deux minutes à arriver.

On se fait une virée shopping demain ?

Mon reflet dans la vitrine me renvoya un sourire.

Le parfum des fleurs m'accompagna jusque chez moi. Je ne me posai aucune question. Mettre un frein n'était plus ma priorité.

Je me demande bien comment nous avons fait pour être les seuls à ne se rendre compte de rien ?

21

Self care

Nous nous saluâmes avec ce qui était déjà notre classique poignée de main et il remarqua que mes ongles étaient vernis d'un doux turquoise pastel.

— Ouhhhh ! Très moderne, tout ça ! railla-t-il.

— Alors tu vas halluciner, parce que j'ai l'intention de m'acheter des trucs super branchés.

Il ne s'était ni coupé ni, bien entendu, coiffé les cheveux. Il portait un jean usé, à la coupe un peu ringarde, et un T-shirt noir, que je pris entre mes doigts et étirai autant que je pus. Là, à gauche...

— A-ha... un trou, ris-je.

— Poulette, qu'importe l'emballage si le cadeau est tout bonnement délicieux ?

Nous nous mîmes à marcher sans trop savoir dans quel magasin entrer. Il était 11 heures du matin et les boutiques venaient à peine d'ouvrir, mais la rue commerçante était déjà noire de monde.

— Pourquoi est-ce que je te trouve si sympa ? lui demandai-je en faisant la moue.

— Parce que je suis étrange, comme toi.

— Ton étrangeté et la mienne ne se ressemblent en rien.

— C'est peut-être ça, alors.

Il me gratifia d'un clin d'œil effronté.

Je lui tendis une serviette griffonnée et remarquai, sans savoir pourquoi, que je rougissais.

— J'ai dressé une liste de vêtements que tu dois avoir dans ta garde-robe.

— Tu aimes les listes, hein ?

— J'adore ça. Je l'ai faite en prenant mon petit déjeuner.

David continua à marcher tout en étudiant le bout de papier, les sourcils froncés.

— Tu as écrit ça en espagnol ou en langue elfique ?

— Donne, fis-je en lui arrachant le papier des mains, avant de lire à haute voix. « Jean. Pantalon noir. Un costume. Une chemise blanche. Un polo. »

— Un polo ?!

Plusieurs passants se retournèrent en entendant ses éclats de rire. On se serait cru dans une scène de *Joker*.

— Que se passe-t-il ?

— Un polo ? Même pas en rêve. Tu ne vas pas m'habiller comme un beauf.

— Tous les hommes ont un polo.

— Non. Tous les hommes ont des chaussettes dépareillées, ou avec des tomates, et une ex qu'ils aimeraient bien continuer à niquer, mais pas un polo. Vire le polo. Et le costard.

— Le costume ?!

— Et tu veux que je le porte quand ? Pour promener les chiens ? Ou pour servir des verres à tes sœurs bourrées ?

— Il y a toujours des occasions.

— Je n'ai pas prévu de me marier prochainement et je ne connais personne en âge de m'inviter à son enterrement, donc exit le polo et le costard. Continue.

— Tu n'as rien trouvé à redire de la chemise blanche, donc je vais miser là-dessus.

— Vire la chemise blanche. Hors de question. Je n'ai pas envie de ressembler à un serveur de la Plaza Mayor.

Je levai les yeux au ciel.

— OK. Euh, une nouvelle paire de baskets ?

— Elles sont très bien, celles-ci.

Il me désigna les chaussures décolorées en piteux état qu'il avait aux pieds. Mon regard alla de ses baskets à son visage.

— Non, David. Elles ne sont pas très bien, je te l'assure.

— Et pour mon jean, il est où le problème ?

— Il est démodé.

— Tu es arrivée toute seule à cette conclusion, ou c'est la nana qui achète tes fringues qui te l'a dit ? rétorqua-t-il en faisant le petit malin.

— Justement, si même moi je m'en rends compte, imagine à quel point il est passé de mode.

— Touché. Autre chose ?

— J'espère que tu as des sous-vêtements décents.

— Des boxers unis. Sans trous.

Il leva la main en mode solennel.

— Alors je crois qu'on devrait aussi jeter un œil au rayon T-shirts... au cas où te viendrait l'envie de te balader avec une passoire sur le dos.

Il se racla la gorge et me regarda, l'air un peu plus sérieux que d'habitude. Ça alors ! Nous avions déjà des habitudes.

— Écoute, Margot, je... je ne peux pas dépenser beaucoup d'argent.

— Ah... d'accord.

Je restai sans voix. Je n'avais jamais connu ce genre de contraintes et je me sentis un peu mal à l'aise, superficielle. Coupable des avantages que j'avais.

— Quel est ton budget ?

— Si je dis cinquante euros, je vais passer pour un débile.

Il fronça le nez.

— Non, ce n'est pas si terrible. Je suis sûre qu'avec, disons, soixante-dix, on peut faire des miracles.

— Et toi ?

— Quoi, moi ? répliquai-je, sur la défensive.

Il me jeta un regard étrange.

— Eh bien, je suis désavantagé si je ne concocte pas ma propre liste de choses que tu dois absolument acheter.

— D'accord.

— Donne-moi quelques minutes.

Nous continuâmes à flâner, contemplant les vitrines de part et d'autre de la rue, mais David semblait se concentrer plus sur les gens que nous croisions que sur les vêtements. De temps en temps, il sortait son portable de sa poche, y notait quelque chose d'un regard espiègle, puis le rangeait à nouveau. Il élaborait sa liste.

En arrivant sur la Gran Vía, il me refila son téléphone.

Jupe plissée.
Trucs transparents.
Robe à fleurs. Petite.
Baskets Converse.
Quelque chose avec des paillettes.
Boucles d'oreilles très grandes.
Pantalon large.
T-shirt d'un groupe de musique.
Imprimé léopard.
Un chapeau.
Un pantacourt.
Une robe hyper moulante.
Une robe longue.
Un haut qui laisse voir le nombril.

Je le dévisageai. J'avais devant moi un type vêtu comme un étudiant fauché, sans aucune conception de l'élégance, qui était cependant parvenu à repérer toutes les tendances de l'été en se baladant dans les rues de Madrid.

— Tu devrais peut-être acheter aussi un sac banane, me dit-il du bout des lèvres en apercevant des gamines qui en portaient.

— Aucune chance. Je n'ai pas assez de *flow*. Même chose pour la robe hyper moulante et montrer mon nombril. Je mets mon veto.

— On verra.

Morts de rire, nous entrâmes chez Zara prêts à en découdre, en une espèce de compétition sordide où nous n'avions rien à gagner que la simple conviction qu'il y aurait bel et bien un perdant.

J'étais chargée de choisir ce que David devait essayer, et vice versa. Je voulus commencer et l'entraînai vers le rayon de prêt-à-porter masculin. Emballée, je lui demandai sa taille. Il haussa les épaules :

— Aucune idée. Regarde toi-même. Pour la pointure en revanche, c'est du quarante-quatre.

— Comment ça, regarde ?

— Ben oui, je n'ai pas encore développé la faculté de tourner la tête à trois cent soixante degrés pour regarder dans mon dos.

Je lui empoignai le bras, comme un enfant, et le fis pivoter sur lui-même. Mon geste dut lui paraître drôle car il éclata de rire. Je regardai à l'intérieur du pantalon et entrevis un petit cul, serré dans un caleçon noir. Je rougis un peu et en oubliai presque la taille que je venais de lire sur l'étiquette. Je repris mes esprits et répétai l'opération avec le T-shirt. Son dos était large et bronzé, et, sur l'une de ses omoplates, je distinguai une trace blanchâtre de griffes. Idoia ?

Après quelques secondes d'égarement, je me ressaisis et me plantai face à lui.

— T'as arraché l'étiquette du T-shirt. J'ai rien vu.

— Et le reste, ça t'a plu, hein ?

Il avait dit ça en haussant le sourcil droit, un sourire narquois aux lèvres. Je n'avais pas remarqué ses sourcils auparavant... en broussaille mais qui donnaient à son regard un certain... je-ne-sais-quoi.

Je parvins à lui faire essayer deux pantalons, quelques T-shirts, une chemise imprimée et même une chemise blanche ! Il ne broncha pas. Il entra dans la cabine d'essayage seul, avec tous les vêtements que j'avais sélectionnés.

— Je t'attends là-bas, fis-je en montrant des portemanteaux.

— Tu ne viens pas avec moi ?

— Moi ?

— Bien sûr. Comment je vais faire pour savoir si ça me va ?

— Suis ton intuition, lui répondis-je en lui donnant deux petites tapes amicales sur le bras, avant de m'éloigner.

Il me jeta un regard de chien abandonné mais je ne me laissai pas attendrir. J'avais déjà dépassé les bornes en regardant dans son pantalon pour vérifier la taille. Qu'est-ce qui me prenait ?

Il ne s'attarda pas. Quelques minutes plus tard, je le vis sortir en regardant les étiquettes des vêtements qu'il n'avait pas déposés sur la table à la sortie des cabines. Ses cheveux étaient ébouriffés.

— Donc… je prends ça, fit-il d'un air concentré, les yeux plissés, en déposant un à un les vêtements sur mes bras.

Deux T-shirts unis, une chemisette imprimée (pas trop imprimée), le jean et le pantalon noir.

— Et la chemise blanche ?

— On l'envoie bouler, dit-il avec un sourire canaille.

— Mais je suis sûre qu'elle te va comme un gant !

— Soixante et onze plus soixante-quinze, répondit-il, l'air sérieux et les yeux écarquillés.

En déambulant dans la section féminine, tandis que David jetait un œil aux différents rayons, je sentis la panique monter en moi. Rien à voir avec celle du jour où j'avais envoyé au diable ma relation et ma discrétion. Plutôt comme l'angoisse que je ressentais en recevant les colis que nous envoyait ma mère à l'internat, pour les jours où nous ne portions pas l'uniforme. Mais en sens inverse. Tout avait l'air si… moulant. Et décolleté. Jeune et osé.

— Taille ?

Je feignis de ne pas l'entendre. Je me demande pourquoi les femmes ont tant de mal à révéler à voix haute leur taille, quelle qu'elle soit. Après tout, ce n'est qu'un numéro cousu sur un morceau de tissu. Et rien qu'en les observant on la devine…

Avant que je me décide à lui répondre, David me traîna par la ceinture du pantalon derrière un portant et se mit à étudier, lui aussi, les étiquettes de mes vêtements.

— J'hallucine ! l'entendis-je murmurer.

— Quoi ?

— Même ta culotte est assortie à la couleur de ta chemise ?

— Lâche-moi ! Tu en profites !

— Tu dis ça comme si tu n'avais pas fait la même chose.

— Ce n'est pas vrai, me justifiai-je.

— T'inquiète pas. Si ça te fait plaisir, moi ça me va. Je sais que tu es très seule.

J'attrapai sans réfléchir un cintre vide et le frappai avec dans le ventre. Je crois qu'il ne s'attendait pas à cette réaction, moi non plus, à vrai dire. La spontanéité n'était pas mon fort, et je me caractérisais par une attitude plus rigide, statique.

David se promena méthodiquement dans les rayons avec un intérêt quasi scientifique : il fit d'abord le tour de tout l'étage puis revint sur ses pas. Je commençais à croire que rien ne lui plaisait lorsqu'il s'empara soudain d'un body noir et d'un pantalon de la même couleur. Il les lança dans mes bras et se jeta sur une jupe à fleurs, qu'une autre nana examinait déjà.

— Je te demande pardon, c'est une urgence stylistique, plaida-t-il avant de lui prendre le cintre des mains.

J'enfouis ma tête dans les fringues que je tenais pour étouffer un rire.

— Celle-ci te fera une belle paire de miches, affirma David en étudiant une robe moulante et colorée, avec un décolleté carré. On peut dire ça sans avoir l'air macho ?

— Pas sûre.

— Je ne te chosifie pas. À en juger par le soutif que tu portes, j'ai la sensation que tu te fiches pas mal de les montrer, enfin, de porter un décolleté.

— Et comment sais-tu quel type de soutien-gorge je porte si tu n'as vu que l'arrière, espèce d'empoté ?

— Parce que j'ai vu l'étiquette qui dépassait et je sais lire : « Wonderbra ».

— Va te faire foutre.

Jamais, au grand jamais, personne ne s'était comporté de manière si désinvolte avec moi et… je ne savais pas encore si ça me plaisait ou non.

Sur mes bras atterrirent encore une jupe léopard et une minijupe en strass gris. Je le regardai d'un air sidéré.

— Tu te souviens où on avait vu ce pantalon blanc, dans le genre large… ?

— Non, répondis-je d'un filet de voix.

— Ah, ça y est, ça me revient…

Ce pantalon et un haut blanc côtelé, lui aussi moulant et décolleté, se joignirent à l'attirail. Puis un top transparent.

— T'es cinglé ?

Un petit rire diabolique s'échappa de ses lèvres.

— David, c'est quoi pour toi, le succès ?

— Gagner au loto sans jouer, ça compte ?

— Non.

— Alors je dirais être libre.

— Comment ça ?

Il déposa sur mes bras une robe à bretelles en satin et un *crop top*.

— Avoir le temps de faire ce dont tu as vraiment envie à chaque instant. Je suis persuadé que le vrai luxe n'a rien à voir avec l'argent. Le vrai luxe, c'est le temps et la liberté. Voilà ce que l'argent achète en réalité.

Il haussa ses sourcils en broussaille et passa sa langue sur ses lèvres.

— C'est d'une grande sagesse.

— Cette combinaison rouge est parfaite pour le soir, me répondit-il en me montrant une autre pièce.

Je commençais à comprendre que David recelait une dualité intéressante. D'une part, il me faisait rire aux éclats, parfois involontairement, d'autre part, il me faisait réfléchir.

— Et ça aussi, ajouta-t-il en me désignant une chemise blanche qui se nouait sur le ventre. C'est top.

— Dis-moi que tu n'es pas en train de copier les looks d'Idoia.

— Quoi ? Non ! Idoia aime les décolletés, les transparences et le latex.

Je fis une moue.

— Allez, en cabine.

— Tu sais qu'on ne peut prendre que six vêtements à la fois ?

— Eh bien, courage. On est partis pour plusieurs allers-retours.

Je lui interdis d'entrer. C'était le deal. Il restait à l'extérieur de la cabine et j'en sortais avec les pièces que je ne gardais pas pour en récupérer d'autres. J'éliminai bon nombre d'options : le premier à disparaître fut le top transparent, puis la combinaison rouge et la robe en satin. Bien qu'elle m'ait agréablement surprise, la minijupe de strass suivit le même chemin, mais David revint bientôt avec un jean large et court. Je décidai de prendre tout le reste, y compris le jean. Pour la première fois depuis longtemps, j'étais impatiente d'ôter les étiquettes, d'enfiler les fringues et de les combiner de différentes façons. Je me sentais... joueuse ? Aucune idée. Prête à prendre des risques, en tout cas. Dans le fond, ces vêtements allaient rejoindre ma valise et personne de mon entourage ne me verrait les porter. Un peu comme le costume d'un superhéros. Ce que l'adolescente cache au fond de son armoire parce que maman pourrait désapprouver.

En sortant du magasin, je me sentis plus reconnaissante envers ce garçon qui n'arrêtait pas de ronchonner sur le prix de son jean, qu'envers bon nombre de mes amis les plus proches... qui ne m'avaient pas donné signe de vie depuis le mariage. En le voyant descendre quatre à quatre les marches de la bouche de métro de la Gran Vía et se perdre au milieu des autres passagers, je me sentis soudain si redevable que je décidai sur-le-champ que cette amitié naissante méritait d'être menée à bon port, qu'il fallait que David récupère Idoia, si c'était ce qu'il voulait, et que je m'efforcerais de lui arracher autant de sourires que possible.

Je passai devant une boutique de chaussures et achetai trois paires de Converse : une blanche, une noire et une pour lui, que je lui fis livrer au bar avec le message suivant : « J'ai acheté les mêmes. C'est mérité. »

Je relus sa réponse quatre fois, partagée entre la joie et la conviction d'être en train de faire une folie.

Pourvu que nous en usions les semelles en nous promenant ensemble à Madrid. Merci beaucoup, Margot ! Peut-être les gens tristes peuvent-ils faire bien plus que se comprendre.

22

C'est là, tapi dans un coin

Le métier de détective privé était, semble-t-il, en train de disparaître, mais ceux qui survivaient semblaient compenser le manque de clients par des tarifs exorbitants. Patricia ne nous révéla pas le montant exact, mais laissa entendre qu'il s'agissait « d'une petite fortune ».

— Et tu crois que ça vaudra la peine ?

— Oui, pendant la procédure de divorce, trancha-t-elle.

Pauvre Alberto. Qu'avait-il bien pu faire pour que Patricia soit persuadée qu'il la trompe ? Il lui vouait une adoration sans bornes depuis le début de leur relation, il y avait de cela tant d'années. Il lui adressait toujours des mots tendres, et n'en restait pas là. Par sa confiance aveugle en chaque projet qu'elle entreprenait, Alberto lui démontrait tous les jours qu'il l'aimait. Un compagnon de vie enthousiaste et engagé, qui la contemplait comme une apparition de la Vierge. Ils avaient toujours incarné pour moi le summum de l'amour, l'exemple à suivre.

— Et si c'est elle qui veut se séparer et qui cherche une bonne raison de le faire ? suggérai-je à Candela ce soir-là.

— C'est hyper pervers, même venant de toi.

Je la regardai de travers. Depuis qu'elle était rentrée à la maison, elle me semblait étrange. Sur la défensive, méfiante.

— Ce n'est pas pervers, me défendis-je. C'est... une explication plutôt plausible.

— Si elle voulait se séparer, elle le dirait, non ? On ne cherche pas des excuses biscornues pour quitter quelqu'un.

— Ou peut-être que si. Le cerveau humain…

— Il est complexe, c'est vrai. Mais dis-moi plutôt ce que toi, tu manigances quand tu disparais comme ça.

Décontenancée, je ne sus quoi répondre. Je ravalai ma salive, dissimulai instinctivement mon téléphone portable sous ma cuisse, au cas où David m'envoyait un texto, et finis par jouer l'innocente, pour gagner du temps :

— De quoi tu parles ?

— Tu as très bien compris de quoi je parle, ma question était on ne peut plus claire. Quand tu pars en vadrouille, quand tu nous dis que tu as « des trucs à faire » et que tu parles de « préparatifs pour le voyage », comme si tu t'apprêtais à faire le chemin de Compostelle ou qu'on était au XVIIIe siècle et que tu partais explorer l'Afrique… Dis-moi, qu'est-ce que tu fabriques en réalité ?

— Je prépare mon voyage.

— Ah oui ? Tu peux me montrer ces fameux préparatifs ?

— Ben… je ne vois pas pourquoi.

— Comment ça, tu ne vois pas ? Tu fais la maligne, maintenant ?

— Non, c'est juste que ça me semble… un manque de respect. Un outrage à mon intimité en tant qu'adulte et en tant que femme.

Je continuai sur ma lancée :

— Parce qu'on ne te demande pas, nous, ce que tu fabriques en terres nordiques. On ne te demande pas ce que tu fais ou ne fais pas. Je ne te demande même pas pourquoi tu t'es installée dans ma chambre d'amis alors que tu étais censée crécher chez maman.

— Maman est un sphinx qui boit trop et ne nous aime pas. Combien de temps croyais-tu que j'allais tenir au palais Barberini, version ringarde et diabolique ? Pourquoi me demandes-tu ça ?

Elle me lança un regard plein de suspicion.

— Je te dérange pendant que tu « prépares ton voyage » ?

— Enfin, Candela, fis-je en feignant la consternation. Qu'est-ce que tu insinues ? Si tu me poses cette question, c'est que tu me soupçonnes de quelque chose.

Mieux vaut inciter l'ennemi à montrer ses cartes avant de se mettre à bluffer.

— Que tu fréquentes quelqu'un.

— Bien sûr. Pourquoi ne demandes-tu pas au détective s'il accepte de mener deux enquêtes pour le prix d'une.

— Tu sors avec quelqu'un.

— Et j'ai pris mes jambes à mon cou le jour de mon mariage parce que j'en aime un autre, c'est ça ?

— Oui ou non ?

— Candela ! fis-je en haussant le ton, essayant de masquer la vibration de mon téléphone, assailli de messages.

— C'est quoi ?

— De quoi parles-tu ?

— Ce bruit. T'as planqué ton portable entre tes jambes ?

— Non, mentis-je d'un air surpris. T'as de ces idées, toi. Pour ça, j'ai mon vibromasseur. Quelle invention, je te le recommande.

— Donne-moi ton téléphone.

— Pardon ?

— Tu es sourde ? File-moi ton portable. Tout de suite.

— Et en quel honneur ?

— En l'honneur de la raclée que tu vas te prendre si tu ne me le donnes pas.

Je m'écartai un peu. Petite, il est vrai que Candela me collait des beignes. Avec un livre de poche par exemple, tout ça parce que je lui avais emprunté un pull. Elle profita de ma distraction pour se ruer sur moi.

J'enfonçai mes ongles dans sa main. Elle ne broncha pas. Je donnai des coups de pied dans le vide pour l'empêcher de s'emparer de l'appareil. Elle m'immobilisa en me prenant par la peau du cou, comme un chaton, et saisit le téléphone.

— Mais c'est qui, ce type qui t'écrit ?

— Un collègue de travail. Ce n'est rien. C'est juste du boulot. Je… C'est bon, tu m'as eue, je travaille en cachette.

— Mon œil. Qui est David ?

— Je viens de te le dire ! Un mec avec qui je bosse.

Candela contempla l'écran, tapota dessus et, à ma grande surprise, parvint à le déverrouiller. Choisir ma date de naissance comme code secret n'était pas malin, je l'avoue.

— Voyons ce qui est si urgent qu'il doit t'en parler à 23 heures un vendredi soir. « J'ai mis les baskets, elles sont top. Elles sont si propres qu'elles scintillent dans le bar. Bon, et j'avoue que j'ai aussi étrenné le jean. Je me suis rendu compte qu'il me fait un petit cul d'enfer. Hé hé, si ça se trouve je vais être repéré par une grosse agence de mannequins et tu vas te retrouver sans ton pote. »

Candela me regarda, soutint mon regard et se mit à ouvrir et fermer la bouche, comme un poisson. Les yeux exorbités, ses lèvres formaient successivement un « o » et un « a » à la vitesse de l'éclair.

— Quoi ? m'écriai-je, hystérique.

— Qui est ce type et pourquoi t'envoie-t-il ce message ?

J'ignore ce qui me prit. Je fondis en larmes, comme une gamine à qui on refuse quelque chose ou qui se fait gronder.

— C'est juste David ! bafouillai-je entre deux sanglots.

— Mais ? Allez, ne pleure pas, Margot, me réconforta Candela en s'asseyant à côté de moi. Je ne voulais pas te disputer. Enfin, si. Mais parce que… tu n'as jamais été du genre à avoir beaucoup d'amis. Des copines oui, ces filles avec qui tu pars parfois en vacances, mais pas de copains.

— C'est juste un ami, balbutiai-je. Et je… je… je m'amuse bien avec lui.

— OK, calme-toi.

— C'est mal ?

— Qu'est-ce que tu veux dire ?

— C'est mal que je me sois trouvé un ami, juste maintenant ?

— C'est un nouvel ami ? Comment l'as-tu rencontré ?

Je me mordis les ongles.

Candela se passa la main dans les cheveux, d'un geste nerveux.

— Quand as-tu fait sa rencontre, Margot ? Dis-moi que tu ne l'as pas rencontré en ligne, sur un réseau social ou... fais gaffe, il y a toujours des petits malins qui trouvent une manière de profiter de la gentillesse de gens comme toi.

— Il ne s'agit pas de ça. Je l'ai rencontré le soir où nous sommes sorties.

— Qui ?

— Ben, nous trois. Le jour où Patricia nous a raconté qu'Alberto avait une maîtresse.

Candela haussa les sourcils.

— Ce soir-là ? Je ne t'ai vue parler à personne.

— Le barman...

— Le blond aux cheveux bouclés, avec un look de surfeur ?

— Non, rétorquai-je en m'essuyant le nez. Le brun. Celui qui nous a offert le dernier verre.

— Attends... Tu veux dire celui qui a ramassé les affaires de Patricia quand elle les a éparpillées sur le comptoir ?

J'acquiesçai et la laissai parler.

— Et on peut savoir comment vous avez fini amis en une semaine ?

— Aucune idée. Patricia a perdu son téléphone et c'est lui qui l'a retrouvé. Surtout ne lui dis pas que je te l'ai raconté. Tu sais qu'elle veut toujours avoir l'air parfaite. Elle ne voulait pas que ça se sache, donc je ne t'ai rien dit. Le lendemain, c'est moi qui ai dû aller récupérer le portable et... il a été super sympa, puis son ex est arrivée et j'ai voulu l'aider et, voilà. Tout ce que je sais, c'est qu'il est le seul à me faire rire, ces derniers temps.

— Sympa, se renfrogna Candela en croisant les bras.

— Ne le prends pas mal, Cande. Il ne me connaît pas. Et ne me juge pas. Il est drôle, il se fiche de mon argent ou du poste que j'occupe dans l'entreprise. Et il est de bon conseil pour m'aider à reconquérir Filippo.

— Reconquérir Filippo ?

— Oui. Lui veut récupérer son ex, Idoia. On s'entraide.

— Comment ?

— En échangeant des conseils, en discutant. On est allés faire du shopping, dis-je en souriant. On se comprend.

Candela poussa un soupir accablé et me regarda droit dans les yeux.

— Tu ne le connais pas, Margot. Ça pourrait mal tourner.

— C'est vrai qu'on ne peut faire confiance à personne. Regarde ce que j'ai fait à Filippo.

— Ce n'est pas la même chose. Tu… étais… Tu as eu une attaque de panique. Tu as toujours été très exigeante avec toi-même et on ne peut pas toujours être de fer.

— Cande, c'est un chic type.

— Comment le sais-tu ?

— Je le sais.

Toujours dans la main de Candela, le portable se mit à vibrer une fois de plus. Elle le regarda, plus par réflexe que par volonté de contrôle.

— Il demande si tu vas bien, il dit que c'est bizarre que tu ne répondes pas. Et que si tu veux prendre un verre, le pub est calme ce soir.

— Je lui répondrai tout à l'heure.

Candela regarda le téléphone puis posa son regard sur moi, à plusieurs reprises, jusqu'à ce qu'elle se décide et se mette à pianoter.

— Qu'est-ce que tu fiches ?

Elle me tendit le téléphone.

— Tiens. Allez, va te changer.

Sur l'écran, sa réponse.

J'arrive. Candela m'accompagne.

J'enfilai la jupe que David avait arrachée des mains d'une cliente, un T-shirt noir et les Converse de la même couleur. N'importe qui d'autre aurait sans doute tiqué face à ce changement de look, mais Candela ne remarquait pas ce genre de choses.

Il était tôt et les rues étaient encore calmes. Dans quelques heures, elles seraient envahies par une horde de noctambules. Le bar était presque vide, hormis deux serveuses qui papotaient derrière le comptoir de l'entrée, et lui, derrière celui du fond.

David sourit en nous voyant et je le lui rendis presque instinctivement. Il tapa sur le comptoir, imitant un roulement de tambour, et cria :

— Tada !

Candela me jeta un regard en coin et je dissimulai mon sourire en me raclant la gorge.

— Salut ! lançai-je comme si j'étais parfaitement saine d'esprit.

— Eh bien ! On a changé de look, je vois !

Il me tapa dans la main quand nous atteignîmes le comptoir, puis leva son pouce.

— Ça te va super bien ! Ça te rajeunit de... disons deux ans. Et je ne vois plus de bâton dans ton cul.

— T'es con ! m'exclamai-je, embarrassée. Tu te souviens de Candela ?

— Bien sûr ! Alors, ce détective privé ?

— Tu lui as raconté ? me demanda-t-elle, l'air intrigué.

— Juste pour décompresser.

— Elle me l'a raconté l'autre jour, pendant que nous faisions des arrangements floraux, me sourit-il. Mais ne t'inquiète pas, je suis une tombe. Et puis, quand veux-tu que je croise Patricia ? Elle n'est pas près de remettre les pieds ici. Elle n'est même pas venue chercher son téléphone.

— Elle devait être gênée. Ou trop occupée par sa démence, murmura Candela en s'asseyant sur un des tabourets du comptoir.

— Qu'est-ce que je vous sers ?

— Pour moi, une bière, dis-je.

Le regard que me jeta Candela ne passa pas inaperçu.

— Quoi ?

— Rien. Je ne me souvenais pas que tu aimais la bière. Moi aussi, une bière.

— Où est Ivan ?

— Il commence un peu plus tard, ce soir. Domi finit à 22 heures, avant qu'elle n'arrive à la maison et tout…

Il regarda Candela et lui expliqua :

— Dominique est la compagne d'Ivan. Ils ont une fille de sept mois et se relayent.

Il décapsula deux bouteilles, frotta les goulots avec une serviette et nous les tendit.

— Quoi de neuf?

— Et vous ? rebondit Candela avant d'avaler une gorgée de bière, tout en faisant aller son regard menaçant de lui à moi.

— Pas grand-chose. On a fait des courses hier. À ce que dit ta sœur, j'ai un look de tocard. J'aimerais reconquérir mon ex et Margot dit qu'elle va faire de moi un dieu.

Il se palpa les pectoraux sous le T-shirt à l'effigie du bar.

Candela esquissa un sourire.

— Dis-moi, c'est quoi cette histoire d'arrangements floraux ?

— Je bosse chez un fleuriste et Margot est venue me rendre visite l'autre jour.

— Ah, je comprends mieux les fleurs dans ta chambre, m'accusa-t-elle, fière d'avoir trouvé des indices de notre amitié secrète.

J'ignore pourquoi mais je rougis. Ce n'étaient que des fleurs et je ne les avais pas placées dans ma chambre parce que David me plaisait. Je le trouvais juste sympa.

À cet instant, Ivan entra d'un pas pressé, en s'excusant.

— Mec, je suis désolé.

— C'est hyper calme, ce soir. Il doit y avoir un match de foot. Tu te souviens de Margot ?

— Bien sûr. Ta nouvelle fausse copine.

David et moi jetâmes instinctivement un regard à Candela, qui buvait à grosses goulées.

— Elle, c'est Candela, sa sœur. Elle était là, la semaine dernière, je ne sais pas si tu t'en souviens.

— Avec le monde qui passe ici…, fit-il en nous étudiant un instant avant de hausser les sourcils d'un air surpris. Eh ben, vous vous ressemblez comme le jour et la nuit.

— Oui, je viens du côté non nordique de la famille. Une petite Espagnole de base, quoi.

— Être grande et blonde, c'est surfait, lança David en retroussant le nez.

— C'est ça, comme Idoia.

— Idoia n'est pas une vraie blonde. Mais je ne te dirai pas comment je le sais.

Je levai les yeux au ciel.

— Très subtil.

— Je kiffe ton pantalon, dit Ivan à ma sœur, une fois derrière le bar.

— Le sien ? T'as vu le mien ? Il me fait un de ces petits culs ! s'exclama David en glissant ses mains dans ses poches arrière.

— J'en porte un comme ça quand je vais surfer, poursuivit Ivan sans se soucier de David.

— Tu surfes ?

— Oui. Enfin, quand je peux. En septembre, je pars une semaine à Zarautz. Ma compagne a aussi pris congé et on part avec la petite. Qu'elle respire l'air de la mer dès son plus jeune âge.

— C'est chouette, répondit Candela, qui semblait apprécier Ivan. Je suis allée en Afrique du Sud il y a deux ans et j'ai pris quelques vagues.

— Toi ?

Je lui lançai un regard abasourdi, qu'elle ignora.

— L'Afrique du Sud ! C'est top ! Je t'envie. Mais, dis-moi, ta planche... ?

Je regardai David, qui m'observait, le regard figé.

— Elle t'a prise la main dans le sac, hein ? me murmura-t-il.

— Oui. Elle s'est mise à hurler que je lui cachais quelque chose.

— Tu me caches ?

— Bien sûr que non.

David haussa les sourcils et je souris.

— Enfin, si. Je te cache le plus possible. Candela va garder le secret.

— Ah, d'accord. Je suis un secret. De quoi as-tu honte exactement ? Du fait qu'on ne se connaisse que depuis une semaine ?

— Honnêtement, oui. De ça et du fait que je me suis fait de nouveaux amis si vite, après « l'incident ». Je devrais peut-être…

— Être en train de broder des voiles noirs à porter dans la rue ? Margot ! Sérieux. On est au XXe siècle.

— Au XXIe siècle, David.

— Ne change pas de sujet.

Il esquissa un sourire canaille puis se gratta la barbe naissante et s'appuya sur le comptoir, le visage sérieux :

— Dis-moi, tu as des nouvelles de Filippo ?

— Non.

— Tu as pleuré, constata David en agitant son doigt tout près de mes yeux.

— Non. Fiche-moi la paix.

— Qu'est-ce que je vais faire de toi ? soupira-t-il. Il faut qu'on définisse bien la stratégie de communication pendant ton voyage. Il faut que ça marche. Quand il verra que tu es partie en mode Kerouac, sac au dos, sur la route, à chercher qui tu es vraiment…

— J'avoue, la référence littéraire me surprend.

— Tout comme le fait que tu emportes un sac à dos, mais je l'ai dit pour la forme, répliqua-t-il en me touchant le nez. Tu as déjà une date ?

— Lundi.

— Tu pars lundi ? s'exclama-t-il.

— Noooon. Lundi, Sonia me donnera tous les détails.

— C'est qui, Sonia ? Une autre sœur ?

— Non. C'est… mon assistante.

— Ça, c'est la classe, madame la millionnaire.

Je me raidis. Lui aussi, du coup. Nous nous raclâmes la gorge.

— Tu vas devoir t'activer sur Insta pour avoir l'air super moderne, super belle, méga bronzée, en topless sur la plage…

— Il va falloir que je m'achète une perche à selfies.

— Tu vas faire des rencontres, tu vas voir.

— Je suis tellement sympathique…

— Ben, regarde-nous. On ne se connaissait même pas il y a dix jours.

Je souris. David était si drôle, si naturel, aussi à l'aise avec moi que je l'étais avec lui. Il avait un sourire magnifique qui dévoilait de belles dents blanches, l'ombre d'une barbe encore irrégulière au menton et des yeux aussi profonds qu'un puits, que la nuit, que…

— Prends une photo pour Instagram. Elle te suit? demanda Candela.

Je fus surprise de voir ma sœur prendre part à la conversation et réduire en miettes le silence qui nous enveloppait pendant que nous nous dévisagions, mais son idée me parut bonne. Si bonne que je fus étonnée de ne pas y avoir pensé moi-même.

— Ce n'est pas vraiment mon truc, Instagram. Je ne l'utilise presque pas, en plus.

— Fais voir.

Il sortit son téléphone.

— Regarde, Candela, il a une calculette qui passe des appels.

— Regarde, Candela, ta sœur est si drôle que l'humour lui sort par les oreilles, rétorqua David en tournant son appareil vers nous.

Il y avait six photos sur le compte Insta de David. Ni plus, ni moins. Variées, certes, mais il n'apparaissait sur aucune. Le photogramme d'un film, les mains d'une fille en train de servir un verre de vin, trois types (dont on ne voyait pas le visage) portant le même T-shirt « I love NY », les jambes de quelqu'un marchant dans la rue devant un panneau où l'on lisait « Promo sur les blancs de dinde », une étagère pleine de bouteilles et le typique lever du soleil à travers le hublot d'un avion. En dessous de chacune, six ou sept commentaires des mêmes personnes, qui le qualifiaient d'« artiste » ou de « cool » sur un ton palpablement moqueur. Sans doute les amis de son village natal, dont il m'avait parlé.

— C'est avec ça que tu comptes la séduire ? demanda Candela.

— Bien sûr. Je ne suis pas qu'un petit cul parfait, fit-il en se touchant le front. Je vais la reconquérir grâce à ma créativité et à mon intellect.

— Foutaises. En face-à-face, laisse libre cours à ton intellect si tu veux, mais sur les réseaux sociaux, ça passe pour de l'arrogance.

— Alors quoi ? Je prends des photos de moi ridicules, torse nu ?

— Non. Tu postes de belles photos de toi. Viens, je vais t'en prendre une. Margot, passe-moi ton téléphone.

— Écoute-la, dis-je à David en tendant mon iPhone à Candela. Elle voyage beaucoup, elle est passée experte en photos qui en mettent plein la vue.

Je les regardai s'éloigner vers la porte. Je détournai le regard et constatai qu'Ivan m'observait.

— Le voilà transformé en mannequin.

— Je parie que tu n'as même pas d'Instagram, toi.

Il fit non de la tête et nous sourîmes tous les deux.

— Regarde, regarde, regarde.

David entra d'un pas précipité, mon portable à la main. Sur le sien, on n'aurait vu que des pixels énormes.

— Envoie-la-moi. Je vais la publier tout de suite.

— Non ! lui criai-je en lui prenant le bras. Demain, vers 14 heures. Et comme légende, tu mets un truc qui sous-entend que quelqu'un te l'a envoyée... Quelqu'un avec qui tu as passé la soirée ici. Toute la soirée...

— Tu es machiavélique ! J'adore !!

Sur la photo, on le voyait de dos, appuyé sur le chambranle de la porte, discutant avec le videur. Une photo décontractée, mais qui prenait des airs de *making of* de film. Comme si David était un acteur que le photographe, professionnel bien entendu, avait capturé dans un moment à la fois humain et banal. Mes yeux descendirent machinalement de son T-shirt à l'effigie du bar à ses fesses. Je ravalai ma salive. Ma sœur me fixait.

— Petite vicieuse, arrête de me manger des yeux, plaisanta David en me prenant le téléphone des mains. Je t'en fais une pour ton Insta?

— Il a quel âge? demanda Candela devant lui.

— Vingt-sept. Ça se voit, non?

— Je pensais que c'était moins.

— Allez, Margot, tu es ravissante. Je suis sûr que Felipe va succomber quand il la verra.

— Il s'appelle Filippo, et je ne veux pas qu'il succombe.

— Je sais. Allez, viens!!

— Je ne crois pas que me voir à la porte d'une boîte de nuit le rassure ou le séduise.

L'expression de David changea et il me rendit mon téléphone.

— Mince, c'est vrai. C'est que ta stratégie et la mienne sont différentes. Il vaut mieux qu'on se retrouve lundi dans un café que je connais, très joli, plein de fleurs... et je te ferai une photo élégante. En train de lire par exemple. Tu pourrais mettre... hum... «Mes sœurs, un café et un livre. Je dis au revoir pour quelque temps au Madrid de mes "prises de tête".»

— Il est bon, acquiesça Candela.

— Ce n'est pas mon cul, mais...

Je lui donnai un coup de poing sur l'épaule et nous éclatâmes de rire tandis que Candela continuait de nous observer.

— Fais gaffe, murmura Candela d'une voix si ténue que j'avais failli ne pas l'entendre.

Je la regardai, marchant à côté de moi sur les rues pavées du Barrio de Las Letras, et fronçai les sourcils.

— Pourquoi? Tu l'as vu, non? C'est un chic type. Il a trois petits boulots, il aide son ami avec les tâches ménagères et...

— Ce n'est pas ça. Je ne pense pas qu'il essaie de profiter de toi... d'un point de vue économique en tout cas. Mais...

— Mais quoi ?

— Il est de ceux qui te font rire, Margot.

— Et ? C'est agréable, non ?

— Non, sourit-elle tristement. Ce sont ceux-là que l'on n'oublie jamais.

Je m'immobilisai dans la rue, elle m'imita. Nous nous défiâmes du regard. J'attendis les explications de Candela, qui semblait chercher les mots justes.

— Margot, tu le connais depuis une semaine à peine et… regardez-vous ! Il va se passer quelque chose entre toi et lui.

— Hein ? Mais pas du tout !

— Si, j'en suis sûre. Et je ne juge pas. Quand ça arrivera, si tu veux m'en parler je ne te jugerai pas et j'emporterai le secret dans la tombe, mais tu dois avoir conscience de ce que tu fais.

— C'est juste un ami. Les hommes et les femmes peuvent être simplement amis.

— Oui, mais pas vous deux.

— Pourquoi tu dis ça ? Tu nous as vus ensemble pendant combien de temps ? Une heure ?

— Les cinq premières minutes m'ont suffi. Ça va se faire. C'est là, tapi dans un coin. Et c'est naturel : tu es une fille ravissante, et lui un mec canon. Il représente un interdit, un peu sauvage… C'est tentant, je le sais.

— Cande, je ne te suis pas.

— Ça va arriver, et il n'est pas du genre à te faire l'amour deux fois pour disparaître après, « au revoir et merci ». Ce mec te fait rire, Margot. Je ne t'avais jamais vue si enjouée et si décontractée. Il y a quelque chose chez lui qui éveille en toi celle que tu voudrais être et ça… impossible de faire marche arrière. Pour info, je ne dis pas que tu devrais le faire. J'ai été la première à te soutenir le jour de « l'incident ». Je ne te demande qu'une chose : réfléchis bien.

— Il ne va rien se passer.

— Tu veux récupérer Filippo ?

— Plus que tout au monde, répondis-je avec certitude et fermeté.

— Alors, que les choses soient claires : David va tomber amoureux de toi. Et toi de lui. Si tu ne veux pas de ça, mets un frein, parce que je doute fort que ce soit juste une amourette de vacances.

Je ne sus que répondre. Comment avait-elle pu déceler entre nous autre chose qu'une simple amitié ?

Mon téléphone vibra et je me remis en marche tout en fouillant dans mon sac. Je jetai un œil à mon écran et stoppai net.

— Que se passe-t-il ? demanda Candela.

— C'est Filippo, répondis-je d'une petite voix. Il dit que le voyage lui a permis de se vider la tête et de penser au plus important, et que je lui manque.

La gorge nouée, je regardai ma sœur, qui semblait ravie.

— Il dit qu'il aimerait que je fasse de même et que je me rende compte que, moi aussi, j'ai besoin de lui. Qu'il espère que nous parviendrons au même point à la fin de l'été pour pouvoir reprendre notre vie.

— Margot…, sourit Candela avec tendresse.

— Il m'aime.

Je me recroquevillai, tout sourire et émotions.

— Il m'aime, Cande ! Il m'aime !!

Je me jetai sur elle et la serrai dans mes bras. Lorsque ses bras m'entourèrent, je dus étouffer un sanglot et restai appuyée sur son épaule quelques instants de plus, heureuse et excitée. Pleine d'espoir.

— Bon sang, Margot, l'entendis-je dire.

— Quoi ?

— Ne fais pas attention à moi, je suis très maternelle avec toi. Tu peux avoir tous les amis que tu veux, d'accord ?

23

Ivre d'espoir

À 14 heures, je postai la photo que Margot m'avait refilée sur mon compte Instagram et j'attendis, le téléphone à la main, qu'Idoia donne signe de vie (et d'intérêt), mais je finis par renoncer, fatigué de rafraîchir mon profil toutes les cinq minutes.

— Ce n'est pas de l'amour, fredonna Domi, qui achevait de préparer des boules de manioc, un plat typique de son pays.

— Ça fait partie du jeu de séduction, femme de peu de foi, lui lançai-je.

Ada cria dans son siège et je me levai pour la prendre dans mes bras. Sa mère me lança un regard de reproche, persuadée que sa fille n'apprendrait pas à gérer la frustration si on la prenait tout le temps dans les bras.

— Domi, je crois que je vais attendre vingt ans et me marier avec ta fille.

— Je préfère m'ouvrir les veines.

Je me mis à rire et allai dans la petite cuisine.

— D'abord, le fait que je te débecte m'offense et puis, tu sais bien que je déconne. J'aime Ada comme si c'était ma nièce.

— Tu ne me dégoûtes pas. C'est juste que…

Elle me regarda et sourit, avant de préciser :

— Tu es de ceux-là et ce n'est pas ce que je veux pour ma fille.

— Comment ça, « de ceux-là » ?

— De ceux qui ressentent trop, David.

Le téléphone se mit à sonner sur la table.

— Tu vois, Domi ? Je suis sûr que c'est elle ! Ça va être génial. Tu devrais déjà t'acheter la capeline, parce que je vais la séduire et on va se marier.

Ada essaya d'agripper le téléphone quand je le pris, mais je l'en empêchai. Je souris. C'était Margot :

J'ai vu ta photo sur Instagram et, en lisant la légende, j'ai pensé : « Margot, l'élève a dépassé le maître. » Je m'incline. Maintenant, elle va croire que tu as une vie passionnante loin d'elle. Surtout ne t'en fais pas si elle ne t'écrit pas aujourd'hui. Certaines personnes mijotent à feu doux.

— C'est elle ?

— Non. C'est Margot, pour m'encourager.

— Et cette Margot, tu la sors d'où ? Tu parles beaucoup d'elle.

— Je l'ai rencontrée au pub, répondis-je en embrassant Ada avant de la remettre dans son siège. Elle te plairait. C'est une fille bizarre, mais je ne dis pas ça méchamment.

J'essayai de me concentrer pour répondre au message de Margot.

— Eh bien, tu souris beaucoup quand tu lui écris.

— Parce qu'elle me fait trop rire.

Qu'est-ce que je vais faire sans toi, quand tu seras en voyage ? Mon sensei. Et surtout, que vas-tu faire sans mes sages conseils ?

— Pourquoi tu ne l'invites pas à déjeuner ?

— Quoi ? fis-je, en voyant que Margot était en train d'écrire.

— Je te demande pourquoi tu ne l'invites pas à déjeuner. On a de la nourriture à revendre.

— Aujourd'hui, c'est très précipité.

— Demain, je bosse.

— Un dimanche ?

— On a changé mes horaires.

Dominique alternait entre ses études d'infirmière et son boulot dans une maison de retraite, où elle bossait en tant qu'auxiliaire de vie.

— Ça ne va pas être possible, décrétai-je.

Je levai les yeux du téléphone, interloqué, dans l'espoir que Domi m'explique d'où venait une telle insistance, mais elle fit mine de ne pas me voir.

— Pourquoi tu insistes autant ?

— J'ai envie de faire sa connaissance. Tu ne nous présentes jamais tes amis.

— Tu connais tous mes amis. Tu fais presque partie de la bande des potes de toujours, Domi.

— Tu ne nous présentes jamais tes « amiEs », fit-elle en haussant les sourcils avec un petit sourire.

Le portable vibra dans mes mains, mais je n'y prêtai pas attention sur le moment.

— Margot n'est pas le genre d'amies dont tu veux parler. C'est plutôt comme les copines du village.

— Ouais, c'est ça.

— Si, je t'assure. Je ne sors pas avec toutes mes amies, tu sais ?

— Je sais. Au sein de la bande, il y en a au moins trois qui payeraient pour que tu le fasses.

D'un geste, je lui demandai de laisser tomber, mais elle revint à la charge.

— Dis-lui de venir dîner lundi, allez. Je préparerai du *chicharrón* et du *mangú*[1].

— Mince alors !

Je regardai l'écran de mon téléphone, prêt à envoyer une invitation formelle à Margot, mais son message me déconcerta.

1. Le *chicharrón* est un mets typique d'Amérique latine, généralement composé de viande ou couenne de porc frite. Spécialité dominicaine, le *mangú* est un écrasé de banane plantain.

Margot: Figure-toi que j'ai l'impression que je vais bien m'en sortir sans tes précieux conseils parce que… (roulements de tambour) hier soir Filippo m'a écrit. Il m'a dit que je lui manquais et qu'il espérait que je parte moi aussi EN VOYAGE et que nous nous trouvions tous les deux DANS LE MÊME ÉTAT D'ESPRIT à la fin de l'été. Oh yeah.

David: Vous vous êtes remis ensemble, déjà ? Ce n'est pas juste. Le moteur de cette relation entre conseillers est la réciprocité. À présent tu risques de me donner des conseils sans conviction alors que moi je vais crever seul, entouré de rats.

Margot: Tu ne veux pas plutôt dire « entouré de chats », non ?

David: C'est trop mignon, les chats. Ça ne me dérangerait pas de mourir entouré de chats. Par contre faut faire gaffe aux rats et aux pigeons, c'est une triste fin assurée.

Margot: Sois pas dramatique. On ne s'est pas remis ensemble. On a juste… ouvert une fenêtre de réconciliation.

David: C'est pas comme si elle n'existait pas déjà, cette fenêtre, de la taille du stade Bernabéu.

Margot: T'as déjà une fenêtre, blablabla… Réjouis-toi pour moi !

David: Je me réjouis, bien sûr. Mais je suis jaloux à mort. Moi aussi je voudrais qu'Idoia m'envoie un message. Quelque chose du genre : « J'ai vu ton beau petit cul sur Instagram et je me suis dit que j'aimerais bien y planter mes ongles. »

Margot : Sérieux, il va falloir que tu m'expliques comment tu as fait pour la séduire. Avec le peu que je sais sur elle, je te jure que je ne pige pas.

David : Eh bien, j'allais justement te faire une proposition... Ça te dirait de venir dîner à la maison lundi ? Domi a très envie de te rencontrer et elle ne bosse pas ce jour-là. Elle dit qu'elle peut préparer du *chicharrón* et du *mangú*, tu ne sais pas ce que c'est, et je garderai le secret, mais on pourrait dire qu'il s'agit de mon rêve érotique et de ma position sexuelle préférée tout en un. Tous les jours, je rêve d'en manger. Si tu ne viens pas, elle ne le fera pas. J'en reste là. No pressure.

Je restai à contempler l'écran. Margot n'écrivait pas.

— Je crois que j'ai dépassé les bornes en l'invitant à dîner, dis-je à Dominique.

— Qu'est-ce que tu racontes ?

— Je ne sais pas. C'est peut-être trop tôt. Je lui ai demandé et maintenant elle ne répond plus.

— C'est peut-être que tu lui plais, David.

— Non ! Elle essaye de reconquérir son fiancé, elle était sur le point de se marier...

Voulant protéger son secret, je m'interrompis.

— Et j'ai l'impression que les choses sont en train de s'arranger pour elle.

— Et toi, ça te fait quoi ?

— Moi ? fis-je en souriant. Ça ne m'arrange pas du tout ! Qui va m'écouter pleurnicher au sujet d'Idoia quand elle se sera remise avec son mec ?

Dominique savait que je plaisantais. Je ne suis pas aussi égoïste que ça.

Le portable se mit à vibrer dans ma main et je me dépêchai de lire sa réponse. Mais ce n'était pas elle. C'était juste la notification que quelqu'un avait mis un « j'aime » sur ma photo d'Instagram. Devinez qui ?

— Domi !! Elle m'a mis un like !

— Qui, Margot ?

— Non ! Idoia ! Elle m'aime encore ! La flamme de l'amour brûle toujours !

Ada, qui semblait s'être assoupie un instant, poussa un petit cri de joie. Quelque chose du genre : « Ouf ! Dire que j'ai failli m'endormir et leur ficher la paix. »

— Tu me donnes le tournis avec toutes ces nanas, entendis-je marmonner Dominique. Avec tes « Idoia est la femme de ma vie » par-ci, tes « Margot est super sympa » par-là, « la Chinoise de l'épicerie me fait de l'œil »...

— L'affaire est dans le sac, Domi, je suis sur le bon chemin. Écoute bien ce que je te dis : dans deux mois j'emménage avec Idoia dans son appart.

— Je te dirais bien que c'est dommage, mais je ne suis pas sûre que le fait que tu fasses la lessive, que tu repasses et que tu t'occupes d'Ada compense le fait que je doive la mettre en sourdine chaque fois que je m'envoie en l'air.

— Bonne chance, tu as un gosse maintenant.

Je lui fis un doigt d'honneur plutôt stylé et décidai d'écrire à Margot, dont j'attendais toujours une réponse.

David : Je vais ignorer le fait que tu n'as pas répondu à mon invitation, et me rabaisser de façon lamentable en t'envoyant un nouveau message parce que... il faut que je te raconte... quelqu'un a fait un *like*... à mon joli petit cul.

Margot : Idoia ?

David : Non. Un des One Direction. Ben oui, Idoia !

Margot : Eh ben, on a le vent en poupe, toi et moi !

David : On dirait bien. Bon, et maintenant ?

Margot : Maintenant, quoi ?

David : Tu viens dîner lundi, ou pas ?

Margot était toujours en ligne, mais persistait à ne pas répondre. J'étais sur le point de lui dire de ne pas s'en faire, de laisser tomber l'invitation, lorsqu'elle répondit enfin :

Margot : À quelle heure ? J'apporte du vin ?

David : 21 h 30. Apporte ce que tu veux.

— Domi ! *Chicharrón* pour lundi !

J'entrepris ensuite une petite danse de la victoire qui épouvanta Dominique.

Lundi, j'accueillis Margot en bas. Je la vis descendre d'une voiture noire et remercier le chauffeur en l'appelant par son prénom.

— Comme tu es gentille, Daisy.

Elle n'avait pas remarqué ma présence et eut un petit sursaut en entendant ma voix.

Une bouteille de vin rouge et une petite boîte, très probablement des pâtisseries, dans les mains, elle portait une tenue décontractée : le jean que j'avais choisi, ample et taille haute, avec un haut blanc et un blazer. Aux pieds, des sandales plates ornées d'une fleur.

Elle s'approcha et je lui tendis la main, ce qui, comme toujours, la fit sourire.

— Quand vas-tu commencer à me dire bonjour comme il faut ?

Je me retournai pour la regarder tout en ouvrant la porte.

— Et comment faut-il dire bonjour à une fille comme toi ?

— Avec une révérence.

Je lâchai un éclat de rire, qui résonna dans l'entrée.

— Nerveuse, yeux tristes ?

— Non, pourquoi ?

— Parce que tu en as l'air.

— Eh bien, ce n'est pas le cas, me lança-t-elle en me montrant les dents.

— C'est un sourire ou tu souffres de démangeaisons vaginales ?

Elle fit claquer sa langue contre son palais et passa devant moi pour ouvrir la porte de l'ascenseur.

— Quel étage ?

— Troisième.

— Tiens, trois, mon numéro porte-bonheur.

— Si ça se trouve, c'est moi, ton numéro porte-bonheur.

J'entrai et me plantai devant elle. Elle fit un pas en arrière et, sans raison, peut-être pour vérifier sa réaction, j'en fis un en avant. Elle retint sa respiration et j'appuyai sur le bouton.

— Que se passe-t-il ?

— Tu es trop près, dit-elle en posant sa main sur mon ventre pour me repousser. Et cet endroit est très exigu.

— Tu ne crois tout de même pas que je te fais du rentre-dedans ?

— Non, juste que t'es vraiment lourd. Pousse-toi, je n'aime pas être oppressée.

J'appuyai le dos contre la paroi opposée et tendis la main pour qu'elle me donne la bouteille, mais elle refusa. Je trouvais très amusant de la voir perdre patience, s'énerver, ne pas savoir que dire. J'avais l'impression d'avoir une place au premier rang pour assister à un match entre la Margot officielle et la Margot réelle.

J'attrapai la bouteille et la tirai vers moi.

— « Nebro, 2013 », lus-je à haute voix.

— J'ai cherché sur Internet les plats dont tu m'as parlé et j'ai vu qu'il s'agissait de porc frit et de purée de banane, alors je me suis dit qu'un rouge serait la meilleure option.

— Très studieuse, dis donc. Je parie que tu étais toujours première de ta classe.

— Figure-toi que non, petit malin. Mes notes n'ont jamais été brillantes, juste moyennes. Je suis la définition même de la médiocrité.

— Toi ? C'est sérieux ?

— Je m'en remets aux preuves, fit-elle en se montrant du doigt. Je ne me distingue en rien. Ni grande ni petite, ni brune ni blonde, ni mince ni grosse, ni belle ni moche.

— Ce n'est pas vrai, murmurai-je sans savoir pourquoi.

— Si, sourit-elle. Mais ce n'est pas grave. Se démarquer n'est pas donné à tout le monde.

Je haussai les épaules. Je ne partageais pas cette opinion, mais j'ignorais si lui dire que je la trouvais bien plus remarquable que ses deux sœurs risquait de la mettre mal à l'aise. Avec ses airs de demoiselle sans défense et cette force intérieure. Elle me faisait penser à un de ces biscuits qui, quand on mord dedans, surprennent en laissant échapper un coulis délicieux auquel on ne s'attendait pas. Vraiment, jamais deux grands yeux bruns et ronds ne m'avaient autant parlé. Elle se dénudait au moindre battement de cils, mais elle l'ignorait sans doute et je n'allais pas dévoiler ce secret.

Nous arrivâmes au troisième étage en silence, je passai devant elle et lui tins la porte.

— Quel gentleman ! Tu te sens bien ?

Je sortis les clés de ma poche droite en me demandant si elle avait remarqué que je portais mes nouveaux habits : le chino noir et un T-shirt uni de la même couleur. Le tout choisi par elle. Je ne dis rien, ouvris la porte et annonçai notre arrivée.

— Nous voici. Domi, Ivan…

Dominique fut la première à se montrer, se précipitant en bousculant Ivan pour bien voir Margot. Je ne comprenais pas pourquoi elle était si curieuse de la rencontrer. Ce n'était qu'une amie. Et moi, j'avais accepté ce dîner, en théorie, pour qu'elle prépare du *chicharrón*… et parce que j'aimais la compagnie de Margot. Dans ces cas-là, toute excuse est bonne à prendre.

— Salut, Margot.

Dominique se lança sur elle et lui fit deux bises sonores sur les joues.

— J'avais vraiment envie de te rencontrer. David parle beaucoup de toi.

Les deux femmes rirent à l'unisson.

— Je vous ai apporté quelques douceurs pour le dessert.

— Et le vin, ajoutai-je en montrant la bouteille.

— Il ne fallait pas !

— C'était la moindre des choses vu que... ça sent incroyablement bon ! C'est toi qui as cuisiné ?

— Oui, mais ce n'est pas grand-chose. Juste un plat typique de chez moi, dont David raffole.

— Il me l'a dit. Salut, Ivan ! Et qui est donc cette petite personne ?

Ivan s'approcha, tandis qu'Ada s'agitait comme une possédée dans ses bras.

— C'est pour moi, ce si joli sourire ? demanda Margot en se penchant vers Ada.

Ivan la lui tendit et, surprise, elle la prit dans ses bras avec aisance et lui dit :

— Oh là là, petite guerrière, tu vas croquer le monde à pleines dents, toi.

Et, mesdames et messieurs, Margot n'avait pas prononcé ces mots d'une voix aiguë, ou en adoptant un ton de dessin animé. Non. Elle s'était adressée à Ada comme elle le faisait avec moi. Sans chichis, sans lui donner du « princesse » ou du « mon cœur ».

— Elle vous ressemble, à tous les deux ! Et elle est super éveillée, en plus. David m'a dit qu'elle n'a que sept mois ?

Ivan rit et me donna une tape sur l'épaule et me chuchota :

— Relax, mec.

— Je suis relax.

— Comme un manche à balai.

Il avait raison. J'en ignorais la raison mais, depuis que Margot était arrivée, c'était moi qui étais nerveux. Peut-être avais-je remarqué dans ses manières qu'elle n'avait jamais squatté le canapé de l'appart de ses meilleurs amis. Je crois que je me sentais... inférieur. Mais, par rapport à qui ?

Domi lui fit visiter l'appart pendant que nous mettions la bouteille de vin au frais et la table. Quand elles revinrent, nous étions en train de boire une bière, adossés au mur du salon, indécis, sans savoir si nous devions ou pas nous asseoir.

— Mais que faites-vous debout ? dit Margot en souriant.

Elle tenait toujours dans ses bras Ada, enchantée.

Elle tendit la main vers moi. Ou plutôt vers ma bière. Je lui passai la bouteille et pris Ada dans mes bras. Elle en profita pour avaler une gorgée, avant de me rendre la bouteille. Je bus une gorgée et elle se mit à rire.

— Viens là.

Elle passa brusquement son pouce sur mes lèvres à deux reprises et, lorsqu'elle éloigna sa main, je remarquai qu'elle était tachée de rouge. Voilà qu'on buvait à la même bouteille ? Quelle intimité, tout à coup.

Je penchai la tête, passai la palme de ma main sur la bouche et, en levant les yeux, aperçus Ivan et Domi qui souriaient d'un air goguenard. L'inquiétude me saisit. Je ne voulais pas qu'ils prennent mon amitié avec Margot pour ce qu'elle n'était pas, qu'ils nous mettent sur la sellette ou ne comprennent pas ce qui nous unissait. Nous étions sans doute les seuls à le comprendre. Elle disait qu'elle n'avait rien de spécial, qu'elle ne se distinguait en rien ? Eh bien, pour ma part, je sentais en sa compagnie une paix intérieure qui n'était ni normale, ni médiocre.

Nous étions simplement deux amis récents très complices, maladroits et accros à la sensation de se sentir compris. Ça ne t'est jamais arrivé ? Tu rencontres quelqu'un et soudain tu veux que cette personne fasse partie de tous tes projets et tu ne vois plus comment t'amuser sans lui ou elle. Un coup de foudre amical.

24

In vino veritas

Le porc frit était vraiment bon et la purée de plantain tout simplement délicieuse. Le tout accompagné de galettes de manioc savoureuses et de frites de patate douce. Nous avions mangé comme des ogres. Cela faisait des siècles que je n'avais pas dévoré autant. Le vin avait ramolli tous mes membres, jusqu'à me rendre élastique et flexible. Suffisamment, en tout cas, pour sentir que je n'avais plus besoin de jouer un rôle.

Pour le dessert, nous dégustâmes les pâtisseries que j'avais apportées. Ivan quitta un moment la table pour aller coucher sa fille, et Dominique et moi entreprîmes de faire le café pendant que David préparait des verres. Nous passions une agréable soirée et ceux qui devaient se lever tôt le lendemain ne semblaient pas contrariés à l'idée d'une nuit plutôt courte.

Ivan et Domi formaient un couple charmant. Ils vivaient dans un appartement minuscule (pour trois adultes et un bébé) mais charmant. Chaque recoin était aménagé avec soin, il s'en dégageait un parfum de famille, de confort. Bien que David semblât parfaitement à sa place, même moi, qui venais tout juste de le rencontrer, je savais qu'il devait prendre son envol.

Domi me parla de son pays, du peu dont elle se souvenait et de tout ce qu'elle avait appris avec sa mère, qui vivait à quelques pâtés de maisons de là et s'occupait de la petite quand aucun des trois n'était dispo.

— Il ne faut pas abuser des grands-parents, se justifia-t-elle.

À moi, tout me semblait merveilleux. La bière de l'apéritif, le vin que nous avions bu David et moi (Dominique allaitait encore et Ivan préférait la bière) et le verre pour accompagner le dessert me donnaient la sensation de flotter. Cela faisait des années que je ne m'étais pas sentie aussi bien. À tel point que je finis par leur parler de « l'incident » et de mon plan pour reconquérir Filippo. J'avais évoqué ses yeux bleus et sa carrure imposante, la beauté du crépuscule sur le Ponte Vecchio et la joie dans sa voix grave le jour où il m'avait demandée en mariage.

— Quelle belle histoire, murmura Dominique avec sincérité. On dirait un conte de fées.

— C'était un conte, soupirai-je. J'ai merdé. Mais David va m'aider à le récupérer, n'est-ce pas ?

— C'est vrai.

Lorsqu'il laissa sa main sur la mienne à table, je sentis un fourmillement. Agréable. Parce que les gens qui sont tristes font parfois bien plus que se comprendre.

Je mis les voiles à 1 h 30 du matin, et David insista pour me raccompagner. J'allais demander au chauffeur de la société de passer me prendre, mais finis par changer d'idée.

— Je vais appeler un Uber.

— Déjà ? Et si on fumait une clope sur ce banc ?

Il désigna un banc solitaire sur le trottoir, avec vue sur un mur. J'éclatai de rire. Lui aussi.

— David, ni toi ni moi ne fumons.

— Mentalement si. Viens.

Nous nous assîmes. Il étira les bras le long du dossier et je mis mes pieds sur ses genoux. Ce geste de confiance me permit, par la même occasion, de le maintenir à une certaine distance. Je n'avais pas apprécié qu'il me rende si nerveuse rien qu'en s'approchant de moi, dans l'ascenseur.

— J'ai passé une soirée très agréable, merci pour l'invitation. Ivan et Dominique sont charmants.

Je vis du coin de l'œil le regard qu'il me jeta.

— Quoi ? lui demandai-je.

— Tu parles comme dans une pub de chocolats de luxe. Dis plutôt que c'était mortel, qu'on déchire et que tu reviendras.

— Il faut que je parle comme une racaille pour que tu me comprennes ? plaisantai-je.

— Pour tout dire, tu as été…

Il me tapota la jambe et acquiesça comme si ce geste suffisait à compléter sa phrase. Il se contenta d'agréer mais je le compris.

— Merci.

— Non. Merci à toi. Je crois qu'ils commençaient à se dire que je suis incapable de fréquenter des gens normaux hors du groupe. Ils ont été agréablement surpris, du coup.

— Sans doute grâce à mes impeccables manières apprises à l'internat en Suisse.

— C'est pénible, rit-il. Tu es toujours aussi polie ?

— Oui, mais pour compenser, je porte toujours un chouchou au poignet pour les premiers rendez-vous. Au cas où.

Il leva les sourcils, puis fit mine de me donner un coup sur le côté.

— Tu sais ce qui m'a vraiment plu ? me demanda-t-il.

— Que je te dise à l'instant que j'aime tailler des pipes ?

Ne. Me. Donnez. Jamais. De. Vin.

— À part ça, répliqua David sans avoir l'air consterné. Que tu dises à Ada qu'elle allait « croquer le monde à pleines dents » au lieu de « jolie princesse ».

— Princesse ? Sabina le chantait déjà, mon chou. « Les filles ne veulent plus être des princesses. »

— « Et les enfants poursuivent…

— … la mer dans un verre de gin. »

Nous entonnâmes la dernière phrase à l'unisson.

— Eh ! En parlant de mer, tu pars quand ?

— Ah ! C'est vrai, je ne te l'ai pas dit. Je pars vendredi. Je vais passer deux jours à Athènes, une semaine à Santorin et six jours à Mykonos. Deux semaines au total. Je suis assez emballée, conclus-je en soupirant.

— Emballée ? On dirait que tu vas au supplice !

— Non, c'est juste bizarre. Tu as déjà voyagé seul ?

Il fit non de la tête.

— Non, mais je suis sûr que c'est cool !

— Ennuyeux, tu veux dire. Deux semaines sans personne à qui parler ?

— Tu trouveras bien quelqu'un. Tu as pas mal de trucs à faire sur la liste que je t'ai donnée.

— Ouais, une liste hyper réaliste.

— Tu m'enverras des photos, hein ? me lança-t-il, les sourcils froncés. Sinon, Idoia risque de découvrir le pot aux roses.

— D'accord, mais tu dois me promettre que tu ne vas pas faire un montage Photoshop pour faire semblant que tu es dessus !

— Je serai plus subtil. Promis.

David me fit un clin d'œil puis me serra la main pour sceller le pacte. Il ne la lâcha plus.

— Euh, Margot... Je peux t'appeler quand tu seras là-bas ?

— Bien sûr.

J'ôtai ma main de la sienne, un peu gênée, et posai le menton dessus pour qu'il ne comprenne pas que je fuyais son contact, tout en le fixant.

— Je crois que je m'habitue à passer du temps avec toi et je vais me sentir ô combien seul.

— Ô combien seul ? Tu te la joues Rimbaud ?

— « Elle est retrouvée. Quoi ? L'éternité. C'est la mer allée avec le soleil. »

J'étais bouche bée. Je n'avais jamais entendu quelqu'un réciter Rimbaud, et encore moins par cœur.

— Pardon ?

— Je n'aime pas la poésie, si c'est ta question.

Il replia ses jambes, les posa sur le banc et s'assit de façon à se retrouver face à moi.

— Je l'ai étudié à la fac et ces vers sont restés gravés dans ma mémoire.

— T'es allé à l'université ?

— Oui, soupira-t-il. Je suppose que ça te surprend venant d'un barman.

Je me raidis.

— Je ne voulais pas t'offenser.

— Ce n'est pas le cas. C'est toujours comme ça.

— Non, David, je te le jure. Je n'ai jamais cru que tu étais analphabète juste parce que tu bosses dans l'Horeca.

— Ce n'est pas parce qu'on n'a pas fait d'études qu'on est analphabète.

— Oui, je sais. C'est pas ce que je voulais dire. Je ne voulais pas dire analphabète de façon péjorative. OK, je parie que j'ai l'air d'une péteuse qui a fait ses études dans un collège en Suisse, là. Ce que je voulais dire c'est… Je ne sais pas. Je n'avais jamais entendu personne réciter du Rimbaud.

— Il est mondialement connu, rétorqua David en passant sa main sur un sourcil avant de la laisser retomber.

— Merde, fis-je, embarrassée. Je t'ai vexé. Je suis une idiote. Pardonne-moi, je t'en prie.

— T'inquiète, Margot, ce n'est rien.

— Si, si, je suis une imbécile. Pardonne-moi, je ne voulais vraiment pas dire de mal de toi, ni des autres. Je voulais juste exprimer mon admiration.

Il leva le menton et se gratta le cou en regardant le ciel.

— Tu vois ? Tu ne me regardes même pas ! Je t'ai froissé !

Il tira sur ma jambe pour me rapprocher de lui et m'adressa un sourire.

— Margarita, je ne suis pas vexé. Si tu m'avais dit un truc du genre « Tu es dégueu et tu fréquentes les putes », peut-être que l'idée de t'empoisonner avec du laxatif m'aurait traversé l'esprit, mais pour ça ? Relax !

— Je sais que je peux parfois avoir l'air drôlement coincée, admis-je.

— À ce stade, ça fait presque partie de ton charme.

— Eh bien, excuse-moi de te le dire, mais tu me vois d'un très bon œil.

— Ceux-ci, répondit-il en montrant ses yeux sombres. Allez, parle-moi encore de ton voyage. Fais-moi envie.

— Tu n'as pas de vacances, toi ?

— J'en aurais si j'envoyais valser le pub, soupira-t-il d'un air las. C'est à cause d'Ivan, je ne veux pas qu'il se retrouve seul dans cet antre minable.

— C'est pas si terrible que ça. J'ai connu des endroits bien pires.

— Ah oui ? Où ?

— En Thaïlande, par exemple.

J'essayai de raviver ma mémoire tout en ouvrant l'application Uber.

— Après avoir bouclé un contrat, j'ai été invitée à assister à un show de ping-pong. Je ne rentrerai pas dans les détails mais disons que c'est un des pires moments de ma vie.

— Bon sang, tu travailles dans quoi ? Et pourquoi y a-t-il tant de machos dans ton milieu professionnel ?

— Je me pose la même question. Il est tard.

Je lui montrai l'appli, qui m'avait déjà assigné un chauffeur. Et il se trouvait à trois cents mètres de nous.

— En effet.

— Et demain tu dois promener les chiens.

— Oui. Ils partent aussi en vacances vendredi, comme toi.

— Et le magasin de fleurs ?

— Il ferme en août.

— Elles ne te doivent pas des jours de congé ?

— Ben non, puisque je suis indépendant ! Comme presque tous les moins de quarante ans qui doivent se débrouiller seuls. Pourquoi ? Tu veux m'emmener en Grèce avec toi ? Si tu veux me prendre un billet, mon nom complet est David Sánchez Rodrigo. Et ma carte d'identité…

— T'imagines ? fis-je en riant.

— Tu crois que ça se passerait comment ?

— Un enfer. Je n'ai jamais voyagé avec un inconnu.

— Je suis super organisé, m'assura-t-il en étirant ses jambes avant de se lever. Et j'ai un très bon sens de l'orientation.

— Tu sais marchander ? Si c'est oui, je t'emmène.

— Je ne suis pas l'homme qu'il te faut. Marchander me met hyper mal à l'aise...

— Tu peux porter des valises ?

— Je porte les valises, j'ouvre les portes, et je peux même étaler de la crème solaire sur le dos, répondit-il avec beaucoup de sérieux. Et je suis un excellent photographe.

— Qui récite Rimbaud.

— Seulement ce vers. Mais je pourrais te le déclamer chaque fois que nous verrons la mer.

— Je crois que ça pourrait marcher. Mais on fait quoi pour le fleuriste ?

— Amparito comprendra.

— Et Asunción ?

— Asunción est l'adversaire la moins redoutable. Je l'ai dans ma poche. Je leur rapporterai... Qu'est-ce qui est typique en Grèce ?

— Je ne sais pas, fis-je en haussant les épaules. La feta et les yaourts.

— Ça leur fera certainement plaisir ! Vive les produits laitiers !

Nous échangeâmes un sourire. Le moteur d'une voiture nous annonça que mon chauffeur approchait.

— Je veux te dire au revoir comme il se doit, puisque je ne te dis jamais bonjour comme il faut.

Je déglutis.

— OK.

Je dus me baisser légèrement mais nous n'eûmes aucun mal à nous enlacer, de manière totalement naturelle, comme si nous l'avions fait toute notre vie. Je me sentis soulagée. Un soulagement physique que m'apportèrent sa chaleur, son odeur, sa respiration. Son étreinte.

J'appuyai la joue sur son épaule et il embrassa mes cheveux tout en faisant glisser sa main le long de mon dos. Les phares de la voiture nous éclairèrent, mais ni lui ni moi ne bougeâmes.

— Bonne nuit, murmura-t-il.

— Bonne nuit.

Je reculai. Lui aussi. Il sourit. Je fis de même. Juste avant que la voiture ne démarre, j'abaissai la vitre et l'appelai.

— David !

— Oui ?

— T'étais sérieux ?

— De quoi tu parles ?

— La Grèce. Tu viendrais ?

— Tu as perdu la tête ?

Son sourire mélancolique s'élargit soudain.

— Tu rigoles, n'est-ce pas ?

Je fis non de la tête.

— Tu viendrais ?

Sa pomme d'Adam fit des allers-retours dans son cou. Je pouvais presque voir les mots se bousculer dans tous les sens au fond de sa gorge, sans parvenir à se frayer un chemin vers ses lèvres. Il ouvrit la bouche et, malgré le doute qui se lisait dans ses yeux, je ne ressentis aucune gêne. Ni par rapport à ma proposition pour le moins précipitée et inappropriée. Ni parce que j'offrais quelque chose de si intime et complice à un inconnu. Ni même sachant que, si Filippo avait fait la même proposition à quelqu'un d'autre, j'en serais morte.

— Oui, je viendrais. Bien sûr que oui, mais je ne peux pas.

— Les fleurs, dis-je en appuyant mes avant-bras sur la fenêtre. Tu ne peux pas vivre sans les fleurs.

— Rien à cirer des fleurs, s'écria-t-il. Je n'ai pas un rond. Enfin, si, mais je ne peux pas le dépenser pour partir en voyage.

— Mais, si tu pouvais, tu viendrais ?

— Et comment…

Il remua doucement la tête, comme s'il avait voulu chasser de son esprit les images que cette possibilité avait éveillées.

— Ça me suffit. Bonne nuit, David.

La voiture démarra et avança lentement dans la petite rue pittoresque, illuminée par un lampadaire orange, dont la lueur atteignait le sol, parsemé d'ombres dessinées par les arbres plantés ici et là.

J'entendis siffler. La voiture freina. Je me penchai à la fenêtre et aperçus David planté là.

— Margot !

— Quoi ?

— Tu brilles. Et pas qu'un peu.

Je respirai profondément.

— Tu es bête, ris-je. Et, au fait... Pas mal, ton pantalon.

En arrivant chez moi, je n'aurais pas dû me rendre dans le bureau.

Je n'aurais pas dû sortir mon ordi ni taper mon mot de passe.

Je n'aurais pas dû réserver un billet d'avion au nom de David Sánchez Rodrigo.

Non. Je n'aurais pas dû m'endormir en imaginant ce qui pourrait se passer si j'osais avouer à David le lendemain que je lui avais pris un billet d'avion pour Athènes. En première classe. À côté de moi.

25

Sans gueule de bois

Sans gueule de bois, je pouvais difficilement prétendre ce qu'on a l'habitude de se dire après avoir fait une connerie : c'est la faute de l'alcool. Mais sans gueule de bois, il n'y a aucune preuve tangible que tu as bu un verre de trop, et encore moins d'alibi derrière lequel te cacher, juste... un sentiment de honte. Tu as pris la fuite le jour de ton mariage, certes, mais tu veux reconquérir ton ex-futur mari, et pourtant tu as invité un mec que tu connais à peine à t'accompagner en vacances. Ces mêmes vacances que tu as prises sous le prétexte de te retrouver. Et ton invitation était sincère. À tel point que... tu lui as même acheté un billet.

Patricia me trouva assise dans la cuisine, feignant de consulter la documentation de voyage sur mon iPad. En réalité, j'essayais d'imaginer le voyage avec David. Tout en me demandant si j'avais perdu la tête.

— Qui t'a ouvert ? m'écriai-je en voyant atterrir sur le marbre du comptoir son agenda Louis Vuitton, son ordi dans son étui de protection assorti et un tas de papiers enroulés avec des élastiques à cheveux.

— Tu as l'air contrariée de me voir.

— Oui, je le suis, parce que tu viens pour me parler de ce détective privé qui est en train de t'arnaquer et je n'en ai pas envie. Parce que laisse-moi te dire, l'Église catholique cherche en ce moment même le numéro de ta belle-mère pour lui annoncer qu'ils ont l'intention de canoniser ton mari de son vivant. Saint Alberto de Rascafría.

— C'est ça, saint Alberto.

Elle fit une moue de dégoût. Même comme ça, elle était toujours aussi jolie.

— Saleté de gènes, me plaignis-je.

— Ça pourrait être pire. Tu pourrais être Candela, rétorqua Patricia en montrant du doigt notre sœur qui s'approchait de la cuisine vêtue de...

Bon sang, comment définir ce qu'elle portait ? Une serviette de bain ? Une serviette avec trois trous, un pour la tête et deux pour les bras.

— Son problème n'est pas génétique. C'est juste qu'elle se fiche de la mode comme moi de ce qu'a découvert ton détective.

— Vous vous moquez de moi ? fit Candela en se servant un café.

— Regarde-la. C'est vrai qu'elle est moche, plaisanta Patricia. Genre quand tu commandes sur AliExpress quelque chose qui me ressemble et c'est elle qu'on te livre.

— T'es vraiment conne ! T'as déjà vu tes genoux ? T'as les genoux les plus moches que j'ai jamais vus.

— Vous me fatiguez.

Je me levai, prête à m'enfermer dans ma chambre, mais Candela me retint.

— Ne me laisse pas seule, je sens que ça va mal tourner. Elle est encore plus énervée que d'habitude. Si ça se trouve, Alberto la trompe vraiment.

— C'est votre mère qui m'a mise dans cet état, nous expliqua Patricia en ouvrant le frigo. Ça me donne même envie de manger des glucides. En grande quantité. Elle trouve qu'inscrire les enfants à des stages d'été ne donne pas une bonne image.

— Tu n'as qu'à les lui envoyer, à elle, dans ce cas. Qu'elle joue son rôle de grand-mère, pour une fois.

Mes sœurs me regardèrent comme si je venais de suggérer de mettre les mômes à l'adoption.

— Alors, ce détective... Raconte, la pressa Candela.

Patricia s'assit, prit son téléphone, pianota sur l'écran et le tourna vers nous. Devant nous, une tonne de photos de notre beau-frère en train de faire… comment dire ? Des actes du quotidien, comme monter dans sa voiture avec une sucette à la bouche, partir travailler, boire un café au lait accompagné d'un *churro*, fumer une clope à la porte de son bureau, manger un hamburger, passer chez le teinturier, manger un palmier au chocolat et remonter dans sa voiture.

— Il a englouti tout ça sur une journée ? murmura Candela.

— Dis-moi, c'est un détective privé ou un nutritionniste que t'as engagé ? ajoutai-je.

— Il vaut mieux qu'il sue comme un malade au club de sport, Patri. Avec toutes les cochonneries qu'il avale.

— Il doit être hyper anxieux, fis-je en montrant les photos.

— L'hyper anxieuse, ici, c'est moi. Pourquoi mange-t-il autant ? Alors ? Moi, je pense à un truc qui ouvre l'appétit.

— Tu crois qu'Alberto s'est mis à fumer des joints ? suggéra Candela.

— Taisez-vous ! m'écriai-je. Je vais vous dire un truc. Ce qui est normal, c'est qu'un mec qui a une maîtresse change de look, prenne soin de lui et veuille avoir l'air séduisant, pas qu'il se goinfre de trucs gras.

— Il cache quelque chose.

— Bordel, je n'en peux plus !

Je pris mon iPad et allai me réfugier dans ma chambre, non sans lâcher un « J'aimerais tellement que vous soyez loin », avant de disparaître.

— Et si Alberto s'est rendu compte qu'on le suivait et a offert plus d'argent au détective pour qu'il lui fournisse un alibi ? Pour qu'il te donne ces clichés au lieu des vrais ?

Dans le silence qui suivit, je perçus le galop furieux des quatre chevaliers de l'Apocalypse.

À peine enfermée dans ma chambre, l'écran de mon téléphone s'illumina. Un nouveau message. Mais avant que j'aie le temps de le consulter, l'appareil se mit à sonner.

— Salut, Sonia, dis-je tout en ouvrant ma messagerie sur l'iPad. Tout va bien ?

— Rien à signaler ici. Je ne vais pas t'ennuyer avec les détails, tu auras le temps de constater par toi-même quand tu rentreras de vacances. Je t'appelle au sujet du voyage. Quand tu as deux minutes, jette un œil à tes e-mails.

— Je suis dessus.

Je la connais si bien, songeai-je en souriant.

— Je t'ai envoyé l'itinéraire, des suggestions d'activités, la réservation de l'hôtel et la documentation « Amadeus » des différents vols. Dès que je reçois l'autorisation de paiement en ligne, je t'envoie les billets.

— Qu'est-ce que je ferais sans toi ?

Elle rit.

— J'ai choisi de bons hôtels de la chaîne, mais rien de trop extravagant, comme tu me l'as demandé. Cinq étoiles, mais discrets. Ah, autre chose : j'ai donné ton premier prénom et ton second nom de famille, comme ça personne ne se doutera que tu es la patronne.

— Je ne suis pas la patronne.

— Tu possèdes 37 % d'une multinationale. Voilà ce que tu es.

— Je te remercie. Je n'ai aucune envie qu'on me lèche les bottes partout où je vais et qu'on me surveille.

— C'est ce que j'ai pensé. Pour eux, tu seras simplement une milliardaire solitaire.

Je me mordis l'ongle du pouce. Nom d'un chien. Ça me laissait pas mal de liberté, non ?

— Merci beaucoup, Sonia.

— Je ne t'embête pas plus longtemps. Si tu as besoin de quelque chose, tu m'appelles.

Je la remerciai une nouvelle fois et raccrochai.

En ouvrant WhatsApp, je constatai que le message reçu avant le coup de fil de Sonia était de David. Une photo. J'ignorais comment il s'y était pris pour me l'envoyer avec son téléphone, mais mon éclat de rire retentit dans tout l'appart.

Il s'agissait d'un de ces clichés typiques que l'on trouve sur Google en cherchant « plage grecque paradisiaque » et il avait gribouillé dessus une femme censée me ressembler. On m'y reconnaissait à mon sac en bandoulière et ma chevelure brune.

Pour que tu la postes sur Instagram. Si tu voyages avec classe, que tout le monde puisse le voir. D'ailleurs, en parlant de voir... On se voit avant ton départ ?

Je quittai l'appli et l'appelai. Il répondit à la deuxième sonnerie.

— Relax, Amparito. Je peux voir palpiter ton artère fémorale d'ici, l'entendis-je dire à une de ses patronnes.

— Eh bien, elle se lâche, Amparito. La fémorale c'est dans la cuisse, dis-je.

— La jugulaire, Amparito, la jugulaire. Ta fémorale, je ne veux pas la voir, l'entendis-je crier sous les éclats de rire des deux fleuristes. Alors, princesse, quoi de neuf?

— Princesse ?

— Juste pour t'embêter.

— J'ai adoré ton photomontage. Trop sophistiqué. À peine visible.

— Je dirais même imperceptible. On est mardi, princesse aux yeux tristes. Il te reste deux jours dans cet enfer.

— Ne parle pas comme ça de Madrid.

— Tu n'es pas encore sortie aujourd'hui ? Il y a une vague de chaleur.

— Alors ça tombe bien qu'on parte en Grèce vendredi, non ? dis-je pour voir s'il mordait à l'hameçon.

— Ne dis plus ça, méchante. T'imagines ? Ce serait mortel !

Je restai silencieuse, à contempler le mur en me mordant les lèvres. Inconsciemment, mes doigts avaient ouvert l'e-mail de confirmation pour la réservation au nom de David.

— Margot ? Tu es toujours là ?

— Je crois que j'ai peur de partir seule.

— Tu as les jetons, c'est clair. Mais une fois là-bas, à chaque fois que tu ne sauras pas quoi faire, il suffira de te demander « Que ferait David ? ». Mieux, tu n'auras qu'à imaginer que je suis là, mon petit cul moulé dans mon jean, à faire plein de trucs vraiment cool.

— Toi, des trucs cool ? me moquai-je.

Telle une hallucination, le billet au nom de David Sánchez Rodrigo apparut devant mes yeux. Ou plutôt David lui-même, déguisé en billet d'avion, qui agitait les bras et les jambes en faisant une drôle de tête.

— Je crois que je deviens folle.

— Écoute… Et si on dînait ensemble, ce soir ?

Candela entra dans la chambre.

— Raccroche. Maman a appris que tu pars seule en Grèce et elle est…

Elle agita la main, comme quand nous étions petites.

— Elle veut qu'on aille dîner chez elle.

— Ce soir ?

— Moi, je passe mon tour. Mais Patri veut bien t'accompagner. C'est elle qui lui a craché le morceau, elle se sent coupable.

— Tu as entendu, non ? dis-je au téléphone.

— Oui. Et demain ?

— D'accord.

— Super. Et jeudi, je peux passer pour t'aider à faire ta valise, si tu veux.

Je jetai un coup d'œil autour de moi. Ma chambre devait faire quarante mètres carrés, avec salle de bains et dressing.

— Ne t'en fais pas, je crois que ça ira.

— À demain. Et si tu as besoin d'un dompteur de fauves pour ta mère, fais-moi signe.

— Merci, David. T'es le meilleur.

— Le meilleur… Dis ça à Idoia. Plus de nouvelles depuis l'autre jour.

— Pareil, soupirai-je.

Candela s'assit sur le lit à côté de moi.

— Patricia est partie ? lui demandai-je.

— Pas du tout. Elle se prépare un sandwich dans la cuisine.

— C'est pas vrai ! Elle a vraiment un grain ! David, on se voit demain.

— À demain, yeux tristes.

Je raccrochai et me levai.

— Je me demande ce que je vais mettre pour que ta mère ne me prenne pas le chou ! Patricia !!!!! criai-je. Qu'est-ce que je mets ?

— Une robe que la vieille aime bien. Attends, j'arrive !

J'allais sortir de la chambre mais Candela me barra soudain le passage et claqua la porte.

— Mais qu'est-ce que tu fabriques ?

— Figure-toi que j'allais justement te poser la même question.

Devant moi, l'e-mail. Le billet d'avion. Au nom de David.

26

Ce n'est pas ce qu'on croit

— C'est quoi, ça ?

Les yeux de Candela, déjà globuleux naturellement, semblaient sur le point de sortir de leurs orbites.

— Rien…

— Dis-moi que tu ne pars pas avec lui.

— Je ne pars pas avec lui.

— Répète. Avec conviction, cette fois. Parce que je me demande sérieusement si je ne devrais pas te faire interner.

— Je-ne-pars-pas-avec-lui.

— Eh ! Mais qu'est-ce que vous fichez ? Ce n'est pas poli, les messes basses !! cria Patricia de l'autre côté de la porte.

— Jure-le-moi. Jure-moi que tu pars seule en Grèce.

— Je te le jure. Je pars seule.

— Et ça, c'est quoi ?

Candela agita l'iPad. J'ouvris la bouche et appuyai le front contre la porte.

— Margot…

— L'idée m'a effleurée, OK ? Je me sens si bien avec lui… que j'ai envisagé qu'il m'accompagne. Ce n'est pas un crime, murmurai-je afin que Patricia ne nous entende pas.

— Sérieux, je vais défoncer la porte. Et si vous ne m'en croyez pas cap, c'est parce que vous ne savez pas que j'ai fait du pilates.

— J'arrive ! criai-je.

— On en reparlera plus tard.

— Je n'en parlerai ni maintenant, ni plus tard, rétorquai-je, le dos contre la porte. J'y ai pensé, j'ai fait une connerie en réservant le vol et je ne lui en ai pas parlé tellement je me sens ridicule, alors rends-moi service, ne m'humilie pas plus et fiche-moi la paix.

J'ouvris la porte. Patricia agita son morceau de pain devant mon visage en signe d'indignation.

— Du pain ! Je mange du pain ! Et blanc, en plus ! À 7 heures passées !

— L'horreur.

J'ai de nombreuses raisons d'être reconnaissante envers Patricia. Je la remercie de m'avoir conseillé, aux alentours de l'an 2000, d'arrêter de mettre le trait de crayon noir à l'intérieur de l'œil, ou de m'avoir dit que les cheveux longs ne m'allaient pas. Elle a aussi introduit dans ma vie des groupes de musique, des films et quelques-uns des vêtements iconiques de mon adolescence. Aucune de ces prouesses de grande sœur ne faisait le poids face à son exploit cette nuit-là, chez notre mère. Elle lui lança nonchalamment que partir seule en Grèce pour une escapade sur une plage paradisiaque était non seulement la meilleure idée possible, mais la plus intelligente.

— Les scandales ne durent pas éternellement. À son retour, plus personne ne se souviendra de sa course effrénée en robe de mariée dans les jardins de l'hôtel.

Que ma mère fasse tout un fromage de ce voyage en solo n'a rien de surprenant pour ceux qui connaissent cet étrange spécimen hybride, mi-chat, mi-humain, pour qui l'opinion de ses amies compte plus que le bonheur de ses filles.

— Je n'y comprends rien ! C'est toi qui m'as dit qu'il valait mieux que je m'éloigne quelques jours ! m'exclamai-je avec indignation tandis que ma mère nous jetait un regard menaçant.

— Je voulais dire chez tes grands-parents, pas seule n'importe où.

— Il ne faudrait surtout pas que je m'amuse, hein ?

— Tu le mérites ?

Je me tus, afin d'esquiver l'hystérie semi-alcoolisée de ma mère. Je n'avais pas envie de me disputer. J'avais pris l'habitude de ravaler ma salive et mes mots, d'acquiescer et de rentrer chez moi, où je n'avais de comptes à rendre à personne.

Je n'eus pas envie de parler à David en rentrant, ce soir-là. Ni à Candela, qui me proposa de manger une glace tout en lui racontant la soirée, histoire de nous défouler sur Lady Miaou (et d'aborder à nouveau le thème de David, bien entendu). Je voulais m'enfermer dans ma chambre, ne voir personne, ne parler à personne. Juste dormir. J'ôtai ma robe Max Mara, l'abandonnant roulée en boule dans un coin, et, sans me démaquiller, je me glissai sous la couette en culotte et soutien-gorge. Je ne sortis même pas le téléphone de mon sac. Il n'y a qu'une mère pour provoquer un tel sentiment de déception envers soi-même.

David n'eut aucun mal à croire que je n'avais pas répondu à son texto parce que je m'étais assoupie sur le canapé après un copieux repas chez ma mère. Il semblait ravi à l'idée de me voir dans la soirée.

Je comptais l'attendre à l'extérieur de la boutique, mais ne pas saluer Amparito et Asunción me parut impoli. Elles étaient à la caisse.

— Bonsoir, dis-je timidement.

— Regarde comme elle est jolie, dit l'une à l'autre, ignorant ma présence.

— Entre, entre. Ne reste pas sur le pas de la porte.

— Cela ne me dérange pas, vous avez l'air occupées et…

— Ne dis pas de bêtises. David arrive tout de suite. Et tu vas voir comme il est beau, ce soir !

— Taisez-vous ! l'entendis-je crier dans l'arrière-boutique. Vous allez gâcher ma surprise, vieilles commères !

— Je ne sais pas comment vous le supportez, avec toutes les horreurs qu'il vous dit !

— Il arrive à porter les vases deux par deux, vois-tu !

— Et puis, il est plutôt joli garçon !
— Si seulement j'avais vingt ans de moins, fit Amparito.
— Vingt ? Je dirais plutôt quarante, lui rétorqua sa sœur en riant.
— L'amour n'a pas d'âge.
Le rideau de perles qui séparait le magasin de l'arrière-boutique s'écarta soudain. David. Ouah, c'est vrai qu'il était pas mal. Converse All Stars immaculées, pantalon noir moulant, chemise imprimée et… une nouvelle coupe de cheveux. Toujours dans l'esprit décoiffé, des mèches par-ci par-là, mais plus maîtrisé. Il était craquant.
Je souris et lui adressai un geste d'approbation, qui m'aida à dissimuler que j'appréciais, un peu trop à mon goût, ce que je voyais.
— Ce n'est qu'un début.
Il se plaça à mes côtés et m'offrit son bras. Bon sang, qu'il était beau.
— Tu veux qu'on se donne le bras ?
— Comme deux vieilles, me répondit-il d'un air faussement séducteur. Princesse.
J'éclatai de rire. Lui aussi.
— C'est fou ce que vous vous amusez ensemble, commenta distraitement l'une de ses patronnes.
— Ne sois pas jalouse, tu sais bien que c'est toi que j'aime, ma chère Asunción.
— File avant que je ne te jette ma chaussure.
Il leur lança un baiser, m'obligea à lui donner le bras et nous sortîmes.
— Il ne fallait pas te mettre sur ton trente-et-un.
— Si. Et tu vas voir, tu n'es pas au bout de tes surprises.

Nous marchâmes dans les rues pavées, bras dessus bras dessous, jusque dans le quartier de Malasaña.
David s'immobilisa soudain et je tirai sur son bras pour le forcer à avancer.
— Viens, j'ai faim ! On mange quoi ce soir ? Hot-dog, pizza, sandwich au calamar ?

— Et si on faisait une folie et qu'on s'asseyait dans un endroit avec des tables et des chaises ?

J'écarquillai les yeux et ouvris la bouche. Je remarquai que nous nous étions arrêtés devant un resto qui s'appelait 80 Degrés.

— Tu as réservé ici ?

— Oui, madame.

— Eh bien ! lançai-je en lui donnant un coup d'épaule. De mieux en mieux !

La table où le serveur nous fit asseoir était minuscule et collée à la table voisine, mais David n'y pouvait rien d'avoir choisi un restaurant très en vogue. Nous choisîmes un Tinto de Verano et deux plats à partager. Le serveur nous encouragea à commander plus, ce que nous fîmes, sans même savoir ce que nous commandions. Je l'avais déjà remarqué : avec David, je mangeais toujours à ma faim.

— Pas mal, dis-je en scrutant la salle.

— Un peu bruyant, non ?

— C'est vrai, mieux vaut ne pas l'amener ici.

— Au début, si. Quand j'aurai encore besoin de faire le dur. Comme ça, elle pensera que ce qu'elle dit ne m'intéresse qu'à moitié.

— C'est le cas ce soir ? plaisantai-je, légèrement vexée.

— Non ! Puisque tu es mon sensei. Tout ce qui sort de cette bouche est pure sagesse.

Je feignis de lui donner un coup de poing et il me demanda de sortir mon téléphone.

— On prend une photo avec ton téléphone ?

— Et pourquoi pas avec le tien ?

— Parce qu'on finirait avec une image abstraite de nous deux dans un resto.

J'acquiesçai et sortis le mien.

— Allez, la photo.

— Attends, viens.

— Où ça ?

— Ici. Pour qu'on soit tous les deux dessus, non ?

— Tu n'as qu'à te lever toi-même.

— Viens, je te dis.

Je fis claquer ma langue et me levai. Je m'approchai de David au ralenti, pour éviter de renverser avec mes fesses les verres de la table voisine. Il me saisit le poignet et me tira vers lui jusqu'à ce que je me retrouve assise sur ses genoux.

— Mais qu'est-ce que tu fais ?

— Un selfie. Pour qu'on voie la tendresse qui existe entre nous.

— Attends ! C'est pour ton Instagram ?

— Évidemment ! s'esclaffa David. Je suis point par point ta liste.

Je fronçai les sourcils et étudiai son expression.

— Tu te fiches de moi ?

— Je t'assure que non. Allez, prends une pose.

Il s'empara de mon iPhone, sélectionna la caméra frontale et nos visages apparurent sur l'écran. Il prit quelques clichés. Je me tournai vers lui.

— C'est quoi, cette odeur ?

— L'odeur du mâle, lança-t-il en faisant semblant de rugir.

— Imbécile. Tu as changé de parfum ?

— Peut-être bien que oui…

— On dirait que tu as décidé de suivre mes conseils.

— Bien entendu.

— Il y a anguille sous roche… Dis, si tu vas la poster sur Instagram, je préfère qu'on ne voie pas mon visage. On ne sait jamais, quelqu'un qui connaît Filippo pourrait la voir et lui dire.

— C'est vrai que ce ne serait pas facile à expliquer. Alors, humm, tu veux faire comment ?

Je m'installai sur ses genoux, tandis que la table voisine ne perdait pas une miette de ce qui se passait à la nôtre.

— Et si je te prends dans mes bras ?

— Excellente idée !

J'enfouis mon visage dans son cou et sentis son bras bouger, à la recherche du meilleur angle.

— Pas mal, mais pousse-toi un peu par ici, on voit la table de derrière.

Je me serrai contre lui et appuyai mon nez contre sa peau. Il se frotta contre moi avec tendresse. Il sentait bon. Un parfum frais, propre, masculin. Je sentis ses bras m'enlacer et levai la tête.

— C'est bon ? Fais voir !

Il me montra l'écran de mon téléphone. La photo était géniale. On avait tout l'air d'un couple en train de flirter, y compris pour le serveur qui approchait, deux assiettes dans les mains.

— C'est pour emporter, les tourtereaux ?

Je bondis comme un ressort.

— On n'est pas ensemble. On était juste en train de…

— C'est bon. Je vous laisse les croquettes ici, d'accord ? Attention, elles sont chaudes. Comme l'atmosphère d'ailleurs.

Je sentis une vague de chaleur envahir mes joues. David serra les lèvres pour ne pas éclater de rire.

Je pris une croquette, en déposai une dans son assiette et ouvris la mienne pour la laisser refroidir. En regardant s'échapper la fumée de mon assiette, j'eus une révélation.

— Hé ! Je sais ce que tu essayes de faire !

— Moi ? lança-t-il d'un air faussement offensé.

— Oui, toi ! Tu m'amènes dans un resto, tu t'es coupé les cheveux, tu as changé de parfum, tu as mis une chemise, tu t'apprêtes à publier une photo avec une fille qui n'est pas Idoia, en train de faire quelque chose que tu n'as probablement jamais fait avec elle.

— Je te l'ai déjà dit, je fais mes devoirs. Tu as élaboré une liste et moi, je me contente de bien écouter tout ce que tu me dis.

— D'accord, mais dans quel but ?

— Aucun.

— Vraiment ? Je vais te le dire, moi. Tu veux que je parte en Grèce en sachant que tu as rempli ta part du marché… pour que je remplisse la mienne aussi.

Il leva les bras en signe de capitulation.

— C'est vraiment tordu, ton truc ! Tout ça pour que j'aie des remords de ne pas faire ce que dit ta liste infernale !

Il enfourna la croquette et leva les sourcils à plusieurs reprises.

— Tu es belle, ce soir, dit-il, la bouche pleine. T'as changé quelque chose ?

— Non, fis-je en haussant les épaules.

— Si, si. Tu as fait des boucles, non ?

— Je ne les ai pas lissés, c'est tout. J'en ai marre de perdre un quart d'heure tous les jours parce que ma mère dit que les cheveux lisses sont plus élégants. Mais ne change pas de sujet.

— Je ne change pas de sujet, c'est juste qu'il n'y a rien à dire. C'est normal que je veuille m'assurer que tu vas vraiment essayer de te lâcher. J'ai tort ?

— Pourquoi y tiens-tu tellement ? Tu me connais à peine.

— Parce que tu me plais.

Il prit une profonde inspiration et poursuivit :

— Je veux dire que… je t'aime bien. J'aime la personne que tu es quand on est ensemble, et quelque chose me dit que toi aussi, elle te plaît mais… tu n'es pas comme ça, d'habitude.

Je vidai d'un trait mon verre de sangria. David fit signe au serveur de m'en apporter un autre.

— Accorde-toi un brin de folie, Margot. Écoute-toi.

— David…

— Quoi ?

Il rit en attrapant une croquette.

— Je t'ai acheté un billet.

Il lâcha les couverts l'un après l'autre, lentement. Il ne me regarda pas tout de suite.

— Pardon ? fit-il.

— Je t'ai acheté un billet.

— Un billet, pour où ?

Il était soudain si sérieux que j'eus peur de continuer. Je baissai la tête, les mains dans mon giron.

— Oublie.
— Tu as acheté un billet pour que je t'accompagne ?
— Oui, mais je sais bien que j'ai dépassé les bornes. C'est juste que… ah, je ne sais même pas pourquoi j'ai fait ça !
— Mais, ce billet, qu'en as-tu fait ?
— Il attend confirmation.
Je haussai les épaules.
Le serveur arriva avec mon verre, que je pris à peine posé sur la table.
— Margot, regarde-moi.
— Je ne veux pas. Je suis morte de honte.
J'avalai une gorgée, puis une autre, et reposai le verre. Je cherchai mon portefeuille au fond de mon sac.
— N'y songe même pas, m'avertit David en retenant ma main.
— Je préfère m'en aller.
— Hors de question. Regarde-moi, je t'en prie.
Je risquai un regard. Il n'avait pas l'air contrarié. Ni effrayé. Juste un peu dépassé.
— J'ai disjoncté, d'accord ?
— Non, c'est maintenant que tu disjonctes. Lâche ce sac et regarde-moi.
Un sourire se dessina sur ses lèvres.
— Tu m'as acheté un billet pour Athènes ?
— Sur un coup de tête. Si j'avais réfléchi, j'aurais aussi pris des billets pour les connexions entre les îles.
— En bateau, c'est ça ?
— Oui, j'ai déjà mes billets.
— Ta secrétaire est efficace.
— Comment sais-tu que… ?
— Tu m'as dit que tu en avais une, je ne fais qu'assembler les pièces du puzzle. Donc, tu m'as acheté un billet pour que je parte avec toi en Grèce.
— Arrête de le répéter, tu veux ?
— Non, fit-il en prenant son verre. Je veux simplement que tu m'expliques ce qui t'a poussée à faire ça.

— Je n'ai pas très envie de continuer à en parler, à vrai dire.

— S'il te plaît…

Je soupirai.

— Je me sens bien avec toi. Et puis… j'ai l'impression d'avoir une dette. Grâce à toi, j'ai survécu à ces deux dernières semaines. Et je me suis dit que… bah, puisque je me sens bien avec toi, et que je ne fais jamais de folies…

— Tu sais que je ne pourrai jamais te rembourser, n'est-ce pas ?

— Je n'ai jamais eu l'intention que tu me rembourses.

Je soutins son regard.

— Alors, tu veux vraiment que je t'accompagne ?

— Oui, il y a eu un moment… Je suppose qu'un psy parlerait d'aliénation mentale temporaire.

— Et à ton avis, combien de temps dure un épisode d'aliénation mentale temporaire ?

— Je ne sais pas, répondis-je, le visage caché dans les mains.

— Deux semaines, tu crois ?

J'écartai les doigts pour le regarder.

— Que dis-tu ?

— Tu veux que je vienne. J'ai envie d'y aller. Alors banco !

— Mais… ?

— Il y a des règles.

— Bien sûr. Personne ne doit savoir.

— Personne.

— Tu prendras des photos mais on n'y verra jamais mon visage.

— OK. On partage les frais. Les auberges et tout ça…

— Les auberges ? Ah, m'exclamai-je en riant, ne te préoccupe pas de ça.

— Alors, tu me laisseras t'inviter. Je louerai un scooter et…

— D'accord, c'est bon.

— Et si tu changes d'idée, même au beau milieu du voyage, je partirai. Et si, en rentrant chez toi ce soir, tu te mets à douter, tu n'as qu'à m'envoyer un message et me dire : « J'ai perdu la tête, David. »

Je souris.

— C'est complètement fou.

— Ouais, un truc de dingue.

— On ne se connaît pas.

— Pas assez, rectifia-t-il.

— Ça pourrait mal tourner.

David héla un serveur et lui demanda la carte des vins.

— Il faut qu'on trinque.

27

On ne devrait peut-être pas

À mon réveil, Candela était assise sur mon lit. Je crus d'abord à une apparition, puis qu'un gardien du sommeil veillait sur moi, mais l'atroce impression qu'il ressemblait comme deux gouttes d'eau à ma sœur finit par écarter tout doute.

— À quelle heure es-tu rentrée ?

Son ton ne m'encourageait pas à me sentir libre.

— Pardon ?

— Je te demande à quelle heure tu es rentrée.

— Vers 3 h 30, je crois.

— Un mercredi.

— Je suis en vacances. Fiche-moi la paix.

— Je crois surtout que t'as perdu la tête. Avec qui étais-tu ?

— Comme si tu ne le savais pas.

Je lui tournai le dos et me blottis sous les draps, dans l'espoir qu'elle me laisse tranquille.

— Je n'ai pas envie de te parler. C'est pour ça que je t'évite, tu sais.

— Margot, tu ne peux pas partir en vacances avec lui.

— Tu veux bien me ficher la paix, rétorquai-je.

Candela me tira vers elle.

— Non. Tu sais que je t'encourage toujours, mais là... je ne suis pas d'accord. Il est charmant mais tu ne le connais pas. Tu ne sais pas d'où il vient, si c'est un pervers. Et s'il est violent ? Et s'il veut te voler de l'argent ? Ou te faire chanter ?

J'enfonçai le coussin sur ma tête.

— Margot, je ne rigole pas. Écris-lui, devant moi, dis-lui que tu as perdu la tête et que tu viens de comprendre que vous ne devez pas partir ensemble.

— Je t'ai déjà dit..., commençai-je à dire sous l'oreiller, où mentir était plus aisé, mais elle me l'arracha des mains. Je t'ai déjà dit que je pars seule.

Elle se leva et tira violemment sur le drap, visiblement nerveuse.

— Je suis inquiète, murmura-t-elle d'une voix à peine audible.

— Tu devrais rentrer chez toi et te remettre au travail. Tu ne sais pas rester tranquille et tant de jours ici...

— Ce n'est pas le problème. Tu veux partir en voyage avec un mec que tu viens de rencontrer et ta sœur aînée m'a donné rendez-vous demain matin pour suivre le détective qu'elle a engagé pour suivre son mari. Je ne bouge pas d'ici tant que je ne serai pas sûre que mes deux sœurs ne vont pas finir au journal de 20 heures.

Je fermai les yeux, agacée. Je savais mieux que personne que partir deux semaines en Grèce avec David était d'une inconscience inédite pour moi. Comme j'en avais envie, pourtant ! J'avais envie de me sentir vivante, jeune... De trouver un sens à toutes ces choses qui n'en avaient pas. Je voulais sentir les émotions parcourir ma peau, la réchauffer au soleil, et je voulais David à mes côtés !

— Candela, c'est la vérité... Je pars seule mais tu devrais quand même arrêter de te mêler de ma vie. Et si ça te pose un problème que Patricia veuille mener son enquête sur le détective... ne la caresse pas dans le sens du poil ! Arrête d'alimenter sa paranoïa, elle finira par se lasser. Comme moi, quand tu essayes de régenter ma vie.

Candela se rassit, l'air penaude. Je criai victoire en mon for intérieur. J'avais été on ne peut plus ferme et j'en étais fière, même si c'était mal de mentir. À cet instant, mon portable signala d'un *bip* l'arrivée d'un nouveau message. Candela et moi nous nous fixâmes en silence, avant de nous précipiter sur l'appareil. Nous savions toutes deux qui avait envoyé le message.

— Je n'ai plus quatorze ans !! Qu'est-ce qui te prend ? criai-je en essayant de lui arracher le téléphone des mains. Arrête de contrôler ma vie !!

— Qu'est-ce que tu caches ? Dis-le-moi. Si tu n'avais rien à cacher tu ne ferais pas tout ce cirque.

— L'intimité, tu connais le concept ?

Elle planta ses ongles dans ma main en une manœuvre que n'importe quel arbitre, même d'un combat de MMA, aurait qualifiée d'immorale, avant de s'éloigner du lit avec le téléphone.

— Aha ! Devine qui c'est ?

— Évidemment que je devine ! Rends-moi mon téléphone !!

— « Salut, yeux tristes »...

Elle se mit à lire le message d'une voix ridicule.

— « Je n'arrive pas encore à croire qu'on va vraiment le faire. Tout a marché comme sur des roulettes. J'ai trouvé un ami pour me remplacer au travail et les proprios des chiens n'ont pas vu d'inconvénient à me donner ma matinée. »

Elle s'interrompit et ouvrit la bouche.

— Tu n'es qu'une sale menteuse ! Tu pars en voyage avec un inconnu !! Écris-lui maintenant et dis-lui que tu as changé d'avis.

— Tu t'entends ? On dirait maman.

— Ne dis pas ça, Margot, je le dis pour ton bien.

— Elle aussi a cru que nous envoyer à l'internat nous ferait du bien.

Je lâchai un cri d'impuissance et me jetai sur mon lit.

— Il ne va pas me tuer. Ou me vendre. Il n'a aucune idée derrière la tête.

— Mon œil.

Candela se rassit sur le lit, croisa les bras et me tourna le dos.

— Je veux juste m'amuser.

Elle se retourna et me regarda avec des yeux de merlan frit.

— Je sais qu'il ne va ni te tuer, ni te vendre. Je n'ai même pas peur qu'il t'arnaque puis te laisse tomber.

— Alors ?

— Alors... j'ai peur que tu tombes amoureuse, que tu fasses une connerie, que tu fiches ta vie en l'air, que tu perdes Filippo définitivement. J'ai peur que tu couches avec lui et que tu chopes une saloperie ou que tu tombes enceinte. Je ne sais pas trop de quoi j'ai peur...

Elle jeta le téléphone sur moi et se leva. La référence à Filippo m'avait mise hors-jeu. Filippo. Mon Filippo. Lui non plus n'approuverait pas ce voyage s'il venait un jour à savoir. Voilà ce que me demandait Candela : voulais-je vraiment commencer notre vie à deux par un mensonge ?

— Je te conseille de lui dire que tu as changé d'avis, que c'est une folie et que...

— Et merde.

Je pris le téléphone et me mis à écrire, puis je me levai et le jetai sur les genoux de ma sœur.

— Voilà, c'est fait. Maintenant, laisse-moi tranquille et va te faire voir.

Candela saisit l'iPhone et lut le message.

Je crois que nous avons commis une erreur en prenant cette décision. Pardonne-moi. On peut se voir à mon retour si tu en as toujours envie.

— Margot...

— Je suis sérieuse. Fiche-moi la paix.

Je sortis faire des emplettes. Une crème solaire, deux bikinis et quelques vêtements. J'avais le moral dans les chaussettes, déçue que personne ne me comprenne et que j'étais seule à prendre les décisions. C'était de la folie, et alors ? Ça risquait de mal se finir, et alors ? N'était-ce pas ça, la vie ?

Je me sentis plus seule ce jour-là que le jour où j'avais fui mon propre mariage.

David ne répondit pas. J'en fus informée le soir même en tombant sur Candela à la maison, où j'avais volontairement laissé mon téléphone. Elle était assise dans la cuisine, l'air triste. Elle se sentait coupable. Je suppose qu'elle avait passé la journée à ruminer, se demandant comment elle se serait sentie à ma place. Mal. Comme une merde. Et elle ne voulait pas que je me sente comme ça.

— Il ne t'a pas répondu, fit-elle en montrant le téléphone posé sur l'îlot central.

— Ça ne m'étonne pas. Que répondre à ça ?

— Appelle-le.

— Je n'ai pas envie, Candela. Tu as eu ce que tu voulais, non ? Arrête de me casser les pieds. Je vais finir de faire ma valise.

— Je ne veux pas que tu partes fâchée avec moi. Imagine que l'avion s'écrase et que tu meures. Ce serait con de partir en colère contre ta sœur préférée.

— Tu n'es pas ma sœur préférée, mentis-je. Et encore merci de toujours m'offrir une vision si apaisante de la vie.

— Allez, Margarita, supplia-t-elle en frappant le sol du pied, les yeux embués. Ne te fâche pas.

Je soupirai, posai mes sacs et m'ébouriffai les cheveux.

— Je ne sais pas ce qui me prend. Je n'ai pas la moindre idée des raisons qui m'ont poussée à prendre mes jambes à mon cou le jour de mon mariage avec l'homme de mes rêves. Je ne sais pas pourquoi je suis si à l'aise, tellement moi-même, avec David. Mais je veux comprendre. La façon dont je m'y prends ne regarde que moi. J'ai cru que tu garderais le secret et qu'on serait complices. Mais maintenant... Je ne peux même plus compter sur toi...

Candela se cacha le visage.

— Ce n'est pas vrai, je te jure. Si tu veux partir avec lui, je comprends. On peut prendre des décisions très connes quand on se sent momentanément heureux. C'est comme une drogue. Et je suis ta sœur : jamais je ne te laisserai tomber, quoi que tu en dises. C'est pour ça qu'on a parfois besoin d'aide pour prendre une décision.

Je la regardai avec surprise, et compris, après quelques secondes, que je n'avais aucune envie d'argumenter.

— David n'est pas une drogue de synthèse, c'est un être humain, et je ne suis plus une enfant, lançai-je en me dirigeant vers la chambre.

— Margot..., supplia-t-elle.

Je m'appuyai au chambranle de la porte.

— Je ne pars pas fâchée. C'est juste que... je m'attendais à plus de confiance de ta part. Bonne nuit.

Je ne fermai quasiment pas l'œil de la nuit.

J'ai toujours aimé l'aéroport Adolfo Suárez Madrid-Barajas. Les aéroports sont des lieux chargés d'émotions : voyages d'études, lunes de miel, escapades, une vie qui commence ailleurs, rêves réalisés, vacances, responsabilités et travail. On y trouve de tout.

J'étais fatiguée, certes, mais je constatai, tout en traînant ma valise dans le terminal vers le contrôle de sécurité, que je n'étais pas triste. Ce qui signifiait que je commençais petit à petit à me sentir en paix avec les décisions que je prenais. Bien sûr, Filippo me manquait, mais j'avais même commencé à me pardonner d'avoir gâché notre grand jour. Je fus soudain persuadée que ce voyage était le bon choix.

Je passai le contrôle de sécurité de la zone VIP en quelques minutes à peine, valise à la main. En arrivant dans la salle d'attente, alors qu'un jeune homme plutôt beau gosse me cédait le passage, j'aperçus mon reflet dans une vitre et, pour la première fois depuis des lustres, ce que je vis me plut. Tout. Il n'était plus question de peau ni d'habits. J'étais fière de moi et l'image que je projetais boostait ma confiance en moi.

Je pris un café et un sandwich dans le lounge VIP en feuilletant des magazines. Candela, furieuse que je sois partie sans lui dire au revoir, m'envoya un texto où elle me souhaitait bon voyage au passage.

Écris-moi et appelle-moi quand tu veux.

Je t'écrirai aussi, mais souviens-toi que je ne veux pas t'embêter. C'est ton voyage. Et tu rentreras en un seul morceau, j'en suis sûre.

Je levai les yeux au ciel. Je ne pouvais pas nier que j'étais un peu contrariée.

David aussi m'écrivit, se limitant pour sa part à un simple « bon voyage », qui me fit avaler le café de travers. Patricia avait tout bonnement dû oublier. Lancer sa ligne de bijouterie dans une importante chaîne de magasins, tout en filant le type qu'elle avait engagé pour suivre son mari, et s'occuper en prime de trois gamins, voilà qui prenait beaucoup de place dans sa vie et dans sa tête.

Je ne répondis à aucun des messages.

Sonia m'avait acheté un billet en business, comme toujours pour mes voyages d'affaires, ce qui avait le don de m'agacer, parce que je n'en voyais pas la nécessité. Mon siège était spacieux et confortable. J'y déposai mes affaires le temps de placer tant bien que mal la valise dans le compartiment supérieur puis je m'assis pour déguster une coupe de champagne en attendant le décollage.

Je jetai un œil à la personne assise sur le siège voisin. Je souris. Il me rendit mon sourire, abandonnant son livre sur la tablette pour accepter la coupe que lui tendait un steward.

— Bon vol, chuchota-t-il en levant son verre.

— De même.

Nous avalâmes une gorgée. Je souris, baissai les yeux et me mordillai la lèvre. Je saisis mon téléphone et, avant de l'éteindre, pris une photo. Après l'avoir vérifiée, je l'envoyai à Candela avec un message succinct :

À partir de maintenant, je suis la seule à décider de ma vie. Mais merci. Je sais que ton intention était bonne.

Comme nous étions beaux sur la photo, David et moi, tout sourire, tandis que nous levions nos verres en nous promettant les plus belles vacances de nos vies.

Candela, chérie, tu es très maligne, mais tu oublies qu'en tant que benjamine, j'ai été forcée de développer un certain talent pour la supercherie.

28

L'air nous appartient

En la voyant passer le contrôle de sécurité, je n'en crus pas mes yeux. Je me sentais à la fois chanceux et bête. Ces yeux tristes, les plus sombres de l'endroit, brillaient et… je savais que j'y étais pour quelque chose. Un sentiment réconfortant pour un mec qui n'avait jamais rien fait d'important.

Elle portait un pantalon noir taille basse, un T-shirt noir orné de motifs colorés, d'énormes lunettes de soleil, un blouson en jean et un sac de marque dont je ne reconnus pas le logo mais qui devait valoir une petite fortune. Cela faisait partie de son charme. Peu lui importait ce que coûtaient ses fringues.

En recevant son message disant qu'elle avait changé d'avis, je n'avais pu que sourire. La veille, avant de se coucher, elle m'avait prévenu par texto de la tournure que risquait de prendre la situation.

Ma sœur a la puce à l'oreille. Envoie-moi un message quand tu auras tout résolu et si je te réponds qu'il vaut mieux annuler, ignore-le. Je ne te le dirais jamais par texto. Ce sera juste pour que Candela me fiche la paix.

Margot ne se trouvait ni jolie ni intelligente, mais j'avais l'impression qu'elle ignorait ce dont elle était capable. Elle croyait ce que disaient les autres et que son jugement devait rester en sommeil. Quelque chose semblait pourtant s'éveiller en elle.

Domi et Ivan avaient halluciné quand je leur avais raconté que je partais en Grèce avec elle. De façon maladroite, Ivan avait cru bon de me rappeler qu'obtenir des avantages en échange de sexe était considéré comme de la prostitution. Le rire qui m'échappa le fit cligner des yeux. Domi, quant à elle, se montra enthousiaste.

— Tu crois que je ne devrais pas accepter ? lui demandai-je.

— Elle peut se le permettre, David.

— Comment le sais-tu ? Je veux dire...

— Elle a un sac Louis Vuitton, des pompes Chanel et une bague de fiançailles à six chiffres. David, qui que soit cette fille, elle a de quoi.

— Mais je ne devrais sans doute pas accepter, hein ?

— L'argent ne peut pas tout acheter.

Elle sourit tristement avant de poursuivre :

— Elle a peut-être besoin que quelqu'un l'aide à se sentir comme elle se sent avec toi ? Seule, ce voyage n'a peut-être pas de sens ? On l'a peut-être persuadée que sa seule valeur est son argent, pas qui elle est ? Va en Grèce et amusez-vous.

Quitte à être un gigolo. Quitte à devenir le joujou temporaire d'une nana friquée. Quitte à me tromper au sujet de Margot. Oui, j'allais partir. Et je comptais bien m'amuser.

Pendant le vol, en observant Margot boire du champagne, feuilleter un guide téléchargé sur son iPad et m'expliquer comment nous ferions dans les hôtels pour ne pas « éveiller les soupçons », je me surpris à penser qu'elle n'était pas mal. Belle à l'intérieur comme à l'extérieur. Ses grands yeux marron, un peu tristes, reflétaient la fillette recroquevillée qui sommeillait en elle, attendant qu'on la serre dans ses bras. Ses lèvres, petites et charnues, étaient encore plus belles lorsqu'elle souriait. Son corps qui, malgré son apparence menue, révélait l'anatomie d'une femme dont je ne connaissais pas encore les atouts commençait à m'intriguer. Une taille bien marquée, qui faisait le lien entre des hanches galbées et une poitrine peu volumineuse mais pointant fièrement.

— Tu m'écoutes ? demanda-t-elle en me donnant un coup de coude.

Non. Je pensais à elle en topless.

Mais détrompe-toi. Je la respectais. J'ignorais quel sort m'avait jeté cette fille, mais j'aurais été capable de lui donner ma vie sur un plateau afin qu'elle y mette de l'ordre. Je lui faisais une confiance aveugle.

À l'arrivée, le paysage athénien me surprit. Je ne m'attendais pas à quelque chose d'aussi... méditerranéen. Ni qu'un type en uniforme vienne nous chercher et s'occupe de nos valises.

— Margot, murmurai-je tandis qu'elle consultait son téléphone.

— Candela est en panique.

— Margot... Tout ceci doit coûter les yeux de la tête.

Elle me jeta un regard étonné.

— Pourquoi tu penses à ça ? Ne pense pas à l'argent. Tout est payé, et puis ça n'a aucune importance.

— Mais, Margot... Un transfert privé ?

Elle fit claquer sa langue, soupira et, une main sur la hanche, expliqua :

— C'est à cause de mon boulot. La boîte ne me paye pas les vacances mais j'ai certains... avantages. Disons que c'est gratuit.

— Impossible, ne mens pas. Il y a bien quelqu'un qui paye ce monsieur...

Elle posa sa main sur mon visage.

— Ce sont des frais qu'assume la société, et pour ce qui est de les compenser, ne te tracasse pas, je leur ai déjà donné toute ma vie.

J'ignore si elle me convainquit, je voulais juste ne plus y penser. Je n'avais que faire des avantages, j'étais venu pour l'expérience.

À notre arrivée à l'hôtel, séparément bien entendu, un groom se précipita sur nos valises. Pourquoi faisions-nous semblant de ne pas nous connaître alors que nous étions descendus de la même voiture ? Comme je ne savais pas grand-chose de la vie de Margot à ce stade, j'en conclus que ce n'était que pure parano de sa part. Une excentricité de plus. Nous nous accoudâmes au comptoir de la réception, côte à côte, et échangeâmes un sourire complice.

— C'est une formalité, me murmura-t-elle discrètement.

— Mais c'est quoi, au juste, ton boulot ?

Elle ne répondit pas, se contentant de pencher la tête et de prendre la clé de sa chambre, au nom d'une certaine Ana Ortiz. Je n'y compris rien. Et si j'étais parti en vacances avec la fille d'un mafieux ?

L'hôtel ressemblait à tous ceux que l'on voit dans les films, où circulent des gens friqués à qui des types comme moi ouvrent la porte. Alors que nous marchions en silence dans le couloir, les mots qu'avait utilisés Idoia le jour de notre rupture résonnèrent dans ma tête : immature, médiocre, court-termiste sans avenir. Peut-être avait-elle raison. Jamais je n'aurais pu me payer rien de tout ceci et, soyons sincères, Idoia aimait le luxe. Elle n'était pas comme Margot, qui semblait le porter en elle.

— Ça va ? me demanda-t-elle tout bas.

— Oui, c'est juste que j'ai l'impression d'être un imposteur. Je n'ai pas mérité tout ça. Je ne sais pas si tu comprends ce que je veux dire.

— Bien sûr que si. Je me sens comme ça tous les jours.

Margot s'immobilisa devant la porte de sa chambre. La suivante était la mienne. Elle jeta un œil aux alentours, dans l'espoir de voir arriver nos valises, mais le couloir était vide. Elle me tendit la main, je saisis ses doigts.

— Je ne veux pas que tu me juges à l'aune de ce voyage.

— Je ne le ferai pas.

— Nous ne sommes pas ce que nous possédons. Plutôt ce que nous ressentons.

— Et ce que nous faisons.

Je m'approchai d'elle et déposai un baiser sur son front, les mains posées sur sa tête. Ce fut un geste lent, très intime.

Alors que nous ouvrions chacun notre porte, les pas du groom se firent entendre.

La chambre contenait des trésors. L'argent ne paye pas seulement les dorures et les finitions de luxe. Il offre aussi l'air et la vue, à en juger par ce que je pouvais voir du petit balcon : sous mes yeux se dressait, majestueuse et imperturbable, l'Acropole. Ma gorge se noua et je dus contenir une envie de pleurer. J'agrippai la rambarde, respirai profondément et m'emparai de mon téléphone pour prendre une photo.

Je sortis quelques trucs de ma valise avant de me glisser discrètement vers la chambre de Margot. Elle m'ouvrit, le téléphone collé à l'oreille, plongée dans une conversation tendue et glaciale avec sa mère.

— Ce n'est rien. On m'apporte les valises. Oui, oui. Le vol s'est bien passé. À l'hôtel aussi (pause, les yeux levés au ciel). D'accord, maman. Au revoir.

— Quelle relation chaleureuse, lançai-je sur un ton moqueur en la voyant poser le téléphone sur la commode.

— Ma mère est comme les hémorroïdes.

J'éclatai de rire et m'assis sur son lit. Sa chambre était identique à la mienne : grande, un peu ringarde mais lumineuse, et dotée d'une vue incroyable. Je jetai un coup d'œil à la luxueuse salle de bains de marbre blanc où Margot avait déjà déposé deux trousses de toilette.

— Je sais qu'on est censés faire un tour en ville, mais… je ne pense qu'à me glisser là-dedans, fis-je en indiquant la douche à effet pluie.

— David… Si tu veux prendre une douche, qu'est-ce que tu attends ? s'exclama-t-elle en souriant. On est en vacances et, en vacances, tu peux prendre ton petit dèj à 15 heures si ça te chante et boire du vin à 11 heures du mat.

J'imaginais la tête qu'elle aurait faite si, la prenant au pied de la lettre, je m'étais déshabillé là. Je ris. Elle aussi et elle me démontra qu'elle me connaissait mieux que je ne le pensais :

— Je parlais de la tienne, crétin. N'y songe même pas.

Nous bûmes de la bière, mangeâmes de la moussaka et une glace pour le dessert, flânant dans les ruelles d'une ville qui nous apparut chaotique et remplie de gens comme nous.

Il faisait une chaleur pesante. Nous fîmes une longue promenade, cherchant sur son smartphone le nom des ruines que nous découvrions en chemin. Malgré tous mes efforts pour me souvenir de ce que nous avions fait ou dit ce premier jour, je n'y parviens pas. Je n'ai qu'une image en tête, celle de Margot : en train de s'esclaffer, de se plaindre de la chaleur, de pointer quelque chose avec surprise, de boire une bouteille d'eau d'un trait ou d'agripper mon bras pour ne pas trébucher. J'étais submergé. Jamais personne ne m'avait fait un si beau cadeau. Et je ne parle pas du luxe, mais de ce qu'achète réellement l'argent : du temps. Pour soi.

Après avoir parcouru la ville et vu une bonne partie des monuments que Margot avait sélectionnés pour le premier jour, elle me proposa soudain :

— Et si on rentrait à l'hôtel pour se baigner ?

Il y avait, sur le toit de l'hôtel, un restaurant et une piscine entourée de transats. Quand nous fûmes déshabillés, elle éclata de rire en voyant mon maillot, exactement de la même couleur que le sien.

Nous plongeâmes dans la piscine, nos cris étouffés par ceux de gamins qui jouaient un peu plus loin. L'eau était étrangement froide comparée à la chaleur de la ville.

Troublé par ses tétons qui pointaient sous son bikini, j'étais incapable de la regarder dans les yeux.

— Hé, David ? me lança Margot, les yeux écarquillés. T'es où ?

— Deux transats vides ! m'exclamai-je en regardant derrière elle.

Elle commanda une bouteille de vin blanc frais sans un regard pour le prix, puis nous nous allongeâmes pour contempler le soleil qui se couchait sur la ville. En silence, et en nous jetant de temps en temps des cacahuètes pour rigoler.

Je me demandai à quoi ressemblait vraiment sa vie. Était-elle habituée à tout ce luxe ? Comment pouvais-je me sentir si bien en compagnie de quelqu'un de si différent de moi ?

Margot se tourna vers moi et me regarda. D'un regard intense comme si mes pensées étaient arrivées à ses lèvres sous la forme d'une question :

— Tu regrettes d'être venu ?

— Non, m'empressai-je de répondre.

— Non, mais ?

— Mais j'ai peur, ajoutai-je.

Elle se redressa un peu, et sur son visage s'esquissa une inquiétude.

— De quoi as-tu peur ? De moi ? C'est à cause de l'argent ?

Je fis non de la tête.

— C'est toi qui me fais peur, là, murmura-t-elle. Si tu ne veux pas être ici, si tu t'ennuies ou que tu crois que voyager ensemble n'est finalement pas une bonne idée, ce n'est pas grave. Je te donne tes billets, le nom des hôtels et tout le reste. Tu peux poursuivre le voyage seul, David.

— Margot, fis-je en lui tendant la main. Ce n'est pas ça.

— Alors quoi ?

— Je ne sais pas. C'est peut-être le retour à la vie réelle qui me fait peur.

— Ce n'est pas ça non plus.

Elle haussa les sourcils, un sourire aux lèvres. Elle avait soudain l'air soulagée.

— Tu as honte de m'en parler.

Et... c'était vrai. J'avais honte de me l'avouer à moi-même : je craignais de ne pas être à la hauteur, que ma présence ne compense pas l'argent qu'elle avait investi. Cela faisait à peine deux semaines que nous nous connaissions. Peut-être allait-elle se rendre compte, comme Idoia, que je n'étais qu'un *loser* ? Quelle salope, Idoia, quand même. Je n'y avais pas pensé jusqu'à cet instant. Comment pouvait-elle refuser de me donner une chance sous prétexte que j'étais fauché, alors que je l'aimais tant ?

Je revins au visage de Margot, qui attendait avec impatience une réponse, et fis ce que je faisais le mieux : feindre que tout ce qui se produisait en moi était soumis à un stimulus primaire :

— J'ai faim. En fait, j'ai toujours faim.

— Tu crois que ça risque de poser un problème pendant notre séjour ?

J'acquiesçai, enfournant toutes les cacahuètes dans ma bouche pendant qu'elle se levait de sa chaise longue en riant.

— Je vais piquer une tête. Après, ça te dit d'aller voir la relève de la garde sur la place Syntagma et d'aller dîner ?

— Oui.

Elle fit quelques pas vers la piscine et se retourna soudain. Ses doigts se glissèrent dans mes cheveux. Comme je levais le menton pour la regarder, elle me dit avec un sourire :

— Moi aussi j'ai peur, mais si tu es près de moi, je me sens mieux. Tu n'as pas à me cacher quoi que ce soit.

— Je ne sais pas si je vaux l'investissement, lui confessai-je. J'ai peur de ne pas être à la hauteur.

Elle s'assit en face de moi, la main toujours dans mes cheveux. Elle me caressait à présent les tempes. Je l'imitai. Je caressai aussi ses cheveux. Je me demandai ce que voyait Margot lorsqu'elle me regardait. Si elle avait remarqué que, depuis notre rencontre, je redoutais d'être séparé d'elle trop longtemps.

— Deux pauvres idiots, chuchota-t-elle.

Je crois que oui. Elle le savait.

29

Confessions

— Il était comment, Filippo, en couple ?

— De quoi parles-tu ?

David et moi étions affalés sur son lit après un dîner où nous nous étions empiffrés de fromage, de tzatziki et de pita gyros. Mains sur l'estomac, nous regardions tous deux le plafond. Nous étions fatigués, mais nous n'avions pas encore sommeil.

Il se tourna vers moi.

— Il était espiègle, affectueux, viril ?

— David ! fis-je avec un sourire. Je ne vais pas te parler de ma vie sexuelle avec Filippo.

— Pourquoi pas ? dit-il en haussant les épaules. C'est con. Le sexe est simplement une autre facette de toute relation.

Je restai muette, à contempler le plafond. David me donna un coup de coude, m'encourageant à parler.

— Allez...

— Filippo est très agréable, mais je ne dirais pas qu'il est espiègle. Enfin... Je veux dire qu'il n'est pas du genre à raconter des blagues ni...

— Moi non plus, je n'en raconte pas, et pourtant je suis drôle.

— C'est parce que t'as une drôle de tête.

— Accouche !

— C'est un homme qui parle peu mais accomplit beaucoup. Il peut aussi être d'un romantisme démodé, me moquai-je avec tendresse. Il a un caractère un peu âpre mais n'hésite pas à s'agenouiller au beau milieu d'un parc pour te demander en mariage.

— Tu portes encore la bague.

— Oui. Quelle conne.

Je soupirai.

— Ce n'est pas une connerie de continuer à porter un objet d'une telle valeur. Et je parle de valeur sentimentale, même si j'imagine que tu pourrais m'acheter, moi et la moitié de la province de Cuenca avec ce qu'elle vaut.

— Ne sois pas comme ça, dis-je en le regardant dans les yeux. J'adorais nos petites habitudes, tu sais. Ça, ça me manque beaucoup.

— Qu'est-ce que tu veux dire?

— Je ne sais pas. Rentrer à la maison le soir et y trouver Filippo, en train de lire et d'écouter de la musique italienne, un verre de vin à la main. Tous les jeudis, nous commandions chez le Vietnamien et le samedi c'était à nous de cuisiner. La moitié du temps, tout finissait à la poubelle parce qu'on n'était pas fichus de préparer un repas mangeable...

— Tu vois, ça a l'air amusant, ça.

— Pas vraiment, non. Filippo s'énerve quand les choses ne lui réussissent pas. Il est très orgueilleux et je l'ai toujours soupçonné d'aspirer à la perfection.

— Tu m'étonnes, avec ses gènes..., murmura David.

— Ce n'est pas de ses gènes que je suis tombée amoureuse, rétorquai-je en lui souriant.

— Rien à voir avec la largeur de son torse ou sa belle gueule?

— J'avoue, il m'a tapé dans l'œil. Soit. Mais c'est à cause de... Filippo est...

— Qu'est-ce qui te plaît le plus chez lui?

Je m'allongeai sur le dos et me mordillai la lèvre, à la recherche des mots justes. David s'appuya sur son coude et je vis son visage planer au-dessus de moi, avide d'informations.

— Avec lui, je me sens remarquable.

Il haussa un sourcil. Mauvaise réponse, apparemment.

— Donc, si je comprends bien… tu me dis que, grâce à Filippo, tu te distingues plus ? En tant que femme, j'entends.

— Oui. J'avais l'impression de m'élever avec lui…

— C'est un homme, pas de la levure, me coupa-t-il, l'air contrarié.

— J'ai dit quelque chose de mal ?

Me redressant à mon tour, je me retrouvai face à face avec David.

— Je ne pige pas ce que tu dis. Comment peux-tu fonder l'opinion que tu as de toi sur quelqu'un d'autre ? C'est comme si je disais… que je suis drôle parce que tu ris.

Je plissai les yeux, confuse.

— Je suis drôle, que tu rigoles ou non !

— OK, si on part du fait que tu n'es pas drôle mais que tu as juste une drôle de tête, je crois que je comprends où tu veux en venir.

— Ah oui, c'est-à-dire ?

— Que j'ai de la valeur et que je suis déjà remarquable sans lui.

Il acquiesça, ravi.

— Et toi, qu'est-ce qui te plaisait le plus chez Idoia ?

Il se mordilla l'intérieur de la joue, le regard vague.

— Eh bien… Je ne voudrais pas t'embarrasser.

— Et pourquoi ça m'embarrasserait ?

— Parce que je risque de devenir coquin, répondit David d'un air canaille.

— Je crois que je peux supporter ça.

— En réalité, au début, on ne faisait que coucher ensemble, Idoia et moi, commença-t-il. La relation classique « je t'appelle, si tu peux tant mieux, sinon tant pis ».

— Et qu'est-ce qui a fait que votre relation devienne plus sérieuse ?

— Je suis tombé amoureux. Petit à petit, ça a commencé à me déplaire qu'elle m'envoie balader.

— Donc tu t'es entiché d'elle parce qu'elle n'en avait rien à cirer de toi.

— Pas tout à fait.

— Alors quoi ?

— Aucune idée. Elle me plaisait beaucoup. Elle me faisait découvrir de la bonne musique, on faisait des trucs sympas ensemble, et puis elle me rendait dingue. Je te jure, littéralement fou.

Je fis mine de ne pas le croire.

— Qu'est-ce qu'il y a ? Tu aurais dû nous voir au lit ! Je t'assure, on déchirait !

— Soit.

J'étais un peu mal à l'aise. Je n'avais pas pu m'empêcher de l'imaginer avec cette superbe blonde.

— Mais vous aviez de vraies conversations ?

— On ne communiquait pas par signes, c'est clair.

— Vous parliez de vous, de livres, de films, du futur, de la vie sur d'autres planètes ?

— De livres, oui. De films et de musique aussi.

Il haussa les épaules puis poursuivit :

— Elle n'aimait pas trop l'idée de sortir avec mes amis. On se disputait toujours pour ça ou parce que... j'avais parfois l'impression de ne pas être à la hauteur. Peut-être que je ne le suis pas et que c'est pour ça qu'elle m'a largué mais... on finissait toujours par faire la paix... vigoureusement.

— Ça m'a tout l'air d'une relation toxique.

— Je pourrais dire la même chose de la tienne, princesse.

Je me laissai tomber en arrière et le visage de David réapparut au-dessus du mien.

— On fera les choses comme il faut, cette fois. Dès qu'on les aura récupérés.

— Oui, fis-je, avec bien moins d'assurance que lui. On va assurer.

Il s'allongea à côté de moi et soupira.

— Bon sang, ce qu'elle me manque.

— Tu as posté la photo que j'ai prise de toi à l'aéroport d'Athènes ?

— Oui. Elle a mis un « like », sans plus.

— Tu ne me l'avais pas dit.

— Je n'y ai pas accordé trop d'importance. C'est juste un « like », comme la dernière fois. Ça n'avance pas.

— Et qu'est-ce qui te manque, au juste ?

— Là, tout de suite ? La réponse ne va pas te plaire.

— Essaye toujours.

— La façon dont elle gémissait quand on baisait, avoua-t-il en baissant la voix. Je ne lui ai jamais arraché un mot, mais elle gémissait d'une façon… Elle enfonçait ses ongles dans mon dos ou ma poitrine et geignait à me faire fondre en elle.

Je déglutis bruyamment. Il me dévisagea.

— Pardon.

— Pas de souci. Je crois que je vais me coucher, fis-je en me redressant.

— Tu peux rester ici, si tu veux.

— Ah, non, non. Je te laisse un peu d'intimité. Je crois que tu en as besoin.

Il éclata de rire et je me levai. Pendant que je rassemblais mes affaires, David tendit la main et attrapa mon poignet.

— J'ai des remords, maintenant.

— Pourquoi ?

— Parce que j'ai parlé de cul en mode porno hard-core et toi, tu n'as rien lâché… J'en déduis que c'est un thème qui te dérange et…

Je m'abaissai jusqu'à ce que mes lèvres arrivent près de son oreille et, sans le laisser achever, lui susurrai :

— Tu n'imagines pas à quel point sa queue dans ma bouche me manque.

Je me redressai. Un grand sourire se dessina sur le visage de David. Il écarquilla les yeux, puis éclata de rire.

— C'est toi, la dévergondée !

— Et toi, alors ?

— Je suis ton âme sœur.

30

Un maître

À ma gauche, trois nanas d'une vingtaine d'années : belles, bien sapées, de celles qui vous balancent une photo parfaite de leur corps parfait dans un cadre parfait. Devant moi, le Parthénon, imposant et incroyable. Soudain, les trois bimbos se mirent à dévorer David des yeux.

— Non mais, quel toupet ! Et si t'étais mon mec ? Les gens ne respectent-ils donc plus rien ?

— Elles ne font que regarder, railla-t-il. Ne sois pas jalouse. C'est gratuit de se rincer l'œil.

Il se pencha légèrement en arrière et leur lança un clin d'œil. On les entendit glousser dans toute l'Acropole.

— Mets-toi là, je vais te prendre en photo, grommelai-je.

— Moi aussi, je vais te trouver des petits mecs qui auront envie de te croquer les fesses, OK. Ne te fâche pas.

Il se mit devant moi. Une mèche de cheveux tombait sur son front humide de sueur. Il faisait une chaleur abominable et son T-shirt noir était collé à son torse. Il croisa les bras, sans doute dans un effort pour dissimuler les taches de transpiration. Ses lunettes de soleil me renvoyèrent mon reflet, bouche bée. Il s'était levé avec la bogossitude au maximum, ce matin.

— Qu'est-ce que tu fiches ? Viens ! me pressa-t-il.

— Attends. Écarte la mèche de ton front.

— Celle-là ? s'enquit-il en se décoiffant encore plus.

Les filles qui le mangeaient des yeux retenaient leur souffle.

— Tu vas me rouler une pelle pour leur donner une leçon ? demanda David d'un ton sarcastique.

— Dans tes rêves ! Je vais te recoiffer un peu, t'as l'air tout droit sorti d'un nid de coucou.

Je lui coiffai les cheveux sur le côté tandis qu'il essayait de glisser ses mèches rebelles derrière les oreilles, comme si c'était possible. Puis, il m'attrapa par la taille.

— Faut que tu sois beau sur la photo, hein ?

— Lâche-moi, on crève de chaud !

Je m'éloignai et pris un, deux, trois clichés. Il avait toujours été aussi craquant ? Les lunettes de soleil y étaient pour beaucoup. Je le regardai, puis l'écran de mon smartphone. Je n'étais pas une grande photographe, j'avais juste un beau sujet. Cette image aurait pu faire la une de n'importe quel magazine de musique et de lui l'idole ado du moment.

David m'arracha le téléphone des mains pour voir à quoi il ressemblait et, après un rapide coup d'œil, il me lança un regard confus.

— On ne voit même pas le Parthénon !

— Tais-toi !

Je me cachai les yeux avec les mains et il éclata de rire.

— J'y crois pas ! Attends. Hé…

Il interpella une des filles. Elle s'approcha.

— Tu parles espagnol ? Non ? Bon, pas grave. Tu nous prends en photo ?

Il lui tendit le mobile, l'appli photo déjà ouverte et lui fit un geste pour s'assurer qu'elle l'avait compris. Je lui posai la question en anglais et nous éclatâmes de rire.

La photo était superbe. À notre droite le monument, se dressant là depuis des siècles, et nous deux, échangeant un regard en riant comme des baleines. Avant de récupérer le téléphone, j'enlaçai David en lui disant que celle-là serait pour son compte Insta. Il me souleva par surprise et se mit à tourner avec moi dans les bras.

Les filles baissèrent les yeux avant de nous dépasser, alors que nous nous dirigions vers les ruines de l'Erechthéion.

— Regarde comme elles ont l'air dégoûté de savoir que tu n'es pas sur le marché.

— Une sacrée partie de jambes en l'air visuelle, je suis épuisé. Trois, c'est trop pour moi.

Je lui jetai un regard en coin et souris.

— Tu sais que tu es quand même gonflé!

— Et toi, tu sais que l'Erechthéion a été érigé en l'honneur d'Athéna, Poséidon et Érechthée qui, selon la mythologie, fut roi de la cité? Il est célèbre pour son portique des Caryatides.

— J'ai droit à un tour privé, on dirait.

David était féru d'Histoire. Il s'y connaissait aussi en art, mais lorsque je lui avais demandé ce qu'il avait étudié, il m'avait répondu: « Rien qui permette de gagner sa vie. » Je lui demandai de me raconter d'autres histoires et, accrochée à son bras, je l'écoutai parler de Périclès, de Phidias, de la bataille de Platées, de la technique du *panneggio bagnato*, des chapiteaux ioniques et doriques, de la polychromie qui disparaissait avec le temps, du Parthénon volant en éclats pendant l'une des guerres vénéto-ottomanes...

Nous n'avions guère l'intention d'acheter des souvenirs, mais en flânant dans le quartier de Plaka, à l'ombre de l'Acropole, nous ne pûmes éviter de nous approcher de boutiques où pendaient fièrement des centaines de pénis décorés, de tailles diverses.

— Mais... pourquoi les bites sont-elles si typiques ici? me demanda David avec désinvolture.

— Aucune idée, mais la taille de certaines fait peur.

Il haussa un sourcil et en empoigna fermement une colossale qui pendait au mur.

— Taille Filippo?

— Il mesure presque deux mètres et tout est proportionnel, fais le calcul.

— Fantasme, rit-il. Attends, je vais en trouver une qui ressemble à la mienne et je vais te l'offrir, ça te fera un souvenir.

Je fus prise d'un fou rire. Le marchand nous jeta un regard courroucé. Il devait en avoir par-dessus la tête d'entendre toujours les mêmes plaisanteries.

Nous finîmes par en acheter quatre, minuscules, en porte-clés : pour Asunción, Amparito, Candela et Patricia. Le cadeau parfait selon nous.

De splendides bougainvilliers recouvraient les murs de la ville et pendaient sur les terrasses. Le nez plongé dans le blog d'une Espagnole qui avait vécu cinq ans là-bas, nous recherchions un resto caché, connu de peu de touristes. Après l'avoir déniché, nous nous assîmes sur la terrasse, à l'ombre des fleurs magenta.

Nous bûmes quelques bières en grignotant ce que nous avait recommandé le serveur, qui parlait un plus bel espagnol que nous. Alors que nous papotions, David reçut un message.

— Je n'arrive pas à y croire, murmura-t-il, les yeux rivés sur l'écran.

— Que se passe-t-il ?

— C'est Idoia.

Mon cœur se mit à battre. Pourquoi Filippo ne m'écrivait-il pas, lui ?

— Qu'est-ce qu'elle dit ?

— « Salut David. Je voulais juste te dire que j'ai vu tes photos sur Instagram et je suis vraiment contente que tu sois si heureux. La vie est drôlement faite… On ne sait jamais qui va nous arracher un sourire. Ou de qui on va tomber amoureux. Jamais je n'aurais dit que les filles dans son genre te plairaient, mais je dois être honnête envers moi-même et admettre que tu ne souriais pas comme ça avec moi. Mais on peut rester amis, n'est-ce pas ? Appelle-moi quand tu veux. J'adorerais discuter un moment avec toi. »

David leva les yeux de l'écran et me lança un regard confus.

— C'est quoi, ce bordel ? Elle veut être mon amie, maintenant ? Margot, il y a un truc qui cloche dans notre plan.

— Mais non, idiot ! Celle-là est plus rusée qu'un renard, fis-je remarquer, contrariée. Et zéro scrupule, soit dit en passant. Si elle te voit si heureux, pourquoi vient-elle jouer les « fantômes du passé » ?

— Eh, ça ne fait qu'un mois que c'est fini.

— Un mois, c'est le passé. Ne me contredis pas.

Je lui arrachai le téléphone des mains et relus le message.

— Ne te fâche pas contre moi. Parfois, je me dis que je ne comprends rien à l'amour, je te jure.

— Ce n'est pas de l'amour, c'est une question d'ego.

— Merci, Margot, je me sens beaucoup mieux, tout à coup.

Je levai immédiatement les yeux du mobile.

— Non, David ! Ce n'est pas ce que je voulais dire. Enfin, si. C'est de l'ego, mais tant mieux. C'est l'ego qui l'a fait sortir de sa tanière, mais tu peux renverser la situation.

— Tu crois ?

— Bien sûr. Elle regrette déjà de t'avoir laissé filer.

— Elle ne m'a pas laissé filer, elle m'a mis KO debout et m'a laissé partir.

Je haussai les sourcils.

— Tu as l'air blessé.

Il se frotta les yeux, puis mit ses lunettes de soleil.

— Non, c'est juste que je pige que dalle à cette nana. Dans le fond, tu as raison, c'est une égoïste.

— C'est pourtant la réaction que tu espérais, non ?

— Oui, je suppose.

Je lui rendis son portable et bus un peu d'eau. Et si Filippo ne... ?

— Tu n'as aucune nouvelle de lui ?

— Rien depuis son dernier message.

— Écris-lui, me dit-il. Envoie-lui des photos que tu as prises aujourd'hui et dis-lui... j'en sais rien, remercie-le de t'avoir encouragée à faire ce voyage. Dis-lui que ça se révèle très instructif.

— Et s'il me demande si j'ai trouvé la raison de l'attaque de panique qui m'a poussée à fuir le jour de notre mariage ?

— Tu lui dis la vérité.
— Que je n'en ai aucune idée? Ça ne ressemble pas à du progrès.
— Non. Dis-lui que tu ne penses pas à ça en ce moment. Que tu ne te soucies que de l'avenir.
Je lui pris la main sur la table et la serrai.
— Merci.
— Dis-moi la vérité...
— À quel sujet?
— Tu crois qu'Idoia est une conne?
Je grimaçai.
— Ce n'est pas ça.
— Alors quoi?
— Je crois que tu penses ne pas être à la hauteur mais, en réalité, c'est elle qui ne te mérite pas.
— Je n'ai même pas d'appart.
— Mais qu'est-ce qu'on s'en fiche, quand on est amoureux?
La moue boudeuse, il regarda le ciel. Même à l'ombre, la chaleur était étouffante.
— Si la situation avait été inversée, c'est moi qui lui aurais proposé d'emménager.
— Ben, pas moi. Parce que l'amour n'est pas censé créer une dépendance mais te donner des ailes. Et toi, tu n'as pas encore toutes tes plumes, petit poussin.
David sourit.
— Tu ne m'aurais pas largué parce que je suis un bon à rien, toi. Tu trouves ça drôle.
— Ce n'est pas comme ça que je te vois.
— Comment, alors?
« Un garçon craquant et craintif. Une âme libre. Quelqu'un qui craint que l'on creuse un peu plus sous l'épiderme. Un coureur. Drôle. Délirant. Un peu fou. Un incompris. Un rêveur. »
— Tu ne devrais dépendre de l'opinion de personne hormis la tienne.

Le sourire de David s'élargit. Ses doigts entrelacèrent les miens.
— Une excellente élève, je vois.
— Un grand maître.

31

C'est ici que commence vraiment le voyage

Dès mon réveil, je consultai mon portable. J'avais cette fâcheuse habitude et, depuis « l'incident », elle s'était convertie en véritable obsession, qui se soldait à chaque fois par un sentiment de désillusion. Mais pas ce matin-là.

Suivant le conseil de David, j'avais envoyé un message à Filippo avant de me coucher. On y apercevait mon ombre au sol, sans détails. À quelques pas derrière moi, on devinait une autre ombre, celle de David.

J'avais écrit :

Athènes. Juillet 2019. Merci de m'avoir encouragée à le faire.

Je sais, ça ne signifiait pas grand-chose. Ce message aurait pu être destiné à Filippo, à ma mère, à Sonia ou Candela. Même à David. Quoique, pour être honnête, j'aurais sans doute envoyé un message plus long à ce dernier. Si j'avais choisi d'être si concise, c'est parce que… je n'avais pas su que dire de plus sans me dévoiler à outrance. Et ça avait plutôt bien marché :

Tu n'imagines pas à quel point je suis heureux que tu aies enfin osé le faire. Je suis sûr que tu vis un moment difficile, et que tu n'as pas encore osé demander à un inconnu qu'il te prenne en photo, mais ça viendra. Et je suis certain que ce voyage t'apportera de la maturité. Tes lèvres me manquent.

Je pris une douche et me ruai dans la chambre de David. En ouvrant, décoiffé, vêtu d'un bermuda et d'un T-shirt d'une couleur indéfinissable, la première chose qu'il vit fut mon téléphone.

— Lis !

David m'invita à entrer et je lui tendis mon portable. J'étais euphorique. Pour de vrai. Mes lèvres lui manquaient !

Je m'assis sur le lit, m'attendant à recevoir un compliment au sujet de ma tactique (la sienne, pour être exacte), mais son front se plissa.

— Tu ne trouves pas ça un peu paternaliste ? dit-il.

— Paternaliste ?

— Oui. Un peu beauf.

Il s'étira et son T-shirt se souleva un peu, laissant entrevoir son nombril et une bande de poils qui se perdait sous l'élastique du bermuda.

Je détournai le regard, mal à l'aise.

— Qu'est-ce qui se passe ? On dirait que tu as vu un fantôme.

« Ouais, celui de ta bistouquette. »

— Qu'est-ce que tu disais ?

— Qu'il est un peu paternaliste. Comme s'il avait la science infuse et que tu n'étais qu'un petit chien qui apprend sagement les tours que lui fait faire son maître.

Je le regardai avec horreur.

— Sérieusement, Margot, il te parle toujours comme ça ?

— Que veux-tu dire ?

— Eh bien... Il dit qu'il est certain que tu vas mûrir, comme si tu n'étais qu'une ado en voyage scolaire ou... ou... un avocat.

Je fis la grimace.

— Merci pour tes encouragements...

Il se gratta le torse et bâilla.

— Pas sûr de vouloir t'encourager à retomber dans les bras d'un type qui se prend pour ton père. Dis donc, tu es particulièrement belle, ce matin. Tu as changé quelque chose ?

— Moi ? Rien. Je ne suis même pas coiffée.

— Eh bien, tu es canon. C'est peut-être l'amour qui te donne bonne mine. Je file sous la douche, tu viens ?

Je tiquai et David sourit d'un air goguenard.

— Et si je venais…, plaisantai-je.

— Oui ?

Je lui rendis son sourire, les lèvres pincées, incapable d'ajouter un mot.

— C'est ce que je disais…, l'entendis-je murmurer.

— J'ai assez de courage pour une demi-menace, rien de plus.

— Allez, coiffe-toi. Ton « moi » décoiffé me paraît dangereux.

— Alors, je fais quoi pour Filippo ? Je lui réponds ? Je lui envoie une photo de mes nibards ?

— Tu ne fais rien. C'est à son tour de jouer maintenant. Lui aussi doit te reconquérir.

Au petit déjeuner, David avala un sandwich, une omelette, deux cafés, environ trois verres de jus d'orange et deux muffins. Si, d'habitude, je trouvais amusant de voir quelqu'un s'empiffrer de la sorte, aujourd'hui cela me semblait risqué : dans deux heures, nous embarquions sur un ferry en direction de Santorin et le trajet durait quatre heures.

— Tu as le mal de mer ?

— Moi ? répondit-il surpris, tout en avalant un deuxième café au lait. Pourquoi j'aurais le mal de mer ? Ce sont de véritables immeubles voguant sur les flots.

— Moi, j'ai un peu le mal de mer.

— Alors pourquoi ne pas prendre l'avion ?

— Parce que j'en ai ma claque des avions. On perd tellement de temps dans les aéroports. Je voyage beaucoup pour le boulot, et Sonia sait que, s'il existe une alternative à l'avion, je lui en suis reconnaissante.

— Très consciencieuse, ta Sonia.

— Il me reste deux dramamine. Si tu veux, on en prend un chacun.

— Tu peux garder les deux.

Je suppose qu'il se souvint de ses propos quelques heures plus tard, quand son visage commença à changer de couleur. Après environ trente minutes à bord, ses joues avaient viré au rouge vif. Il se plaignit de la chaleur, alors qu'il faisait un froid de canard à l'intérieur à cause de l'air conditionné. Nous n'étions pas partis depuis une heure qu'il passa du carmin au jaune. Ensuite, il ne lui fallut que quelques minutes supplémentaires pour devenir blanc comme un linge.

Filippo n'avait jamais le mal de mer. Je ne l'avais jamais vu tomber malade. Une quinte de toux sèche ou un éternuement, peut-être. Je me souviens vaguement d'un « j'ai mal à la tête », mais jamais je ne l'avais vu vomir. Encore moins avec l'intensité avec laquelle David finit par le faire, alors que nous avions encore deux bonnes heures de traversée devant nous. Il était soudain parti en courant, comme si sa vie en dépendait, et je l'avais suivi jusqu'aux toilettes.

Après avoir vomi, David ne tenait plus sur ses jambes. Je le traînai jusqu'au lavabo et lui mis la tête sous le robinet.

Il finit par revenir à lui, se redressa et posa les mains de part et d'autre du lavabo. Il haletait, les yeux fermés... Lorsqu'il rouvrit enfin ses yeux pour me regarder, il articula un « je suis désolé » si sincère que j'eus pitié de lui.

— Ce n'est rien. Ça peut arriver.

— J'ai de la gerbe sur mon T-shirt ? Dis-moi qu'il n'y en a pas.

Je l'inspectai de la tête aux pieds. Pas une trace. Puis j'éclatai de rire et lui aussi, dans la mesure du possible.

— Pour être honnête, haleta-t-il, je suis au bout de ma vie, yeux tristes.

— Je m'occupe de toi.

Je lui achetai une bouteille d'eau, dont il avala quelques gorgées une fois de retour à sa place. Il se laissa tomber sur le côté, appuya sa joue contre ma cuisse puis mit ses bras autour de moi, les mains entre mes jambes, sous la jupe. S'il ne semblait pas s'en être rendu compte, moi si. Je sentais sa main rêche contre ma peau.

— David…

J'allais lui demander, avec tact et gentillesse, d'ôter ses mains de là. Je ne voulais pas que les passagers puissent me voir dans cette situation.

À ce moment-là, il me regarda, sourit et dit :

— Ne cesse jamais d'exister.

Il s'endormit, enlacé à moi. Quand David dormait, les années s'effaçaient progressivement de ses traits, comme si chaque inspiration le ramenait en arrière, jusqu'à sa tendre enfance. Sans cette barbe sur ses joues, on en aurait presque oublié qu'il était bel et bien un homme.

Le transfert jusqu'à l'hôtel mit dix longues minutes. Je m'attendais à un de ces établissements avec vue sur mer, mais le nôtre se trouvait à dix minutes en voiture de Fira, où le Groupe Ortega ne possédait, à ma connaissance, aucun hôtel.

« Quand avons-nous eu la brillante idée d'acheter ce bout de désert ? » m'interrogeai-je en arrivant. Malgré la distance qui le séparait de la côte, le Groupe avait réussi à transformer l'endroit en un petit coin de paradis.

Bien plus futée que celle qui nous avait accueillis à Athènes, la jeune femme de la réception traita nos deux réservations en même temps. Comme nous étions arrivés dans la même voiture, le fait que nous nous connaissions crevait les yeux, ce qui sembla la perturber.

— Je crains qu'il y ait eu une erreur lors de la confirmation de votre réservation, m'indiqua-t-elle dans un anglais parfait. J'ai deux réservations différentes.

— Ce n'est pas une erreur. Nous avons bien réservé deux chambres. Une via l'agence (celle qu'utilisait le

Groupe Ortega) et une autre directement via votre site Internet.

Elle me regarda, les sourcils froncés, confuse.

— Mais...

— Euh... nous sommes amis. Pas un couple, lui précisai-je.

— Ah, d'accord. Donc..., insista-t-elle. Je ne vous demande pas d'explications, c'est juste que votre réservation est une villa privée dotée de deux chambres. Ça fait donc quatre au total, pour deux personnes...

Je fis la grimace. Sonia avait dû choisir la meilleure suite de l'hôtel, sans se soucier du nombre de chambres.

— Il doit y avoir un malentendu, m'entendis-je dire.

— C'est possible. Je vois que la réservation au nom de monsieur ne date que de quelques jours. Sept jours, il me semble ?

— Oui.

— Eh bien... Je peux l'annuler, mais seulement à partir de demain. Je vais devoir vous facturer une nuit.

— Ah. Génial. Aucun problème.

— Parfait. Veuillez signer ici, madame Ortiz.

— Pourquoi elle t'appelle Ortiz ? s'enquit David.

— Parce que mon assistante a dû mal faire la réservation. Ortiz est mon second nom de famille.

— Vos valises seront montées dans un instant. Mon collègue va vous montrer le chemin.

La villa était splendide. La porte d'entrée donnait sur un salon doté d'une table ronde et de quatre chaises, d'un canapé et d'un fauteuil. De part et d'autre du salon, les portes menant aux chambres et, à l'avant, cachée derrière les rideaux, une magnifique terrasse avec piscine privée et solarium.

— Alors, qu'en dis-tu ? On n'est pas près de la mer mais... c'est joli, non ? Ça te plaît ?

David ouvrit des yeux grands comme des soucoupes.

— Si ça me plaît ? Margot, je pensais qu'on allait faire du camping !

— Sérieux ? Comme si tu ne me connaissais pas !

Je ne le sentis pas approcher, ni passer ses bras autour de ma taille, souriant et emballé.

— Ma chère Margarita, vous êtes une vraie bourge.

Je lui suggérai d'appeler le *room service* et de commander à manger. Il me supplia de le laisser prendre en charge les dépenses. J'acceptai pour lui faire plaisir, sachant que tout serait mis sur le compte associé à ma carte de crédit.

— Ça ne te dérange pas si je te laisse un moment seule ? J'aimerais appeler Ivan. Et mes parents. Ils ne savent même pas que je suis parti.

— Bien sûr. Prends ton temps. Je vais en profiter pour défaire ma valise.

Je fus soudain prise d'un sentiment de solitude. David avait ressenti le besoin d'appeler ses proches. Pas moi. Il n'arrêtait pas d'envoyer des photos et des messages vocaux à ses amis, et moi… je n'avais personne à appeler.

J'y réfléchis un instant et finis par appeler Candela, dont j'avais déjà ignoré les messages depuis notre arrivée à Athènes.

— Tu es vivante ?

— Non, je t'appelle d'un cercueil.

— Ce n'est pas drôle. J'étais sur le point de contacter Interpol. Alors, comment se passe ta petite expérience ?

— Très bien, répondis-je, satisfaite.

— Ça y est, tu es amoureuse ?

— Qu'est-ce que tu racontes, tu es folle ? Je suis amoureuse de Filippo. D'ailleurs, il m'a envoyé un texto hyper mignon hier soir.

— Ça veut dire que tu n'as pas encore perdu la tête ? Pas de béguin pour le moment ?

— Non.

— Excellente nouvelle. Où êtes-vous maintenant ?

— À Santorin. On y reste une semaine. Puis on va six jours à Mykonos.

— Quelle chance !

— Tu ne crois pas si bien dire ! Je pensais que l'hôtel serait près de la mer, mais il est au milieu de nulle part. C'est plutôt joli. On a une piscine privée et…

— Il est canon, en maillot ? m'interrompit-elle.

— Top. Je veux dire, si on aime ce genre de mec.

— Et de quel genre de mec veux-tu parler ?

— Tu sais, le genre skateur, mannequin pour Vans, ou rappeur.

— David n'a pas l'air d'un rappeur. Un rappeur aurait un cure-dents au coin des lèvres.

— Tu as raison, ris-je.

— Il est un peu maigrichon, non ?

— Pas tant que ça. Il est mince mais…

— Il a une tablette de chocolat ?

— Une esquisse de tablette, oui.

— Et… pour le reste ?

— Candela ! Je n'ai pas maté son entrejambe, m'écriai-je en feignant l'indignation.

— Quand le maillot est mouillé, ça moule. Tu as bien dû voir quelque chose.

J'essayai de changer de sujet.

— Et comment ça se passe, là-bas ?

— Ici ? Ne le prends pas mal, mais j'ai tellement envie de retrouver le monde réel et de me rendre utile. Ta sœur me fatigue. Elle ne t'a pas écrit ?

— Non. Mais elle ne devrait pas tarder, j'imagine.

— Pfff. Ça fait deux jours qu'on se tape tout Madrid avec un journal anglais à la main. Tu sais, un de ces énormes machins. T'imagines pas l'état de mes mains ! Noires !

— Un journal ? Je ne comprends pas.

— Tu sais bien… comme elle s'est mis en tête que son détective privé est de mèche avec Alberto et ne lui envoie que des photos sans intérêt, on le file nous-mêmes.

— Alberto ?

— Non ! Le détective ! On t'en avait parlé ! Elle veut le prendre la main dans le sac pour qu'il lui rende son argent.

Je m'assis sur le rebord de la baignoire et me couvris les yeux.

— J'ai sans doute voulu l'effacer de ma mémoire, j'ai honte de partager des gènes avec vous, murmurai-je.

— À qui le dis-tu !

— Margot ? Où es-tu ?

David venait de rentrer.

— Je suis au téléphone. Commande le repas si tu veux.

— Barrière linguistique, répondit-il, laconique.

— Je dois y aller, Candela. S'il te plaît, tiens-moi au courant de cette… je ne sais même pas comment qualifier cette histoire.

— C'est comme le scénario d'un film de série Z. Je t'appelle si on découvre une arnaque pyramidale ou un truc dans le genre.

David entrouvrit la porte. Il avait échangé son jean et son T-shirt troué contre un maillot de bain qui avait l'air neuf. Une acquisition dans laquelle je n'avais pas eu mon mot à dire, mais j'étais prête à parier qu'il l'avait acheté après notre virée shopping. Noir et… je l'avoue, plutôt sexy. Il ne portait ni T-shirt ni chaussures. En le voyant appuyé au cadre de la porte, je compris soudain que ce genre d'homme me plaisait.

— On boit une bière dans la piscine ?

Il me tendit une bouteille glacée.

Comme c'est curieux. Selon les dires de ma mère, j'étais censée faire pénitence pour me laver de mes péchés, mais j'avais plutôt l'impression d'avoir été envoyée au paradis.

32

Surprise : tu es libre

Un mois et une semaine sans sexe. Voilà, de toute évidence, pourquoi je commençais à trouver David attirant. Enfin, ce n'est pas tout à fait vrai. Je l'avais toujours trouvé beau, sans pour autant ressentir d'attrait. Et pourtant, dans la piscine, avec son maudit maillot de bain noir, David m'excitait un peu.

À côté de Filippo, il était minuscule. Il devait mesurer… un mètre quatre-vingts, et encore. Il avait les épaules carrées et les bras musclés grâce aux centaines de caisses de bouteilles et de pots de fleurs qu'il portait au quotidien, plutôt svelte, et un petit cul rebondi à croquer. Et un beau visage : deux yeux marron lumineux, une bouche pulpeuse, un nez…

— Tu m'écoutes ? l'entendis-je crier.

— Pardon ?

— Je te disais que j'ai une surprise.

— Une surprise ? De quel genre ?

— Pour plus tard. Et je crois bien que tu vas crier !

J'essayai de changer de sujet.

— Tu vas prendre un coup de soleil.

— Toi aussi.

— J'ai mis de la crème.

« Qu'il ne me demande pas de lui en mettre, par pitié. »

— Moi aussi. Ici, fit-il en désignant ses épaules, son nez et ses pommettes.

— Tu sais que ce n'est pas suffisant ?

— Sauf si on va faire une sieste.

Il sourit comme un bienheureux.

— Tu en as déjà fait une sur le bateau !

— On est en vacances, tu te souviens ?

Il nagea jusqu'à moi d'un air moqueur, je sortis mes jambes de la piscine avant qu'il ne les tire et me fasse tomber dans l'eau. Il sortit de l'eau juste devant moi.

— On y va ?

D'où lui venait cette certitude que nous allions faire une sieste ensemble ?

Laissant assiettes et verres au bord de la piscine, nous nous glissâmes dans nos chambres respectives pour nous changer. Je restai assise, la porte fermée, attendant que David se mette au lit et s'endorme. Il n'y avait rien de mal à s'allonger sur un lit pour piquer un somme ou… pour papoter. On l'avait déjà fait. Dans sa chambre à Athènes, nous avions parlé pendant de longues heures chaque soir et nous avions même abordé le thème du sexe mais…

De toute évidence, je ne ressentais pas l'appel de la jungle, contrairement à maintenant.

Ce n'était que l'effet du message de Filippo et de son « tes lèvres me manquent », qui pouvait simplement vouloir dire « j'ai envie que tu m'embrasses » ou « je veux les revoir autour de mon sexe ». Son membre me plaisait. Nous étions fiancés et allions nous marier, rien de plus naturel, non ? Un Italien élégant au corps de Viking, normal que je mouille… Celui de David, il était comment ? Il n'avait pas la tête à en avoir une petite. Elle était peut-être fine. Non. Un jour, il avait affirmé être satisfait de sa taille, ce qui voulait dire que… elle n'était sans doute pas aussi grosse que celle de Filippo.

— Margot, susurra David en ouvrant la porte.

— Tu ne peux pas roupiller seul ? criai-je nerveusement.

— Eh ! Mais qu'est-ce qui t'arrive, t'es devenue folle ?

Je me laissai tomber sur le lit en pleurnichant. Je n'avais jamais été excitée comme ça sans avoir mon bel Italien à portée de main. Enfin si, avant lui, mais j'avais oublié.

— Eh, que se passe-t-il ? s'enquit David en s'allongeant à côté de moi.

— Rien.

— Non, ce n'est pas rien. Il se passe quelque chose.

Je tournai la tête et le regardai. Comment lui expliquer ?

— Je suis un peu nerveuse.

— À cause de Filippo ?

Notre dernière partie de jambes en l'air avait eu lieu dans la cuisine. Un petit coup rapide, pas mal, mais rien d'extraordinaire. Je me souviens que nous en avions ri. Filippo partait en voyage d'affaires à Barcelone et prenait son train une heure plus tard, ce qui ne nous avait pas laissé beaucoup de temps.

— Oui, acquiesçai-je.

— Que se passe-t-il ? Raconte.

Je mis du temps à remettre de l'ordre dans mes pensées. Je ne savais pas quoi lui dire sans laisser échapper que j'étais littéralement en chaleur depuis quelques jours.

— Tu crois qu'il couche avec d'autres femmes ?

— Aucune idée.

Il posa sa tête sur un oreiller, je me hissai jusqu'à lui.

— Ne fais pas semblant. Bien sûr que tu as une idée.

— J'ignore ce que ferait Filippo parce que je ne le connais pas.

— Mais... ?

— Je sais ce que moi, je ferais.

— Développe.

— Je ne suis pas en train de passer un examen.

— Oh que si.

Il s'ébouriffa les cheveux.

— Bon sang... Si ma fiancée m'avait planté devant l'autel et que je lui avais proposé de passer l'été loin l'un de l'autre pour essayer de comprendre si notre histoire avait de l'avenir, je ne me priverais pas de coucher avec d'autres femmes.

— Et si c'était Idoia qui t'avait planté ?

— Dans ce cas, je m'efforcerais de coucher avec un maximum de filles. J'essayerais même de séduire toutes ses amies, sa sœur, ses cousines et sans doute une de ses jeunes tantes. Le sexe revanchard, c'est moins bien, mais...

J'agrippai mon oreiller et lui tournai le dos, carrément refroidie.

— Margot...

Je sentis la chaleur émanant du corps de David quand il se rapprocha. Il enlaça ma taille.

— Filippo te connaît. Il sait que tu n'as pas agi pour lui faire du mal ou par manque de maturité. Tu ne t'es moquée de personne et tu ne voulais pas l'humilier. Tu voulais juste... t'échapper. Tu avais peur. On ne couche pas par vengeance parce que la personne qu'on aime a eu la peur de sa vie.

Je me retournai. Il était très proche. Filippo savait-il vraiment tout cela ? Même moi, je n'étais sûre de rien.

— Je te pose à nouveau la question. Tu crois qu'il couche avec d'autres femmes ?

— Je trouve que tu devrais agir indépendamment de ce que tu crois qu'il fait parce que, cet été, c'est le tien. Et c'est un incroyable cadeau. Fais ce qu'il te chante comme si tu n'avais de comptes à rendre à personne, si ce n'est à toi-même. Je pense qu'il fait pareil.

Il aurait pu se contenter de dire non. Il avait choisi la vérité, avec une explication pour la rendre moins blessante, mais la vérité malgré tout. Je posai une main sur sa joue.

— Bon sang, David.

— Tu me détestes ? demanda-t-il en souriant timidement.

— Non, mais je ne m'attendais pas à trouver une tête si bien faite sous cette tignasse décoiffée.

Je posai un baiser sur son front. Je pris une profonde inspiration, me retournai et fixai le mur.

— David, tu peux me rendre un service ?

— Bien sûr.

— Va dans ta chambre.

Il valait mieux ne pas tenter d'expérience défiant toute logique.

David m'annonça que sa surprise se trouvait à l'extérieur de l'hôtel. Comment ça, à l'extérieur ? Je ne parvenais pas à imaginer David organisant quoi que ce soit.

Il me tira par le bras, me banda les yeux d'une main et m'entraîna vers la sortie.

La brise du crépuscule me caressa alors que nous marchions vers ce que je supposai être le parking. Il me lâcha soudain et lança :

— Surprise !!

La surprise avait deux roues et donnait l'impression d'être incapable de gravir une côte avec deux passagers. Un scooter blanc, avec un nom anglais peint sur le flanc gauche et deux rétroviseurs.

— Trop chouette ! m'écriai-je.

Il ouvrit le siège avec une clé qu'il cachait dans sa poche et en sortit deux casques.

— Pour que tu respectes ta part du marché, me proposa-t-il avec enthousiasme.

— Il vaut mieux que tu montes devant.

— Non, non. C'est toi qui conduis, yeux tristes.

— Pardon ?

— Tu m'as entendu.

— Je n'ai jamais conduit de scooter de ma vie. On va se tuer.

La négociation dura de longues minutes. David s'entêta, mais pas autant que moi. Nous fûmes forcés de conclure un marché : s'il conduisait le scooter ce soir, interdiction de me défiler le lendemain.

Il grimpa dessus avec aisance.

— J'ai regardé sur Google Maps comment aller à Fira. On en a pour une dizaine de minutes, m'expliqua-t-il, le casque toujours pendu à son coude.

En me tenant à son bras, j'enjambai le scooter avec l'adresse d'une gymnaste retraitée.

— Prête ?

— Va pas trop vite, s'il te plaît, geignis-je.

Je sentis mon corps projeté en arrière lorsqu'il démarra et accéléra. Résultat, je finis plaquée contre lui. Je choisis de me tenir à lui, mais, gênée, je resserrai mon poing sur un bout de son T-shirt. Il lâcha le guidon, un côté à la fois, pour poser mes mains sur son ventre.

— C'est plus prudent comme ça. Cette bécane ne roule pas vite, mais au cas où.

Après quelques minutes, je finis par me sentir en sécurité. David conduisait bien. Doucement. Sur ses lèvres, un sourire qui, si je me penchais un peu, m'apparaissait dans le rétroviseur.

J'avais passé ma vie à entendre ma mère dire que les autres enviaient les gens comme moi, nos chauffeurs perso, nos voyages en première classe ou en jet privé... Cet après-midi-là, je compris enfin la vérité, non sans tristesse. Ce que j'avais ressenti, à cheval sur cet engin, était la seule chose enviable. Il m'avait fallu trente-deux ans pour piger qu'il était possible d'être libre, indépendamment de ce qu'on possède ou de qui on est.

33

Tu le ferais ?

Le crépuscule de Fira était magnifique. Une musicienne jouait du hang, assise devant ce qui ressemblait à une église. Assise sur un muret, les jambes pendues dans le vide et la mer devant nous, je me laissai happer par la mélodie qui sortait de l'étrange instrument.

Le ciel se mit à changer de couleur. J'observai David, dont les yeux changeaient eux aussi à mesure que le soleil plongeait à l'horizon, devenant plus chauds en reflétant la lumière orangée.

Il passa son bras autour de moi. Je fermai les yeux et inspirai profondément. Je me sentais apaisée.

La nuit tombée, nous dînâmes dans un resto pour touristes, sur les flancs de la caldeira de Fira. Ensuite, nous dégustâmes une glace en nous promenant.

— Tu as eu des nouvelles d'Idoia ? lui demandai-je, une fois rentrés à l'hôtel.

Je fis un saut dans ma chambre pour enfiler mon pyjama (une chemise de nuit en coton, anodine à souhait), puis le retrouvai assis au bord de la piscine, à contempler le ciel.

— Non, dit-il sans me regarder.

— Tu lui as répondu, pas vrai ?

— Oui. Mon téléphone est sur la table. Lis et dis-moi ce que tu en penses.

Pieds nus, je m'approchai de la table et pris l'appareil. J'ouvris WhatsApp mais, avant même de lire le message qu'il avait envoyé à son ex, mon attention fut retenue par un bout de conversation visible dans la liste de chats. Un échange avec Ivan :

... de ces filles qui ne savent pas ce qu'elles valent. Un connard a dû lui faire croire qu'elle n'est pas assez bien. Regrettable. Elle est géniale.

Je le regardai à la dérobée. Il parlait de moi ?

— Tu l'as trouvé ?

— Oui, pardon, fis-je, et je lis : « On peut être amis, bien sûr, mais je me souviens que tu as dit que ça ne t'intéressait pas d'être l'amie d'un type qui ne répond pas à tes attentes. Réfléchis bien, ce n'est peut-être pas une bonne idée. »

— Tu crois que j'ai abusé ?

— Non. Elle va être furieuse. Idoia fait partie de ces nanas qui ne veulent que ce qu'elles ne peuvent pas avoir.

— Et quand elles l'obtiennent, ça ne les intéresse plus.

David soupira et tourna son regard vers la piscine illuminée.

— Peut-être que ça lui servira de leçon, cette fois.

— Peut-être, dit-il sans me regarder.

— Tu veux un verre ?

— Un million et demi de yens pour un verre du minibar ? Non merci.

Je m'approchai du salon qui séparait nos chambres et pris deux bières dans le mini-frigo. Je les lui montrai et il sourit.

— Je crois que ça, je peux me le permettre.

— David, arrête de t'en faire pour l'argent.

— Non. Je ne peux pas, Margot. Tu parles comme une privilégiée pour qui ce n'est pas un problème, mais ce n'est pas mon cas. Et je te promets que je ne te juge pas.

— Je voulais dire pendant ce voyage. C'est moi qui t'ai invité, t'as oublié ?

— Et j'ai accepté. Mais je ne suis pas ton petit joujou, hein ? Il faut que je paye ma part. Au fond, ça me tue, mais

Idoia avait raison. Il faut que je mette de l'ordre dans ma vie, au risque de ne plus pouvoir rectifier le tir.

— Et par où veux-tu commencer ?

Nous trinquâmes.

— Par l'appart, grimaça-t-il. Je vais chercher une coloc pas loin d'Ivan et Domi. Je veux continuer à les aider avec Ada.

— Tu es adorable, David, dis-je sans réfléchir.

Il se tourna vers moi, les sourcils haussés. Dans son vocabulaire, « adorable » était apparemment une offense. J'avais peut-être dépassé les bornes.

— Moi ? Adorable ? Tu rigoles ! Ça, c'est parce que tu ne vois que cette partie de moi, mais ce n'est pas celle qui prime.

— Tu me caches quelque chose ?

Il me dévisagea, leva les sourcils encore plus haut et esquissa un sourire coquin.

— Et comment…

— C'est-à-dire ?

— Tu ne m'auras pas, répondit-il.

— Je ne sais pas de quoi tu parles.

J'avalai une longue gorgée de bière.

— Tu te voiles la face, yeux tristes.

David se leva d'un bond, ôta son T-shirt et le jeta négligemment sur une chaise.

— Je vais me baigner.

Il dégrafa son pantalon et l'ôta à son tour.

Et voilà. David, en sous-vêtements, devant moi. Heureusement qu'il était à contre-jour et qu'il ne tarda pas à plonger. L'onde de choc me parvint, constellant de gouttelettes ma chemise de nuit.

— David !!

Sans crier gare, il me prit par les jambes et je tombai dans l'eau, en chemise de nuit, prisonnière de deux bras qui m'entraînaient vers le centre de la piscine.

— T'es con ! m'esclaffai-je en essayant de me libérer.

— Je pensais que j'étais adorable ?

La chemise de nuit était longue et m'empêcha d'enlacer sa taille de mes jambes. Je m'éloignai le plus vite possible.

— Et cette autre partie, alors ?

— Quelle partie ?

— Celle que tu me caches… C'est celle qu'aime Idoia ?

— Aucune idée de ce qui plaît à Idoia chez moi. Enfin, dans l'intimité, elle ne s'est jamais plainte, mais il semble qu'en dehors de la chambre, je l'ennuie à mourir.

— C'est impossible de s'ennuyer avec toi, David.

— Si ça se trouve, je suis juste très inventif au lit et je crée un précédent que je ne parviens pas à maintenir, si ce n'est en baisant.

J'aurais pu dissimuler ma surprise, mais ce ne fut pas le cas. J'ouvris la bouche puis la refermai. David éclata de rire.

— Tu verrais ta tête !

— Je ne m'attendais pas à ce que tu me parles de tes prouesses sexuelles.

— Menteuse, c'est toi qui as commencé. D'ailleurs, ça fait combien de temps que vous étiez ensemble, Filippo et toi ?

— Ne parle pas au passé, je n'aime pas ça. Cela fait trois ans.

— C'est ta relation la plus longue ?

— Oui. Avant lui, rien n'a jamais pris. Et toi, combien de temps avec Idoia ?

— Neuf mois.

— Waouh, raillai-je. Et je parie que c'est ta relation la plus longue.

— Figure-toi que non.

— Un an avec ta copine de fac, c'est ça ? Non, attends, onze mois.

— Je suis sorti cinq ans avec mon ex.

J'écarquillai les yeux tout en appuyant le dos contre le rebord de la piscine.

— Cinq ans ?

— Oui. J'étais très amoureux d'elle.

— Et puis ?

— Et puis on s'aimait à l'image de ce que nous étions : des gamins, dit-il en haussant les épaules. Nous n'avions que vingt-deux ans quand on a rompu, tu vois. Mais, si je la rencontrais aujourd'hui, je suis persuadé que je l'épouserais.

Je tournai le regard vers la villa illuminée. Je ne voulais pas qu'il remarque mon agacement, que je ne m'expliquais pas moi-même.

— Ben, retrouve-la.

— C'est trop tard maintenant, dit David en s'approchant de moi. On a tout gâché.

— Tu ne crois pas aux secondes chances ?

— Non.

Il se glissa à côté de moi et s'appuya au rebord. Je soutins son regard quelques secondes.

— Je peux te poser une question intime ?

— Je t'ai tenu la tête pendant que tu vomissais, je crois que c'est bon.

— Avec combien de mecs tu as couché ?

Je déglutis et fixai un point devant moi.

— Toi et tes questions à la con. Je ne tiens pas vraiment de liste.

— Allez… donne-moi un chiffre. Ou une fourchette au moins. Moins de cinq ?

— Plus.

— Entre cinq et dix ?

Je fis une grimace.

— Plus de dix ?

Je lui fermai la bouche de ma main. Il avait les yeux écarquillés.

— Arrête.

— Tu es pleine de surprises, Margarita.

— Une femme ne peut pas avoir un passé sexuel ? Il vous faudrait tout nous apprendre et nous en resterions à une seule et unique expérience ?

— Ah, non, non. Que tu me dises que tu as couché avec plus de quinze mecs…

— Je n'ai pas dit ça…

— Mais c'est ce que j'ai déduit. Moi, ça me plaît.
— Pourquoi ?
— Parce que ça me redonne espoir. Tu as une âme libre…
— Rien à voir avec la liberté de l'âme. À chaque fois, je croyais que c'était le bon, avant de me rendre compte que non…
— N'évoque pas l'amour pour essayer de cacher que tu en avais envie. Et tu l'as fait. Bravo, petite Margot.
Je grimaçai.
— Six, avouai-je. Et toi ?
— Eh bien… Six aussi.
Nous échangeâmes un sourire.
— Le chiffre sept porte chance, me lança-t-il en s'éloignant du bord. Et si de ta nuit de folie en Grèce sortait le grand amour de ta vie ?
— Réfléchis, David…
— Quoi ?
— Tu crois vraiment que je vais avoir une nuit de folie ?
— Qu'est-ce que tu racontes ? Tu ne crois tout de même pas que toutes les vacances vont être aussi calmes que ces derniers jours. Attends seulement qu'on soit à Mykonos. Peut-être même avant… Tu sautes…
— Ne termine pas cette phrase !! Et toi, tu fais quoi, pendant ce temps ? Tu m'applaudis ?
— Ah non. J'aime participer. Je me trouve un bon plan de mon côté et je te donnerai la réplique en gémissant dans ma chambre.
— Tu le ferais ?
Je lâchai le bord à mon tour et m'approchai.
— Gémir ? Je suis plutôt expressif, oui.
— Mais non, idiot. Baiser une inconnue dans ta chambre ?
Il grimaça.
— Je croyais que tu allais me demander si je voulais d'un plan à trois avec toi et un autre type.

Il s'éloigna en riant et bondit hors de la piscine. Il étala une serviette de bain au bord de l'eau et en enroula une deuxième autour de sa taille.

— Tu le ferais ou pas ? insistai-je.

Il se mordit la lèvre inférieure tout en riant.

— Sors de l'eau, tu vas être fripée comme un pruneau.

— Tu ne m'as pas répondu !

— Bonne nuit, Margot.

— Hé !!

Il rentra dans le salon, éteignit toutes les lumières sauf une, et alluma celle de sa chambre.

Bonne nuit, David.

34

Le frein du scooter

— Vas-y. Appuie un peu, m'encouragea David, sa main posée sur la mienne. Ne serre pas si fort non plus.

— Je ne suis pas sûre que ce soit une bonne idée.

— Laisse-toi guider. Et ne réfléchis pas tellement.

— Comme ça ?

— Eh ! Pas si fort, attends !

— Tu vois ? Je n'y arrive pas !

David soupira et appuya son front sur mon épaule.

— Je t'en prie, Margot. Conduire une bagnole est dix fois plus compliqué. Là, c'est juste un vélo à moteur.

Je sentis son haleine sur ma peau.

Un soleil de plomb baignait la route ample et déserte où nous nous étions arrêtés. David portait sur son dos un sac contenant tout ce dont nous avions besoin pour aller à la plage, que nous risquions de ne jamais atteindre si je ne me ressaisissais pas.

J'appuyai une nouvelle fois sur l'accélérateur, plus doucement cette fois. David lâcha ma main et laissa tomber la sienne sur ma cuisse.

— Super. C'est bien.

Nous démarrâmes lentement. Mes baskets Converse blanches rasaient encore le sol.

— Remonte tes pieds, me suggéra-t-il.

— Toi, mets ton casque.

— Tu sais que ce n'est pas obligatoire ici ? C'est pour ça qu'ils font rouler sur ces merdes.

— Mets ton casque, insistai-je en accélérant un peu plus.

— Remonte tes pieds.

Je vis son ombre mettre le casque puis sa main se replaça sur ma cuisse, qu'il pressa légèrement pour me rassurer. Merde. J'étais toujours aussi excitée.

— C'est bien, c'est bien. Monte tes pieds et accélère.

J'obtempérai. David s'agrippa fermement à la combi noire que je portais.

— Doucement, Margot...

— Regarde ! Regarde ! J'y arrive toute seule ! Je conduis ! Merde, un tournant. Il y a un tournant là-bas.

J'appuyai sur le frein avant et David s'écrasa contre moi.

— Pardon ! criai-je.

— Avec les deux freins, Margot, sinon on va se tuer.

— Pardon, pardon.

— OK, tu suis la route. Prochaine déviation dans cinq kilomètres, m'indiqua-t-il en consultant son portable.

J'accélérai. Je vis une pierre. Je freinai encore mal. Le torse de David vint s'écraser dans mon dos.

— Margot, je t'en supplie.

— Ahh !! Il y a une voiture derrière nous !

— Elle n'a qu'à nous doubler. Tu gardes ta droite et c'est bon, mais arrête de crier, s'il te plaît.

— Ahh !!! Ahhhhhh ! David, David, c'est horrible.

La voiture nous dépassa et je freinai encore. David me percuta encore. Je l'entendis grogner.

— Je suis désolée ! Pardon !

— Margot, tu le fais exprès ?

— Quoi ? Tu es fou ? Je suis vraiment mal, là.

Une moto avec un type sans casque passa à côté de nous. Il cria quelque chose et je freinai.

— Que se passe-t-il ? Pourquoi crie-t-il comme ça ?

— Margot, s'il te plaît. Parce que tu es une idiote. Arrête de freiner.

— Je peux m'arrêter ?

— Non, sérieusement, accélère. C'est tout. Chaque fois que tu freines, ma queue se colle contre tes fesses, Margot. Et, bordel, je te respecte, mais je ne suis pas de pierre.

Je regardai droit devant moi. Un petit ange, assis formellement sur mon épaule, me demanda d'apprendre à freiner en douceur. De l'autre côté, un petit diable me poussa à appuyer sur le frein une fois de plus.

— Freine, l'entendis-je rire. Mais ne t'en fais pas. Ce truc dur que tu sens, là, c'est juste mon téléphone dans ma poche.

— Quelle poche? Il est dans ta main!

Je me mordis la lèvre, dissimulant un sourire.

— Je te vois, salope.

Je pourrais jurer qu'il me la colla contre les fesses une fois de plus.

La plage de Kamari est très fréquentée, mais comme nous nous étions levés de bonne heure, nous parvînmes à dénicher deux transats vides. Ce genre de « villégiature » ennuyait David à mourir. Il aurait préféré aller à Red Beach, un endroit bien plus cool, entrer dans un supermarché pour acheter à manger et à boire, et passer la journée allongés sur le sable, à nager et plonger avec le masque qu'il m'avait montré avec fierté. Nous l'avions décidé à pierre, papier, ciseaux et... tous ceux qui me connaissent savent que j'ai un don pour ce jeu. J'avais gagné et décidé qu'il valait mieux commencer par un endroit plus « commercial ». Maintenant que nous avions entamé la liste des exigences qu'il avait concoctées avant de savoir qu'il m'accompagnerait, j'avais peur qu'il m'annonce que c'était le moment de faire du topless. Ici, j'avais l'excuse parfaite: trop de monde.

Je portais un bikini noir, tout simple. Un bandeau avec de fines bretelles en haut, et une culotte taille haute. Quand j'ôtai ma combinaison, David eut un geste d'appréciation.

— Ça me plaît. Filippo t'a déjà vue dans ce bikini?

Il commença à enduire mon dos de crème.

— Oui.

— Ça l'a rendu dingue, non ?

— Il n'est jamais dingue.

— Un mec chiant à mourir, quoi.

David mit de la crème sur son torse. Je ne pus m'empêcher de lorgner dans sa direction.

— Idoia t'a déjà vu en maillot de bain ?

— Elle m'a vu nu, c'est mieux.

David déplaça stratégiquement les transats, les visages à l'ombre et le reste du corps à se dorer au soleil, et s'allongea pour lire. J'avais laissé mes magazines et mon livre à l'hôtel et me penchai pour déchiffrer le titre du sien. Un type qui lit produit sur moi le même effet qu'un mec avec un bébé. Je salive.

— *De la couleur du lait*, lis-je sur la couverture.

— Hmm. Tu as l'air surprise. Qu'est-ce que tu croyais ? Que j'allais sortir un magazine genre *Playboy* ?

— Ça raconte quoi ?

— C'est l'histoire d'une fille qui... attends... je veux éviter les spoilers, alors je te dirai juste que ça parle de la façon dont nos vies sont fichues. On croit qu'on va trouver la manière de se sentir plus libre, mais on finit plus esclave qu'auparavant.

Je haussai les sourcils.

— Pas très joyeux, dis donc.

— Moins que l'état dans lequel m'a mis ta promenade à scooter, murmura-t-il avant de me regarder d'un air espiègle.

— Lis-moi un passage.

— D'accord. Pendant ce temps, tu peux me mettre de la crème sur le dos.

J'en étalai sur son dos large, immaculé à l'exception de petits grains de beauté par-ci, par-là, qui formaient une jolie constellation sur sa peau couleur cannelle. David feuilleta le livre et se mit à lire à voix haute :

— « Parfois, la mémoire garde des souvenirs qu'on préférerait oublier à jamais et, bien qu'on essaie de se les sortir de la tête, ils reviennent toujours. »

Il me jeta un regard par-dessus son épaule pendant que je frottais son dos.

— Tellement vrai, dis-je.

— Qu'est-ce que tu aurais aimé ne jamais savoir, Margot ?

« L'ampleur de ma lâcheté », pensai-je.

— Rien de particulier. J'ai encore beaucoup à apprendre.

— Mais la connaissance ne fait pas de nous des êtres libres. Elle nous rend plus conscients de nos propres limitations.

Je saisis sa main.

— On va dans l'eau ?

— Et nos affaires ?

Je me tournai vers une femme d'environ soixante-dix ans qui faisait des sudokus dans le transat voisin et lui demandai en anglais :

— Excusez-moi, vous pourriez jeter un œil sur nos affaires pendant que nous allons nous baigner ?

— Bien sûr, sourit-elle. Vous pouvez laisser votre sac sous mon siège, si vous voulez.

— Merci beaucoup !

Je mis tous mes objets de valeur dans le sac à dos et le glissai sous le transat voisin.

— On n'en a pas pour longtemps.

J'ignore pour quelle raison David et moi nous étions donné la main pour marcher jusqu'à la mer. Nos mains s'étaient lâchées dès que la première vague avait heurté nos genoux. La température de l'eau n'était ni trop froide, ni trop chaude. Mes tétons se durcirent au contact de l'eau. Je cherchai David du regard quand je le sentis collé à mon dos, enlaçant ma taille. Nous échangeâmes un sourire.

— Laisse-moi te prendre en photo en sortant. Filippo doit voir ça.

— Arrête de te moquer de moi.

— De toi ?

Il me fit tourner sur moi-même puis poursuivit :

— C'est de Filippo que je ris, lui qui ne perd jamais la tête.

Je levai un sourcil.

— Je sais ce que tu essayes de faire. Tu veux booster ma confiance en moi.

— Moi ? Mais non ! Le problème, c'est que tu as besoin de quelqu'un d'autre pour le faire. Ça doit venir de l'intérieur. Comme quand j'ai essayé le jean que tu m'as forcé à acheter et que j'ai vu le cul qu'il me faisait.

— Il vaudrait mieux que je le confisque, pour le bien de l'humanité.

— Sérieux, laisse-moi te prendre en photo. Il faut que tu te voies comme je te vois.

Nous nous enfonçâmes jusqu'au cou dans la mer. Je me laissai bercer, les bras écartés et les yeux fermés. Je n'avais pas souvenir de m'être sentie aussi… détachée de tout.

— Mate ce couple, là-bas…, dit David.

Je me redressai. À une vingtaine de mètres de nous, un couple s'embrassait… avec une telle fougue que je ne parvins pas à détourner le regard.

— Tu crois qu'ils baisent ?

Je lorgnai David. Des gouttes d'eau coulaient dans son cou. Il était craquant.

— Ben…

Je remarquai qu'ils remuaient en cadence, soit à cause des remous, soit de ce qui se passait sous l'eau.

— Je dirais que oui, dis-je.

— Tu l'as déjà fait ?

— Dans la mer ? Oui. Pas cool. Ça pique.

— Alors comme ça, tu aimes faire ça dans des endroits bizarres, hein ?

— La mer n'est pas un endroit insolite. Ce qui est étrange, c'est que toi, tu ne l'aies jamais fait.

— Une fois, je l'ai fait dans un escalier du métro.

Je le dévisageai, impressionnée.

— Un escalier dans le métro ?

— Oui. Dernier métro, un coin hors caméra et une trique énorme.

— Pas très confortable, je suppose ?

— Je dors dans un canapé-lit. Un escalier dans le métro, c'est un vrai luxe pour moi. Et toi ? L'endroit le plus inhabituel ?

— L'ambassade d'Italie.

— Très protocolaire, mademoiselle. Et ça t'a plu ?

— Pas vraiment. Je n'aime pas me presser.

— Et tu aimes quoi, alors ?

David se planta devant moi et dévora ma bouche des yeux.

— Et toi ?

Jamais je n'aurais cru qu'un type comme David puisse contempler mes lèvres avec une telle intensité. Ni que je puisse ressentir des papillons dans le ventre parce qu'un homme me dévorait des yeux.

— Dis donc, mon grand, tu m'as l'air bien chaud tout à coup.

— La faute à qui ? Et pourtant, on est siiiiii sages que même ta mère approuverait ce voyage.

— Ma mère se ferait hara-kiri si elle me voyait en compagnie d'un type comme toi.

Je regrettai ces mots dès qu'ils sortirent de ma bouche.

— Je veux dire… un *bad boy*.

— Un *bad boy* ? Je ne suis plus l'adorable David ?

— Je sais ce qui t'arrive, lui dis-je.

— Ce qui m'arrive ?

— Combien de temps sans sexe ?

— Sans sexe ou sans coucher avec une fille ?

— Qu'est-ce que tu veux dire par là ?

— Parfois, je me masturbe. Tu devrais essayer.

— Ça devient un peu trop intime, là, tu ne trouves pas ?

— On devrait peut-être arrêter ? plaisanta-t-il.

— Ben, oui. On est amis.

— Tu n'as jamais couché avec un pote ?

— Mais qui a parlé de coucher ?

— Personne. Tu peux me sucer, si tu préfères.

— Même pas en rêve !

— Tant pis pour toi, fit-il en haussant les épaules. Puisque tu veux le savoir, ça fait trois semaines que je n'ai pas baisé. Quand Idoia m'a largué. À mon tour maintenant. Tu t'es caressée hier soir ?

Je lui offris un sourire pour seule réponse.

— Je suis sûr que tu t'es caressée en pensant à un plan à trois avec moi et un inconnu.

J'ouvris la bouche puis éclatai de rire.

— Tu n'as pas honte ?!

— C'est eux qui devraient avoir honte, répliqua David en faisant un geste vers le couple un peu plus loin. Ça ne se fait pas de manger devant les pauvres.

— Au retour, il vaut mieux que ce soit toi qui conduises. Je ne sais pas si je serai capable de freiner plus doucement et je vois bien que ça te fait du mal.

— Maudit frein, se moqua-t-il.

— Je vais sortir. J'ai envie d'une bière. Tu viens ?

— Hmm..., commandes-en une pour moi, j'arrive.

Juste avant de sortir de l'eau, je me retournai et attirai l'attention de David. Quand son regard se posa sur moi, je me rendis compte qu'il devenait plus séduisant de jour en jour.

— Tu as peut-être plus besoin d'une nuit de folie que moi, lançai-je.

— Va falloir organiser ça, alors.

35

À temps

Quand Margot m'avait dit que j'étais adorable, je m'étais senti comme un gamin. Comme lorsque Idoia me faisait l'honneur d'un conseil condescendant et concluait par « Tu es trop jeune, un jour tu comprendras ».

Je pris plusieurs photos de Margot. Elle voulait prouver à Filippo qu'elle avait été capable de demander à un inconnu de la prendre en photo, même si ce n'était pas le cas, et moi, je voulais qu'elle se voie comme je la voyais : incroyablement puissante. Assise sur le transat. Sur la plage, les mains plongées dans le sable. Assise au bord de l'eau, le regard perdu au loin. Bon sang, ce que ça me plaisait. Je m'étais senti comme un photographe pour *Playboy*. Elle était magnifique, même si elle faisait la moue à chaque fois qu'elle se voyait.

— On voit mes bourrelets, se plaignit-elle.

Je passai mon bras au-dessus de son épaule et embrassai ses cheveux. Comment était-il possible que cette femme ne se sente pas bien dans sa peau ?

— Je parie qu'Idoia n'en a pas, hein ? lança-t-elle avec autodérision.

Non. Sur le dos d'Idoia, il n'y avait qu'une peau lisse et constellée de grains de beauté. Elle était grande et élancée, avec des seins ronds et parfaits. Elle avait des cuisses minces, galbées et athlétiques. Idoia était une bombe. Chaque fois que je couchais avec elle, je me répétais que j'avais gagné le gros lot. Et pourtant, jamais je n'avais eu pour elle la pensée – dont je n'étais pas fier – qui m'était venue en contemplant la photo de Margot au bord de la mer : si la terre avait eu un corps, ce serait celui de Margot.

Quel genre de mec pense en ces termes en voyant une femme séduisante ? Un type adorable, bien entendu.

À la fin de la journée, c'est moi qui conduisis le scooter jusqu'à l'hôtel, voulant éviter les coups de frein et les gémissements à répétition. Margot avait peut-être vu juste, l'abstinence commençait à me peser. Ce fut peine perdue. Accrochée à ma taille, les cheveux sur le côté, ondulés et décoiffés, les jambes écartées… Margot était la tentation à l'état pur. Et je n'avais pas pu m'empêcher de conduire avec une main posée sur sa jambe.

Nous fîmes un crochet par un supermarché près de l'hôtel, en direction de Fira. L'idée était d'acheter de quoi manger le lendemain à Red Beach mais, au rayon des boissons alcoolisées, Margot tira sur ma chemise, s'empara d'une bouteille et proposa :

— Et si on se prenait une cuite dans la chambre ce soir ?

— Tu crois… ? Tu ne préfères pas aller voir le coucher de soleil ?

— Je ne veux pas que tu t'ennuies, répondit-elle.

— Je ne m'ennuie pas ! Mais… je ne suis pas trop du genre à me bourrer la gueule.

Elle sourit.

— Moi non plus ! C'est ça qui est amusant ! Et puis, ça fait partie de ta liste.

— Tout comme faire du topless et je n'ai pas encore vu tes nichons.

— David !

— Tu vois ? Il vaut mieux que je ne boive pas.

— Allez ! On ne risque rien !

Je scrutai l'élastique à cheveux qu'elle portait au poignet et me souvins du soir où, les joues rosies par le vin, elle m'avait avoué qu'elle adorait tailler des pipes. Sa chevelure ébouriffée lui donnait un air si sauvage. Quelle jolie bouche. Je n'avais jamais remarqué ses lèvres.

Me plaisait-elle ?

Non. Elle me paraissait simplement séduisante. Parfois si douce, et tellement drôle. Espiègle, peut-être ? Je la trouvais sympa… je me sentais si bien avec elle… je profitais de chaque seconde…

Elle me plaisait.

Je déglutis. Je pris la bouteille qu'elle me tendait et me dirigeai vers la caisse.

Nous prîmes, chacun de notre côté, une longue douche. Si nous l'avions prise ensemble, je n'aurais pas eu de mal à jouir. Me masturber sous la douche n'était pas mon truc, je dois l'admettre, mais j'essayai, en vain, de décharger la tension accumulée. Impossible, surtout quand on est mort de trouille. Il était hors de question de me comporter de manière irresponsable et de tout gâcher parce que j'avais la gaule.

Une serviette autour de la taille, je m'assis sur le lit et décidai d'envoyer un message à Domi. J'écrivis :

Je crois que je craque un peu pour Margot.

Je grimaçai en la voyant se connecter, puis l'application m'informa qu'elle s'était mise à écrire. Elle allait me botter le cul, j'en étais sûr.

Dominique : Et ? Tu dis ça comme si c'était bizarre.

David : Je ne comprends pas.

Dominique : Je veux dire que Margot te plaisait déjà avant de partir.

David : Ce n'est pas vrai.

Dominique : Si, si… Mais ce n'est pas grave. Tu craques pour Margot. Tu aimes passer du temps avec elle, tu es parti en Grèce avec elle sans même la connaître…

David : On a une connexion. Ce n'est pas la même chose. Peut-être que je suis en manque et c'est tout. Si ça se trouve, ça n'a rien à voir avec elle.

Dominique : OK. T'es en manque... C'est venu comme ça, de nulle part ? Elle n'a pas joué de rôle là-dedans ? Tu n'étais pas en train de la regarder ou de la toucher ?

David : Ce ne sont que des présomptions.

Dominique : Je t'en prie... Vous êtes partis en Grèce ensemble, je le répète. Tu croyais qu'il allait se passer quoi ? Je ne dis pas que tu es un irresponsable qui ne pense qu'avec son sexe, mais... si l'occasion se présente, pourquoi la repousser ?

David : Qu'est-ce que tu racontes ! Pas du tout ! On veut tous les deux reconquérir nos ex, tu as oublié ? Elle te l'a dit pendant le dîner. Elle est folle de lui. Et Idoia ? Une vraie déesse, Domi. C'est elle que je veux.

Dominique : Pffffff.

David : Je sais que tu ne l'aimes pas, mais... c'est elle que je veux. Jamais je ne pourrais sortir avec une fille comme Margot, de toute façon. Elle est tellement... princesse. Et moi, si chien errant. Je t'en prie, même dans un film, ça ne collerait pas. Je n'aime pas les filles « bien ». J'aime les méchantes. Celles qui réduisent mon cœur en miettes.

Dominique : Mais, qui parle de relation ? Tu sais que tu peux parfaitement avoir une aventure avec quelqu'un sans devoir l'épouser ? Tu voulais que je te dise « Tu es fou ! » mais je ne vois pas pourquoi tu as tellement peur de coucher avec une fille qui n'est pas Idoia... Tire un coup. Un ? Vingt-cinq !! Tu es au paradis, profites-en.

Je sortis de la chambre encore plus perturbé. Quel bordel. Et Margot qui ne se doutait de rien, les cheveux mouillés et les pieds nus, vêtue d'une petite robe noire si innocente, boutonnée à l'avant.

— J'ai commandé à dîner. Ça va prendre un moment, me dit-elle en souriant. Pendant que tu étais sous la douche, ils ont apporté un seau à glace. Tu veux un verre ?

— Hum... D'accord.

Nous échangeâmes un regard. Ou plutôt, je la fixai un peu trop, avec un intérêt quasi scientifique. Y avait-il chez elle quelque chose qui me plaisait vraiment, ou était-ce juste le manque qui parlait ?

— Pas mal, murmura-t-elle en m'examinant rapidement.

— Moi ?

Je lui jetai un regard perplexe.

— Non, un mec de la fac dont je viens de me souvenir. Évidemment, toi ! Quelle mouche t'a piqué ?

— Et toi ? contre-attaquai-je.

— Je n'ai pas changé. C'est toi qui es tout drôle depuis ce matin.

Elle essaya maladroitement de déboucher la bouteille.

— Laisse-moi faire. Je suppose que tu as l'habitude qu'on le fasse à ta place.

Je lui pris la bouteille des mains, et effleurai sans le vouloir ses doigts du bout des miens. J'avais déjà eu sa main dans la mienne à de nombreuses reprises, mais je n'avais encore jamais ressenti une décharge comme celle qui venait de me traverser. Le bouchon fit un son sourd en sortant et je lui tendis la bouteille.

Je l'observai servir le vin. Je m'imaginai la contourner, lui embrasser le cou et lui murmurer un truc du style « Ras le bol de voir cette bouche s'occuper d'autre chose que de mon corps ».

Son sourire s'élargit en me tendant un verre rempli à ras bord.

— Santé !

Une veine palpitait dans son long cou sublime et j'imaginai ma langue la léchant. Je repris mon souffle et...

J'avalai le vin d'un trait.

— Mais qu'est-ce que tu fais ? s'esclaffa-t-elle.

— À ton tour, maintenant. Tu veux prendre une cuite, non ?

Margot esquissa un visage horrifié et tendit sa main en arrière, à la recherche d'une chaise, mais je l'attrapai par la robe et fis non de la tête. Elle inspecta le verre, puis moi, et après quelques secondes d'incertitude, l'avala cul sec. Elle toussa et eut un haut-le-cœur. Je remplis à nouveau les verres.

— À la sincérité, proposai-je.

— T'es défoncé, David ?

Je vidai de nouveau mon verre cul sec. Elle m'observa, les yeux écarquillés, et attendit que je pose mon verre sur la table pour faire de même.

— Bof, il n'est pas très bon, se plaignit-elle tandis que deux gouttes coulaient le long de son menton.

« Toi si, en revanche, pensai-je. Non, j'ignore si tu es bonne mais j'aimerais beaucoup te goûter. »

— David, tu t'ennuies ? Tu veux rentrer ? J'ai l'impression que tu as quelque chose à me dire mais que tu hésites. Ne t'en fais pas pour moi, tu m'entends ? Si tu as besoin de sortir, de voir d'autres têtes, je comprends.

Je tendis la main vers elle, et Margot fit de même instinctivement. La pointe de ses doigts caressa ma paume et... sans lui laisser le temps de réagir, je l'attirai à moi jusqu'à ce que sa bouche soit à quelques millimètres de la mienne. J'avais une folle envie de l'embrasser.

Je l'écoutai respirer profondément. J'entrouvris les lèvres, les lui offrant, et elle fit de même.

— On pète un câble, là, chuchota-t-elle.

— Tu en as envie ou pas ?

J'interprétai la douce caresse de son nez contre le mien comme une invitation et... j'arrêtai de réfléchir.

J'attaquai férocement ses lèvres, entrouvertes et humides. Je les mordillai et y savourai les notes douces du vin. Le verre que tenait Margot tomba délicatement sur la table et ses doigts s'enroulèrent dans mes cheveux, m'attirant encore plus près. Je l'enlaçai de mon bras gauche, entrelaçai les doigts de la droite dans les siens et l'embrassai.

Merde !

Si ce fut ma langue qui ouvrit le bal, celle de Margot dansa de façon si lente et sensuelle que je poussai un gémissement et… lâchai sa taille pour glisser ma main ouverte sur ses fesses. Elle lâcha la mienne et m'imita, agrippant les miennes avec convoitise.

Je la coinçai contre le meuble télé, la fis tourner et la hissai sur la table, ignorant les verres qui furent projetés au sol et se brisèrent. Nos langues se dévorèrent avec une indécence que je ne connaissais pas. Elle me mordit la lèvre. Je lui dévorai le menton. Les mains sur ses hanches, je la tirai vers le bord de la table et frottai mon pantalon gonflé contre sa culotte noire, qui commençait à s'humidifier.

Nous haletions. J'enfonçai à nouveau ma langue dans sa bouche. Je voulais lui tirer les cheveux et lui caresser les seins, lui arracher sa petite culotte, frotter ma queue entre les lèvres humides de sa chatte et attendre qu'elle me supplie de la pénétrer. Je voulais l'embrasser dans le cou, l'enlacer, la humer, lui promettre de ne jamais lui faire de mal, qu'elle serait libre avec moi. Je voulais trop de choses pour parvenir à lui en demander une seule.

J'agrippai ses cuisses, la hissai sur moi et la portai jusqu'à l'embrasure de la porte de sa chambre. Là, ses pieds se posèrent sur le sol et nous nous dévisageâmes, haletants, tout en caressant la poitrine l'un de l'autre. Elle tira sur mon T-shirt et m'attira dans la chambre. Impossible de faire machine arrière, désormais.

Deux jours à Santorin avaient suffi. En m'allongeant sur elle, une partie de moi refusait encore d'y croire. J'étais à la fois indigné par mon manque de volonté et hors de moi :

plein d'espoir, un peu fou, comme si j'atteignais enfin le nirvana après des années d'effort.

Comme elle se cambrait sous moi. Comme elle ouvrait la bouche, affamée, pour sucer la mienne, mordre mon cou, gémir alors que je cherchais sa chatte avec la braguette de mon pantalon.

Elle ôta mon T-shirt et je déboutonnai maladroitement sa robe. Comme j'avais pu le constater à son dos nu, elle ne portait pas de soutien-gorge et, malgré la faible lumière de la pièce, je pus contempler deux seins pas très gros, parfaits à mes yeux. Je penchai la tête pour couvrir de baisers son cou et son décolleté, avant de refermer mes lèvres sur son téton gauche. Elle se cambra encore et encore. Ses hanches semblaient vouloir attirer l'attention vers une partie de son corps qui palpitait autant que ma queue.

Je mis mon pouce dans sa bouche pendant que la mienne continuait à sucer, lécher, mordre son téton. Les yeux fermés, elle le lécha, folle de désir. Si j'aimais bien la Margot qui sursautait quand elle était effrayée, si celle qui bégayait nerveusement m'amusait, celle qui devenait folle de désir était ma préférée.

J'ôtai mon doigt de sa bouche et fis descendre ma main le long de son ventre tandis qu'elle cherchait à ouvrir ma braguette. Je me déviai un instant de mon objectif et me levai pour lui faciliter la tâche d'atteindre ce qui se cachait derrière mes sous-vêtements. Je m'agenouillai, défis mon pantalon et, les yeux fermés et la tête penchée en arrière, je la laissai me caresser, d'abord au-dessus du caleçon. Elle s'empara de mon sexe, et se mit à le manier fermement mais en douceur.

Je murmurai quelque chose, peut-être « continue », « oui, comme ça », « ça me plaît », ou pire. Quand je perds la tête avec une fille, je suis capable de dire n'importe quoi. J'aurais plus lui dire les pires obscénités ou un simple « je t'aime ». Sa main se mit à bouger de plus en plus vite. Elle allait me faire jouir.

— Attends, attends, murmurai-je. Je ne t'ai même pas touchée.

Je l'embrassai de plus belle. Elle me dit qu'elle n'avait jamais eu autant envie de baiser. Alors comme ça, la petite Margot aimait parler pendant l'amour ?

Je continuai à l'embrasser sauvagement tandis que ma main glissait le long de son corps. Je passai ma main sous l'élastique de sa culotte et remarquai qu'elle était humide. Très humide.

— Margot, grognai-je en lui embrassant le cou entre chaque mot, c'est normal que tu mouilles autant ?

Elle ne répondit pas. J'ôtai ma main de sa culotte et examinai mes doigts. Question d'instinct, peut-être. Malgré la faible lumière qui nous parvenait de la terrasse par les rideaux entrouverts, je compris.

J'appuyai mon front sur son épaule et soupirai de frustration.

— Margot…

— Quoi ?

— Moi, je m'en fiche, mais… tu saignes.

Aveuglés par la lumière qui venait de s'allumer, nos yeux mirent un temps à s'ajuster à la clarté. Ma main droite, le couvre-lit, les draps, un bout de l'oreiller, mon jean, ses cuisses, étaient maculés de sang.

— Merde ! s'écria-t-elle.

Ses règles !

— Ce n'est rien, murmurai-je. Je t'assure.

— La honte.

— Mais non ! Ne t'en fais pas !

Avant que je puisse ajouter quelque chose, elle bondit hors du lit et s'enferma dans la salle de bains en claquant la porte.

Lorsqu'elle sortit enfin, je m'étais déjà débarbouillé, j'avais enfilé mon pyjama et remis son lit en état, mais il n'y avait pas grand-chose à faire. Pâle, une main dans les cheveux, Margot me regarda depuis l'embrasure de la porte avec, sur le visage, une expression égarée.

— Bon sang…, souffla-t-elle en baissant le regard.

— Ce n'est pas grave, Margot.

— Je sais. J'ai mes règles, c'est pas comme si j'avais envoyé une lettre avec de l'anthrax à toute ta famille.

Je souris.

— Alors quoi ?

— Alors..., commença-t-elle en souriant aussi, mais timidement. C'est juste un signe à la con.

— Un signe ?

— Un signe que ce qu'on était en train de faire est très amusant...

— Très, insistai-je.

— Mais c'est de la folie.

J'humidifiai mes lèvres, repris mon souffle et tournai les yeux. Elle poursuivit :

— On est ici pour se chercher, non ? Pour trouver les raisons qui ont fait foirer nos relations et régler le problème. Nous lancer dans un truc maintenant n'a aucun sens.

— Et si on était là pour s'amuser et rien de plus ?

— On était amis.

— On est amis, lui assurai-je, alarmé.

— Je ne couche pas avec mes amis.

— Moi non plus.

— Tu vois ? Je veux réparer ma relation avec Filippo et toi, tu veux reconquérir Idoia. Qu'est-ce qu'on fout ? Il vaut mieux ne pas aller plus loin.

Je ne voulus pas insister, mais je ne cessai de me répéter que nous n'étions peut-être pas comme les autres, et que les sentiments que nous éprouvions ne pouvaient pas rester sagement rangés dans nos valises.

— Tu es d'accord ?

— Non, ris-je. Mais c'est sans doute ma cacahouète qui parle.

— Tu parles d'une cacahouète. Je dirais plutôt un concombre.

Je mordis ma lèvre supérieure. Pourquoi l'avais-je avertie ? Le sang ne me faisait pas peur. J'aurais pu sortir un préservatif de mon portefeuille, tirer le meilleur coup de nos vies et la laisser découvrir le sang après.

— Si je t'ai prévenue, c'est parce que tu as le droit de décider si tu veux continuer alors que les circonstances ont changé, pas parce que ça me dérange, OK ?

— D'accord. Mais c'est mieux comme ça.

— OK. Comment tu te sens ? Mes amies me disent toujours que ça fait mal.

— Non, non. Ça va. C'est justement ça le problème : zéro symptôme.

— Tant mieux.

— On a merdé, hein ? On ne va plus jamais être à l'aise, toi et moi.

Je souris pour essayer de la rassurer.

— Ne t'en fais pas, yeux tristes. On va faire de notre mieux. Comme si de rien n'était.

— Je ne sais même pas de quoi tu parles.

— Exactement. Viens là.

Elle s'approcha avec méfiance et je la pris dans mes bras. J'aurais aimé qu'elle change d'avis, et je voulais moi aussi changer d'avis. Quel imbroglio.

— Je suis désolé, lui dis-je.

— Il n'y a pas de raison. On était deux sur ce coup-là. Les freins du scooter et le syndrome prémenstruel. Nous sommes victimes des circonstances.

Quelqu'un frappa à la porte et, au même moment, le mobile de Margot émit un son sur la table de nuit.

— C'est sans doute le dîner.

— J'y vais. Tu veux que je lui demande de changer les draps ?

— Oh non ! La honte, fit-elle en riant. Demain. Je vais...

Elle me signala sa table de nuit où son téléphone était en train de charger.

— Oui, oui. Je vais ouvrir.

Un garçon entra avec un chariot et, apercevant le verre brisé sur la table, me regarda sans savoir que faire.

— Dehors ? suggérai-je en haussant les sourcils et en faisant une grimace, dans l'espoir qu'il me comprenne.

Il acquiesça et poussa le chariot jusqu'à la terrasse. Le téléphone dans une main, Margot apparut dans le salon pour dire quelque chose au jeune homme tandis que je ramassai les plus gros morceaux de verre, tombés par terre.

— Laisse, tu vas te couper. Je lui ai demandé de s'en charger, il a des gants.

Je posai les fragments sur la table. Nous échangeâmes un regard.

— C'était Filippo, n'est-ce pas ?

— Oui.

— Et ? fis-je en m'efforçant de prendre un air détaché.

— Il m'a envoyé une de nos chansons. Il dit qu'il l'écoute en boucle et n'arrête pas de penser à moi.

Je soutins son regard. J'avais envie d'elle. Je me serais contenté de passer la nuit à l'embrasser, à la caresser suavement, et je savais que c'était réciproque.

— Heureusement qu'on s'est arrêtés, lança-t-elle.

— En effet. Heureusement.

Le commis choisit cet instant précis pour réapparaître et j'en profitai pour battre en retraite sur la terrasse, où je pouvais mieux dissimuler mon agacement. Ce qui m'agaçait ? Le fait que nous nous étions arrêtés et que maintenant elle faisait comme si de rien n'était. Et ce type aussi. Que ce mec veuille reprendre sa place dans la vie de Margot était comme un coup de pied dans le ventre.

36

Tout est neuf sous le soleil

Je fus réveillée, comme les deux derniers jours, par les bruits et la lumière pénétrant dans la chambre. Le monde s'éveillait en douceur, l'eau de la piscine dansait en tourbillonnant à cause du système de nettoyage, les oiseaux criaient leur joie en se régalant des restes d'un petit déjeuner oublié l'espace d'un instant sur la terrasse du restaurant. Je me souviens de m'être dit que le retour à la routine risquait d'être dur.

J'essayai d'atteindre la table de nuit et fus troublée de ne pas y trouver mon téléphone. David remua derrière moi et tout me revint.

Je me souvins du baiser, hier soir. Du « tu veux ou pas » qui m'avait tellement excitée. Les morsures, les léchouilles et les mains baladeuses. De sa queue dure, grosse et bouillante dans ma main, et ses doigts entre mes jambes. Je me souvins aussi du sang, de la honte que j'avais ressentie et du dîner, durant lequel nous avions essayé de faire mine de rien. Et de sa proposition :

— Tu peux dormir dans ma chambre, si tu veux.

Nous nous étions endormis enlacés dans son lit, après avoir parlé pendant deux heures : de ses amis d'enfance, de sa mère, de la mienne, de mon année aux États-Unis. Tout était bon pour détourner l'attention des événements de la soirée.

— Bonjour, murmura David dans mon dos.

Je me retournai pour le regarder. Au réveil, il avait toujours les cheveux en bataille et l'air hagard. Et pourtant, j'eus envie de l'embrasser, comme si, au lieu d'oublier ce qui s'était produit, c'était notre accord que j'avais effacé de ma mémoire.

— Quelle tignasse, me moquai-je.

— Toi, en revanche, on dirait que tu sors de chez le coiffeur. J'ai mal au dos, se plaignit-il en se retournant avec un gémissement.

— À cause du matelas ?

— Non, je crois que c'est parce que je ne suis pas habitué à dormir avec quelqu'un et j'ai passé la nuit recroquevillé contre toi. J'ai eu froid.

— T'inquiète, je vais demander une couverture à la réception. Et puis, tu as de la chance, ils vont changer mes draps aujourd'hui, et je ne t'ennuierai plus pendant le reste du séjour.

Il me fixa et sourit. Pendant quelques secondes, le silence régna dans la chambre. Pas un son ne sortait de nos bouches, mais nos regards en disaient long…

— Quoi ?

— Ah, non. Ne fais pas ça.

— De quoi parles-tu ?

— Me piquer pour que ce soit moi qui rompe la promesse.

— Je ne vois pas ce que tu veux dire, me gaussai-je.

— Bien sûr que si, mais puisque tu insistes : si ça ne tenait qu'à moi, ce lit serait le seul jusqu'à notre retour à Madrid.

Je mis ma main sur sa bouche pour le faire taire. Il déposa un baiser sur ma paume. Je fus soulagée de voir que nous n'avions aucune intention d'ignorer ce qui s'était produit la veille.

Mais… Et Filippo dans tout ça, Margot ? Et Filippo ?

Je me levai et regardai l'heure.

— On a raté le petit déjeuner.

— On peut prendre un café à la boulangerie sur la route, suggéra David en s'étirant dans les draps.

Tout était si simple avec lui. Je jetai un œil au lit. Allongé dessus, le bras sous la nuque, torse nu et décoiffé au milieu des draps blancs...

— Qu'est-ce que tu regardes ?

— On dirait que tu es dans un linceul, découvre-toi un peu.

— Tu veux voir quelque chose en particulier ?

Il repoussa le couvre-lit et les draps avec un air de supériorité et je compris vite pourquoi. « Salut à toi aussi, sexe de David qui me salue joyeusement. » Merde... je mourais d'envie de me remettre au lit.

— Il faut que je passe au supermarché, fis-je remarquer en grimaçant et en détournant le regard. J'ai oublié de prendre des tampons. J'en ai trouvé deux dans mon nécessaire mais ça ne suffira pas.

— Bien sûr. C'est toi qui conduis ?

— Je ferai attention aux coups de frein.

— Il ne faudrait surtout pas que je remette ça et que j'essaie de te prendre contre un meuble tout en enfonçant ma langue dans le fond de ta gorge.

Je m'éclipsai dans la salle de bains.

Ce fut David qui entra dans le supermarché. Il en ressortit avec une boîte de tampons pour moi et un truc qu'il se pressa de fourrer mystérieusement dans son sac à dos.

Le trajet jusqu'à Red Beach dura quinze longues minutes. En arrivant, nous pûmes constater qu'il y avait moins de monde que prévu.

Il était tard et, comme il n'y avait qu'un petit bar pourri, les gens étaient partis manger, laissant la plupart du temps leur emplacement vide. Nous étendîmes nos serviettes sur le sable. David avait l'air si heureux que je ne regrettai même pas les transats.

— Ils sont tous occupés, constata-t-il en scrutant la zone où ils se trouvaient. Mais si tu veux, plus tard...

— Non. On est bien ici.

Et, ce disant, je l'enlaçai par-derrière et posai mon menton sur son épaule.

Il portait son maillot noir moulant. J'avais opté pour un bikini imprimé avec des volants qui semblèrent lui plaire.

— La tenue parfaite pour rayer encore un point de la liste, non ? lança-t-il en s'enduisant de crème solaire.

— Tu veux parler du topless ?

Il acquiesça et me montra son dos pour que j'y applique de la crème. Profitant de ce qu'il ne me voyait pas, je lâchai :

— Moi, je pense qu'on peut déjà rayer la nuit de folie, tu ne crois pas ?

— Hum... Je ne suis pas d'accord.

— Pourquoi ?

— Selon moi, ce serait comme rayer « manger » de la liste juste parce qu'on a tenu les couverts en main.

Je lui donnai une petite tape dans le dos pour lui annoncer que j'avais fini et me couvris à mon tour de crème.

— Je t'en mets sur le dos ?

— Oui.

— Je défais le nœud ?

Il leva les sourcils, blagueur.

Je ris en jetant un coup d'œil aux alentours.

— T'imagines ?

— Ouhhhhh, quelle horreur ! Tu vas enlever le haut de ton maillot comme... au moins une vingtaine de filles sur cette plage ?

— Mais je ne suis pas ces filles. J'ai grandi en écoutant ma mère énumérer tout ce qui est vulgaire chez une femme.

— Ça, c'est le concept de vulgarité de ta mère. Quel est le tien ?

— Montrer ses seins n'en fait pas partie, c'est certain.

Je regardai à David par-dessus mon épaule et souris avec malice.

— Vas-y, fis-je en levant le bras. Dénoue-le.

Il haussa les sourcils.

— T'es sérieuse ?

Le nœud dans mon dos disparut entre ses doigts. Je me penchai pour attraper la crème et en couvrir mes seins. Sous le regard incrédule de David, je laissai tomber le haut du bikini et me concentrai sur la tâche.

— Si tu continues à lorgner..., l'avertis-je sans lever les yeux.

Je le regardai. Il me sourit en écartant quelques mèches de cheveux de ses yeux.

— C'est vraiment sordide que tu mates mes nichons comme ça, insistai-je.

— Je ne les mate pas, me répondit-il, le regard cloué dans le mien. Mais ils sont sublimes. Et maintenant, tu m'excuses, mais je vais me baigner.

Tout en écoutant « Lights Up » de Harry Styles, j'essayai de me concentrer sur mon livre sur l'utilisation des nouvelles technologies dans les stratégies d'internationalisation, d'actualisation et de création de l'image de marque. Des gouttes ruisselèrent sur mon dos.

— Ce livre est chiant, et tu le sais.

David s'allongea à côté de moi et se mit à dessiner dans mon dos avec ses doigts encore mouillés, reliant entre elles les gouttes tombées de ses cheveux.

Il portait ses lunettes de soleil. Je refermai le livre et en profitai pour les lui enlever.

— Hé ! Rends-les-moi. Le soleil tape fort.

— On va se la jouer tranquille, David. Avec elles, tu es trop sexy.

— Tu es presque nue à côté de moi. Je mérite mes lunettes de soleil.

— Voilà ce qu'on va faire. Je remets le haut de mon bikini et tu oublies tes Ray Ban, comme ça on sera à égalité.

— Non, fit-il en me les arrachant pour les remettre. Comme ça oui. Tu t'en tiens à ta liste et moi, je compense.

— Comme ça, je ne vois pas ce que tu regardes.

— Tes seins. N'en doute pas une seconde.

J'aurais voulu m'asseoir sur lui, lui caresser les cheveux mouillés et... qui sait, parler des événements de la veille.

Avec un autre, je n'aurais jamais osé aborder le sujet, mais avec David je n'éprouvais aucune gêne. Je me sentais sereine. Bien dans ma peau et sûre de moi.

J'ouvris la bouche pour dire son prénom et laisser flotter dans l'air quelques points de suspension, dans l'espoir qu'il m'aide à en parler, mais mon téléphone se mit à sonner.

— Je n'y crois pas ! marmonnai-je. Il ne devrait pas y avoir de réseau, ici !

— C'est peut-être Filippo, pour te dire qu'il a réfléchi et qu'il vient te chercher en hélicoptère.

— Va te faire voir !

J'essayai de me relever avec le plus d'élégance possible et attrapai mon mobile dans la poche du sac de David.

— Et merde, bafouillai-je en voyant le nom de Candela s'afficher.

— Boulot ?

— Pire. Ma sœur. Je vais m'éloigner un peu, OK ?

— OK. Comme ça je ne t'entendrai pas lui raconter la soirée d'hier.

Je ne lui répondis pas. Je m'éloignai.

— Quoi ? répondis-je.

— Tu ne vas pas le croire.

— Moi aussi je vais bien. Oui, cette retraite pour penser à moi et à mes priorités se passe super bien, merci de demander.

— Bon sang, quelle humeur, ma vieille.

— C'est que j'en ai plein le cul ! pleurnichai-je tout en observant David s'installer pour lire son bouquin.

— Tu as quelque chose à me raconter ?

— Non, rétorquai-je. Qu'est-ce qui s'est encore passé ?

— Patricia a reçu des photos du détective. Je te les ai envoyées. J'ai besoin que tu les voies.

— Mais qu'est-ce que tu racontes ? m'affolai-je.

J'éloignai le téléphone de mon oreille et cherchai un peu d'ombre sous les rochers, au pied de la colline que nous avions descendue pour accéder à la plage, et je m'assis tant bien que mal pour ouvrir l'e-mail que venait de m'envoyer

Candela. Elle avait vu juste, je n'arrivais pas à en croire mes yeux. Sur les photos, deux grandes blondes aux aguets, cachées derrière une poubelle de recyclage, ou derrière un énorme journal, ou encore utilisant un landau pour se déplacer « sans être vues ». Je levai les yeux au ciel, ébouriffai mes cheveux et priai l'univers de me donner de la force.

— Ça veut dire quoi, cette merde ?

— Eh bien, pour commencer, ça veut dire que le détective n'est pas aussi nul que nous le pensions. Il nous a chopées en train de le suivre.

J'étouffai un rire.

— Tu n'imagines même pas la scène qu'il a faite à Patricia. Il a dit qu'il lui rendait son argent, et qu'il ne voulait plus jamais entendre parler d'elle. Il a dit qu'il se sentait harcelé. Ta sœur aînée lui aurait dit quelque chose du genre « quelle chance d'avoir déniché un détective aussi séduisant ». Le type a fini par croire que Patricia était obsédée par lui.

— Ta sœur est en train de perdre la raison. Dis-moi qu'il ne va pas la dénoncer.

— Non, non. Il a fini par lui rendre une partie de son argent en échange de la promesse de ne plus jamais avoir affaire à elle.

— J'espère que ça lui servira de leçon, dis-je sévèrement. Le harcèlement n'est pas une blague, Candela.

— Ce n'est pas à moi qu'il faut le dire. C'est ta sœur qui perd la tête. Elle a engagé un autre type.

— Pardon ? Tu n'es pas sérieuse ?

— Si, mais celui-ci est hideux. Il doit avoir deux cents ans. Je crois qu'on l'a retrouvé dans une pyramide en Égypte.

J'éclatai de rire.

— Y a-t-il une seule personne normale dans cette famille ?

— Je crois que papa était normal.

— Pas sûr. Sinon, pourquoi il aurait épousé maman ?

— Hum… Je n'avais jamais vu ça comme ça. Bon, et toi ?

— Moi ?

Je jetai un coup d'œil en arrière. Satanées lunettes noires.

— Oui, toi.

Silence. J'ignorais si partager une telle info avec elle me ferait du bien ou non.

— Vous avez déjà franchi le pas ?

Je lâchai un grincement d'incompréhension et l'entendis faire claquer sa langue.

— Vous avez couché ?

— Non ! Enfin, on a failli…

— Mais ?

— J'aimerais pouvoir te dire que, dans une lutte acharnée entre ma raison et ma chatte, c'est le bon sens qui l'a emporté… mais non. Tu as déjà vu *Carrie* ?

— L'ancienne ou la nouvelle version ? Pareil, je préfère le bouquin.

— Tu te souviens de la scène du bal, presque à la fin ?

— Quand on lui déverse un seau de sang de cochon ?

— Oui. Tu aurais vu le lit, on se serait cru dans un décor de *Massacre à la tronçonneuse.*

— Quelle tuile !

— Tu parles d'une tuile ! Tu n'imagines pas ses baisers, ses caresses, ses…

— OK, OK. On se calme. Et maintenant ?

— Maintenant ? Ben… on va faire comme si de rien n'était.

— Même toi, tu n'y crois pas, ricana-t-elle.

J'écartai les cheveux de mon visage, angoissée.

— J'aime Filippo.

— Mmm. OK.

— Ce n'est pas juste.

Candela se tut.

— C'est lui que je veux.

— OK, répéta ma sœur.

— Tu crois qu'il a couché avec une fille, lui ? Je veux dire… il était vraiment furieux, il est en vacances avec ses amis et…

— Stop. Je n'ai aucune idée de ce que fait Filippo. C'est ce que toi, tu fais qui m'intéresse. Et s'il a couché avec quelqu'un, ça change quoi pour toi ?

— Eh bien… Ça change quand même la donne, Cande.

— Tu ne voudrais plus de lui ?

— Si. En septembre, quand on se reverra, il faudra qu'on mette le doigt sur ce qui n'allait pas et qu'on y remédie, mais c'est bien lui que je veux.

— Et David dans tout ça ?

— David est un ami.

— On ne couche pas avec ses amis.

— Oui, mais peut-être qu'avec David si.

— Tu sortirais avec lui ? Tu pourrais avoir une relation avec lui ?

— Non. Je ne suis pas folle. Ce type est un désastre ambulant.

Le pauvre. Ce n'était pas tout à fait vrai. Il traversait simplement une mauvaise passe. Comme moi…

— Bon, peut-être pas un désastre, mais le fait est que je ne pourrais pas être avec un mec comme lui.

— Pourquoi ?

— Comment ça, pourquoi ? Parce que… non. Ça ne m'a jamais traversé l'esprit.

— Tu es en train de te fourrer dans la gueule du loup, soupira-t-elle. Margot… ce garçon te fait rire.

— Au diable le rire. Y'a plein de comédiens qui me font beaucoup rire, mais je ne plaquerais pas tout pour l'un d'entre eux juste pour ça.

— Tu sais très bien ce que je veux dire.

Je contemplai distraitement deux petits bateaux au loin, qui se rapprochaient de la plage. À l'endroit où la mer semblait se fondre avec l'horizon, l'eau scintillait d'éclats dorés et turquoises.

— Margot ? Tu es là ?

— Oui, je suis là, Candela. Je suis… sur une plage de sable rouge incroyable, l'eau est cristalline, nichons à l'air…

— Nichons à l'air ? Toi ?

— Oui, moi. La même qui va raccrocher et qui va arrêter de cogiter. Tu m'entends, Candela ? Parce que je vais raccrocher et vivre. Et quand je dis vivre, je compte le faire comme si ma vie allait prendre fin dès mon retour à Madrid. Et je vivrai en secret tout ce dont j'ai envie. Si j'ai envie de la lui sucer, je le ferai jusqu'à ce qu'elle soit à vif. Si j'ai envie qu'il me la fourre dans le cul, la porte du garage est grand ouverte. Et tu sais quoi ? Personne n'en saura rien. Comme personne ne sait ce que fait Filippo. Ça remonte à quand, la dernière fois que j'ai fait preuve d'égoïsme ? Hein ? Parce je me suis tirée de mon mariage, ça je le sais. Une vraie honte pour la famille de la chatte mère, mais… je vais prendre mon pied, un point c'est tout. Ciao.

Je me dirigeai vers David, qui m'attendait en se dorant au soleil.

— Tout va bien ? Ça a duré longtemps…

Je jetai l'appareil sur la serviette et tournai les talons pour aller me jeter dans la mer sans un regard en arrière.

L'eau me rafraîchit la peau, déjà rougie par le soleil, et mes pensées, telle de la lave, se durcirent au contact de l'eau. Plus ferme, plus froide, inébranlable.

J'étais consciente qu'on ne sort jamais indemne d'une aventure. Je voulais à la fois tout arranger avec Filippo et… continuer à découvrir la Margot qui émergeait quand David me touchait. Non. La Margot qui jaillissait quand elle se sentait totalement libre, sans personne pour la juger. Je voulais savoir ce que ça faisait de prendre des décisions seule.

Quand j'arrivai près de David, je lui enlevai le livre des mains sans dire un mot et le posai sur ma serviette. Je m'assis à califourchon sur ses cuisses, mais un peu plus bas que la zone que j'avais caressée la veille. Se libérer est une chose, une séance de pelotage public sur la plage en était une autre. J'étais persuadée qu'il se redresserait comme un ressort, mais il ne cilla pas, le regard posé sur moi. De mes tétons dégoulinaient des gouttes capricieuses, qui vinrent s'écraser sur son torse.

L'air sérieux, il se contenta de dire :

— Oui.

— Oui, quoi ?

— Quoi que tu me demandes, c'est oui.

Il n'y eut pas de baiser, mais la caresse qu'il me fit avec son pouce le long de mon dos en dit bien plus long.

Problèmes.

37

Un plan parfait

Si je te disais qu'en réalité rien ne changea entre nous par la suite, tu ne me croirais pas. Mais c'est pourtant ce qui s'est produit. Pendant une partie de la journée, nous avions continué à être le David et la Margot de toujours, ce qui suggérait qu'il y avait eu quelque chose entre nous dès le début... Quelque chose de tacite, d'intime, qui n'appartenait qu'à nous.

Nous avions pris des photos et plongé à tour de rôle avec son masque, à la recherche de petits poissons. Nous avions surveillé la porte des toilettes pendant que l'autre y était et mangé des sandwichs où nous avions mélangé tzatziki, jambon de dinde et chips. Les règles n'existaient pas avec lui. Ma mère serait morte de me voir si heureuse.

Nous retrouvâmes une villa glaciale en fin de journée.

— Les dépenses énergétiques de cet hôtel frôlent l'irresponsabilité, murmura David. Je vais les dénoncer à Greta Thunberg.

Il prit un raisin et sourit en l'avalant.

— Je vais prendre une douche, lança-t-il.

— Moi aussi.

— Avec moi ?

— Redemande-moi dans quelques jours.

Je me dirigeai vers ma salle de bains mais David me prit dans ses bras et me souleva dans les airs.

— David, sérieusement, je dois aller aux toilettes, pleurnichai-je.

— Tais-toi une seconde.

Je me mis à gigoter et finis par donner sans le vouloir un coup de pied sur la porte, qui s'ouvrit complètement. David m'agrippa et courut vers la piscine sans y réfléchir deux fois : avec T-shirt, lunettes, sandales. Je me souviens de ma robe flottant autour de moi, entourée de bulles, et de David en face de moi, retenant sa respiration, les lunettes toujours sur le nez. Je me remémore ces secondes sous l'eau avec presque plus de netteté que bon nombre des moments qui auraient dû, en théorie, marquer ma vie. La lumière se reflétait sur les pierres qui couvraient le fond de la piscine et les mains de David, au lieu de me libérer, me serrèrent plus fort pour émerger ensemble, haletants et les jambes entrelacées. Ces cinq ou six secondes durèrent des heures. Parfois, tu sais à l'instant où tu vis un truc que tu vas passer des années à vouloir le revivre.

Nous étions trempés, enlacés, souriants, heureux… et je ne pus m'empêcher de le regarder en me demandant comment pouvaient coexister en moi deux besoins opposés : avoir de nouveau Filippo à mes côtés et David. David en général.

— Qu'y a-t-il ? s'enquit-il.

— Quelle chanson choisirais-tu pour maintenant ?

— J'espère que ton assurance couvre les troubles psychiatriques à l'étranger ? sourit-il.

— Je suis sérieuse.

— « Never Tear Us Apart » d'INXS.

J'enlevai ses lunettes de soleil et passai mes bras autour de son cou.

— Connais pas.

— Désolé, je suis un nostalgique des années 1980, dit-il en scrutant mes lèvres.

— Tu n'étais même pas né.

— Quand cette chanson a été écrite, toi non plus.

— Arrête de me regarder comme ça.

— Impossible, fit David d'une voix étranglée.

Je caressai ses cheveux et il appuya sa bouche contre mon menton.

— On prend une douche et on va dîner à Oia ? Ça te dit ? On peut arriver à temps pour voir le coucher de soleil, il paraît que c'est le meilleur endroit de l'île. Mais c'est toi qui conduis, d'accord ? J'ai vu que c'est à une demi-heure d'ici.

— Je peux te demander quelque chose en échange ?

— Essaye toujours.

Nous échangeâmes un regard en silence et, comme toujours, sourîmes immédiatement.

— Je crois que je vais garder ma tentative pour plus tard. Allez, viens, sinon on ne verra pas le coucher du soleil. On a un rencard.

Pour quelqu'un qui veut reconquérir le fiancé qu'elle a perdu le jour où elle s'est barrée en robe de mariée dans la direction opposée à l'église, je me donnai bien trop de mal pour me préparer à ce « rencard ». J'enfilai une minijupe et un haut noir. Des sandales noires compensées, tout aussi discrètes. Je mis même du rouge à lèvres et dessinai un trait noir sur mes yeux. Et lissai mes cheveux. J'avais envie d'une soirée parfaite en tout point, en partie pour effacer le fiasco de la nuit précédente.

En me retrouvant dans le salon de la villa, David sembla surpris.

— Waouh, tu es magnifique… Je me change ?

Je le regardai de la tête aux pieds. Un jean plutôt moche et un T-shirt noir.

— Non. Le look grunge te va bien.

En théorie, notre plan était idyllique. Rien ne me paraissait plus parfait que de contempler le coucher de soleil à l'extrémité nord-est de l'île, dans un restaurant imbriqué dans la falaise, un verre à la main, les yeux dans les yeux… Le problème avec les plans, c'est qu'ils se déroulent rarement comme prévu. À commencer par ma jupe… qui n'était pas élastique et qui m'empêcha d'enjamber le scooter. Il n'y avait pas trente-six solutions : soit je remontais me changer, soit je montais derrière en petite culotte, soit je conduisais. Même si je n'étais pas prête à faire un trajet d'une demi-heure, j'avais vraiment envie de porter cette jupe. C'était celle qui allait le mieux avec l'idée de soirée que j'avais en tête.

Deuxième hic, outre le mauvais quart d'heure que j'avais passé à conduire cette maudite bécane : David et moi avions oublié que nous n'étions pas seuls au monde. Je n'avais jamais voyagé comme ça, vers un pays comme la Grèce en pleine saison haute, et je n'étais donc pas habituée à devoir jouer des coudes pour entrevoir, au loin, un petit bout de mer.

L'entrée du village était bondée et, lorsque nous parvînmes enfin à y pénétrer, il ne restait plus une table ou une terrasse de libre. Pas même un banc où s'asseoir pour voir le soleil se coucher. Les rues étaient noires de touristes et le seul endroit que nous trouvâmes pour contempler le coucher du soleil fut le parking où nous avions garé le scooter. Et même là, nous dûmes dénicher un petit trou entre des centaines de têtes. Pour couronner le tout, il faisait une chaleur étouffante.

— C'est incroyable, murmurai-je, déçue, tout en épongeant ma lèvre supérieure du dos de la main pour essayer de sécher les gouttes de sueur. Mais d'où sortent ces gens ?

— Princesse…, rit David. Je sais que tu as du mal à le croire, mais nous ne sommes pas les seuls êtres sur la surface de la terre.

— Je sais, je sais, grommelai-je.

— Margot…, c'est normal. Ce village doit être dans tous les guides et les touristes ne sont pas connus pour leur originalité.

Je le regardai du coin de l'œil et me sentis ridicule en comprenant que j'avais moi-même concocté ce plan en voyant l'Instagram d'une influenceuse. J'avais construit l'image du *date* que je voulais avec David à partir du cliché hyper travaillé d'une inconnue.

— Eh bien, je n'aime pas ça, râlai-je en tapant du pied.

— Parce que tu as l'habitude d'assister au spectacle depuis la loge d'honneur. Voilà ce qu'on va faire…

Il me fit pivoter vers lui.

— On rebrousse chemin. On passe par Fira, on s'achète une pizza et on rentre à l'hôtel. On écoute un peu de musique, on papote, on profite de la terrasse.

— On a roulé une demi-heure jusqu'ici, me lamentai-je.

— Margot… Il y a deux types de personnes dans la vie : celles qui se lamentent et celles qui cherchent des solutions. Laquelle tu choisis ?

— Là, tout de suite, celles qui se lamentent.

David éclata de rire, attirant tous les regards. Comme il était séduisant quand il riait comme ça. Comme il était beau, à la tombée du jour, sous la lumière orangée qui commençait à tout envelopper. Comme je me sentais libre avec lui.

— Tu voulais voir le coucher du soleil, railla-t-il.

— Oui.

— Figure-toi que ce qui est bien avec les couchers de soleil, c'est qu'il y en a tous les jours. Allez, viens, accompagne ton clébard, il a faim.

Je résistai et continuai à ronchonner.

— Une pizza et Spotify, ce n'est pas mon idée d'une soirée parfaite.

— Et pourquoi veux-tu que ce soit parfait ?

Je rougis. Je me sentis bête. Il avait peut-être juste envie de boire une bière avant d'aller dormir et moi… j'avais pris au pied de la lettre cette histoire de rencard, juste parce que nous nous étions embrassés la veille. Et pelotés. Et avions été à deux doigts de…

David passa son bras droit autour de ma taille et me secoua jusqu'à m'arracher un sourire.

— Hé… Tout ne peut pas être parfait juste parce que tu le veux. Il y a d'autres facteurs et nous ne sommes que deux simples mortels.

— Mais…

— Je n'ai pas besoin que tout soit parfait. Je n'ai qu'une envie ce soir, c'est d'être avec toi. On aura plein d'autres occasions et, si on a du bol, l'une d'entre elles sera absolument parfaite. Sans avoir à la planifier.

Je souris, vaincue.

— Tu es très belle, murmura-t-il. Mais ce n'est ni la jupe ni le rouge à lèvres. Tu es belle quand tu es libre et que tu veux que tout se passe comme prévu…

Je mis ma main sur sa bouche pour le faire taire et vis ses yeux sourire.

— Ne dis pas ce genre de choses.

— D'accord. Voilà ce qu'on va faire. Défais ta jupe.

— Pardon ?

— Viens.

Il me tira jusqu'au scooter, ouvrit le siège et prit les casques.

— Défais ta jupe et monte derrière, insista-t-il. Tu seras certainement plus confortable.

— Tout le monde va voir ma culotte.

— Ça te rafraîchira.

Je baissai la fermeture éclair de ma jupe et la remontai de quelques centimètres sur mes cuisses. David avait vu juste : je parvins à m'asseoir derrière lui, en écartant les jambes pour me coller contre lui sans avoir à montrer mes fesses.

— C'est bon ? Alors pense à la pizza que tu veux, c'est moi qui régale ce soir.

J'éclatai de rire et il démarra, laissant des centaines de gens et une traînée de rires derrière nous.

Nous achetâmes une pizza, deux sodas light et des biscuits. Nous mangeâmes assis sur les chaises longues, vite et avec appétit, engloutissant la pizza avant qu'elle ne refroidisse, du papier toilette en guise de serviettes. La Margot qui s'était construite sur les discours sentimentaux et les comédies romantiques succomba au moment où elle comprit que son existence ne s'appuyait sur rien de réel. La perfection est romantique par pur hasard et le plus beau est toujours le plus éphémère. Et, à vrai dire, rien ne manquait à cette scène imparfaite. Ni serviettes en tissu, ni magret de canard. Bon, les serviettes, peut-être que si...

Ensuite, nous nous allongeâmes sur les transats pour contempler le ciel étoilé. L'astronomie ne m'avait jamais intéressée, sans doute parce que personne ne m'avait raconté le mythe d'Andromède comme le faisait David, la voix posée mais pleine de passion.

— Andromède était la fille du roi d'Éthiopie. Sa mère, qui avait un ego plutôt balèze, déclara qu'elles étaient, toutes deux, plus belles que les Néréides, les nymphes de la mer. Celles-ci, vexées, se plaignirent à Poséidon, dans le genre « soit tu fais quelque chose, soit c'est nous qui allons sortir et donner une leçon à ces prétentieuses ».

Je riais aux éclats, comme une gamine.

Et lui continuait à me raconter encore et encore des histoires, au sujet d'un monstre marin, de Persée qui devint roi par la suite, de l'amour foudroyant qu'il avait ressenti en voyant Andromède enchaînée à un rocher, sur le point d'être dévorée. Et moi, j'étais épatée... par l'histoire, par ses lèvres, par la façon dont il relatait tout cela, comme si le fait d'avoir toutes ces choses emmagasinées dans son cerveau allait à la perfection avec l'homme qu'il semblait être.

— Et celle-là, suis mon doigt... c'est la constellation d'Andromède.

Et moi, appuyée sur son torse, je faisais semblant de repérer les étoiles tout en pensant que le vrai luxe était parfois tout sauf matériel.

Nous nous étions dit au revoir dans le salon mais, alors que j'allais refermer la porte de ma chambre, David m'intercepta.

— Tu viens écouter un peu de musique dans ma chambre ?

J'acquiesçai.

— Donne-moi une seconde. J'arrive.

Je me recoiffai, me parfumai, me brossai les dents, enfilai une chemise de nuit et respirai profondément avant de sortir. Je franchis les dix pas qui séparaient sa porte de la mienne avec une assurance que je ne me connaissais pas.

Je le trouvai allongé sur le lit, manipulant son iPod démodé. Il me sourit et m'offrit un écouteur.

— Bienvenue à cette « Introduction à la musique nostalgique ». En classe, nous allons aborder les thèmes qui prouvent que les meilleures chansons de l'histoire ont été écrites il y a vingt ou trente ans. Prête ?

— Prête.

Je m'allongeai à côté de lui et plaçai l'écouteur dans mon oreille.

— Voilà celle dont je te parlais cet après-midi. Elle s'appelle « Never Tear Us Apart ». C'est un groupe australien, INXS.

David, un type plus proche des vingt-cinq ans que de la trentaine, qui servait des verres dans un bar où plus de 90 % de la musique était du reggaeton, écoutait sur son vieil iPod des morceaux des années 1980, des ballades que presque plus personne ne connaissait.

Bon sang. Il était vraiment craquant. Comment ne m'en étais-je pas aperçue la première fois ? Avec cet air d'enfant terrible, de *bad boy* qui ferait sécher les cours à la première de la classe.

J'ignorais si l'anglais de David était suffisant pour qu'il sache que la chanson nous ressemblait beaucoup… ou en tout cas à ce « nous » que mon côté romantique se plaisait à imaginer.

Il s'installa un peu plus près. Je fis de même et nous sourîmes comme deux idiots.

— Celle-ci s'appelle « I Want to Know What Love Is », de Foreigner, chuchota David.

— L'anglais est ta langue maternelle, je vois, ris-je.

— Tu te moques de moi ?

— Un peu.

Je me rapprochai jusqu'à ce que son nez et le mien se touchent, priant en silence qu'il m'embrasse. Il posa sa main sur ma joue et frotta son nez contre mon menton, mes lèvres et à nouveau mon nez, mais il ne m'embrassa pas.

— Je te demande pardon, murmurai-je.

— Pourquoi ?

Il me regarda dans les yeux et nos lèvres se retrouvèrent de nouveau à quelques centimètres.

— Je crois que je suis un peu trop près, lui répondis-je.

— Moi, j'ai l'impression que tu voudrais encore te rapprocher.

Ses lèvres effleurèrent les miennes.

— Tu es un salaud.

— Non. Juste...

Je ne le laissai pas terminer. Je fourrai ma langue dans sa bouche, la sienne répondit avec plus de passion que je ne m'y attendais. Il gémit et vint se serrer encore plus contre moi.

— Waouh, soupira-t-il en me contemplant, avant de coller à nouveau sa bouche contre la mienne.

Sa langue remuait si lentement dans ma bouche que j'eus l'impression de fondre. David embrassait encore avec la même fougue qu'à l'adolescence. Pour lui, les baisers n'avaient pas encore perdu leur pouvoir, comme c'est souvent le cas une fois que tu es allé plus loin. Il me le confirma à la façon dont il embrassait mon cou tandis que ses mains s'enhardissaient petit à petit vers mes seins.

La chanson suivante commença et David, s'appuyant sur moi, me décocha un sourire goguenard.

— Tu veux savoir comment s'appelle celle-ci ?

— Rien à cirer. Mais tu vas me le dire quand même, ris-je.

— « Love Bites », fit-il en me mordillant la lèvre inférieure. Je l'ai bien prononcé, professeur ?

— Pas du tout. Embrasse-moi, ordonnai-je.

Il plongea à nouveau sa bouche dans mon cou et sa main droite atteignit enfin mon sein gauche. Puis il entreprit de descendre avec sa bouche dans la même direction, et vint souffler sur mon téton durci.

— Cette chanson est hyper bizarre, remarquai-je en souriant, tandis qu'il se faisait une place entre mes cuisses et poussait son érection contre mon pubis.

— Oui, comme moi.

— Tu aimes baiser en l'écoutant ?

— Oui, mais ce soir…

Il se pencha jusqu'à ce que son nez et le mien se touchent.

— … ce soir je veux juste t'embrasser.

— Je n'y crois pas une seconde.

— Eh bien, tu devrais, parce que je ne ferai rien d'autre. Enfin… il se peut que je te touche un peu.

— Et ça, dis-je en soulevant les hanches pour me frotter contre son pénis dur, tu vas en faire quoi ?

— Ben, subir et tenir le coup, sourit-il. Il n'y a pas que la gratification immédiate dans la vie.

— Tu vas tacher le lit.

— Je vais te dévorer la bouche jusqu'à ce que tu aies mal. Je vais te caresser les seins jusqu'à les connaître par cœur. Je vais me frotter entre tes jambes. Et quand on n'en pourra plus, peut-être qu'on trouvera la façon de mieux accepter ces limites.

Ma lèvre resta prisonnière de ses dents, jusqu'à ce qu'il la libère petit à petit, pendant que son bassin faisait des va-et-vient entre mes jambes. Je perdis la tête et, en m'entendant gémir de plaisir, David maintint la cadence pendant toute la chanson. Ma peau était en feu, mes lèvres brûlaient et la palpitation de mon sexe devenait intenable. « Every Breath You Take », la chanson de The Police, se mit à résonner dans les écouteurs, nos baisers et nos mouvements se calant inconsciemment sur le tempo.

Nos vêtements nous gênaient de plus en plus. Nous étions fébriles. Il ôta ma nuisette et moi son short, mais nous gardâmes nos sous-vêtements. Il plaça mes bras sur le haut de l'oreiller, les maintenant d'une main et se frotta vigoureusement contre ma culotte.

Nous nous acharnâmes encore, une de ses mains maintenant mes deux poignets et l'autre enfonçant ses doigts dans la chair de ma fesse droite.

— Tu pourrais jouir comme ça ? me demanda-t-il.

— Je ne sais pas.

Sa bouche retrouva la mienne, affamée, et il se débrouilla pour relâcher mes poignets et glisser sa main libre entre nous. Là, juste au bon endroit. Je roulai des yeux puis les refermai et m'abandonnai.

— Préviens-moi, chuchota-t-il en écartant un court instant sa bouche de la mienne.

Je glissai à mon tour une main entre nous. Je l'aidai. Il sourit sur mes lèvres et ses hanches retrouvèrent un endroit où se frotter. Le rythme s'accéléra de plus en plus... et nous renonçâmes chacun aux baisers de l'autre, qui cédèrent la place aux gémissements et halètements.

Je sentis chaque particule de mon corps avant l'explosion de plaisir. Les orteils, un à un, de gauche à droite et de droite à gauche. La peau de mes jambes, que j'entrelaçai aux siennes. Ma chatte, mon clitoris. Mon pubis. Le duvet qui le recouvrait. Mon nombril. Mes tétons. Le bout de mes dix doigts, faisant chacun leur affaire : cinq enterrés dans les cheveux de David, trois paresseux se contentant de regarder et deux qui frottaient, frottaient, frottaient.

— Je vais..., parvins-je à articuler.

— Je peux jouir ?

— Oui.

— Sur toi ?

J'acquiesçai et il me chuchota de le regarder. Mes yeux se fermèrent à plusieurs reprises pendant l'orgasme, mais je parvins quand même à les fixer dans les siens jusqu'à la décharge finale, qui m'arracha un cri étouffé. David cligna lentement des yeux. Très lentement. Presque autant que la façon dont sa langue se mouvait lors des premiers baisers. Il se mordit la lèvre inférieure, il serpenta entre mes jambes et les doigts de sa main gauche s'enfoncèrent dans ma chevelure. Il gémit.

Il remua encore sur moi, ses mouvements de moins en moins coordonnés, jusqu'au moment où il me lâcha et prit appui sur ses deux bras avec un grognement. Il regarda son sexe, puis moi, en petite culotte sous lui puis... il m'embrassa.

Il m'embrassa jusqu'à nous faire gémir à nouveau.

Je ne pourrais pas dire quelle chanson passait à cet instant, mais je mourais d'envie de danser.

38

Avec toi oui

David me réveilla par des caresses et des murmures. J'entrouvris les yeux et le vis habillé, souriant.

— Il n'est pas encore 7 heures, mais il faut que tu te lèves.

— Qu'est-ce que tu racontes, râlai-je en refermant les yeux.

— Hé, Margot, fais-moi confiance... je t'en prie.

Je m'assis dans le lit. J'étais toujours en petite culotte. Le drap, qui avait glissé, laissait entrevoir mes seins, que je dissimulai, gênée.

— Ma belle, rit-il. Pas besoin, je les connais déjà.

— Pas très galant de ta part.

— Tant mieux, parce que je ne crois pas à ce genre de choses.

— Et en quoi crois-tu ?

— En une relation entre égaux. Lève-toi, s'il te plaît.

Le clin d'œil qu'il me décocha me fit penser à Filippo... qui me tenait toujours la porte au resto, refermait la portière de la voiture derrière moi, m'envoyait des fleurs accompagnées de mots doux, payait l'addition. Avais-je besoin de toute cette galanterie ? Savais-je vraiment ce que ce terme impliquait ? Dans les contes, les princes sont toujours censés être galants et les princesses... des demoiselles.

Il s'approcha et se pencha vers moi, le sourcil gauche levé.

— Tu te lèves, ma chérie ?

Je soufflai, repoussai le drap et, les seins cachés dans mes mains, me dirigeai vers ma salle de bains, où quelqu'un avait déposé un bikini et une robe légère.

— Ça ne va pas ensemble ! m'écriai-je.

— Aucune importance !

J'éclatai de rire.

Après une douche rapide, je sortis, habillée mais l'air endormie, et tombai nez à nez avec David, son sac sur l'épaule et, à mes pieds, le mien, bien rempli.

— On va où ?

— Tu vas devoir le deviner. Mais ne t'en fais pas. J'ai pris tout ce dont tu as besoin. J'ai dû fouiller dans tes affaires, je suis désolé. Mais, comme ça, je garde la surprise.

Envie de l'embrasser. Envie de crier. Sensation d'avoir des ailes.

— Bonne journée ! nous lança la fille de la réception en nous voyant sortir.

— Merci, murmurai-je, perplexe.

— Qu'est-ce qu'elle a dit ? me demanda David en sortant les clés du scooter de sa poche.

— Elle sait où on va ?

— Ah, oui.

— Quand... ?

— Je suis sorti du lit vers 5 h 30 et quand je suis venu chercher de l'aide, elle était là. On a fini par se comprendre.

Il enfourcha le scooter, mit mon sac entre ses jambes et me refila son sac à dos.

— Allez, Margot, parce que les aventures ne se vivent pas seul.

Je reconnus assez tard la direction que nous avions prise, alors que nous abordions déjà les derniers virages qui descendaient vers le port. Une fois arrivés, David attacha le scooter et m'encouragea à entrer dans le vieux bâtiment, où nous nous dirigeâmes directement vers une file.

— Tiens.

Il sortit une boîte de Dramamine et une bouteille d'eau de son sac.

— C'est quoi, ça ?

— Tu savais qu'on les vend en supermarché ?

— C'est ça que tu as acheté ?

— Oui, je me suis dit qu'on allait reprendre un bateau avant de partir.

— Tu sais que je croyais que tu avais acheté des capotes ?

— Ah, ça aussi. Dramamine, capotes et une boîte de tampons. T'imagines la tête du type à la caisse ?

Radieux, il sourit. J'avalai deux comprimés avec un peu d'eau, et lui passai la bouteille pour qu'il fasse de même.

— On va où ?

— C'est une surprise, yeux tristes.

Il s'approcha un peu plus et son sourire innocent se para du type de complicité que seuls ceux qui ont partagé les plaisirs de la chair connaissent.

J'aurais aimé qu'il m'embrasse, mais il n'en fit rien. Contrairement à l'aller, nous voyagions en classe éco, relativement vide à cette heure matinale. Il m'offrit un café au lait et un muffin et nous prîmes le petit déjeuner en jouant : j'essayais de deviner où nous allions en lui posant des questions, auxquelles il ne pouvait répondre que par oui ou par non, mais en vain.

Nous descendîmes à la première escale : Ios, une île à peu près aussi grande que Santorin, à une heure vingt de ferry de cette dernière. Je n'en revenais pas qu'il ait tout organisé seul.

Nous marchâmes quelques minutes sous le soleil du matin, jusqu'à un petit hôtel deux étoiles, situé au-dessus d'une agence où les touristes pouvaient réserver excursions et activités aquatiques. Située au deuxième étage, la chambre (une seule, bien entendu) était petite et propre, très correcte malgré son austérité : un lit double avec une tête de lit en bois massif, une petite table, deux chaises et deux tables de nuit. Nous avions également une terrasse où trônaient deux modestes chaises en plastique et une table. Le blanc des façades alentour faisait ressortir le bleu de la rambarde, qui semblait presque se fondre avec la mer sombre.

David déposa nos affaires dans la chambre et la salle de bains pendant que je contemplais, hypnotisée, le va-et-vient des bateaux. Je ne l'entendis pas arriver et sursautai lorsqu'il se mit à parler :

— Ce n'est pas hyper joli, mais...

Je fis volte-face et le serrai dans mes bras. De ces étreintes que partagent deux individus que lie bien plus qu'une simple amitié, c'est vrai, mais sans arrière-pensée. Un simple geste de gratitude.

— C'est merveilleux. Merci.

— Ne me remercie pas, c'est la moindre des choses...

Je desserrai mon étreinte pour le regarder. Il avait des yeux incroyables..., jamais deux yeux marron n'avaient recelé tant de choses... des galaxies cachées dans de minuscules stries dorées.

Non, il ne m'embrassa pas non plus à ce moment-là. Il prit ma main, recula d'un pas et m'attira à lui.

— Viens, je vais t'emmener dans un endroit incroyable, tu vas voir.

Nous nous rendîmes dans une agence de location de voitures et David essaya de se faire comprendre par le type qui nous avait reçus. Réalisant que ce dernier n'avait aucune envie de le comprendre, il finit par me laisser prendre la relève.

— Dis-lui, s'il te plaît, que nous avons besoin d'une petite voiture jusqu'à ce soir.

— Mais où m'emmènes-tu ?

— Dans un coin au fin fond de l'île où je pourrai tranquillement te tuer, prendre des photos de ton cadavre et t'abandonner dans le coffre. Allez, s'il te plaît...

C'était la première fois que je voyais David s'énerver.

Il insista pour payer, et en profita pour se lancer dans un discours sur les raisons de son geste.

— Parce que, tu vois, peu m'importe que tu sois une femme, un homme, une méduse ou un cacatoès, quand il s'agit de payer, ça revient au même. Mais je ne peux quand même pas te laisser payer à chaque fois.

— T'as l'impression d'être un gigolo ? plaisantai-je.

— Non. Plutôt un profiteur. Et je ne bosse pas depuis l'âge de seize ans pour me sentir comme ça avec toi.

— Tu sais que j'en ai plus qu'assez, n'est-ce pas ?

Il eut un geste de dédain tandis que nous marchions vers la C2 blanche qui nous avait été attribuée.

— Personne n'en a plus qu'assez. C'est juste que tu en as plus que tu ne peux en dépenser.

J'insistai :

— Non, David. J'en ai plus qu'assez.

Il s'immobilisa et me dévisagea, le front plissé.

— Et pourquoi tu me dis ça maintenant ?

— Parce que je ne veux pas que tu t'en fasses à ce sujet tant que tu es avec moi.

— Et moi, je ne veux pas, parce que tu as plus qu'assez de pognon, que tu penses que tout doit être comme tu veux ou comme tu en as l'habitude.

Il sourit, moqueur, puis poursuivit :

— Tes millions, je m'en tape, princesse. Ce soir, tu dors dans une pension.

Je ne pus que rire.

J'aurais aimé conduire mais il ne me le proposa pas. À chaque changement de vitesse, je me remémorai l'expression de son visage en jouissant et ses doigts qui me caressaient.

— Qu'y a-t-il ? me demanda-t-il en quittant la route des yeux un instant. On dirait que tu es en train de faire une opération mathématique complexe.

— Tu es beau comme un dieu, quand tu conduis.

Il sourit, mais son sourire s'éclipsa peu à peu.

— Je ne suis pas grand-chose, en réalité.

— Ce n'est pas l'impression que j'ai eue hier soir.

J'étudiai scrupuleusement sa réaction. Il haussa brièvement les sourcils, de manière quasi imperceptible, puis s'humidifia les lèvres.

— Je n'ai pas eu cette impression-là non plus.

Silence.

Je regardai par la fenêtre.

— Tu as répondu à son message ? demanda-t-il.

— Pardon ?

— Filippo, tu lui as répondu ?

Une gifle en pleine figure aurait été moins dévastatrice. J'étais décontenancée. Oui, je sais, j'avais moi-même pensé à Filippo l'instant d'avant, mais entendre son prénom dans la bouche de David me déplut. Ma réaction fut loin de faire preuve de maturité.

— Ah… C'est à ça qu'on joue ?

Je me mordis la lèvre et me remis à contempler le paysage.

— Qu'est-ce que ça veut dire ? À quel jeu suis-je censé jouer ?

— Je sais bien qu'hier soir ne veut rien dire. Pas besoin de mêler Filippo à la conversation.

— T'es sérieuse ?

Il fronça les sourcils.

— Margot, je ne suis pas du genre passif-agressif. Je t'assure que si c'était mon but, tu t'en serais rendu compte.

— Arrête de frimer.

— Moi ? fit-il en écarquillant les yeux. Je voulais juste savoir si tu avais répondu au message du type que tu voulais encore reconquérir il y a deux jours à peine.

Il soupira.

— Tu te sens coupable ? lui demandai-je. C'est ça ?

— Je n'ai aucune raison de me sentir coupable. Je suis célibataire et, autant que je sache, toi aussi.

J'ouvris la bouche mais fus incapable de lui répondre parce que, sur le fond, il avait raison, même si je n'étais pas d'accord avec les nuances.

— Je ne connaissais pas cette facette de toi, murmurai-je.

— Je suppose qu'il y a plein d'autres facettes que tu ne connais pas.

Je soufflai pour lui exprimer mon incrédulité.

— Sérieusement, Margot… Qu'est-ce que tu crois que j'essaye de te dire ?

— Ben, c'est le genre de conneries que sortirait un gros frimeur macho, quand il dit, la bite à la main : « Doucement, ne t'emballe pas, tout ça ne veut rien dire… »

Il haussa un sourcil. Jamais je n'avais vu cette expression sérieuse sur son visage.

— Connerie d'un gros frimeur macho. Hmm. Ou alors, on pourrait le voir comme une marque sincère d'intérêt pour la façon dont tu comptes agir avec ton ex-fiancé maintenant que je suis, en quelque sorte, impliqué dans cette affaire, mais non… Tu as raison, il vaut mieux se dire que je suis juste un pauvre con.

— Je ne sais pas, David… On parlait d'hier soir et puis, tout à coup, tu me parles de Filippo.

— Eh bien, pardonne-moi si ça t'a semblé inapproprié, mais dans ma tête ça me semble logique.

— Alors explique-moi au moins cette logique.

— Bon sang !

— Ne t'en fais pas, David. Il suffit d'inclure la soirée d'hier soir dans l'épisode d'aliénation mentale qui m'a fait te proposer de venir.

— Tu commences à me prendre la tête, là.

Il me lança un regard en coin.

— C'est moi qui te prends la tête ?

— Alors, non seulement tu fais comme si de rien n'était, mais en plus tu me dis que me demander de t'accompagner était une folie, c'est ça ?

— Je n'ai pas dit ça.

— Alors, quoi ?

— Mais je n'en sais rien ! Je ne te comprends pas !

David arrêta la voiture sur le bas-côté du chemin, où les herbes hautes de couleur jaune semblaient offrir un répit au paysage.

— Qu'est-ce que tu fiches ?

— Je ne peux pas discuter et conduire en même temps. Je ne suis pas assez bon conducteur.

— Ça va, David. Laisse tomber, ça m'est égal. Tout va bien.

— Mais qu'est-ce qui t'arrive ?

— À moi ? fis-je en criant.

— Bien sûr, à toi. Si tu m'avais posé des questions sur Idoia, tu comprendrais que je réagisse comme toi ?

— Voilà le problème : moi, je n'aurais pas parlé d'Idoia.

— Tu sais ce que je crois ? Tu te sens minable, c'est ça ? À cause de ce qui s'est passé hier soir, parce que tu as joui avec moi. Tu te demandes ce qui t'a pris.

— Que dis-tu ?

— Je sais bien qu'en comparaison à Filippo, j'ai l'air d'un gamin, mais si tu culpabilises, je préfère que tu me le dises. Je croyais que tu me faisais confiance...

— C'est plutôt toi qui te sens mal. Parce que Idoia et moi, on n'est pas de la même espèce. Mais ne t'inquiète pas, on n'est pas obligés de remettre ça. Rentrer à Madrid et qu'elle te mange dans la main, c'est ce que tu voulais, non ?

— Oui, admit-il. Toi non plus, ne t'en fais pas, dès que tu auras foulé le sol de Madrid, ton prince viendra te chercher dans son carrosse. C'est vrai, au fond, il n'y a pas de quoi s'en faire, ni pour toi ni pour moi. Tout va bien se passer. Tu vas retrouver Filippo, et moi Idoia. Et tout ceci n'est qu'une attirance passagère, une histoire de cul...

David s'interrompit et fixa ma bouche, presque haletant.

— ... Une amourette de vacances qui...

Je tirai sur son T-shirt, et il eut l'intelligence de défaire sa ceinture de sécurité avant de se ruer sur moi, la bouche déjà entrouverte. Nous laissâmes échapper un gémissement de soulagement tandis que David tirait, entre mes jambes, le levier qui reculait le siège et que je faisais tourner la petite roue qui l'inclinait. Il se hissa sur moi. J'ignore comment, dans un espace aussi exigu, il parvint à se placer entre mes jambes écartées avec la facilité de deux pièces de puzzle qui s'imbriquent. En moins de deux minutes, nos mains avaient glissé sous nos vêtements et nos bouches étaient trempées.

— Mets-toi au-dessus.

Nous changeâmes de position et, ce faisant, je me pris le frein à main et la manette de changement de vitesse dans le dos et heurtai ma tête au plafond. J'aimai l'avoir sous moi, me dévisageant la bouche ouverte, haletant, caressant ce qu'il pouvait comme il pouvait. Il se débattit avec ma robe et parvint à faire glisser les bretelles de mes épaules et à sortir mes seins de mon bikini, pendant que je le masturbais, la main enfouie dans son short.

David se mit à gémir.

— Ne t'arrête pas… continue…

Je sentais son sexe palpiter dans ma main et ses doigts glisser, de façon saccadée, entre mes jambes, par-dessus le bikini. J'étais sur le point de lui indiquer où et comment mieux s'y prendre dans cette position, quand retentit un bruit de frein sec, suivi d'un klaxon. Deux jeunes mecs se mirent à crier dans une langue que je ne connaissais pas des mots que je ne compris pas.

Appuyés à la carrosserie de la voiture, nous grillions en silence une cigarette imaginaire, les vêtements remis en place et le regard perdu dans l'océan de mauvaises herbes sèches qui s'étendait sous nos yeux. Il parla en premier.

— Je suis désolé, murmura-t-il, gêné.

— Moi aussi.

— Je ne voulais pas être méchant. Je n'ai pas réfléchi. Tu as dit que j'étais beau au volant et j'ai pensé à Filippo et… ce type est un peu l'Iron Man des fiancés.

Je me plaçai en face de lui et appuyai mon ventre contre le sien. Il soupira.

— Je ne veux pas faire comme s'il ne s'était rien passé, avoua-t-il. Je n'y arrive pas.

— Moi non plus.

— Mais je veux récupérer Idoia.

Je sentis monter en moi une angoisse que je ne compris pas.

— Et moi, je veux Filippo, affirmai-je.

— Donc ?

Je haussai les épaules et il repoussa mes cheveux sur le côté.

— On est des enfoirés, soupira-t-il en regardant la peau de mon cou, où glissait le bout de ses doigts.

— Si ça se trouve, on veut juste s'amuser, comme tu l'as dit l'autre jour.

— Ou alors on leur en veut encore et on cherche à se venger.

— Pas une bonne idée, ça, admis-je. Mais je ne pense pas que ce soit mon cas. Je n'ai aucune rancune envers Filippo. C'est plutôt lui qui devrait être blessé. Je suis juste en train de… je ne sais pas… en train de déployer mes ailes.

Il me dévisagea en se mordillant l'intérieur des joues.

— Eh bien, tu devrais te sentir assez libre pour voler.

— Toi aussi.

— Et si… si on se laissait porter, proposa-t-il. Sans se poser de questions. Comme deux amis qui s'apprécient. Parce que c'est évident que tu me plais, mais je ne veux pas te perdre.

— Moi non plus, je ne veux pas te perdre. Mais j'ignore si ce que nous voulons est faisable.

— Je n'ai pas envie de m'en soucier maintenant.

Il grimaça. Je le regardai du coin de l'œil.

— Moi non plus.

Je le vis fermer les yeux et s'approcher pour m'embrasser. Je l'arrêtai en reculant mon visage.

— Eh, eh, eh…

— Et si on n'y pensait pas ?

— Et comment on s'y prend ?

— Tu veux récupérer Filippo et moi Idoia, non ? Ce n'est pas incompatible… ils ne sont pas ici, eux.

— David…

— Ce qu'on a su voir l'un chez l'autre quand on s'est rencontrés n'a pas disparu parce qu'il s'est passé quelque chose entre nous.

— J'ai l'impression que tu me proposes une quête pour trouver le Saint Graal.

— Ce n'est pas une folie, Margot. Réfléchis. On se lance et on verra bien.

Il amorça un sourire et me passa les bras autour de la taille, avant de poursuivre :

— On parlera d'eux le cas échéant et on prendra avec naturel ce qui se passe entre nous et avec eux en parallèle.

— Tu dis ça parce que t'es en manque, rétorquai-je en pressant mes hanches contre les siennes et il acquiesça.

— Tu n'en as pas envie, toi ?

— Envie de quoi ?

— De revivre la soirée d'hier, t'envoyer en l'air, savoir ce que ça fait de coucher ensemble ?

Je voulus jouer un petit peu, même si, comme lui, j'en mourais d'envie :

— Trop compliqué.

— Et si on choisissait une date de péremption ? Si on est prévenus, ce sera plus facile, non ?

— On va devenir amants ? raillai-je.

— Amants-potes de vacances, sourit-il. Jusqu'au retour à Madrid.

— Et là, il va falloir qu'on arrête de se voir un temps, pour que tout revienne à la normale, tu ne crois pas ?

— D'accord. En rentrant, on se concentrera sur l'objectif principal, récupérer nos ex, et on se reverra une fois la mission accomplie. Après, on pourra être amis, sans plus.

— Je ne reste ami avec aucun de mes ex.

— Mais si la date de rupture est arrêtée avant même de commencer, ce sera plus simple, non ?

J'acquiesçai. Ni l'un ni l'autre n'y croyions vraiment, mais l'être humain peut être étrange quand il s'agit de trouver des prétextes pour faire ce dont il a envie.

— Ça te dit ? demanda-t-il.

— Juste du cul ?

— De l'intimité.

Nous sourîmes. J'eus envie de lui dire que nous étions complices depuis le premier jour, mais j'eus peur. Je redoutais ce qui allait très certainement se produire : à notre retour à Madrid, mon cœur se briserait un peu, car j'avais développé, sans trop comprendre comment, des sentiments pour David. Pas de l'amour, mais autre chose. Nous allions nous dire au revoir à l'aéroport, j'allais monter dans une voiture et pleurer pendant tout le chemin du retour et, une fois chez moi, il me faudrait m'en remettre et reprendre ma vie en main. J'étais venue ici à la recherche de mon identité, et avais fini par trouver autre chose, que je ne comprenais pas bien mais que je redoutais de perdre.

Nous scellâmes l'accord par un baiser. Un baiser long de quinze minutes.

Nous arrivâmes à Manganari Beach quelque vingt-cinq minutes plus tard. La fameuse destination surprise. Vu la route longue et sinueuse qu'il fallait emprunter pour y parvenir, je ne fus pas surprise de trouver l'endroit quasi désert. Il s'agissait d'une plage ample, de sable fin et aux eaux cristallines, divisée par une ligne invisible en deux zones : une plus vierge, semblable à un paradis perdu, où quelques couples avaient installé leurs affaires, et la partie plus éloignée, avec les transats à louer et le bar La Taverne de Christos, à peine plus mouvementée. David me demanda si je voulais louer une chaise longue. Je lui répondis que la seule chose que je voulais, c'était de me rouler dans le sable avec lui.

Et c'est ce que nous avions passé la journée à faire. Allongés au soleil, nous trouvions toujours un prétexte pour nous approcher de l'autre et, sans avoir besoin de parler, lui dévorer la bouche. J'adorais embrasser David. Comme sous l'emprise d'un sortilège, il me paraissait soudain, du haut de ses vingt-sept ans, l'homme le plus désirable au monde. Un type séduisant, bien foutu, avec un sourire franc et un sexe de bonne taille. Rien à redire.

Mais nous avions fait bien plus que nous rouler des pelles. Et c'était bien là le problème. Au-delà de nous embrasser et de nous peloter, nous avions parlé. Et comme à chaque fois, il régnait un tel calme entre nous que nous nous sentions comme à la maison.

Allongé à côté de moi, jouant avec le sable, il me raconta :

— Je partageais un appart avec un gars et une fille, près de Tirso de Molina, mais du jour au lendemain, le proprio nous a annoncé qu'il avait vendu la maison et que nous avions un mois pour déguerpir. Mes colocs se sont mis à chercher un nouvel appart et en ont trouvé un avec trois chambres à Lavapiés, mais… je leur ai dit non.

— Ça remonte à quand ?

— Un peu plus de six mois. Je sortais depuis presque quatre mois avec Idoia et j'étais tellement fou d'elle que j'ai eu peur de fermer la porte à la possibilité qu'on emménage ensemble. Ivan et Domi venaient d'avoir la petite et je leur filais un coup de main de temps en temps, du coup Dominique m'a proposé son canapé aussi longtemps que j'en avais besoin. Et le temps passe vite.

— Alors, ce n'est pas vraiment une question de liberté ?

— Je suppose que non. En fait, on peut même dire que ça relevait plutôt d'une dépendance : je voulais être libre pour pouvoir courir après Idoia sur demande. Mais j'ai réfléchi… ou plutôt, tu m'as fait réfléchir et je crois que le mois de septembre est un bon mois pour déménager.

Il me lança un sourire en coin, l'air convaincu.

— Et si Idoia te propose de sauter le pas ?

— Ah… Eh bien, bredouilla-t-il en faisant non de la tête, c'est clair maintenant qu'il faut attendre. Notre relation est encore…

— *Walking on thin ice*, l'interrompis-je. Vous avancez encore en terrain glissant.

— Exact.

Je me mis sur le dos et soupirai.

— Pourquoi tu soupires ?

— Oui. Je lui ai répondu. À Filippo.

— Je m'en doutais.

— Je l'ai fait en cachette, je ne sais même pas pourquoi. J'étais gênée, je suppose.

— Et qu'est-ce que tu lui as dit ?

— Que passer l'été chacun de son côté est la meilleure chose qu'on pouvait faire pour notre relation et… je lui ai envoyé une autre chanson.

— Laquelle?

— «Sola con la luna» d'Anni B Sweet.

Il se redressa, le front plissé.

— Qu'est-ce qu'il y a? lui demandai-je en voyant sa réaction.

— Rien.

— Sérieux, que se passe-t-il?

— C'est juste que…

Se laissant tomber à côté de moi, il s'allongea sur le dos, tandis que je me redressai à mon tour pour voir son visage.

— … La nuit où on s'est rencontrés, toi et moi, j'ai pensé à cette chanson en te voyant. Tes yeux semblaient la chanter.

Je me hissai à califourchon sur lui, lui ôtai ses lunettes de soleil et il passa ses bras autour de ma taille.

— Et maintenant, que chantent-ils?

— «True», de Spandau Ballet.

Il esquissa un sourire espiègle et se mit à fredonner.

J'appuyai ma tête sur sa poitrine et lui enfonçai les ongles dans le dos tout en l'insultant. Il riait à gorge déployée et levait les genoux pour me donner de petites tapes sur les fesses et me dissuader de le chatouiller, quand une ombre s'approcha de nous et cacha momentanément le soleil.

— David? murmura une voix féminine.

Nous levâmes tous deux la tête, surpris. Cela faisait plusieurs jours que nous étions accompagnés par la sensation libératrice de n'avoir aucun lien ici et nous ne nous attendions pas à rencontrer des connaissances dans le coin. La voilà qui se tenait néanmoins devant nous, grande et très mince, vêtue d'un bikini sublime, tatouée.

— Ruth? s'exclama David, stupéfait.

Je me dégageai de son étreinte et David se leva, mal à l'aise, tout en ajustant son maillot de bain, sans doute pour éviter que son érection naissante ne soit pas flagrante. Ils se firent la bise et elle lui passa les bras autour du cou. Je sentis bêtement la jalousie m'envahir, alors qu'il pouvait très bien s'agir de quelqu'un de sa famille.

— Qu'est-ce que tu fabriques ici ?

— J'allais te demander la même chose. Je t'ai vu de loin et je me suis dit... non, ça ne peut pas être lui.

— Eh bien, si. C'est moi.

— Et que fais-tu si loin de Madrid ?

La nana me jeta un regard empreint de méfiance.

— Vacances.

David jeta un regard en arrière, à ma recherche, et me tendit la main.

— Ruth, je te présente Margot... ma copine ?

Ignorons le ton de semi-interrogation.

— Oh, sourit-elle, elle aussi décontenancée.

— Salut, Ruth. Enchantée.

— Je suppose qu'elle ne t'a rien dit, murmura David tout en jouant discrètement avec mes doigts.

— Non, rien du tout.

— On a rompu le mois dernier. Enfin, elle a rompu.

Solution de l'énigme : une amie d'Idoia.

— Je ne savais pas. Je me disais bien, tu ne m'as jamais fait l'effet d'un salaud, fit-elle en souriant avec une certaine tristesse. C'est dommage. Enfin...

Elle me regarda en joignant ses mains, comme pour s'excuser, puis poursuivit :

— Je veux dire, je suis contente de voir que tu vas bien et que vous...

— Je comprends, l'interrompit David en se grattant la nuque.

— Tu étais bien pour Idoia. Tu la calmais. Ça alors... Et moi qui croyais qu'elle était dingue de toi.

— Comme tu vois, ce n'était pas le cas.

David déglutit, me lâcha la main et croisa les bras sur sa poitrine, visiblement embarrassé.

— Je ne comprends pas, murmura Ruth.

— Tu connais Idoia, qui sait ce qui lui passe par la tête ?

— Parfois, elle pète un câble. Elle a peut-être voulu jouer à quitte ou double, et elle a perdu.

Ruth semblait vraiment apprécier David, ou du moins ce qu'il représentait pour son amie, mais toute la scène était inopportune.

— Plutôt la partie, grommela David.

Elle nous dévisagea un instant puis fit claquer la langue contre son palais.

— Bon, je ne vous embête pas plus longtemps. Profitez. Et bonne chance à tous les deux.

— Merci. Embrasse tout le monde.

— Sauf elle, j'imagine.

— On est encore en contact, expliqua David, nerveux. Ça ne s'est pas mal fini.

— Tant mieux. J'espère qu'on se reverra bientôt.

— Oui.

Au fur et à mesure que la fille s'éloignait, David semblait se dégonfler. Je lui caressai le dos et appuyai mon menton sur son épaule.

— Ça va ?

— Oui.

Il se tourna vers moi et ses yeux parcoururent mon visage de haut en bas avant de me serrer dans ses bras contre son torse nu.

— Avec toi, oui.

39

La perfection parce que c'est avec la bonne personne

Nous ne rentrâmes à l'hôtel qu'après le coucher de soleil, mais je ne suis pas convaincue que David soit revenu à 100 % avec nous. Une part de lui était restée dans la conversation avec l'amie d'Idoia et moi, sans mentir, j'étais dégoûtée de sentir sa présence autour de nous, matérialisée par le mutisme dans lequel s'était enfoncé David.

— C'est à cause de cette fille ? lui demandai-je.

— Quoi ?

Il fit mine de ne pas comprendre, comme s'il essayait de gagner du temps afin d'élaborer une réponse adéquate.

— Tu as été bizarre tout l'après-midi. J'imagine que tomber sur une amie d'Idoia t'a chamboulé ?

— C'est inévitable de se mettre à réfléchir.

— Et à quoi réfléchis-tu ?

Son visage se contracta en une grimace.

— On a voyagé dans le passé et la conversation de ce matin n'a jamais eu lieu ? Sérieusement, David, on en a déjà parlé.

Il me lança un regard lourd de sens, comme s'il avait voulu m'envoyer par ondes cérébrales une tonne d'infos du genre : « Ne t'aventure pas par ici », « Danger de déception imminente ». J'insistai :

— Parle-moi.

— Je crains un peu de parler de ça avec toi. Je ne veux pas te faire de mal.

— Et qui dit que ça me fera du mal ? On s'est promis qu'on continuerait à parler d'Idoia et de Filippo si l'occasion se présentait.

— Oui, mais...

— Mais quoi ?

— Margot, lança-t-il en me jetant un regard fugace et en souriant. L'être humain est composé à 70 % d'eau et à 30 % d'ego. Je ne veux pas que tu t'imagines que je n'apprécie pas le temps que je passe avec toi ou que je pense à Idoia pendant que je te caresse et...

— Mais c'est comme ça, l'interrompis-je. Plus les choses seront claires, mieux ce sera. Tu le sais.

Vaincu, il poussa un soupir et se tut pendant quelques secondes. Me voyant m'agiter sur mon siège, il se mit à parler.

— Je veux bien réfléchir aux mots que je vais choisir ; je ne veux pas que tu m'interprètes mal. C'est juste que... je ne sais pas. Je suis hyper confus. Ruth est une des meilleures amies d'Idoia. Et elle ne lui a pas dit qu'on a rompu ? Je ne comprends plus rien. Qu'est-ce qui lui passe par la tête ? Elle n'en a vraiment rien à faire ? Ou bien Ruth a raison de dire qu'elle m'a tendu une perche et je ne l'ai pas captée. Ou alors, elle est juste cinglée.

Bien sûr qu'elle était folle. Connaissant David, il fallait l'être pour le larguer en l'accusant d'être un bon à rien, un mec sans talent ni avenir. Ne sachant que répondre, je pris la tangente.

— Et maintenant, cette fille va lui raconter qu'elle t'a vu sur une plage en Grèce te rouler dans le sable avec une nana. Ça va la rendre dingue.

— Je sais... Ça m'apprendra à me lancer dans des stratagèmes, alors que je ne suis même pas capable de suivre une recette de cuisine sans m'emmêler les pinceaux. C'était à prévoir.

— Tiens-toi prêt, David, parce que... elle va réagir. Tu le sais. Idoia a l'air de ne pas supporter la jalousie. Je ne dis pas que tu dois t'angoisser, mais je crois que tu devrais commencer à penser à ce que tu veux faire quand elle fera le pas.

— C'est ça que j'ignore. D'un côté, j'adorerais la regarder droit dans les yeux et lui dire: « Idoia, va te faire voir. » Mais d'un autre côté... je ne sais pas, Margot. Je crois que je lui serais reconnaissant.

— Reconnaissant? fis-je d'une voix plus chevrotante que je ne le voulais.

— Oui. Avec Idoia, je me suis toujours senti... Pas facile de trouver les mots. Avec elle, j'avais l'impression, pour la première fois depuis longtemps, que j'avais enfin quelque chose de valeur, que j'avais vraiment de la chance... Un winner.

— Tu es déjà gagnant à tant de niveaux. D'abord, parce que tu es un homme intègre, capable d'être fidèle à toi-même. Tu n'imagines pas comme c'est difficile, ça!

— Margot... Je dors sur le canapé de mes meilleurs amis, je suis indépendant et j'ai trois boulots avec lesquels je ne fais pas de miracles, sans oublier une collection de T-shirts troués.

— Tu es intelligent, spirituel, unique, magique... et en plus t'es beau comme un dieu!

— Bon sang, soupira-t-il, exaspéré. Ne dis pas ça. Je ne suis pas beau. Au mieux, je suis mignon.

— Tu es beau comme un dieu. Répète avec moi.

— Hors de question, ronchonna-t-il avec le sourire.

— Tu es beau et t'as un petit cul à croquer.

Je posai ma main sur son genou et la laissai glisser jusqu'à son entrejambe.

— Eh! s'écria-t-il en s'esclaffant. Je conduis!

— Donc, si on résume: beau, spirituel, amusant, mignon, bosseur, pointilleux, beau petit cul et...

J'essayai de le caresser par-dessus le maillot de bain.

— ... je ne peux pas fermer la main quand je te branle.

— Ça, c'est parce que tu as des petites mains.

Je retrouvais le type qui dissimulait sa peur et son manque de confiance en soi derrière une plaisanterie.

— Répète avec moi : je suis un cadeau.

David me fixa un instant. Il ne dévia le regard de la route qu'une seconde, qui me permit toutefois de ressentir la paix qui l'avait soudainement envahi en m'entendant lui dire ces choses. Je le connaissais à peine mais je voulais l'aimer dans les règles de l'art. Il essaya de camoufler cet élan de tendresse.

— Je suis, ma chère Margot, la meilleure chose qui va t'arriver ce soir.

Il prit ma main dans la sienne, l'éloignant de son entrejambe, et entrelaça ses doigts dans les miens sur ma cuisse. Un geste qui, plutôt qu'une promesse de sexe, recelait des choses bien plus effrayantes.

Après quarante-cinq minutes en voiture et une journée à la plage, j'avais hâte de me glisser sous la douche pour débarrasser ma peau de la chaleur du soleil, du sable et des sensations de l'après-midi.

Nous avions décidé de partir à la recherche d'un endroit où dîner et, profitant du fait que nous n'avions besoin ni de scooter ni de voiture pour rentrer à l'hôtel, boire une bouteille de vin. Ou un cocktail. Ou les deux. Au feeling.

J'abandonnai David sur la terrasse à ruminer ses pensées et filai sous la douche, un peu inquiète de découvrir ce qu'il avait mis dans mon sac. Je le soupçonnais de n'y avoir enfilé qu'une petite culotte. Filippo aurait été incapable de faire ma valise, par crainte de ne pas faire les bons choix. Je n'imaginais pas David capable de faire mieux, surtout à 5 heures du mat. J'allais devoir me débrouiller avec ce que je portais.

J'étais en train de me rincer les cheveux lorsque David fit irruption dans la salle de bains.

— Tu as dit quelque chose ? demanda-t-il.

— Non.

— Ah, excuse-moi. Dis donc, il est vraiment opaque, ce rideau.

— Tu as vraiment cru que je t'appelais, ou c'est juste un prétexte ? Au fait, je prends ma douche en tongs. Je te suggère de faire de même.

Il se tut, mais je n'entendis pas la porte se refermer.

— Tu es toujours là ?

— Oui.

— Tu veux bien partir ?

Je n'obtins pas de réponse, juste le son de mouvements discrets, amortis par l'eau de la douche.

— David !! Me dis pas que t'es en train de pisser !

— Mais non.

— Alors qu'est-ce que tu fabriques ?

— Rien.

— Fiche le camp. C'est flippant !

Silence.

— Sérieux, tu m'énerves. Si je glisse dans la douche et me tue, tu auras ma mort sur ta conscience. Si ça se trouve, je reviendrai te hanter, enroulée dans ce rideau de bain.

Le rideau s'entrouvrit et il passa sa tête.

— David !!

J'essayai tant bien que mal de me cacher. Il sourit.

— Que se passe-t-il ?

— Attends… Tu es à poil ?

— Comme je suis venu au monde, mais en plus chevelu et poilu. Il y a de la place pour nous deux là-dedans ?

— Non, m'empressai-je de répondre.

Il plissa les yeux, comme s'il soupesait ses options… ou calculait les mètres cubes de la cabine de douche.

— N'y-pense-même-pas, souris-je.

Sans doute à cause du sourire qui l'accompagnait, le message n'eut pas l'air de passer et il sauta dans la douche. Je fis immédiatement volte-face. Il me semblait plus logique de le laisser contempler mon cul que tout le reste, bien qu'il fût déjà « familiarisé » avec.

— Ouh, elle est trop froide. Mets plus d'eau chaude, l'eau froide la ramollit !

— Pour moi, elle peut aussi bien disparaître ! Fiche le camp !

Je sentis son sexe stratégiquement collé à mes fesses, et la vibration de son rire.

— Si tu t'imagines qu'on va le faire sous la douche, tu te mets le doigt dans l'œil. Si ma peau touche ne serait-ce qu'un centimètre de ce carrelage, je me désinfecte au chlore.

— Tu crois vraiment que j'ai envie que notre première fois soit sous la douche ? C'est ringard, un fantasme d'ado branleur.

— C'est donc ça que tu veux, une branlette sous la douche ?

— Si tu insistes...

Je ne pus m'empêcher d'éclater de rire.

— J'espère que tu ne vas pas me faire celle du savon qui tombe...

— Bien sûr que non, ma belle, après les préliminaires d'hier, on ne peut pas s'y prendre vite fait, mal fait. Il me faut un grand lit et que tes cuisses réchauffent mes oreilles pendant un bon moment.

Je lorgnai par-dessus mon épaule. Bon sang. Je crois qu'il n'y avait rien de plus sexy que David, les cheveux trempés, souriant, feignant d'être un brave garçon, les yeux brillants de malice.

— L'après-shampoing.

— J'adore ton cul, grogna-t-il. J'aimerais le croquer.

— Après-shampoing. On se concentre.

Il soupira et s'empara du flacon que je lui montrais.

— Tu ne m'as pas félicité d'avoir pris tous tes petits flacons, murmura-t-il. Tu utilises plus de trucs dans la douche que moi, mes colocs et leur bébé réunis.

— J'utilise juste ce qu'il faut. Je parie que tu utilises le même truc pour tout.

— Savon classique... Bon, et ce machin, ça se met comment ?

— Sur les cheveux, à mi-longueur.

— Tu peux traduire, s'il te plaît ?

— Sur les pointes, David.

Il prit une mèche et l'enduisit de crème.

— Très bien. Mais tu n'as pas besoin d'être aussi minutieux.

— Je suis un type appliqué, yeux tristes.

Méthodiquement, il divisa ma chevelure en mèches et les enduisit d'après-shampoing.

— Tu seras un de ces pères qui font des tresses africaines à leurs filles ?

— Je serai de ceux qui essayent, en tout cas.

Malgré mon sourire, je me sentis soudain paralysée par l'angoisse qui m'envahit en l'imaginant en train de coiffer une fillette blonde de six ans, qui avait le regard impitoyable de sa mère, Idoia. J'étais sur le point de lui demander s'il voulait des enfants, quand il dit :

— En fait, je... je voulais te parler.

— Tu n'es pas venu me mettre de l'après-shampoing ?

— Non. Je voulais te remercier de ce qui s'est passé dans la voiture.

— Je n'ai fait que l'effleurer...

— La technique qui consiste à détourner l'attention en balançant des conneries à tout-va, c'est moi qui l'ai inventée. Tu sais très bien ce que je veux dire. Merci de m'avoir aidé à rebooster ma confiance en moi, que cette rupture a failli détruire.

— Selon toi, tu ne devrais jamais baser ton appréciation de toi-même sur l'opinion de tiers.

— Et j'ai raison parce que je suis un fichu chamane, mais faut pas se refuser les bonnes choses et tu le sais. Donc, merci. Surtout pour le truc sur ma queue trop grande pour que ta main se referme dessus. Ça m'a vraiment fait du bien.

Je me tournai et le sentis entourer ma taille de ses bras et se coller à moi. Il me pencha en arrière et rinça mes cheveux avec délicatesse, s'amusant à les caresser entre ses doigts. Ce fut, sans l'ombre d'un doute, le geste le plus romantique de ma vie, mais il me faudrait des mois avant d'apprécier pleinement la tendresse, l'intimité et la complicité qu'il contenait.

— Tu es incroyable, Margot.

— Tais-toi! lançai-je en essayant, en vain, de me libérer.

— Je ne sais pas qui t'a fait croire que tu dois sans cesse faire des efforts pour être mieux, ou différente, mais il faut que tu prennes conscience que tu n'as besoin de rien, ni de personne, pour te transformer ou te booster. Toi, qui te plains d'être anodine et médiocre, tu cherches inconsciemment à te fondre dans la masse, parce que tu sais, au fond de toi, que le jour où quelqu'un te verra vraiment, il ne verra plus *que* toi.

— Arrête..., le coupai-je pour minimiser ses propos.

— Non. Écoute-moi. Tu es drôle, intelligente, belle, généreuse, et tu n'as pas un seul des préjugés qu'aurait quiconque dans ta situation. Tu irradies tant de lumière qu'en ta présence tout le reste disparaît.

— David, je t'en prie...

— C'est la réalité, même si on cherche à la nier. Je n'avais jamais rencontré quelqu'un si plein de vérité.

J'appuyai la joue contre son torse, détournant mes yeux de son regard étincelant, puis rétablis le contact visuel en me penchant légèrement. Il sourit. Et quel sourire...

— Je pourrais passer ma vie à mordre ta bouche quand tu gémis. Et si je pouvais choisir ma mort, je dirais étouffé entre tes seins.

Nous éclatâmes de rire.

— J'ai hâte de la sentir en toi, murmura-t-il avec un sourire qui se convertit en un geste bien plus intime et complice. Ce sera parfait.

J'aurais voulu lui répondre que la perfection n'existait pas, mais je savais qu'il avait raison. Nous allions le faire. Il allait me pénétrer, il resterait immobile entre mes cuisses et ce serait parfait. Ce qui me faisait peur, c'est que la perfection serait fugace, un laps de temps si insignifiant que rien, ni nous ni même le temps, ne pourrait l'effacer.

— J'ai hâte de passer une nuit entière entre tes jambes, à démonter tous les meubles de la chambre. J'ai envie de tout faire péter et que tu en redemandes. Et que le monde tourne comme bon te semble, à toi.

L'espace de quelques secondes, je fus incapable d'articuler un mot. Je me contentai de le regarder.

Il esquissa un sourire en coin.

— Quoi ?

Je me mordis la lèvre pour que mes mots ne dépassent pas mes sentiments réels.

— Je crois que c'est la première fois qu'on me parle comme ça.

— Ouais, je suis un mec sensible, répondit-il en haussant les sourcils. Tu me la suces ?

Je lui donnai un coup de poing dans le bras et, avant qu'il puisse me retenir, je m'enroulai dans une serviette et sortis.

— Eh !

— Dépêche-toi, j'ai faim.

J'enveloppai ma tête d'une serviette plus petite. J'avais besoin de respirer loin de lui. Glissant le long du carrelage, ses mots flottaient encore dans la salle de bains, c'en était trop pour moi.

— Tu avais vraiment besoin d'envahir la douche ? On ne pouvait pas discuter après ?

— Je voulais te voir nue au moins une fois avant qu'on fasse l'amour.

— Qu'on fasse l'amour ? Tu veux pas plutôt dire me baiser ?

— Le verbe « baiser » me dérange parce qu'il n'implique aucune réciprocité. Je n'aime pas m'imaginer en train de « te baiser ». J'ai envie que ce soit partagé, si tu vois ce que je veux dire. Et crois-moi, je suis peut-être doué pour la baise, mais pour faire l'amour, c'est moi le meilleur.

Sur le lit, je trouvai mon nécessaire et une tenue déjà préparée : une petite culotte, une robe à fleurs décolletée que j'avais achetée avec lui, et des sandales noires. Je poussai un soupir, la poitrine nouée par une sensation qui ne laissait rien présager de bon à la lumière de la promesse que nous nous étions faite.

Je garde de cette nuit-là des flashs de lumière, de vie. Elle a fini par se convertir en l'une de ces images qui alimentent le souvenir et la nostalgie, et qui nous rappellent qu'un jour, déjà bien lointain, nous n'avons pas seulement existé, nous avons vécu.

Je me souviens encore de la surprise. Cette sensation au creux de mon estomac et l'espoir qui s'y nicha quand, ayant fini de me sécher les cheveux, je l'aperçus en train de rentrer une chemise blanche dans son jean. Le front plissé, il jurait, comme un gamin dont les plans ne se déroulaient pas comme prévu.

— Je la mets dans le pantalon ou pas ? me demanda-t-il.

J'en profitai pour l'examiner de la tête aux pieds : les Converse, le jean, la ceinture usée, la chemise blanche qui lui allait comme un gant. Il était à couper le souffle.

— Je crois me souvenir que tu ne l'avais pas achetée.

— Eh bien…

Il leva le regard vers moi avec un air de suffisance.

— Il se peut que j'y sois retourné plus tard. Dedans ou dehors ?

— Dedans.

Il termina de la rentrer dans son pantalon et je mis ma main sur ma bouche pour m'empêcher de rire.

— Quoi ? Ça ne me va pas ?

Je me rapprochai.

— Tu es si séduisant que je crois bien que je vais me mettre à hurler.

— Bonne idée.

— Encore heureux que ce soit la nuit, parce que si tu avais mis tes lunettes de soleil, tu aurais dû me faire l'amour sur le comptoir de la réception.

— Je te préviens, dès que j'ai le feu vert, moi, je me lance.

Il leva les sourcils, s'empara des lunettes posées sur la table et les mit. Je ne pus m'empêcher de l'embrasser.

Je me souviens de l'odeur dans la rue, un mélange de jasmin, de mer, d'effluves provenant des restaurants aux alentours, et du parfum de David.

Je me souviens qu'on a marché main dans la main, et d'avoir pensé que je ne m'étais jamais sentie aussi vivante.

Je me souviens des baisers. Ces baisers qui étaient comme le tout premier. Comme le dernier avant de s'endormir. Comme celui que tu donnes à quelqu'un que tu veux garder près de toi jusqu'au dernier jour.

Nous dînâmes dans un restaurant avec vue sur la mer et une piscine en terrasse. Pour commencer, nous savourâmes quelques verres d'un vin grec doucereux. Après quelques verres, nous finîmes par commander une bouteille de ce vin merveilleux.

Je me souviens d'avoir pensé qu'avec David à mes côtés j'aurais été capable de transformer la souffrance en force.

Après le dîner, nous nous assîmes près de la rambarde, d'où l'on pouvait contempler la mer à perte de vue, et commandâmes un cocktail.

— Vin et cocktails… Ce soir, je vais dormir comme un bébé, me prévint David.

Ce ne fut pas le cas. Le cocktail éveilla en lui l'homme affamé. Assise sur ses genoux, je savourai l'alcool sur sa langue et me sentis devenir ivre… ivre de désir. Lorsque sa main se mit à parcourir mes cuisses sous ma robe, le serveur nous apporta l'addition, accompagnée d'une recommandation en mode invitation à décamper :

— Pourquoi ne pas poursuivre la soirée ailleurs ?

Il nous suggéra une boîte où nous pourrions prendre quelques verres et nous amuser, et nous quittâmes les lieux morts de rire, persuadés qu'il venait de nous envoyer dans un club échangiste ou un antre de débauche. En arrivant à l'adresse indiquée, après des arrêts fréquents pour s'embrasser à pleine bouche, se lécher le cou et se caresser à travers nos vêtements, nous découvrîmes qu'il s'agissait tout bonnement d'une discothèque. Ou plutôt d'une méga-discothèque.

— On va prendre un verre? suggérai-je en le tirant par la manche vers l'entrée.

C'est curieux. Je mourais d'envie d'être seule avec David mais je voulais aussi prolonger cette nuit à l'infini. Je me sentais… libre.

Grâce au sourire et aux mouvements agiles de David, qui se faufila entre les groupes de jeunes trop bourrés pour le remarquer, nous n'eûmes aucun mal à obtenir des boissons. Ni à atteindre le centre de la piste.

Je me souviens de cette sensation. Celle de danser comme si rien n'avait d'importance. Celle de penser que tout était possible, qu'il suffisait de se l'imaginer. Entourée de gens qui dansaient comme si la vie était éternelle, mais avec la certitude que le monde exploserait demain, se sentir immortel était aisé.

Entre deux baisers, David dansait sans inhibition; j'appris plus tard qu'il ne dansait comme ça que lorsqu'il avait bu.

Sur la piste, les danseurs se déplaçaient en masse, tel un énorme insecte aux milliers d'extrémités, et nous, nous étions son cœur. Je reconnus un morceau de Drake et Rihanna, «Too Good», fermai les yeux et me fondis dans son rythme tribal, oubliant le regard des autres, leur jugement. Quand je les rouvris, David me souriait, le regard trouble et le sexe sur le bout des lèvres.

— Quoi?

— Si tu continues…

— Si je continue, quoi? rétorquai-je en m'attendant à une réponse coquine.

— Si tu continues à chanter et à danser comme ça… je vais tomber amoureux.

Je me souviens que la chaleur nous collait à la peau, humide, laissant sur son passage un sillon de gouttelettes de sueur condensée, insignifiantes mais qui étaient la preuve que nous étions maîtres de nos corps. Et nous dansions une espèce de transe primitive.

David me chuchotait des mots indécents, parfois déversés dans mon oreille entre deux halètements, parfois accompagnés d'éclats de rire et d'une main baladeuse sous ma robe.

Je me souviens de sa voix, mon dos contre sa poitrine, sa main droite remontant à l'intérieur de ma cuisse et se faufilant entre mes jambes, sa main posée sur mon sexe jusqu'à me donner des frissons. Ses doigts cherchant un coin de chair où s'enfoncer.

— Je vais avoir besoin de beaucoup de temps... Donne-moi le temps, je veux passer une heure à savourer chaque millimètre de ta peau... Jusqu'à te faire jouir, jouir, et jouir encore.

— Je ne tiendrai pas une heure.

— Alors une demi-heure. Une demi-heure avec ma langue dans ta chatte. Et si tu ne tiens pas le coup, je t'aiderai.

Et ce garçon, qui me susurrait des mots obscènes, qui aimait la musique des années 1980, qui travaillait dans un bar et s'y connaissait en fleurs... ce garçon qui rêvait de trouver ce qui donnerait un sens à sa vie, persuadé qu'elle n'en avait pas encore, oubliait tout, les yeux fermés, à chacun de mes baisers.

— J'adore cette chanson !! s'écria soudain David. Tu as Shazam ? Margot, sors ton téléphone, je kiffe trop ce morceau !

Je sortis le portable de mon sac. Pendant que j'activais l'appli, il me prit par la taille et me souleva. Un sentiment de légèreté m'envahit soudain. Une brise délicate vint me rafraîchir la peau et la musique se mit à pulser de plus belle. Je levai les bras et, l'espace de quelques secondes, l'univers tout entier se volatilisa. Envolé, le conseil d'administration ; envolé, le mariage raté ; envolées, ma sœur Patricia et ma mère ; envolés, la frustration, le chagrin. Là-haut, dans les bras de David, je surfais sur une vague de puberté que je n'avais pas vécue au bon moment, me sentant à la fois fragile et invincible, sur le point de crever et immortelle. En chair et en os... enfin.

Lorsqu'il me déposa par terre, ses yeux me souriaient.

— Une demi-heure, murmura-t-il, le regard fixé sur mes lèvres.

Si je n'avais pas autant bu, j'aurais sans doute compris cette nuit-là que mes sentiments à l'égard de David dépassaient largement le justifiable. Peut-être l'aimais-je déjà. Peut-être étais-je déjà tombée amoureuse de lui, sans avoir eu besoin pour cela d'une folle nuit de passion. Quand je dis que baiser est surfait…

À vrai dire, même moi, je n'y croyais pas complètement.

Le jour se leva à 6 h 10. Nous contemplâmes le lever du soleil, assis sur une plage près de l'hôtel, recueillis en un silence comblé. Assis sur la plage, David, dont les yeux reflétaient l'horizon irisé de l'aurore, me chuchota sa deuxième déclaration d'amour, sans me regarder :

— Margot, ne cesse jamais d'exister.

Juste avant de s'écrouler sur le lit, tout habillé, il ajouta :

— Une demi-heure. Donne-moi une demi-heure et je te fais grimper aux rideaux.

40

Ne cesse jamais d'exister

J'aurais préféré me réveiller avec Margot à califourchon sur moi, vêtue simplement de la nuisette blanche que j'avais glissée dans son sac. Je l'imaginai, une bretelle tombée, tandis que ses hanches naviguaient avec volupté sur mon corps en vagues inexistantes. Et moi, qui suis si faible, j'aurais embrassé ses tétons, je lui aurais chuchoté des mots doux et demandé avec des caresses de me laisser la pénétrer pour rester vivre dans son corps sous la forme d'un gémissement. Et les reflets de la mer, la brise et la liberté nous auraient applaudis pendant que nous faisions l'amour.

Sympa, hein ? Rien de plus éloigné de la réalité, pourtant. Je fus réveillé par une chaise tombant sur le sol avec un tel fracas que je frôlai la crise cardiaque. Je me levai et aperçus Margot, les cheveux en bataille et le maquillage défait, qui rassemblait ses affaires.

— Mais... ?

— Le ferry !! On va rater le ferry !!

Rien de plus déplaisant que de courir avec la gueule de bois. Surtout quand il fait quarante-cinq degrés à l'ombre. Et qu'on s'apprête à monter sur un bateau... C'était de toute évidence un signe que m'envoyait le destin pour m'exhorter à reprendre mes esprits et comprendre que quelque chose clochait. Dans ma vie. Un signe que je choisis, bien entendu, d'ignorer.

La Dramamine mit longtemps à faire effet, et une sensation de nausée m'accompagna tout le trajet. Margot non plus n'en menait pas large. Elle ne s'était même pas débarbouillée avant de quitter l'hôtel. Nous ressemblions à une version estivale et ravagée du Joker et nous n'échangeâmes pas un mot jusqu'à Santorin.

Je faillis lui demander de conduire le scooter jusqu'à l'hôtel, mais j'eus pitié d'elle. Je ne pus m'empêcher de sourire.

— Qu'est-ce qui te fait rire ?

— T'as une sale tête, me moquai-je.

— Tu t'es regardé ?

— Moi ? Cet air un peu grunge me va bien d'après toi ? En revanche, toi... tu as l'air d'une toxico qui a survécu à une orgie de tronçonneuses.

— Tes cheveux sont poisseux, m'informa-t-elle pour me faire comprendre que j'étais, moi aussi, loin d'être en forme.

Je les tâtai. Merde. Elle avait raison.

— On va filer sous la douche en arrivant et tu me les laveras, donc pas de souci.

Elle leva les yeux au ciel, puis grimpa derrière moi sur la bécane.

— Une demi-heure, murmurai-je avant qu'elle mette son casque.

J'eus droit à un coup de poing dans le biceps. Il y a des choses qu'il vaut mieux taire quand on est sobre.

Nous fîmes une halte à la boulangerie pour boire deux énormes cafés et acheter toutes sortes de vivres. Nous nous retirâmes ensuite dans la villa, la pancarte « do not disturb » sur la porte. Une fois les volets fermés pour nous réfugier dans une pénombre apaisante, la chambre se transforma en un utérus artificiel et réfrigéré où nous pouvions nous blottir le temps de retrouver un semblant d'humanité.

À vrai dire, après la soirée de la veille et le réveil brutal de ce matin, mon corps n'était pas prêt pour faire la bringue et je n'y songeai pas, tout en continuant d'être persuadé d'avoir besoin de trente bonnes minutes, la langue enfouie entre les lèvres de Margot... et je ne parle pas de celles qui recouvraient ses dents. En me glissant sous la douche avec

Margot, je n'avais aucune intention érotique – consciente, du moins. Je voulais juste qu'elle me lave les cheveux.

Hors d'elle, Margot se mit à hurler.

— Ne crie pas comme ça, espèce de cinglée, ma tête va exploser !

— Fiche le camp, bon sang !

— Pourquoi ?

Et je jure que j'ai posé cette question parce que je ne pigeais pas les raisons qui m'empêchaient de prendre une douche avec elle. Je voulais juste qu'elle me lave les cheveux.

— Parce que je veux me laver en paix !!

— Eh ben, vas-y, te gêne pas.

Je lui tournai le dos et entrepris de me savonner scrupuleusement le corps.

— Si tu essayes de me séduire, ça ne marchera pas, je te le dis tout de suite. Voir la façon dont tu te laves me fait penser à un documentaire que j'ai vu au sujet d'une communauté de singes en Inde, je te jure. Ils font pareil que toi.

Je lui jetai un regard par-dessus l'épaule. Ses cheveux étaient plaqués sur sa tête, son maquillage dégoulinait, elle ne souriait pas.

— Si tu le dis. Je veux être bien propre au cas où tu aurais envie de me lécher les valseuses tout à l'heure.

— Tu sais que quand tu as la gueule de bois, tu es vraiment le type le plus désagréable que j'aie jamais rencontré ?

— Tu me laves les cheveux ?

— Mais bien sûr, vu que t'es tellement sympa et que tu l'as vraiment mérité.

— Je suis adorable et tu le sais. Allez, lave-moi les cheveux, s'il te plaît.

— Et j'y gagne quoi ?

— Tu n'es qu'une capitaliste, me moquai-je. C'est d'accord. Je laverai les tiens après.

— Mais comme chez le coiffeur, hein ? Avec massage et tout.

— OK.

Je n'avais jamais rien senti d'aussi relaxant que les doigts de Margot sur mon cuir chevelu, répartissant le shampoing et frottant délicatement jusqu'à mes tempes. Je ne m'étais jamais fait masser le crâne. En sentant mon sexe durcir, je décidai rapidement que ce genre de soins n'était pas pour moi. Je la regardai du coin de l'œil. La pauvre, si optimiste…

— Tu peux rincer.

— Comme tu veux, mais pour moi va falloir frotter plus longtemps.

Je me mordis la langue pour ne pas sortir une connerie.

Je suppose qu'elle ne tarda pas à remarquer mon état de tension, en sentant mon sexe toucher ses fesses pendant que je lui lavais les cheveux. Elle ne dit mot, et je continuai à répartir le shampoing en faisant glisser mes mains le long de sa chevelure et de son cou. Après je ne sais combien de gémissements de plaisir et de « oui, là », qui faillirent venir à bout de ma contenance, elle se glissa sous le jet d'eau et appliqua le soin. J'en profitai pour me remplir la main de savon avec la pire des intentions.

Je l'attirai à moi, de dos, et enfonçai ma main entre ses cuisses sans faire de façons. Elle avait dû avoir la même idée que moi et accueillit mon geste avec un gémissement, sans surprise apparente.

— Ça va si je frotte comme ça, ou tu préfères plus fort ? lui demandai-je sournoisement.

— Tu peux frotter jusqu'à ce qu'on inonde la douche de mousse.

Je glissai mon majeur entre ses lèvres et lui fis faire des mouvements circulaires tandis qu'elle m'agrippait violemment les avant-bras, comme si elle avait craint que je la laisse en plan.

— Je peux passer la prochaine heure à tenir mes promesses ?

— Non, gémit-elle dans mes bras. J'ai encore des pertes.

— C'est quoi ça, des pertes ?

— Ça veut dire que je saigne encore un peu. Demain, peut-être.

— Et je fais quoi, moi, maintenant ? Je veux te donner du plaisir.

Elle dirigea ma main un peu plus bas et introduisit mon doigt en elle.

— Je n'aime pas ça.

— Moi, si. Continue…

Sa main se fraya un chemin entre nos corps et se referma sur mon sexe, qui répondit avec ferveur. Je gémis, la bouche collée à son cou, pour qu'elle entende le plaisir qu'elle me donnait quand elle me touchait et, de la main qui n'était pas entre ses jambes, je pelotai son sein gauche. Margot aussi gémissait, tout en m'indiquant les mouvements qui lui plaisaient et, alors que j'étais sur le point de lui proposer d'aller nous allonger sur le lit, elle me surprit en me posant une question à laquelle je ne m'attendais pas :

— Tu crois que je le trompe, là ?

— Pardon ?

Elle serra ses doigts autour de mon sexe, me faisant pousser un gémissement.

— Bon sang, ne me demande pas ça maintenant.

— Oui ou non ?

— Non…

Je gémis de plus belle, lâchant son sein pour poser ma main sur la sienne qui me palpait, et accélérai la cadence.

— Il s'est cassé tout l'été, non ? Ce sont tes vacances, Margot, affirmai-je en laissant échapper un grognement. N'arrête pas maintenant… continue.

Elle ôta sa main. « Rien-à-battre-de-tes-remords, balbutiai-je sans ouvrir les lèvres, comme une espèce de rugissement contenu au fond de ma gorge. Je te dis que ce mec ne t'aime pas, Margot, parce que tu n'as pas besoin d'en dire beaucoup plus pour savoir qu'il n'a même pas pris la peine de connaître cette part de toi enfouie sous les apparences. Je rêve, Margot ! Et c'est toi qui te sens coupable ? Et lui, qui n'a même pas su voir que l'amour de sa vie était terrifiée le jour de son mariage, il ne devrait pas se sentir coupable ? »

Je ne dis rien. Margot me regarda droit dans les yeux.

— C'est vrai ?

— Oui.

— Tu ne dis pas ça parce que tu veux que je termine ce que j'ai commencé ?

— J'ai très envie que tu me caresses jusqu'à ce que je jouisse sur tes fesses, Margot, mais je veux surtout que tu piges que, s'il est libre, alors toi aussi. Et je me fiche de savoir s'il a ou non couché avec une autre, parce que la seule chose qui compte, c'est qu'il n'est pas ici avec toi, tu ne crois pas ?

Elle sourit.

— Parfait. Alors je suppose qu'une pipe, c'est aussi bien qu'une branlette, n'est-ce pas ?

Je clignai des yeux, incrédule. Même ma queue se mit à sourire. J'avais encore du pain sur la planche pour apprendre à connaître Margot en profondeur. Combien de femmes différentes cohabitaient en elle ?

Elle sortit de la douche, sans poser sa bouche sur mon sexe. Ahuri, je la regardai s'enrouler dans une serviette avant d'en mettre une autre autour de ma taille.

— T'inquiète, chuchota-t-elle.

Je m'assis au bord de son lit, laissant s'ouvrir la serviette pour lui signifier que je n'avais pas oublié sa promesse.

— Tu sais que tu as une queue superbe ? me lança-t-elle en s'agenouillant devant moi sur un coussin qu'elle avait mis par terre.

— Je ne me suis jamais posé la question. Tu crois qu'elle gagnerait un concours de beauté ?

— Hmmm…

Elle s'en empara et, comme par magie, la fit disparaître.

Je criai. J'ignore quels mots sortirent de ma bouche, sans doute une énormité, parce que je la vis me dévisager les yeux écarquillés.

J'enfonçai mes doigts dans ses cheveux et la poussai un peu vers moi, suivant le mouvement qu'elle créait en faisant aller et venir ma queue dans sa bouche.

Je caressai son front de mon pouce et elle me regarda. Je hochai la tête, comme si j'avais pu, par ce simple geste, lui faire comprendre le fond de ma pensée, des choses que même moi je ne comprenais pas forcément : combien je désirais qu'elle continue pour jouir dans sa gorge, que ce voyage ne s'achève jamais car j'ignorais si j'étais capable de me séparer d'elle, qu'Idoia ne savait pas sucer – en tout cas pas comme elle –, que ce qu'elle était en train de faire était extraordinaire. Je ne parvenais pas à détacher mon regard de Margot. Je vivais sans doute la meilleure pipe de ma vie et elle... si belle...

Elle s'aida de la main droite et j'éclatai de rire. Un rire plaintif car il était injuste que cela me plaise tant. Elle sourit, la bouche pleine, tout en avalant mon âme.

Je n'eus pas le temps de la prévenir. J'avais ouvert la bouche pour le faire, je le jure, mais les mots restèrent prisonniers et je ne parvins à émettre qu'un gazouillis ridicule, digne d'un ado, tout en me vidant complètement dans sa bouche. Je n'avais pas tenu plus de dix minutes, mais Margot ne semblait pas surprise. Elle se contenta de s'interrompre, se lécha la commissure des lèvres et passa sa langue sur mon membre avant d'en embrasser le gland charnu et de se lever.

Le visage sérieux et ambigu, elle s'assit à califourchon sur moi, retira sa serviette et dit :

— À mon tour.

Je la masturbai avec toute la passion que me permit mon corps. La passion que je ressentais pour elle, et celle que j'avais pu ressentir par le passé pour d'autres filles. L'univers tout entier se cambra pour ne laisser de place qu'à Margot, telle une divinité cruelle qui s'alimentait de tout ce que je lui donnais. Je sentis ses spasmes de jouissance sur moi et compris que lui donner du plaisir ainsi ne me satisfaisait plus.

Nous en oubliâmes de manger. Nous n'avions même pas goûté le café. Je ne pouvais pas l'éviter. Une fois mes forces revenues, je voulus lui faire l'amour. Et elle aussi.

Je fouillai dans le sac à dos, qui gisait sur la commode de sa chambre, et dénichai la boîte de capotes que j'avais achetée au supermarché ; j'en ouvris une avec les dents.

Nue sur le lit, elle se tordit et serra les cuisses, pour soulager, je suppose, son désir palpitant.

Nous entreprîmes en riant d'enfiler la capote sur mon sexe, tout en échangeant des baisers les yeux fermés, puis elle s'étendit sur le lit, les jambes écartées. Je m'allongeai sur elle et dirigeai mon sexe jusqu'au sien ; elle était si humide que je la pénétrai sans le moindre effort. Nous nous dévisageâmes, la bouche ouverte, surpris par la sensation, puis je me retirai et la pénétrai à nouveau. Elle m'enfonça son genou dans le flanc, au niveau des fesses, et poussa un hurlement.

— Je t'ai fait mal ?

— Je suis vierge.

Paralysé, j'essayai de déglutir, sans succès. Un sourire se dessina sur ses lèvres et se transforma en éclat de rire.

— T'es con !

Elle enfonça ses doigts dans mon dos, me poussant plus profondément en elle, et sourit avec malice.

— T'aurais dû voir ta tête ! Vierge, moi ?

— T'es vraiment bête, tu sais ça ?

Je m'approchai pour l'embrasser.

— Ne t'arrête pas, idiot. Ne t'arrête pas.

Et c'est ce que je fis.

Chaque fois que je couchais avec Idoia, j'avais l'impression d'être dans un film porno. Les gémissements, les positions, les requêtes, même l'esthétique transformaient toute partie de jambes en l'air en un film de cul bien monté et bien produit. Ce qui ne pouvait signifier qu'une seule chose : si tout était parfait et immaculé, cela n'avait rien de réel. Je m'étais souvent dit que je n'étais pas à la hauteur d'une telle démonstration et chaque fois que je couchais avec Idoia, j'avais l'impression de me retrouver en compétition avec elle. À cela venait s'ajouter le fait que je n'avais jamais vraiment été fan du style pornographique : à tous les coups, je finissais frustré de ne pas en profiter au maximum et je ne cessais de me répéter que c'était ma faute.

Eh bien... Avec Margot, j'oubliais l'idée de devoir être le meilleur, parce que je ne voulais pas que cela s'achève avant d'en avoir eu ma dose. Faire l'amour avec elle me confirma que je n'avais jamais pensé à moi, quand j'étais avec Idoia. Je ne voulais que la satisfaire elle. ELLE. Avec Margot, il était évident que le plaisir était mutuel.

Je lui fis l'amour en laissant assez de place entre nous pour qu'elle puisse aussi me le faire à moi. Il résonnait dans les sons que faisaient nos corps, dans les halètements, les odeurs du sexe, les regards échangés, les sourires, un tel degré d'intimité. À ceux qui affirment que le rire est l'ennemi de la passion, je leur dirais de regarder Margot rire.

Margot, lumière. Margot, sans cesser de remuer sous mon corps, demandant l'assaut. Margot, le visage brûlant de désir, murmurant qu'elle allait jouir en se caressant pendant que j'allais et venais. Margot, sur moi, me chevauchant, appuyée sur mon genou gauche, le bras en arrière. Margot engloutissant ses peurs pour les transformer en une exhalation de plaisir.

Et là, à la vue de tous, cette connexion, le point qui nous unissait : son corps s'ouvrant à moi, m'autorisant à lui donner du plaisir. Je me sentis reconnaissant de toute cette vérité. Pour un réalisateur de films de cul, cela ne représentait que des imperfections : sons, poils, humidité (la vraie), interruptions, éclats de rire et paroles très éloignées de ses dialogues absurdes. Mais cela n'en restait pas moins parfait. Du sexe réel. Jusqu'aux « enlève ta main de là, ça me fait mal » ou aux pauses pour boire un peu parce que, laissez-moi vous dire une petite vérité : à quoi sert la perfection si elle ne peut intégrer le monde réel ?

Je me maudis quand elle commença à laisser sortir un râle de plaisir délirant et je gémis d'une voix rauque, presque un grognement. Pourquoi ? Parce que j'étais sur le point de jouir moi aussi, parce que j'explosai, parce que je ne voulais pas que s'achève ce moment.

Elle jouit deux fois, s'aidant de la main à chaque fois, mais peu importait : son plaisir lui appartenait. Quand je jouis à mon tour, entre ses cuisses cette fois, j'eus besoin d'un autre genre d'aide… Je plongeai dans sa poitrine et réprimai une envie de pleurer, que j'enfouis au plus profond de moi, là où se trouvaient déjà tous les sentiments nés d'une conviction que je ne partageai pas avec Margot : ce que nous venions de vivre aurait plus d'importance dans ma vie que je voulais bien le croire.

Je jouis. Je remplis la capote et restai en elle, immobile, haletant. Sans rien y comprendre.

Je m'attendais à voir dans ses yeux un éclat larmoyant. L'idée qu'elle puisse être encore plus submergée par les émotions que moi me réconfortait sans doute, mais elle me donna un coup au moral difficile à oublier.

— Putain, mec !!! C'était incroyable !!

Et merde. Elle rit. Elle se tordit de rire, ajoutant un sentiment de confiance à notre relation, tout en soustrayant à cette première fois avec un autre corps tout sentiment d'imposture, en multipliant ce que j'avais senti pendant l'orgasme et en divisant jusqu'à réduire à zéro toutes les entraves.

— Incroyable ? m'enquis-je. C'est toi qui es incroyable.

Nous nous embrassâmes et je priai. Je priai pour que Margot ne cesse jamais d'exister.

Un peu plus tard dans l'après-midi, après une bonne sieste, je m'éveillai avec Margot sur moi, à califourchon, vêtue seulement de la nuisette blanche que j'avais prise dans ses affaires. J'embrassai ses tétons, je lui chuchotai des mots doux et lui demandai la permission de la pénétrer pour rester vivre dans son corps sous la forme d'un gémissement.

Et la lueur se reflétant dans la piscine, l'air conditionné et la liberté nous applaudirent pendant que nous faisions l'amour.

41

Les règles

David pesta quand je refusai de prendre une douche avec lui, mais j'avais besoin d'appeler Candela et de me confesser : « Pardonne-moi, parce que j'ai péché… trois fois la nuit dernière. »

Je sortis mon téléphone du sac et fus surprise de constater qu'il était éteint. Je savais bien que les batteries ne sont pas éternelles, mais en quatre ans, mon portable n'avait jamais été éteint plus d'une heure.

Je pris le chargeur, branchai le téléphone et appelai le *room service* du fixe :

— Bonjour. Je suis désolée, nous avons raté le petit déjeuner. Pourriez-vous monter quelque chose dans la chambre ? Quelques fruits, du pain, quelque chose de sucré et… du café. Beaucoup de café.

Je m'approchai ensuite de la porte de la salle de bains, d'où sortait la voix de David, qui fredonnait.

— David…

J'entrai et il sortit la tête de la cabine de douche. Il était splendide, nu, à moitié couvert de mousse et trempé.

— Tu as changé d'idée ?

— Non, souris-je. J'ai commandé le petit dèj. J'ai une faim de loup. Tu veux bien leur ouvrir quand ils arrivent ? Je dois passer un coup de fil pour le boulot.

— Bien sûr. Laisse la porte ouverte. Je me rince et je sors.

Le téléphone se mit à vibrer dès que je l'allumai, puis à nouveau après avoir composé le code. Je déglutis en voyant certaines notifications et sortis sur la terrasse.

Ma mère. Un appel en absence et un message vocal : « Une demoiselle ne doit pas seulement l'être, mais aussi le paraître. Ne l'oublie pas et sois discrète pendant tes fameuses vacances. Il ne manquerait plus que quelqu'un te prenne en photo en bikini. C'est vrai qu'avec ta manie de ne jamais donner d'interview ou de faire des appels vidéo, il serait difficile que quelqu'un te reconnaisse, mais... au cas où. Porte toujours un maillot une pièce... »

Je raccrochai. Quelle horrible bonne femme.

Candela. Sept appels manqués. Un WhatsApp :

Je comprends que tu vives ton aventure, mais n'éteins pas ton téléphone, ça me fait peur. J'ai envie qu'on papote. Je te promets que ce n'est pas au sujet du détective plus ancien que les tables des Dix Commandements. Je veux juste savoir comment tu vas.

Je souris. Candela pouvait se montrer assez maladroite avec les sentiments, mais c'était ma sœur.

Patricia. Un WhatsApp :

Tu t'en fiches complètement. J'hallucine. Tu veux bien te connecter au monde réel et m'appeler ? Ça ne va pas, avec cette histoire de détective.

Si je n'avais pas été si détendue, je me serais sans doute dit que ma sœur était l'un des êtres les plus égoïstes de la terre.

Filippo. Deux appels manqués. Deux WhatsApp :

Salut, Margot. Je t'ai appelée parce que j'avais envie d'entendre ta voix. Bon... et j'ai peut-être bu quelques verres de trop et tu sais ce qu'on dit. Que tu appelles toujours ton ex quand tu es bourré. Appelle-moi quand tu auras lu ce message.

Pardon ? « Ton ex » ?

Tu ne m'as pas rappelé et ton téléphone est toujours éteint. Je me fais du souci pour toi. Appelle-moi, s'il te plaît.

Je jurai et jetai un œil par-dessus mon épaule en entendant David siffloter à l'intérieur. Je rédigeai une réponse :

Salut, Filippo. Excuse-moi, je suis partie en excursion pendant deux jours et j'ai oublié mon chargeur à l'hôtel. Mais… tu sais quoi ? Je pense qu'il vaut mieux qu'on garde nos distances pendant quelques semaines encore. On y verra tous les deux plus clair après.

Il se connecta immédiatement :

Filippo : Dieu merci, Margot. J'étais si inquiet que j'ai même envisagé d'appeler ta mère, au cas où elle aurait des nouvelles. Tu vas bien ? Moi aussi… je réfléchis beaucoup à ce qui s'est passé. Je serai de retour à Madrid dans deux semaines. Ça te dit qu'on se voie ?

Margot : Bien sûr. On reste en contact.

Filippo : Je t'aime.

Margot : *Écris, écris, écris… Réponds-lui…* Moi aussi.

Je n'ai pas les mots pour décrire la sensation de vide qui m'envahit alors. Il m'aimait. Et moi, je faisais semblant de méditer sur ma vie, seule, tout en m'envoyant en l'air avec un gars de vingt-sept piges. Et je l'avais même poussé à me dire qu'il ne croyait pas que j'étais infidèle pendant que je le paluchais. Avais-je vraiment des remords ?

Candela répondit juste au moment où David passait la tête par la porte. Ma première réaction fut de me mettre à parler anglais.

— *Hi, this is Margot. What's up?*

— Margot? répondit ma sœur, abasourdie.

— *Yep.*

— Mais pourquoi tu me causes en anglais?

— Pardon, Margot..., murmura David. Le petit déjeuner est là.

— Oui, merci. J'arrive tout de suite, David. Je résous juste deux trois trucs et...

— Ah!!! s'exclama Candela. C'est pour qu'il ne comprenne pas ce que tu dis.

— *Exactly. Just follow my lead, okay? Are you alone?*

— Oui. Je suis sur ton canapé, je mange des restes de poulet frit de KFC. Tu savais qu'on ne les laisse pas utiliser le nom Kentucky Fried Chicken pour une question légale?

Je m'assis sur un des transats, le plus loin possible de la villa, et murmurai dans ma langue maternelle:

— C'est juste un plan cul.

Je jetai un œil à David, en train de disposer les plats sur la table. Comme il était craquant.

— Pardon?

— C'est juste un plan cul. C'est... animal, passionné, une folie qui va me démonter pièce par pièce, mais c'est juste du sexe. Et ce n'est pas une infidélité parce que Filippo et moi, on fait une pause.

— Eh ben. Quand tu as quitté Madrid, c'était juste un ami. Puis on est passé à quelques patins... et maintenant?

— Maintenant, on a isolé notre amitié dans une boîte étanche et on baise comme des lapins.

— Je le savais. C'est moi qui ai hérité de la totalité des neurones de la famille.

— Et des yeux globuleux de papy Rogelio.

— Notre grand-oncle Rogelio était un sex-symbol, tu le sais. Et depuis quand vous couchez ensemble?

— Aucune importance. Je veux juste que tu comprennes qu'il s'agit d'un accord entre deux amis qui ont besoin d'évacuer certaines émotions. Je crois que... Je crois que ça pourrait même être positif pour ma relation avec Filippo. Je rentrerai plus... centrée. Je vais me débarrasser de mes illusions et de mes rêveries.

— Comment ? Tu parles ! Primo, ce n'est pas vrai, rien de ce que tu m'as dit ne l'est. Deuzio : tu n'as pas besoin que *je* comprenne quoi que ce soit, tu essaies juste de *te* convaincre toi-même. *Toi.*

David écarta une mèche de cheveux de son front en passant devant la fenêtre, sans me regarder.

— Peut-être, bafouillai-je.

— Tu es amoureuse ? Dis-moi que tu n'es pas amoureuse de lui.

— Non ! C'est juste du sexe.

David jeta un œil dehors :

— Tout va bien ? Tu as l'air secouée.

— Un problème au boulot. J'arrive. J'ai juste besoin d'un café.

— Et de fermer les jambes, ajouta Candela.

— *Shut up, asshole!*

— Je vois que ça chauffe, je te laisse.

J'attendis qu'il referme la porte et me retournai.

— Margot, écoute-moi. Parfois, on peut confondre amour et plaisir. On perd la tête et du jour au lendemain on se croit amoureuse du type, de la nana ou du suceur de clito qui nous a donné tant de plaisir. Mais ces sentiments ne sont pas réels.

— C'est pas toi qui, le jour où je me suis tirée de mon mariage, m'as encouragée à le faire ?

— C'est une chose de ne pas vouloir que tu te maries si je vois que tu pètes un câble rien que d'y penser, mais te pousser dans les bras du premier mec qui débarque dans ta vie, c'est complètement différent. Il est mignon, sympa, il te fait rire et je *crois*, j'insiste, je *crois* qu'il n'a pas de mauvaises intentions à ton égard, mais, Margot... tu es encore trop fragile pour prendre des décisions importantes. Tu dois te donner le temps.

— Eh bien… c'est ce que je fais. Je me donne le temps… en baisant.

— C'est une façon de voir les choses, mais je ne suis pas dupe. Toi, ce type…

— Je l'adore, la coupai-je. Je ne sais pas. Il me plaît mais ça ne faisait pas partie de mes plans. Et mes plans sont importants. Ce n'est pas comme si… comme si j'avais décidé de devenir accro au crack et de me laisser mourir ; ou au Botox, comme maman, jusqu'à ressembler à un félin sans poils ou…

— Calme-toi et respire. Explique-moi, que je comprenne… Vous en avez discuté ?

— Un peu.

— Et ?

— On a décidé que ça sera fini le jour où on rentre à Madrid. Sans histoires.

— Hmm, d'accord. Je trouve que vous devriez établir certaines règles.

— Des règles ?

— Propose-lui ce qui te semblera le mieux, pour vous deux, à long terme, même si tu risques d'avoir du mal à t'y tenir en rentrant. Tu as pensé à… ?

— À quoi ? On met des capotes, je te jure.

— Évidemment, j'imagine que tu n'es pas inconsciente. Je me demandais ce que tu comptes faire au sujet de Filippo.

— Qu'est-ce que tu veux dire ? Filippo veut revenir. Juste avant de t'appeler, j'ai échangé quelques messages avec lui.

— Filippo veut revenir, c'est ça, oui.

— Mais si. Il a été très clair. Le problème est réglé.

— Margot, espèce d'idiote… Et toi, qu'est-ce que tu veux ?

— Moi ? Oublier une bonne fois pour toutes cette histoire et retrouver ma vie d'avant.

— La même ? La vie que tu avais ? Tu n'avais pas l'air très heureuse, si je peux me permettre. Tu passais quatorze heures au boulot, tu mangeais et dormais mal, déguisée en employée modèle, pour démontrer à une bande de cons qui n'ont pas du tout envie de te donner raison que tu mérites ce que tu as. Tu es une Ortega, Margot, mais ça ne te rend pas moins légitime.

— Dis ça au conseil d'administration.

— Ne prends aucune décision importante maintenant.

— Mais... Je peux continuer à m'envoyer en l'air ?

— Qu'est-ce que j'en sais ! Margot, je te jure... parfois je regrette même de te donner des conseils.

— Tu me fais peur...

— C'est ta vie ; et je pourrais me tromper ! Je ne fais que te dire ce qui me passe par la tête. Tu es ma sœur et je m'inquiète pour toi, mais ce n'est pas pour ça que mon opinion vaut plus que la tienne. Bats-toi un peu, ma vieille !

— Je ne fais que ça. Je passe mes journées à me battre, au boulot.

— Il me sort par quelque part, ton boulot. Chaque hôtel du Groupe Ortega, dont je me suis heureusement détachée, me sort aussi par quelque part. Moi, ce que je veux, c'est que tu t'arrêtes pour réfléchir un instant, un court instant... et que tu me dises ce que tu ressens vraiment. Comme si je venais tout juste de répondre à ton appel. Je vais oublier toute cette conversation et ne garder que ce que tu me vas me dire maintenant. Allez... réfléchis.

Je pris une profonde inspiration. Je me rapprochai de la villa et y aperçus David, assis à table, en train de boire un café. Il le prenait toujours avec beaucoup de lait et j'aurais mis ma main à couper qu'il n'aimait pas ça, mais n'osait pas l'admettre. Je souris.

— Candela, j'ai couché avec David et je sais que je devrais être au plus bas et avoir très peur, mais j'ai retrouvé une Margot qui me plaît beaucoup, et j'ai donc l'intention de continuer à prendre mon pied avec lui dans toute la mer Égée comme si j'avais perdu la boule et, à mon retour à Madrid, je ferai mes adieux à cette aventure pour mûrir en tant que personne, et surtout en tant que femme.

— Les femmes aussi sont des personnes.

— Je te laisse. Je n'ai plus de réseau.

Je raccrochai, rentrai, éteignis à nouveau le téléphone et l'abandonnai sur le meuble du salon.

— Ça va ? me demanda David en me tendant un croissant.

— Hmm... Oui, rien d'important.

— C'est fou comme tu parles bien anglais !

— Pas vraiment. Je me débrouille mieux en français, répliquai-je en haussant les épaules.

— Tu parles combien de langues ?

— Anglais, français et allemand, mais je te dis tout de suite que l'allemand n'est pas mon fort.

Il me dévisagea avec un demi-sourire et la bouche pleine de miettes de pâte feuilletée.

— Faut que tu saches que j'ai trouvé ça génial, de te voir sous ce jour.

— Ça t'excite, c'est ça ?

— Quoi ? Non ! Je ne pense pas toujours avec ma queue, tu sais. Je veux dire que je ne connaissais pas cette facette de toi et... je suis sûr que tu assures. C'était vraiment...

Il s'interrompit pour me regarder, fronça les sourcils et poursuivit :

— Je suis sûr que Filippo est fier de partager sa vie avec une femme comme toi. Tu as tout ce qu'il faut.

Je m'assis sur ses genoux et nettoyai les miettes. J'aurais pu lui raconter que j'avais échangé des textos avec Filippo, ou qu'en termes de fierté, mon *ex* – dixit Filippo dans son message – en avait à revendre. Mais non... Au lieu de ça, je l'embrassai, parce que c'était la seule chose dont j'avais envie. Lui rouler une pelle. Entrouvrir son peignoir. Lui mordiller le cou. Le laisser glisser ses mains entre mes jambes. Baiser sans un mot sur le meuble de la salle de bains et jouir en criant « oui ».

— On devrait établir certaines règles.

J'étais étendue sur lui, la tête posée sur son torse, nue, une de ses jambes entre les miennes. Cela faisait une vingtaine de minutes que nous avions fini de le faire… deux fois. Il avait eu un peu de mal au second round, mais après un deuxième petit déjeuner pour reprendre des forces…

Je l'admets, je ne pouvais pas m'arrêter. Comme lorsque j'avais perdu ma virginité, je ne pensais qu'à ça. Les remords qui avaient suivi ma conversation avec Filippo s'étaient dissipés au premier baiser dans le cou. Je savais que ce que je faisais était mal, mais y penser maintenant, pfff. Ce serait bientôt fini. On l'oublierait. Sans faire de mal à personne.

— On devrait établir des règles, répétai-je en constatant qu'il ne me répondait pas.

David caressait mon dos en regardant le plafond. Il ne bougea pas et répondit :

— Pourquoi ?

— Pour le jour où ce sera fini.

— Il faut vraiment qu'on parle de ça maintenant ? Laisse-moi savourer mon bonheur post-coïtal. Je suis au paradis. Cette façon que tu as de remuer le cul !

— Si je te vois répondre à mes avances, je te jure qu'on est repartis pour un tour.

— Tu vas m'achever, soupira-t-il. Dans mon éloge funèbre, je veux qu'on loue mon endurance, ma persistance et ma capacité à oublier la souffrance, juste pour pouvoir te satisfaire.

— Les règles.

— Les règles, répéta David avec lassitude. Donc…

— Quand on se dira au revoir, que tout sera fini pour de vrai…

— … vrai de vrai…

— Je suis sérieuse, là.

— D'accoooord. Donc, quand ce sera fini, quoi ?

— On n'essayera pas de se contacter pendant au moins un mois. Et après, on peut envoyer un message sur WhatsApp, mais rien de plus.

— Ah !

— Et… interdiction de s'embrasser pour se dire au revoir. Je ne crois pas non plus au sexe d'adieu, mais il y a des chances que je t'implore de me prendre une dernière fois.

— OK. Pas de bisou. Pas de sexe. Quoi d'autre ?

— Les adieux se feront dans un endroit neutre, pour éviter les mauvais souvenirs quand on sera capables d'être amis.

— Bonne idée.

— Et il ne faudra pas pleurer. Ni se plaindre. Ni…

— Compris.

— OK, vas-y, répète-moi les règles.

— Un : aucun contact pendant un mois, et après on pourra s'envoyer un message sur WhatsApp. Deux : ni sexe ni baiser d'adieu. Trois : en terrain neutre. Quatre : pas de larmes.

— Cinq, ajoutai-je. On ne se précipite pas : pas question de faire des plans trop vite.

— Six : pas de mensonge entre nous.

J'acquiesçai.

— Et c'est par là qu'on devrait commencer, poursuivit-il.

— Être sincères ? Je croyais que c'était le cas.

— Je fais partie de ces gens qui considèrent que l'on ment aussi par omission, donc je préfère ne pas garder les choses pour moi.

Il me poussa jusqu'à ce que nos positions soient inversées et se maintint au-dessus de moi avec ses deux bras.

— Margarita… ma Daisy… ma petite fleur…, railla-t-il, je ne m'étais jamais senti comme ça avec personne.

— Comme ça, comment ?

— Comme si je pouvais tout affronter.

J'allais l'embrasser à nouveau mais il s'écarta.

— Je t'en prie, si tu veux qu'on recommence, le moment est venu de te révéler que j'ai quelques économies cachées dans un livre de philo chez Ivan. De Hume. Fais-en quelque chose de bien quand je serai mort sur toi. Et souviens-toi :

qu'on vante mes mérites et qu'on n'oublie surtout pas cette histoire de queue trop grande pour ta main.

— Je m'en assurerai.

42

Mykonos. Contradictions

Les histoires sont toujours compliquées. J'ignore pour quelle raison on nous fait croire que l'amour arrange tout. Ce n'est pas le cas. Nous sommes bien plus que la somme de deux moitiés. La plupart du temps, l'amour n'arrange rien, tout comme le mariage n'arrange pas une relation toxique ou les enfants un mariage brisé. L'amour nous met à l'épreuve. Il ne fait pas forcément mal, mais il exige presque toujours de nous plus de maturité, moins d'égoïsme, plus de courage. Je ne dis pas que l'amour est compliqué, au contraire. L'amour est simple, facile, amusant... mais la vie, pas toujours. Et j'ignore si tu le sais, mais le cerveau et le cœur, la tête et la poitrine, sont de vieux ennemis. Ils donnent l'alarme, s'ignorent, se lancent l'un et l'autre dans l'inconnu. Et c'est entre la tête et la poitrine que ça fait mal. Toujours là.

L'hôtel de Mykonos était splendide. J'éprouvais en secret un sentiment de fierté qu'il appartienne au Groupe Ortega. Ma chambre était dotée d'un grand salon lumineux, avec vue sur mer. Des touches de couleurs vives éclaboussaient le blanc qui dominait toute la décoration, apportant de la chaleur grâce à des détails comme les fauteuils de couleur rose sale, le vase rempli de fleurs fraîches qui trônait fièrement sur la table centrale, ou les coussins turquoise qui recouvraient le canapé en coin blanc. Le lit était énorme et, malgré ses lignes épurées, surplombé d'un baldaquin. En le voyant, avec ses voiles blancs presque translucides attachés aux piliers, je me dis c'était à coup sûr le genre de lit dans lequel les princesses Disney perdaient leur virginité. Juste à côté, un petit couloir servant de dressing menait à une vaste salle de bains, elle aussi blanche, avec des touches de doré et d'émeraude. Je dis bien *ma* chambre, puisque nous ne mîmes pas les pieds dans la sienne.

Il y avait, entre les deux baies vitrées sur le mur opposé au lit, une porte coulissante conduisant à une terrasse privée avec deux chaises longues, elles aussi très grandes, et une piscine à débordement, de taille moyenne, qui paraissait se fondre dans la mer. De hauts murs recouverts de bougainvilliers d'un rouge vif nous abritaient du regard des occupants des chambres voisines. Le refuge parfait pour les jours à venir. Notre arrivée à Mykonos marquait le signal de départ de nos adieux. Et c'est sans doute pour cette raison que nous ne sortîmes pas du lit, le premier jour. J'ouvris ma valise. Il ouvrit la sienne. Nous échangeâmes un regard. L'instant d'après, j'étais adossée au mur, mes jambes enserrant ses hanches tandis qu'il essayait d'enlever mes sous-vêtements d'une main.

— Ça y est, je peux investir cette fameuse demi-heure de ma vie entre tes cuisses ?

J'acquiesçai, sa langue dans mon cou, et je m'envolai. Littéralement : il me jeta sur le lit en une manœuvre parfaite qui me vit atterrir là où il fallait pour qu'il n'ait plus qu'à m'ôter ma culotte et à s'agenouiller au bord du lit.

— Tu aimes ça comment ? demanda-t-il en positionnant ma cuisse gauche sur son épaule. Bon, puisque tu refuses de me le dire, je vais devoir mener mon enquête. Gémis quand j'aurai trouvé le truc.

Il déploya sa langue entre mes lèvres et grogna. Il faisait souvent ça, grogner. Comme un animal qui aime les caresses. Une sorte de ronronnement humain, en plus grave et bien plus sexy.

Je n'avais jamais rencontré d'homme aussi ardent que David. Ou aussi curieux. Il était d'une générosité incroyable au lit, ce dont j'eus la preuve en comprenant que j'avais plus de chances de me lasser du plaisir oral que lui. Une demi-heure ? J'eus droit à du temps additionnel.

Depuis le début, le sexe avec David m'était apparu comme un espace où j'abandonnais mes hontes, mes craintes et toute sensation qui menaçait mon plaisir. Avec lui, je ne baisais pas, tout en le faisant. Je baisais, je riais, j'explorais, je découvrais, je criais, je voyageais, je grognais et demandais deux minutes de répit après une des positions que j'avais toujours voulu essayer, sans jamais oser. Je lui mettais l'eau à la bouche en lui murmurant, l'œil rieur :

— Arrête de gigoter, j'ai toujours voulu essayer comme ça.

Et c'est ce que je faisais. Assise sur sa poitrine, ses cheveux entre mes doigts, il me dévorait avec douceur, lentement, les yeux rivés sur moi, qui me liquéfiais dans sa bouche. Si je m'endormais après l'orgasme, cela n'avait aucune importance. Au réveil, il s'allongeait sur moi et, sans mot dire, me pénétrait jusqu'à ce que nos deux voix se fondent en une symphonie du verbe « savourer ».

Ce qui changea définitivement ma (notre) vie, ce ne fut pas les marathons de sexe amorcés à Santorin – pendant lesquels nous semblions déterminés à battre un record du monde – mais la générosité et l'altruisme de David quand il s'ouvrait à moi, dès le premier jour. Mais cette nuit-là, après une journée au lit, je sentis qu'il venait de m'ouvrir totalement sa vie, pour me permettre de décider par moi-même la place que je souhaitais y occuper.

Et, d'orgasme en orgasme, je ne regrettai pas une seule fois les merveilleuses plages de l'Égée, ni la célébrissime fête de l'île, et appris par la même occasion à mieux le connaître.

David avait grandi dans un petit village de la province d'Ávila, dans la maison de ses grands-parents, où cohabitaient trois générations. Comme son frère aîné était né quand ses parents étaient encore très jeunes, les grands-parents maternels les avaient pris en charge et leur avaient donné un toit. Ils étaient trois : Ernesto, Clara et lui. Tous avaient quitté le village.

Il évoqua son enfance, qui ressemblait à celle des gens nés dans les années 1980, même si David, lui, avait vu le jour plus d'une décennie plus tard. Genoux écorchés, sandwichs au chocolat, jeux dans la rue. Parties de basket, de foot, les pantalons déchirés toutes les semaines et rafistolés jusqu'à ce qu'ils ne soient plus qu'une couture géante.

— Ma mère nous disait toujours, à mon frère et moi, qu'elle aurait mieux fait d'élever deux cochons au lieu de deux garçons, puisqu'elle aurait eu, tout du moins, quatre jambons. Nous étions de vraies brutes. Lui et moi, nous avons le crâne couvert de cicatrices ; on passait notre temps à tomber des arbres et des trucs dans le genre.

Le premier baiser, caché derrière le mur de l'église. La première petite amie, la fille du maire, que ses parents détestaient et qualifiaient de réactionnaire. Son premier grand amour : Marina, une rousse qui sentait bon les fleurs et l'avait trompé maintes fois pendant les cinq années qu'avait duré leur relation. La rupture et le cœur brisé. C'est alors que j'eus l'impression de voir jaillir l'essence véritable du bonhomme qui était tombé à genoux devant une femme comme Idoia :

— Ma mère dit que ma vie a mal tourné à cause de cette histoire avec Marina.

Il soupira.

— Pourquoi ?

— Je suppose qu'elle dit ça parce que j'ai abandonné mes études peu de temps après, mais je dois lui donner raison. C'est vrai que j'ai laissé ma vie tourner en roue libre après ça.

— Tu as laissé tomber la fac pour un chagrin d'amour ? m'enquis-je, surprise.

— Non. J'avais l'impression que ce que j'avais choisi, les sciences humaines, n'était d'aucune utilité. Ce n'est pas ce que croit ma mère, bien sûr ; elle dit que je suis sensible et que, quand Marina m'a quitté, j'ai perdu mes illusions et j'ai déchanté. Moi, je dis que j'ai eu une crise de connerie et de peur quand je me suis rendu compte que ce qui m'attendait était une vie conventionnelle, avec un horaire conventionnel et un amour conventionnel.

Il me regarda et poursuivit :

— Je me suis dit : est-ce que je vais vraiment passer ma vie à me plaindre de devoir me lever, sans trouver un boulot qui me plaise, à chercher « une fille sympa » qui ne me fasse plus de mal, tout en regrettant de ne pas avoir fait les choses autrement ? Je ne sais pas. J'étais obsédé par l'idée de liberté.

— Et tu as tout plaqué.

— Tout. Même mes rêves.

David tourna son regard vers moi et sourit, échappant un instant à ses souvenirs :

— Tu sais que ma mère n'a jamais voulu rencontrer mes petites copines ?

— C'est vrai ?

— Oui. C'est pareil avec mon frère et ma sœur. Elle nous a dit : « Vivez comme vous le voulez, embrassez qui vous voulez et amusez-vous comme vous le voulez, mais pas sous mon toit. » Pour elle, celui ou celle qui passera la porte sera le bon.

— Et tu voulais y emmener Idoia ?

David fixa attentivement mon œil droit, puis le gauche, comme s'il y cherchait la raison qui me poussait à lui poser cette question. Peut-être cherchait-il lui-même une réponse sincère.

— Oui, admit-il. Il se peut que je le veuille toujours.

Avais-je été blessée par cet aveu ? Oui, en quelque sorte, mais pas vraiment. M'avait-il rendu service en disant cela ? Oui, en quelque sorte, mais pas tout à fait.

— Tu réussiras à oublier le mal qu'elle t'a fait ?

— N'est-ce pas ce que tu attends de Filippo ?

Abasourdie, je ne sus quoi répondre. Il s'en aperçut et ferma les yeux.

— Pardon. Je sais que ce n'est pas la même chose. Idoia et toi, vous êtes… très différentes. C'est juste que… je ne veux pas d'un amour conventionnel. Je comprends que ce soit ce que tu veux, toi... Vraiment, je le comprends mais moi, un amour de ce genre ne me satisfait pas.

Je pris une profonde inspiration, les yeux rivés au plafond. Je préférais qu'il ne voie pas l'expression sur mon visage à cet instant.

— Et toi, ta famille ? Ils sont tous comme tes sœurs ?

— Pire.

— Tu ne serais pas adoptée ?

— Non. Moi, je ressemble à mon paternel.

— J'imagine qu'il est dans le genre « beau gosse », ton père.

J'éclatai de rire, en partie pour dissimuler le nœud dans mon estomac, qui n'avait rien à voir avec le fait de mentionner mon père. Je crois plutôt que cette histoire d'amour conventionnel m'avait touchée. M'étais-je jamais interrogée sur le type d'amour que je voulais en réalité ?

— Je ne l'ai pas connu. Il... il est mort quand j'étais toute petite. Un infarctus.

Je haussai les épaules et poursuivis :

— On dit que c'était un type sympa ; c'est pour ça qu'il a réussi en affaires. D'après les quelques photos qu'a gardées ma mère, je peux te dire qu'il était d'une beauté plutôt androgyne.

Il sourit et me caressa les cheveux. Avec ce geste et le regard qu'il me rendit, peut-être compréhensif, ou plein de compassion, David ouvrit les vannes de mon cœur.

Peut-être parce qu'il m'avait raconté toutes ces choses sur sa vie, ou parce que je n'avais jamais parlé de la mienne comme je souhaitais le faire avec lui. Les raisons m'échappent, mais une chose est sûre : je me mis à parler. De ma mère... absente, préoccupée par sa vie de magazine et les apparences. De l'internat, de cette sensation d'asphyxie. De mes sœurs, qui avaient été à la fois père, mère, éducatrices, exemples à suivre et tendresse. De mon premier amour, de la façon dont je m'étais aperçue que je ne l'avais jamais aimé, et aussi de la passion maladive et obsessionnelle pour un de mes profs de fac, qui m'avait larguée après avoir mis une autre élève enceinte. De n'avoir jamais rêvé de devenir autre chose qu'une version améliorée de moi-même, que je n'atteindrais jamais, et de cette sensation de vide.

— Jusqu'à ce que débarque Filippo, lui confessai-je.

— Pourquoi ?

— Parce qu'à partir de là je n'ai plus rien désiré hormis la vie à laquelle me promettait son amour.

David grimaça. À l'intérieur, je grimaçai moi aussi.

— Des saletés de contes de fées, tout ça, murmura-t-il.

— Tu peux le dire.

Ce qu'il fit ensuite, aucun prince charmant ne le ferait, et les contes de fées ne se terminent jamais ainsi : il écarta le drap, se mit à genoux entre mes cuisses, nu, et il me caressa le sexe de la main droite, sans me quitter des yeux.

— Je ne crois pas aux contes de fées, chuchota-t-il.

— Moi non plus.

— Pour s'endormir, on a besoin d'autre chose, nous. Pas d'« il était une fois », ni de promesses. Des gémissements, rien d'autre. Faire l'amour jusqu'à l'épuisement, souffla-t-il d'un ton presque implorant.

Lorsque, quelques minutes plus tard, alors que seule nous séparait une fine couche de latex et de sueur, je sentis que j'en voulais plus, que je désirais qu'il se rapproche encore plus, et les émotions se transformant en faiblesse, ce fut mon tour d'implorer :

— C'est du sexe, David. Ne dis plus jamais « faire l'amour ».

Il acquiesça en silence, ayant compris, tout comme moi, que nous ne pouvions pas continuer à tout compliquer.

Le compte à rebours avait commencé. Pour nous deux. Le charme venait-il de se rompre ?

Je m'éveillai sans raison. Étourdie, je consultai l'heure sur mon téléphone, posé sur la table de nuit : 2 h 30 du matin. En me retournant, je compris que je m'étais réveillée parce que David n'était plus dans le lit.

Je me levai à tâtons, attendant que mes yeux s'habituent à la pénombre, et me dirigeai vers la salle de bains, vide elle aussi. Je traversai la chambre et jetai un coup d'œil sur la terrasse.

Je l'aperçus assis sur un transat, une main dans les cheveux et la tête baissée. De son autre main, il tenait le téléphone collé à son oreille.

— Non. Bien sûr que non. Tu te rends compte de l'heure qu'il est, Idoia ?

Je sentis mon cœur se serrer. Je ne savais comment réagir. Il n'avait pas remarqué ma présence.

— Je sais que tu m'as toujours appelé en pleine nuit et ça n'a jamais posé de problème, mais les circonstances ont changé. D'abord, parce que tu sais parfaitement que je ne suis pas au boulot, mais en voyage. Et puis, parce que je suis en vacances… avec une autre fille.

Il se tut et j'entendis une voix féminine étouffée lui répondre, mais je ne compris pas un mot. J'envisageai de me recoucher, de faire semblant de dormir, et de n'aborder le sujet que s'il m'en parlait, mais il se remit à parler et… l'être humain est de nature curieuse.

— Ça ne veut pas dire qu'on ne peut plus parler entre amis, mais il est 2 heures passées ici. Et je ne vois pas où est l'urgence.

J'entendis la langue de David claquer, puis la réponse d'Idoia. Une réponse longue qui fut reçue par des grognements discrets.

— Non, fit-il en baissant la voix. Tu sais ce que je pense, Idoia ? Que je te manque à mort. Et que ton sang se met à bouillir quand tu penses que je suis en voyage avec une autre. Je me trompe ?

Une pause.

— C'est ça, eh bien tu n'as qu'à apprendre à dire les choses telles qu'elles sont. Tu ne peux pas t'attendre à ce qu'un coup de fil, bourrée… Si, si, tu l'es, Idoia. Et je me demande si tu n'aurais pas pris quelque chose d'autre. Sérieusement ? Tu me prends vraiment pour un con ?

Je fis un pas en arrière, non pas pour regagner la chambre, mais pour me cacher derrière le rideau, au cas où il se lèverait brusquement.

— Non, ne dis pas ça. C'est juste parce que t'es bourrée et jalouse. Et demain, quand tu seras sobre, et que tu feras semblant de rien, moi… je ferai quoi avec tes « David, toi et moi, ensemble on déchire tout » ? Je suis avec quelqu'un d'autre. Idoia, je couche avec une autre fille et, quand je le fais, je ne pense pas à toi.

Mon cœur battait si vite que j'eus peur qu'il ne s'entende jusqu'à la terrasse.

— Tu sais ce qu'elle ne me fait pas sentir, elle ? Que je suis un bon à rien. Pour elle, je ne suis pas médiocre et je n'ai pas l'impression de l'être avec elle. Elle me donne des ailes, Idoia. Et toi, tu me les coupais.

Quand nous nous envoyions en l'air, il n'y avait personne d'autre dans ses yeux. Je lui donnais des ailes. Il se sentait capable. Ensemble, nous méritions ce qui donnait de l'éclat à la vie mais que l'on ne percevait pas toujours. La magie en laquelle nous nous obstinions à ne pas croire était là, sur nos peaux moites, quand sortait de la gorge de David le dernier grognement, rauque, mêlé à la quête désespérée d'oxygène. Et si… ? Et si nous n'étions pas fous ? Et si la vie nous avait réunis pour une raison ?

Mais David continua à parler. Et… je me sentis si bête.

— Ce n'est pas ça. Bien sûr que je ne suis pas tombé amoureux d'elle. Tu sais parfaitement que cette histoire avec Margot, ce n'est pas de l'amour, tout comme tu sais combien tu me manques. Et que je pense à toi. Je ne peux pas accepter que ce soit fini entre nous du jour au lendemain. Je t'aime, Idoia, mais c'est justement ça le gros problème : je t'aime et ça te fait très peur.

« Je t'aime, Idoia. » Je déglutis.

— On va s'arrêter là pour ce soir, vraiment. Je… J'ai besoin de temps pour réfléchir. Donne-moi le temps. Je suis ici et…

Pause. Elle se mit à parler beaucoup moins fort. Je n'entendais presque plus le son étouffé de sa voix.

— Tu le sais. Ne m'oblige pas à te le dire.

Il réfléchit. Il scruta le ciel, à la recherche de la lune. Il flancha.

— Je t'aime encore, Idoia. Voilà. Je t'écrirai. Je ne veux pas… On parlera à mon retour mais… je ne veux pas qu'elle se sente mal.

Elle lui posa une question et il éloigna le téléphone pour pousser un long soupir, comme s'il avait voulu expulser un spectre niché dans sa poitrine.

— Je ne peux pas te promettre ça, Idoia. Je ne vais pas te promettre de ne plus la toucher. Je ne le ferai pas. Et je vais raccrocher parce que… je n'ai pas envie que tu me rappelles à quel point tu es égoïste. Bonne nuit.

Quand il posa son téléphone, je retournai au lit. Inquiète. Angoissée. Une grosse envie de pleurer. Oubliant, semblait-il, tout ce que nous croyions avoir compris.

Il ne se recoucha pas tout de suite. Il mit si longtemps à revenir… que j'envoyai un message à Filippo :

Tu me manques. Il n'y a que dans tes bras que je me sens en sécurité. J'ai hâte de m'y retrouver.

43

La vérité n'est pas toujours cohérente

Je regrettais le scooter mais ne lui demandai pas s'il voulait en louer un. À vrai dire, j'étais contrariée. Je me sentais extrêmement déçue, presque trahie. Et pourtant, je ne lui avais pas non plus parlé du message que m'avait envoyé Filippo quand nous étions à Santorin.

Je me sentais trahie et traîtresse à la fois. Au réveil, le fait d'avoir écrit à Filippo, après avoir entendu la conversation de David et Idoia, me mit mal à l'aise. Sa réponse éveilla néanmoins en moi un mélange d'espoir et d'effroi. Il disait :

Tu as toujours été la femme de ma vie, même avant de te rencontrer. On retrouvera vite les bras l'un de l'autre, et alors cet été s'effacera.

À la lecture de son message, je désirai par-dessus tout avoir raison et que les bras musclés de Filippo puissent faire disparaître de mon souvenir, comme par magie, tout ce que j'avais vécu depuis ma course effrénée en robe de mariée.

Je suppose que j'avais encore trop de choses à comprendre à mon sujet pour accepter les raisons qui me faisaient craindre de ne pas oublier. Ce qui est nouveau, ce qui exige de nous plus d'efforts, plus de passion, moins de contrôle… est toujours terrifiant au départ.

Contrairement à ce qu'il m'arrive habituellement, lorsque je m'éveillai, les fantômes de la veille étaient toujours assis au pied du lit et, à la lumière du jour, ils semblaient encore plus redoutables.

Et le fait que David ne me parle pas de sa conversation avec Idoia dès son réveil me fit l'effet d'un coup de couteau dans le dos.

Je décidai de lui donner jusqu'au petit déjeuner. Peut-être avait-il besoin d'un café. Mais rien ne se produisit. Évidemment. David ne voulait pas me parler de sa conversation avec Idoia parce qu'elle était intime et ne me regardait pas.

Quand il eut fini de manger et se mit à parler d'autre chose, j'imaginai distraitement ce que j'aurais aimé entendre : « Idoia a appelé hier soir. Elle veut qu'on se remette ensemble et m'a fait lui promettre que je n'étais pas amoureux de toi. » Bon sang. Ce n'était pas un crime. Tout simplement la preuve tangible que notre plan avait fonctionné. Comment pouvais-je avoir si mal alors que le message de Filippo avait eu l'effet d'un baume sur une cicatrice ?

Nous nous rendîmes à Panormos, une superbe plage qui, selon la nana de la réception, était moins fréquentée que les autres. Dans ma tête, j'essayai d'accepter que David ne ferait bientôt plus partie de ma vie.

— Tout va bien ? me demanda-t-il en me voyant déposer mes affaires sur le premier transat venu, sans même le consulter. Tu es très silencieuse, ce matin.

— Oui, ça va. Et toi ?

Il haussa un sourcil. Mon ton était carrément hostile.

— Tu as de ces cernes, ajoutai-je plus doucement.

— C'est de naissance. Et puis… je n'ai pas passé une bonne nuit.

— Ah bon ?

Il se mordit la lèvre et détourna le regard vers le bar.

« Je t'en prie, David, j'ai besoin de l'entendre, quelle que soit la manière dont tu me le dises. »

— Ce n'est rien. Et si j'allais nous chercher deux bières ? Ça te dit ? J'y vais.

David me rapporta un truc à manger. Il m'expliqua, d'un ton doux et prévenant, qu'il avait remarqué que je n'avais rien avalé à part un café. Si la tristesse me donne faim, la colère, elle, me coupe l'appétit. Et malgré son geste aimable, je m'emmurai dans un silence hostile. Peut-être parce que je savais que j'avais tort et préférais me taire plutôt que de dire quelque chose que je regretterais, et qu'il ne comprendrait de toute façon pas. Deux heures durant – oui, deux heures, je suis une femme obstinée –, je fis semblant d'être plongée dans mon livre, tournant les pages à intervalles réguliers, sans lire un mot. Pendant ce temps, David contemplait la mer, assis sous le parasol, les écouteurs dans les oreilles. Nous étions l'image crachée du couple qui organise un voyage dans l'espoir que les choses s'arrangent entre eux. Le couple type où l'on aime trop quelqu'un qui n'est pas là.

Plus les minutes défilaient, plus la colère montait. Et moins David me semblait sincère.

Mon livre atterrit dans le sable, entre les deux transats, lorsqu'il me l'arracha des mains.

— Hé! ronchonnai-je.

— Ça a assez duré.

J'examinai son visage. Non. Il n'était pas fâché. Il semblait plutôt inquiet.

— Tu veux bien me rendre mon bouquin?

— Non.

— Qu'est-ce que tu veux?

David ouvrit la bouche, mais aucun mot n'en sortit. Ils semblaient piégés au fond de sa gorge, à l'endroit même où j'avais refoulé mes propres émotions. Un roulé-boulé d'incohérence et de contradictions qui faisaient mal et brûlaient.

Il soupira et me demanda:

— Je peux te faire écouter une chanson?

— C'est pour ça que tu as jeté mon livre dans le sable?

— Non. Mais qu'est-ce que ça peut te faire? Tu ne lisais pas vraiment.

Il agita un écouteur devant mon nez jusqu'à ce que je m'en empare et le fourre dans mon oreille. Il me dévisagea un instant et appuya sur Play. Je reconnus immédiatement le morceau. Une fois de plus, je me demandai s'il comprenait vraiment le sens des paroles des titres qu'il partageait avec moi. Si tu as déjà entendu « Sacrifice » d'Elton John, tu peux comprendre pourquoi cette chanson était la seule à pouvoir apaiser les esprits à ce moment-là. Même si elle évoque une histoire qui date probablement d'avant ma naissance, elle parle aussi de ce qui ne va pas, de jalousie, d'infidélité, d'un malentendu alors que le mal est déjà fait, de perdre en quelque sorte le nord…

Je l'écoutai comme si c'était la première fois, tout en observant l'expression sur le visage anxieux de David. Ce n'était pas notre genre de nous fâcher. Et si on le faisait, on se bécotait dans une voiture et le tour était joué. C'est en tout cas ce qui s'était passé lors de notre seule dispute. Peut-être trop de choses avaient-elles changé entre nous en quelques jours. Et elles ne cesseraient de le faire dans les semaines à venir.

Ses yeux bruns s'éclaircissaient à proximité de la mer et ses sourcils étaient en pagaille. Savait-il à quel point il était beau ? En jouait-il ? Avait-il menti à Idoia ? Avait-il des sentiments à mon égard ? De vrais sentiments.

Une fois la chanson achevée, il la remit, à ma grande surprise. Il se tenait devant moi et essayait de dissimuler le nœud dans sa gorge, identique au mien. N'en pouvant plus, je tirai sur le câble de l'écouteur pour l'ôter de mon oreille. Il m'imita et posa son iPod.

Après quelques secondes de silence et un flottement, il demanda soudain :

— Tu m'as entendu parler à Idoia, c'est ça ?

— Oui.

Je n'avais pas la force de lui mentir.

— Et qu'est-ce qui te dérange ? Que je ne t'en aie pas parlé ou ce que je lui ai dit ?

— Les deux.

— Je n'ai rien dit pour t'offenser, Margot.

— Tu veux bien me faire un résumé de votre conversation. Pour m'assurer que tu te souviens de tout ce que tu as dit.

— Ce n'était qu'une conversation entre deux personnes qui estiment que leur relation n'est pas finie. Et ça, tu le savais déjà.

— À vrai dire, ça me surprend qu'elle aussi pense que ce n'est pas fini entre vous, soulignai-je avec hargne.

— C'est mesquin de ta part.

— C'est exactement ce que j'ai pensé de toi, hier, en t'écoutant. Que tu étais mesquin.

— Je ne vois pas pourquoi.

— Parce que je me suis sentie comme un jouet dont tu uses à ta guise. Non, pire. Un simple trou bien chaud où fourrer ta queue en attendant qu'Idoia se ressaisisse et revienne.

— Tu sors mes mots de leur contexte. Tu sais très bien le rôle que je dois jouer avec elle et la façon dont je dois lui présenter notre relation. Bien sûr que je t'utilise. C'était le deal, non ? Tu m'utilises pour t'amuser et moi pour rendre Idoia jalouse, pas vrai ?

— Mais qu'est-ce qui te prend ? m'inquiétai-je.

— Rien du tout, Margot. Mais… nous… ça ne va plus durer longtemps, non ? On va retrouver nos vies et…

— Bordel !

Je détournai le regard et massai mes tempes, avant de poursuivre :

— Ce genre de conneries ne te va pas du tout.

— Quelles conneries, Margot ? « Utiliser » n'est sans doute pas le mot juste, mais… Toi et moi, nous sommes amis, et entre nous, il y a suffisamment de place pour tout ce que j'ai dit à Idoia. Et si tu n'es pas d'accord, c'est ça, le problème.

— Tu sais l'impression que j'ai ?

— Surprends-moi.

— Ne me parle pas sur ce ton.

— Je n'utilise aucun ton particulier.

— Bien sûr que si... qu'est-ce que tu cherches ? À avoir l'air plus sûr de ce que tu dis ?

— Je suis absolument sûr de ce que je te dis, rétorqua-t-il en fronçant les sourcils. Je ne peux pas dire ça de toi.

— Tu veux que je te dise ? Tu as dit à Idoia que tu l'aimais et que ça lui avait toujours fichu la trouille, non ? Eh bien, moi, ce que je crois, c'est que c'est toi qui as peur... de ce voyage.

Il fit non de la tête.

— Je n'ai peur de rien.

— Tu mens très mal, David.

— Toi aussi, tant qu'on y est, me dit-il en me montrant du doigt.

— De quoi parles-tu ?

— Ça fait cinq jours que tu n'as pas parlé de Filippo.

— Et ? lançai-je en déglutissant.

— On est en train de jouer avec le feu, Margot, alerta-t-il d'une voix tremblante.

— Parce que je n'ai pas prononcé le nom de Filippo ? Je ne pige pas.

— Ça marche peut-être dans ton boulot, avec des gens qui te craignent et qui se taisent pour ne pas s'embrouiller avec la boss, mais pas avec moi. Tu n'as aucune nouvelle de lui ?

Je mordillai l'intérieur de ma joue.

— Si, j'ai eu des nouvelles, mais ça tu le savais déjà.

— Évidemment. Tu me prends peut-être pour un idiot, mais ce n'est pas en éteignant ton téléphone ou en le posant côté écran que les messages disparaissent.

Oh-oh.

— On est maître de ce que l'on tait et esclave de ce que l'on dit, murmurai-je, les yeux rivés sur le sable.

— Génial, rit-il avec ironie. Et c'est pour ça que tu ne m'as rien dit ?

— On venait de s'envoyer en l'air, David. Tu crois que j'ai envie de te parler du message hyper romantique de mon ex pendant que je nettoie ton sperme sur mes seins ?

Je fus submergée de sentiments contradictoires. Le souvenir de sa bouche entrouverte, haletant, pendant qu'il éjaculait sur moi, les yeux rivés sur mon visage. Le plaisir de me sentir capable de jouir à ce point. Le sourire, le baiser, les caresses sur mes cheveux, mon dos, ma cuisse gauche, pour finir par nous enlacer, complètement nus.

David interrompit ma rêverie.

— Tu as le droit de te sentir mal à l'aise et de garder des choses pour toi, mais moi, je suis censé te raconter ma conversation avec Idoia alors que j'ai encore le goût de ton sexe en bouche ? « Au fait, Margot, je sais qu'on a baisé comme des fous avant de dormir et que j'ai joui sur tes nichons, mais… réveille-toi, mon ex m'a appelé pour me dire que je lui manque. »

— Si les choses sont si claires entre nous, parler de ça ne devrait pas poser un problème, tu ne crois pas ?

— À ton avis ? Après tout, c'est toi qui as commencé à faire des cachotteries.

— Tu es en colère, constatai-je.

— Oui. Évidemment que je le suis !

— Je n'y suis pour rien. Tu es en colère contre toi-même et toutes tes conneries.

— Ah, en revanche ta colère, c'est bien moi qui en suis la cause, non ?

David leva les mains au ciel en signe d'incrédulité.

— Oui.

— J'y crois pas ! rugit-il entre ses dents. Je mets ma main au feu que tu es incapable de me donner une explication logique à cette hargne.

— Et toi ? Tu sais m'en donner une pour la tienne ?

— Oui. Ça m'énerve que nous n'ayons pas été sincères l'un envers l'autre. Et je suis dégoûté d'avoir été assez naïf pour croire que coucher avec toi n'allait pas tout gâcher.

Il se leva, jeta son iPod sur le transat et se dirigea vers la mer. Ah non. On n'allait pas en rester là. Je le suivis.

— Mais qu'est-ce que tu racontes ? criai-je. C'est maintenant que t'y penses ? Maintenant ? On a dû le faire dans toutes les positions existantes ! C'est toi qui as insisté ! « Allez, Margot, on va se laisser vivre, on va être libres ! » Et maintenant que ton ex t'appelle, tu te rends soudain compte qu'on a fait une connerie ?

— Non. Maintenant que mon ex m'a appelé, maintenant que nous nous sommes menti, toi et moi, que nous nous sommes caché des trucs et...

— Et ? Vas-y, continue !

— Maintenant que tu piques ta crise de jalousie, Margot. Regarde-toi. Tu es enragée !

— Je ne suis pas jalouse ! mentis-je.

— Bien sûr que si !! Tu es jalouse parce que j'ai dit à Idoia qu'elle me manquait et que je pensais à elle !

— Je suis confuse. Pas jalouse, ni enragée, David. Confuse parce que tu dis un truc et tu en fais un autre et...

— Moi ? Et toi ? Je n'ai aucune idée de ce qui se passe avec Filippo et, sur ce point, je n'ai que deux options possibles : soit tout est réglé entre vous mais tu ne veux rien dire pour continuer à profiter du joujou que tu as emporté en vacances et qui te fait prendre ton pied ; soit cette relation signifie pour toi des choses qui ne correspondent pas à notre réalité.

— Et c'est quoi, notre réalité ?

— Une amitié, répondit-il avec fermeté.

— Je crois que le moment est venu d'accepter que les amis ne couchent pas ensemble, tu sais ?

— Et aussi que coucher avec quelqu'un ne veut pas dire que l'on ait des sentiments envers l'autre. C'est un exercice répondant à un besoin physique, pas émotionnel.

J'accusai le coup avec dignité.

— Tu n'es pas cohérent. Qu'est-ce que tu racontes ? dis-je en essayant de rester calme. Tu veux bien mettre de l'ordre dans tes idées et me donner la version officielle ? On a merdé parce qu'on a couché ensemble ou nous ne sommes que deux amis qui couchent ensemble, sans plus ?

— Mais qu'est-ce que j'en sais ! s'écria-t-il.
— Et ?
— Ça me dérange que tu me caches des trucs au sujet de Filippo, mais je n'ai pas non plus envie que tu m'en parles. Ça me dérange que tu donnes de l'importance à nos ébats, mais le contraire aussi. Et tu sais quoi ? Ça me dérange que tu te mettes dans cet état après m'avoir entendu parler à ma copine.
— Ce n'est pas ta copine.
— Tu as très bien compris !
Il souffla et écarta les cheveux de son visage.
— Qu'est-ce qui t'arrive, bon sang ? lui criai-je. De quoi as-tu peur ? Tu crois que je vais te harceler ou te poursuivre quand on sera rentrés ? Que je vais pleurer par amour devant ta porte ?
— Non, je sais bien que tu ne ferais ça que pour lui.
— C'est qui, le jaloux, maintenant ?
— Je ne suis pas jaloux, je ne fais qu'enfoncer une porte ouverte. Pour qu'une nana comme toi rampe, il faut que le portefeuille soit bien garni.
Je haussai les sourcils, surprise.
— Tu dis que je crains que tu me harcèles, poursuivit-il, mais j'ai la conscience tranquille, parce que les mecs comme moi ne servent qu'à une chose, vous baiser, vous bouffer la chatte et vous donner le sentiment d'être sauvages l'espace de quelques semaines, avant que vous ne retourniez dans les bras du magnat que vous méritez.
— Je n'aurais jamais cru t'entendre dire un truc aussi macho.
— Macho ? Tu ne m'as pas compris. Je ne parle pas de toi en tant que femme. Je parle de toi en tant que caste.
— Je pourrais acheter Filippo et toute sa famille si je le voulais, crachai-je, furieuse. Je n'ai besoin ni de lui, ni de personne pour avoir la vie que je mérite. Mon amour n'est pas à vendre.
— Ne change pas de sujet, Margot, et n'essaye pas de me convaincre que, pour toi, l'argent ne représente pas

une différence insurmontable. Tout ton argent ne pourra jamais dissimuler le fait que je suis un chien errant et toi une demoiselle à pedigree.

Je fronçai les sourcils. Je n'y comprenais plus rien, et encore moins la tournure que venait de prendre cette conversation.

— Tu te rends compte que c'est le bordel dans ta tête, David ? Tu m'accuses d'être jalouse, de donner à notre relation plus d'importance qu'elle n'en a, et maintenant tu m'accuses de ne pas t'aimer parce que je suis snob. Que veux-tu, au juste ?

— Et toi, tu sais ce que tu veux, Margot ? Dis-moi. Parce que la vie que tu mérites n'a rien à voir avec ce que tu peux ou ne peux pas acheter. Et tu sais ce qu'on ne peut pas acheter, une fois qu'elle est perdue ? Sa dignité.

— C'est à moi que tu parles de dignité ? Toi ? fis-je en le pointant du doigt. Toi, qui veux te remettre avec une nana qui t'a dit que tu n'étais pas assez bien pour elle, que tu n'étais qu'un pauvre diable, que tu n'avais pas d'avenir, que tu étais médiocre. Toi, avec ta dignité, qui ne rêves que de tendresse, mais qui es tellement habitué aux coups que te donnait ta connasse d'ex que tu crois que l'amour, c'est qu'une imbécile te fasse sentir important.

— Va te faire foutre, cracha-t-il avec rage.

— Et si c'est toi qui y allais, David ? Pas te faire foutre, mais à Madrid pour régler tes histoires, au lieu de perdre ton temps ici à craindre que je ne tombe amoureuse de toi ? Ou que je ne me serve de toi. Je ne sais même plus de quoi tu m'accuses, au juste. Fiche le camp ! Allez, fiche le camp ! Je ne vais pas crever sans toi, tu sais ? Ça ne fait même pas cinq minutes qu'on se connaît. Tu n'as rien à faire avec moi ou dans ma vie.

David acquiesça, ravala sa salive et s'humidifia les lèvres. Il fit quelques pas en direction des transats, avant de changer d'idée et de se planter en face de moi.

— Je me casse. Je suis peut-être minable, mais toi tu es une pauvre nana pleine aux as, si seule qu'elle est obligée de passer ses vacances avec un parfait inconnu. Tes conseils avaient peut-être l'air précieux mais, en fait, t'as vraiment une vie de merde, princesse.

Je le regardai s'éloigner sans pouvoir faire un pas. Je crois que j'avais même cessé de respirer.

44

La magie n'existe pas parce que personne ne croit en elle

Je passai le reste de la journée à pleurer, sur cette plage où il m'avait abandonnée. Je ne sais même pas pourquoi je pleurais. Enfin, si. Parce que je reconnaissais que tout ce que nous avions dit était vrai, même si cette vérité était horrible, contradictoire et incohérente. Oui, mes sentiments allaient au-delà de ce que je voulais bien admettre. Oui, je voulais m'enfuir et trouver refuge dans le familier et oui, le pedigree de Filippo m'aveuglait probablement. D'une certaine manière, je le respectais plus que David et c'était injuste. J'étais morte de peur et de rage, et la seule chose qui semblait me soulager consistait à m'enfoncer dans la mer et pleurer.

En arrivant à l'hôtel, j'étais affamée, crevée et la tête comme une citrouille. Je songeai à la chambre vide, consciente que, si ni ses affaires ni lui ne s'y trouvaient, cela marquerait la fin de mon voyage. Et de tant d'autres choses. Je gardai espoir qu'il ne soit pas parti, même si je n'étais absolument pas préparée à l'affronter et à aborder le véritable sens de notre dispute. Un petit peu comme quand on désire quelque chose du fond du cœur mais qu'on préfère ne pas se préparer à cette éventualité, pour se préserver au cas où on ne l'obtiendrait pas.

Tu l'as sans doute deviné, j'aurais mieux fait de me préparer, car je tombai nez à nez avec lui en ouvrant la porte, sans palliatifs. Assis dans un fauteuil, sa valise bouclée à côté de lui. Il venait de prendre une douche et semblait sur le point de partir pour l'aéroport. Supposant qu'il attendait un taxi pour l'y emmener, je passai devant lui sans une parole. Je le regardai à peine. Je ne voulais pas le voir quitter la chambre, l'île, ma vie.

Je me déshabillai dans la salle de bains et me glissai sous la douche, où j'entrepris d'attendre qu'il s'en aille. J'y restai longuement. Je fondis en larme une fois de plus. Entre les sanglots et le jet d'eau, j'étais assurée de ne pas entendre la porte se refermer sur lui.

Une fois sortie de la douche, j'enfilai la nuisette qui pendait à la porte de la salle de bains. Je séchai mes cheveux à l'aide d'une serviette, avant de les démêler et de sortir pieds nus. Sonia était peut-être encore au bureau et pourrait avancer la date de mon vol retour au lendemain.

Les avant-bras appuyés sur les genoux, David me dévisagea, toujours assis dans le même fauteuil. Ses sempiternels cernes étaient plus creusés que jamais. Sa bouche était enflée à force de se mordiller nerveusement les lèvres. Il se leva et je m'immobilisai au milieu de la pièce.

Je lui tournai le dos pour qu'il ne me voie pas pleurer, comme une gamine honteuse, et il m'enlaça par-derrière, lentement, comme s'il s'attendait à ce que je le repousse. Je sentis son menton rugueux s'appuyer sur mon épaule et sa respiration lorsqu'il caressa mon cou du bout de son nez.

— Pardon, gémit-il, la voix chevrotante. Je suis vraiment désolé.

Je ne répondis pas. Je voulais me mordre la main pour calmer les pleurs et étouffer les sanglots, mais ses bras me serrèrent plus fort.

— Quel gâchis, Margot. Quel gâchis.

Il appuya son front sur mes cheveux humides.

— Ce n'est pas ce qui était prévu. Pardonne-moi.

Je continuai sans mot dire.

— Je ne pense pas que tu es une pauvre nana pleine aux as, insista-t-il.

— Si, tu le penses, et tu as sans doute raison.

— Je ne voulais pas te faire de mal.

Je posai ma main gauche sur la sienne, sur mon ventre.

— Je ne sais même pas ce que je t'ai dit sur la plage, soupira-t-il.

— Oublions, David. On est dans le pétrin.

— J'aurais dû t'en parler. Je voulais te réveiller pour que tu me prennes dans tes bras, mais j'ai eu peur.

— Pourquoi ?

— Pour les mêmes raisons que tu as gardé le silence à propos de Filippo, je suppose.

Je me retournai.

— Il faut qu'on parle, dis-je.

— Oui.

Je déglutis, puis avouai :

— J'étais jalouse.

— D'accord, et j'étais en colère.

— Contre toi, contre moi ou contre elle ?

— Principalement contre moi-même, parce que je vais sans doute me remettre avec elle la queue entre les jambes.

Je le regardai droit dans les yeux et écartai une mèche de cheveux de son front.

— Si c'est ce que tu veux, dis-toi plutôt que tu rentres victorieux. Finalement, tout s'est déroulé comme tu le voulais. La jalousie a eu raison d'elle.

— Nous aussi, on a succombé à la jalousie.

— Toi ?

Il fit oui de la tête.

— Tu as eu peur que je ne sois tombée amoureuse de toi.

— Oui, Margot, et moi de toi. D'ailleurs, je suis persuadé que si on ne s'arrête pas tout de suite, c'est ce qui va finir par arriver.

Il me caressa les joues.

— Et je suis terrifié à l'idée de tomber amoureux de quelqu'un comme toi, insista-t-il en s'approchant de ma bouche.

— Pourquoi ?

— Parce que si je suis une déception pour Idoia, alors imagine pour toi.

— Ça, c'est à moi de le décider.

— Non, fit-il en fixant mes lèvres. Il ne faut pas que cela se produise.

— David, on ne peut pas faire semblant de vivre les trucs et puis les oublier…

— Si, on peut, dit-il en souriant tristement. On peut garder nos souvenirs. On peut suivre nos plans comme prévu et… ne pas se gâcher la vie. Sinon, je vais te faire du mal et tu m'en feras aussi.

Je lui caressai les lèvres.

— Tu mérites une histoire parfaite, un conte de fées, et moi, je ne crois pas à la magie. On s'aimerait quoi, quelques années ? Et puis, petit à petit, tu finirais par te rendre compte que je ne suis qu'un rêve qui ne s'est pas réalisé. Et tu me haïras pour ce que je ne suis pas devenu. Et moi, je te haïrai parce que je ne suis pas à ta hauteur.

— Ce n'est pas le cas d'Idoia ?

Il sourit en coin mais ne répondit pas.

— Il était une fois, dans un bar, les yeux les plus tristes à la ronde…, dit-il, qui se reconnurent parmi tant d'autres.

— Et qui partirent en voyage en Grèce.

Je souris tristement.

— Et tombèrent amoureux de ce qu'ils auraient pu être…, poursuivit-il.

— … jusqu'à ce que la mer les engloutisse…

— Il y a un vol à 21 h 30 ce soir. Tu veux que j'achète un billet ?

— La mer a encore faim.

Je suppose que rien ne plaît plus à l'amour que les histoires impossibles. Et il n'existe rien de plus impossible que ce en quoi personne ne croit. Et David avait raison : nous étions tous deux impossibles. Deux inconnus, en réalité, qui n'avaient vu que les bons côtés de l'autre, qui s'étaient recueillis mutuellement et avaient léché les blessures l'un de l'autre. Mais tu as beau panser la blessure, la cicatrice, elle, ne t'appartiendra jamais.

Quand il m'embrassa, je compris la raison de ses craintes. Moi aussi, je craignais de tomber amoureuse de lui.

Je me souviens comment nous nous sommes déshabillés et retrouvés au plumard. Je ne me souviens pas d'avoir eu particulièrement envie de m'envoyer en l'air, et lui non plus, d'ailleurs. Nous ne faisions sans doute que répondre à un besoin.

David empoigna fermement mes hanches en me pénétrant et j'aperçus ses muscles se tendre tandis qu'il s'enfonçait en moi. Son visage se contracta de plaisir. Je voulus lui dire qu'il avait des constellations plein les yeux et le supplier de me faire du mal, lui dire que je m'en fichais de souffrir si cela nous offrait deux ans ensemble. Mais je me tus, peut-être parce que j'avais honte, ou parce que j'avais besoin de ne pas perdre un seul détail de son visage pendant qu'il me besognait. Pendant qu'il me faisait l'amour. Pendant qu'il me disait, tout bas, qu'il voulait rester avec moi pour l'éternité.

David plongea ses doigts dans mes fesses et s'allongea sur moi, accélérant la cadence. Je le suppliai de ne pas s'arrêter. Je l'implorai de ne plus jamais me toucher comme ça, de ne pas laisser ses mains approcher ma peau.

David agrippa mes seins, mon cou, mes hanches, l'oreiller, le matelas, puis mes cheveux, au moment où je jouis et m'envolai si loin que je ressentis le besoin de me raccrocher à la terre ferme pour me rappeler que ma peau n'appartenait qu'à moi et non à lui.

Il ôta la capote usagée et se dirigea vers la salle de bains. J'enfouis mon visage dans l'oreiller et, en entendant le robinet, j'étouffai un cri dans les plumes. J'étais déjà amoureuse de lui et, tout en ne croyant pas en nous, j'ignorais s'il était déjà trop tard pour me sortir de ce pétrin sans trop de cicatrices.

— Y a-t-il, chez Filippo, quelque chose que tu détestes ?

Je frottai ma joue contre sa poitrine, tout en caressant du bout des doigts le duvet entre ses pectoraux.

— Évidemment. Et lui aussi déteste des trucs chez moi.

— Comme quoi ?

— Tu veux dire moi chez lui ou le contraire ?

— Lui, je m'en fiche. Toi, qu'est-ce que tu n'aimes pas ?

— Hmmm... Son besoin de toujours tout planifier, par exemple. Il n'est pas spontané, il ne sait pas improviser. Plus carré que lui, tu meurs. C'est exaspérant. Je n'aime pas non plus qu'il soit si orgueilleux, il doit toujours avoir le dernier mot. Il est hyper catégorique.

Je guettai son expression, mais fus incapable de la déchiffrer.

— Quoi d'autre ? insista-t-il.

— Euh... je crois que c'est tout.

— Vraiment ?

Il haussa les sourcils, surpris.

— Ce n'est pas rien, tout de même.

— Il ne mange pas la bouche ouverte, ne pue pas des pieds, ou ne laisse pas ses sous-vêtements traîner partout ?

— Non, répondis-je en souriant. Toi, si ?

— Ma belle, moi je sens toujours bon. Ce n'est pas ça. C'est juste que moi, je déteste des tas de trucs chez Idoia.

— Par exemple ?

— Je hais un de ses parfums, celui qu'elle porte en hiver. Il me donne la nausée et des brûlures d'estomac.

— Quelle connerie ! Il suffit de lui dire, ce n'est pas compliqué. C'est juste un parfum. Filippo hait ma mère, ça c'est compliqué.

— Bon, ce n'est pas tout. Je hais le fait que, quand on fait l'amour, j'ai toujours l'impression d'être dans un film de cul où tout est anticipé et parfait.

— Ouhhhh, un film de cul parfait, raillai-je.

— Elle me saoule avec sa condescendance, et quand elle étale sa supériorité morale, je l'enverrais en enfer. Elle n'aime pas mes amis, ne veut jamais faire des sorties avec eux, et me fait sentir mal parce que ses amis à elle sont bien plus dans le vent que les miens. Je hais qu'elle prenne de la drogue de temps en temps, d'autant plus qu'elle peut devenir violente au pieu... Ça me fout les boules qu'elle me prenne de haut et répète constamment que son ex était un type fort et grand, brutal, et que moi je suis tout « petit ».

— Tu n'es pas petit. Cette nana a le compteur mental bousillé.

— Je me sens minuscule avec elle.

Je me redressai, lui pris le visage d'une main et l'embrassai avec violence. Il sourit et me rendit le baiser.

— Ça t'excite, que je haïsse toutes ces choses ?

— Non. Je voulais juste te faire taire. Et chez toi, qu'est-ce qui te plaît, David ?

— Comment ça ?

— Qu'est-ce que tu aimes chez toi ?

— Euh... Je ne m'étais jamais posé la question, figure-toi. Et toi ?

— J'aime ma constance. Ma patience. Je suis empathique et une bonne patronne. Je suis aussi câline et je n'ai pas tout à fait perdu cette naïveté enfantine qui me permet de m'émerveiller avec sincérité. J'aime porter des talons. Je suis fière de ne pas ressembler à ma mère et j'aime l'enthousiasme avec lequel j'entreprends de nouveaux projets. Et je suis douée pour les langues et... avec les gens.

David m'embrassa et je profitai de cette proximité pour insister :

— À ton tour.

Il haussa les sourcils et son geste de doute se métamorphosa en un sourire timide.

— Je suis sensible... et compréhensif. Je parviens généralement à dérider mon entourage.

— Mais encore ?

— J'ai la main verte. Et je suis patient. Je me débrouille aussi pas mal avec les enfants. Je suis un mec en qui on peut avoir confiance et qui n'a pas besoin d'éteindre la lumière des autres pour allumer la sienne.

— Très bien.

Je me mis à califourchon sur lui et insistai une fois de plus :

— Mais encore ?

— À toi de me le dire. Quoi d'autre ?

— Tu as le don de choisir une chanson pour chaque moment. Et un rire merveilleux. Dans tes yeux brillent des tas de petites taches plus claires, dorées, qui leur donnent l'aspect d'une galaxie. Tes cheveux sont abondants et soyeux. Et quand tu es sur le point de jouir, la façon dont tu te cambres est tellement sexy…

— Et je suis endurant.

— Et extrêmement généreux avec le plaisir. Et les sourires. Et les belles choses.

— Je suis un hédoniste épris de la beauté, on ne peut rien y faire, conclut-il en souriant. Et toi ? Parle-moi encore de toi.

— Je ne chante pas trop mal et mes neveux m'adorent. Je crois que j'ai bon goût. Et je sens bon.

— Délicieusement bon. Et tu es très sexy, même si tu ne le sais pas.

Il se redressa légèrement, pour que sa bouche atteigne la mienne.

— Quand tu me chevauches, c'est fou ce que tu bouges bien… Quand tu ris très fort, on dirait que tu as des clochettes au fond de la gorge.

David sourit et je fis de même.

— Et je suce bien.

— Très bien. Mais pas aussi bien que tu embrasses. Tes baisers sont dignes de la scène finale d'un vieux film en noir et blanc. Et tu mets les gens à l'aise. À tel point que je ne veux pas te quitter.

— Dommage qu'on ne puisse pas s'aimer, dis-je. Parce qu'on le fait si bien.

— Oui. Ensemble, on ferait de la poésie, toi et moi.

Je me blottis contre son torse et soupirai. Quel dommage. Quel dommage que la magie n'existe pas si l'on n'y croit pas… et qu'il faille être deux pour croire en l'amour.

— David…, finis-je par dire. Ne laisse jamais personne te dire que ce que tu n'es pas est plus important que ce que tu es.

— Il vaut mieux… que tu ne t'éloignes pas trop. Ça me fera du bien que tu me le rappelles de temps en temps.

45

Retour à la réalité

Les derniers jours à Mykonos furent une vraie lune de miel. C'est pour cela que je me sentais plus serein. Je me suis souvent répété que j'avais eu la chance de vivre des moments d'une telle intensité au moins une fois dans ma vie, même sur un court laps de temps. À cette époque, j'étais persuadé que l'amour ne pouvait se matérialiser que pendant un certain temps, comme par magie, avant de partir en sucette.

Et, face à ce concept lâche de l'amour, il me reste des images, gravées dans ma mémoire, de photos de Margot que je n'ai jamais prises. Je me souviens d'elle, pleine d'assurance, cheveux au vent, sur une des plages les plus connues de l'île, le regard perdu dans le vide. Ma petite Margot se relèverait toujours plus forte après chaque chute.

Pendant ces jours à Mykonos, nous baisâmes comme des lapins. Il avait même fallu acheter une deuxième boîte de capotes. Avide, presque glouton, j'espérais me lasser de ce à quoi je renonçais, pour faciliter la séparation. Mais ce fut peine perdue.

Margot exigeait attention, dévouement et discipline, mais sans jamais rien imposer vraiment. Lorsqu'elle gémissait qu'elle allait mourir de plaisir, coincée entre mon corps et la table, le sol, le mur, le meuble de la salle de bains ou une porte, je n'avais pas honte, alors qu'avec Idoia... Avec Margot, je ne jouais pas un rôle. Nous faisions de l'impro et ça nous réussissait.

Nous essayâmes toutes les saveurs encore inexplorées. Sur sa langue, les baisers avaient le goût de yaourt au miel. Dans la mienne, seul existait le goût de Margot. Je ne me souviens pas d'avoir été aussi heureux qu'après avoir exorcisé mes démons et mes peurs. Ils n'avaient pas disparu, certes, mais ils ne me gênaient plus.

Nous jouâmes comme des gosses sur toutes les plages que nous pûmes visiter. Assis sur le sable à contempler le coucher de soleil, avec Margot entre mes jambes et ses cheveux me chatouillant le cou, je redécouvris plus de moi-même que je ne l'avais imaginé.

— Raconte-moi un secret, l'entendis-je dire avant de se tourner vers moi, un sourire timide aux lèvres.

— Un secret ?

— Oui. Quelque chose que personne d'autre ne sait.

Je la dévisageai, les joues rougies par une journée de soleil et d'amour. Oui, d'amour. Je savais déjà que Margot m'aimait. Et moi aussi, je l'aimais. Je me penchai sur elle et l'embrassai.

— N'essaie pas de détourner mon attention. Je veux un secret.

— Et après, ce sera ton tour ?

— Bien sûr.

— Eh bien…

Elle plongea son regard dans le mien, et moi dans le sien. L'instant d'après, nous nous roulions des pelles comme deux ados.

— Le secret…, gémit Margot quand je l'allongeai sur le sable et me hissai sur elle, maintenant que la plage était déserte.

— Et si le secret, c'est que j'aimerais ne jamais arrêter de t'embrasser ?

— Mais ça, tout le monde le sait, se moqua-t-elle. C'est un secret de polichinelle.

« Je t'aime », songeai-je. Mon cœur et mon estomac se nouèrent et je pris peur. Non. C'était impossible. Je ne pouvais pas l'aimer. Et je ne pouvais pas la laisser m'aimer.

J'ignorais tout du travail de Margot ou de sa famille mais, à ce stade, j'avais pigé que je ne ferais jamais partie de son monde. Et je doutais qu'elle puisse être heureuse dans le mien. Qu'avais-je à lui offrir ? Un petit bouquet de fleurs de temps en temps ?

— J'aimerais abandonner mes deux autres boulots et devenir fleuriste.

Margot leva les sourcils, surprise. Je l'étais également. J'aimais les fleurs et j'avais, selon les dires de certains, un certain talent, mais je ne l'avais jamais envisagé auparavant, du moins consciemment.

— Tu devrais le faire. Parles-en à Amparito et Asunción.

— Je ne pense pas qu'elles puissent se le permettre.

— Tu n'as rien à perdre.

— Et ton secret ? demandai-je pour changer de sujet.

Elle se mordilla la lèvre. Elle sembla chasser la première idée qui lui était venue à l'esprit et je me pris à rêver qu'elle aussi avait refoulé un « je t'aime ».

— Je suis morte de trouille, murmura-t-elle. Je n'ai pas envie de rentrer. Je ne veux pas avoir à affronter le désastre que j'ai laissé là-bas.

— Moi aussi, avouai-je.

— Parfois, j'ai l'impression que je me déguise en quelqu'un d'autre, tous les jours en sortant de chez moi.

— Et moi, que personne ne me voit vraiment.

— Et j'ai envie de me barrer pour toujours.

— Si jamais tu le fais un jour, emmène-moi avec toi.

Je suppose que c'est ainsi qu'on apprend, qu'on obtient des certitudes : en jouant. C'est comme ça que je finis par comprendre que Margot était plus courageuse que moi et que, si je l'avais été moi aussi, j'aurais tout plaqué pour elle.

Ce jour-là, je postai une photo de nos deux ombres sur le sable avec un seul mot en dessous, qui révélait bien plus que ce que j'étais prêt à admettre ou à comprendre : « Nous ».

Mais le temps s'écoula. Il est comme ça, le temps. Éphémère. De nos jours, tout a une date de péremption, et nous ne faisions pas exception. La lune de miel s'acheva pendant que nous jouions à faire semblant qu'elle ne finirait jamais.

Si nous restions fidèles à notre accord, dans quelques heures nous allions nous dire au revoir et nous quitter pour un mois. Il me faudrait régler les choses avec Idoia, les yeux dans les yeux. Trouver le courage de lui expliquer ce qui allait devoir changer pour que notre relation soit viable ne me semblait toutefois pas aussi problématique que de ne pas avoir Margot à mes côtés. Ni même la conversation redoutée avec Ivan et Domi, pour leur annoncer que je comptais déménager... Redoutée parce que je craignais de les voir se réjouir un peu trop à l'idée de mon départ, je suppose. Chercher un appart ; laisser tomber le bar, qui me pourrissait la vie ; proposer à Amparito et Asunción de travailler plus d'heures ou chercher un autre fleuriste chez qui faire valoir mon expérience... Aucune de ces tâches, ni dans leur ensemble ni séparément, ne me désespérait plus que le fait de savoir qu'il me serait impossible de les partager avec Margot. Mais l'heure n'était pas aux négociations.

« Au début, on est toujours catégorique, mais l'être humain est très doué pour ne pas faire ce qu'il dit », me persuadai-je.

« On continuera à se voir. »

« On peut y arriver. »

« Ce que je ressens n'est que le résultat de ce voyage. »

« Elle deviendra ma meilleure amie. »

En combien de mensonges peux-tu croire, quand c'est toi qui les racontes ?

— Aujourd'hui, on devrait se lâcher comme des bêtes, lui dis-je en la voyant se glisser sous les draps et mettre le réveil sur son téléphone.

— Dit comme ça, comment veux-tu que je résiste ?

Elle me toisa, posa son portable sur la table de nuit et s'allongea de manière dramatique sur le lit.

— Vas-y, prends-moi ! Je suis prête !

Je souris.

— Bon, comme tu veux. Tu regretteras certainement demain de ne pas avoir profité de ce corps de rêve quand tu en avais l'occasion.

— Pardonne-moi de te dire que tu n'as pas l'air très branché cul ce soir.

— Ce genre d'expression ne te va pas.

— Cul, bite, baiser, copuler, s'envoyer en l'air... appelle ça comme tu veux, mais moi je dis que tu n'as pas envie.

— Bien sûr que si. Je suis un homme.

Elle haussa un sourcil.

— OK, tu as raison, c'est de la connerie. Les hommes aussi, ça leur arrive de ne pas avoir envie.

— Et tu as envie ?

Elle laissa échapper un sourire doux et condescendant à la fois.

— Oui.

— Vraiment ?

— Vraiment.

— Et pourtant, c'est le calme plat, on dirait ? lança-t-elle en regardant mon entrejambe.

— Le calme avant la tempête.

— Ce n'est pas après la tempête que vient le calme ?

— Aucune importance, rétorquai-je en fronçant le nez. On va baiser jusqu'à faire péter le sommier.

— Je n'ai pas l'impression qu'il ait très envie de faire la fête...

Elle me montra de nouveau mon sexe d'un air moqueur.

— Tu sais que ma virilité n'est pas du tout menacée ?

— J'espère bien. Si tu dis que t'es chaud...

— Comme la braise, répondis-je en ne pouvant m'empêcher de sourire.

Je sautai sur le lit, la dénudai et m'allongeai à ses côtés, collé à elle. En moins de deux, je trouvai son cou, que j'embrassai et mordis comme elle aimait.

— David...

Je fourrai ma main entre ses jambes, mais elle me stoppa.

— David, insista-t-elle.

Je la dévisageai, confus.

— Tu n'as pas envie ?

— Ben... Ce n'est pas parce que c'est la dernière nuit qu'on est obligés de le faire.

— Je sais, mais...

Elle prit mon visage entre ses mains et sourit comme le font les femmes qui ont compris quelque chose que nous sommes encore loin d'accepter.

— Moi aussi, j'ai peur, me dit-elle, me facilitant les choses.

— De quoi as-tu peur ?

— Que tu me manques, que les souvenirs de ces vacances soient trop présents, je crains de penser à toi quand je serai au lit avec Filippo.

Un frisson me traversa.

— Margot..., soupirai-je. Ce n'est pas ça. C'est juste que...

— Si, c'est ça. Ça fait peur. Le sexe tout court, c'est plus simple.

— Parce que c'est avec toi.

— Non, parce que c'est plus facile que d'avaler ce qu'on ressent. Quand on baise, on ne réfléchit pas. On se limite à tout ressentir avec un appétit immédiat. Il n'y a ni hier ni demain. Le sexe c'est du sexe et...

— Je vais te manquer ? m'entendis-je lui demander.

— Évidemment.

— Toi aussi. Beaucoup, avouai-je.

— On va s'éloigner un temps pour ne pas avoir à le faire pour toujours, me répondit-elle, sûre d'elle.

— Et si... ?

— On ne peut pas s'angoisser pour des trucs qui n'arriveront peut-être jamais. Il faut qu'on parte sur le principe que ça va marcher. On se sépare, on retrouve nos vies, on récupère ce que l'on voulait et, quand tout est arrangé, on se revoit. Et tout sera comme avant.

— Comme avant quoi ?

— Comme avant ce voyage.

Et pour la première fois, j'eus la certitude que je ne voulais pas revenir en arrière. Et je ne parle pas seulement d'elle. Dans ma vie en général.

— J'ai raison ?

— Ça dépend, répondis-je. Tu as dit beaucoup de choses. Tu dis toujours beaucoup de choses.

Je souris.

— Raison de dire que tu veux le faire pour ne pas être triste à l'idée de rentrer demain.

— Peut-être.

— Je suis très clairvoyante.

— Tu as raison sur une chose : baiser est plus facile que parler, mais laisse-moi juste ajouter que, quand on s'y met, il y a des choses qu'il n'est pas nécessaire de verbaliser.

— Par exemple ?

— Comme le fait que tu vas me manquer, que j'aime sentir ta peau sous le bout de mes doigts, que je regretterai l'odeur du sexe avec toi…

Je me tus, pour laisser une chance à nos corps de communiquer peau contre peau. Je ne lui dis pas que je me sentais enfin capable de ne plus déguiser ma peur en pseudo-quête de liberté. Ni que, quand je lui parlais, l'avenir commençait à prendre forme, ou que, dans sa bouche, j'étais quelqu'un qui valait la peine, et que je voulais être cette personne… Je tus aussi que je n'avais jamais vu rien de plus sensuel que ses seins s'agitant sous mes mains et l'effet que me faisaient ses mouvements de hanches, même quand je n'étais pas en elle.

— On se blottit l'un contre l'autre et on regarde des photos ? me proposa-t-elle.

En réponse, je pris mon téléphone sur la table de nuit. Une fois dans la galerie, nous cherchâmes la première photo du voyage : nous dans l'avion, souriants et pleins d'illusions.

— Là, j'étais encore convaincu qu'il ne se passerait rien entre nous, lui dis-je avec un rire taquin. Mais je commençais déjà à te trouver belle.

— C'est vrai ? Moi j'ai maté ton cul le jour de notre virée shopping.

— Mon petit cul t'a toujours rendue dingue.

Nous passâmes aux photos suivantes, entre éclats de rire chaque fois que nous découvrions sur nos visages une expression étrange – ce qu'elle appelait un sourire de psychopathe. Au fur et à mesure, tous les souvenirs enterrés dans le sable refirent surface : les plaisanteries, les gens que nous avions croisés dans les restaurants et dont nous avions parlé comme n'importe quel couple qui, dans sa bulle, a l'impression que les autres sont étranges, des Martiens, des gens qui ne comprennent pas la vérité. Leur vérité. Au fil des photos, Margot se blottit de plus en plus près, finissant par trouver la position parfaite pour s'emboîter dans mon corps comme aucune femme ne l'avait jamais fait. Son corps se laissa bercer par la fatigue et son rire se fit plus ténu.

— Les photos sont incroyables, murmurai-je en atteignant la dernière, prise le jour même.

— Dommage qu'on ne puisse pas les apprécier sur ta calculette.

— Ha ha ha. Tu t'endors ?

— Non.

— C'est ça…

J'éteignis la lumière et elle se blottit à nouveau contre ma poitrine.

— Je ne m'endors pas, protesta-t-elle d'une voix pâteuse.

— D'accord.

— Je te ferai un album photos, promis.

— Dors…, chuchotai-je en lui caressant les cheveux.

Elle émit un petit soupir de plaisir en trouvant la position parfaite. Son cul niché dans le creux formé par mes jambes repliées. Je caressai son bras et parcourus les souvenirs depuis notre arrivée. Les personnes que nous avions été, celles que nous étions désormais. Celle que je pensais être Margot, celle qu'elle semblait être en réalité, et celle que je ne connaîtrais jamais…

Je fus frappé une fois de plus de plein fouet par l'angoisse et l'anxiété qui précédaient les adieux. Oui, le sexe est plus simple, mais que se passe-t-il quand on tombe amoureux d'une complicité et que l'on voit naître l'intimité ? Cela m'arriverait-il de nouveau ?

— J'aurais fini par bander, murmurai-je.

— Je sais.

— Je bande d'ailleurs un peu.

— Je sais, mais ta crise de virilité n'est pas mon problème.

Et, un grand sourire sur les lèvres, nous nous endormîmes.

46

« Fais-le comme si tu ignorais que c'est la fin »

Peut-être n'était-ce pas la chanson la plus appropriée, mais « Comme si tu allais mourir demain », de Leiva, se mit à résonner dans mes écouteurs au moment où l'avion décollait de l'aéroport d'Athènes en direction de Madrid. Faire un petit bilan – forcément défavorable – était inévitable. Je n'avais pas de nouvelles de mes sœurs depuis plusieurs jours parce que je les avais négligées et, tout en sachant que j'avais besoin de ce laps de temps pour moi et que la distance avait été un baume pour mon anxiété, je ne pus m'empêcher d'avoir des remords. Pour prendre soin des autres, il faut d'abord prendre soin de soi. Sans un « je », le « nous » devenait impossible.

Nous. Comme cette photo qu'avait publiée David sur son profil. Nos ombres projetées sur le sable, sur une magnifique plage presque déserte, au coucher du soleil. « Nous. » Comme si ce « nous » n'était pas un charmant mensonge pour nous laisser croire que rien de mal ne s'ensuivrait. Ce « nous » existait bel et bien. Mais tout comme les fantômes ou la magie, si l'on ne croyait pas en lui, il finirait par disparaître.

Non, cette chanson n'était vraiment pas la plus propice pour chasser craintes et tristesse. « Fais-le comme si tu ne savais pas que c'est la fin » était la définition parfaite de ce « nous » que nous étions réellement.

« Nous avons été trop loin, sans couvrir nos arrières »...

À côté de moi, David dormait, les écouteurs dans les oreilles, au son d'une chanson dont j'ignorais très probablement l'existence, écrite et interprétée plus de trente ans auparavant.

David et ses chansons des années 1980. David et ses fleurs. David et son maillot de bain noir. David et sa façon de se cambrer quand il allait jouir. David et ses yeux gonflés au réveil. David et tout ce qu'il ne serait pas à mes côtés, et que je ne pouvais me permettre de désirer.

Je dressai une liste mentale des situations que j'allais devoir affronter dans les jours à venir. Une liste tellement longue que je fus tentée de demander un verre à l'hôtesse de l'air :

— Comprendre ce qui m'avait fait si peur le jour de mon mariage.

— Parler à Filippo.

— Arranger les choses (ou faire tout ce qui était humainement possible) avec le conseil d'administration.

— Reprendre le boulot.

— Parler à Patricia de cette idée idiote qu'Alberto la trompait.

— Parler à Candela de ma suspicion qu'elle avait établi son camp de base chez moi, sans la moindre intention apparente de repartir.

— Faire tout ça sans David à mes côtés.

J'enfouis ma tête dans mes mains, soudain consciente que je n'avais aucune idée de ce que j'allais dire à Filippo. Je ne savais pas ce que je voulais, ni où je me voyais dans cinq, dix, vingt ans. Le conseil d'administration, ces hommes d'affaires courageux que maman admirait tant, ne me respecterait jamais et n'accepterait jamais ma position au sein de l'entreprise. Je serais toujours « l'héritière », sans plus de mérite que celui de porter un certain nom de famille. Les ragots auraient-ils cessé au bureau ? Je ne les blâmais pas. La fuite de ta patronne en robe de mariée devant des centaines de personnes, en voilà un potin juteux. Que se passait-il vraiment avec Patricia ? Elle avait toujours eu besoin d'être le centre de l'attention, certes, mais... au point de s'inventer une histoire pareille ? Et Candela ? Depuis combien de temps était-elle en Espagne ? Elle avait tellement de jours de vacances ? Tout cela était-il vraiment mon problème ? David.

— Hé...

Deux doigts ôtèrent délicatement l'écouteur de mon oreille gauche. Je regardai David et il me sourit, mal réveillé.

— Que se passe-t-il ?

— Rien, lui mentis-je.

— Hé, dit-il en passant son pouce sur ma lèvre inférieure. Pas de mensonges entre nous.

— Je suis... stressée, soupirai-je.

— À cause de ce qui t'attend ?

— Oui.

— Je peux te donner un conseil ? Je ne sais pas ce qu'il vaut, venant d'un type qui vit sur le canapé de son meilleur pote, mais...

— Accouche.

— Ne sois pas pressée. Une chose après l'autre. Fais la distinction entre ce que tu veux résoudre et ce qui n'en vaut pas la peine. Abandonner n'est pas toujours synonyme de lâcheté ; seuls les plus courageux comprennent que le résultat d'une guerre ne compense pas les pertes. Personne ne s'attend à ce que tu résolves tout en une fois. Personne ne s'attend à ce que tu sois parfaite.

— Si, c'est ce qu'on attend de moi.

— Alors ce sont des imbéciles et des égoïstes.

Il sourit.

— Je ne sais pas si je peux régler les problèmes au boulot en suivant ton conseil.

— On a toujours le choix de se barrer sans prévenir personne.

Cette perspective me fit sourire.

— Un jour, quelqu'un leur dira qu'il nous a peut-être aperçus vendant des noix de coco sur une plage.

J'eus envie de l'embrasser, mais je soupçonnai que le « nous » était resté à Athènes, dans ce baiser que nous avions échangé en attendant l'embarquement. Je me contentai de lui dire merci. Et de lui donner la main. J'aurais aimé qu'il ne me la rende jamais.

Tandis que David et moi attendions nos valises, les passagers d'un vol en provenance de New York finissaient de récupérer les leurs. Dehors, dans le terminal, un tas d'adolescents s'apprêtaient à partir pour ce fameux voyage scolaire qu'ils attendaient avec impatience. Certains en reviendraient amoureux. D'autres, le cœur brisé. Je me demandai de quel groupe David et moi faisions partie, tandis qu'il parlait au téléphone.

— Ne t'inquiète pas, j'ai les clés. Je te le demandais juste au cas où tu voudrais que je passe prendre Ada chez ta mère.

Il se tourna vers moi et me fit un clin d'œil.

— Ah, d'accord. Mais non, Domi. Je suis crevé. Je passe prendre un truc à manger et je fonce au lit. Mais ne dis pas à ta mère que je ne veux pas y aller, je la connais. Dans moins d'une demi-heure, elle serait à ma porte avec un tupperware, à me traiter d'effronté.

Comme je l'enviais. Cet univers si chaleureux. Je jetai un regard discret à mon téléphone. Rien.

— Moi aussi, j'ai envie de vous voir. Bisous à tous les trois et le bonjour de Margot.

Il raccrocha et glissa sa « calculette » dans sa poche.

— Ils avaient prévu quelque chose pour ton arrivée ?

— La mère de Domi cuisine super bien et adore voir quelqu'un dévorer ses petits plats, comme je le fais. Mais aujourd'hui, je n'ai pas envie. Je suis fatigué.

— On s'est couchés tôt, hier soir, rétorquai-je en anticipant sa réponse.

— Mouais. J'aurais effectivement eu une longue nuit de repos si tu ne m'avais pas réveillé à 3 heures du mat en mettant ma queue dans ta bouche.

Je souris d'un air coquin. La dernière, m'étais-je dit au réveil.

— Si j'avais su, je t'aurais laissé dormir.

— Comme tu n'as pas voulu qu'on baise comme des bêtes, dès le départ, eh bien… je n'ai pas fermé l'œil de la nuit, du coup.

— Je ne me souviens de rien. Tu dis que j'étais là ?

— À en croire la façon dont tu me tirais les cheveux en gémissant, j'ai même l'impression que ça t'a plu.

— Ah, mince ! Le seul souvenir que je garde, c'est de t'entendre grogner devant le miroir de la salle de bains.

— Tu n'en as pas eu assez ?

— Si, si. J'ai fini la bouche pleine.

David passa sa langue sur l'intérieur de sa joue en gloussant et s'approcha du tapis roulant.

— Comment tu rentres chez toi ? lui demandai-je.

— En métro. Et toi ?

— On vient me chercher.

Le haussement de sourcils qui accompagna sa réaction ne passa pas inaperçu.

— J'ai demandé une voiture, précisai-je.

— Ah. Je pensais que…

— Je peux lui demander de faire deux arrêts. On te dépose ?

Il plissa le front et fit non de la tête.

— Ce serait certainement un sacré détour. Bon sang… Je ne sais même pas où tu habites.

— Sur le Paseo de la Castellana.

— Ouhhh, madame la marquise…, railla-t-il.

— Je ne suis pas pressée de rentrer.

— Moi non plus.

Nous restâmes là, sans sortir du terminal. Mon téléphone se mit à sonner et j'y jetai un coup d'œil. Un message de Sonia :

La secrétaire de Filippo m'a appelée pour consulter ton agenda. Je lui ai dit que tu rentrais demain et que je ne pouvais pas bloquer de date avant de t'en parler. Je me suis dit que tu avais peut-être besoin d'un peu de temps. Si j'ai eu tort, dis-le-moi et je la rappelle.

Je me mis à tapoter :

Merci. Tu es la meilleure.

— Alors ?

Je soupirai en levant les yeux sur David.

— Filippo demande à sa secrétaire de contacter la tienne ?

— Ce n'est pas poli de lire les messages des autres, tu sais ?

— Je n'ai pas pu m'en empêcher.

— Eh bien, oui. Nos assistantes communiquent beaucoup. C'est plus facile. Il y a des jours où je ne sais même pas ce qui est programmé, et si Sonia l'écrit dans mon agenda, c'est plus pratique et ça me garantit de ne rien oublier.

— Si tu étais avec moi, tu n'aurais pas besoin d'agenda pour te rappeler de me voir, j'en ferais mon affaire.

Dans ma tête se dessina l'image d'une cuisine chaleureuse, pleine de corbeilles à fruits, d'ustensiles, de livres de recettes, d'un salon rempli de tableaux, des plantes dans chaque recoin. David m'apportant une tasse de café, avant de m'entourer de ses bras et de me murmurer à l'oreille : « Je passe te prendre à 6 h 30, mon amour. »

Je déglutis. Il se mordit la lèvre.

— Alors, je te dépose ?

— D'accord.

Je n'ai même pas pensé au fait que le chauffeur, que je connaissais bien, risquait de trouver bizarre que nous embarquions un autre type… qui n'était pas Filippo.

— Bonjour, Emílio. Ça ne vous embête pas si on dépose mon ami David chez lui ? On s'est rencontrés par hasard en descendant de l'avion, précisai-je au cas où le mensonge passerait.

— Bien sûr que non, mademoiselle Ortega. Quelle adresse, monsieur ?

David sourit.

— Monsieur…, répéta-t-il d'un air blagueur. Ne vous en faites pas. Vous pouvez me déposer chez Margot. De là, je me débrouillerai.

— Ne sois pas con. Ça ne me dérange pas d'arriver vingt, trente minutes plus tard chez moi.

— Tu ne veux pas que je voie où tu vis ?

— Ce n'est pas ça.

— Alors je vais jusque chez toi.

Merde. J'allais devoir lui expliquer certaines choses de ma vie qui, ces dernières semaines, n'avaient eu aucune importance.

— Au fait, tu vas le chercher où, ton nouvel appart ? Quel quartier te plairait ?

— Ben… là où j'ai les moyens de me le payer. Peut-être Oporto. J'aime bien Carabanchel. Il y a une brasserie dans le coin où il faut que je t'emmène. Ils font leur propre bière et…

Des plans. J'ignorais s'ils pourraient se réaliser.

Arrivés en bas de chez moi, David prit appui sur la poignée de sa valise et se mit à taper dans des cailloux imaginaires du bout de ses Converse noires. Le moment de se dire au revoir approchait.

— Bon… euh… je ne suis pas très doué avec les mots mais… merci, commença-t-il, sans me regarder.

— Pourquoi ?

— Pour le voyage.

Il jeta un coup d'œil à l'entrée de l'immeuble.

— C'est ici que tu vis ?

— Oui. Tu ne me crois pas ?

Il siffla.

— Ouah, Margarita… Je ne sais pas à quoi ressemble ton appart, mais rien que l'entrée, on dirait le hall d'un musée.

— N'exagère pas.

— Merci pour ce voyage, insista David. Je n'aurais jamais pu me permettre tous ces hôtels et ces îles, même en rêve. Tu as été… très généreuse. Je sais que, pour toi, c'est sans doute normal, mais pour moi c'est un vrai luxe. Vraiment. Merci.

— Merci à toi.

— Moi ? Pourquoi, exactement ?

— Pour la compagnie.

Il me décocha un sourire canaille.

— Et pour toutes les recommandations de chansons. En revanche, pas de remerciement pour le sexe.

— Mince. Dire que c'est là où j'ai fait le plus d'efforts.

— On ne remercie pas pour un orgasme. Mais si tu veux, je t'enverrai une boîte de chocolats.

— Très classe.

Il s'humidifia les lèvres. Il n'avait pas envie de partir. Je voulais qu'il reste.

— Euh… tu viens dans mes bras pour qu'on se dise au revoir, fit-il en les écartant.

Je jetai un coup d'œil aux alentours. Une de mes voisines, agrippée à son sac Birkin, manucure parfaite et coiffure pouvant rivaliser avec les tours Petronas, descendait à l'instant, le regard fixé sur nous.

— Ça va te sembler vraiment snob mais… ça te dérange si on monte pour se dire au revoir ?

— Chez toi ?

— Y'a une voisine qui descend.

— Et ?

— Pour la plupart des résidents de cet immeuble, une étreinte n'est pas un simple geste d'affection. Tu me prends dans tes bras devant cette dame et demain je fais la une de *Hola !*

— Je fais semblant de porter tes valises ?

— Tu déconnes ?

Je pris ma valise et sortis les clés de mon sac. La voisine me dévisagea avec insolence.

— Bonjour, doña Pitita.

— Bonjour. Tu rentres de voyage ?

— Oui.

— De ta lune de miel, j'imagine. Toute bronzée, mais il faut que tu fasses attention, tu as pris quelques kilos. Vous, les jeunes, vous croyez qu'une fois mariées vous pouvez vous laisser aller. Mais si tu ne fais pas attention à ta ligne, dans quelques années, il te quittera. C'est lui, le chanceux ?

— Au revoir, doña Pitita.

— Oui, c'est certainement lui, l'entendis-je dire tout bas.

— Faites attention à ne pas glisser, madame. Ce serait dommage de vous rompre le cou sur la dernière marche, lui rétorqua David.

Avant qu'elle puisse répondre, nous nous engouffrâmes dans l'ascenseur, pliés en quatre.

Avec David, j'oubliais tout. Comme le fait que je risquais de me retrouver nez à nez avec Candela, que je n'avais pas prévenue de mon retour.

Une fois sur le palier, je me blottis contre lui et me sentis… en paix. Une paix que je ne ressentais avec personne d'autre.

— Merci, vraiment, murmura-t-il.

— Pour le sexe ?

— Pour les pipes, surtout. Tu es vraiment douée.

— Ce n'est pas faux.

Il déposa un baiser dans mon cou.

— Bon, alors, il faut que je te remercie pour…, commençai-je.

— Pour quoi ?

— Attends. Je vais choisir un seul moment pour te remercier de tous les autres.

— Bonne idée.

Il me serra un peu plus fort et chercha ma bouche du regard.

— Je crois que… merci pour cet après-midi où tu m'as fait un cunnilingus au bord de la piscine, à Mykonos.

— Le jour où on a fait l'amour sur le canapé du salon, juste après ?

— Oui.

Je remarquai ses hanches qui me cherchaient. À ce stade, je haletai en sourdine.

— Tu veux entrer ? lui demandai-je sans le regarder.

— Je t'en prie…

Je me débattis avec la serrure et les clés jusqu'à ce que la porte finisse par céder. Nous entrâmes avec précipitation dans le hall. Nous jetâmes les valises dans un coin, je laissai tomber les clés sur la table ronde de l'entrée et lui sautai littéralement dessus.

Il chercha ma bouche comme un affamé à qui l'on offre une miche de pain. Sa langue avait encore le goût du yaourt au miel, comme après chaque repas ces derniers jours. David avait un goût familier que j'aurais, sans l'ombre d'un doute, du mal à oublier.

Ne sachant quelle direction prendre, il me posa sur le sol et je lui pris la main pour l'emmener dans ma chambre, à l'autre bout de l'appart. David n'avait d'yeux que pour moi. Sa bouche n'en avait que pour moi. Ses mains ne voulaient toucher que moi.

Nous nous écroulâmes sur le lit, lui en dessous, le T-shirt à moitié arraché. Nous nous dévêtîmes maladroitement, le sourire aux lèvres. Sa bouche parcourait mes lèvres, mon cou et mes seins pendant que mes doigts empoignaient ses cheveux.

— La dernière fois…, lui proposai-je.

— D'accord.

Comme s'il avait encore besoin d'en être persuadé.

— Tu as des capotes ? On a fini la deuxième boîte hier soir.

— Dans la table de nuit.

— Elles sont à lui ?

— À moi.

Personne ne m'avait jamais embrassée comme il le fit à cet instant-là.

Quand il était chaud, David s'impatientait au moment de dérouler le latex sur son sexe. Il rejetait sa tête en arrière et lâchait un grognement avant de s'assurer que tout était en ordre. Cette fois, il me parut plus impatient que d'habitude et, le préservatif en place, il me tira par la cheville pour me placer là où il me voulait.

Ses doigts se plantèrent dans mes fesses dès que je commençai à remuer sur lui, le faisant entrer et sortir de mon corps. Il me chercha du regard.

— J'aime tellement le faire avec toi…, murmura-t-il.

— Mon corps va te manquer ?

— Et ton odeur…, gémit-il quand je l'enserrai en moi. Et ce truc que tu fais, là…

— Tu penseras à moi ?

— Tout le temps. Tout le temps.

— Avec toi, je suis capable de faire n'importe quoi, lui confessai-je.

— Partons…, fit-il en gémissant encore. Loin. Qu'ils aillent tous se faire voir. Partons là où on pourra faire ça tous les jours.

Je pris son visage entre mon pouce et mon index.

— Tu aimes Idoia.

Il ne répondit pas. Il se contenta de lâcher mes fesses et m'enlaça, me poussant et m'éloignant à son bon vouloir, comme un fou.

— Tu aimes Idoia, insistai-je.

— Je veux baiser avec toi jusqu'à ce que mort s'ensuive.

— La dernière fois, dis-je.

— Il faut que ce soit mémorable, alors. Prête ?

Il se leva puis nous fit retomber sur le matelas, lui au-dessus. J'aperçus notre reflet dans le miroir, en nage, nus, rampant l'un sur l'autre comme deux énormes serpents prêts à se dévorer mutuellement.

— Fais que je n'oublie jamais, le suppliai-je.

Il se dressa sans cesser d'aller et venir en moi et posa sa main droite sur mon cou tout en prenant appui sur la gauche.

— Maudite nuit où tu es entrée dans le bar, grogna-t-il. Maintenant je ne pourrai jamais t'oublier.

Nous gémîmes tous les deux, comme une plainte. Je le vis déglutir. Je vis ses yeux. Tant de rage.

Rage. Nous nous regardions avec rage parce que l'amour est merveilleux, mais il n'arrive pas toujours comme ou quand on veut. Et l'amour, le vrai, celui qui est libre, amusant, chaleureux, rassurant, serein, qui ne fuit pas, qui est courageux et désintéressé... cet amour-là, quand il ne trouve pas sa place, il éveille la rage qui est muselée au creux de l'estomac.

Il avait dit mémorable? Eh bien, non. Mémorable, c'est la fin de ce bouquin qui t'a bluffée ou cette chanson qui te donne la chair de poule. Mémorable, ta participation à cette réunion où tu as été brillante. Mémorable, ce baiser que tu attends depuis si longtemps. Il allait falloir inventer un nouveau mot pour qualifier cette partie de jambes en l'air. Aux Jeux olympiques des parties de jambes en l'air, du sexe bien fait, de l'amour incarné, des souvenirs les plus chauds, celle-ci aurait reçu un dix pour l'exécution, la difficulté, la durée, la puissance, le dialogue et l'intensité. Comme le morceau de musique le plus mélodieux de l'histoire, interprété par le meilleur orchestre symphonique du monde. Comme le dessert le plus délicieux jamais créé, dévoré par la plus belle des bouches.

Quand je vis David se cambrer à sa manière, je glissai vers l'abysse et nous nous retrouvâmes tous les deux en un hurlement qui fit trembler les vitres et les pots de crème sur ma coiffeuse. Il y eut trois répliques pour lui, qui le raidirent de la tête aux pieds, deux pour moi. Je crus devoir m'arracher la peau pour faire cesser les secousses de plaisir.

Et, lorsque nous nous arrêtâmes enfin, le monde cessa de tourner et nous éclatâmes tous deux de rire.

47

Adieu ?

David, en sous-vêtements, essayait de s'en sortir avec les becs à gaz de la cuisine. Ceinte d'un de mes peignoirs en soie, je l'observais, enchantée. Dehors, il s'était mis à pleuvoir et les grandes baies vitrées du salon laissaient passer une splendide lueur grisâtre.

Après la meilleure partie de jambes en l'air (d'adieu) de l'histoire, nous nous étions endormis dans mon lit. En me réveillant, j'avais eu la brillante idée de dire que les œufs brouillés de l'hôtel me manquaient et David s'était mis en tête de me préparer un petit déjeuner à 19 h 30.

— Tu as combien de mètres carrés ici ? voulut-il savoir pendant qu'il cuisinait.

— Trois cents, répondis-je en bâillant.

David me jeta un regard en coin.

— Trois cents mètres carrés ?

— Oui. L'appartement avait des dépendances pour les domestiques. Les propriétaires précédents ont tout unifié, puis un architecte anglais l'a racheté pour le remodeler de fond en comble. C'est à lui que je l'ai acheté.

— Acheté ?

— Oui.

— D'accord, dit-il. Je ne poserai plus de questions.

— Tu peux demander ce que tu veux, David, mais ne me juge pas.

— Bien sûr que non. Tu m'avais prévenu. Dis, ton air conditionné n'est pas un peu fort ?

— Je vais le baisser un peu.

— Ou alors, tu me prêtes un peignoir comme le tien, plaisanta-t-il.

— Tu serais à croquer.

— Si tu as l'intention de me croquer comme tout à l'heure, je vais aussi avoir besoin d'un remontant.

— Ça ne se reproduira plus. Ne l'oublie pas.

— Oui, je sais. Éteins l'air conditionné.

Il remua les œufs dans la poêle, tout en me dévisageant.

— On voit tes tétons à travers le peignoir et je crois que je commence à bander.

— Du calme…

— Je peux rester dormir ? demanda-t-il.

— Quelles sont tes intentions ?

— Dormir, sourit-il. Et te manger toute crue. Je ne l'ai pas fait tout à l'heure et je le regrette. Le cunnilingus d'adieu.

— Ça revient à du sexe d'adieu et on s'était mis d'accord qu'il n'y en aurait pas.

— Je m'en fiche.

Il haussa les épaules et sortit quelques trucs du frigo et du placard.

— Mais pourquoi ton frigo est plein alors que ça fait deux semaines que t'es partie ?

Je me raidis et, comme si nous avions tous les deux invoqué le même démon, des clés tournèrent dans la serrure.

— Et merde !

— C'est qui ? s'enquit-il en laissant tomber la spatule, tout pâle.

Je ne répondis pas. Je n'eus pas le temps de lui expliquer que les seules personnes qui avaient les clés et entraient sans sonner étaient ma sœur Candela et Filippo. Et si Filippo avait décidé de me faire une surprise à la maison ? Et si… ?

Je me contentai de pousser David vers la chambre, le cœur cognant dans ma poitrine mais… trop tard. La porte s'ouvrit, quelqu'un entra et me vit le précipiter par la double porte.

— Margot ?

— Salut, répondis-je en souriant, le cœur toujours aussi affolé. Comment ça va ?

Candela jeta son sac sur le canapé et se rua sur moi.

— Qui viens-tu de cacher dans la chambre ? me demanda-t-elle, les sourcils haussés.

— Personne.

— David ! lança-t-elle d'une voix impérieuse. Sors.

David passa sa tête par la porte.

— Oups...

Candela rit et se couvrit les yeux.

— Tu veux prendre le petit dèj ? lui demanda-t-il.

Il tenait encore la poêle contenant les œufs brouillés.

Il s'habilla et mit la table pour trois sur l'îlot central de la cuisine, mais Candela, prudente, refusa son invitation. Je la suivis dans la chambre d'amis, pour lui donner une chance de se moquer de moi, me réprimander, me traiter de folle ou Dieu sait quoi, une fois loin de David.

Je m'adossai à la porte close pendant qu'elle se changeait.

— D'où viens-tu ? demandai-je.

— Tu ne m'avais pas dit que tu arrivais aujourd'hui. Je t'aurais appelée avant de rentrer.

— Pas de souci.

— Comme tu ne m'as rien dit et que David est là, j'ai l'impression d'avoir interrompu quelque chose.

— Penses-tu !

— Tu avais oublié que j'étais là, pas vrai ?

— Complètement.

Je haussai les épaules.

— Le sexe consomme beaucoup d'énergie.

— Tu ne vas rien dire ? m'enquis-je.

— Que veux-tu que je te dise ?

— Je ne sais pas. Quand il s'agit de David, tu passes ton temps à me tirer les oreilles. Tu es tellement conventionnelle parfois !

— Ah non, rit-elle. Ne dis pas de conneries, parce que je crois au polyamour. Si je t'ai passé un savon, c'est parce que tu venais de le rencontrer et qu'il aurait pu s'agir d'un psychopathe.

— Et quand je t'ai dit qu'on couchait ensemble ?

— J'étais inquiète pour ton intégrité émotionnelle. Mais je ne te juge pas. Je ne suis pas Patricia. Ni maman.

— Mais...

— Je suis plus vieille que toi et, comme tu peux l'imaginer, j'avais quelques objections. Tu es ma petite sœur. C'est comme ça. Mais... bon, je vois que tu es rentrée saine et sauve, tu m'as dit que votre retour signifierait la fin de cette aventure et, comme je sais lire entre les lignes, je vous laisse la maison pour que vous puissiez vous dire au revoir comme il se doit.

— Ne t'en fais pas, c'est déjà...

Je souris bêtement.

— C'est dégoûtant, Margot, rit-elle. Tu es une dépravée. Pauvre garçon.

— Peut-être que demain tu devras m'aider à me débarrasser de son cadavre.

Nous éclatâmes de rire.

— Et Patricia ?

— Ne t'inquiète pas de ça maintenant.

— Et toi ? Tu reviens quand ?

— On parlera demain, dit-elle en me déposant un baiser sur la joue.

— Où vas-tu dormir ?

— Ben, dans la salle de bal du *Titanic*.

En voyant mon expression, elle se mit à rire.

— Chez Lady Miaou.

— Reste, Candela. C'est égal... ne va pas chez maman. On restera bien sagement dans ma chambre, sans faire de bruit. Promis.

Candela sourit et me glissa une mèche de cheveux derrière l'oreille.

— C'est ça, ton problème, Margot. Tu veux toujours faire plaisir à tout le monde et, tu sais quoi ? C'est impossible.

Elle m'écarta de la porte et sortit voir ce qui se passait à la cuisine, où David regardait par la fenêtre.

— Au revoir, David.

— Tu ne restes pas ?

— Non. Mon biorythme n'est pas à l'heure du petit déjeuner.

— À un de ces jours, alors.

— Ne soyez pas sages. Et faites du bruit.

Candela lui décocha un clin d'œil.

— Qu'est-ce qu'elle raconte ? me demanda David d'un air rieur.

— Ne l'écoute pas.

Candela disparut derrière la porte, qu'elle referma silencieusement derrière elle, comme si elle n'avait jamais interrompu une scène qui n'avait rien à voir avec les adieux que nous aurions dû faire.

Des œufs brouillés, du café, des toasts à l'avocat et quelques biscuits plus tard, nous nous retrouvâmes au lit. Candela avait bien fait de partir.

Je n'avais pas envie de réveiller David. Il se dégageait de lui une telle innocence, quand il dormait...

— David...

Agenouillée à côté du lit, je l'embrassai dans le cou.

— Il faut que tu te lèves.

— Quelle heure est-il ? demanda-t-il, les yeux encore fermés.

— 7 h 30.

— Margot..., ronchonna-t-il. Je parie qu'il ne fait pas encore jour.

Je m'assis à ses côtés et passai devant son nez une tasse de café avec beaucoup de lait, comme il aimait.

— David... Il faut que tu te lèves. Isabel arrive dans une demi-heure et je ne veux pas qu'elle te trouve ici.

— C'est qui, Isabel ?

— Elle s'occupe de l'appart. Et elle connaît Filippo.

Il se redressa et cligna des yeux avant de se les frotter avec le poing.

— C'est bon, c'est bon. Euh… c'est pour moi ?

— Oui, répondis-je en lui tendant la tasse. Pardonne-moi de te réveiller si brusquement.

— Qu'est-ce que tu racontes ? Tu es chez toi, c'est normal.

Il sourit et prit une gorgée de café, puis m'embrassa sur la bouche et se leva. Nous restâmes plantés là.

— Il faut que j'arrête de faire ce genre de choses, murmura-t-il.

— Hmm, à vrai dire, oui.

— J'ai le temps de sauter sous la douche ?

— Bien sûr. Ah… au fait… ton téléphone a sonné cette nuit. Des messages, je crois.

— Merde. Il était en mode silencieux.

Il s'approcha de la table de nuit et consulta son portable. Il se tenait juste devant moi. À peine sorti du lit, décoiffé, cerné, hyper craquant et une certaine partie de son anatomie plus éveillée que les autres. Gêné, il la remit en place puis surprit mon regard.

— Tu ne peux pas en avoir encore envie. C'est physiquement impossible.

Il sourit.

— Non, je n'en ai pas envie.

— Hmm, c'est ça. Tu veux te glisser sous la douche avec moi ?

— Oui, acquiesçai-je avec véhémence. Mais je ne le ferai pas.

Il me jeta un regard en coin.

— On peut se doucher sans qu'il ne se passe rien.

— C'est cela, oui, me moquai-je.

Il reposa son portable sur la table de nuit et se dirigea vers la salle de bains.

— Quelque chose d'important ? voulus-je savoir.

J'avais passé la moitié de la nuit éveillée, me demandant si c'était Idoia qui lui écrivait à 3 heures du mat' avec tant d'insistance et luttant contre l'envie de me lever pour en avoir le cœur net. Il fallait pourtant que je laisse la jalousie de côté. Il fallait que je laisse de côté tout ce qui avait trait à David.

— Non. Rien. Je te raconte tout de suite.

Je sortis des viennoiseries du congélateur et les réchauffai dans le four. David sortit habillé, les cheveux encore mouillés, et en moins de deux secondes en enfourna un dans sa bouche.

— Qu'est-ce que tu fais ce week-end? Tu as des plans? me demanda-t-il.

— Si tu appelles mettre de l'ordre dans ma vie un plan…

— Non, je dirais plutôt une corvée. Et si je te proposais quelque chose?

— Je ne devrais sans doute pas accepter.

— En toute amitié.

— Je connais ton «amitié», marmonnai-je.

— Allez, je te promets qu'il n'y a rien de plus innocent que ce que j'ai à te proposer. C'est l'anniversaire d'une de mes meilleures amies. Avec le voyage, j'avais complètement oublié. Elle organise un barbecue ce week-end, chez ses parents.

— Je vais devoir décliner.

— On passera le week-end au village. Il y fait moins chaud, ses parents ont une piscine et mes amis sont amusants.

— Je ne connais personne, David.

— Je suis sûr qu'ils vont t'adorer. Allez… laisse-moi te montrer un peu plus de ma vie. Si on va être amis, il faut que tu rencontres le reste de la bande.

— Et tu peux inviter qui tu veux, comme ça?

— Nous sommes des gens très ouverts. Allez, on va s'amuser…

— Je ne sais pas, David.

Il prit son portable et se mit à écrire.

— Je viens de lui dire que je me pointe avec une amie, tu ne peux plus faire marche arrière.

— David ! protestai-je.

— Un coup de tête.

— On avait dit qu'on ne se verrait pas pendant un mois à notre retour.

— Eh bien, le mois commence lundi. Allez, je file.

Il s'approcha de moi, un pain au chocolat entamé en main, et me dévisagea.

— Je vais te donner le dernier baiser, OK ? Pour que tu passes la journée à regretter de ne pas être venue me frotter le dos sous la douche.

— N'y songe même pas.

Je lui souris.

Ses lèvres étaient douces et déposèrent sur les miennes un grain de sucre que je savourai avec la langue.

— Au revoir.

— Tu ne bosses pas, ce week-end ?

— Non. Je vais les envoyer paître.

— Ce voyage t'a vraiment fait du mal, plaisantai-je. Tu t'es embourgeoisé.

— Va te faire voir, princesse.

Il me décocha un clin d'œil. Il n'avait pas encore passé la porte que déjà il me manquait.

48

Réparer les dégâts

Par où commencer ? Par où commencer à corriger les erreurs à la chaîne que j'avais commises toutes ces années ? Appeler Filippo ? Demander une réunion au conseil d'administration pour les informer de mon retour et de mon intention de réintégrer IMMÉDIATEMENT mes fonctions, parce que je détenais 37 % des actions et je m'en fichais ? Vendre les actions et me barrer vivre dans mon petit appart à Londres ? Vendre aussi l'appart de Londres et passer le restant de mes jours sur une plage avec David ?

Je commençai par défaire ma valise. Une solution de facilité, mais qui exigeait aussi mon attention.

Candela arriva en milieu de matinée, horrifiée. Notre mère avait recommencé à jeûner et voulait que Candela se joigne à elle parce que « tu le sais, les femmes doivent toujours être mieux que les hommes, pour éviter qu'ils nous quittent ».

— Je te jure… Si on était au Moyen Âge, je dirais à l'Inquisition que je l'ai vue invoquer le diable. Elle est vraiment néfaste.

— C'est une réactionnaire machiste et simple d'esprit, mais laisse tomber. Elle t'a demandé de mes nouvelles ?

— Elle m'a plutôt demandé si je crois que Filippo pourra pardonner ta bêtise et je crois qu'elle a même ajouté que son erreur avait été de te laisser faire des études.

Je fulminai. Je mourais d'envie de me présenter chez elle en compagnie de David et qu'on se bécote sur son affreuse table Louis XVI.

— Tu as parlé à Filippo ?

— Je vais passer le week-end ailleurs, dis-je pour changer de sujet.

— Où ?

— Un petit village.

Candela me dévisagea, le sourcil gauche levé.

— Et où se trouve ce village ?

— Aucune idée. Dans la province d'Ávila, je crois.

— Avec David ?

Je lui adressai une grimace pour lui demander, par transmission de pensée, de ne pas me juger.

— OK. Habille-toi. On va voir Patricia.

D'accord. La liste de tâches allait donc commencer par cela.

Patricia vivait dans une superbe villa dans le nord de Madrid, où elle régnait telle la princesse de *La Reine des neiges* : tendre, adorable, belle, mais il ne fallait jamais oublier qu'elle était capable de vous congeler les entrailles d'un seul geste.

Une fille que nous ne connaissions pas nous ouvrit. Comme maman, Patricia changeait constamment de personnel. Pareil avec les nounous. Elle se mettait en tête des idées farfelues : soit elles volaient de l'adoucissant, soit Alberto les lorgnait un peu trop. C'était absurde, mais Patricia avait malheureusement hérité de certains gènes du côté qui lui avait certes légué une beauté resplendissante, mais aussi un soupçon de stupidité.

— Regarde qui est venue avec moi, lui dit Candela, en la voyant assise dans sa cuisine, les yeux rivés sur son ordi.

— Ah, salut, me lança Patricia avec froideur, sans s'arrêter de tourner la cuiller dans son café. Tu es de retour.

— Tu vois bien que je suis ici, et je n'ai pas encore le don d'ubiquité, donc…

— Ha. Ha. Ha, ajouta-t-elle sèchement, sans me regarder.

— Il se passe quelque chose ?
— Quel honneur que tu aies daigné venir jusqu'ici.
— Mais... enfin !
Six mois auparavant, j'aurais eu deux options : se casser ou s'agenouiller pour implorer le pardon de Sa Majesté Patricia. Cette fois, cependant, je pris conscience que fuir ou courber l'échine ne m'avait jamais rien apporté de bon.
— Patri, tu es fâchée parce que je ne t'ai pas rappelée. Mais j'avais besoin de ce temps.
— Et moi, j'avais besoin de ma sœur.
— Et tu avais Candela, ajoutai-je calmement en m'asseyant à côté d'elle. Si elle avait dû repartir, j'aurais trouvé le moyen de ne pas te laisser seule mais... j'avais besoin de sortir d'ici. De respirer. De réfléchir.
Elle me jeta en regard en coin.
— Je me suis tirée en courant de mon propre mariage, Patricia, lui rappelai-je. Et ce n'était peut-être pas sympa de t'éviter comme ça pendant deux semaines, mais...
Elle soupira et posa sa main sur la mienne.
— Ça veut dire que tu me pardonnes ?
Je souris en contemplant ses doigts manucurés sur les miens.
— Non, ça veut juste dire que toute cette histoire de mariage me chagrine.
Je jetai un regard à Candela et nous sourîmes toutes deux.
— Écoute, Patricia, c'est plus simple qu'on ne le pense : tu as tes problèmes, j'ai les miens. Les tiens ne sont pas plus importants, tout comme les miens ne méritent pas plus d'attention. Nous avions chacune besoin de nous concentrer sur nos histoires, c'est tout.
— J'ai trois enfants, grommela-t-elle.
— Je ne vais pas entrer en compétition pour voir qui de nous deux est plus mal en point. Mais si tu as envie de me raconter ce qui se passe vraiment, si tu as envie de nous le raconter à toutes les deux, on est là.

— Il n'y a rien à raconter, déclara-t-elle, le regard rivé sur le frigo.
— Tu es sûre ?
— Tu m'as traînée dans tout Madrid pour suivre des détectives, fit remarquer Candela.
— Le vieux aussi, vous l'avez suivi ? demandai-je sans cacher ma surprise.
— Comment sais-tu que j'ai changé de détective ?
— Candela m'a envoyé des messages, mentis-je un peu. En mode agence de presse. Candela Reuters.
Patricia me jeta un regard glacial.
— À elle, tu as répondu ? Parce que moi, ce n'est pas seulement aux appels que tu n'as pas réagi : aux textos non plus.
— Elle ne me répondait pas, mentit à son tour Candela.
Je sortis le portable de mon sac, entrai dans notre tchat sur WhatsApp et le mis devant son nez, pour lire à haute voix ses messages.
— « Appelle-moi, Margot, je vais mal », « Margot, appelle-moi », « Margot, tu reviens quand ? », « Margot, il se passe des choses ici, tu sais ? », « Margot, t'es une égoïste ».
Patricia me jeta un regard.
— Si tu le lis comme ça, j'ai l'air d'une salope.
— Tu as l'air d'une personne obsédée par sa situation, qui ne se rend pas compte que les autres ont parfois besoin d'espace pour penser. Pour respirer.
Elle nous regarda toutes les deux.
— Je ne suis pas une salope.
— Non, dit Candela en se retenant de rire. Mais tu fais des trucs bizarres en ce moment, même pour notre famille.
— Peut-être, concéda-t-elle.
— Patricia, que se passe-t-il ?
Elle se redressa et se leva du tabouret.
— Allons dans le jardin.
Candela s'assit sur un pot de fleurs vide et je m'appuyai sur un banc rempli d'orchidées fanées.
— Patri, elles sont au bord de la mort, celles-ci, hein ?

En me tournant pour la regarder, je la surpris en train d'allumer une clope.

— Qu'est-ce que tu fabriques ? criai-je.

— Je fume, annonça-t-elle.

— Tu caches tes clopes dans la serre ? s'esclaffa Candela.

— Oui. Je viens fumer quand je hais ma vie. C'est un péché ?

Nous fîmes toutes deux non de la tête et des mains en voyant la fureur avec laquelle elle parlait.

— Attends..., fis-je, bien décidée à prendre le taureau par les cornes. Tu continues avec ta paranoïa qu'Alberto te trompe ?

Elle fit non de la tête tout en tirant sur sa cigarette. Elle avait les yeux vitreux.

— Tu as déjà des tonnes de preuves que ce n'est pas le cas. La seule chose qui devrait t'inquiéter, à en juger par les photos et le rapport du détective, c'est qu'il mange mal. Sérieux, Patri. Ton mari doit avoir de la mayo dans les veines.

Je ne pus m'empêcher d'éclater de rire. J'eus l'impression que Patricia aussi riait, mais en la regardant, je constatai qu'elle étouffait un sanglot.

— Mais, Patricia !

Patricia ne pleurait JAMAIS.

— Que se passe-t-il ? s'effraya Candela. Ça fait deux semaines que je te supporte et il suffit que la fugitive revienne pour que tu chiales ?

— T'as vu comme tu es jalouse ? Typique de l'enfant du milieu.

— Va te faire voir.

— Sérieux, je parie que t'es adoptée.

Je m'approchai de Patricia et essayai de la prendre dans mes bras, mais elle s'écarta. Ce n'était pas notre genre, dans ma famille. Je me surpris à penser à ce que ferait David dans une situation pareille. Je retournai un pot de fleurs vide et la forçai à s'asseoir. Je refis la même chose avec un autre, puis m'emparai de son paquet de clopes et m'en allumai une. Dégoûtant. Elle me dévisagea, les yeux écarquillés.

— Mais qu'est-ce que tu fiches ?

— C'est ce que je me demande, ajouta Candela en s'approchant à son tour.

— Je crée une atmosphère d'intimité. Allez, raconte-nous tout. Si tu sais qu'Alberto ne te trompe pas, que se passe-t-il vraiment ?

Patricia détourna le regard et une grosse larme cristalline traversa son visage.

— Ben, justement, dit-elle, la voix étranglée. Il ne me trompe pas.

Candela et moi échangeâmes un regard perplexe. Je me rappelai ce qu'avait dit David quand je lui en avais parlé.

— Patricia, tu aimes Alberto ?

Elle nous regarda et tira sur sa cigarette.

— Oui, je l'aime, mais...

— Mais ?

— S'il me trompait, ce serait plus facile.

— Je n'y comprends plus rien, bougonna Candela.

— Chuuut, tais-toi. Patricia, tu peux nous le dire. C'est nous. Tu es en sécurité avec nous.

Patricia poussa un soupir.

— Ça fait des années que ça ne va pas.

— Ce sont des choses qui arrivent.

— Maman m'a dit qu'on devait suivre une thérapie de couple, comme elle et Lord Champignon.

— C'est surréaliste.

Candela se cacha pour rire.

— On l'a fait. Le pauvre Alberto irait n'importe où pour moi. Il est fou de moi.

— Alors quel est le problème ?

— Le problème, c'est que je me suis rendu compte que je ne veux plus de cette vie. Je la voulais, mais plus maintenant.

— Eh bien, tu te sépares.

— J'ai trois enfants.

— Et moi, trois poils blancs à ma chatte, ajouta Candela.

— Cande, je t'en prie ! m'écriai-je. Patri, tu n'es ni la première ni la dernière femme qui se sépare tout en ayant des enfants. Alberto est un type bien et il t'aime assez pour te comprendre si tu lui expliques.

— C'est que..., sanglota Patricia. C'est que...

— Quoi ?

Elle nous regarda avec horreur.

— Il s'appelle Didier.

Je haussai les sourcils.

— Didier...

— Didier est le prof de tennis de Santiago. Il vient de Marseille. Il a vingt-quatre ans et... on s'aime.

Candela laissa échapper un gloussement tandis que j'éclatais de rire.

Il fallut près de vingt minutes à Patricia pour vider son sac. Jamais je n'aurais cru ma sœur capable de dire « On s'envoie en l'air dans le local à poubelles du club de tennis et il me fait tourner la tête », mais, c'est la vie, hein ? Il y avait une réelle connexion entre eux. Il la faisait rire. Il lui avait rendu sa joie de vivre. Elle avait enfin compris qu'elle avait tort au sujet de l'amour. Quel scandale, quand même, non ?

Candela et moi mîmes vingt minutes de plus à lui expliquer que les ragots, comme lorsque tu te barres en courant le jour de ton mariage, finissaient par mourir dans la bouche de ceux qui n'ont de vie que celle des autres. Elle l'avait dit elle-même au sujet de mon mariage raté. Et puis, un scandale était préférable au fait de dépérir dans une relation qui ne la rendait pas heureuse.

Et si maman pétait les plombs ? Et si elle devenait l'objet de tous les potins au Club ? La seule chose qui comptait était d'assumer la situation et de ne plus faire de mal à son mari.

— Alberto va être la risée de tout le monde et... je l'aime. Je le respecte. Mais je n'ai pas pu me retenir. Je n'ai pas pu, je vous le jure, dit-elle en pleurant toutes les larmes de son corps.

— Prends ton temps, lui conseilla Candela.

— Pardonne-toi.

Candela fit un saut à la cuisine et rapporta une bouteille de vin et un paquet de biscuits salés qui avaient tout l'air d'appartenir à Alberto, ce pauvre homme qui, pressentant certainement ce qui se tramait, avait trouvé refuge dans la nourriture.

Nous passâmes plusieurs heures à boire et à parler, essayant de prendre les choses à la légère et d'en rire, persuadées que notre mère était peut-être un fardeau, mais qu'elle nous avait fait le plus beau des cadeaux en nous donnant des sœurs. Finalement, sans vraiment m'en rendre compte, peut-être à cause du vin, je m'entendis raconter à Patricia une histoire qui risquait de lui sembler familière :

— Il s'appelle David, il a vingt-sept ans et m'a fait découvrir que la vie est merveilleuse.

49

Réparer les dégâts (II)

— C'est pour ça qu'elle était si déterminée à découvrir si Alberto la trompait. Elle avait besoin de soulager sa conscience, soupirai-je. Quelles valeurs de merde on nous a inculquées, tout de même. Comment veux-tu être libre ?

— La pauvre..., entendis-je répondre David à l'autre bout du fil. Il est quand même mal foutu, notre ciboulot.

— Quoi ?

— Notre cerveau nous joue parfois de très mauvais tours. Comprendre que ton pire ennemi, c'est toi, ça prend parfois une vie entière. J'espère qu'elle aura le courage de sauter le pas. Tu crois que Didier veut vraiment une relation avec elle, si elle plaque tout ?

— Ben, elle est persuadée que oui, évidemment. Mais il n'a que vingt-quatre ans. Il risque de se sentir dépassé par la situation.

— Et elle compte leur parler à tous les deux ? Je veux dire, au mari et à l'amant ?

— C'est ce qu'elle affirme. Mais elle doit d'abord mettre de l'ordre dans ses idées.

— Je crois que son mari s'en doute.

— Pauvre Alberto, murmurai-je avec tristesse.

J'entendis sonner à la porte et me levai d'un bond.

— Tu attends de la visite ?

— Non. Ce n'est pas toi, dis ? fis-je en souriant.

— Si seulement... Je bosse.

Je jetai un coup d'œil par le judas et fus surprise d'apercevoir un coursier. Je ne parvins pas à voir ce qu'il transportait.

J'ouvris.

— Margarita Ortega ?

— Oui.

— Veuillez signer ici.

Un bouquet. Un bouquet magnifique, dans des tons de rose pâle, de blanc et de vert. Mon cœur s'accéléra.

Je remerciai le livreur et restai immobile, le bouquet dans les bras et le téléphone à l'oreille. J'avais peur de demander à David s'il y était pour quelque chose. Et si ce n'était pas le cas ? Je ne voulais pas être ridicule. Je redoutais qu'elles soient de Filippo.

— Qu'est-ce que tu as reçu ?

— Un bouquet, répondis-je en refermant la porte.

— Un bouquet ?

Il eut l'air surpris.

— Il y a un petit mot ?

Je posai le bouquet sur la table de l'entrée et saisis maladroitement la petite enveloppe. Oui, il y avait un petit mot, mais il n'était pas signé.

« *Through the storm, we reach the shore.* »

— À travers la tempête, nous atteignons la côte.

— C'est tout ?

— Oui.

Nous nous tûmes. Je ravalai ma salive.

— Je te laisse, d'accord ? dit David d'une voix étrange. J'ai besoin de mes deux mains pour faire des bouquets.

— D'accord.

— On se voit demain. Je t'envoie un message dès que je sais à quelle heure on passe te prendre.

— Parfait.

Nous nous tûmes à nouveau.

— Au revoir, dis-je en regardant le bouquet, la carte toujours en main.

— Au revoir.

La sonnette retentit de nouveau.

J'ouvris sans regarder par le judas. Je ne sais pourquoi, j'avais l'espoir un peu fou que ce soit David. Mais non. Ce n'était pas lui.

Devant moi se tenait Filippo. Chemise blanche. Bronzé. Un bouton ouvert laissant apparaître les poils clairs de son torse, comme une promesse. Ses jambes infinies serrées dans un pantalon chino bleu marine. Ses cheveux blonds bien coiffés. Ses yeux plus bleus que jamais.

— Salut, murmura-t-il. Tu viens de rentrer ? Ma secrétaire m'a dit que Sonia l'avait informée que tu rentrais aujourd'hui.

— Euh… non. Je suis rentrée ce matin.

— Je peux entrer ?

— Bien sûr.

Il contempla le bouquet de fleurs et je l'entendis presque dire « Elles te plaisent ? ». Mais non.

— Et ce bouquet ?

— Je ne sais pas. Je viens de le recevoir.

— Qui te l'a envoyé ?

J'espérais voir dans son regard une petite étincelle qui me confirmerait que le bouquet venait de lui, mais il avait l'air sincèrement surpris. Les fleurs ne venaient pas de lui. Donc…

— Sans doute une idée d'Isabel pour remplacer celui-ci, qui commence à faire la tronche.

Je rangeai la carte dans ma poche.

— Tu veux boire quelque chose ?

— Du vin ? suggéra-t-il avec un sourire timide.

— Parfait, fis-je en lui rendant son sourire. Mets-toi à l'aise. Tu es chez toi, ici.

— À vrai dire, ça a toujours été chez toi.

D'accord, cela s'annonçait bien…

— J'ai cru que ça te plaisait. Que je veuille garder une certaine indépendance. Que je ne ressente pas le besoin de tout partager avec toi.

— Ce n'est pas que ça me plaise ou non. Je le comprends. Tu es l'héritière d'un empire hôtelier. J'ai toujours compris que notre mariage n'était pas… comment dit-on ?

— En communauté de biens.

Je contournai l'îlot, attrapai une bouteille dans la cave à vin et me souvins soudain, en prenant le tire-bouchon dans un tiroir, de David, nerveux, en train d'ouvrir une bouteille à Santorin, avant de m'embrasser pour la première fois.

Perturbée, j'oubliai de demander – pour la énième fois – à Filippo de ne pas parler de moi en ces termes ; principalement parce que Patricia possédait toujours 17 % de la société et, en plus, parce que je me sentais comme un parasite social qui n'avait pas mérité sa place.

— Comment tu vas ? parvins-je à lui demander.

— Très seul, sans toi.

Je levai les yeux. L'évidence de la beauté de Filippo me frappa. Il était solide, telle une robuste effigie sculptée il y a des siècles. L'Iron Man des fiancés, avait dit David.

— Tu es très beau, dis-je en détournant le regard.

— Je me suis reposé. J'ai pris le soleil. Je n'ai pas fait beaucoup plus que nager, penser à toi et dormir.

— Tu as certainement dû faire autre chose.

Je souris avec tristesse.

— Je me suis saoulé deux ou trois fois, c'est vrai. Mais tu veux tout savoir, même si je me ridiculise ?

Je pris deux verres dans le placard et les posai sur le comptoir. Je me sentais soudain tellement triste…

Je servis le vin et m'assis sur un des tabourets, face à lui.

— On lève notre verre ? proposai-je.

— À la vérité.

Merde. C'était justement la dernière chose à laquelle je voulais trinquer. J'effleurai son verre avec le mien.

— Et ton voyage ? C'était bien ?

— Je ne saurais pas te dire, avouai-je.

— Ce n'était pas instructif ?

— Parfois si… Parfois, j'ai l'impression qu'au lieu d'apprendre à mieux me connaître, j'ai fait le voyage en sens inverse.

— On dit que, plus on se connaît, plus on se sent vide.

— C'est assez juste, apparemment.

Filippo tendit sa main à la recherche de la mienne. Je contemplai ses longs doigts bronzés. Il avait des mains soignées, élégantes, douces, comme celles d'un homme qui ne les avait jamais fait travailler ailleurs que sur un bateau en été.

— Pourquoi ? murmura-t-il.

— Filippo...

— J'ai besoin de savoir.

— Je sais que tu as dû avoir du mal à ravaler ton orgueil pour me demander ça, mais...

— Ce n'est pas une question d'orgueil.

— Je t'ai laissé planté devant l'autel en présence de cinq cents personnes. Si ce n'est pas une question d'orgueil, alors il y a un souci.

— Vraiment, pourquoi ?

Et son accent, doux et nostalgique, me força à me poser la question pour une énième fois.

— Il n'y a peut-être pas de raison. Je me suis peut-être laissé submerger par tout ça.

— Tout ça ?

— Eh bien. Le grand mariage parfait, les exigences que je me suis mis en tête de respecter et mon impression que... eh bien, que je ne suis pas grand-chose à côté d'un homme comme toi.

— C'est dans ta tête.

— Possible. L'accepter est le premier pas.

J'avalai une gorgée. J'avais du mal à le regarder dans les yeux, je me sentais honteuse. Il y avait de cela à peine vingt-quatre heures, je faisais l'amour avec un autre homme dans notre lit.

— Dis-moi une chose, Filippo. Tu étais heureux avec moi ?

— Bien sûr que je l'étais. Sinon pourquoi t'aurais-je demandée en mariage ?

— Tu ne changerais rien à la relation que nous avions ?

— Avions ? Margot…

L'hésitation dans sa voix ne lui ressemblait pas.

— Je suis sérieuse. Tu ne changerais absolument rien ?

— Ta mère ?

Nous sourîmes. J'entendis mon portable vibrer sur la table de l'entrée et me demandai s'il s'agissait de Patricia.

— Si tu me demandes ça, c'est que tu es parvenue à la conclusion que toi, tu ne l'étais pas, contre-attaqua Filippo.

— Non. J'étais heureuse avec toi, Filippo. Mais je ne l'étais pas avec moi-même, je crois. Je me sentais toute petite à tes côtés. Je crois que c'est encore le cas.

— Que devons-nous changer, Margot ? Dis-le-moi. Parce que je viens de passer un mois sans toi et, sincèrement, je ne veux même pas imaginer une vie entière comme ça. Je sais que j'ai été dur avec toi, et j'ai conscience de t'avoir dit des choses pour te faire du mal… comme t'appeler mon « ex », alors que jamais, malgré tous mes efforts, je n'ai pu cesser de penser à combien je t'aime…

— Filippo, et si je ne suis pas comme ça ?

— Comment ?

— Comme j'étais avant. Toujours terrifiée, toujours obnubilée par l'opinion des autres.

— C'est exactement ce que tu es, mais si tu veux changer parce que ça ne te rend pas heureuse, c'est autre chose. Mais c'est pour ça que je suis là, non ? Pour compléter ces parties de toi qui t'empêchent d'être heureuse. Et c'est aussi pour ça que tu es là, pas vrai ? Pour qu'on s'aide à devenir meilleurs. C'est ça, un couple. Un puzzle fait de pièces complémentaires.

Je le dévisageai sans savoir que répondre.

— Raconte-moi, qu'est-ce que tu as fait en Grèce ?

« J'ai fait l'amour. Je me suis sentie libre. J'ai marché sur la plage à demi nue. J'ai ri aux éclats. »

— Rien d'exceptionnel.

— C'est un grand pas, pour toi, partir seule.

La Margot diabolique en moi leva les yeux au ciel et rit sous cape. La Margot ordinaire rougit jusqu'aux oreilles.

— Bon, euh… Et toi ?

— Tu m'as déjà posé la question, sourit-il. Tu es nerveuse. Calme-toi, Margot… c'est moi. Tu n'as qu'à me dire ce que tu veux. Comment tu veux arranger ça ?

Filippo était un homme bon, je l'avais su dès le départ. Il était attentionné, affectueux, compréhensif. Toutefois, jamais je n'aurais imaginé qu'il revienne et me pose cette question après avoir été abandonné devant l'autel. Il était orgueilleux, un peu hautain… traditionnel quand il était question de la famille. Peut-être… Peut-être que le plan conçu par David pour que je reconquière Filippo avait surtout fini par me métamorphoser en une femme plus libre. Peut-être cela avait-il effrayé Filippo au point de croire que j'étais capable d'avancer sans avoir besoin de lui. Mais… l'amour est-il, au bout du compte, nécessité ? Ou bien quelque chose de plus vaste ?

Je m'étais résignée depuis des années à l'idée que, pour lui, mon travail représentait un obstacle à la famille qu'il voulait bâtir. Filippo voulait trois ou quatre enfants, les étés en Italie et prendre sa retraite, jeune si possible, en Toscane. Ou à Malaga, affirmait-il parfois. Puis il était tombé amoureux de moi et avait accepté que cela ne se produirait peut-être jamais, parce que je ne voulais ni laisser tomber mon boulot, ni réduire mes heures. Et vu mon expérience personnelle, je ne consentirais jamais à ce que mes enfants soient élevés par quelqu'un d'autre. Il s'était résigné à une version light de son rêve : deux enfants maximum et des voyages express pour voir la famille, pendant lesquels je serais accompagnée de mon ordi et de mon téléphone.

Quand je m'étais dit que Filippo était trop orgueilleux pour passer outre à l'incident, peut-être n'avais-je pas réfléchi au fait qu'il avait déjà renoncé à plusieurs rêves pour moi et qu'il n'hésiterait pas à faire des compromis pour ne pas me perdre.

Que de peut-être. Aucune certitude. Et moi ? Que voulais-je dans tout ça ?

— Et si je ne voulais pas avoir d'enfants ?

— Tu n'en veux pas ?

— Je ne sais pas. Pas maintenant.

— D'accord. On en reparlera. On peut congeler des ovules et y penser plus tard. Pas de problème.

— De toute façon, c'est moi qui les ferai congeler, répliquai-je d'une voix douce. Le pluriel dans un couple ne marche pas à tous les coups.

— D'accord, acquiesça-t-il en posant ses grandes mains sur le marbre de l'îlot. On est au point mort. On va peut-être un peu vite.

Je bus une autre gorgée.

— Et si on se voyait lundi ? proposa Filippo. On réserve une table dans ce resto que tu adores, celui de Velázquez... et on parle. Réfléchis pendant ces deux jours à quoi tu veux que ressemble ta vie, où tu nous vois dans vingt ans. On trouvera le chemin.

— Pour être honnête, je n'ai jamais cru que tu serais si ouvert à une réconciliation après ce que j'ai fait.

— Parce que tu n'as jamais vraiment cru que je suis fou amoureux de toi.

Il se leva.

— Je m'en vais. Tu me raccompagnes ?

— Bien sûr.

— Tu es différente, me dit-il en atteignant la porte. Je n'arrive pas à croire qu'il ne s'est écoulé qu'un mois. J'ai l'impression que tu viens de passer un an dans un ashram en Inde.

— Là, tu te moques de moi, souris-je.

— Non. C'est vrai. Tu as changé. Comme si tu avais, euh, grandi.

— Je suis toujours un peu courtaude à côté de toi.

— Ça n'a jamais été un obstacle.

Je n'eus pas le temps de réfléchir. En un clin d'œil, Filippo m'embrassa. Et je ne veux pas mentir : son baiser dégageait un sentiment de familiarité, d'amour, de rêves, une vie que je désirais encore, à cheval entre mes aspirations et les siennes. Je ne pouvais pas tout gâcher.

Après son baiser, une chaleur qui me rappela des milliers de choses m'envahit la poitrine. Notre premier baiser, notre voyage à Paris, les dimanches matin, le jour où il me présenta à sa famille, la maison de nos rêves, la joie avec laquelle nous avions organisé notre lune de miel, ses mains sur mes hanches quand nous faisions l'amour, le vietnamien du jeudi...

— Je réserve une table pour lundi, alors ?

— Oui.

— À lundi.

J'attendis de le voir disparaître dans l'ascenseur pour refermer la porte et, ce faisant, je posai mes mains sur ma poitrine, un sourire aux lèvres. Je me sentais en sécurité avec Filippo, apaisée, chez moi, sans crainte. Filippo était protecteur. Il personnifiait le calme.

Je pris mon portable et consultai mes messages. À la lecture de celui que venait de m'envoyer David, je m'immobilisai soudain.

Les valeurs qui t'ont été inculquées ne sont pas des chaînes. Tu es libre, Margot. Je t'ai vue l'être. Tu portes une armure faite de préjugés à ton encontre, mais ce n'est qu'une question de temps pour qu'elle commence à te peser et que tu l'enlèves. Ne l'oublie pas, tu n'as besoin de rien ni de personne. Tu es, à toi seule, un univers.

Le bouquet se compose de lis des champs, de lentisques, d'eucalyptus, de roses, de statices et de bouvardies. La phrase qui l'accompagne vient d'une chanson de U2, « With or Without You ». Je suis nul en anglais, mais Google a toujours raison.

La sensation de chaleur laissée dans ma poitrine par Filippo se transforma en une boule de feu.

50

Week-end. La passion

— Je ne sais pas si je dois y aller.

David ne répondit pas et la ligne s'emplit d'un silence assourdissant.

— Je ne sais pas si je dois, David, répétai-je pour provoquer une réaction.

J'ignorais si je voulais qu'il accepte que ce n'était pas une bonne idée ou qu'il insiste jusqu'à la démence.

— Je croyais que tu avais déjà pris ta décision. Quel est le problème ?

— Tout le monde va penser que je suis ta petite amie.

— Je m'en fiche de ce que les gens pensent.

— Ce sont tes amis, leur opinion compte pour toi. Et puis, je ne sais pas si on est capables de se comporter en simples copains.

— Bien sûr que si, me rétorqua-t-il d'une voix soudain moins assurée.

Je me blottis dans mon lit, le téléphone vissé à mon oreille. À côté de la porte, mon sac de voyage fermé me rappela que, quelques instants auparavant, je pensais tout le contraire. J'étais complètement paumée. Le bouquet, le petit mot, l'au revoir, Filippo, l'odeur de David imprégnée dans mon oreiller.

— Que se passe-t-il ? Allez, raconte.

— Tu le sais très bien. On devrait cesser de faire des plans. On ne fait que retarder l'inévitable.

— On s'est déjà mis d'accord pour dire que notre cure de désintoxication débute lundi, non ?

— Dit comme ça, ça me fait peur.

— C'est à cause de mes amis ? Tu n'as pas envie de les rencontrer ?

Le ton pressant qui se cachait derrière cette question me fendit un peu le cœur. Je me souvins que David s'était plaint qu'Idoia refusait de passer du temps avec ses amis et le sentiment d'insécurité que cela engendrait en lui.

— Ce n'est pas ça. C'est que...

— Tout le monde va croire qu'on sort ensemble, d'accord, mais... et alors ?

— On va dormir dans le même lit et...

— Nous ne sommes pas des animaux, Margot, se moqua David. Il y a plein de chambres chez les parents de Cristina. Tu peux dormir seule si c'est ça qui te tracasse.

Comment récapituler toutes les choses qui me tourmentaient pour lui faire comprendre, alors que j'étais moi-même incapable de les synthétiser, d'y mettre de l'ordre et de les affronter.

— S'il te plaît..., murmura-t-il. Je t'en prie, Margot. Je veux ce week-end.

Oui. Moi aussi je le voulais mais... il ne fallait pas.

Ils passèrent me prendre à 18 h 30 dans une Ford Fiesta jaune, datant de Mathusalem. Jaune. David baissa la fenêtre et sourit, et je me rendis compte qu'il était capable de me faire oublier le luxe auquel j'étais habituée : seule la compagnie importait. Je m'approchai et souris :

— Dis-moi qu'il y a l'air conditionné.

— Pour qui nous prends-tu ? Pas de princesse sans son carrosse.

David et moi restâmes à nous regarder comme des idiots jusqu'à ce que le type qui conduisait la voiture se racle la gorge, faisant sortir David de sa rêverie.

— Margot, je te présente Félix. On est amis depuis la maternelle.

— Salut, Félix! Comment ça va?

— Enchanté, Margot. David nous a beaucoup parlé de toi.

— Ah bon? souris-je.

— Oui! Il n'a pas arrêté de nous envoyer des photos de votre voyage. C'est presque comme si on y était avec vous.

Mal à l'aise, David prit mes affaires et les chargea dans la voiture.

— Allons-y. On en a encore pour un moment avant d'arriver.

Quand nous y fûmes, tout le monde était déjà sur place. Cristina, la star du jour, nous accueillit avec deux bises sur les joues et de la bière fraîche. Pendant que je me présentais et m'excusais de m'incruster comme ça, à la dernière minute, une meute de nanas très sympas se ruèrent sur nous et récitèrent leurs prénoms à toute vitesse (Rocio, Marta, Laura, Esther, Maria). Je n'eus pas de mal à constater que j'étais en quelque sorte devenue l'attraction du coin. Qui était cette fille avec qui David était parti en Grèce et qui se pointait maintenant à l'anniversaire de Cristina? D'où sortait-elle? Et surtout… Allait-elle intégrer la bande?

David jouait, sans l'ombre d'un doute, un rôle essentiel au sein du groupe, ce que mirent en évidence toutes ses amies en se précipitant sur lui, en le jetant sur le gazon et en le couvrant de bisous, de chatouilles et de petits cris. Je les regardai sans savoir où me mettre, tout en essayant d'étouffer la jalousie qui me saisissait. Ces filles n'avaient pas besoin de s'éloigner de lui, elles l'auraient pour la vie, elles. J'avais du mal à m'imaginer ce qu'il me resterait de lui d'ici quelques années… peut-être un vague souvenir.

Les chambres du premier étage étaient déjà prises, ce qui nous obligea à déposer nos affaires dans le grenier, où quelque chose me disait qu'il ferait plus chaud que dans le reste de la maison. J'aurais presque préféré que les autres prennent pour argent comptant que nous étions en couple et avions donc besoin de l'intimité d'une chambre parce que… il y avait trois lits dans la mansarde et Félix n'hésita pas à poser sa valise sur l'un d'entre eux avant de redescendre.

— Ça va ? me demanda David en ouvrant son sac pour en sortir son maillot de bain.

— Oui. Enfin… c'est un peu étrange, mais ils ont tous l'air sympas.

— On va s'amuser, tu verras.

Il commença à défaire son jean.

— Tu ne vas quand même pas te changer ici, devant moi ?

— C'est ma chambre et j'ai envie de me baigner. Et puis, il n'y a rien que tu ne connaisses déjà, ajouta-t-il avec un sourire moqueur.

Je levai les yeux au ciel tandis qu'il ôtait son T-shirt. Dans quelques minutes, le lit finirait couvert de vêtements et toute la maîtrise dont je pensais faire preuve s'envolerait par la fenêtre. J'allais m'approcher, embrasser son cou, caresser son torse et remonter ma robe en guise d'invitation silencieuse dont il profiterait en faisant des allers-retours avec sa main…

— Il vaut mieux que je te laisse un peu d'intimité, dis-je. Il y a des trucs qu'en tant qu'amie je préfère ne pas voir.

Je n'ai aucune raison de me plaindre : on me traita en invitée d'honneur. Tout le monde était sympa, attentionné et familier. Comme David, ils étaient chaleureux et drôles, et ne semblaient pas importunés par mon irruption dans leurs vies. Pour eux, ma visite n'était pas une intrusion mais naturelle. David riait à gorge déployée et distribuait des tapes amicales à ses amis, tout en s'assurant que j'étais incluse dans les conversations. Je ne m'étais pas amusée autant au milieu d'un groupe de personnes depuis des lustres. Alors c'était donc ça, avoir des amis !

Évidemment, tout le monde voulait partager avec moi des histoires que « David ne t'a sûrement pas racontées » et qui se mirent à fuser de toutes parts.

— On boit beaucoup dans les villages, se justifia David, l'air gêné. Tu es sur le point de t'en rendre compte.

Après avoir grignoté à droite et à gauche et beaucoup trinqué, il fut décidé vers 1 h 30 qu'il était temps de descendre jusqu'à la place du village pour les festivités. Un bar avait été installé à l'extérieur à l'occasion des fêtes votives et le tiers de la place était occupé par une scène, où jouait un orchestre. Tout le monde semblait cependant absorbé par un homme qui vendait quelque chose.

— Que se passe-t-il ? demandai-je à David.

— Le bingo. Bienvenue à la république indépendante de mon village. Avant le bal, on tire au sort un jambon. Mais pas la peine d'y participer. Chaque année, c'est Esther qui gagne.

David semblait chercher quelqu'un dans la foule.

— Tu me donnes une seconde ? chuchota-t-il dans mon oreille. Je reviens dans deux minutes.

— Où tu vas ?

Il ne répondit pas. Avec un sourire espiègle, il me lança un baiser. Les cheveux en broussaille et les vêtements en pagaille, les yeux rouges, un peu éméché… Comment pouvait-il être si séduisant ? Pourquoi ce presque inconnu me semblait-il si fiable ? Comment pouvais-je avoir autant envie de lui prendre la main et d'envoyer valser le monde ?

— Ce que tu essaies de faire est impossible, me dis-je à voix haute.

Je ne parvenais pas à voir David comme un simple ami.

Je regardai dans la direction où il était parti et le vis rejoindre une femme qui lui sourit, le prit dans ses bras et l'accueillit avec le geste universel voulant dire « Tu vas voir, toi ! ». Qui était cette femme, si belle ? Cheveux bruns noués en queue-de-cheval, des yeux immenses, peu maquillés, et un corps svelte. Il y avait des ressemblances entre eux ; leur étreinte me sembla familière.

— Margot, encore un verre ? me proposa une des amies de David.

— Bien sûr.

Le bal commença par des paso-doble et d'autres danses dans le genre. L'assemblée, jeunes et vieux confondus, était joyeuse, dans cette ambiance festive et familiale typique des petits villages. Au retour de David, nous nous fondîmes dans la danse, collés, sans coordination, d'humeur joueuse.

Au fur et à mesure que l'heure avançait, les plus âgés se retiraient et les plus jeunes se mirent à réclamer un autre style de musique.

Lorsque David fit un signe de la main à la femme qu'il avait saluée en arrivant, je lui demandai :

— C'est ta sœur ?

— Cette dame est ma mère, sourit-il. Mais elle va être aux anges quand je lui dirai que tu l'as prise pour ma sœur. L'année prochaine, elle fête ses cinquante ans.

David était plus drôle entouré de tous ses amis. Il oublia vite que le reggaeton n'était pas son truc et se mit à twerker avec ses copines jusqu'à ce qu'elles lui reprochent en criant de faire fuir les prétendants. Et lui riait comme jamais je ne l'avais vu rire. Décontracté. Content. Me prenant par le bras et me faisant virevolter.

L'orchestre fut ensuite remplacé par un DJ, qui s'installa « aux platines » pour ambiancer la soirée jusqu'à 5 h 30 du matin. La place se remplit de gens, sortis de nulle part. David plaqua ses hanches contre moi et me guida au rythme de la musique, en un mouvement qui révélait bien plus que de l'amitié.

— Tu es sublime, me chuchota-t-il.

— Je suis répugnante.

Je me contemplai, couverte de taches de rhum Coca, qui m'éclaboussait à chaque bousculade, vêtue d'un T-shirt noir uni et de la jupe échancrée que j'avais achetée avec lui.

— On a qu'à rentrer pour que tu te changes. Je t'accompagne.

— T'es con ?

— Je ferais n'importe quoi pour te voir nue.

— Tu es bourré.

— La dernière fois que j'étais bourré, je t'ai dit que je voulais te bouffer le minou pendant des heures.

Je fis volte-face et lui mis la main sur la bouche en souriant. Il me la lécha et je le lâchai.

— Tais-toi !

— Je ne faisais qu'évoquer un souvenir. Toi et moi, nous ne sommes que des amis. Des amis qui dorment dans des lits séparés.

— Oui, acquiesçai-je en fixant sa bouche et en entourant son cou de mes bras.

— Ne me regarde pas comme ça.

Il rit, montrant ses dents blanches parfaites.

— On ne peut pas, David.

— Non. On ne peut pas partir, main dans la main, le long de cette rue derrière la scène et se rouler des pelles adossés au mur de l'ancienne boulangerie. Ce serait… eh bien… une folie !

— En effet.

Je me serrai contre lui, lui caressai le visage et nous continuâmes à danser collé-serré.

— Parce que notre aventure est terminée.

— C'est vrai. La dernière fois c'était bien, hein ?

— Et celle d'avant.

Il regarda fixement ma bouche et ses mains glissèrent le long de mes hanches pour venir se perdre plus bas et m'agripper les fesses.

— C'est dingue ce que tu me plais.

— David…

— Tu sais ce qui me prend la tête ? Ce n'est pas seulement que j'ai envie de toi, là, en pleine rue, c'est que j'ai aussi envie de te serrer dans mes bras. Et ça, ma chère Margot, c'est vraiment la poisse.

Je fis un pas en arrière, un nœud dans l'estomac, mais il ne me lâcha pas.

— Tu l'as dit. C'est la poisse, confirmai-je.

— Qu'est-ce qu'on va faire ?

Je lus sur ses lèvres « viens, on se barre ». J'entrelaçai mes doigts aux siens, nous baissâmes la tête pour passer inaperçus pendant que nous contournions le tumulte et nous dirigions vers la ruelle à l'arrière de la place. Nos mains restèrent entrelacées jusqu'à ce que l'obscurité de la ruelle nous enveloppe, puis les miennes vinrent se placer dans son cou et dans le bas de son dos, et les siennes se posèrent sur ma taille et ma fesse droite, sous la jupe.

Je ne fermai pas les yeux quand il m'embrassa. Lui non plus. Nous ne voulions pas en perdre une miette.

— On a dit qu'on devait arrêter, lui dis-je en me détachant de lui après le quatrième ou cinquième baiser.

— Et si je n'y arrive pas ?

— Tu peux, c'est juste que tu ne veux pas. Et tu as dit que…

— J'ai dit, j'ai dit, j'ai dit.

Oui. Il avait dit que si nous ne mettions pas un point final à notre aventure, nous finirions par tomber amoureux et ce serait un désastre. Il avait dit qu'il ne voulait pas vérifier si notre relation pouvait durer plus de deux ans. Il l'avait dit.

Il agrippa mes cuisses et me souleva pour appuyer mon dos contre le mur tout en me mordillant le cou. Je le sentis essayer de baisser ma petite culotte et constatai que nous nous trouvions juste à côté d'une porte de maison.

— David, et si les voisins sortent ?

— Ils ne sortiront pas.

— David… Et s'ils quittent la fête et nous trouvent ici ?

Il me regarda et sourit.

— C'est chez moi. Ils dorment tous.

Ma culotte descendit un peu plus et je m'empressai d'ouvrir sa braguette. Les murs de ma résistance s'étaient écroulés avec son explication. Il me rendait folle. Je n'avais jamais fait ça en pleine rue et… je le voulais assez pour ne pas accepter ces limites qui, en ce moment, me semblaient tellement débiles. On risquait de tomber amoureux ? Et alors ? N'était-ce pas déjà fait ?

J'effleurai son sexe et le sortis de son slip. Tout en le caressant, j'entrepris de le provoquer en esquissant une expression lascive. Ma petite culotte pendait à ma cheville droite, coincée dans ma sandale.

— Attends, attends, lui demandai-je alors qu'il était sur le point de me pénétrer. Capote.

— Je n'en ai pas sur moi.

— Ni dans ton portefeuille?

— Attends.

Il me lâcha et glissa sa main dans son portefeuille, qu'il ouvrit avec précipitation.

— Eh bien, tu vois? Un homme averti en vaut deux, me lança-t-il en me montrant le préservatif qu'il venait de dénicher.

— Tu ne parviendras pas à me maintenir contre le mur très longtemps.

— Je sais. Ici, la seule chose qu'on peut faire, c'est baiser comme des chiens. Si tu n'as pas envie, on peut...

Il n'acheva pas sa phrase. Je collai mes lèvres contre les siennes et fourrai ma langue dans sa bouche. David me tira vers le coin opposé, où nous prîmes appui sur une voiture.

— La moitié du village va nous voir.

— Eh bien, qu'ils en profitent.

Je me hissai sur le capot, enroulai mes jambes autour de ses hanches et le laissai faire, poussant, grognant, une main sous ma jupe et l'autre sur la carrosserie de la voiture. Je sentais mes abdos brûler par l'effort fourni pour me maintenir dans cette position, mais qui valait la peine à chaque fois que David chargeait entre mes cuisses et que son jean descendait un peu plus.

— Mon Dieu, faites que l'alarme ne se déclenche pas, supplia-t-il. C'est la voiture de mon grand-père.

Je fus prise d'un fou rire. Lui aussi. Même en baisant comme deux chiens, j'étais heureuse. Un vrai... conte de fées.

Il dut se contenir pour ne pas finir trop vite. À sa décharge, le rythme qu'imposaient ses hanches était dément. Cependant, il n'accéléra pas trop tant que je n'eus pas trouvé une position qui me permette de me caresser pour atteindre l'orgasme. Nous jouîmes en même temps, bouches entrouvertes et les yeux dans les yeux, à la fois surpris et heureux de ne pas avoir été capables de tenir nos promesses.

51

Week-end. La tendresse

Mon mal de tête n'était pas aussi cuisant que je le méritais. Ce fut la première pensée qui me traversa l'esprit au réveil, en slip, en sueur et la bouche pâteuse. Dans le lit d'à côté, Félix ronflotait malgré les rayons du soleil de midi, qui traversaient les fentes des volets tels des coups de couteau et parsemaient les lits de taches de lumière.

Avec ce que j'avais bu, et ce qui était arrivé ensuite... je méritais bien pire. Je m'étais envoyé en l'air avec Margot sur le capot de la voiture de mon grand-père, garée juste devant sa porte. Quelle folie. Et si elle ne m'avait pas interrompu à temps, je n'aurais même pas mis de capote.

... Et je ne lui avais même pas dit que j'avais vu Idoia et que nous avions discuté.

Je ne voulais pas lui mentir mais, vu le peu de temps qu'il nous restait, pourquoi lui parler d'une autre ?

Merde ! Je me pris la tête dans les mains en me rappelant qu'à notre retour à la maison, et après avoir confirmé que Félix s'était endormi, je m'étais glissé sous ses draps. J'avais encore besoin de l'embrasser, de la caresser, de sentir ses mains sur ma peau. Margot se cambrait tout en me demandant de retourner dans mon lit et moi... j'avais agi en ado amoureux. Amoureux et incontrôlable.

Et maintenant, pas une trace de Margot dans la chambre.

Je sortis sur la pointe des pieds, persuadé que mes amies dormaient comme des loirs et que la maison était encore silencieuse mais, en descendant les escaliers, je perçus du bruit dans la cuisine, centre névralgique de toute fête digne de ce nom.

Je les trouvai toutes en train de se chamailler pour des churros. Une bande de requins s'acharnant sur un phoque blessé aurait fait moins de vacarme.

— Alors ça, c'est nouveau, dis-je d'une voix grave. Vous avez rapporté le petit déjeuner ?

— C'est elle.

Le groupe s'écarta et au centre apparut Margot, qui sourit et détourna le regard. En voilà une qui n'avait pas oublié la soirée de la veille...

— Comme c'est sympa. Ne les gâte pas trop, elles vont s'habituer.

Margot sourit poliment en regardant le sol. En l'imitant, je me rendis compte que je n'avais même pas enfilé de T-shirt. Juste un short en coton, sans sous-vêtements ni chaussures.

— Mais pourquoi je suis descendu à moitié nu, bordel ? dis-je à voix haute.

— On voit ton prépuce, signala Laura avec un sourire.

— T'inquiète, Margot. On ne fait que regarder, nous, on n'en profite pas, ajouta Rocio.

— Attention, ils vont rougir, ajoutèrent en chœur Esther et Cristina.

— Allez vous faire voir, leur dis-je avant d'avaler un churro. Je vais prendre une douche.

Margot et moi échangeâmes discrètement un regard. Mes amies nous observaient avec un sourire idiot. Nous qui pensions avoir été aussi silencieux et discrets que des ninjas... Et si toutes mes amies (et le village entier aussi) nous avaient vus en train de baiser sur une Seat Ibiza rouge de l'an 2000 ?

Il valait mieux couper court aux problèmes potentiels.

— Tu m'accompagnes une minute ? lui demandai-je après avoir avalé le reste de mon beignet.

— Sous la douche ? s'exclama Esther, surprise. Eh ben, David, c'est comme ça que tu commences la journée, toi ?

— En haut. Pour parler, rétorquai-je, agacé, en mettant l'accent sur le mot « parler ». Tu viens, Margot ?

— Euh... Oui, répondit-elle en prenant un churro, qu'elle entoura d'une serviette pour absorber la graisse.

Je subtilisai le verre de jus que Marta tenait dans ses mains et, avec un merci plutôt ironique, je gravis l'escalier, suivi de Margot.

Je la fis entrer dans l'une des chambres que les « filles » avaient laissées libres et refermai la porte. Sur le visage de Margot se dessina une expression de stupéfaction. Du genre « Tu ne vas quand même pas me demander qu'on le fasse ici ? ».

— T'inquiète, je veux juste parler.

— D'hier soir.

— Pardonne-moi, je t'en prie, répondis-je en posant le verre sur la commode et en prenant une profonde inspiration. J'ai pété les plombs.

— On a pété les plombs.

— C'était bien, ce n'est pas la question. C'est juste que... les choses ne se passent pas comme prévu.

— Ce n'est pas grave. Rompre n'est pas une science exacte.

Je ne nierai pas que, dès que j'entendis le mot « rompre », je fus pris de panique. Rompre impliquait une relation solide. Pour que quelque chose se rompe, il fallait qu'elle existe au préalable. Et « nous » avions existé, aucun doute à ce sujet, mais j'avais peur. Je m'entendais encore lui dire que, si nous ne mettions pas le holà, nous allions finir par tomber amoureux. Et c'est indéniablement ce qui était en train de se produire.

— Ouais.

— Ça ne se passe pas toujours comme prévu, ajouta Margot en s'asseyant sur le lit, sans savoir que faire de son churro.

Elle le contempla et se mit à rire.

Je ris moi aussi. Tout était toujours si facile avec elle, même si cela faisait peur.

— Tu en penses quoi, toi ?

— Au sujet d'hier soir ?

Elle prit une inspiration et balaya la pièce du regard. Elle était ravissante, les cheveux en pagaille, un peu ondulés, vêtue de la robe-chemise noire qu'elle avait portée à Santorin. Je m'efforçai de me concentrer.

— Ça m'a plu. Et je ne veux pas seulement parler de tu sais quoi…, fit-elle en adoptant un ton plus léger. Je crois que je n'ai pas été très discrète hier.

Elle reprit une bouffée d'air et poursuivit, d'un ton plus sérieux :

— Je veux dire que je suis contente qu'on ait remis ça. Et dans le lit aussi, ça m'a plu.

— Mais il faut qu'on arrête.

Je mordis l'intérieur de ma joue et m'assis à côté d'elle. Nous sourîmes tous deux.

— Moi aussi, j'ai aimé ça, lui confessai-je en fixant ses lèvres.

— Mais cette fois, c'est moi qui le dis, qui l'affirme, il faut que ça cesse.

— OK. C'est toi qui décides.

— Non, sourit-elle avec tristesse. Ce sont toutes les choses que tu as dites à Mykonos qui décident.

L'arrêter. Ne pas la laisser poursuivre. Tourner le dos à la possibilité de tomber amoureux. Et s'il était déjà trop tard ? Comme je restais silencieux, Margot continua à parler, avec un sourire de plus en plus triste.

— Et puis, on devrait se concentrer sur nos plans de reconquête et récolter les fruits qu'on a semés.

— Tu as raison, admis-je.

Je ne parvins cependant pas à trouver le courage de lui dire qu'Idoia était passée me voir, par surprise, chez le fleuriste, deux jours auparavant. Le jour où j'avais envoyé les fleurs à Margot.

Immobiles, nous échangeâmes un regard, comme si nous avions tous deux voulu ajouter quelque chose mais n'osions pas. Je voulus l'embrasser, mais je me retins.

— On dirait qu'on a finalement obtenu ce qu'on voulait, non ?

L'observant pour voir si j'étais parvenu à semer ne fût-ce qu'un soupçon de doute, je fus surpris de constater que son visage entier s'était transformé en un point d'interrogation.

Peut-être le moment était-il venu de lui dire que je n'avais pas apprécié ces quelques jours loin d'elle. Peut-être était-ce le moment de lui annoncer que je m'étais entiché d'elle plus que prévu. Peut-être ressentait-elle la même chose, en dépit de son Iron Man de fiancé, qui l'attendait certainement quelque part.

— Oui, répondit-elle malgré le doute que j'avais cru voir sur son visage. *Happy end.*

Nous détournâmes le regard, cherchant nos mots, soudain très mal à l'aise tous les deux.

— Je vais aller rendre visite à mes parents, dis-je en me levant. Tu veux venir ?

Elle haussa un sourcil et sourit avec tendresse.

— Non. Parce qu'aller voir tes parents sachant que ta mère t'a interdit de passer la porte avec une autre que « la bonne » ne me semble pas… cohérent.

Un flash de vie à deux m'éblouit. Un salon lumineux, où résonneraient de vieux vinyles, où se dégagerait un parfum de plantes et de fleurs, où peu importerait que je rentre les ongles pleins de terre et elle quand le dîner aurait déjà refroidi. Cette vie qui aurait pu être me frappa en plein visage et je clignai des yeux.

— Tu as raison. Je vais prendre une douche. Ma grand-mère peut flairer une gueule de bois à des kilomètres…

J'eus la sensation qu'elle était déçue, mais sans certitude. La seule chose que je sais, c'est que j'aurais aimé que sa réponse soit différente.

— Bonjour ! saluai-je en m'immobilisant sur le seuil de la porte.

— Mon grand ! s'exclama ma grand-mère. Mon maigrichon.

— Je ne suis plus si maigre que ça ! me défendis-je en contractant mes muscles.

Ma grand-mère me jeta un regard railleur.

Je l'embrassai et m'assis à côté de ma mère.

— Maman, fis-je en lui décochant un clin d'œil. Tu vois, je suis un bon fils et, comme promis, je passe te voir.

— Si je ne t'avais pas vu hier soir..., répondit-elle en levant les yeux au ciel.

— Tu veux un bol de gaspacho ? dit ma grand-mère.

— Une bière.

— N'importe quoi, je peux sentir ta gueule de bois jusqu'ici.

Ma mère et moi rîmes.

— N'exagère pas.

— Peut-être. Mais, quand je suis allée chercher le pain ce matin, on parlait encore de tes pas de danse hier soir, fit remarquer ma mère.

— Une plaisanterie sans importance.

— Qu'est-ce qui t'arrive ?

— À moi ? Rien.

Ma grand-mère posa devant moi un verre de gaspacho et me tapota l'oreille, me faisant comprendre que je ne quitterais pas les lieux sans avoir avalé jusqu'à la dernière goutte.

— Mamie, tu as mis autre chose que de l'ail dans ce gaspacho ?

— C'est excellent pour le cœur, l'ail.

— Si je bois ça, je n'embrasserai plus jamais personne.

— Ça ne te ferait pas de mal.

Une fois ma grand-mère partie, je repris la conversation avec ma mère.

— Et papa ?

— Au travail. Il bosse les samedis aussi, maintenant.

Je jetai un regard autour de moi.

— Eh bien. Hmmm, Ernesto et Clara ne viennent pas pour les fêtes ?

— Tu es terrible, David. C'est ta famille. Un coup de fil de temps en temps ne te ferait pas de mal.

— Mais si, je les appelle. C'est juste que je suis un peu dissipé ces derniers temps.

— La fille d'hier soir y est pour quelque chose ?

— Non, mentis-je.

— Qui est-ce ? Vous sortez ensemble ?

— Non, mentis-je à nouveau. Je sors avec une autre fille, qui s'appelle Idoia.

— Et, te connaissant, je suis sûre que c'est une de ces filles qui te font des misères, qui te disent un jour qu'elles t'aiment et le lendemain ne te rappellent pas. Il y a quelque chose qui cloche là, David. Tu dois trouver une solution pour t'aimer un peu plus, parce que tu ne mérites pas ce type d'amour.

— Je suis comme ça.

— Celle d'hier soir a l'air de quelqu'un de bien.

— C'est le cas.

— Et c'est pour ça qu'elle ne te plaît pas, je suppose.

— Elle me plaît, maman, mais ce n'est pas aussi simple que tu…

— Ah, non ? Raconte. Peut-être que j'apprendrai quelque chose.

— Tu me charries, alors je n'ai pas envie de parler, me renfrognai-je.

— Tu sors avec les deux ? Si tu me dis oui, je te ferai avaler tellement de savon que des bulles sortiront de ton derrière jusqu'au jour de ta mort. Je ne t'ai pas élevé pour que tu traites les femmes comme du bétail.

Vaincu, j'appuyai le front sur la table.

— Tu vois pourquoi je préfère ne pas passer dire bonjour ?! Tu m'étourdis !! Je ne sors pas avec les deux. À vrai dire, je ne sors avec aucune des deux.

— Dommage. Il est si beau, mon maigrichon, lança ma grand-mère, sortie de nulle part pour m'embrasser le front.

— Mamie, je t'en prie ! Fais du bruit quand tu te déplaces, j'ai failli mourir de peur.

— Moi, c'est la déception qui va finir par me tuer, dans ce village. Tu te rends compte que quelqu'un s'est mis à… forniquer… sur la voiture de ton grand-père ?

J'écarquillai les yeux.

— Comment tu le sais?

— Les halètements m'ont réveillée et, ce matin... devine: une marque de fesses sur le capot.

Je saluai mon grand-père en coup de vent. J'avais soudain l'impression que la maison était en feu et que j'avais intérêt à me tirer dare-dare. Je compris tout de suite, en voyant le regard que me jeta ma mère, qu'elle connaissait l'auteur de la «fornication». Je n'eus cependant pas d'autre choix que de finir mon gaspacho.

Dans un recoin naïf de mon cœur, j'avais espéré que la visite à la maison qui m'avait vu naître estomperait le doute, ce brouillard mental, mais je me rendis vite compte que les réponses que je cherchais ne s'y trouvaient pas.

De retour chez Cristina, je tombai sur Margot et les filles dans la piscine. Elles papotaient et je ne pus m'empêcher de penser, quelque peu hébété, que c'était merveilleux. J'essayai d'imaginer Idoia ici. Contrariée d'avoir à fréquenter des gens aussi peu glamour que mes amis, elle serait probablement en train de faire bronzette dans un silence hostile, ses lunettes de soleil ridicules sur le nez. Voulais-je vraiment la récupérer? Depuis mon retour de Grèce, j'avais du mal à trouver des points positifs à notre relation. Non. Idoia n'était pas comme Margot, il n'y avait en elle aucun recoin chaleureux où se réfugier. Son rire n'était pas vivant. Elle n'était ni complice, ni gentille. Je réfléchis: aimais-je vraiment qu'on me frappe pendant l'amour? Je commençais à me demander si je n'étais pas maso sans le savoir.

Je soupirai.

— Qu'est-ce que tu fais? me demanda Laura en s'asseyant à côté de moi.

— Je pense à mon ex.

— Et pourquoi tu fais ça?

Elle me jeta un regard d'incompréhension. Je la regardai, les bras croisés et une sensation de pression sur l'estomac.

— Laura, qu'est-ce qui fait qu'une relation marche, selon toi ?

— Mon Dieu, David, sacrée question. Eh bien, je suppose qu'il faut le respect, l'épiderme et l'envie, en simplifiant beaucoup.

— Et sans simplifier ?

— Le respect implique l'admiration, l'empathie, la tendresse, la chaleur, la compréhension, la réciprocité…

— Et l'épiderme ?

— Sexe et intimité. Le rire aussi. L'épiderme, c'est ce qui rend une relation divertissante. Le respect, stable. L'envie, durable.

Je la dévisageai sans vraiment la voir. De toutes ces notions, le sexe était la seule que je partageais avec Idoia. Elle ne m'admirait pas, ne ressentait aucune empathie pour moi, n'était ni tendre ni chaleureuse, et ne comprendrait jamais ma vision du monde ou des relations. Elle ne me faisait pas rire et moi non plus. Avec elle, tout était très intense, mais pas amusant pour autant.

— Et si c'est intense, tu en penses quoi ?

— Intense ou toxique ?

Elle sourit en me montrant ses dents et je l'imitai sans réfléchir, alors que je n'avais pas du tout envie de rire. Nous devions avoir l'air débiles, tous les deux.

Margot sortit de la piscine et je la fixai des yeux. Elle était sublime. La courbe que dessinaient ses hanches pouvait se révéler mortelle. Elle se retourna. Quel fessier !

Laura me pinça pour me rappeler à la réalité.

— Pardon.

— David, il faut d'abord se débarrasser de ce qui est fissuré avant de refaire le plein. Je ne sais pas si tu comprends ce que je veux dire.

Je n'y compris rien à ce moment-là, mais cette phrase me resta à l'esprit. Je n'arrêtais pas de retourner le problème dans ma tête. Était-ce possible de transformer ma relation avec Idoia en quelque chose de sain ? Mes sentiments pour Margot étaient-ils vraiment inestimables ?

Malgré ma confusion, en voyant Margot s'assoupir dans le canapé après le déjeuner, tandis que les autres entamaient une partie de cartes, je sentis l'irrépressible tentation de faire de même à ses côtés.

— Hé..., lui chuchotai-je. Tu ne ferais pas mieux de monter te coucher?

— Je suis bien ici, me répondit-elle, somnolente.

— Mais ici, je n'ai pas de place.

Elle ouvrit les yeux et sourit. Quand elle le fit, ma peur redoubla.

Je n'aimais pas Idoia. C'est Margot que j'aimais. Quelle drôle d'impression.

Nous montâmes. Je ne dormis pas. Je passai mon temps à la caresser. Les bras. Les épaules. Le dos. Les hanches. Les cheveux. Et lorsqu'elle se réveilla, sans un mot, je glissai ma main dans sa culotte avec l'intention de la caresser lentement, jusqu'à ce qu'elle jouisse. J'avais besoin de la sentir une fois encore au bout de mes doigts, mais elle m'arrêta.

— On a dit pas de sexe d'adieu et j'ai perdu le compte de combien de fois on l'a fait depuis.

Elle avait raison mais, lorsque je m'approchai pour l'embrasser, elle oublia tout.

Nous finîmes par faire l'amour en silence, moi au-dessus, dans le lit de la mansarde qui grinçait beaucoup trop à notre goût. Cette fois, ce fut elle qui sortit un préservatif de son portefeuille.

— Je l'ai pris à la dernière minute. Juste au cas où...

— Et hier tu n'as pas pensé à le sortir?

— J'avais laissé mon sac ici.

Nous fîmes l'amour comme pendant une sieste l'été, en nous berçant mutuellement. Après coup, je dus lui donner raison. Le sexe d'adieu n'avait aucun sens. Soit il te laissait un goût désagréable en bouche et gâchait les souvenirs, soit il te donnait l'envie de recommencer.

Préposé au barbecue, je suppliai mes amies de m'aider mais Margot fut la seule à se porter volontaire.

— Quelle chaleur, me plaignis-je quand José m'apporta une bière.

Margot s'approcha pour m'offrir un torchon humide, qu'elle avait mouillé dans le bac à glaçons. Je la remerciai et me retins de l'embrasser, sur le point de rompre pour la énième fois la promesse de ne plus le faire.

— Ne te prive pas, se moquèrent les autres. Après le tintamarre pendant la sieste…

— La honte…

Margot s'appuya sur mon épaule pour se cacher, ce qui provoqua un éclat de rire général. Je lui passai le bras autour du cou et déposai un baiser sur son front.

— Sympa, le sujet de conversation, les réprimanda Marta. La pauvre, elle vient tout juste d'arriver. Et tellement gentille, en plus. Heureusement que tu n'es plus avec l'autre ringarde qui ressemblait à un drone, David.

— Tu veux dire un cyborg? demandai-je, confus.

— C'est ça, ceux qui ont une apparence humaine mais sont en fait des machines. On appelle ça des cyborgs?

— Le drone est un objet qui vole, expliqua Laura.

— Quoi qu'il en soit, je n'aimais pas du tout le cyborg. Une vraie garce.

— Marta…, commençai-je.

— Excuse-moi, Margot. Je sais que ce n'est jamais agréable d'entendre parler de l'ex, mais c'est juste que… je ne l'ai vue qu'une fois et ça m'a suffi.

— Marta…, réitérai-je.

— Elle était hautaine, sèche, snob… une mondaine qui s'achète des fringues ringardes mais chères et croit que le monde entier doit se prosterner à ses pieds. Figure-toi que non. Mon David a besoin d'une fille comme toi: élégante, discrète, drôle, douce, jolie…

— Marta, Margot et moi ne sommes pas ensemble.

Déçues, elles échangèrent toutes une moue de dépit.

— Ah… sérieux?

— Oui. Sérieux.

Margot sourit avec tristesse.

Je lui lançai un regard et dirigeai mon attention vers le barbecue, où grillaient les deux kilos de viande que cette bande d'énergumènes avait achetée. J'en sortis un morceau des braises, le secouai pour le refroidir, et le lui tendis.

— Pas encore assez cuit, me répondit-elle.

— Franchement, vous formez vraiment un super couple, tous les deux, insistèrent les filles.

— Au fait, Margot, tu fais quoi, dans la vie ?

— Oui, tu fais quoi au juste, Margot ? ajoutai-je, moqueur.

Elle s'appuya contre moi et, de manière totalement inconsciente, me caressa le dos.

— Je travaille au sein de l'entreprise familiale. Mon grand-père a fondé une chaîne hôtelière. Il a construit son premier hôtel en Galice puis a peu à peu développé le business jusqu'à se transformer en empire.

— De quels hôtels s'agit-il ?

— Ceux du Groupe Ortega, répondit-elle en me jetant un regard en coin.

Tout le monde connaissait le Groupe Ortega. Un symbole de notre pays, comme El Corte Inglés ou Zara. Nous restâmes tous muets, sauf Esther.

— Et ton travail consiste en quoi ?

— Je suis la vice-présidente de la société et la responsable de l'expérience clientèle et de l'image de marque.

Margot me dévisagea avec anxiété et je compris qu'elle ne m'avait pas raconté cela auparavant de crainte que son argent, ses hôtels, ses origines n'influencent notre relation. Avec moi, elle voulait être tout simplement Margot et… bon sang, c'est comme ça que j'étais tombé amoureux d'elle. Sans aucun type d'influence, rien que l'épiderme, l'envie et le respect.

Elle déposa un baiser sur mon épaule tout en caressant mon dos. J'aurais voulu qu'elle ne s'arrête jamais. J'aurais aimé que nous puissions être ainsi, deux personnes qui savaient s'aimer comme il faut, bien, lentement, sans accorder d'importance au reste.

Je me tournai vers les braises, feignant de me concentrer sur ma tâche. J'entendis la conversation reprendre, mais j'étais déjà loin, très loin. En redescendant sur terre, je trouvai refuge dans la certitude que souffrir maintenant pour ne pas souffrir plus tard était l'option la plus élégante. J'avais les poches vides et la tête aussi, sans rêves. J'ignore à quel moment j'ai laissé la vie m'engloutir au point de ne pas atteindre, même en étendant les bras jusqu'à les disloquer, un amour comme celui que m'offrait Margot.

52

Parce que je t'aime

Dire que je m'attendais à ce que le week-end se passe bien – un tremplin pour accepter que nos vies antérieures n'existaient plus – serait un mensonge. Je savais que nous avions tous les deux tendance à vouloir fuir vers ce que nous connaissions, mais une part de moi, un peu kamikaze, voulut laisser en chemin toutes les informations que j'avais tues jusque-là, afin que les choses soient claires, au cas où je renonçais à ma lâcheté. Certains croiront que j'avais dévoilé à cet instant précis mes origines, mon nom de famille et ma situation pour essayer de donner à David une raison supplémentaire de me choisir, mais ce ne fut pas le cas. Je le connaissais suffisamment bien pour savoir qu'il mourrait de honte face à la seule possibilité que quelqu'un le pointe du doigt et l'accuse de profiter de moi. De ne vouloir de moi que mon argent. Et mes propriétés. Et peut-être un boulot au sein de la boîte, peu d'heures de travail et un gros salaire. C'est ce que l'on attend des couples dont les origines sont discordantes. Que le plus nanti élève l'autre jusqu'à le sortir du monde auquel il appartient. Mais ce n'était pas mon genre. Et David ne faisait pas partie de cette équation.

Le barbecue fut amusant, même si David semblait ailleurs. Depuis que j'avais révélé mon identité complète, il m'évitait.

C'était notre dernier week-end et nous le savions. Cette certitude était un convive de plus à table.

Le gang proposa de descendre une fois de plus sur la place, afin de voir ce qu'offraient les fêtes votives ce soir-là, mais nous ne montrâmes pas beaucoup d'enthousiasme. Nous étions mentalement immergés dans nos adieux. Si nous avions, l'un comme l'autre, nourri l'espoir que la partie la plus difficile était passée, il ne s'agissait que d'une simple illusion.

— J'ai mal à la tête. Je crois que je vais me coucher. Je ne suis pas habituée à faire la fête comme ça et… mesdemoiselles, j'ai déjà un certain âge.

Elles insistèrent beaucoup, invoquant des prétextes en tout genre : il était trop tôt, c'est maintenant que les choses devenaient intéressantes, comment pouvaient-elles me laisser seule à la maison ? David apporta la solution en déclarant qu'il allait, lui aussi, se mettre au lit.

— Comme ça vous aurez de quoi jaser.

Il leur sourit, un sourire qui était redevenu aussi triste que celui qu'il arborait le soir où j'avais fait sa connaissance dans le bar. Il ne trompait personne.

Nous gravîmes en silence les marches et, sans prononcer un mot, David ferma la porte, contre laquelle il resta adossé, les bras croisés.

— Tu es bizarre.

— Ben…

— C'est à cause de mon boulot, c'est ça ?

— Je ne comprends pas pourquoi tu me l'as caché, à vrai dire.

— Je n'avais pas de raison concrète. C'est juste que… je voulais oublier tout ça pendant quelques semaines.

— Ça ne m'aurait absolument pas dérangé. Ni dans un sens ni dans l'autre.

— Mais ça, je l'ignorais.

Il acquiesça, compréhensif.

— En réalité… je n'ai rien à te reprocher. Je voudrais plutôt te raconter quelque chose, me dit-il.

— Moi aussi.

— Qui commence ?

— Toi.

Il fixa le plafond à la recherche de courage ou, qui sait, de la bénédiction de la Vierge accrochée au mur de la chambre. Il se passa la main sur la joue, la bouche et le menton. C'était parti.

— J'ai vu Idoia l'autre jour, commença-t-il. Nous sommes censés nous voir lundi pour décider de notre relation.

— Et moi, j'ai vu Filippo. On va dîner lundi et... discuter. Que vas-tu lui dire ? lui demandai-je.

Il esquissa une grimace, haussa les épaules, fit quelques pas devant moi mais resta silencieux. Je décidai donc de poursuivre :

— Tu regrettes hier soir ? Et je parle aussi de ce matin ou de nos vacances.

Cela revenait au même que lui demander « que vas-tu lui dire ? », avec d'autres mots.

— Je ne regrette pas, mais...

— Ce « mais » dit tout. C'est bon. Tu sais quoi lui dire.

— Je ne suis pas en train de parler d'Idoia, Margot. Et ce n'est pas ce « mais » que je veux que tu gardes.

Il s'appuya sur la commode. Il semblait abattu. Je l'étais moi aussi.

— Alors ? Parce que ce matin tu avais l'air sûr de te remettre avec elle...

— Ce matin, toi aussi tu avais l'air heureuse d'avoir une deuxième chance avec Filippo.

Il m'adressa un geste de résignation.

— On a merdé, pas vrai ? lançai-je.

David me regarda fixement. Je crois qu'il aurait préféré m'envoyer toutes ces infos via Bluetooth, mais c'était impossible.

— J'ai perdu le contrôle de la situation.

— De quoi parles-tu ?

— Eh bien... nous. J'ai perdu le contrôle et ce que je ressens pour toi est si beau et familier...

Il appuya ses mains à hauteur de son estomac, comme si c'était là que s'étaient réfugiés les sentiments en question. Il poursuivit :

— Ce que je ressens est sain. Et c'est pour cela que je ne regrette rien. Et je ne le regretterai jamais, mais…

— Et voilà ce « mais », de nouveau.

Je voulus sourire mais en fus incapable.

— Ça ne marchera pas. Ce sera terrible et tu finiras…

— Oui, je finirai par te détester parce que tu n'es jamais devenu celui que je voulais, c'est bon, j'ai déjà entendu ça.

— C'est la vérité. On va se faire du mal.

— Tu sais ce qui serait sympa, David ? Que tu me laisses livrer mes propres batailles.

Mon cœur s'accéléra. Venais-je de lui dire que j'étais prête à me battre pour lui ? Pour nous ?

Oui, c'est exactement ce que je venais de faire.

— Tu es libre de…

— Non, souris-je avec cynisme. Tu ne me laisses pas la possibilité d'être libre.

— Nous sommes deux dans cette histoire, et je ne veux pas continuer. Je vais finir par te faire du mal.

Il me regarda et soupira, avant de poursuivre :

— Ça fait moins de deux mois que je te connais et regarde-nous. Comment crois-tu que ça va se passer avec le temps ? Tu crois que ce sera plus facile ? S'aimer ne l'est jamais.

— Cela fait longtemps que j'ai cessé de croire qu'on subit l'amour, David. Donc si tu me dis qu'on ne doit pas essayer parce que ça ne collera pas et qu'il faudra en payer les conséquences, ce que moi j'entends en réalité, c'est que tu ne m'aimes pas.

— Et toi, tu m'aimes ?

Il fronça les sourcils.

Je ne répondis pas. Il m'avait blessée. J'eus le sentiment qu'il méprisait, en quelque sorte, mes sentiments à son égard. Ou les siens vis-à-vis de moi. La seule réponse qui ne m'aurait pas fait de mal est « je t'aime ».

— Je suis désolé, murmura-t-il.
— De quoi es-tu désolé, au juste ?
— D'avoir évité une conversation adulte au sujet de nos sentiments.
— Que vas-tu dire à Idoia ? insistai-je.
— La vérité. Je vais lui dire que je suis tombé amoureux de toi, mais que ce n'est pas possible.
Je lui renvoyai un regard incrédule. Le poids des cinq années qui nous séparaient me sembla soudain écrasant, lui de plus en plus juvénile et moi, vieille.
« … ce n'est pas possible. » Personne n'a envie d'entendre ces mots et je n'étais pas une exception, me sentant prête à échanger ma vie contre n'importe quelle vie dans laquelle David était une possibilité.
— Écoute, Margot…
— Tu te rends compte qu'à aucun moment tu ne m'as demandé ce que moi, je voulais ? l'interrompis-je en essayant de garder un ton aimable.
Il leva les yeux vers moi, je continuai sur ma lancée :
— Tu as décidé pour les deux. Tu vas faire, dire et accomplir sans prendre en compte mon opinion. Je te connais, je sais que ce n'est pas par égoïsme, mais parce qu'il y a quelque chose que tu ne veux pas m'entendre dire. De quoi as-tu peur ?
— À ce stade, il est évident que je ne veux pas t'entendre dire que tu ne ressens pas la même chose que moi, mais le contraire me terrifie aussi.
— Pourquoi ?
— Parce que je ne suis pas prêt pour toi.
— Et donc ?
— Aucune idée. Dis-le-moi, toi.
— Je ne peux pas te donner les réponses, David, si je ne connais pas les questions que tu te poses. J'ai besoin que tu me fasses un topo.
— Comment ça, un topo ?
— Oui. Les grandes lignes de notre situation actuelle et où tu penses aller.

— Pffff…
— Ce n'est pas si difficile. Dis-le.
— Mais tout va changer.
— Tout a déjà changé!
Il se recroquevilla.
— Je ne me suis même pas laissé l'opportunité de me le dire à moi-même et d'y croire. Ou de l'accepter. Je ne sais pas si c'est le mot juste, expliqua-t-il sans me regarder. Je sais juste que si j'insiste, si je te dis que je t'aime, que je suis tombé amoureux de toi, que ce que je ressens dépasse l'amitié… tout va changer. Si tout ceci est réel, en rester là n'a pas de sens.
— Le sens des choses, je m'en fiche. Ce qui m'intéresse, c'est ce que l'on fait ou pas.
— Je ne sais pas si je serai capable de gérer comme tu le mérites. Je sais que c'est moi qui ai fait mon possible ces derniers jours pour ne pas avoir à te dire au revoir tout de suite mais… Margot, je ne veux pas être un boulet. Je ne veux pas être ce pauvre gamin démuni qui rend malheureuse la petite fille riche. Idoia ne mérite pas plus que toi que je tente ma chance, mais elle, je ne risque pas de la décevoir puisque… c'est déjà fait.
Je m'assis à côté de lui et nous échangeâmes un regard.
— Tu n'es pas obligé de me dire tout ça, murmurai-je. C'était prévu comme ça depuis le début: une aventure, avant de reprendre chacun notre vie. Si c'est ce que tu veux, si tu veux dire «oui» à Idoia ou que je ne te plais pas assez, tu n'as pas à te justifier.
— Je ne cherche pas à me justifier. C'est tout le contraire.
— Alors, je crois que je ne te comprends pas.
— Je suppose que je devrais disparaître sur la pointe des pieds, sourit-il tristement. Et te montrer que tout va bien, que rien de tout ça n'a d'importance pour moi… mais ce n'est pas vrai. Parce que j'ai découvert que je n'aime pas être loin de toi et ça me fait peur.
— Mais où est le problème?
— Je serai incapable de te rendre heureuse. Je ne suis rien, je ne me trouve pas, je n'ai ni vie, ni projets, ni rêves.

Le problème, Margot, c'est que l'amour ne répare pas ce qui est cassé. Je ne veux pas avoir besoin de toi pour aller bien, pour être quelqu'un, pour faire des projets. Je veux avoir quelque chose à t'offrir. Et ce n'est pas le cas en ce moment.

Je m'approchai de lui et lui donnai un baiser qui le mit K-O. Je crois qu'il ne s'y attendait pas. Il s'attendait à un chapelet de reproches et de sanglots. Rien de cela avec moi. Car il avait déjà pris sa décision. Et moi aussi.

— Dans ce cas, on ne doit plus se voir, lui dis-je.

— J'attendrai un mois, comme prévu et...

— Non, David, refusai-je. Ce n'est pas quelque chose qui se règle en un mois. Je crois que je ne peux pas être ton amie. Si ta réponse est un « oui, mais non », alors je vais devoir te demander de t'éloigner pour de bon.

Il fronça les sourcils et je me vis forcée d'expliquer :

— Un mois, ce n'est rien. Contrairement à ce qu'on croyait, un mois ne ferait qu'embellir les souvenirs. Et, en se revoyant, pour quelques bières ou ce concert où tu voulais m'emmener, ça ferait des étincelles et risquerait de rallumer la flamme. Mais toi, tu n'y verrais toujours pas plus clair. Un mois ne suffit pas.

— Et toi, si ?

— Comme aujourd'hui. Il est clair pour moi que nous deux ça pourrait vraiment être génial, mais j'ignore comment.

— Donc... Pour toujours ? C'est ce que tu es en train de me dire ?

Je réprimai le nœud dans ma gorge.

— Si ce n'est pas assez pour toi, c'est comme ça. Je ne veux pas continuer à forcer les choses dans ma vie. Ça ne marche jamais.

— Et te demander que tu m'attendes n'aurait aucun sens.

Je compris que ces mots recelaient en réalité une question.

— Non, je suppose que non. Parce que je t'attendrais.

David souffla.

— Je n'ai pas envie de sortir de ta vie. Ça n'a aucun sens.

— Moi non plus, je ne le veux pas, mais si, ça a du sens. Je ne veux pas souffrir et tu es bien trop indécis.

— On joue à « quitte ou double » ? demanda-t-il

— On ne joue pas, David. C'est la vraie vie, et ici les fiascos font mal, ils te brisent le cœur.

— Que vas-tu dire à Filippo ?

— Je l'ignore, répondis-je en secouant la tête. Je ne sais pas encore.

— Ne pense qu'à toi quand tu prendras ta décision.

— Quel conseil merdique. On dirait un biscuit chinois.

Je souris.

— Margot…, me supplia-t-il. Tu es, même si tu es incapable de le voir quand tu te regardes dans le miroir. Tu ne te bornes pas à exister, tu es. Tu es tout ce qu'il y a de bien dans ce monde.

Je me levai, étouffant un sanglot.

— Je ne t'ai jamais vraiment eue, sourit-il tristement. Je n'ai rien à t'offrir en échange. Et je dois te laisser partir. Parce que c'est la seule façon de t'aimer comme il se doit.

Aujourd'hui, je crois qu'à l'époque je n'étais pas sérieuse. Je pense que, possédée par un sentiment de dignité, d'indépendance ou d'amour-propre récemment retrouvé, j'ai dit ce que je croyais être bon pour moi, mais sans y croire un instant. Peut-être espérais-je, en mon for intérieur, que mes mots auraient un effet stimulant et que David cesserait de voir nos sentiments comme un problème. Je voulais peut-être lui faire peur, mais je n'obtins pas le résultat escompté.

Il me fallut longtemps pour comprendre ce que nous avions dit, mot pour mot. Comme une vague que tu n'attends pas sur une mer que tu croyais moins agitée. Avec le temps je compris qu'il avait raison : de toutes les histoires merveilleuses que nous aurions pu vivre, David et moi, aucune n'aurait tenu très longtemps.

53

Ça n'a jamais été notre moment

Parmi les souvenirs de toutes les nuits ténébreuses de ma vie, le plus douloureux est celui de cette nuit-là. Je savais qu'il était parfois nécessaire de rompre avec quelqu'un qu'on aime encore, mais je n'étais pas prête à décider, de commun accord, que cet amour ne serait pas suffisant avant de le ressentir pleinement. Nous étions en train de lui voler sa chance.

Nous avions fait de notre vie un échiquier et nous avions établi les limites pour ne pas nous faire du mal. Nous avions accepté que les papillons dans le ventre ne suffisaient pas toujours et je constatai, en mon for intérieur, ce que je soupçonnais déjà en Grèce: la magie n'existe pas si personne ne croit en elle.

Nous n'allions pas essayer de nous voir. Nous n'allions pas nous écrire. Nous ne pouvions pas être amis. Nous ne pouvions plus nous mentir. Nous ne pouvions pas faire comme si rien ne s'était produit. Ce « nous » n'existait plus.

Malgré ma déception et mon incapacité à affronter la sienne, je dois être juste et admettre que, lorsque nous nous dîmes adieu, il était plus anéanti que moi. Parmi toutes les personnes qui se disaient au revoir sur ce trottoir en face de la gare d'Atocha, nous étions les plus tristes. Nous ne nous reverrions jamais.

Pardonne-moi si je m'embrouille quand je raconte. C'est souvent difficile de bien raconter les histoires que l'on aime le plus. Je vais recommencer.

« Il dit qu'il m'aime mais qu'il ne peut pas me rendre heureuse, donc il a pris sa décision. »

En prenant conscience de toutes les vies possibles auxquelles je renonçais, je m'effondrai. Curieusement, toutes étaient désastreuses, mais je les voulais quand même. Je les voulais toutes. Que David prenne une décision relativement mûre, malgré son dramatisme post-adolescent, était surprenant, même si ce n'était pas pour les bonnes raisons. Nous n'étions pas prêts pour une relation. Nous n'avions même pas franchi le cap de nous remettre de la précédente.

Nous avions dormi ensemble, mais rien ne s'était passé.

À mon réveil le lendemain, la chambre était vide. Dans la cuisine, une de ses amies, tout sourire, me dit que David l'avait déjà prévenue qu'un imprévu nous obligeait à rentrer plus tôt.

— Aucun souci. Dès que José sera debout, vous pourrez partir avec lui.

« Laisse-moi t'aider à ranger » fut la seule chose que je trouvai à dire.

Nous fîmes le trajet de retour en silence. David, à la place du copilote, appuyait son front contre la vitre tandis que, sur le siège arrière, je faisais semblant de dormir.

— Où je vous dépose ? demanda José à mi-chemin.

David jeta un œil en arrière pour s'assurer que je « dormais toujours ».

— À Atocha, si ça te va. De là, on se débrouillera.

J'ouvris les yeux vingt minutes avant d'arriver, mais ne dis mot jusqu'à ce que la voiture s'immobilise. Je me souvenais, tout comme lui, que nous avions décidé de le faire en territoire neutre. Atocha.

Lorsque la voiture de José disparut, David posa son sac sur son épaule et me sourit.

— N'essaye pas, lui dis-je. Ne souris pas. Tu sais bien que tes yeux en disent trop long.

— Nom d'un chien, Margot, murmura-t-il. Au premier regard, tu me connaissais déjà mieux que les autres. Et si on n'était pas aussi radicaux ? Et si on laissait passer un peu de temps et… ? On peut être amis.

J'étais sur le point de céder jusqu'à cette dernière phrase. Je ne pouvais pas être son amie, bon sang. J'étais déjà amoureuse de lui et être son amie ne me suffirait pas.

— Au revoir, lui dis-je en retenant mes larmes, d'une petite voix ridicule, mi-sanglot, mi-supplique.

— Ne pleure pas, je t'en prie.

— Je n'ai pas envie que tu me manques.

— Moi non plus. Écoute, Margot, on va laisser couler, se laisser porter, insista-t-il. On va se donner le temps de respirer et je t'appellerai dans un mois. Un mois et demi, si tu préfères.

— Si on ne s'y prend pas bien, on court au désastre.

— On ne peut pas se dire adieu pour toujours, me dit-il, très sérieux.

— Ça ne fonctionnerait pas.

— Je sais, répondit-il en serrant les lèvres.

— Alors ?

— Alors on peut être amis.

— Non. C'est impossible. Ça me ferait trop de mal.

— Bon sang.

— Notre relation est vouée à l'échec et je ne peux pas être ton amie. Nous éloigner est la seule solution.

— Eh bien, je ne vais pas te demander de m'attendre.

Je séchai une larme avant qu'elle ne coule et acquiesçai.

— Que vas-tu faire ?

— Je l'ignore.

Ses yeux étaient humides mais il dissimulait bien.

— Mettre de l'ordre dans ma vie. Découvrir les raisons qui m'ont mené jusqu'ici est un bon point de départ.

— Tu vas quitter Madrid.

Il ne répondit pas. Il donna un coup de pied dans le vide avec les Converse que je lui avais offertes.

— Merci, Margot.

— On ne se remercie pas pour le sexe, dis-je en essayant d'être drôle.

— Non. Pas pour le sexe. Merci pour le voyage d'une vie.

— Tu vas certainement en faire d'autres, et dans des endroits encore plus beaux.

— Mais pas avec toi.

Je baissai la tête et séchai mes larmes en silence.

— Encore une promesse qui s'envole, constata-t-il. Tu vois, Margot ? Je ne sais pas mieux faire. Mais je te remercie, vraiment, de m'avoir ramené au monde réel. Il n'est pas toujours joli-joli, mais il a son charme. J'ai été très heureux avec toi. Notre histoire d'amour est peut-être la plus courte jamais racontée, mais je crois qu'on peut dire que c'est la plus belle. Belle comme le sont les petites choses.

J'aurais voulu lui dire que l'imaginer en aimer une autre et oublier notre histoire me désespérait, mais je n'y parvins pas, parce qu'il ne le méritait pas.

— Et toi, que vas-tu faire ? demanda-t-il.

— Eh bien... Reprendre le boulot. Rompre avec Filippo. Arrêter de toujours fournir des explications et d'essayer de prouver ma valeur aux yeux des autres. Peut-être vendre mon appart.

— Ça n'a jamais été notre moment, murmura-t-il. Pardonne-moi de n'être qu'un gamin. J'aurais dû te rencontrer dans quelques années.

— Dans quelques années, je te verrai te promenant main dans la main avec une chouette fille, que tu sauras aimer.

— Ou quelqu'un dira nous avoir aperçus sur une plage lointaine en train de vendre des noix de coco.

— Si je m'échappe, je t'appelle ?

— Tu ne ferais jamais ça, Margarita Ortega, dit-il en me glissant une mèche derrière l'oreille. On se reverra.

« On se reverra. » Encore un mensonge.

— Dis-moi une chose... Je te fais peur, pas vrai ? Mon nom de famille, mon boulot...

— Non. Ce qui me fait peur, c'est de ne rien avoir à te donner en échange de ton amour. T'aimer à la folie mais mal, c'est ça qui me terrifie.

Nous jetâmes un regard autour de nous.

— Quelle chance de s'être trouvés au milieu de tout ce monde, murmura-t-il en s'approchant. Ce fut court, mais vrai. On peut toujours rester sur ça.

Je passai mes bras autour de sa taille, il fit de même. Nos fronts s'unirent.

— Adieu, Margot, l'entendis-je dire. Que la vie te sourie.

— C'est tout ?

— Que quelqu'un t'aime comme je n'en ai pas été capable. Que le monde t'appartienne. Que tu m'oublies à jamais. Mais garde les chansons, OK ? Et si tu y parviens... pardonne-moi si cet amour est trop grand pour moi.

— Adieu.

— Je n'ai pas envie de partir, admit-il d'une voix enrouée, en caressant mon nez du sien. Mais je m'en vais, d'accord ?

— D'accord.

Nous restâmes à nous regarder quelques secondes, avant de nous fondre dans une étreinte. Une simple étreinte, qui vint clore la vie que nous n'aurions pas, afin que chacun reparte avec sa part de souvenir.

— Bon sang, l'entendis-je dire. Pourquoi ai-je été incapable de m'y prendre autrement ?

— Si seulement l'amour était une science.

— Ne change pas de numéro, yeux tristes. Dans quelques années, j'aurai peut-être besoin de te dire que je ne t'ai pas oubliée.

David fit un pas en arrière. Moi aussi. Puis quelques autres. Des gens se faufilèrent dans l'espace que nous laissions entre nous et nous partîmes chacun dans une direction opposée. « Nous », c'était fini. Au moins avions-nous respecté une des règles que nous nous étions imposées à Santorin. La plus importante.

Nous nous retournâmes au moins cinq fois pour essayer de chercher l'autre dans la foule, mais ce geste, loin de signifier quelque chose, fut seulement l'antichambre du dernier adieu. Puis nous disparûmes.

Nous disparûmes.

« Nous. »

54. A

Vole

Le resto où m'attendait Filippo était l'un de mes endroits préférés à Madrid. En suivant le maître d'hôtel entre les tables, je songeai que rompre dans un endroit que j'aimais tant était une connerie. Je compris alors que ma décision était si ferme que cela ne poserait peut-être pas de problème.

« Je vais le faire », avais-je écrit cet après-midi-là à David dans un message que je n'avais pas envoyé.

Filippo portait une belle chemise bleu clair. Sur la table, j'aperçus l'écrin de la bijouterie qui avait conçu les alliances pour notre mariage de rêve. J'étais persuadée qu'il avait l'intention de faire une espèce de cérémonie privée, une mise en scène romantique pour me montrer qu'il me pardonnait. Mais, pour moi, ces bagues ne signifiaient plus grand-chose.

Je m'assis sans l'embrasser, lui offrant en échange un sourire qu'il accepta à contrecœur.

— Tu es très belle.

Je portais une des robes que j'avais achetées avec David, mais je refoulai cette pensée.

— Toi aussi.

— Comment tu vas ?

— Bien.

— Tu es bronzée, ajouta-t-il en me montrant sa dentition de prince charmant. Ça te va à ravir.

— Merci.

— Qu'as-tu fait pendant le week-end ?
— Euh… Je l'ai passé dans le village natal d'une amie.
— Ah oui ? Qui ?
— Tu ne la connais pas.
— Tu… tu as changé de coiffure ?
Il désigna mes cheveux, au naturel et sans brushing, un peu ébouriffés.
Trois ans passés avec moi et il avait vraiment besoin de me poser cette question ? Incompréhensible.
— Non, Filippo. J'ai toujours eu les cheveux comme ça, mais je les lissais tout le temps. J'en ai eu marre et je ne le fais plus. Tu as devant toi la vraie Margot.
Filippo me regarda fixement, comme toujours lorsqu'il attendait que je réfléchisse un peu à ce que je venais de dire, mais je n'ouvris pas la bouche.
Un serveur s'approcha, je commandai un verre de vin blanc. Il nous demanda si nous savions déjà ce que nous voulions et, avant que Filippo ne puisse parler, je répondis par un non catégorique mais poli.
— Tu ne veux pas de foie gras ?
— Je ne veux pas dîner, lui dis-je.
— Tu veux qu'on s'en aille ?
— Filippo…
Je tendis la main sur la table, lui demandant la sienne. Lorsqu'il serra mes doigts, je sentis un courant de chaleur, familier et chaleureux, qui se connecta à ma tristesse.
— Je suis désolée. Pardon de ne pas avoir su te parler de tout ce qui me dépassait.
— Moi aussi, je suis désolé. J'ai cru que tu voulais un mariage en grande pompe et que ça te rendrait heureuse.
— Non. Mais je ne m'en rendais pas compte. Je suis navrée d'avoir dû en arriver là pour le comprendre.
— On s'en remettra, sourit-il.
— Je ne pense pas, Filippo. Ce genre de chose reste toujours en toi, et c'est normal parce que, sans vouloir te briser le cœur, j'ai fini par le faire. Et tu ne le mérites pas.
Il serra ma main.

— Margot, c'est une bricole que nous oublierons. Non, mieux… une bricole dont on rira avec nos petits-enfants. Nous serons heureux.

Je me mordis la lèvre et retirai ma main.

— Filippo…

— Non, Margot. Je ne vais pas te laisser faire ça. Tu ne vas pas bien ? Tu te sens perdue ? Ce n'est pas grave. On trouvera le moyen pour que tu te sentes bien. Mais ne jette pas par-dessus bord une magnifique relation de trois ans. Toi et moi, on s'aime.

— Toi et moi, on a besoin l'un de l'autre. Nous sommes les pièces qui s'imbriquaient parfaitement dans celles de l'autre, dans le vide existant. Mais ce n'est pas de l'amour, ça. Ça s'appelle répondre aux attentes. L'amour, c'est autre chose.

— Notre histoire est un conte de fées, Margot.

— Peut-être, mais je n'ai jamais voulu être une princesse.

Filippo appuya son coude sur la table et massa son front.

— Tu es en train de rompre avec moi.

— La relation était déjà cassée, je me contente de nous donner une chance de nous dire au revoir comme il se doit. Tu mérites quelqu'un qui t'aime comme je n'ai pas su le faire.

Je déglutis avec difficulté en pensant que c'était exactement ce que David avait voulu pour moi.

— Te mérites de trouver quelqu'un qui veuille aussi quatre enfants et une vie paisible, qui sache trouver l'équilibre entre toutes les choses qu'elle veut. Qui ne soit pas seulement ce qu'on attend d'elle.

— Mais c'est toi que j'aime.

Je m'emparai de mon sac à main et fis mine de me lever, mais il me retint par le poignet.

— Je mérite une meilleure explication que ça, Margot.

— Tu ne m'écoutes pas.

— Tout ce que j'entends, ce sont des explications vagues sur le fait que tu t'es sentie dépassée par la cérémonie et que tu as découvert que ce qui nous lie n'est pas de l'amour. Que se passe-t-il ? Tu as rencontré quelqu'un ? Tu as vécu un été de folie et maintenant tu crois que c'est ça, la vie ? Ce n'est pas vrai, Margot. Ne fiche pas tout en l'air pour une amourette de vacances qui ne résisterait pas à l'hiver.

— Ma sœur Patricia va divorcer, lui assenai-je. Elle est tombée amoureuse d'un autre. Elle va tout quitter pour tenter sa chance avec un mec treize ans plus jeune. Et tu sais quoi ? Elle n'est ni folle ni capricieuse. Elle m'a plutôt l'air sacrément courageuse de ne pas s'accrocher à ce qu'elle a. J'ai envie d'être courageuse.

— C'est ça ? Tu vas tenter ta chance avec un autre ?

— Non. Je vais tenter ma chance avec moi-même, afin de voir si je tombe enfin amoureuse de Margot, sans ressentir le besoin que quelqu'un d'autre me dise ce que je suis ou ne suis pas. J'ai trente-deux ans et je ne me connais même pas. Je ne sais pas ce que j'aime. Comment veux-tu que je sache si j'ai envie de vieillir avec toi ?

— Si tu doutes, c'est que tu ne le veux pas.

— Ou que j'ai le cran de me poser des questions, Filippo. On ne s'est jamais posé de questions. On a suivi le courant, on a fait les choses comme il se doit, mais on ne s'est jamais demandé si c'était ce que l'on voulait.

Filippo attrapa l'écrin contenant nos alliances et joua avec celles-ci de ses mains énormes.

— C'est ce que tu veux, Margot ? lâcha-t-il sans me regarder. Tu veux errer dans un no man's land à la recherche de quelque chose que tu ne trouveras peut-être jamais ? Ou tu veux construire quelque chose de vrai ? Une famille, Margot. Une famille au sein de laquelle tu puisses enfin te prouver à toi-même que tu n'es pas comme ta mère, parce que je suis persuadé que c'est la seule chose qui t'obsède.

— Je ne veux pas avoir à démontrer quoi que ce soit à qui que ce soit, et c'est justement ça le problème. Je passe ma vie à le faire.

Ses yeux se mirent à briller.

— Alors fais ce que tu veux faire, mais à mes côtés. Je te soutiendrai toujours. Tu trouveras en moi un compagnon, un mari, un frère, un père, un…

Je ne l'écoutais plus, imaginant ce que David aurait pensé de cette remarque. Il aurait pris un air effrayé et se serait exclamé : « Un frère ! Je t'en prie ! C'est de l'inceste ! » Je souris. Tristement, mais je souris.

— Filippo, l'interrompis-je. Je vais te rendre le plus grand service qu'on t'ait jamais rendu : je vais te demander de me laisser partir. Et tu sais pourquoi je fais ça ? Parce que si tu essayes de me rendre heureuse, c'est toi qui finiras malheureux. Et tu ne le mérites pas. Tu es bon, fiable, intelligent, attentionné, éduqué. Tu es séduisant et sexy et…

— Ce n'est apparemment pas suffisant pour toi.

— Bien sûr que si. Mais ce n'est tout simplement pas pour moi. Pour une autre oui, et je suis en train de lui dérober sa place. Je te vole ton conte de fées, Filippo, parce que je ne suis pas ta princesse. Je te demande pardon.

Je me levai et pris mon sac à main, mais fus incapable de bouger. Filippo contemplait les alliances dans leur boîte.

— Tu peux me détester, lui chuchotai-je. C'est ton droit si ça t'aide à passer à autre chose.

— Tu ne mérites pas que je te déteste.

— Peut-être que si.

Il soupira. Ma main se posa sur son épaule et il la serra un instant. Lorsqu'il laissa tomber son bras sur la table, je sus. Je pouvais partir.

Je sanglotai en parcourant la rue Velázquez. Je sanglotai dans le taxi que j'attrapai à hauteur de Goya. Je sanglotai assise dans le hall de l'immeuble. Je sanglotai appuyée contre la table de l'entrée de mon appart. Je sanglotai dans la cuisine, dans la salle de bains, dans le dressing, dans mon lit et même en rêve. Je sanglotai de ne pas avoir été capable d'être une princesse, d'avoir tourné le dos aux souvenirs les plus doux, d'avoir donné – de façon assez tordue – raison à ma mère, en étant tellement quelconque que je n'avais pas su profiter du conte de fées que la vie me servait sur un plateau. Outre les larmes de deuil pour ce que j'avais laissé filer, j'en pleurai d'autres, plus amères, plus chaudes, plus récentes… et ces larmes existaient parce qu'au cours des dernières semaines, si j'avais imaginé cette rupture, David finissait toujours par me serrer dans ses bras et me dire qu'il m'attendrait le temps qu'il faudrait pour que notre relation marche, qu'il m'attendrait parce que cela en valait la peine. Toujours. Et dans ses bras, tout ce que j'avais dit à Filippo aurait pris sens. Ou pas. Je l'ignore.

Je sanglotai en écrivant dans notre conversation sur WhatsApp : « J'ai rompu avec Filippo et tu me manques. Pourquoi avons-nous décidé de nous éloigner, David ? »

Je sanglotai en fermant l'appli, après avoir effacé le message.

Le lendemain, la sensation fut semblable à celle d'un oiseau terrifié par le vide qui, fatigué de s'arracher les plumes, a décidé de voir ce que ça fait de voler.

Les fleurs que m'avait offertes David fanaient un peu plus chaque jour. Je mis une aspirine dans l'eau après l'avoir changée et coupai soigneusement les tiges en biais, dans l'espoir de les voir sécher avec dignité. Je me surprenais souvent à penser que ces fleurs étaient tout ce qui me restait d'une histoire d'amour qui n'avait pas connu l'amour.

Je n'ai aucune idée de ce que j'essaye de dire. Je sais seulement que j'étais habitée. Par David, les souvenirs, les odeurs, les espoirs. Au deuxième jour de célibat, après m'être forcée à ranger dans des cartons toutes les affaires de Filippo, après avoir rédigé et effacé cinq fois un message pour David, je pris la décision que certaines choses ne pouvaient pas attendre. Et je me rendis au bureau.

Les yeux de Sonia faillirent sortir de leurs orbites quand elle me vit, surprise de me voir débarquer sans prévenir et par mon changement de look.

— Que fais-tu ici ?

— Je viens travailler. Entre et mets-moi à la page.

Je lui souris et lui montrai les bureaux, encore vides. Personne n'était arrivé.

— On voit bien que la boss n'est pas là, ris-je.

À la fin du rapport de Sonia, je fus prise d'une sensation étrange. Il ne s'était pas passé grand-chose en mon absence. À vrai dire, après tous les films que je m'étais faits quand le conseil d'administration m'avait « invitée » à prendre de longues vacances, il ne s'était rien passé. Personne n'avait essayé de fourrer le nez dans mes dossiers, ni essayé de me piquer mon équipe ou manigancé une rébellion contre moi. Ils ne cherchaient ni à me pousser à bout pour que je m'en aille, ni à me rendre folle pour prendre leurs aises sans moi. Rien n'avait bougé.

Cette nouvelle aurait dû m'encourager à me blottir entre ces quatre murs, mais j'en tirai un autre enseignement : notre pire ennemi est toujours celui qui nous regarde dans le miroir.

Ces messieurs du CA n'appréciaient certes pas de m'avoir dans leurs pattes, que je prenne des décisions et occupe un poste de pouvoir, mais c'était moi qui m'étais cramponnée à ce bras de fer avec eux. Ces dernières années, je m'étais beaucoup démenée et j'avais peu vécu. Pourquoi ?

Après cette prise de conscience, un sentiment de lassitude m'envahit. J'en avais plein le dos de la moquette, des murs, des tableaux, de la vue, de mon bureau gigantesque, de la rectitude entrepreneuriale, de la culture d'entreprise, des associés, des rapports, des équipes, d'avoir à approuver et remettre en question des lignes d'activité… OK. J'avais démontré ce dont j'étais capable.

Et maintenant ?

Je dévisageai Sonia un long moment, sans vraiment la voir, jusqu'à ce qu'elle se sente mal à l'aise.

— J'ignore si tu es prise entre deux feux, si tu projettes un assassinat ou si tu vas m'annoncer que tu souffres d'une dépression post-vacances ?

Je souris et elle me rendit le geste.

— Et si j'arrêtais ?
Le sourire de Sonia s'envola.
— Quoi ?
— Et si j'arrêtais ? Je conserve mes actions, j'encaisse les dividendes, mais je me tire d'ici… Je monte un business à mon compte. Je pourrais ouvrir une librairie. Écrire un livre sur la stratégie entrepreneuriale. Ou voyager pour perfectionner mon allemand, ou apprendre le chinois.
— Je ne te suis pas.
— Qu'est-ce que je fiche ici ?
— Euh… C'est une question rhétorique, n'est-ce pas ?
— Écoute… ces dernières années, ma vie s'est résumée à démontrer à une bande de vieux croûtons misogynes que je mérite le poste que j'occupe malgré mon nom de famille. J'ai passé des mois à faire et défaire des valises. J'ai passé tellement de temps au siège de Londres que j'ai fini par m'acheter un appart là-bas !
— C'est vrai, mais tu as aussi rencontré Filippo et…
— Filippo et moi avons rompu, répliquai-je. Je ne parle pas d'amour. Je parle de moi. Prouver des trucs aux autres a viré à l'obsession, mais… et moi, de quoi ai-je envie ? Qu'est-ce qui me rend heureuse ?
— Euh…
Sonia me regarda avec horreur.
Je me levai et regardai autour de moi.
— J'ai toujours voulu donner des cours, dis-je.
— Margot…, murmura Sonia.
— Et l'idée du livre aussi, ça me plaît. Un congé sans solde ? Je pourrais essayer de monter une start-up.
— Margot.
— Et si j'inventais une application mobile qui croise les données des endroits dont tu parles sur WhatsApp… ?
— Margot !!
Sonia se plaça devant moi et leva les bras, hallucinée.
— On arrête l'orgie mentale, on se calme une seconde. Il n'est pas encore 9 heures du matin et tu as déjà imaginé… Combien ? Dix nouveaux business ? Le seul truc

bizarre, c'est que tu n'aies pas encore parlé de devenir prof de méditation.

— Peut-être...

— Margot... Tu ne peux pas tout faire en même temps. C'est comme commencer un régime et arrêter de fumer. Les plus courageux essaieront, d'accord, mais tu n'es pas pressée? Prends le temps de réfléchir calmement.

Je la foudroyai du regard. Je me sentais plus à l'aise dans cette frénésie mentale, cette logorrhée orgiaque où je pouvais être qui je voulais, faire ce que je voulais, aller où je voulais... Mes ailes avaient envie d'être testées, même si elles n'avaient probablement que deux ou trois plumes.

— Tu es chez toi, ici. Si ça ne te plaît pas, OK, mais ne balance pas les clés comme ça pour te retrouver à la rue. Réfléchis au changement.

Je contournai le bureau et me laissai choir sur la chaise. Je réfléchis. Je pensai à David, bien entendu, comme à chaque fois que je m'autorisais à regarder plus loin que ce que j'avais en face de moi. Je compris que prendre une décision maintenant, partagée entre un sentiment de colère et l'espoir que David revienne, n'était pas une bonne idée.

Sonia s'assit sur la table, oubliant tout protocole, et posa sa main sur mon épaule.

— Quoi qu'il se soit produit pendant ton voyage, Margot, prends-le comme un catalyseur. Tu as quitté Filippo. C'est important. C'est une décision très importante. Donne-toi du temps pour bien ancrer chacun de tes pas. Si tu cours, tu ne laisseras pas la tristesse et le deuil derrière toi, ils attendront simplement au prochain tournant et te sauteront dessus quand tu t'y attendras le moins.

— Depuis quand es-tu si sage?

— J'ai eu une révélation après avoir essayé que ma vie ressemble à une comédie romantique. Si tu bouscules un mec canon en tenant un café, il ne tombe pas amoureux de toi: il te fait payer le teinturier.

Je soupirai.

— Appelle les membres de l'équipe qui ne sont pas en vacances et convoque-les pour une réunion dans mon bureau. Rien de formel. Juste pour mettre les choses à jour et leur dire que je suis de retour.

— Et que tu n'as aucune intention de te barrer pour devenir fleuriste.

Je reçus cette dernière phrase comme un coup de fouet en pleine poitrine.

— Tu veux bien commander le petit déjeuner pour ceux qui seront présents, y compris toi? Le moment est peut-être venu de te donner plus de responsabilités, si tu en as envie.

Sonia acquiesça, souriante, et se dirigea vers la porte. Avant de sortir, elle se retourna. Je tenais mon téléphone entre mes mains.

— Je ferme?

— Oui.

J'écrivis: «Aujourd'hui, j'ai voulu voler trop haut et j'ai failli me casser la figure. Tu aurais dû m'apprendre plus de choses sur la liberté. Ça fait peur. Comme le fait d'être loin de toi.»

Je l'effaçai.

À midi, je reçus un bouquet de roses blanches mais, en ouvrant l'enveloppe, je n'y trouvai pas de paroles de chansons des années 1980, ni un «tu me manques». Juste un «Bienvenue à la maison», signé par mon parrain.

55. A

Les contes de fées n'existent pas

Patricia était effondrée. Candela et moi avions tout essayé. Les enfants étaient chez leur grand-mère paternelle, qui ne risquait pas de les noyer dans la baignoire (ce que l'on ne pouvait affirmer de ma mère), et Alberto avait quitté la maison. Il comptait loger à l'hôtel quelques jours. Ensuite ils verraient. Ils verraient parce qu'ils allaient probablement devoir vendre la villa et organiser leurs vies de manière différente. Dans les sanglots incontrôlables de Patricia, j'entrevis de nombreuses choses : de la tristesse pour ce qui n'était plus, le deuil d'une relation heureuse, le doute quant à l'avenir et une colère un peu naïve provoquée par tout ce que le divorce allait modifier. La vie ne suivrait plus son rythme, il allait falloir changer de chanson. Alors que tout ce qu'elle voulait, dans le fond, c'était de continuer à danser sur la même mélodie, mais avec un autre partenaire.

Nous ne parvînmes pas à lui arracher un sourire et même une bouteille de son champagne préféré et la boîte de fraises enrobées de chocolat que nous avions achetée à prix d'or dans une pâtisserie du centre ne tarirent pas ses pleurs. Rien n'y fit. Quand Patricia nous demanda de la laisser seule, nous partîmes résignées, comprenant que, dans la même situation, nous aurions, nous aussi, choisi de rester dans le noir, à boire une bouteille à deux cents balles au goulot et à noyer le chagrin dans le sucre.

Mais… surprise : en sortant de chez elle, nous tombâmes sur Didier et comprîmes la hâte de notre sœur à nous voir déguerpir. La pauvre Patricia n'avait pas pensé que nous risquions de croiser, en sortant du jardin, ce grand garçon mince et élégant, un bouquet de fleurs à la main.

— Et s'ils s'aiment vraiment? demandai-je à Candela.

Deux semaines sans David. Ce matin-là, j'avais écrit dans notre tchat: «Je n'en peux plus. Reviens.» Je l'avais effacé, évidemment.

— La question n'est pas qu'ils s'aiment ou non, répondit ma sœur, en me rappelant à la réalité.

J'avais emprunté une voiture de la société, mais sans chauffeur, cette fois. Cela faisait des jours que j'avais moi-même envie de freiner, changer de voie, ralentir et me plaindre de la circulation infernale de Madrid.

— Si ce n'est pas ça, la question, c'est quoi?

— La question est de savoir s'ils se trouvent au même stade de leur vie. Que lui ne regrette pas, que sais-je, la liberté de ses vingt ans et ne soit pas dépassé par le besoin de s'organiser, parce que sa compagne a trois enfants. Et il en va ainsi pour tout: il va falloir qu'ils tombent d'accord sur l'endroit et la façon dont ils vont habiter, sur la signification du mot amour, qui doit être la même pour les deux, et s'assurer que les blessures du passé sont refermées…

Je lui lançai un regard sans démarrer.

— Tu parles encore d'eux ou tu es déjà revenue à David et moi?

Elle fit claquer sa langue et me caressa les cheveux.

— Ça va passer, je te le promets.

— Et si je ne veux pas que ça passe?

— Alors tu vas devoir faire les choses différemment.

— Mais s'il est tellement sûr que ça ne marchera pas entre nous, comment tu veux que ça fonctionne?

— Vous n'étiez pas au même point, Margot. Si cela avait été le cas, vous auriez fourni un effort pour trouver un juste milieu.

— Mouais. Quand est-ce que tu repars?

Je laissai tomber la question en regardant à travers le pare-brise.

Candela se mordit la lèvre supérieure et lambina.

— Hé ! Ça fait un mois que tu me balades ! Que se passe-t-il ?

— J'ai quitté mon boulot il y a un mois et demi.

Surprise, je me tournai vers elle.

— Quoi ?

— Tu m'as entendue. J'en avais marre du froid et du manque de soleil.

— Mais... Tu es devenue folle ? Et que vas-tu faire ? C'était un super boulot ! Loin de maman ! Tu es cinglée. Qu'est-ce qui te passe par la tête ?

Elle me dévisagea, un sourire de Mona Lisa aux lèvres, et me donna quelques tapes sur le bras.

— Ma chérie, calme-toi. J'ai été recrutée par Médecins sans frontières et je vais bosser sur un bateau qui intervient dans les sauvetages en Méditerranée.

Je relâchai l'air prisonnier de mes poumons au fur et à mesure que Candela parlait, je m'agrippai au volant et, à ma grande surprise, je fondis en larmes.

— Margot... Pourquoi tu pleures ? Je ne serai pas en territoire en guerre et ma vie ne sera pas en danger, c'est promis.

Je sanglotai.

— Idiote, si je te dis que ce n'est pas dangereux, insista Candela, la voix enrouée.

— Ce n'est pas pour ça que je pleure.

— Alors ?

— Je suis vraiment fière de toi.

— Et moi de toi.

Nous nous serrâmes, en pleurant. Je m'appuyai sur son épaule, comme je l'avais fait si souvent dans la solitude de l'internat. Je me dis qu'il allait être sans doute plus difficile de la voir puisque je ne pourrais plus sauter dans un avion pour la rejoindre. Mais, malgré la tristesse, j'étais heureuse pour elle. Une femme courageuse, intelligente, généreuse, allait se dédier à faire de ce monde un endroit un peu meilleur. Ou du moins essayer.

— Patricia est au courant ?
— Oui.
— Et pourquoi elle ne m'a rien dit ?
— Parce qu'en ce moment la seule chose qu'elle a en tête c'est sa foufoune à vif tellement elle s'envoie en l'air avec un jeune de vingt-quatre ans.
Nous éclatâmes de rire.
— Bah… Tu n'avais pas la tête à ça. J'ai failli te le dire une ou deux fois avant le mariage, mais… tu as fichu la pagaille.
— À qui le dis-tu !
— Mais il y a du bon dans tout ça : ta chambre d'amis cessera bientôt d'être un territoire occupé.
— Ça m'est égal. Je hais cette baraque. J'ai l'impression de vivre à l'hôtel.
— C'est assez logique, vu ce que tu fais dans la vie.
Un appart plus petit, plus chaleureux, avec des plantes et des fleurs dans chaque recoin, qui sentirait bon la cuisine maison et où la peinture des murs s'écaillerait par endroits. Un foyer imparfait où être heureuse, sans essayer d'être quelqu'un d'autre.
— Tu m'écoutes ?
— Pardon ? fis-je en me réveillant de ma rêverie.
— Je te disais que je pars tranquille en sachant que tu es désormais capable de sortir plus tôt du boulot, de temps en temps, expliqua Candela en montrant l'heure.
Il n'était que 19 heures.
« David, je t'ai déjà raconté que j'ai un appart à Londres ? Tu ne vas pas me croire, mais cet appart est si chaleureux et accueillant… »
Ma sœur était en train de me décrire à quoi ressemblerait sa vie à partir de la fin du mois, et je feignis de suivre ses propos, posant des questions et riant de ses plaisanteries, tout en me concentrant pour ne pas perdre une minute. Candela n'avait aucun moyen de deviner que, comme si de rien n'était, mes pas nous menaient vers le magasin de fleurs. Que cherchais-je ? Une rencontre fortuite ? Faire

une tentative désespérée ? Aucune idée. Je ne faisais que répondre à un besoin. Je voulais arriver avant la fermeture.

— Dis, on ne serait pas en train de faire un détour ? me demanda Candela en lisant le nom de la rue où nous nous trouvions.

— Un peu. Je me suis dit qu'on pourrait boire une bière sur une terrasse de Malasaña.

— Ah, super !

— Je connais un endroit qui fait des hot-dogs délicieux, fis-je remarquer d'un air triste.

— S'ils sont si bons, pourquoi tu as l'air misérable ?

— Parce que c'est David qui me l'a fait découvrir.

— Ah, se borna-t-elle à dire en me donnant un petit coup de coude. Et on va où en réalité ?

— On va passer devant sa boutique, avouai-je.

— Et s'il te voit ?

— Eh bien, si ça se trouve…

— … il sort, t'embrasse et c'est à ce moment-là que Malasaña se transforme miraculeusement en un endroit charmant plein de petits oiseaux qui savent coudre, comme dans un film de Disney.

— Ne te moque pas de moi.

— Si tu regrettes tant que ça de t'être éloignée de lui, pourquoi tu ne l'appelles pas ?

— Parce qu'il y a des choses qui ne se disent pas au téléphone. Et parce que c'est lui qui est persuadé de ne pas pouvoir m'aimer.

Nous poursuivîmes notre chemin en silence pendant quelques pâtés de maisons, jusqu'à ce que je m'immobilise net sur un coin. De l'autre côté de la rue se trouvait la boutique.

— C'est là.

— Comme c'est joli !

Je souris sans regarder Candela, les yeux rivés sur la devanture, remplie de pots de fleurs.

— Bon… et maintenant, tu comptes faire quoi ?

— Rebrousser chemin et rentrer à la maison.

— Pourquoi tu n'entres pas ?
— Parce qu'il ne voudra pas me voir.
— Et pourquoi ça ?
— Parce que… Parce qu'il ne croit pas que notre histoire soit possible.
— Margot…, dit Candela, l'air agacé. Je t'en prie, tu n'as plus seize ans !
— Et je lui dis quoi ?
— Pourquoi pas « tu me manques » ?
Je la dévisageai, en proie au doute. Elle fit oui de tête, pour m'encourager.
— Je t'attends ici. Si tout se passe bien, tu m'envoies un pouce vers le haut par WhatsApp et je rentre à la maison sans toi.
— Et si ça se passe mal ?
— Allez, fit-elle en me poussant doucement. Va, je ne te le répéterai plus.
Ce furent les mètres les plus difficiles de ma vie. En comparaison, même ma course effrénée en direction opposée à l'autel ne me sembla pas si terrible. Devant la porte, je fis trois tentatives pour entrer dans le magasin, sans résultat. Candela siffla et m'adressa un geste. Nom d'un chien.
— Poule mouillée, cria-t-elle.
— Tais-toi, lui demandai-je sans élever la voix.
— Tu es la plus lâche des sœurs Ortega.
Je soupirai, posai la main sur la poignée et ouvris. Amparito, lunettes sur le nez, était penchée sur le comptoir et examinait ce qui ressemblait à un bordereau. Elle leva les yeux vers moi et sourit, ôtant ses lunettes et les laissant retomber sur sa poitrine.
— Bonjour ! Comment vas-tu, ma jolie ?
— Très bien. Et vous ?
Je fis quelques pas à l'intérieur de la boutique. Le parfum des fleurs était partout. L'odeur de terre mouillée aussi. Quant à moi, je devais dégager un terrible relent de peur.
— On tient le coup. Mais c'est un peu compliqué en ce moment.

Je fronçai les sourcils.

— Asunción ! cria-t-elle. C'est la copine de David ! Pardonne-moi, ma chérie, j'ai oublié ton prénom.

— Margarita.

— Comme c'est approprié. David adore les marguerites.

Asunción passa sa tête par le rideau qui séparait le magasin de l'arrière-boutique, sourit et une moue se dessina sur son visage.

— Eh bien, ma jolie, comment vas-tu ?

— Bien.

— Bien, j'en doute. Si nous sommes un peu tristes, j'imagine que toi...

— Euh...

Je jetai un regard aux alentours. Je commençais à avoir une petite idée de ce qui était en train de se passer.

— Il n'est pas là, n'est-ce pas ?

Elles échangèrent un regard.

— Non, il n'est pas là. Il... Il ne t'a rien dit ?

— À quel sujet ?

Un nouveau regard entre les deux sœurs. Amparito poussa un tabouret vers moi et me demanda de m'asseoir. Je lui obéis sans savoir pourquoi.

— Je ne sais pas si je devrais lui raconter, entendis-je dire Asunción.

— Bien sûr que si. Regarde la tête que fait cette pauvre enfant !

— Margarita, me dit Amparito en essayant de se mettre à ma hauteur et de me regarder droit dans les yeux. Il est parti.

— Tu es vraiment subtile, toi, lâcha sa sœur. Laisse-moi faire.

— Comment ça, il est parti ? Chez un autre fleuriste ?

Asunción apparut en face de moi et poussa sa sœur sur le côté.

— Il est arrivé ici un lundi. Ce qui nous a paru étrange vu qu'il ne travaille que de mardi à jeudi, mais... il était bouleversé.

— Bouleversé ?

— Oui. Il nous a dit qu'il devait partir, qu'il s'en allait. Qu'il avait trouvé un travail à temps plein, qu'il devait mettre de l'argent de côté et je ne sais quoi. Il était très triste.

— Quel genre de travail ?

— Serveur, je crois. Dans un restaurant. Ce n'est pas ce qu'il a dit ?

— Je ne sais pas, répondit Amparito.

— Il nous a laissé le numéro de téléphone de quelques-uns de ses amis qui peuvent nous aider à porter des caisses, des jardinières et ce genre de choses. C'est comme ça qu'il a commencé, mais on s'est vite aperçues qu'il était doué avec les fleurs… et bon… ça n'a pas d'importance. Il est venu s'excuser et nous dire au revoir. Il a travaillé cette semaine-là et le jeudi… il a pris ses affaires et est parti.

Je me levai du tabouret et fis quelques pas en direction de la porte, un peu sonnée.

— Mon enfant, est-ce que ça va ?

— Merci. Merci beaucoup à toutes les deux. Passez une belle journée.

Je sortis de la boutique en poussant la porte avec plus de force que nécessaire parce que… j'étouffais. L'odeur des fleurs, de la terre humide, l'absence de David…

Candela vint me rejoindre en courant.

— Il est parti.

— Oh, Margot, je suis vraiment désolée.

— Il est parti, Candela.

— Margot…

— Quel jour sommes-nous ? demandai-je, hébétée.

— Mercredi.

Je levai le bras, hélai en pilote automatique le premier taxi qui passait et me ruai à l'intérieur.

— Mais… où vas-tu ?

— Attends, attends une seconde, dis-je en repassant la conversation avec David sur WhatsApp. Ici !

Je donnai l'adresse au chauffeur et me retournai pour regarder Candela par la portière ouverte.

— Tu viens ?

La rue où vivait David avec Ivan et Dominique semblait bien moins pittoresque à la lueur du jour. Les immeubles étaient défraîchis et n'avaient pas été rénovés depuis des années, arborant ici et là des graffitis et des taches d'humidité que je n'avais pas remarqués la fois précédente. Ou peut-être que, sans David, tout perdait son éclat.

Je sonnai avec insistance. Ils ne tardèrent pas à répondre. J'entendis la voix délicate et chantante de Dominique :

— Qui est-ce ?

— C'est Margot, Dominique. David est là ?

Elle dut entendre le désespoir dans ma voix, car elle m'ouvrit immédiatement, sans un mot.

— Ne pleure pas, Margot, murmura Candela dans l'ascenseur.

Je ne m'étais même pas rendu compte que les larmes coulaient sur mes joues.

Je n'eus pas le temps de me calmer devant la porte, juste de sécher mes larmes avec mon avant-bras. Dominique m'attendait, Ada dans les bras et une expression de tristesse sur le visage.

— Il n'est pas là, n'est-ce pas ?

— Entre. Je vais faire du café.

J'esquissai dans ma tête toutes les explications possibles quant à l'absence de David. Ici. Au magasin. Dans ma vie.

Dominique ne tarda pas à revenir avec un plateau contenant trois tasses de café, un sucrier et un petit récipient avec du lait. Elle le déposa sur la table basse et s'assit juste à côté de moi. Même si je n'étais pas habituée au contact physique et à l'affection de mes amis, je lui laissai prendre mes mains dans les siennes.

— Il est parti, c'est ça ? la devançai-je.

— Oui. Un ami lui a proposé un boulot de serveur à bord d'un bateau de croisière. Il paraît qu'on gagne très bien, surtout si on ajoute les pourboires.

Serveur sur une croisière ? Ce n'était pas son genre.

— Mais…

— Dis-moi, tu veux la vérité ou tu préfères la solution de facilité ?

— Facilité, répondit Candela.

— La vérité, objectai-je.

Elle nous regarda toutes les deux avec un sourire attendri.

— Vous êtes sœurs, non ?

— On ne se ressemble absolument pas ! s'exclama Candela.

— Vous avez les mêmes sourcils.

J'aurais éclaté de rire si je ne m'étais pas sentie aussi triste, furieuse, déçue et terrifiée à la fois.

— Mais, il va revenir ?

— Ma belle, je ne crois pas qu'il va passer le restant de ses jours sur l'Adriatique. Mais, ici à la maison, il nous a dit qu'il ne reviendrait pas.

Elle se redressa, prit une tasse et me la passa, puis ajouta :

— Il était dans un sale état quand il est revenu. On ne l'avait jamais vu comme ça.

— Quand ça ?

— Le dimanche où vous vous êtes dit au revoir. Il n'arrêtait pas de dire qu'il avait fichu sa vie en l'air, qu'il avait toujours pris les pires décisions, qu'il avait raté le coche. Ivan a essayé de lui remonter le moral, en vain. Ça n'a pas été facile mais… il a fini par cracher le morceau. Tu sais comment est David… même sous l'eau, il est incapable de se taire.

Je souris.

— Il était effondré. Je ne l'avais jamais vu pleurer. Il n'arrêtait pas de répéter qu'il ne pouvait pas être tombé amoureux en un mois, que ce n'était qu'une crise perso et qu'il devait mettre de l'ordre dans sa vie.

— D'accord…, dis-je.

— Le lendemain, il est rentré de sa promenade avec les chiens en disant qu'il avait besoin de temps pour mieux se comprendre et… le jour même il a reçu un coup de fil au sujet de la croisière. Il a vu le bout du tunnel. Trois mois sur un bateau, bien payé, sans avoir besoin de chercher immédiatement un appart. Ça lui a semblé parfait.

— Il a le mal de mer, murmurai-je.

Elle me donna une petite tape sur la jambe.

— Tu dois te sentir horriblement mal. Je suppose qu'il a perdu le contrôle de la situation, que tout s'est emmêlé et…

— Non, dis-je sans la regarder. Je connais cette sensation. Je suppose que c'est la même qui m'a poussée à partir en courant de mon propre mariage.

— Non, ma belle. Tu ne voulais pas épouser cet homme, c'est tout. David… David ressent parfois trop les choses. Si tu me demandes mon opinion, je crois que tu continuais à être sa seule priorité dans les décisions qu'il a prises. C'est un type génial, mais pour certaines choses, c'est encore un gamin. Je suppose qu'il est parti en pensant qu'il reviendrait par la grande porte, tu sais ? Avec un plan, un avenir, que sais-je. C'est un romantique. Figure-toi que je l'ai pris pour un fou quand il m'a demandé de te dire, au cas où tu venais ici…

— De me dire quoi ?

— Attends. Je l'ai noté sur mon téléphone pour ne pas oublier.

Dominique se leva. Ada essayait d'arracher le nez de Candela, ce que toutes deux semblaient trouver très drôle. Lorsqu'elle revint, j'avais reposé ma tasse sans y avoir touché.

— Voyons… ici : « Ce sera la vie qui décidera si nous serons, ou pas, ce "nous". Dis-lui qu'elle vole. Et que je n'ai pas changé de numéro parce que, même si nous n'osons plus jamais franchir cette porte, nous avons besoin de la savoir ouverte. » Ça te dit quelque chose ? J'ai peut-être mal noté. Je ne sais pas. Maintenant que je le lis, ça m'a l'air bizarre…

Je me levai. Assise sur le canapé, Candela me dévisagea, surprise par ma réaction.

— Je dois y aller, dis-je à Dominique. Mais je te remercie du fond du cœur.

— De rien, Margot. Reviens quand tu veux. Ce dimanche, je prépare du *chicharrón*, si ça te tente.

Je la remerciai, sachant que je ne la reverrais sans doute jamais.

Nous étions déjà sur le pas de la porte quand Domi me dit :

— Dommage que David ait si peur que quelqu'un l'aime comme il faut, Margot, parce qu'il était fou de toi.

Le toit de notre maison, imparfaite mais chaleureuse, céda sous le poids des doutes et s'effondra sur les meubles et les plantes, écrasant tout sur son passage, laissant sur les murs des cadres couverts de poussière, tordus, avec les photos que nous ne prendrions pas lors de voyages que nous ne ferions jamais.

Le couple qui aurait pu exister, passionné mais prêt à tout apprendre, cessa de parler le même langage. Même s'ils avaient voulu se dire « je t'aime », ils ne se comprenaient plus et durent se laisser partir.

La femme que j'aurais pu être à ses côtés. L'homme que j'avais imaginé qu'il abritait en lui. Les enfants, qui auraient grandi en sachant qu'être libre ne signifie pas ne s'attacher à rien, mais savoir ce qui est réellement important, ne naîtraient pas.

Je n'ai jamais passé le seuil de la porte de la maison de ses parents.

Je n'ai jamais défié ma mère en silence, en le présentant le soir du réveillon de Noël.

Nous n'avons jamais acheté de meubles ensemble.

Nous ne nous sommes plus jamais chamaillés pour un bête malentendu.

Nous n'avons plus jamais fait l'amour, ni dans un lit, ni dans une voiture ou dans une piscine.

Parce que l'absence, le « pour toujours » stérile, me tomba dessus en un coup, comme une certitude qu'on ne peut avaler en une bouchée.

Je compris soudain quel était cet avenir qui m'attendait sans lui, mais personne, pas même moi, n'était disposé à me croire.

Non, les contes de fées n'existent pas. Et s'ils existent, il est possible que Hansel et Gretel ne soient jamais sortis vivants de la maison en pain d'épices.

56. A

Accepter la vie

Il me fallut deux ans pour accepter l'abandon. Pour accepter que David ne reviendrait pas. Et que je ne souhaitais pas partir à sa recherche.

Les premiers trois mois furent, je pense, les plus longs, parce que le rêve fantaisiste qu'il reviendrait une fois terminée son aventure sur le bateau de croisière était toujours vivant. Qu'il débarquerait devant ma porte, bronzé, souriant, et désolé… et me dirait un truc bête mais plein de sens comme :

— Ça y est, le « pour toujours » est fini ? J'en ai marre d'attendre.

Comme tu l'imagines, ça ne se produisit pas et les trois mois suivants se transformèrent en une prolongation, où chacune de mes pensées était suivie de « mais il reviendra peut-être ».

J'eus de ses nouvelles neuf mois après nos adieux devant la gare d'Atocha. Il m'arrivait parfois, au milieu de la foule sur la Gran Vía ou la Castellana, de sentir mon cœur s'arrêter de battre un instant parce que je croyais l'apercevoir. D'habitude, j'attendais calmement, presque sans ciller, pour confirmer que c'était lui, mais ce n'était jamais le cas. Jusqu'au jour où ce fut lui, parce que Madrid n'est pas si grand que ça. Je parlais au téléphone avec ma sœur Candela, les vitres de la voiture baissées, tout en regardant des trucs sur mon iPad. J'étais stressée parce que j'avais, le lendemain, une réunion importante, et j'avais abaissé la vitre pour profiter de la brise printanière. C'est alors que je le vis.

Il avait les mains fourrées dans les poches d'une veste en cuir qui lui allait à ravir. Ses cheveux avaient poussé et il les portait avec la raie sur le côté, dans un style grunge soigné. Je ne savais ni d'où il venait, ni où il allait. J'eus juste la certitude que je ne voulais pas m'arrêter pour en avoir le cœur net.

Il me vit. Oui, il me vit, lui aussi. Il me vit le regarder, laisser tomber sur mes genoux la main qui tenait le téléphone et conjuguer son prénom sur mes lèvres, sans les mouvoir. Il me vit préférer abandonner la possibilité de demander des explications, d'exiger son retour. Il me vit partir, dans ma voiture, dans ma vie.

Il m'écrivit le soir même. Je savais qu'il le ferait et, bien que je m'y sois préparée, je pleurai toutes les larmes de mon corps.

Je n'aurais jamais pensé que, le jour où on se reverrait, ce serait de cette manière. Je suis désolé d'être parti comme ça. Je suis désolé de ne pas avoir assumé ce que l'on ressentait. Je suis désolé de m'être fait tout petit quand j'aurais pu grandir. Je suis désolé, Margot, parce qu'à ne pas vouloir souffrir, je nous ai fait du mal. Si tu reçois ce message, c'est que tu n'as pas changé de numéro, alors merci de m'avoir offert la possibilité de te dire que je ne t'ai pas oubliée.

Je sanglotai longuement puis, le calme retrouvé, je jetai dans la poubelle les fleurs que j'avais eu tant de mal à faire sécher, parce qu'elles ne signifiaient plus rien.

Encore une leçon : ce n'est pas que l'amour expire, c'est juste qu'il faut le conjuguer à temps, ou il ne voudra plus rien dire.

Car j'avais attendu neuf mois et il était là. Car ni lui ni moi n'avions écrit. Car nous nous étions tous deux réfugiés dans la fantaisie romantique et puérile des amours qui ne sont pas destinés à être, sans avoir le courage suffisant pour les rendre possibles.

Je jetai les fleurs et me détestai ensuite pour ce geste, mais impossible de faire machine arrière : je venais d'entrer de plein fouet dans la seconde phase du deuil. La colère.

Je l'ai haï pendant environ cinq mois de plus, mais cela ne servit à rien jusqu'au moment où je cessai de surveiller ses réseaux sociaux, au cas où il publiait un jour une photo qui me ferait suffisamment mal pour brûler jusqu'aux souvenirs que je gardais dans mon cœur. Mais non. La dernière photo était toujours « Nous », que je contemplai comme quelqu'un qui regarde partir à la dérive la proue du bateau sur lequel il vient de faire naufrage.

Après l'été suivant, les choses devinrent plus faciles. On dit qu'il faut faire le tour complet du calendrier pour que les anniversaires cessent de te faire souffrir. Cela signifie que, lorsqu'une année entière s'est écoulée depuis toutes les premières fois (un an depuis le premier baiser, un an depuis la première partie de jambes en l'air, un an depuis qu'il m'a dit ceci, un an depuis que nous avons vécu cela...), il ne reste plus que deux options : la première, vivre accrochée à des choses qui ont cessé d'exister ; la deuxième, continuer seule en quête de nouvelles expériences.

J'optai pour la seconde.

Si je dis qu'il me fallut deux ans, c'est parce que ce fut le temps nécessaire pour que je comprenne que si je n'avais pas déménagé, c'était uniquement pour qu'il puisse me retrouver s'il le désirait. Il me fallut deux ans pour mettre l'appartement en vente et deux mois pour conclure l'affaire avec un magnat chinois. Meubles compris. De cette maison, je ne voulais pas même les souvenirs. Elle était le symbole de ce que j'avais longtemps fait : laisser les autres me dicter qui je devais être. Une espèce de mausolée où reposait à jamais la Margot qui ne s'était jamais sentie assez.

Je le vendis, empochai l'argent et partis vivre à Londres. Candela continuait à parcourir la Méditerranée de long en large, et Patricia était trop occupée à essayer d'emboîter les pièces de sa vie… comme d'habitude. Si c'était pour me retrouver seule à Madrid, autant l'être à Londres. C'est là que j'appris que tout est plus simple que ce que l'on s'efforce de croire.

La filiale de Londres était évidemment plus petite que le siège à Madrid, mais fonctionnait selon le même mécanisme d'horloge suisse. En deux semaines, j'étais plus intégrée qu'à Madrid. Sonia n'eut aucun mal non plus à faire le changement. Elle était heureuse. Elle disait que sa vie pouvait désormais se transformer en un roman de Marian Keyes. Je suppose que les romantiques ne se refont jamais.

Ce fut dur, mais je commençai à me sentir heureuse. Sans attendre quiconque. Avec ma solitude. À apprendre de mes propres merdes. Trinquer avec moi-même, avec un bon verre de vin et un livre, les jours où tout allait bien. Sortir boire un verre avec Sonia et d'autres membres de l'équipe les jours où ça n'allait pas. Je suppose que c'était ma règle d'or : tout passe mieux avec un verre de vin, mais ne le bois jamais seule si la gorgée est amère.

Si l'on me demande si j'ai oublié David, la réponse est non. À aucun moment. Mais j'ai cessé de le haïr parce qu'il s'était éloigné. Je ne le voyais plus comme un abandon. J'ai finis par comprendre que nous étions deux personnes différentes qui n'avaient pas les mêmes besoins. Il devait encore grandir, apprendre, assumer. Et avec la colère, la certitude de ne jamais pouvoir aimer comme nous l'avions fait cet été-là s'en est aussi allée.

J'ai rencontré quelqu'un. La vie, comme l'eau, trouve toujours un endroit où s'écouler. Et il se trouve qu'elle repasse parfois par des sources que l'on croyait taries. J'ai fait sa connaissance dans un parc. Parfois, quand il faisait beau, je m'installais sur un banc pour lire et prendre l'air. Un jour, un chien se rua sur moi, aboyant comme un enragé parce qu'il voulait manger l'écureuil à qui je donnais une noix. Je fus tétanisée par cette masse de muscles pleine de dents. Pour se faire pardonner, son maître insista pour m'offrir un café.

On parla. Il me demanda mon numéro et, comme je refusais, entre deux rires timides, il me donna le sien. Après quoi, je rentrai chez moi en pleurs, parce que David avait fait la même chose : me donner son numéro pour que nous puissions parler… mais ni lui ni moi n'avions été assez courageux pour vivre notre histoire. Et moi, je n'avais plus envie d'être lâche.

J'étais sortie quelques fois avec Barin – je sais, quel étrange prénom – avant de comprendre que cette relation ne fonctionnerait pas si je ne faisais pas quelque chose pour la Margot d'avant.

C'est ainsi qu'après le rencard où il m'avait enfin embrassée, j'achetai un aller-retour à Madrid, pas pour aller rendre visite à ma mère qui, soit dit en passant, m'avait informée dans un e-mail très protocolaire qu'elle venait de se faire enlever un demi-kilo de graisse de son arrière-train pour se le faire injecter dans le visage. Ou un truc du genre. Dans le tchat des sœurs, c'était le délire. Exit Lady Miaou. Nous l'avions rebaptisée Miss Face de Cul.

À vrai dire, il ne fut pas difficile de le retrouver.

En entrant, je sentis un frisson de plaisir. La température à l'intérieur du magasin était parfaite. Ça sentait les fleurs, le terreau humide, David.

Je m'approchai du comptoir et une voix masculine annonça qu'il arrivait tout de suite. Je passai ma main dans mes cheveux, un peu nerveuse, puis il sortit.

J'avais devant moi un homme terriblement séduisant.

Il avait désormais trente ans, mais avait gardé son regard d'enfant triste. Je crois que sa tristesse grandit en me voyant.

— Oh !

Il prit appui sur le comptoir, puis se redressa en écartant ses cheveux de son visage. Il avait à nouveau sa tignasse.

Nous restâmes immobiles quelques secondes, à nous examiner, à chercher les différences entre la personne que nous avions en face de nous et celle de nos souvenirs.

— Entre, finit-il par dire.

— Si tu as du travail, je peux revenir plus tard.

— Ne dis pas de bêtises. Entre.

Il me montra l'arrière-boutique et ferma le magasin de l'intérieur, retournant au passage une pancarte vintage « ouvert/fermé ».

— Tu veux un café ?

— Oui, merci. Il fait un froid de canard.

— Tu le prends toujours noir ?

— Et toi noyé dans un litre de lait ?

— Je n'ai jamais aimé le café. Il est temps de l'admettre. J'étais jeune et je voulais t'impressionner.

Il grimaça.

— C'est fou l'effet que peut faire le café latte, souris-je. Tu es toujours jeune.

— Ah oui ?

— Ça ne fait que trois ans.

— Eh bien moi, j'ai l'impression d'en avoir pris quinze.

Il se mordit la lèvre et fourra ses mains dans les poches de son pantalon.

— Les années loin de moi sont donc comme les années de chat ?

— Tu as toujours été un peu féline, c'est vrai. Entre et assieds-toi, je t'en prie.

L'arrière-boutique avait, elle aussi, sa propre arrière-boutique et, à en juger la façon dont elle était arrangée, David devait y passer plus de temps que chez lui. Il y avait un canapé, visiblement de seconde main, en velours vert sombre, superbe, mais qui portait le poids des années. Sur son dos reposait une couverture douce soigneusement pliée.

Une table, une simple planche en bois sur des barres de métal noir, où gisaient les restes de son repas. Une bouteille d'eau en verre presque vide. Un livre très ancien, aux pages jaunies. Au même endroit où David faisait du café, il y avait aussi un petit frigo, où j'aperçus quelques bouteilles de vin.

Je remarquai les deux verres complètement vides posés à côté de lui, sur le meuble où se trouvait la cafetière. L'un d'eux portait une marque rouge carmin. Je me demandai s'il était toujours attiré par les belles femmes qui ne l'aimeraient jamais ou si, au contraire, il en avait trouvé une autre comme moi, qui en mourait d'envie.

— Ce n'est pas ce que tu crois, me dit-il.

— De quoi parles-tu ?

Je m'assis sur le canapé.

— Eh bien…

— Je ne vis pas ici, même si tout semble prouver le contraire. J'ai un appart à deux pâtés de maisons. Je viens à pied au boulot tous les jours.

— Tu as l'air heureux.

— Bon, comme je te le disais, ce n'est pas ce que tu crois.

— Tu n'es pas heureux ?

— Le verre. Ça non plus, ce n'est pas ce que tu crois.

— David, cela fait trois ans, tu n'as pas d'explications à me fournir.

— Alors, que fais-tu ici ?

Je touillai mon café et bus une gorgée. Il se plaça en face de moi, dégageant la table pour s'asseoir dessus.

— Tu as rencontré quelqu'un, me dit-il.

— Oui. Et toi ?

— Personne qui me fasse ressentir le besoin d'acheter un billet d'avion pour aller te voir à Londres.

— Comment sais-tu… ?

— Et toi, comment tu savais où me trouver ?

Je me tus et posai la tasse. Pour ce faire, je fus forcée de m'approcher. Son odeur n'avait pas changé. En trois ans, il n'avait pas changé de parfum… celui qui avait remplacé l'eau de Cologne pour bébé, parce que, stupidement, je lui avais dit que ça l'aiderait à reconquérir Idoia.

— Je suis venue te dire que je ne te hais plus, lui dis-je. Parce que je suppose que tu sais à quel point je t'ai détesté.

— J'imagine, répondit-il en détournant le regard et en se mordant l'intérieur de la joue. Et tu avais de bonnes raisons de le faire.

— Non. Je ne pense pas. Je crois que j'étais plus en colère contre l'univers, qui ne nous avait pas réunis au bon moment, que contre toi. C'est pour cette raison que je ne te hais plus. J'ai compris, maintenant.

— Ce n'était qu'un prétexte, fit-il en haussant les épaules. J'étais terrifié. J'avais peur que ça ne fonctionne pas et j'avais peur que ça fonctionne. Je crois que je pensais ne pas être prêt pour un « pour toujours » et j'ai fini par m'en prendre un autre… bien plus amer.

— On n'aurait pas tenu pour toujours. J'ai eu du temps pour y réfléchir, tu sais ? Et dans les deux cents vies que j'ai imaginées avec toi… dans chacune, il y avait un problème insurmontable. Les enfants, la routine, le travail, mon obsession pour le contrôle, ton laisser-aller, une autre fille…

— Jamais je ne t'aurais trompée.

— Ou peut-être que si. On ne le saura jamais.

— C'est pour ça que je ne pourrai jamais me le pardonner, parce qu'on ne saura jamais.

— Moi aussi, j'aurais pu venir te voir.

— Et tu l'as fait.

— Oui, c'est vrai.

— Je t'ai brisé le cœur ?

— En tout petits morceaux. Pas parce que tu es parti, d'ailleurs. Ce sont tes doutes sur la vérité de nos sentiments qui m'ont brisé le cœur. Et que tu ne reviennes pas.

— Je m'en suis rendu compte quand tu n'as pas répondu au message que je t'ai envoyé. Que c'était trop tard, je veux dire. J'ai enchaîné les croisières et, à mon retour, je voulais me pointer chez toi, mais j'avais honte parce que je ne savais pas quoi te dire. Je t'aime ? Ça ne suffit pas, Margot. Tu le sais aussi bien que moi.

— Ce n'est rien…

Je tendis la main et la posai sur son avant-bras. Les manches de son pull étaient retroussées.

— Ça n'aurait pas marché, répétai-je.

— Ou si. Et puis, au moins on aurait vécu quelque chose de beau. Peut-être nous sommes-nous privés de la possibilité de découvrir que nos rêves étaient ailleurs. Regarde-moi. Sans toi, je n'aurais jamais su ce que je voulais vraiment.

— Tu es heureux? lui demandai-je à nouveau.

— Je suis aussi heureux que l'on peut l'être, je pense. Je suis en paix avec les décisions que j'ai prises. Je suis seul, mais...

— Pourquoi es-tu seul? Je suis sûre qu'il y a des dizaines de filles qui aimeraient passer leurs soirées ici, enroulées dans cette couverture, à mal dormir avec toi sur ce canapé.

— Il n'y a que toi pour avoir envie de ça, se moqua-t-il. Parce que tu es folle. Même si tu le dissimules derrière tes chaussures à talons et ta coupe de cheveux, tu es aussi cinglée que moi. Et tu plaquerais tout par amour.

Je baissai les yeux. Il releva mon menton.

— Je ne le dis pas parce que...

— Tu ne juges pas, David, je le sais. C'est juste que ma part de folie a envie de rester sur ce canapé.

— Eh bien, reste. Et plaque tout par amour.

Je ris sans en avoir envie.

— Oui, je sais, c'est une folie. Tu ne peux pas.

— Je suis venue te dire que je ne te hais plus et pour que tu me dises que tu ne m'aimes plus.

Ce fut son tour de rire, encore plus jaune que moi.

— Tu as besoin que je te le dise pour continuer à vivre ta vie?

— C'est ce que j'ai fait, mais j'ai besoin de l'entendre. Même si tu ne m'as jamais vraiment dit que tu m'aimais.

— Je n'aurais pas su t'offrir ce «je t'aime». J'étais un gamin. Mais je t'aimais. Bon sang, ce que je t'aimais. Et... je suis désolé, Margot, mais je ne peux pas te dire que j'ai un jour cessé de le faire. Je ne me réveille plus au beau milieu de la nuit en me haïssant d'être parti, mais je pense encore à toi, à ce qui aurait pu être. Et...

Je posai mes deux mains sur ses genoux. Je ne voulais pas en entendre plus. Pas si la conversation prenait cette tournure.

— Bon. Au moins, murmura-t-il d'une voix pleine de doute, nous aurons des adieux d'adultes. Et maintenant je n'aurai plus d'excuse pour ne pas t'oublier.

Il se leva, se tourna et je crus le voir passer son bras sur ses yeux.

— Oublie le café. Tu veux un verre ?

— Je ne peux pas rester, David.

— Un seul. En souvenir du bon vieux temps.

Je me levai, pris mon sac et me dirigeai vers la porte. Je m'arrêtai à côté de lui. Il avait le regard vitreux. Je posai mon doigt sur le bout de son nez.

— Ne songe même pas à pleurer.

— Promis.

— Si tu ne peux pas me dire que tu ne m'aimes plus, restons-en à merci.

— On ne remercie pas pour le sexe, même si c'est le meilleur de ta vie.

— Pour le sexe, non, mais pour l'opportunité de confirmer que l'amour existe, exactement comme dans les livres, pour ça on dit merci.

— Ce fut si court que certains considèrent que ce n'est jamais arrivé.

— Je me fiche de ce que les autres pensent.

— Ça, c'est ma Margot.

— Je m'en vais.

Je m'approchai et l'embrassai sur la joue. Il me prit par la taille et nous restâmes ainsi, immobiles, mon nez posé sur sa barbe naissante et ses bras autour de moi. Comment est-il possible de tant aimer quelqu'un alors qu'on ne l'aime plus ?

Je me détachai.

— Je t'ai apporté un cadeau.

— Un cadeau ?

— Une chanson. Cherche-la et écoute-la quand je serai partie. Elle s'appelle « Yeux nuit », d'Elsa et Elmar. Elle ne date pas des années 1980, mais elle te plaira.

— Prends quelques fleurs, me dit-il. Je te fais un petit bouquet en deux minutes.

— Non. Je ne veux pas me retrouver avec un petit bout de quelque chose que je ne peux pas avoir.

Je lui caressai la joue et il acquiesça.

Je me retournai et traversai l'arrière-boutique. Je l'imaginai là, en train de travailler, et j'enviai un instant celle qui pourrait passer ici tous les jours pour lui dire qu'il était tard, qu'il était temps de rentrer à la maison.

— Sois heureux, lui lançai-je.

— Et c'est tout ?

— Que quelqu'un t'aime comme je n'ai pas su le faire. Que le monde t'appartienne. Que tu m'oublies à jamais. Mais n'oublie pas les chansons, OK ?

— Imbécile, lâcha-t-il, un énorme sourire aux lèvres.

— Permets à quelqu'un de t'aimer comme je voulais le faire.

— Et toi, laisse quelqu'un voir ce que tu m'as montré.

— Au revoir.

— Au revoir, Margot. Je t'aime.

Au sortir de la boutique, je compris que je ne pourrais jamais revenir, ni même faire demi-tour pour y jeter un ultime coup d'œil, ou je risquais de ne plus repartir et nous nous y prendrions mal.

Je gravai cependant dans ma mémoire le nom inscrit sur la devanture, afin de ne jamais oublier qu'il avait appelé son magasin de fleurs : « *Vuelve*, Margarita[1] ».

1. « Reviens, Margarita ».

54. B

L'autre chemin

En laissant derrière moi la gare d'Atocha, une pensée me traversa l'esprit. Une sottise, comme quand, enfant, tu te dis que, si tu ne marches sur aucune ligne sur le chemin de l'école, ton souhait le plus profond se réalisera comme par magie. Je me dis : « David, retourne-toi. Si elle fait pareil, c'est elle... et au diable tout le reste. » Je crois que j'avais peur, et c'est pour cette raison que je m'efforçai de chercher une excuse, aussi absurde fût-elle, pour ne pas m'en aller.

Je me retournai. Elle s'arrêta et se tourna vers moi. Mon cœur était sur le point de sortir de ma poitrine. Elle sourit avec tristesse. Je remarquai qu'elle pleurait et me remis à marcher. Je vérifiai qu'elle avait fait de même.

« Si elle se retourne deux fois... plus de doute, David. Un peu de cran. »

Je me retournai. Elle s'immobilisa et se tourna vers moi. Merde. Deux fois. J'aurais cassé la figure à ce groupe d'ados qui passa entre nous à cet instant et qui la fit reprendre son chemin et s'éloigner dans la direction opposée.

« La troisième, c'est la bonne. »

Je me retournai. Elle s'arrêta et se tourna vers moi.

« Quelle calamité. C'est pas vrai. Elle a cinq ans de plus que toi, elle aime un homme et tu n'es qu'un gamin, tu doutes et tu n'as rien de valeur à lui apporter, si tu dis oui tu n'auras plus le choix et faudra se donner à fond, c'est le genre de nana que tu épouses, avec qui tu as des gosses et tu finis en bermuda sur un parcours de golf, ce qui est l'opposé de voler... »

Et puis merde.

Je repoussai tous les passants qui se trouvaient sur mon chemin et, en arrivant près d'elle, je saisis doucement son coude. Margot, surprise, eut un de ces petits sursauts qui me plaisaient tant.

— Qu'est-ce que... ?

— Et puis merde, dis-je à nouveau, à voix haute cette fois. Qu'ils aillent tous se faire voir, Margot.

Elle fronça les sourcils et libéra son bras.

— Qu'est-ce qu'on est en train de faire ? lui demandai-je.

— On prend une décision adulte parce que...

— Parce que ?

— Pour de nombreuses raisons, rétorqua Margot en se balançant d'une jambe à l'autre.

— Je veux qu'on entre dans ce bar et que tu me les expliques toutes.

Elle pencha la tête sur le côté, jeta un œil au bar en question et éclata de rire.

— Là-dedans ? Hors de question. Je n'ai pas envie d'attraper la dengue.

— Margot...

— David ! riposta-t-elle. C'est toi, bon sang. C'est toi qui as affirmé que ce serait un désastre.

— Eh bien, je n'en suis plus si sûr.

— Va te faire voir !

Mais après m'avoir envoyé balader... elle sourit.

Juste à côté du musée Reina Sofia, il y a une terrasse. Une terrasse merveilleuse où on te fait payer douze balles le café, mais couverte de plantes et de fleurs, dotée d'un système de climatisation extérieure avec une espèce de brumisateur rafraîchissant... très agréable en cet après-midi de fin juillet.

Nous nous installâmes dans un coin, à l'abri des regards, et je laissai tomber mon sac au sol. Elle fit claquer sa langue, se leva et le posa sur une chaise, à côté du sien.

— Mais puisque le sac est tout pourri !

— Ça ne risque pas de s'améliorer, si tu continues à le traiter comme ça, me réprimanda Margot.

Immédiatement, un sourire se dessina sur nos lèvres. Malgré le trajet pénible en voiture. Malgré les conneries que j'avais sorties la veille.

— Que se passe-t-il ? Parce que j'ai plutôt l'impression que c'est un « si, si... mais non ».

— Non, non. C'est un... hmmm, comment dire ? Un amendement.

— Un amendement ? Et que propose-t-il, cet amendement ?

— Et si je m'étais planté ?

Elle haussa un sourcil.

— Sur quel sujet, exactement ?

— Sur toute la ligne. Et si je continue à prendre les mauvaises décisions ? Comme lorsque j'ai abandonné la fac au cas où je ne parviendrais pas à trouver un boulot qui me plaisait. Comme lorsque je n'ai pas cherché d'appart, au cas où... Bon, cette histoire d'appart, c'est encore une connerie. Et si, finalement, j'y arrivais ?

— Si tu arrivais à quoi ?

— À t'aimer comme tu le mérites.

Margot battit des paupières et frotta ses lèvres l'une contre l'autre.

— Et si j'étais capable de te donner ce que tu mérites, de t'aimer comme il se doit, de me préparer pour ce qui est à venir, quoi qu'il en soit ? Et si on y arrivait ? Et si ça ne doit pas forcément mal tourner ?

— Ça ne marchera pas, assura-t-elle. Même si ça me coûte de le dire.

— Pourquoi ?

— Parce que tu es jeune.

— J'ai cinq ans de moins que toi. Ce n'est pas une différence insurmontable. Je mûrirai.

— Tu es irrémédiablement attiré par des femmes incapables de t'aimer.

— Non. C'est toi qui m'attires irrémédiablement.

Elle soupira et héla le serveur.

— Deux verres de vin blanc, s'il vous plaît.

— Il faudra qu'on reparle de cette façon que tu as de commander pour moi, lui fis-je remarquer quand le serveur s'éloigna.

— Ta vie… Ta vie est un désastre.

— Je le sais.

— Comment fait-on ? Tu as de la place dans ta vie pour une relation saine ?

— D'accord. Je sais que ma vie est sens dessus dessous, mais tout peut s'arranger. Je chercherai un appart. J'ai un peu d'argent de côté pour me permettre une coloc.

— Tu as trois petits boulots. Dont un que tu détestes.

— Je démissionnerai.

— Et tu vas vivre de quoi ?

— Je vais essayer de faire plus d'heures au magasin, et si elles ne peuvent pas se le permettre, je trouverai un autre fleuriste prêt à m'engager.

— Et… ?

— Margot, surtout ne le prends pas mal, mais toi aussi, tu as des trucs à résoudre et ce n'est pas ça qui me fait douter que nous puissions trouver une solution pour nos sentiments. Parce que des sentiments, il y en a.

— Oui, confirma-t-elle. Mais… tu es conscient que la plupart des gens penseront que tu es avec moi pour mon argent ?

— Tu ne me donneras pas un centime et on mettra une limite pour les cadeaux.

— Et si j'ai envie d'aller dîner dans un resto à deux cents euros le repas ?

— Tu y vas avec ta sœur Patricia, qui aura certainement envie de sortir plus souvent, maintenant qu'elle divorce.

— T'es trop con ! rétorqua-t-elle avec le sourire.

— Je suis mille choses, Margot : un désastre, chaotique, et parfois un je-m'en-foutiste sur les bords. Je hais me lever tôt, je n'aime pas le café, je n'ai pas un rond en poche et je ne parle pas anglais. Je suis de nature nostalgique et j'aime la musique qui date de quand mes parents étaient trop jeunes pour fréquenter les bars. Un jour, je me lève en pensant que le sens de ma vie est de devenir père, le lendemain je me dis que je hais tous les moins de dix-huit ans… et parfois même vingt-cinq. Il peut m'arriver d'éjaculer très vite, ça m'excite de le faire dans des lieux publics et parfois je fantasme que deux nanas me sucent.

Margot se cacha le visage en voyant les filles de la table voisine faire brusquement volte-face en m'entendant dire ce genre de choses.

— Écoute-moi…

Je lui ôtai la main du visage et la pris dans les miennes.

— Je suis toutes ces horribles choses, mais hier soir, quand tu papotais avec mes amies et que tu m'as embrassé l'épaule… je me suis dit que c'était exactement la vie que je voulais pour le restant de mes jours. Je veux que tous les ans tu m'aides à préparer le barbecue pour l'anniversaire de Cris ; je veux mettre de l'argent de côté pour partir en voyage avec toi, même si je dois voler en classe éco ; je veux qu'un jour tu me regardes et tu me dises « je suis tellement fière de toi ». Ça ne va pas être une mince affaire, mais, cette fois, je veux essayer. Si tu me le permets, j'aimerais essayer.

— David… ce n'est pas que je ne veuille pas, c'est juste que, hier soir, j'ai eu l'impression que ta décision était prise…

— J'étais juste terrifié.

— C'est possible de ressentir toutes ces choses en un mois ? Et si on se lance dans les bras de l'autre pour ne pas avoir à vivre le deuil de ce qui n'a pas marché dans nos relations précédentes ?

— Il y a des gens qui passent leur vie amoureux de personnes qu'ils ont croisées une nuit. Pourquoi ce ne serait pas réel, entre nous, Margot ? Qui décide ce qui l'est et ce qui ne l'est pas ? Quant à l'autre question, on se donnera le temps.

— Un mois ? lança-t-elle d'un air moqueur.

— Le temps qu'il faudra. On ira lentement. On fera ça bien.

Je vis le doute en elle et décidai de brûler mes dernières cartouches.

— J'ai vu ce qui allait nous arriver. Je l'ai vu, Margot. Dans la voiture, je me suis mis à réfléchir et… et tu sais ce qui va finir par arriver ? Je finirai par me barrer. Dans n'importe quelle ville. Pour n'importe quel boulot de merde. Dans le but de m'éloigner de Madrid et du sentiment d'avoir laissé filer l'amour de ma vie. Et tu me haïras encore plus que si ça ne marche pas entre nous. Tu finiras par me pardonner, parce que tu es gentille, mais nous porterons toujours une blessure, qui s'appellera « Nous » et qui nous empêchera d'aimer de la même façon.

— Je veux tomber amoureuse de moi avant de tomber encore plus amoureuse de toi.

— Et je t'encourage à le faire.

— Et maintenant ?

— Maintenant, dis-moi ce que tu veux et je te donnerai tout le temps du monde.

Elle fit non de la tête. Puis elle soupira. Elle se massa le front. Elle s'ébouriffa les cheveux puis se recoiffa. Elle regarda les filles d'à côté et ses chaussures.

— Yeux tristes, murmurai-je. Je t'en prie, fais vraiment ce dont tu as envie.

Margot posa son regard sur moi, les lèvres serrées, et… sourit. Elle sourit ! Je l'imitai. Parce que, lorsque quelqu'un décide de donner son amour à un chien errant, il se sent comblé.

55. B

Oui

Idoia était sublime, je dois l'admettre. Elle s'était donné du mal pour l'être. Elle aimait le David qui lui baisait les pieds, le petit toutou, celui qui avait appris que même les coups de bâton valent mieux que d'être seul. Celui qui avait tort.

Deux mois auparavant, j'aurais rampé pour elle ; aujourd'hui, la seule chose à laquelle je pensais tandis qu'elle me saluait en déposant un baiser sur chaque joue – se croyant tellement cool de ne pas m'en coller un sur la bouche –, c'était que je devais profiter des soldes pour m'acheter des vêtements sans trous.

— Hé, comment ça va ? lui dis-je. Écoute, je suis pressé, ça ne te dérange pas si on prend un verre ici ?

Je lui indiquai un bar bondé de clients, tous plus originaux les uns que les autres.

— Ici ?

— Je suis vraiment pressé, insistai-je.

— C'est à toi de voir, me dit Idoia en prenant la bière que je lui tendais.

Je pris une gorgée de la mienne, me rendis compte que je n'en avais pas envie et posai le verre sur la table haute où s'était appuyée Idoia.

— Qu'est-ce que tu préfères ? Facile ou la vérité ?

— Ça ne peut pas être les deux ?

— Non, désolé.

— Eh bien, la vérité alors.

Elle soupira avec une certaine condescendance, comme si je n'étais qu'un gamin voulant lui montrer un truc de magie qu'il a appris, mais qu'il va de toute évidence louper.

— D'accord. Eh bien…

Je m'appuyai à la table, la regardai droit dans les yeux et souris.

— Je ne veux plus être avec toi. Notre relation, c'était pas ça.

Elle se redressa, surprise.

— Je te jure que, jusqu'à vendredi dernier, j'avais des doutes ; c'est pour ça que je t'ai dit oui quand tu as proposé qu'on se voie aujourd'hui. Je croyais que j'avais tort, que je devais me battre pour nous. Je n'ai jamais voulu jouer avec toi.

— T'en serais incapable même en y mettant la meilleure des volontés.

Je détournai le regard et soufflai.

— Je voulais utiliser la méthode douce…

— C'est ça, ton problème, David. Tu n'as pas de tripes.

— OK, génial. Écoute, je voulais que tu m'aimes. Je mourais d'envie d'arriver à ce que tu le fasses parce que, comme je ne m'aime pas beaucoup et plutôt mal, le fait qu'une femme comme toi me donne son amour servait à compenser, mais… Et puis, merde, Idoia ! Je n'ai pas besoin que tu me donnes ou retires ton attention constamment pour me sentir vivant ou important, parce que je me suis rendu compte que tu n'es qu'une gamine qui n'a pas grand-chose à offrir, non pas que tu n'aies rien, mais parce que tu n'as pas envie de partager ce que tu as.

« Je suis tombé amoureux de Margot et j'ai compris que je dois régler certaines choses en moi afin de pouvoir me donner corps et âme à cette relation. Et je dois te remercier d'avoir été aussi vache avec moi parce que, le hasard fait bien les choses, tu m'as poussé dans ses bras.

— Je ne comprends pas d'où sort toute cette rancune, réussit-elle à dire en avalant une gorgée de bière. Ce n'est pas si grave, juste quelques mois.

— Ce n'est pas de la rancune. Même ça, j'ai réussi à la dépasser. Tu n'imagines pas à quel point c'est bon de la voir rire. C'est une autre histoire, un autre monde. Et si je te dis ça, c'est parce que j'ai l'impression que tu minimises le temps et l'énergie que ça m'a pris avec toi. Au nom de ce qu'on a eu, toi et moi, je vais te dire : arrête de te comporter comme si tu devais tout le temps impressionner quelqu'un. Accepte-toi. Je suis sûr que tu es bien plus cool sans cette attitude de femme fatale à deux balles. Si ça se trouve, demain, un connard pète un câble et lance un missile nucléaire et on part tous en fumée. Fais en sorte que ça en vaille la peine. C'est ce que je vais faire.

— Comme c'est original.

— Comme tu voudras. Je me tire. Je suis censé visiter des apparts cet après-midi et je ne veux pas être en retard. Sois heureuse.

Je souris, esquissai une espèce de salut militaire de la main et lui tournai le dos. Je n'avais pas fait dix pas quand elle cria :

— Sois heureuse ? C'est tout ?

Je me retournai et émis un éclat de rire, sorti des tréfonds de mon âme.

— Oui, c'est tout.

56. B

Notre conte de fées à nous

Cela prit du temps. Et pas qu'un peu ! Un désastre comme moi ne s'amende pas en un claquement de doigts. Et elle aussi avait des choses à résoudre.

Mon je-m'en-foutisme. Son obsession du contrôle. Ma tendance à dramatiser. Son pragmatisme exacerbé. Mon conformisme. Sa paranoïa professionnelle.

Jamais nous n'avions imaginé que rompre avec son Iron Man de fiancé serait le plus infime de nos problèmes en tant que couple.

Jusqu'en décembre, nous maintînmes une distance confortable, mais une distance quand même. Nous nous voyions, faisions des projets, mais zéro sexe. Parce que, selon ma chère Margot, quand on s'envoyait en l'air, elle en oubliait de penser pendant quelques jours et prenait des décisions irréfléchies.

J'ignore si ce fut une décision réfléchie, mais je quittai le pub le mois suivant et refusai d'embarquer, en échange d'un bon salaire et d'une tonne de pourboires, en tant que serveur sur une croisière.

J'emménageai dans un appart près de la station de métro Oporto. Mon coloc était physicien, travaillait pour une boîte qui faisait des choses que je ne comprenais pas et méditait la nuit en émettant un « ommmmmmm » ininterrompu qui envahissait ma chambre comme le vrombissement d'un bourdon géant. Il était toutefois calme et propre. J'avais l'impression de vivre seul, tout en partageant les dépenses.

La première fois que Margot resta dormir, je me sentis comme un collégien, même si la vilaine avait préféré en rester là après m'avoir allumé avec ses baisers, ses morsures, ses ronronnements et ses frottements. Et moi, qui avais même aspiré sous le lit au cas où nous décidions d'être créatifs après des mois d'abstinence, j'éclatai de rire.

— Et si tu me branles ? plaisantai-je.

— Et si je t'étripe ? Comme ça, le problème est réglé.

Je lui demandai poliment s'il y avait moyen de la faire changer d'idées. Lorsqu'elle me répondit, souriante, que non, et menaça de prendre ses affaires et de rentrer chez elle si je n'arrêtais pas de penser avec mon pénis, je compris que j'avais acheté la boîte XXL de capotes un peu trop vite.

Mais je ne me plains pas. Deux jours plus tard, nous allâmes au cinéma et, alors qu'il pleuvait à l'écran dans le dernier Woody Allen, Margot me dit qu'elle n'en pouvait plus, s'attacha les cheveux et me tailla une pipe.

Notre relation ne mit pas longtemps à s'officialiser. En février, Margot me présentait déjà comme son petit ami à ses collègues de travail lors d'un cocktail de la société. J'hallucinai en découvrant la Margot « patronne » et actionnaire, et compris enfin les raisons de son épuisement : il fallait être dur, et ma petite, ma minusculement grande Margot ne l'était pas et avait dû endosser une cuirasse qui lui pesait.

— Qu'est-ce qui te fait peur ? lui demandai-je ce soir-là, chez elle, en ôtant le costume qu'elle m'avait obligé à acheter.

— Que cette bande de charognards misogynes voient mes faiblesses.

— Je ne doute pas de leur nature, mais… qu'est-ce que ça peut te faire ? Tu détiens 37 % des parts, ma reine. Tu peux les faire aboyer, si ça te chante.

Je la regardai lever les yeux au ciel et se lancer dans un monologue sur toutes les raisons pour lesquelles j'avais tort.

— Viens ici, j'en connais un qui est prêt à aboyer pour toi.

Dieu merci, dans notre relation, il était désormais permis de prendre n'importe quelle décision. Je la transportai jusqu'au lit et l'appelai Khaleesi, mère des hôtels, et toutes les conneries qui me passèrent par la tête jusqu'à ce qu'elle me dise, très sérieuse :

— Le problème, c'est qu'ils me font peur, David, parce qu'ils m'ont élevée en me disant qu'ils savent ce qu'ils font, et moi pas.

— Et comment peut-on changer ça ?

— Je pourrais ouvrir une mercerie et vendre des chaussettes ?

Je la pris par les hanches et la secouai gentiment.

— Margot, ma chérie, tu peux faire ce dont tu as envie. Tu es la patronne et tu as des ailes. Que veux-tu de plus ? Mais ne gâche pas ton talent à fuir pour un boulot qui ne sera jamais aussi excitant que celui que tu as.

Elle mit deux mois à ruminer l'idée, pour être certaine de sa décision au moment de me la présenter. Et j'avoue qu'elle fit du bon boulot et me vendit le pitch avec brio.

— David… tu sais que j'ai un appart à Londres ?

— Oui.

Nous étions dans son bureau. J'avais décidé de lui faire une surprise et de lui apporter un chocolat chaud en sortant de la boutique de fleurs. Je savais que ma petite accro au travail serait encore là.

Je me laissai tomber dans un des fauteuils en face de sa table.

— J'ai reporté mes voyages à Londres depuis que je suis avec toi parce que… je ne voulais pas trop m'éloigner.

Elle rougit et commença à tripoter les objets devant elle.

— Idiote, fis-je en lui adressant un clin d'œil.

— Il se trouve que je dois me rendre à Londres pour des réunions avec les associés, des clients et… bon, je me suis dit qu'on pourrait en profiter pour y passer quelques jours tous les deux. Je crois que mon appart te plaira.

— Je ne peux pas prendre de vacances, grimaçai-je.

— Du vendredi au lundi. Tu seras de retour à temps pour aller travailler. Je m'en charge.

Après une conversation sérieuse avec Asunción et Amparito, j'avais obtenu qu'elles me donnent plus d'heures, ce qui me faisait un salaire moyen presque décent, mais impliquait que je travaille du lundi au jeudi. Et les deux sœurs pouvaient se montrer jalouses.

— Si je ne dois pas prendre de jours, c'est d'accord. Mais c'est moi qui paye les billets d'avion.

— C'est hyper cher en ce moment, répliqua Margot de cet air de femme d'affaires qu'elle prenait de temps en temps. J'ai pris la liberté de les acheter. On part après-demain.

— Il y a des choses qui ne changent jamais. T'es gonflée, quand même.

Me plaindre ne servit à rien. Nous partîmes pour Londres.

Pendant que Margot assistait à ses réunions et mangeait dans un resto à deux cents balles, elle me laissa dans son appart. Elle l'avait fait nettoyer et le frigo était plein, et comme j'avais apporté un livre, le temps ne me parut pas long. Elle m'avait aussi donné un jeu de clés, au cas où l'envie me prendrait de me balader mais… vu mon niveau d'anglais, je ne m'y risquai pas.

Je m'assis sur le canapé, classique et très confortable. J'ouvris le livre, mais le laissai sur mes genoux, perdu dans la contemplation de la cheminée, si belle, de style victorien. Fonctionnait-elle ? Je balayai du regard chaque détail de la pièce et fus surpris d'y découvrir autant de plantes et de fleurs. Qui les arrosait ?

Je me levai et parcourus le salon, chaleureux, agréable et lumineux, bien que situé dans une ville qui n'est pas connue pour sa luminosité. L'appartement comprenait deux chambres. Une grande suite avec dressing, un lit double et une salle de bains, et une plus petite, où Margot avait installé son bureau. La cuisine m'enchantait, avec ses placards verts, son îlot central et une grande table en bois pour organiser des dîners et…

J'eus tout de suite la puce à l'oreille, je dois dire. Lorsqu'en rentrant elle me demanda si tout s'était bien passé, si j'avais jeté un œil dans le quartier et si j'avais remarqué le petit resto libanais sur le coin, je la devançai.

— Tu veux déménager à Londres ?

Elle grimaça et se laissa tomber dans le canapé.

— Pas si tu ne veux pas.

— Je ne parle pas anglais, ma chérie, lui répondis-je, inquiet.

— Avec un prof particulier, en prenant des cours intensifs…

— Ça me fait peur, avouai-je.

— Si tu ne veux pas, ce n'est pas grave. Je me suis juste dit que… ça pourrait être un chouette endroit pour nous deux. C'est une grande ville, si libre… et d'ici je pourrais travailler sans avoir à affronter tous les jours la meute de charognards. Avec Candela qui bouge tout le temps et Patricia qui passe son temps à jongler entre Didier et les enfants… Pourquoi ne pas recommencer à zéro ici ?

Je lui promis d'y réfléchir. Un tel changement impliquait de nombreuses choses, comme finir en *boy toy*, fourré à la maison toute la journée, sans travail.

Et pourtant, quand, de retour au village, je me surpris à demander à ma mère ce qu'elle en pensait, je compris que j'avais déjà bien réfléchi. Que la décision était presque prise.

— Ah, mon petit, fit-elle en me souriant avec tendresse. Pars à l'aventure.

— Mais, maman… Londres ?

— Même si tu as peur, fais-le.

Pour son anniversaire cette année-là, j'offris à Margot des cours d'anglais pour moi, commencés deux mois avant le jour de ses trente-trois ans. Ce soir-là, pendant le dîner, je lui dis dans un anglais encore timide ce que je préparais depuis des mois avec mon prof : « Je veux partir avec toi parce que je me suis rendu compte que, où que tu sois, c'est là qu'est ma maison. »

Nous partîmes quatre mois plus tard et nous installâmes dans son appart de Notting Hill, dont je ne voulus pas connaître la valeur. Je continuai à prendre des cours jusqu'à me sentir prêt à affronter un entretien d'embauche. Je ne le nierai pas, Margot m'aida en me recommandant à la personne qui avait l'habitude de réaliser les arrangements floraux pour ses hôtels sur place.

Je commençai à travailler, et ça me plut.

Margot m'avait promis que, si je ne m'adaptais pas à la ville, nous reconsidérerions notre choix, mais je finis par m'y faire. Pas seulement à Londres, mais à l'idée de recommencer à zéro loin de chez moi. Je compris, à vingt-huit ans, qu'il n'est jamais trop tard pour décider qui l'on veut être.

Margot invita en secret tous mes amis à Londres pour fêter mon anniversaire. Dans mon dos, cette folle avait affrété un jet privé pour tous les énergumènes du village, Ivan, Domi, Ada, ma sœur et mon frère, mes parents et même ma grand-mère. Elle loua une salle, la décora de nos fleurs préférées et de bougies, et engagea un traiteur qui ne servait que des hot-dogs et de la bière. Elle avait dû se rappeler que nous avions mis une limite aux cadeaux que l'on se faisait !

À vrai dire, je n'étais pas d'humeur, ce jour-là. Fêter son anniversaire loin des siens peut se révéler très triste, même aux côtés de la personne qu'on aime... parce que la vie ne s'alimente pas seulement d'amour romantique. Je fis donc la grimace lorsqu'elle m'annonça qu'elle avait réservé une table pour nous le soir même.

— Je n'ai pas envie. On ne peut pas rester à la maison ?

— Allez..., me supplia-t-elle tendrement. J'ai vraiment envie de t'emmener dans cet endroit.

En entrant dans la salle et en entendant tout le monde crier « Surprise ! », je me retournai pour la chercher du regard. Et là, adossée à la porte, avec un sourire resplendissant, elle me regardait d'un air coupable. Elle avait dépensé une somme d'argent aberrante mais je ne pus le lui reprocher. Si j'en avais eu les moyens, j'aurais fait pareil.

Le jour suivant, comme Margot travaillait, je passai prendre ma mère et ma grand-mère à l'hôtel du Groupe Ortega où elles logeaient et, pendant que le reste de la famille faisait du tourisme, je les emmenai dans un magasin vintage pour qu'elles m'aident à choisir une bague. Il s'agissait d'une bague d'occasion, pas trop chère. Je passai le premier mois tourmenté à l'idée de m'être fait arnaquer, ou que la bague laisse des traces vertes sur son doigt, mais elle dit oui. Et je compris qu'on ne se rend souvent pas compte que l'on est heureux.

Les questions cessent, les horloges s'arrêtent, tout tourne, et moi, avec la fille aux yeux tristes, je dansai jusqu'à en perdre pied et que me poussent des ailes. Lorsque nous nous en rendîmes enfin compte, trois années étaient passées, l'horloge avait repris sa course et j'avais trente ans.

La décision de rentrer à Madrid fut mutuelle, mais ce fut le travail de Margot qui la rendit imminente. Après quelques changements au sein de la société, il fallait qu'elle rentre pour occuper un nouveau poste, avec encore plus de responsabilités.

À cette époque, elle avait déjà vendu son appart du Paseo de la Castellana à un magnat chinois, et nous dûmes recommencer à zéro une fois de plus, en achetant quelque chose à deux. Ce qui provoqua des maux de tête, de nombreuses disputes et mit en évidence les différences qui existaient entre nous. Dans les contes de fées, tout s'achève quand ils se marient et ont beaucoup d'enfants, mais dans le nôtre, le chemin était semé de pommes empoisonnées. Où habiter, comment s'y prendre, ses horaires, mon chaos, le report systématique de la décision d'avoir des enfants, la différence d'âge, mes quelques crises de colère, son habitude de toujours tirer son épingle du jeu… La vie, dans toute sa splendeur, est une balance qui équilibre le bon et le mauvais pour le rendre possible, et nous permettre, une fois les moments difficiles surmontés, de ressentir à quel point nous étions heureux. C'est ça, la vie, on se retrouve pris dans des vagues plus hautes que soi et on apprend de manière instinctive à nager pour les chevaucher. La première grande vague de ma vie s'appelait Margot et, grâce à elle, j'ai vaincu ma peur de l'océan.

La vie n'est pas un conte de fées et les contes ne sont jamais parfaits.

Nous continuons à écrire notre propre histoire chaque jour, à notre façon, mais si un jour tu passes devant mon magasin de fleurs, viens me dire bonjour. Tu ne peux pas le rater. Il est sur un coin, il a un auvent grenat et on peut lire en lettres d'or sur la vitrine : « *Vuela*, Margarita[1] ».

---

1. « Vole, Margarita ».

Épilogue

Comme la vie

Cet épilogue est peut-être le plus court jamais écrit, mais je ne pense pas qu'il soit nécessaire de t'expliquer, à ce stade, que tu as lu deux fins pour la même histoire. C'est parce que tout, absolument tout, dépend de la lumière sous laquelle on voit le monde.

Cette histoire aurait pu aller dans un sens comme dans l'autre. Voici donc la fin d'un conte qui, comme la vie, n'a pas une seule fin écrite. Tout dépend de ce que l'on décide de préserver au milieu du vacarme.

Et toi, que préserves-tu ?

Note de l'auteur

On fait un pacte ? Un pacte entre toi et moi. Entre belles. Promets-moi que tu m'aideras à garder secrets les dénouements de ce roman, parce que j'aimerais, de tout cœur, que tout le monde puisse vivre l'expérience de choisir le sien sans savoir ce qui l'attend à la page suivante.

Promis ?

Merci, ma belle.

Merci.

Remerciements

Je promets toujours d'être brève mais je ne le suis jamais. Cette fois, je vais essayer de tenir ma promesse.

Deux millions de mercis de me permettre de continuer à rêver des histoires, de me donner de ton temps parce que, sans toi, qui me lis, ce ne seraient que des mots imprimés ; merci de leur insuffler la vie et remplir les pages de tes émotions.

À Óscar, pour l'amour.

À mes amis et à ma famille, pour leur tendresse.

À Ana, pour les FaceTime et la patience.

À la famille Penguin Random House, pour m'offrir un chez-moi.

À toi, ma belle, pour avoir donné des ailes et de la substance à mes rêves.

MERCI.

Cet ouvrage a été composé
par Atlant'Communication
au Bernard (Vendée)

Impression réalisée par

NORMANDIE ROTO IMPRESSION S.A.S.
à Lonrai (Orne)

en décembre 2023
pour le compte des Éditions de l'Archipel
département éditorial
de la S.A.S. Écriture-Communication

Imprimé en France
N° d'impression : 2305193
Dépôt légal : janvier 2024